Die Kale-Hatfield-Story

bisher erschienen:

Es blieb nur dieser Blick

Marion Schreiner
Lydias Haus

ISBN-13: 978-1530605491
ISBN-10: 1530605490

Printed by CreateSpace Amazon

Covergestaltung: Marion Schreiner
Coverbild: Lizenz by Shutterstock
Technische Umsetzung/Layout: Michael Schreiner

Lektorat: Dr. Suzan Hahnemann

Der Anfang

„Hallo", sagte jemand ganz leise zu ihm. „Hallo? Können Sie mich hören?"

Er versuchte zu nicken und der Person mit dieser Stimme ein Zeichen zu geben, aber es funktionierte nicht. Er spürte, wie jemand die Hand auf seine Stirn legte und dann sein linkes Augenlid anhob. Der Sonnenschein verursachte einen kurzen Schmerz in diesem Auge, so dass er es direkt wieder zusammenkniff.

„Er reagiert", sagte diese fremde Stimme und eine Frau antwortete: „Wir müssen unbedingt einen Krankenwagen rufen."

„Wie denn? Hier haben wir doch keinen Empfang. Außerdem kann hier kein Krankenwagen hinkommen. Viel zu dickes Geäst"

„Aber der junge Mann braucht Hilfe. Dringend!"

„Wir werden ihm aus dem Wald helfen. Dann rufen wir Hilfe. Pack mal mit an."

„Aber sieh dir diese Verletzungen und Verbrennungen an! Damit sollten wir ihn besser nicht bewegen."

„Dann bleib du bei ihm, während ich Hilfe hole."

Das waren die letzten Worte, die er noch vernahm, ehe sein Bewusstsein wieder schwand…

Der Rückblick

Rachel

Ich habe einen Menschen auf dem Gewissen. Weißt du, wie sich das anfühlt?

Es ist, als wenn jemand deine Seele auf einen Scheiterhaufen wirft und du dabei zusiehst, wie sie ganz langsam in den Flammen verkrümmt zu Boden geht. So zumindest hat es sich bei mir angefühlt. Deswegen musste ich vier Jahre lang in einer geschlossenen Psychiatrie verbringen. Nicht, weil ich eine direkte Mörderin bin, nein, sondern weil ich einen Menschen in die Arme eines Mörders getrieben habe. Und das Schlimmste ist, dass es nicht irgendein Mensch war, sondern der einzige, den ich je geliebt habe. Sein Name war Kale Hatfield. Wir waren wie füreinander geschaffen und es fühlte sich an, als wären unsere Seelen eins. Diese Verbundenheit hat mich erblinden lassen. So sehr, dass ich Dinge zu übersehen begann, die zu einer Katastrophe führten. Ich glaube, auf schlimmere Art konnte ich unsere Liebe nicht zerstören. Wenn wir wenigstens beide gestorben wären! Dann hätte ich jetzt Frieden. Aber ich bin nicht gestorben und finde keinen Frieden mehr. Nie mehr! Ich würde so gern auf Vergebung hoffen, doch wie sollte Kale mir jemals für meine Tat vergeben, wenn er nicht mehr lebt? Ich versuchte, seinen Tod und alles, was ich angerichtet hatte, in der Klinik zu verarbeiten, denn vergessen kann man so etwas nicht. Aber man kann lernen, mit der Vergangenheit zu leben. Doch ich habe es nicht gelernt. Also habe ich Medikamente bekommen. Sie machten mein Leben erträglich und tun es immer noch. Wenn ich sie nicht nehme, bricht die Hölle in meinen Gefühlen und Gedanken aus.Dann wird meine Todessehnsucht so groß, dass ich sofort widerstandlos nachgeben würde. Ohne meine Medikamente würde ich immerzu sterben wollen. Wer würde das nicht, wenn er die Liebe seines Lebens in einen grausamen Tod getrieben hat? Ja, das habe ich getan! Ich bin schuld! Ich habe Kale in die Arme von Ian Morgan gejagt, dem Sportlehrer aus seiner Kindheit, der ihn über viele Jahre missbraucht hatte. Seinen Peiniger und Mörder. Erst tötete er seine Seele und später seinen Körper. Dann bleibt nichts mehr. Das schlimmste ist, dass ich dem Mörder geholfen habe, ohne es zu wissen. Dabei habe ich es so gut gemeint. So gut! Doch ich habe alle Anzeichen von Lüge und Hinterlist übersehen. So sehr war ich von dem Drang beherrscht, Kale etwas Gutes zu tun.

Wie geht man damit um, wenn man sich selbst hasst?
Ich erinnere mich, wie sehr ich mich gefreut hatte, dass Kale ein paar Tage aus der Klinik durfte, um mich zu besuchen. Die Klinik war sein Bunker gewesen, sein Schutz. Oh, das ist eine lange Geschichte… Kale, der Junge mit den traurigen Augen. Der Junge, der von seinem Lehrer missbraucht wurde, von seinen Eltern nur Ablehnung erfuhr und von der Welt gehasst wurde. Ein Junge der Dunkelheit. In Obdachlosigkeit und billigen Jobs gefangen, verzweifelt, verstört, ungeliebt und schließlich in einer Psychiatrie geendet.

Ich frage mich, warum Gott mich zu einem Werkzeug des Bösen gemacht hat. Warum musste ich die sein, die ihm Liebe und Tod zugleich schenkte? Welche Bürde! Ich spüre immer noch diese grenzenlose Liebe, die wir beide füreinander empfanden und doch nie leben konnten. Zwischen uns standen SIE – seine anderen Persönlichkeiten. Kale hatte durch den Missbrauch eine Zersplitterung seiner Persönlichkeit erlitten und fünf weitere Persönlichkeiten in seinem Inneren gebildet, die ihn vor den schlimmen Gefühlen während des Missbrauchs schützen sollten. Fünf Figuren, die sich seiner Stimme, seiner Mimik und seiner Körperhaltung bemächtigten, wenn er emotional überfordert war. Segen und Fluch zugleich. Es war für Kale der einzige Weg zu überleben. Seine Persönlichkeiten schützten ihn, wenn sein Sportlehrer Ian Morgan sich seines kleinen knabenhaften Körpers bediente. Wenn er Dinge mit diesem Jungen tat, die außerhalb jeder Vorstellungskraft lagen. Sie schützten Kale, wenn seine Eltern ihn ablehnten, ihm nicht zuhörten, ihm nicht glauben wollten und ihn für seine „Lügen“ prügelten. Fünf imaginäre Figuren, die Kale Hatfield ständig umgaben, auch, als alles schon vorbei war. Er wurde sie nie mehr los. Sie waren in ihn eingewachsen wie ein Geschwür, das sich ausbreitete. Sie mischten sich ein, als wir uns kennenlernten. Eine von seinen Persönlichkeiten war von schlechter Gesinnung und stets auf Streit und Gewalt aus. Sie war es, die unsere Liebe ständig verhinderte, während Kale in seinem eigenen Körper in den Hintergrund gedrängt dabei zusehen musste, wie sehr ich unter dieser Ablehnung litt. Es war, als schrie er im Inneren, wenn ich seine Haut berührte. Die Erinnerungen an den Missbrauch traten hervor und schickten Tristan, den Bösen, der nicht zuließ, dass Kale Liebe und Zärtlichkeit erfuhr. Er hatte Kale als Kind zwar vor den schlimmsten Momenten bewahrt, aber er war machtgierig geworden, wollte Kales ganzes Leben bestimmen und trat später sogar hervor, als es um gute Gefühle ging, um wahre, reine und ehrliche Liebe. Die Intensität der Gefühle war es, die ihn aktivierte. Tristan kannte die Bedeutung der Gefühle nicht. Er war darauf programmiert, Kale vor jeglichen Gefühlen zu schützen. So auch vor der Liebe, die zwischen uns entstand. Kale musste in eine Klinik und seine Multiplen beherrschen lernen, besonders Tristan. Ohne diese Therapie hatten wir keine Chance. Tristan fühlte sich bedroht. Er entwickelte sich in Kale Körper zum eigenen Feind, so dass Kale ein ganzes Jahr mit intensiver Therapie geschult wurde, Tristan zu beherrschen, damit er die guten Gefühle zulassen und spüren konnte. Ich wartete derzeit geduldig auf ihn, besuchte ihn, ermunterte ihn, weiter zu machen und durchzuhalten. Und er hielt durch.

Dann kam unser erster Tag, den wir gemeinsam außerhalb der Klinik verbringen durften. Die große Bewährung! Ja, die große Probe, ob wir beide als Paar eine Chance hätten. Ich wurde zur Lehrherrin ernannt und sollte mit Kale die guten Gefühle im Alltag trainieren. Das fiel mir nicht schwer, denn meine Liebe zu ihm war unermesslich groß. Er zog für wenige Tage in meine kleine Wohnung. Wir versuchten, uns auch körperlich anzunähern, aber die Verwüstung, die der Missbrauch in seinen Gefühlen hinterlassen hatte, spaltete Kale in seiner unüberwindlichen Sehnsucht nach Nähe. Wir fanden sie innerlich, nicht körperlich, doch wir wollten geduldig sein. Das Vertrauen musste erst wachsen.

Ich erlebte, wie sehr Kales Vertrauen in die Menschheit erschüttert worden war und traf eine fatale Entscheidung.

Da war dieser Mann, der sich Frank Ulstein nannte. Ich arbeitete damals als Leiterin der örtlichen Bibliothek, als dieser gutaussehende Herr im reifen Alter an meinem Arbeitsplatz auftauchte und sich als Kales Onkel vorstellte. Alles wirkte so vertrauensvoll. Seine Art, wie er Kale beschrieb und seine ruhige und sympathische Stimme, die mir sagte, wie gerne er Kale wiedersehen und ihm helfen würde. Dieser Mann rannte offene Türen bei mir ein, denn ich fand es großartig, einen weiteren Menschen gefunden zu haben, der Kales gute Gefühle trainieren konnte. Dabei übersah ich die Hinterlist, mit der dieser Mann in mein Leben trat. Es gab gar keinen Onkel. Es gab nur meine Dummheit und Naivität, die dieser Mann nutzte, als er mich bat, Kale nichts von seinem Besuch zu erzählen. Er verpackte seinen Anschlag auf Kale in ein Geschenk, das er „Überraschung" nannte. Hätte ich Kale nur ein wenig mehr als Mensch begriffen, wäre mir aufgefallen, dass er keine Überraschungen mochte, und so hätte das, was dann passierte, verhindert werden können. Ich hätte ihn schützen können. Das war meine Aufgabe, doch ich lieferte ihn direkt diesem brutalen Menschen aus. Der Mann, der mich ohne Umschweife für seine Tat gewann, war sein ehemaliger Sportlehrer Ian Morgan. Aus Kales Akte in der Klinik war dieser Name schließlich an die Öffentlichkeit gelangt und hatte seinen Arzt veranlasst, diesen Ian Morgan zu suchen. Eine Hetzjagd auf ihn begann. So setzte sich das Rad der Kausalität in Gang. Eine lange Geschichte… Ich führte Ian Morgan unter dem Deckmantel eines Überraschungsbesuches direkt zu seinem Opfer!

Was dann geschah, ist nahezu unbeschreiblich… Wie gesagt, ich saß vier Jahre in einer geschlossenen Klinik, um mich vor mir selbst zu schützen. Nur durch mich fand Ian Morgan sein

Opfer und verschleppte es in einen Wald. Was dort geschah, weiß niemand, außer den beiden…

***

„Hallo?“, hörte er erneut eine Stimme. Diesmal war es eine andere Stimme. Er spürte Bewegungen, Schmerz, den Widerstand seines Körpers. Er wollte nicht erwachen. Nie mehr! Er wollte nicht mehr auf dieser Welt sein. Sein rechter Arm schmerzte fürchterlich. Als die fremde Stimme erneut „Hallo“ sagte, öffnete er zwinkernd das linke Auge. Die Sonne blendete ihn und er blinzelte die Schatten um sich herum an. Wo war er? Was war passiert?

„Wie heißen Sie?“, fragte jemand. Der junge Mann blinzelte.

„Wie heißen Sie?“, kam erneut die Frage. Der junge Mann schüttelte ansatzweise den Kopf.

„Haben Sie Schmerzen?“

Er nickte.

Der Arzt war zufrieden, der Patient war ansprechbar. Die erste Notversorgung war erledigt. Man hatte vorsichtig die verbrannten Hautpartien gereinigt und sterile Tücher draufgelegt. Dann drückte der Arzt das Betäubungsmittel in die Venen, denn der junge Mann musste alles Kommende nicht miterleben. Der Arzt wusste, wie sehr verbrannte Haut schmerzt. Und sie stinkt erbärmlich! Es ist, als lägen die Nervenenden und das Fleisch frei und ließen ekelhafte Fäulnissäuren entweichen. Die Verbrennungen sahen nicht gut aus, doch sie waren auch nicht lebensgefährlich. Was dem Arzt mehr Sorgen bereitete, war, dass sie bereits ein paar Tage alt waren und sich zu entzünden begannen. Dieser namenlose junge Mann irrte wohl seit einigen Tagen durch den Wald und hatte offensichtlich die Orientierung und vielleicht sogar sein Gedächtnis vorrübergehend verloren. Er hatte keine Papiere dabei und nichts, was auf eine Identität schließen ließ. Der Arzt hatte seine Kollegen angewiesen, die Polizei einzuschalten und sich nach eventuellen Bränden in der Umgebung oder einer Vermisstenanzeige zu erkundigen. Vielleicht konnte man umgehend Verwandte des Mannes informieren. Doch man fand zunächst nichts, weder einen Brand im Umkreis von 100 Meilen noch eine Vermissten-Meldung aus der Umgebung. Was hatte dieser Mann erlebt? Sein Gesicht wies Spuren einer Schlägerei auf und die Haut an den Handgelenken und am Hals Spuren von Fesseln. Der Mann musste einer Gewalttat nur knapp entronnen sein. Also musste die Suche ausgeweitet werden. Wer weiß, wie weit er gelaufen war! Hatte jemand versucht, ihn anzuzünden? Auch danach musste die Polizei forschen. Doch sie fand auf die Schnelle nichts, weder den Wagen von Ian Morgan, noch Ian Morgan selbst. Dafür hatte Tristan gesorgt. Er wusste, wie man mit diesem miesen Schwein umzugehen hatte…

Was im Wald geschehen war

Deputy Malloy fuhr gegen acht Uhr morgens seine übliche Route und kam wie jeden Tag seiner ersten Aufgabe nach. Sie bestand darin, die Schulen und Kindergärten zu kontrollieren, dass dort die Mütter nicht ihre eigenen Kinder totfuhren. Jeden Morgen das gleiche Theater! Ein Chaos von Schulbussen, hupenden Autos, umherirrenden Kindern und verzweifelten Schülern, die beim Delegieren helfen wollten. Obwohl das Problem oft zwischen der Schulleitung und den Eltern diskutiert wurde, änderte sich nichts. Es würde immer Eltern geben, die sich nicht an die Regeln oder Empfehlungen hielten. Also schickte man jeden Morgen einen zusätzlichen Deputy hin, um anhand der Uniform für Aufmerksamkeit und Disziplin zu sorgen. Je mehr Dienstjahre der Deputy hinter sich hatte, desto mehr Respekt konnte er sich verschaffen. Doch Deputy Malloy war erst sechsundzwanzig und wurde nicht unbedingt so wahrgenommen, wie er es gerne gehabt hätte. Es gab Tage, an denen wünschte er sich, Gebrauch von der Waffe machen zu dürfen. Ein Schuss in die Luft und alle würden innerhalb einer Sekunde innehalten. Doch leider war das verboten.

Malloy hatte noch nicht die Gelassenheit entwickelt, die nötig gewesen wäre, um diese eine Stunde am Morgen ohne Stress zu überstehen. Nach dieser Kontrollfahrt musste er rüber zu den Jenkins, die hinter dem Wald weit im Feld wohnten und gemeldet hatten, dass wohl ein Fremder in der Nacht auf ihrer Farm herumgestreunt sei. Es fehlte zwar nichts, aber der Hund habe einige Male angeschlagen und die Hühner wären aufgebracht im Stall herumgewirbelt. Der Deputy war genervt. Wahrscheinlich war es ein Fuchs gewesen, doch dieser Jenkins war ein unangenehmer Farmer, der sicherlich eine Beschwerde einreichen würde, wenn niemand seine Farm kontrollieren käme. Also fuhr er hin.

Als er den Wald passierte und dabei mit einer Hand gerade sein Sandwich aß, irritierte ihn von weitem etwas, von dem er noch nicht wusste, was es war. Im Grunde war es immer der gleiche Blick auf die Straße und den Straßenrand, aber irgendetwas war diesmal anders. Er verlangsamte seine Fahrt, legte sein Sandwich vorne auf die Ablage und rückte ein wenig näher an das Lenkrad heran, um besser sehen zu können. Als er sich der Stelle näherte, die seine Aufmerksamkeit erweckt hatte, blieb er stehen und sah auf zwei Reifenspuren, die den mit Gras bewachsenen Seitenstreifen überfahren hatten und direkt in den Wald führten. Wer kam auf die Idee, an dieser Stelle in den Wald zu fahren, der doch viel zu dicht bewachsen und ziemlich unpassierbar war? Eine halbe Meile weiter gab es einen Parkplatz für Wanderer.

Malloy hielt seinen Wagen an und besah sich die Reifenspuren, die geradewegs in den Wald führten. Vielleicht hatte dieser Jenkins Recht und es trieb sich tatsächlich eine komische Gestalt in der Umgebung herum. Sollte er eine Meldung machen oder erst einmal selbst schauen, was die Spuren zu bedeuten hatten? Malloy war noch ziemlich unerfahren, aber auch sehr motiviert, die Dinge allein zu schaffen. Er wollte nicht, dass man ihm unterstellte, er sei feige. Dabei war es die wichtigste Regel im Polizeidienst, sich grundsätzlich zu schützen und immer Verstärkung anzufordern, wenn eine brenzlige Situation entsteht. Noch konnte er es tun, noch hatte er Funkverbindung im Wagen. Doch was, wenn sich diese Spuren als lächerlich herausstellten? Wenn sich nur ein Liebespaar in dem Wald ein wenig verstecken wollte? Jenkins verließ den Wagen und besah sich die Spuren genauer. Es war eindeutig zu erkennen, dass sich hier jemand mehrmals des Weges bedient hatte. Der Deputy konnte drei ineinanderlaufende Spuren erkennen, aber immer von der gleichen Reifenmarke. Es war also jemand rein, dann raus und wieder rein gefahren. Demzufolge musste sich der Wagen noch im Wald befinden. Das war kein Liebespaar, aber auch kein Selbstmörder. Keine dieser Personengruppen hätte Interesse, dreimal den gleichen Weg zu fahren. Es musste etwas anderes dahinterstecken. Malloy tastete nach seiner Waffe, um sicherzustellen, dass sie griffbereit war und ging wieder zu seinem Wagen zurück. Er sollte Verstärkung anfordern. Man sagte ihm zwei Kollegen in den nächsten dreißig Minuten zu. Dreißig Minuten waren lang, wenn es sich um einen Notfall handelte. „Ich lasse meinen Wagen am Straßenrand“, sagte er zur Zentrale, „damit Jason die Stelle schnell findet. Ich gehe schon mal vorsichtig den Spuren nach und schaue Vorort, was da los sein könnte.“ Ob er etwas hörte, wurde er gefragt. „Nein, nichts. Alles ruhig.“ Er sollte lieber warten, wurde er gebeten. „Ich werde vorsichtig sein und nichts tun, was mich in Gefahr bringt“, sagte er und drückte die Verbindung weg. Dann folgte er vorsichtig den Spuren in den Wald…

***

Vier Jahre später

Rachel

Ich wurde aus der Klinik entlassen, als alle glaubten, dass ich den Sprung ins Leben wieder schaffen würde. Aber nur mit Medikamenten. Vorerst. Mein behandelnder Arzt wollte das zeitnah kontrollieren, sagte man mir.

Wenn man starke Psychopharmaka nimmt, ist man nicht mehr wirklich Herr seiner Sinne. Man sagt *ja*, obwohl man *nein* meint und umgekehrt.

Sophie Wetherridge, die die Aufgabe hatte, mich wieder in die Gesellschaft einzugliedern, fragte mich, ob ich dazu bereit wäre. Ich sagte *ja.* Sie fragte, ob ich Angst vor der Zukunft hätte. Ich sagte *nein.* Und so lief alles falsch. Man hätte mich fragen können, ob man mich aufhängen sollte, und ich hätte *ja* gesagt. Das wäre überhaupt die beste Lösung für alles gewesen. „Sie haben keine Schuld", hatte man mir tausendmal in den Therapien mitgeteilt. „Sie konnten nicht wissen, dass er nicht der Onkel war." Stimmt. Das hatte ich nicht wissen können. Aber ich hätte niemals zulassen dürfen, dass Kale in der Phase, in der er zum ersten Mal Vertrauen in einen Menschen steckte, mit einer Überraschung konfrontiert würde. Überraschungen waren das reinste Gift für ihn! Hätte ich ihn gefragt, ob er seinen Onkel wiedersehen wollte, hätte er sofort gesagt, dass er keinen habe. Das hätte alles verhindert. Alles!

Um all das zu vergessen, gab es jetzt die Löschpille für mich. Eine kleine hellblaue Pille, die alles löschen sollte, was mich belastete. Die aber auch Erschöpfung, Antriebslosigkeit und Appetit verursachte. Gegen den Appetit und die Erschöpfung bekam ich wieder eine andere Pille, eine kleine hellrote. Ja, und dann war da noch meine Schlaflosigkeit. Dagegen bekam ich eine dunkelgrüne, und gegen meinen Drang, mich selbst zu verletzten, eine weiße dicke Kapsel.

Man wollte mich zunächst in einer klinikeigenen Wohngruppe unterbringen, um zu testen, inwieweit meine Selbstständigkeit wieder hergestellt war. Meine einzigen Begleiter waren mein Arzt und diese Sozialarbeiterin Sophie. Meine Eltern waren lange tot, ich habe keine Geschwister und meine alten Kontakte wie Mr. Edwards und Reverend Diekon waren mittlerweile auch verstorben. Mrs. Wetherby war zurück nach Großbritannien gezogen und schrieb mir hin und wieder einen Brief. Aber ich schrieb ihr nie zurück. Wozu? Was sollte ich ihr noch mitteilen? Dass ich ihre Bibliothek ruiniert hatte, die sie als Lebenswerk aufgebaut hatte? Dass ich nicht auf sie gehört hatte, als sie mich vor einem Leben mit Kale dezent gewarnt hatte?

Alle hatten gewusst, wie schwer die Aufgabe sein würde, mit einem Menschen, der eine multiple Persönlichkeit besaß, zu leben. Doch nun genug damit. Es ist vorbei. Was bleibt ist, dass ich mein bisheriges, so unbeschwertes Leben nun in ein arg beschwertes Leben gewandelt habe. Dann geht nichts mehr ohne Pillen. Manchmal habe ich ein kleines Zeitfenster, durch das ich sehen kann. Dann sehe ich Kale, wie er voller Frieden im Wald sitzt, sich in der Sonne wärmt und den Vögeln zuhört. Das war seine Lieblingsbeschäftigung. Diese kleinen Momente bescheren mir Glück und ich habe mir vorgenommen, ihn eines Tages zu suchen. Er muss doch irgendwo sein. Sein Körper kann doch nicht verschwinden. Was hat die Polizei mir verheimlicht, als man mir auf meine Fragen keine Antworten schickte? Mrs. Wetherby schrieb mir, dass ich die Vergangenheit ruhen lassen sollte. Das wäre der einzige Weg zurück in ein halbwegs normales Leben. Vielleicht hat sie Recht. Sie bot mir sogar an, zu ihr nach Exeter zu ziehen, wenn ich das wollte. Sie hätte in ihrem Haus noch zwei Zimmer frei, die ich nutzen dürfte. Doch was sollte ich dort? Ich sah in meinem Leben keine Aufgabe mehr. Die Sozialarbeiterin sagte mir, dass ich erst mal wieder einkaufen und kochen lernen müsste. Ich sah mich daraufhin im Spiegel an und stellte fest, dass ich nur noch ein Häufchen Elend war. Bis auf die Knochen abgemagert und mit zerzausten Haaren. Die letzten vier Jahre hatten all meine jugendliche Vitalität verschlungen und das Abbild einer alten Frau von mir hinterlassen. Selbst mein Haar war trocken und spröde geworden. Ich war eine Mörderin! So sehen Mörderinnen eben aus! Gekennzeichnet fürs Leben. Gott lässt Gerechtigkeit walten, er zeichnet die Menschen.

Ich lernte Einkaufslisten schreiben, Einkaufen und Kochen. Ich lernte, meine Wäsche zu waschen, sie zu bügeln und in den Schrank zu sortieren. Manchmal, wenn niemand hinsah, verbrannte ich mit Vorliebe meinen rechten Arm mit dem Bügeleisen. Es war, als müsste ich das tun. Bis meine Ärztin eines Tages diese Narben entdeckte und mir eine zusätzliche Pille verschrieb, die ich brav einnahm. Man nahm mir das Bügeleisen und alle Kerzen in meiner Wohnung weg und ich fragte mich, wozu ich dann die Pille einnehmen musste. Nun ja, ich tat es eben. Der Ruhe wegen.

Ich nahm keine leuchtenden Farben mehr wahr und hörte auch keine Geräusche der Natur mehr. Meine Haut wurde empfindungslos, so dass ich auch keinen Schmerz, keine Kälte und keine Hitze mehr spürte. Ich war eine Hülle, die darauf wartete, zusammengefaltet und vergraben zu werden. Wenn da nicht noch diese eine kleine Aufgabe in mir geschlummert hätte. Ich wollte Kale um Vergebung bitten, wo immer er auch sein mochte. Ich wollte nur irgendetwas von ihm finden, um mich daran zu klammen und die Gewissheit zu spüren, dass meine Bitte um Vergebung auch angekommen war.

Als ich zum ersten Mal das Telefon benutzen durfte, rief ich in der Klinik in Madison an, in der Kale zum letzten Mal in Behandlung gewesen war und fragte dort nach, ob man irgendwas von ihm zurückbehalten hatte. Ein Buch, ein Kleidungsstück, ein Bild oder ein Paar Schuhe, doch man verneinte es. Was aus seinen Sachen, die er in meiner Wohnung hinterlassen hatte, geworden war, wusste ich auch nicht. Ich glaubte mich zu erinnern, dass man sie irgendwo eingelagert hatte. Wo, wusste ich nicht. Ich fragte damals auch nicht danach. Es kümmerte mich nicht. Es existierte nur noch diese Klinik-Akte, die inzwischen im Archiv der Klinik lagerte. Und niemand machte sich die Mühe, dort einmal nachzusehen, ob es noch abschließende Eintragungen gab. Man sah nicht einmal im Computerprogramm nach. Das Pflegeteam war inzwischen ausgewechselt, ebenso der Arzt, so dass sich auch niemand mehr an Kale und mich erinnerte. Man interessierte sich einfach nicht dafür und wollte mich abwimmeln. Sie hätten genug Arbeit zu erledigen, sagte die Schwester, als ich vor einigen Tagen erneut dort anrief. Die Klinik sollte in wenigen Wochen geschlossen werden, weil die Gelder für den Unterhalt nicht mehr reichten. Dabei gab es Patienten ohne Ende! Wer soll je diesen Ansturm von kranken und gestörten Menschen in dieser Welt bewältigen, wenn man nun auch noch die Kliniken schloss? Ich konnte mich glücklich schätzen, dass man mich vorzeitig in eine Wohngruppe entlassen hatte. Es funktionierte, doch Leben konnte ich das nicht mehr nennen. Es war ein Dahinvegetieren. Bis zu dem Moment, als ich beschloss, Kale suchen zu gehen. Ich wollte wissen, ob es wirklich keine Hinterlassenschaften von ihm gab, packte ein paar Kleidungsstücke in meinen Rucksack, ein wenig Geld, das man mir zum Einkaufen gegeben hatte und verschwand… ohne Pillen!

***

Vier Jahre früher

„Können Sie sich denn an gar nichts mehr erinnern?“, fragte der Arzt. Der junge Mann schüttelte den Kopf. Er war nicht der erste Patient, der nach einem traumatischen Erlebnis in eine Amnesie gefallen war.

„Wir werden die Suche erweitern und ein Bild von Ihnen an die Medien geben“, sagte der Arzt. „Es muss doch festzustellen sein, wer Sie sind und was Ihnen passiert ist.“ Sein Patient wirkte vollkommen in sich zurückgezogen und verwirrt. Ganz typisch nach einer Gewalttat. Die Schwellung an seinem rechten Auge wurde kleiner. Auch der Kiefer- und Nasenbruch verheilten gut. Sein Gesicht bekam wieder sein altes Aussehen, so dass man ein Foto von ihm machen konnte. Die Verbrennungen an seinem rechten Arm waren es, die dem Arzt zu schaffen machten. Durch die tagelange, mangelnde Hygiene seines Patienten, nachdem er die Verbrennung erlitten hatte, bildete sich immer wieder Eiter. Es war nicht auszuschließen, dass noch eine Transplantation nötig sein würde. Eine langwierige Sache. Aber auch eine ärgerliche, weil der Patient als namenlos galt und daher nicht versichert war. In der heutigen Zeit des Internets musste es doch möglich sein, die Identität dieses Mannes zu ermitteln. Man schätzte ihn auf Mitte bis Ende zwanzig. Doch wo sollte man mit der Suche beginnen?

Die Medien zeigten wenig Interesse, weil täglich so viele

Menschen in den Staaten verschwanden. Man verwies auf eigens dafür eingerichtete Internetplattformen, wo das Gesicht des jungen Mannes nur eins unter Tausenden war. Es vergingen Wochen, in denen sich nichts tat. Der Patient blieb wunderlich. Er sprach nicht und zeigte wenig Interesse an dem Geschehen um sich herum. Der junge Mann erhielt vorübergehend den Namen Darren, um überhaupt mit einem Namen angesprochen werden zu können. Schwester Deborah, genannt Debbie, hatte ihm diesen Namen gegeben, weil sie fand, dass Menschenwürde mit einem Namen beginnt. Sie war dem Patienten sehr zugetan und kümmerte sich vorwiegend um seine Belange und Pflege. Doch sie spürte schnell, wie unangenehm es diesem Mann zu sein schien, wenn sie ihn waschen oder anziehen musste. Sie beobachtete bei jeder Berührung, wie ihn eine Art Qual durchströmte. Manchmal hatte er Tränen in den Augen. Dann war sie besonders behutsam und vermied weitgehend jede Berührung. Sie litt mit ihm mit und suchte immer wieder das Gespräch mit ihm, doch dieser Darren sah sie kaum an. Er wirkte teilnahmslos und depressiv. Die Klinikleitung fand es förderlich, wenn der Patient so wenig Personen wie möglich um sich hätte, um ihm Ruhe für eine Erinnerung zu verschaffen. Es war wichtig, dass er Vertrauen zu einer Bezugsperson fasste, um sich im Falle einer Erinnerung an sie wenden zu können. Debbie gab sich große Mühe, diese Aufgabe zu übernehmen. Die Erinnerung würde dem jungen Mann sicher nicht leicht fallen nach all den Verletzungen, die er erlitten hatte. Er war eindeutig misshandelt worden und befand sich vielleicht sogar auf der Flucht. Niemand konnte also mit Sicherheit sagen, ob es die Amnesie wirklich gab. Vielleicht war es auch nur Selbstschutz des Patienten, falls er in eine kriminelle Sache verwickelt war. Debbie war vorbereitet. Sie versuchte immer wieder das Gespräch zu Darren zu finden, aber er reagierte auf fast nichts. Doch er begann es zu mögen, dass sie sich so viel sorgte. Das rief ein Gefühl in ihm hervor, an das er sich wage erinnerte. Da war mal jemand gewesen, der sich auch sehr gesorgt hatte, doch er konnte nicht sagen, ob es eine Frau oder ein Mann gewesen war. Aber das

Gefühl war wohltuend. Als es stärker wurde und er sich fast zu dieser Debbie hingezogen fühlte, kam es zu einem Eklat. Debbie konnte nachher nicht sagen, was genau diesen auslöste, denn sie hatte lediglich versucht, ihm beim Ankleiden mit seinem T-Shirt zu helfen und dabei ungewollt seine nackten Schultern berührt. Diese Berührung hatte dann die Reaktion ausgelöst. Sie musste mit einem seiner Erlebnisse im Zusammenhang stehen, denn Darren war plötzlich auf sie losgegangen und hatte sie in eine Ecke gedrängt und bedroht. Sein Gesicht war böse und seine Worte waren gemein gewesen. Zum ersten Mal hatte sie seine Stimme gehört und war erschrocken. Zum Glück hatte die Tür offen gestanden, so dass ihre Kolleginnen den Vorfall hörten und sofort eingegriffen hatten. Der Fall wurde gemeldet und aktenkundig. Der Arzt verband die erste Erinnerung des Patienten damit und wies ihm einen männlichen Pfleger zu, um Debbie vor einem weiteren Vorfall zu schützen. Vielleicht durchlebte er Gefühle des Bedrohtseins, wenn man ihm körperlich zu nahe kam.

Es kam jedoch zu keinem weiteren Vorfall, aber auch zu keinem weiteren Kontakt zwischen dem Patienten und dem Personal.

Nach einigen Monaten waren die Brandwunden soweit verheilt, dass die Klinik ihn entlassen konnte, doch seine immer noch ungeklärte Identität stand einer Entlassung im Wege. Er musste die Brandwunden täglich mit Salben versorgen und die Beweglichkeit des Armes weiter trainieren. Das war nicht möglich, wenn er kein Zuhause hatte. Er wirkte nicht wie ein Obdachloser. Dafür war sein körperlicher Zustand zu gepflegt gewesen, als man ihn gefunden hatte. Die Klinikleitung schaltete das Gericht des Bezirks ein, um eine Entscheidung zu fällen. Das Gericht besaß andere Werkzeuge und Verbindungen als die Polizei und schaffte innerhalb weniger Tage das, was keiner vermutet hatte: Man fand eine Vermisstenanzeige aus dem Staat Wisconsin, eingeleitet durch eine Psychiatrie in Madison. Man suchte seit über zwei Monaten nach einem Kale Hatfield. In diesem Zusammenhang suchte die hiesige Polizei nach einem

Ian Morgan. Der Arzt und der Richter besahen sich die beiden Akten und identifizierten den jungen Mann als den vermissten Kale Hatfield und informierten die Klinik. Doch wo war Ian Morgan geblieben, der nachweislich zuletzt mit ihm zusammen gewesen war? Nach Einsicht der Akten und der Geschichte, die daraus hervorging, konnte man sich auch die Verletzung von Kale Hatfield erklären. Es musste zu einem schlimmen Akt der Gewalt zwischen beiden gekommen sein. Dieser Morgan musste versucht haben, ihn zu töten, und Kale hatte es geschafft, der Situation zu entkommen. Das wiederum warf die Frage auf: Wo war Ian Morgan jetzt? Der Fall wurde sofort neu aufgenommen und mit verschärften Mitteln untersucht. Als man in das Zimmer des Patienten trat, um ihn vorerst in Gewahrsam zu nehmen, fand man es leer vor. Kale Hatfield war verschwunden…

***

Was im Wald geschah

Deputy Malloy folgte den Spuren. Sie führten ihn recht tief in das Unterholz, so dass er beschloss, den Spuren nicht zu weit zu folgen, weil er nicht wusste, was ihn am Ende erwartete. Es fühlte sich nicht wie ein Familienausflug an, was er zu sehen bekommen würde. Nein, hier hatte eindeutig jemand etwas zu verbergen. Hier passierte etwas Illegales, vielleicht sogar Gefährliches. Malloy blieb stehen und überlegte, wie er weiter vorgehen sollte. Er konnte nicht abschätzen, ob er allein der Situation gewachsen wäre, auf die er stoßen würde. Er versuchte zunächst zwischen den Bäumen und Sträuchern etwas zu erkennen, doch er sah nichts. Nicht unweit von hier floss ein kleiner Bach. Wahrscheinlich würden dort auch die Spuren enden, weil jemand am Wasser ein Lager aufgeschlagen hatte. Ein Durchreisender, der Rast suchte? Ein Camper, der Ruhe suchte? Wohl kaum. Dafür gab es den ausgeschilderten Parkplatz. Hier geschah etwas Falsches. Malloy prüfte den Empfang seines Smartphones. Man hatte im letzten Jahr einen neuen Sendemast in der Nähe von Jenkins Farm errichtet. Wenn er dadurch hier in diesem Wald Empfang hätte, würde Malloy es wagen weiterzugehen, um sich leise an das, was am Ende der Spuren auf ihn wartete, heranzupirschen. Er sah auf sein Mobilgerät und kontrollierte die Empfangsstärke. Der Balken, der auf dem Display erschien, zeigte vollen Empfang. Der Sendemast hatte ihn erfasst. Damit war er abgesichert, rechtzeitig um Hilfe rufen zu können. Malloy ließ das Smartphone in seiner Hosentasche verschwinden und ergriff den Schlagstock, den er nun doch als erste Abwehr mit sich führen wollte. Er wusste, dass er dies nicht tun sollte. Er wusste auch, dass er es laut Vorschriften nicht einmal durfte, doch er hatte auf der Dienststelle noch nie mit einer mutigen Aktion prahlen können. Das war seine Chance. Es konnte schon nicht so schlimm werden. Er war doch abgesichert. Er hatte eine Waffe. Und einen Sendemast, der ihm Hilfe garantierte. Wann geschah schon wirklich etwas Aufregendes in Mason City. Er schlich den Spuren der Reifen nach…

Kale Hatfield sah Ian Morgan auf sich zukommen. Er saß auf dem Boden und war so geschickt an den Baum gefesselt worden, dass er nicht die geringste Chance hatte, sich gegen das zu wehren, was Morgan jetzt mit ihm vorhatte.

Wenn er ihm die Eingeweide herausschneiden wollte, konnte er das ungehindert tun. Wenn er ihm dem Schädel einschlagen wollte, konnte er auch das tun. Kale war seinem ehemaligen Sportlehrer und Peiniger ausgeliefert. Und seine Wahrnehmung war nicht mehr die beste. Ian Morgan hatte ihn bereits übel zugerichtet. Das ganze Gesicht war bis zur Unkenntlichkeit verletzt worden. Er hatte keine Chance mehr und auch keine Hoffnung. Soeben hatte Morgan noch Handykontakt zu den Menschen gehabt, in die Kale große Hoffnung gesetzt hatte. Er hatte ein letztes Mal Rachels Stimme gehört und die Verzweiflung gespürt, dass genau sie ihn an dieses Schwein ausgeliefert hatte. Wie hatte sie das nur tun können? Warum? Was sollte die ganze Geschichte mit Liebe, Beziehung und Zukunft? Er hatte nach all den Jahren des Umherirrens zum ersten Mal zu vertrauen begonnen und so sehr gehofft, dass das Leben es diesmal gut mit ihm meinte. Er konnte doch nicht immer nur auf der Schattenseite des Lebens leben. Doch er lebte dort. Er hatte es nie auf die Sonnenseite geschafft. Er hatte mit Rachel nur einen kurzen warmen Strahl der Sonne gespürt, der sein Herz erwärmt hatte. Dieser Strahl hatte zugleich sein Herz entzweit und anschließend in tausend Stücke zersprengt. Zermalmt, zu Staub geworden und davongeweht. Nun saß nur noch dieser Körper an den Baum gezurrt und wartete auf das endgültige Ende der Geschichte. Er sah durch sein linkes, noch halbwegs funktionierendes Auge, wie Ian Morgan mit einem dicken Ast auf ihn zukam. So feige! Wie immer! Den Sieg schon in der Tasche. Kale Hatfield schloss ein letztes Mal die Augen und wartete auf den erlösenden Schlag. Endlich! Dann wäre es vorbei! Er hatte niemanden, der um ihn trauern würde. Er würde nichts als nur diesen wertlosen Körper hinterlassen. Wen kümmerte es schon, ob er an diesem Baum verrotten würde? Die Tiere würden sich mit Wonne daran erfreuen und ihn zerreißen! Morgan aber würde siegreich weiterleben, wo auch immer. Es sind die Falschen, die Gott schützt.

Ian Morgen spürte die Macht in sich, als er auf seinen ehemaligen Schüler hinuntersah. So ein Häufchen Elend und so wertlos für diese Welt. Was hatte dieser Nichtsnutz schon in seinem Leben erreicht? Er war ein Parasit, den man erschlagen musste. Wer weiß, welchen Schaden dieser Versager sonst noch anrichten würde.

Morgan schlug den Ast wie einen Schlagstock in seine Hand und signalisierte damit den Auftakt zum Finale. Er hörte noch, wie sein Handy erneut klingelte und überhörte dadurch das kurze Rascheln im Gebüsch hinter sich. Zum Schlag bereit, den Ast erhoben in der Luft hörte er, wie jemand sagte: „Ich würde das lassen!“

Er dachte, es sei Kale gewesen, aber als er auf ihn herunterblickte, irritierten ihn diese Worte. Kale verharrte stumm, sein Kopf am Baumstamm fixiert und zeigte keinerlei Regung.

***

Rachel

Es stand für mich außer Frage, dass ich etwas tun musste, um ihn zu finden. Also reiste ich kurzerhand zu der Klinik, in der Kale zuletzt untergebracht gewesen war und in der ich ihn so oft besucht hatte. Vielleicht konnte ich dort die erste Spur aufnehmen. Schon allein der Gedanke daran, was sich hier zwischen uns abgespielt hatte, trieb mir die Tränen in die Augen, als ich im Bus nach Madison saß. Wie sollte ich den Gang in diese Klinik nur ohne meine Medikamente schaffen? Und doch spürte ich, dass dies der einzige Ort war, an dem ich etwas über Kale erfahren oder etwas von ihm finden könnte, was mir Trost schenken würde. Ich musste eine Form der Vergebung finden, um überhaupt weiter existieren zu können, aber auch, um überhaupt sterben zu können. Meine fehlende Medikation meldete sich und ich spürte mit jeder fortschreitenden Minute, wie die Henker in meinem Kopf mit ihren Beilen näher kamen. Unzählige Hände zerrten mich zu einer Guillotine, die nur so vor Blut triefte. Immer noch flogen in meinem Inneren die Szenarien umher, wie Kale zu Tode gekommen sein konnte. Bilder, die durch viele Pillen zur Ruhe gekommen waren, liefen wieder vor meinem inneren Auge ab. In meinem Kopf floss kein übliches Blut, nein, es war ein verfluchtes Blut, was mir sekündlich Bilder schickte, die ich nur allzu gerne mit einem Schrei von dannen geschickt hätte. Ich sah nervös auf meine Mitfahrer im Bus, ob sie meinen inneren Krieg bemerkten. Wenn sie mich vor der Klinik aussteigen sehen würden, würden sie denken, dass ich eine Patientin mit Freigang sei. Und irgendwie stimmte es ja auch. Innerlich würde ich mein Leben lang eine Gefangene sein.

Ich sah die Klinik näher kommen und spürte meinen schneller werdenden Herzschlag. Was machte ich nur? Warum tat ich mir das an? Manchmal gibt es keine Antworten auf Fragen wie diese. Man macht es einfach.

Ich stieg aus und sah den Bus weiterfahren. Wo fuhren wohl die anderen Menschen hin? Hatte nicht jeder sein Gefängnis, in dem er lebte? Ich schulterte meinen Rucksack und schlug den Weg zur Klinik ein. Man hatte inzwischen das Schild am Eingang entfernt und das Gelände von Wegweisern befreit. So viele bedürftige Patienten befanden sich nun auf der Suche nach einem neuen Zuhause oder auf der Flucht, genau wie ich. Als ich die große Eingangstür durchschritt, fing mich ein merkwürdiges Gefühl ein. Ich spürte plötzlich den Zorn, den Dr. Blendheim in mir ausgelöst hatte, als er mir verbot, Kale zu besuchen. Damals war ich von immenser Wut getrieben in dieses Gebäude gestürmt, um Kale zu sehen. Ich wollte sehen, was sie ihm hier angetan hatten oder was er sich selbst angetan hatte. Ich wollte wissen, wie groß sein Krieg gegen Gott und die Welt war. Als ich ihm gegenüber stand und sah, wie abgemagert und kahlgeschoren er war, zerriss es mich innerlich. Was hatten seine Persönlichkeiten nur mit ihm angestellt? Warum richtete Tristan ihn so zugrunde? Warum schimpfte Carl ihn ständig einen Versager? Warum sortierte Sybille nur ständig seine äußere Unordnung? Und warum tröstete die kleine Lydia ihn nicht mehr? Joey war zu jung und zu unerfahren, um damals überhaupt eine Aufgabe in Kales Innerem zu erfüllen. Wie sollte er gegen diese Feinde bestehen? Es war eine verlorene Schlacht.

Ich weinte, als ich die Frau wahrnahm, die plötzlich vor mir stand und mich mit großen Augen ansah. Sie nahm mich in den Arm und dachte vielleicht, ich sei eine ehemalige Patientin, die ihr altes Zuhause wieder suchte. Aber ich war nie eine Patientin dieser Klinik gewesen. Ich war die Gefangene einer ihrer Patienten gewesen und sagte mit letzter Kraft: „Ich suche Kale Hatfield." Nach diesen vier Worten verließ mich die Kraft und mein Körper ging zu Boden. Ich hörte noch, wie die Frau nach Hilfe rief…

***

Kale konnte damals nicht in diesem Krankhaus bleiben. Unmöglich. Er hatte es nur ausgehalten, um die Wunden heilen zu lassen und beim Verlassen des Krankenhauses noch schnell diese Salbe zur Sicherheit eingepackt. In seinem Kopf herrschte die große Leere und in seinen Gefühlen Chaos. In seinem Leben war wieder der alltägliche Krieg ausgebrochen. Debbie hatte gestern gesagt: „Sie können unmöglich dieses Krankenhaus verlassen. Sie wissen doch gar nicht, wer Sie sind, was Sie machen können und wohin Sie sollen."

Er hätte beinahe gelacht, denn es kam ihm vor, als hätte er das noch nie gewusst. Wenn er sich doch nur erinnern könnte! Wovor wollte sein Verstand ihn schützen?

Er schlich sich aus dem Zimmer, über den Gang und verschwand in eine Welt der Ungewissheit. Niemand schien sein Verschwinden bemerkt zu haben. Er spürte, wie seine Wahrnehmung plötzlich schwand und jemand Fremdes ihn führte. Er fühlte sich böse an. Kale bekam Angst, doch dieser Fremde beherrschte seinen Körper und steuerte seine Bewegungen. Er brachte ihn fort von dem Ort, an dem er eben noch sicher und versorgt gewesen war. Trug ihn fort von Menschen, die ihm helfen wollten und vielleicht sogar sein Leben wieder ein Stück weit in Ordnung gebracht hätten. Die Stimme des Fremden war dunkel und unfreundlich. Er sah, wie die Menschen ihm aus dem Weg gingen oder ihm verärgert nachsahen. Der Fremde pöbelte, schimpfte und spukte. Noch nie hatte Kale Hatfield die Spaltung seiner Persönlichkeit so intensiv gespürt. Wenn Tristan erschien, verschwand Kale in der Regel, so dass er sich an nichts erinnern konnte, was Tristan anrichtete. Doch diesmal war es anders. Er konnte zum ersten Mal diesen gewalttätigen Hünen in sich wahrnehmen. Er verstand zwar nicht, was er sagte, aber er hörte den Ton seiner Stimme. Das machte ihm Angst.

Kale war von einer seiner Persönlichkeiten eingeschlossen worden. Er war zu dem Teil geworden, der eigentlich Tristan zustand. Solange dieser Hüne sein Leben bestimmte, existierte sein eigenes nicht. Aber Kale konnte sich nicht einmal an alles davor erinnern. Wie konnte das nur passieren? Warum hatte er diese große Brandwunde an seinem rechten Arm? Er würde jetzt ein Leben lang diese Salbe auftragen müssen, um die Haut geschmeidig zu halten.

Seine Beine trugen ihn meilenweit, rannten ins Nichts, ließen ihn nachts in irgendwelchen dunklen Gassen erschöpft niedersinken, um sich wenige Stunden später wieder aufzuraffen und weiterzulaufen. Sie trugen ihn zu überfüllten Mülleimern und ließen die Hände nach Essensresten wühlen. Fand er welche, verschlang er sie wie ein Tier, das dem Wahnsinn verfallen war. Er leerte die bereits schon leeren Flaschen, die irgendwelche desinteressierten Leute auf Bänken oder Wiesen liegen gelassen hatten und fühlte sich wie ein Wahnsinniger im Irrenhaus. Die Erschöpfung nahm von Tag zu Tag zu. Seine Salbe war seit einigen Tagen aufgebraucht und seine Haut wurde trocken und rissig. Er stahl irgendwelche Cremes in Discountern und schmierte sie auf die ausgezehrte Haut, damit sie nicht riss und sich entzündete. Es half. Doch die Haut sah nicht gut aus. Was sollte es? Es passte zu seiner inzwischen zerrissenen Kleidung und seinem verkommenen Erscheinungsbild. Tristan wütete sich durch Wälder und durchstreifte Städte ohne innezuhalten. Er wollte Kale keine Gelegenheit mehr geben zu erscheinen. Solange er herrschte, konnte nichts passieren. Dieser Kale brachte ihn immer nur in Schwierigkeiten. Ständig musste er ihn aus verfahrenen Situationen retten. Genau wie bei dieser Sache mit Ian Morgan im Wald…

*

Ian Morgan hielt inne, als er die Stimme hörte.

„Legen Sie den Ast ganz langsam auf den Boden", befahl die Stimme. Sie kam von hinten. Jemand hatte ihn entdeckt. Hatte dieser Jemand eine Waffe? Morgan zögerte und sah sich langsam um. An seinem Wagen stand ein junger Deputy und richtete tatsächlich eine Waffe auf ihn. Hatte er sie entsichert? Morgan konnte sich nicht entsinnen, den Klick der Entsicherung gehört zu haben. Wie sollte er entscheiden? Sollte er es riskieren, diesen Deputy mit dem Ast anzugreifen und damit einen möglichen Schuss provozieren oder sollte er nachgeben und auf eine neue Situation warten, diesen jungen Burschen zu überwältigen? Ja, dieser Bursche war jung und sicher sehr unerfahren, genau wie dieser Hatfield. Sie waren eine Plage, diese jungen Männer! Es wurde Zeit, dass ihnen jemand endlich Disziplin und Härte einprügelte. Ian Morgan ließ den Ast langsam sinken und legte ihn auf den Waldboden.

„Auf den Boden legen und Arme ausbreiten", sagte Malloy. Auch dieser Aufforderung kam Morgan nach. Der Deputy näherte sich und holte mit einem geschickten Griff die Handschellen hervor. Diesen Griff hatte er unzählige Male üben müssen und er war einer der wichtigsten Handlungsabläufe bei einer Festnahme. Morgan ließ sich die Handschellen widerstandslos anlegen. Er war ganz ruhig. Ihm war klar, dass der Bursche irgendeinen Fehler machen würde. Nur ruhig! Malloy tastete Morgan nach einer eventuellen Waffe ab, fand jedoch außer einem Handy nichts. Er zerrte den Täter in den Stand und hielt dabei die Waffe einsatzbereit auf ihn gerichtet. Er sah nicht, wie sein Gefangener lächelte, als er ihn zum Wagen führte. Dort löste er geschwind eine Handschelle und kettete ihn mit der anderen an den Innengriff der Fahrertür, die offen stand. Er musste ihn erst einmal aus dem Weg schaffen, um dem Mann an dem Baum zu helfen. Der sah gar nicht gut aus. Danach würde er erneut Hilfe und einen Krankenwagen anfordern und die Situation der Zentrale schildern. Er hatte einen Mord vereitelt! Das würde auf der Station für großes Aufsehen sorgen. Deputy Malloy hätte sein erstes großes Wagnis erlebt! Das würde für mächtig viel Bewunderung sorgen. Alle dachten immer, er könne nichts weiter, als wild gewordene Mütter und Kinder und freche Farmer beruhigen. Und selbst das konnte er nicht richtig. Aber jetzt hatte er ein Erlebnis, das ihm unter Kollegen sicherlich Achtung und Respekt einbringen würde. Vielleicht würde es ihn sogar von diesem dämlichen morgendlichen Schuldienst entbinden, denn er war bereit für eine größere

Herausforderung.

Morgan setzte sich seitlich auf den Fahrersitz und beobachtete den Deputy, wie dieser sich Kale Hatfield näherte und ein Taschenmesser hervorholte, um die Fesseln zu durchtrennen. „Können Sie mich hören?", fragte Malloy und legte seinen Zeigefinger unter Kale Gesicht, um es leicht anzuheben. Kale blinzelte und nickte leicht.

„Ich bin ein Deputy und werde Ihnen helfen. Ich werde Sie jetzt ganz vorsichtig losschneiden. Bitte bewegen Sie sich nicht zu schnell, sondern versuchen Sie erst einmal, sich auf den Boden zu legen. Ich rufe gleich Hilfe, damit Sie versorgt werden können. Haben Sie mich verstanden?"

Kale deutete wieder ein leichtes Nicken an und spürte, wie der Druck der Fesseln an seinem Hals verschwand. Dann löste sich das Seil an seiner Stirn, mit dem sein Kopf fixiert war. Als Deputy Malloy gerade die Fesseln an seinem Körper löste, ertönte dieser Knall! So laut, so erschreckend unerwartet, dass Kale zusammenzuckte. Diese Gestalt vor ihm fiel ihm plötzlich entgegen und blieb leblos auf seinen Beinen liegen. Kale spürte noch das Entsetzen, dann zerrte jemand sein Bewusstsein aus der Situation heraus und sperrte ihn weg. Wie immer, wenn starke Ängste und Emotionen im Spiel waren, übernahm Tristan das Kommando. Dies war wieder einer seiner Momente! Gewalt war sein Ding! Gewalt machte ihn an und beflügelte seine Lust...

***

Rachel

Ich erwachte in einem weißen Raum. Es kam mir vor wie ein Déjà-vu. Ich lag auf einer Liege in einem leeren Raum. Eine Frau saß zu meinen Füßen und sah mich an.

„Geht es wieder?", fragte sie mich. Bei mir ging seit vier Jahren nichts mehr. Ich fühlte mich nur noch von der Idee getrieben, Kale irgendwo nahe zu sein. Deshalb war ich hier. Damals, als ich den Zusammenbruch erlitten hatte, wollte ich nicht hier in diese Klinik eingewiesen werden. Es schien mir unmöglich, mich in den Räumen zu bewegen, die einst Kale Hatfield durchschritten hatte, in denen wir uns immer wieder auf wundersame Weise begegnet waren und die ersten Schritte in die Zukunft gemeinsam geplant hatten. Also wurde ich nach Milwaukee gebracht, viele Meilen von allen Erinnerungen entfernt. Ich habe nicht mitbekommen, was man mit meinem Eigentum aus meiner Wohnung gemacht hatte. Meine Kleidung fand ich eines Tages in meinen Schrank im Zimmer der Klinik wieder, doch meine Möbel, mein anderer Besitz und Kales Besitz, den er in meiner Wohnung hinterlassen hatte, waren verschwunden. Ich kann mich dunkel erinnern, dass man mir seine Geldbörse zeigte, die er in meiner Wohnung hatte liegen lassen. Darin waren sein Ausweis, ein wenig Geld und ein Hinweis, dass er ein Patient mit Freigang war. Im Falle eines Notfalls sei die Klinik sofort zu informieren. Man hielt mir dieses letzte intime Besitztum von Kale entgegen und es schauderte mich. Ich sah seine Hand, die die Geldbörse festhielt und roch seinen Körper, dem ich mich so gerne einmal hingegeben hätte. Ich stieß die Geldbörse von mir und erlitt einen Weinkrampf. Man nahm mir auch dieses letzte Zeugnis weg und hatte mich in ein weißes Zimmer gesperrt wie dieses, in dem ich jetzt lag.

Ich nickte der Frau zu, die mir ein gütiges Lächeln schenkte. Sie erinnerte mich an Mrs. Wetherby, meine ehemalige Chefin in der Bibliothek, die ebenfalls das Weite gesucht hatte und nun viele tausend Meilen entfernt lebte. Auch sie war an den Entwicklungen von damals zerbrochen und hatte anderswo Schutz gesucht. So hatte jeder seinen Weg gefunden. Doch wo Kale gelandet war, wusste niemand! Seine Hölle hatte keinen Namen und seine Qual fand keine Grenze. Ich hatte einen Teil seiner Qual übernehmen wollen, doch es hatte nicht gereicht. Deswegen suchte ich eine neue Bestrafung. Ich wollte sie hier in dieser Klinik finden, doch auch dieser letzte Ort, der ihm einst Schutz geboten hatte, löste sich auf. Es war, als vernichtete man unser letztes Stück Leben. Wo sollte ich jetzt noch Erbarmen und Vergebung finden?

„Wasser?“, fragte die Frau im weißen Kittel und hielt mir ein Glas hin. Ja, das würde mir guttun. Ich nahm das Glas und trank ein paar Schluck. Das ließ mich etwas munterer werden. „Sie erwähnten den Namen Kale Hatfield“, sagte die Frau und lächelte mich wieder an. Ich nickte. Ich wollte unbedingt wissen, was in seiner Akte stand. Gab es einen abschließenden Bericht? Man musste seinen Leichnam doch irgendwo gefunden haben! Als ich vor vier Jahren angefragt hatte, hatte man mir keine Auskunft gegeben. Auch die Polizei stellte sich keiner meiner Fragen. Warum? Was wusste sie, das ich nicht wissen sollte? War die Wahrheit so unerträglich grausam, dass man mich davor schützen musste?

„Ich habe mal im Computer nachgesehen. Er war vor einigen Jahren ein Patient dieser Klinik. Darf ich fragen, wer Sie sind?“, fragte die Frau und nahm mir das Wasserglas wieder ab.

„Rachel Finley“, sagte ich leise.

Die Frau blickte mich erstaunt an. „Sie sind Rachel?“

Ich nickte.

„*Die* Rachel…?“

Ich nickte erneut. Sie lachte. „Ihre Geschichte wurde jahrelang in dieser Klinik erzählt! Das ist unglaublich! Sie sind Rachel Finley!“

Sie stellte das Wasserglas auf dem Boden ab und nahm meine rechte Hand zwischen ihre warmen Hände. „Es ist so wundervoll, dass ich Sie kennenlernen darf!“

Ich sah sie mitleidig an. Wer in dieser Welt freute sich schon, dass er mich kennenlernen durfte? Wusste diese Frau überhaupt, was ich angerichtet hatte?

„Sie müssen mir unbedingt Ihre Geschichte erzählen!“

Ich ahnte, dass sie nicht die ganze Wahrheit kannte. Wahrscheinlich kursierte in dieser Klinik eine Art Mythos über uns. Eine Legende, eine Liebesgeschichte, die so nie existiert hatte, wie sie dargestellt wurde. Die Welt braucht Mythen, um sich vor der Grausamkeit zu schützen, die wirklich existiert. Wer meine Geschichte kannte, sah ganz sicherlich keinen Mythos darin. Er würde Verachtung spüren und mich verschmähen.

Doch diese Frau schien nichts dergleichen in sich zu spüren. Sie schenkte mir Wärme und Aufmerksamkeit.

„Ich muss eigentlich den Trakt drei kontrollieren, ob alle Räume leer sind. Heute verlassen die letzten Patienten das Haus und ich muss dafür sorgen, dass sie all ihre Besitztümer mitnehmen. Sie sind vollkommen verwirrt und schaffen das nicht alleine."

Ich nickte, ich war auch verwirrt, als man mir das Leben entriss.

„Wenn Sie ein wenig Zeit haben, können Sie mir zur Hand gehen. Dann geht alles schneller und ich kann mit Ihnen zusammen mal in den Computer schauen oder die Akte im Archiv suchen. Das Archiv wird erst nächste Woche verlegt."

Ich nickte.

„Fühlen Sie sich stark genug, um mir zu helfen?", fragte sie leise.

Ich nickte erneut.

***

Morgan lächelte, als der Schuss verhallte. So ein naiver Deputy! Da kettete er ihn direkt in der Nähe seiner Waffe an, die in der Tasche auf dem Beifahrersitz lag! Diesem Burschen war es gar nicht in den Sinn gekommen, dass er vielleicht bewaffnet unterwegs sein und die Waffe im Wagen gelagert haben könnte. Morgan hatte gewusst, dass diesem jungen Bastard ein Fehler unterlaufen würde. Im Moment der Unachtsamkeit angelte Morgan umständlich nach der Waffe und konnte sie fassen. Er war schon in Bedrängnis, denn gleich hätte der Deputy diesen Hatfield losgeschnitten. Auch wenn er ihm nur wenig Kraft zutraute, so war nicht abzuschätzen, wie er reagieren würde. Schließlich befand sich die Waffe des Polizisten in dessen Nähe. Ebenso konnte er nicht abschätzen, wie schnell der Deputy plötzlich reagieren würde. Also haderte er nicht und schoss direkt los, als er die Waffe richtig zu packen bekam. Die Kugel bohrte sich in den Rücken des Deputys und ließ ihn sofort zu

Boden gehen. Er fiel vornüber auf die Beine von Kale Hatfield und verhinderte die Sicht auf dessen Fesseln. Morgan hantierte hektisch an den Handschellen herum und schoss die Kette einfach entzwei, um wieder frei zu sein. Er wollte keine Sekunde verlieren und doch verlor er den Überblick über das, was geschah...

Tristan war mit dem Schuss auf Malloy geweckt worden. Im Bruchteil einer Sekunde kam er an die Oberfläche und spürte die Gewalt, die ihn sofort beherrschte und ließ ihn an den Fesseln zerren. Sie waren noch nicht ganz durchtrennt, doch seine Kraft war immens und zerriss den letzten Widerstand. Er ignorierte den Schmerz der Verletzungen im Gesicht, befreite sich von dem auf ihm liegenden Deputy und ergriff den schweren Ast, den Morgan vor nicht weniger als einer Minute zu seinen Füßen hatte legen müssen. Dieser Ast sollte also seinen Todesschlag ausführen. Sei es drum! Er würde jetzt den Richtigen treffen! Tristan hörte den zweiten Schuss, als er bereits auf den Wagen losstürmte. Morgan befreite sich gerade aus seiner Lage. Dann ertönte ein dritter Schuss, den Morgan abfeuerte und der eigentlich ihm galt, aber sein Ziel um Haaresbreite verfehlte. Der nächste Schuss konnte nicht mehr ausgeführt werden, denn der Ast sauste schneller auf Morgans Haupt nieder, als dieser den Abzug betätigen konnte. Tristan hörte das Zerbersten des Schädels und sah Ian Morgans Körper zuckend zu Boden gehen. Da lag es nun, dieses Schwein! Fast 20 Jahre hatte Tristan auf diesen Moment gewartet! Er zog den immer noch zuckenden Körper des Lehrers vom Wagen weg und sah das Blut, das aus seinem Schädel strömte und im Waldboden versickerte. Tristan erhob erneut den Ast und ließ das Gesicht von Morgan verschwinden. Zurück blieb eine Masse von Haut, Haaren und Gehirn. Und er schlug weiter zu! Tristan zählte die Schläge. Jeden einzelnen. Der Kopf, der Rumpf und die Beine, nichts sollte von diesem Monster erkenntlich bleiben. Für jede Missbrauch einen Schlag. Das war nur gerecht!

***

Rachel

Ich folgte der Frau und fragte nach ihrem Namen.

„Lydia“, sagte sie, „Dr. Lydia Hays. Ich bin seit zwei Jahren hier an dieser Klinik als Psychologin tätig.“

Ich hielt inne und musste sofort an eine von Kales Persönlichkeiten denken. Lydia, das Kind. Das einzige immerfröhliche Wesen in Kale. Wenn er Lydia nicht gehabt hätte, hätte ich ihn nie kennengelernt. Dr. Temerowski erzählte mir einmal, dass Lydia Kale zweimal das Leben gerettet hatte. Zweimal war er an der Schwelle, sich selbst zu töten, gestanden. Doch Lydia hatte die Aufgabe übernommen, ihn zu trösten und mit Fröhlichkeit zu versorgen. Sie hatte ihre Aufgabe gut erfüllt und Kale auf diese Weise wenigstens ein wenig Zuversicht im Leben geschenkt.

„Kennen Sie Dr. Temerowski?“, fragte ich, als wir am Ende des langen Ganges in den nächsten Trakt kamen und durch eine Tür gingen. Ich kannte diese Tür. Ich hatte sie vor über vier Jahren wutentbrannt durchschritten, als man mir den Kontakt zu Kale untersagt hatte.

„Ja, aber er hat schon letztes Jahr die Klinik gewechselt. Ich glaube, er ist nach Kalifornien gegangen. Nach Los Angeles. Dort gibt es einen großen Bedarf an Psychiatern.“ Sie lachte. „Hängt wohl mit Hollywood zusammen.“

Ich lächelte. „Hat er mal von Kale erzählt?“

„Aber ja! Er hat oft von ihm erzählt. Als Sie seinen Namen eben erwähnten, kam er mir direkt bekannt vor. Kale war sein erster wirklich beeindruckender Patient. Es hat bei ihm eine Methode angewandt, die er mit Dr. Blendheim erarbeitet hatte. Es war revolutionär. Noch nie konnte eine multiple Persönlichkeit so gut trainiert werden.“

Lydia Hays stoppte. Sie legte ihren Zeigefinger auf die Lippen und klopfte an eine Tür. Ich schwieg. Hinter der Tür ertönte ein mürrisches Grummeln. Die Ärztin trat ein. „Ach Henry! Du solltest doch packen!“

Henry saß resigniert und vor Kummer gebeugt auf seinem

Bett und schüttelte den Kopf.

„Ich weiß“, sagte Lydia. „Es ist für uns alle sehr schwer. Komm, ich helfe dir.“ Sie wies mich an, draußen zu bleiben, während sie mit dem dreiundsiebzigjährigen Mann die wenigen Habseligkeiten in einen braunen Lederkoffer packte. Henry hatte den Tod seiner Frau nicht verkraftet. Sie hatte sich umgebracht, als sie von ihrer Alzheimer Erkrankung erfahren hatte. Das hatte auch ihn dazu veranlasst, seinem Leben ein Ende setzen zu wollen. Doch seine Tochter war rechtzeitig erschienen und hatte es verhindert, was alles noch schlimmer gemacht hatte. Henry konnte seiner Depression nicht mehr ausweichen und musste in Schutzverwahrung genommen werden. Hier wartete er auf das, was er schon vor drei Jahren hatte erledigen wollen – das Sterben. Lydia Hays führte den Mann an der Hand an mir vorbei und bat darum, dass ich mich um den Koffer kümmerte. Ich nickte, holte den Koffer aus dem Zimmer und folgte den beiden. Draußen war inzwischen ein Krankenwagen vorgefahren und die Sanitäter nahmen den Patienten in ihre Obhut.

„Ich muss noch Janet holen“, sagte Lydia, doch einer der Sanitäter teilte mit, dass sich Dr. Boldman bereits um Janet gekümmert habe. Damit wäre die Klinik leer und ihre Arbeit beendet.

Dr. Hays drehte sich zu mir um und sagte: „Ich bin fertig. Jetzt habe ich Zeit für Sie, Mrs. Finley.“

„Rachel“, sagte ich, „nennen Sie mich bitte Rachel.“

Sie hielt mir die Hand entgegen und sagte: „Lydia. Ich möchte gerne alles von Ihnen erfahren, Rachel! Und dann schauen wir in Kales Akte, was dort zum Schluss eingetragen wurde.“

Ich nickte und betrat mit ihr wieder die Klinik. Wir fanden in dem Zimmer Platz, in dem einst Dr. Temerowski mich therapiert und für Kale vorbereitet hatte. Irgendwie konnte ich mich des Gefühls nicht erwehren, auch hier wieder ein Déjà-vu zu erleben.

***

Vor Tristan lag kein Mensch, nein, es war nur noch eine zu Brei zerschlagende Masse von Haut, Haaren, Knochen und Stoff. Er legte den Ast neben den Toten und sah nach Deputy Malloy. War er tot? Er rührte sich nicht mehr. Egal. Zu schade, wenn seine Seele zeitgleich mit diesem Schwein den Weg in den Himmel suchte. Wer würde wohl eher oben sein? Würde man Ian Morgan überhaupt hineinlassen? Er hatte sich so viel Mühe bei seiner Arbeit auf Erden gegeben, war Diener Gottes gewesen und hatte sogar eine Jugendgruppe und einen Chor der Kirche geleitet. So viel Mühe! Ja, einige Jungen hatten sogar seine besondere Aufmerksamkeit erhalten. Er hatte dafür extra einen Raum im Gemeindezentrum eingerichtet und als Einziger einen Schlüssel besessen. Über zwanzig Jungen mussten dort seinen Gelüsten standhalten, sich demütigen und missbrauchen lassen. Danach schickte er sie zum Gebet in die Kirche, um die Gnade Gottes zu empfangen. Er sagte, es sei der Wille Gottes, dass sie ihm dienten. Und die Eltern würden dem Fluch Gottes ausgesetzt sein, wenn sie daheim etwas erzählen würden. Ob er mit dieser Geschichte vor den Toren Gottes wohl durchkam? Tristan sah auf den bewegungslosen Deputy hinunter und sagte: „Nimm deine Knarre mit und knall ihn oben noch einmal ab“, und ging zum Wagen zurück.

Im Kofferraum fand er eine Decke und einen Benzinkanister. Den Kanister stellte er neben Morgans Leichen ab und die Decke legte er über seinen Körper. Er raffte damit den zerschundenen Körper zusammen und trug ihn zurück zum Kofferraum. Er wollte ihn nicht zurücklassen. Das war einfach zu riskant. Es wäre nicht gut, wenn man nach ihm fahndete. Im Grunde fahndete man nach Kale Hatfield, aber da er diesen Körper mit ihm teilte, musste er auch Kale schützen.

Als er den Kofferraumdeckel geschlossen hatte, durchsuchte er die Tasche von Morgan, die auf dem Beifahrersitz stand. So wie er diesen Scheißkerl kannte, hatte er sicherlich ein Feuerzeug dabei. Und tatsächlich. Morgans Prägung durch die Pfadfinder in seiner Kindheit, hatte ihn immer dafür sorgen lassen, lebensnotwendige Dinge mit sich zu führen. Tristan fand noch die Geldbörse und eine Kreditkarte. In der Geldbörse steckten beachtliche 300$, die er gut gebrauchen konnte und er steckte sie in seine Hosentasche. Dann prüfte er das Feuerzeug, ob es funktionstüchtig wäre. Natürlich! Es war Ian Morgans Feuerzeug! Bei ihm funktionierte immer alles. Tristan musste Morgans Blutlache verschwinden lassen. Feuer, dachte er. Das würde es richten. Man würde nichts mehr finden außer einer niedergebrannten Stelle im Wald. Man würde vielleicht Jugendliche dahinter vermuten oder einen Irren.

Tristan sah zu Malloy hinüber. Wenn er ihn auf diese Blutlache legte, würde sich sein Blut sogar mit dem von Morgan vermischen. Genial! Er zog den regungslosen Körper des Deputy durch den Dreck bis hin zu der Stelle, an der er soeben noch Morgans Körper entstellt hatte. Er meinte, ein Zucken in Malloys Körper zu spüren, als er ihn niederließ. Lebte er etwa noch? Egal! Er ließ ihn einfach liegen. Dann holte er die zerschnittenen Fesseln und legte sie dazu. Das Messer von Malloy steckte er in seine hintere Hosentasche. Dann entleerte er den Kanister über diesen Polizisten und verteilte die letzten Reste in der Umgebung. Alles sollte brennen! Ein großes Feuer würde alles vernichten! Oh, Tristan liebte das Feuer! Bevor er das Benzin entzündete, kam ihm der Gedanke, dass er Morgan vielleicht hinzulegen könnte. Dann wäre alles erledigt. Aber so einfach war das nicht. Man würde die Reste der Leichen finden und sie obduzieren. Er durfte auf keinen Fall eine Spur von sich oder Morgan hinterlassen. Auf keinen Fall! Als er den Deckel des Sturmfeuerzeuges aufschnappen ließ, sah er zum Wagen hinüber. Steckte der Wagenschlüssel, damit er auch schnell genug verschwinden konnte? Er ging nachschauen. Nein, der Schlüssel steckte nicht! Verdammt. Jetzt wäre ihm beinahe ein fataler Fehler unterlaufen! Hektik überkam ihn. Es würde nicht mehr lange dauern und hier würde es nur so von Polizisten wimmeln. Dieser Deputy hatte sicherlich eine Meldung zur Zentrale durchgegeben, bevor er in den Wald geschlichen war.

Irgendwo musste sein Wagen stehen. Sollte er ihn suchen und Morgan darin mitnehmen? Nein, das war keine gute Idee! Er durchsuchte Morgans Tasche und die Sitze. Der Schlüssel war nicht zu finden. Morgan selbst musste ihn bei sich haben. Tristan öffnete den Kofferraum des Wagens und sah auf die blutdurchtränkte Decke. Er zog sie weg und griff skrupellos in dessen linke Hosentasche. Nichts. Dann die rechte Hosentasche. Volltreffer! Er schloss den Kofferraum und setzte sich in den Wagen, um ihn zu starten. Manchmal scheiterten die besten Pläne an den dümmsten Kleinigkeiten. Der Wagen sprang ohne Probleme an. Er wendete ihn und stellte ihn fahrbereit ab. Dann ging er erneut zu diesem Deputy und schnappte das Feuerzeug auf. Malloy zeigte eine leichte Regung, die Tristan nicht mehr interessierte. Er würde sich doch von diesem dummen Schisser nicht die Party versauen lassen und hielt die helle Flamme an dessen rechten Schuh, der sofort Feuer fing. Tristan trat einen Schritt zurück, denn das Feuer breitete sich enorm schnell aus. Er bemerkte nicht, wie sein rechter Arm von einer Flamme ergriffen wurde, so sehr fesselte ihn die Freude an der Vernichtung. Erst als sich die Flammen durch das Hemd und die Haut fraßen, bemerkte er den Schmerz und schmiss sich erschrocken zu Boden. Er wälzte sich im Dreck, um die Flammen zu löschen und schrie Flüche von Verdammnis in den Wald hinein. Er sah das Feuer näher kommen und robbte sich verzweifelt durch den Dreck zum Wagen. Dort kletterte er geschwind auf den Fahrersitz, schloss mit einem lauten Knall die Tür und fuhr eilig aus dem Wald. Im Rückspiegel sah er, wie sich das Flammenmeer ausbreitete. Der Wald war trocken und es würde auch heute wieder ziemlich heiß werden! Er bog am Waldrand auf die Straße und sah Malloys Wagen. Es war sein letzter Einsatz gewesen!

Nach einer Meile kam Tristan ein weiterer Polizeiwagen entgegen. Verstärkung. Das war gut. Sie würden nichts finden. Nichts! Tristan fuhr unbehelligt davon.

Sie fanden den Wagen ihres Kollegen am Waldrand stehen und sahen zugleich die Flammen, die aus dem Wald emporloderten. Verdammt! Was war passiert? Einer gab sofort eine Meldung an die Zentrale, dass dringend die Feuerwehr benötigt wurde und der andere lief in den Wald und rief nach seinem Kollegen. Doch der war bereits tot. Bei lebendigem Leibe verbrannt!

***

Rachel

Lydia stellte eine Tupperdose voller Obst auf ihren Schreibtisch und hielt mir eine Tasse mit heißem Kaffee entgegen. Ich nahm sie dankbar an.

„Zucker? Milch?"

Ich nickte. „Beides, Danke." Sie reichte mir beides, zog ihren Arztkittel aus und hing ihn an einen Haken an der Innentür. „Das war's", sagte sie und setzte sich zu mir.

„Hier hat Dr. Temerowski mit mir gearbeitet", sagte ich und trank vorsichtig den heißen Kaffee.

„Ach", sagte sie. „Waren Sie auch in Behandlung bei ihm?"

Ich schüttelte den Kopf. „Nein, ich wurde hier nur von ihm für Kale trainiert." Als ich das sagte, war plötzlich alles wieder gegenwärtig. Ich hatte in unzähligen Stunden über Kales Persönlichkeiten erfahren und gelernt die Merkmale zu erkennen, wenn sie sich zeigten. Jede hatte eine eigene Körperhaltung und ihr eigenes Gesicht, wenn sie sich zeigte. Je nach Persönlichkeit wurden andere Muskeln aktiviert, was dem Körper und dem Gesicht ein etwas anderes Aussehen gab. Und in der Tat, ich konnte die kindlichen Züge von Lydia erkennen, aber auch die harten von Carl oder die brutalen von Tristan. Sybille und Joey waren schwer zu erkennen, aber sie waren auch völlig bedeutungslos für unser Leben. Am meisten musste ich auf Tristan achten. Als ich Kale zum ersten Mal meine Zuneigung gezeigt hatte, hatte sich Tristan sofort eingemischt und war in einen Akt der Gewalt ausgebrochen. Als hätte er mich warnen wollen. Nicht, dass er mich angegriffen hatte, nein, aber er hatte Mobiliar meiner Bibliothek, in der ich arbeitete, zerschlagen. Das war der Grund für Kales Einweisung in diese Psychiatrie gewesen. Man hatte befürchtet, dass Tristan auch erscheinen könnte, wenn ich mich Kale körperlich nähern würde. Eine große Gefahr! Niemand wusste, ob er in der Lage wäre, mich umzubringen. Es kursierte der Verdacht, Kale habe seinen Vater getötet, doch es konnte ihm nie nachgewiesen werden. Seine Mutter hatte berichtet, dass er als Jugendlicher häufiger voller Blut nach Hause gekommen sei. Tristan hatte in einem Gespräch mit Dr. Blendheim sogar einmal zugegeben, einen Hund getötet zu haben. Kale musste die Anzeichen lernen, wann Tristan an die Oberfläche drang, um ihn niederkämpfen zu können. Er musste lernen, seine Gefühle selbst auszuhalten und nicht einfach abzutauchen. Eine schwere Aufgabe für Kale, weil er es gewöhnt war, sich nicht mit diesen starken Gefühlen auseinanderzusetzen. Und ich musste die Anzeichen lernen, um Kale rechtzeitig zu warnen. Es gab nämlich einen Trick. Der bestand schlicht und einfach darin, dass ich laut und deutlich den Namen *Kale* aussprechen musste. Ich musste, wenn Tristan sich zeigte, nur seinen ursprünglichen Namen rufen, weil Tristan dann sofort verschwand. Das war besonders wichtig, wenn wir uns körperlich nähern wollten. Dabei ging es um extrem starke Emotionen, denn wenn Kale eine Berührung spürte, rief es immer Erinnerungen aus seiner Vergangenheit hervor. Eine schwere Aufgabe für uns. Unsere erste Annäherung scheiterte so kläglich! Sie war so voller Emotionen, dass Kale selbst mit meiner Hilfe darunter zusammenbrach. Leider kam es nie zu einer zweiten Annäherung, weil ich… ich sollte nicht immer wieder damit anfangen. Ich sollte die Vergangenheit langsam ruhen lassen, sagte mir Lydia, als ich ihr das Ende der Geschichte erzählt hatte. Sie nahm mich in den Arm und sagte: „Ich hätte genau das gleiche getan. Ich hätte dem selbsternannten Onkel von Kale auch mein Vertrauen geschenkt. Ich wäre auf den gleichen Trick reingefallen. Sie haben keine Chance gehabt, etwas anders zu machen, weil Sie gar keinen Anlass dazu sahen. Ihre Motive waren so rein und gut. Jeder hätte das Gleiche gemacht. Es gibt keine Schuld, Rachel. Es gibt *keine* Schuld!"

Sie drückte mich so fest, als wolle sie all meinen Schmerz der letzten vier Jahre aus mir herauspressen und jagte ihn mit genau diesen Worten von dannen. Es tat so gut! So gut! Noch nie hatte jemand meinen Schmerz so tief erreicht wie diese Lydia Hays. In dem Moment wurde mir klar, warum ich diese Reise nach Madison hatte unternehmen müssen. Ich erzählte Lydia von meinem langen Aufenthalt in der geschlossenen Psychiatrie. Ich zeigte ihr meine vielen Narben, die ich mir zugefügt hatte, um mich zu bestrafen und zu erlösen zugleich. Dass mich nur die Medikamente noch am Leben gehalten hätten. Aber dass ich sie mit dieser Reise abgesetzt hatte, um der Wahrheit unbeeinträchtigt begegnen zu können. Ich betrachtete diese Reise als eine Art Reise zu mir selbst. Entweder würde ich auf dieser Reise einen neuen Lebensanfang finden oder zugrunde gehen. Irgendein Ergebnis musste sich zeigen. Ich wollte nicht den Rest meines Lebens in einer geschlossenen Psychiatrie verbringen. Es fühlt sich schlimm an, in einem Körper zu stecken, den man nicht mehr fühlen, und eine Seele zu besitzen, die man nicht mehr spüren konnte.

„Jeder Mensch kommt einmal in seinem Leben an einen Punkt, an dem er eine große Veränderung durchmachen und aushalten muss, denn wir sind als Menschen dafür gemacht, uns zu verändern. Krank werden nur die, die an immergleichen Dingen festhalten. Die nicht loslassen können und mit allen Mitteln klammern. Sie machen das richtig gut, Rachel. Ich schlage vor, wenn Sie schon hier sind und wir die Klinik ab morgen schließen werden, sollten Sie noch einmal alle Räume aufsuchen, die Sie beide betreten haben. Nehmen Sie Abschied davon. Versuchen Sie noch einmal, alles zu spüren. Hier ist so viel Schönes zwischen Ihnen und Kale passiert. Atmen Sie es noch einmal ein und nehmen das anstatt der Trauer und Schuld mit in Ihr weiteres Leben. Ich werde Sie begleiten, wenn Sie möchten." Sie sah mich an.

Ihre Worte machten mir Angst. Der Vorschlag, noch einmal die Vergangenheit zu spüren, fühlte sich an, als sollte ich in einen Kessel mit siedend heißem Wasser springen. Es würde mich verbrennen, innerlich und äußerlich. War ich nicht genau deswegen aus meiner jetzigen Wohnung geflohen? Ich suchte Frieden und nicht den Krieg der Vergangenheit.

„Sie haben bis jetzt in einem Krieg gelebt. Der ist bereits Vergangenheit. Es bleibt Ihnen nur noch der Frieden. Und dazu gehört das Abschiednehmen. Sie haben bis heute noch keinen Abschied von Kale genommen. Es wird Zeit."

Sie sah mich an, während mir die Tränen über das Gesicht liefen.

„Sehen Sie, Sie haben soeben mit dem Abschied begonnen." Sie nahm mich an die Hand und führte mich zu der Station, in der Kale seine Zeit verbracht hatte. Ich durchschritt noch einmal die besagte Tür und verweilte. Lydia blieb hinter mir. Ich hörte sie leise sagen: „Weinen Sie." Und ich weinte. Ich sah Kale und mich auf dem Boden im Flur gegenüber im Schneidersitz sitzen und wie unsere Hände sich berührten. Ich fühlte, wie sein Schmerz in mich hineinfloss und ich ihm meine Stärke und Zuversicht geben konnte. Es war ein so unglaublicher Moment gewesen.

„Wo war sein Zimmer?", fragte Lydia leise und ich wies unter Tränen zur linken Seite. Kale hatte das erste Zimmer links bewohnt. Lydia ging an mir vorbei und öffnete die Tür. Ich sah ihn plötzlich durch diese Tür kommen und mich mit großen Augen ansehen.

„Kommen Sie", sagte sie und führte mich an der Hand in das Zimmer, in dem Kale am ersten Tag seines Freigangs in eine Ecke gedrückt gekauert und geweint hatte, weil er so viel Angst gehabt hatte, seinen Schutzraum zu verlassen. Wir hatten alle Pläne abgeblasen und ihn in diesem Schutzraum gelassen. Sein Bett stand immer noch an derselben Stelle und auf seinen Nachtisch hatte ich einmal ein Gedicht gefunden, das er für mich geschrieben hatte. Ich hatte es schnell und heimlich gelesen und war gerührt hinausgegangen, um heißes Wasser für Tee zu holen. Als ich wiederkam, hatte er die Tür verschlossen und einen Zettel davor gelegt. Darauf war „Nein" gestanden. Ich durfte sein Zimmer nicht mehr betreten. War es die Enttäuschung, dass ich sein Gedicht gelesen hatte? Hatte er geplant, es mir vorzulesen und ich hatte diesen besonderen Moment für ihn zerstört?

Ich setzte mich auf das Bett, in dem er viele Nächte wach gelegen hatte, und weinte. Wie oft mochte Kale hier in diesem Zimmer verzweifelt gewesen sein und auch geweint haben? Dieses Zimmer war klein, sehr klein, aber es reichte ihm aus. Pfleger hatten mir gesagt, dass er es nur selten verlassen hatte, weil er die vielen Menschen auf dem Flur nicht aushalten konnte. Deswegen hatten wir uns einmal im Lesezimmer der Station getroffen. Dr. Temerowski hatte dafür gesorgt, dass uns niemand störte und wir hatten uns einfach nur an das Fenster gesetzt und dabei zugesehen, wie in der Abendstunde die ersten Schneeflocken niederfielen. Im Licht der Laternen, die im Klinikgelände aufgestellt waren, sah es aus, als stünde Weihnachten vor der Tür. Wir hatten unser Hände ausgestreckt und in unseren Gedanken diese niederschwebenden Flocken aufgefangen. „Ich kann sie spüren", hatte ich gesagt. „Ich auch", hatte er damals geantwortet.

Lydia saß neben mir, als ich ihr diese Geschichten erzählte. Sie nahm mich an der Hand und führte mich in das ehemalige Lesezimmer. Ich sah das große Fenster, vor dem wir gesessen hatten. Erst jetzt bemerkte ich die Gitter dahinter. Die hatte ich damals nicht gesehen. Der Blick schien mir so perfekt und rein. Da gab es keine Gitter. Kale hatte in mir ein Gefühl der Wärme ausgelöst.

„Er hat sich hinter diesen Gittern gut aufgehoben gefühlt", sagte Lydia. „Das ist häufig so. Viele Patienten haben große Angst vor der Welt da draußen. Sie fühlen sich durch die Gitter beschützt, während die Menschen vor den Gittern immer glauben, dass sich die Menschen dahinter eingesperrt fühlen. Nein, sie erleben oft eine Form der Freiheit in einer geschützten Umgebung. Für sie ist es wie ein großes Haus aus Stein, das sie vor Kälte und Wind schützt."

So hatte ich die Dinge nie betrachtet. Lydia nahm mir den

Schmerz, den ich damals erlitten hatte, als ich Kale hier immer wieder zurücklassen musste. Er hatte durchaus eine glückliche Zeit hier verbracht. Dr. Blendheim und Dr. Temerowski waren ihm gute Vertraute gewesen, die ihm helfen wollten, auch wenn sich die Hilfe nicht immer gut für Kale angefühlt hatte. Aber zum Schluss hatte sich alles immer als richtig erwiesen. Die Ärzte hatten einen großen Teil dazu beigetragen, dass Kale sich mir annähern konnte. Dass er überhaupt zum ersten Mal in seinem Leben Liebe spüren konnte.

„Sie waren das Großartigste, was ihm je widerfahren ist", sagte Lydia. „Das ist doch etwas Wunderbares."

„Ja", antwortete ich ihr, „es war so wunderbar zwischen uns."

Lydia legte ihre Hand auf meine rechte Schulter und sagte: „Rachel, Ian Morgan hätte Kale auch ohne Sie erwischt. Sie hätten ihn nicht schützen können. Das konnte nur er selbst."

Ich drehte mich um und sah Lydia Hays an.

***

In Algona steuerte Tristan die erste Tankstelle an. Sein rechter Arm schmerzte verteufelt und er zog sich zurück in seine Kammer. Schmerzen waren nicht sein Ding. Die Gewalt, die er ausüben konnte, war vorbei. Es gab nichts mehr für ihn zu tun. Außerdem war der Tank fast leer.

Der Tankwart sah seinem Kunden erstaunt hinterher, als er rief „volltanken" und eilig in den Toiletten verschwand.

Mann, dem musste aber der Marsch gehen, dachte der Tankwart und füllte den Wagen auf. Sein Kunde kam lange Zeit nicht zurück, und er wurde unruhig. Also beschloss er nachzusehen. Als er den großen Toilettenraum betrat, war niemand zu sehen, doch er hörte eine Art kindliches Jammern hinter einer der Toilettentüren. „Alles okay?", fragte der Mann. Das Jammern verklang und dieser Jemand betätigte hinter der Tür die Spülung.

„Alles okay, Sir?", fragte der Tankwart erneut.

„Ja", erklang es leise hinter der Tür. „Ich komme gleich." Die

Worte klangen gequält hervorgepresst. Trotzdem war der Mann beruhigt und ging zurück in sein Geschäft. Vielleicht litt der Kunde unter schmerzhaftem Durchfall und war deswegen übel gelaunt und so schnell verschwunden. Hier kreuzten die merkwürdigsten Leute auf. Man konnte nie wissen.

Kale wusste nicht, wo er war. Er sah diesen verbrannten Arm und spürte, wie der Schmerz seine Nerven erfasste. Was war passiert? Diese Wunde konnte er unmöglich selbst versorgen. Er brauchte dringend ärztliche Hilfe. Wo war er nur gelandet?

„Du Versager!", schimpfte Carl. „Schau dich an! Nichts bekommst du hin!" Carl schimpfte minutenlang, dann zog er sich zurück. Kale verließ die Kabine und hielt den verbrannten Arm unter den laufenden Wasserhahn. Dabei bemerkte er seinen immensen Durst und trank gierig mit kleinen Schlucken. Das schmerzte fürchterlich und er sah in den Spiegel, woher die Schmerzen kommen könnten. Oh Gott, was war mit seinem Gesicht passiert? Es war vollkommen entstellt! Er verlor vor Schreck den Halt und stolperte nach hinten gegen die Wand. Von weitem sah er im Spiegel sein entsetzliches Erscheinungsbild. Er sah aus, als wäre er soeben der Hölle entkommen! So konnte er sich unmöglich sehen lassen. Und... wo befand er sich überhaupt? Er öffnete vorsichtig die Tür und lugte durch einen Spalt nach draußen. Er befand sich an einer Tankstelle und es stand ein dreckiger Wagen an einer Zapfsäule mit frisch gereinigter Frontscheibe. Service. Der Wagen passte zu seinem Erscheinungsbild und er konnte sich dunkel erinnern, ihn schon einmal gesehen zu haben. Wieder schmerzte sein Arm. Dann sein Gesicht. Seine Nase war gebrochen und er konnte nur mit einem Auge wirklich etwas erkennen. Das Reden schmerzte fürchterlich, hatte er soeben bemerkt, also war sein Kiefer auch gebrochen. Er griff in seine Hosentaschen und fand ein Taschenmesser, das nicht ihm gehörte, ein Sturmfeuerzeug, das er nie gesehen, und dreihundert Dollar, die er nie besessen hatte. Das Geld konnte er gut gebrauchen. Wenn es sein Wagen an der Zapfsäule war, konnte er zumindest die Tankfüllung bezahlen. Er schätzte die Kosten auf fünfzig Dollar und zählte das Geld passend ab. Dann verließ er die Toilettenräume.

Der Tankwart sah, wie der Fremde sich dem Wagen näherte und beobachtete ihn mit zusammengekniffenen Augen. War er einer dieser miesen Preller? Er konnte sein Gesicht nicht sehen, aber er hatte sich das Kennzeichen notiert. Der Fremde war weit gefahren, war aus Wisconsin. Bei denen konnte man nie wissen. Der Wagen war vollkommen verdreckt, genau wie der Halter des Wagens, wenn er mal der Halter war! Diese Typen musste man besonders gut im Auge behalten. Sollte der Fremde nicht unverzüglich zur Zahlung in seinen Laden kommen, würde er sofort die Polizei verständigen. Die Station war nicht weit entfernt, vielleicht drei Meilen. Sie würden ihn sofort schnappen. Das wiederum garantierte nicht, dass er sein Geld bekam. Aber was blieb dem Tankwart anderes übrig, als abzuwarten, was der Fremde tun würde. Würde er zahlen, würde er, der Tankwart, alles vergessen, was er gesehen hatte. Er sah, wie der Fremde etwas auf die Zapfsäule legte und wieder in den Wagen stieg. Er konnte sein Gesicht immer noch nicht erkennen. Der Fremde legte wohl Wert drauf, nicht erkannt zu werden. Der Tankwart wurde unruhig und verließ das Geschäft. Er hatte es geahnt! Ein Preller. Ehe er den Wagen erreichen konnte, verließ dieser mit quietschenden Reifen die Tankstelle. Als der Tankwart auf die Zapfsäule sah, fand er fünfzig Dollar. Dabei hatte er den Wagen nur für einundvierzig Dollar vollgetankt. Dafür würde er doch gerne alles vergessen, was er gesehen hatte!

Kale wusste nicht, was er tun sollte. Erst einmal weg hier! Erst mal einen Platz suchen, an dem er zur Ruhe kommen konnte. Er sollte fahren, so weit wie möglich und solange er durchhielt. Seine Konzentration war nicht die beste. Er spürte immer wieder die Erschöpfung, die nun seinen ganzen Körper erfasste, ganz abgesehen von dem Schmerz im Arm. Durchhalten! Er musste durchhalten. Was auch immer passiert war, er musste sich von dem Ort des Geschehens so weit wie möglich entfernen. Verschiedene Straßenschilder ließen ihn Namen von

Städten lesen, die er noch nie gehört hatte. Die Kennzeichen der anderen Wagen sagten ihm, dass er sich in Iowa befand. Er musste demzufolge Hunderte von Meilen gefahren sein. Als er die Grenze nach Nebraska passierte, stoppte er den Wagen. Er konnte unmöglich in dieser Erscheinung in eine Großstadt fahren, doch er brauchte auch unbedingt Hilfe. Die Schmerzen am Arm waren kaum noch auszuhalten. Er beschloss, einen abgelegenen Parkplatz in Norfolk anzufahren, um dort erst einmal den Wagen zu untersuchen. Auf dem Beifahrersitz befand sich eine Reisetasche, die wohl voller Kleidung war. Die nahm er an sich und verschwand damit in dem dort angrenzendem Gebüsch. Die Tasche war voller Dinge, die ein Reisender bei sich haben sollte, um einige Tage über die Runden zu kommen. Er fand alles darin, was er gebrauchen konnte: Unterwäsche, zwei komplette Ausstattungen, Pflegemittel, eine große Flasche Wasser und etwas zu essen. Er zweifelte, ob er Nahrung aufnehmen könnte, die er kauen musste. Zudem verspürte er nicht den geringsten Appetit. Aber die Wasserflasche war gut. Die konnte er nachfüllen. In einer Plastiktüte fand er noch andere Sachen. Darin befanden sich diverse kurze Seile, eine Gleitcreme, ein Taschenmesse und eine Art Peitsche, die üblicherweise in Sado-Maso-Kreisen benutzt wurde. Kale spürte Hitze in sich aufsteigen. Wenn er sich auch an nichts erinnern konnte, so konnte er doch diese Sachen gewissen Sexpraktiken zuordnen. Er schmiss die Tüte weit in das Gebüsch hinein und begann sich auszukleiden. Außer den Brandwunden und dem verletzten Gesicht, konnte er keine Verletzungen an seinem Körper finden. Das beruhigte ihn ein wenig. Die Kleidung, die er in der Tasche fand, passte recht gut. Sie schien einem großen Herrn mit gutem Geschmack zu gehören und roch gut. Kale würde sich bei nächster Gelegenheit noch waschen und rasieren, soweit es eben möglich war. An seinem rechten Kiefer begann sich ein dunkler Bluterguss zu bilden und er spürte das Pochen darunter. Auch sein linkes Auge pochte, ganz zu schweigen von dem Arm, über den er ganz vorsichtig ein hellblau gemustertes Oberhemd streifte. Damit konnte er die

Wunde sehr gut verbergen.

Am liebsten würde er jetzt schlafen, doch das würde der Schmerz nicht zulassen. Am besten, er suchte so schnell wie möglich eine Apotheke auf und besorgte sich eine gute Brandsalbe. Als er sich wieder seinem Wagen auf dem Parkplatz näherte, sah er die vielen Menschen, die an ihren Autos standen, miteinander redeten, lachten und dann weiterfuhren. Jeder schien einen Platz auf dieser Welt zu haben. Eine Aufgabe, die ihn erfüllt und einnimmt. Er stieg in den Wagen und konnte der Müdigkeit, die ihn überkam, nicht mehr widerstehen. Sein Körper gab nach und ließ ihn in einen tiefen Schlaf voller grausamer Albträume versinken.

Lydia Hays

Rachel

War es nicht ein merkwürdiges Zusammentreffen von Lydia Hays und mir? Da lebte ich jahrelang in einer geschlossenen Psychiatrie und wurde von Psychologen und Psychiater betreut und niemand schaffte über die ganze Zeit das, was diese Ärztin bei mir in wenigen Minuten erreichte. Sie heilte meine verunglückte Welt ein wenig in einer Art und Weise, die sich befreiend anfühlte. Es war, als hätte jemand einen Teil der Schuld von meinen Schultern gehoben und vernichtet. Ich fühlte mich plötzlich nicht mehr für alles verantwortlich und sah mein Verhalten zusehends mehr als richtig an.

„Niemand weiß, was morgen passiert", sagte Lydia zu mir, als wir wieder in ihrem Büro saßen. „Dann würden wir vieles anders machen."

Ich nickte. Diese Klinik, in der wir saßen, fühlte sich plötzlich nicht mehr wie ein Ort der Trauer an. Er fühlte sich mehr und mehr wie ein Ort der Hoffnung an. Ja, Kale hatte hier viele gute Momente verbracht. Schon allein der Gedanke, eine Art Zuhause nach all der schlimmen Obdachlosigkeit gefunden zu haben, machte meine Sicht auf die Vergangenheit geschmeidiger. Ich konnte plötzlich seine kleinen Momente des inneren

Friedens spüren, die seine kriegerischen Momente kleiner machten. War das der Schlüssel zum Glück? Man musste nur den Fokus auf die guten Dinge legen. Die schlechten erfüllten einen nur mit Depression. Lydia Hays besaß die Fähigkeit, mich die guten Momente mit Kale wieder spüren zu lassen.

„Stellen Sie sich vor, Kale würde Sie jetzt sehen. Wenn er Sie wirklich geliebt hat, dann würde es ihn sehr glücklich machen, Sie mit Zuversicht und Hoffnung weiter durchs Leben gehen zu sehen. Ihr Glück würde zu seinem werden. Aber auch Ihr Unglück zu seinem. Entscheiden Sie sich. Sie haben die Chance, ihm jetzt ganz viel Glück und inneren Frieden zu schenken, indem Sie es sich selbst schenken und in sich spüren."

Sie reichte mir erneut eine Tasse Kaffee und hielt mir ihre Dose mit frischem Obst hin. Ich nahm die Tasse an und griff nach einem kleinen Apfel. Der Biss in ihn hinein tat gut. Er löste meinen ersten gesunden Appetit nach all den Jahren aus.

„Sie müssen sich vorstellen, dass Kale dieser Apfel jetzt auch schmeckt."

Der Gedanke klang wundervoll.

„Lassen sie ihn einfach in sich weiterleben."

Ich biss erneut in den Apfel hinein und kaute ihn mit viel Genuss. Dann nahm ich vorsichtig einen Schluck Kaffee und sah, wie Lydia mich lächelnd beobachtete.

„Hat Ihnen niemand je mitgeteilt, was damals wirklich geschah?"

Ich schüttelte den Kopf. „Niemand hat mir auf meine Briefe geantwortet."

Lydia Hays wurde skeptisch. „Wen hatten Sie denn angeschrieben?"

„Das Police-Department, das seinen Fall bearbeitete, die Tochter von Ian Morgan und diese Klinik hier."

„Und niemand hat Ihnen zurückgeschrieben?"

Ich schüttelte den Kopf und sah Misstrauen in Lydias Gesicht aufkommen. Auch ihr erschien das ziemlich merkwürdig, zumal ich dazu befugt war, Informationen zu erhalten. Sie schaltete den Computer ein. Was hatte man mir verschwiegen?

***

Kale fuhr hoch, als jemand an die Scheibe seines Wagens klopfte. „Alles in Ordnung?", rief jemand von draußen und das breite Gesicht einer Frau sah ihn an. Sie war in Sorge, als sie in den Wagen gesehen hatte. Der Mann darin schien schwer verletzt zu sein. „Brauchen Sie Hilfe?", fragte sie weiter. Er schüttelte reflexartig den Kopf. Er konnte nicht antworten, denn sein Kiefer schmerzte, sobald er versuchte, die Zähne auseinanderzubekommen. Er winkte mit seinen Händen, dass sie weggehen solle.

„Aber Sie sind verletzt!", rief die Dame und ließ sich nicht abwimmeln. Das machte ihn zornig. Er versuchte erneut, ihr ein Zeichen zu geben, dass sie ihn in Ruhe lassen sollte, doch sie zog an dem Griff der Fahrertür und öffnete die Tür. „Das geht doch nicht", sagte sie und versuchte, sein Gesicht zu berühren. Das ließ die Situation eskalieren.

Der Mann im Wagen sah sie plötzlich böse an und wehrte ihre Berührung brutal ab. Er fasste ihren rechten Knöchel, drückte ihn gewaltsam zusammen und zischte durch die Zähne: „Ich brauche keine Hilfe!"

Das ließ sie erschrocken zurückweichen. Sie hatte es doch nur gut gemeint! So eine Unverschämtheit!

Tristan zog die Tür wieder zu. Er sollte sich schleunigst davonmachen, bevor noch mehr Menschen aufmerksam wurden. Er wollte hier auf keinen Fall Ärger bekommen, startete den Wagen und verließ mit durchdrehenden Reifen den Parkplatz. Er musste unbedingt tanken. Als er das Schild von West Point passierte, war er am Ende seiner Kraft. Der rechte Hemdärmel färbte sich rot und gelb von der Wundflüssigkeit, die aus der Brandwunde trat. Es brannte fürchterlich. Er konnte den Arm kaum noch bewegen und fand hinter dem Ortsende einen Wald, in dem er unentdeckt verschwinden konnte. Erstmal zur Ruhe kommen, um nachzudenken, wie er am besten weiter vorgehen konnte. Als er den Wagen stoppte, fiel er wieder in eine tiefe Müdigkeit. Er hatte ihr nichts mehr entgegenzusetzen und leistete keinen Widerstand mehr.

***

Rachel

Wir sahen beide, wie der Computer hochfuhr und sich der Moment näherte, an dem ich erfahren sollte, was wirklich mit Kale passiert war. Meine eben noch empfundene Ruhe und Zuversicht wechselten in Unruhe und Angst. Gleich wäre es soweit, dass ich mich der Realität wieder stellen müsste. Dabei hatte sich der kurze Moment zuvor so gut angefühlt. Doch die Wahrheit gehörte genauso zum Träumen, wie die Luft zum Atmen. Es wurde Zeit, dass ich lernte, damit zu leben, was mit Kale passiert war, egal wie schlimm oder grausam es gewesen sein mochte. Damit würden meine immer wiederkehrenden Albträume vielleicht enden, weil die Fantasie keinen Stoff mehr bekäme. Ich hatte alle Varianten, die ich mir vorstellen konnte, unzählige Male in meinen Träumen durchlebt. Es gibt nichts Schlimmeres als die Fantasie, wenn sie mit dir durchgeht.

Ich sah, wie Lydia den Namen *Kale Hatfield* eingab. Gleich würde ich alles lesen können. Der Bildschirm wurde kurz schwarz und dann erschien ein Bild von Kale mit wenigen Daten, die linksseitig zu lesen waren. Der Anblick seines Gesichts riss mir den Boden unter den Füßen weg. Ich hatte ihn seit vier Jahren nicht mehr gesehen und konnte seinen Blick kaum aushalten. Er sah an der Kamera vorbei nach unten, so, wie er immer weggesehen hatte, wenn ihm etwas unangenehm war. Er konnte nur schwer die Menschen anschauen, auch mich. Ich erinnerte mich, dass er schon zu Schulzeiten den Blick gesenkt und abwesend gehalten hatte. Doch diesmal interpretierte ich so vieles mehr in diesen Blick hinein. Ich wusste inzwischen, aus welchem Leid und welchen Erinnerungen er entstanden war.

„Oh“, sagte Lydia Hays, als sie Kales Gesicht sah. Sie hielt kurz inne und sagte dann: „Ein gut aussehender junger Mann.“

Ich nickte. Ja, Kale sah wirklich gut aus. Ich konnte es nicht glauben, dass gerade er mich als Freundin ausgesucht hatte. Dabei war seine Wahl so logisch gewesen. Ich war die Erste, die ihn in seinem Leben für seine Arbeit gelobt hatte. Das hatte diese Zuneigung in ihm ausgelöst. Nüchtern betrachtet war es keine wirkliche Liebe gewesen, die aus einem Moment der ersten Begegnung bestanden hatte. Sicher, wir waren uns zum ersten Mal in meinem Büro begegnet und ziemlich sprachlos gewesen. Ein nahezu peinlicher Moment. Aber ich hatte ihn zuvor am Telefon sicherlich schon verunsichert, als ich ihn für seine Arbeit gelobt hatte. Als er mir dann gegenübersaß, wusste er nicht, wie er darauf reagieren sollte. Und ich wusste nicht, was ich damit angerichtet hatte. Es war seine Sehnsucht nach Aufmerksamkeit und Geborgenheit gewesen, die ihn mich lieben ließ, nicht das erste reine Gefühl einer Liebe auf den ersten Blick. Kale war regelrecht ausgehungert. Er hatte nie im Leben Liebe erfahren, weder von seinen Eltern, noch von Freunden, Lehrern oder Vorgesetzten. Er war als Eremit auf die Welt gekommen und hatte in mir einen weiteren Eremiten erkannt. Es passte eben.

Als ich sein Bild auf dem Bildschirm betrachtete, entstand in mir ein merkwürdiges Gefühl. Er erschien mir plötzlich so lebendig.

„Es war sicherlich schön mit ihm“, hörte ich Lydia sagen. „Er wirkt sehr sensibel und ruhig auf mich.“

Ja, das war er in der Tat. Beides! Er sprach kaum ein Wort. Er ertrug das Leben mit Schweigen. Die Gespräche fanden in seinem Kopf statt, doch er ließ niemanden teilhaben.

„Konnten Sie sich mit ihm unterhalten?“, fragte sie mich.

Ich dachte nach. Nein, ich konnte mich nicht daran erinnern, je ein längeres Gespräch mit ihm geführt zu haben.

Dr. Hays öffnete eine neue Seite der Akte. Darin ging es um die Therapiegespräche zwischen Dr. Blendheim und Kale. Die schienen äußerst rege gewesen zu sein, zumindest hatte Dr. Blendheim das dokumentiert.

„Ah, hier steht auch, dass Kale sich sehr zurückgezogen anderen Menschen gegenüber verhalten hat. Dass er mit ihnen kaum kommunizierte. Das unterstreicht auch Ihre Erfahrung. Er suchte zu niemanden in der Klinik Kontakt."

„Steht etwas über mich geschrieben?", fragte ich und spürte eine große Nervosität aufkommen. Was mochte Kale über mich gesagt haben? Lydia durchsuchte die Akte und fand einen Eintrag unter „Beziehung zu Rachel Finley". Sie las ein wenig und nickte. Ich traute mich nicht, die Worte zu lesen, die blau auf weißem Hintergrund erschienen. Meine Angst war zu groß, etwas zu lesen, das ich nicht wissen wollte. Vielleicht hatte Kale unsere Beziehung gar nicht als Liebe wahrgenommen, sondern als eine zweckmäßige Gemeinschaft. Das würde mir das Herz brechen. Ich wollte es Lydia Hays überlassen, mir dies mitzuteilen. Sie hatte eine Art, mir den Schrecken zu nehmen, egal wie groß er war. Doch sie holte eine weitere Akte hinzu. „Beziehung zu den Eltern". Ich erschrak, als ich die Überschrift las. Ich hatte nie ausführlich mit Kale oder Dr. Blendheim über seine Eltern gesprochen, dabei wäre es mir so wichtig gewesen. Sie waren ein wesentlicher Teil von seinem Leben. Ein unentbehrliches Element in seiner Geschichte, an dem man Maß für sein Verhalten nehmen konnte.

Ich sah, wie Dr. Hays den Kopf schüttelte. Sie war eine Ärztin dieser Klinik gewesen und musste diese Geschichten doch kennen, doch auch sie war erschrocken und zeigte ein fassungsloses Gesicht. Als nächstes klickte sie die Akte „Beziehung zu Ian Morgan" an. Damit landeten wir im Kern der Hölle. Die Wurzel allen Übels. Ian Morgan hatte alles zerstört. Alles! Er hatte unzählige Seelen auf dem Gewissen und dazu gehörten auch die seiner Frau und seiner Kinder. Ich wollte und würde diese Akte niemals lesen wollen. Es hätte mich zu sehr mitgenommen. Ich würde jeden einzelnen Missbrauch spüren, den er Kale angetan hatte. Ich würde zur Mörderin werden, wenn man mir diesen Mann erneut vorführte. Es schauderte mich, als ich daran dachte, dass dieser Mann unter falschem Namen vor mir gestanden und meine Sympathie gewonnen hatte. Ich hatte ihn sogar in meine Wohnung geholt, um ungewollt das Komplott gegen Kale mit ihm zu planen. Ein Mann, der mit seinem großen Geschlechtsteil in diesen kleinen Jungen eingedrungen war! Seine Hände hatten das Geschlechtsteil von Kale geschändet und ihm seine Würde als Mensch entzogen! Selbsthass war entstanden. Kale hätte niemals eine angstfreie sexuelle Beziehung zu mir aufbauen können.

Ich sah, wie Lydia Hays ihre rechte Hand vor den Mund hielt, als wolle sie den Schrecken und das Entsetzen, das in ihr entstand, zurückhalten. Ich stand auf und ging zum Fenster, weil ich diese Szene nicht aushielt. Es war, als übertrüge sich das Entsetzen erneut auf mich.

„Das ist ja schrecklich", hörte ich Lydia sagen. Ja, es war schrecklich. Alles war schrecklich gewesen. Jede Minute und zum Schluss jede Sekunde. Es war auch schrecklich, jetzt in diesem Computer alles noch einmal erleben zu müssen. Dr. Hays klickte mit der Maus erneut auf meine Akte.

„Ich werde Ihnen vorlesen, was Dr. Blendheim über Ihre Beziehung zu Kale geschrieben hat. Ist das okay?"

Ich sah mich um und zu ihr hin. Ob es okay wäre, fragte sie mich. Das konnte ich erst hinterher sagen. War die Wahrheit schön oder war sie schrecklich? Was mochte Kale über mich gesagt haben? Wann sonst, wenn nicht jetzt, sollte ich mich der wahren Meinung von Kale Hatfield zu mir stellen?

***

Es war der Schmerz, der erneut seinen Schlaf unterbrach. Jede Bewegung schmerzte.

Kale stöhnte, als er den nässenden Arm sah. Die Sonne stand bereits tief und verfing sich in den sattgrünen Blättern der Baumkronen. Es musste früher Abend sein, vielleicht fünf oder sechs. Er verspürte immer noch keinen Appetit, dafür aber unbändigen Durst. War in dieser Reisetasche nicht eine Flasche Wasser gewesen? Er sah nach hinten auf die Rückbank, wo er die Tasche hingestellt hatte. Der Schmerz im Arm ließ nicht zu, sie mit einem Griff zu erreichen und nach vorne zu holen. Also stieg er aus und öffnete die hintere Tür. Er fand die Flasche und trank sie gierig halb leer. Dann zog er vorsichtig den Hemdsärmel hoch und goss den Rest über den verbrannten Arm. Das ließ ihn kurz aufstöhnen und die Augen schließen. Er konnte sich immer noch nicht erinnern, was geschehen war. Das Leben zerschoss weiterhin seine Erinnerung. Es war voller Löcher und Ungereimtheiten. Jedes Mal, wenn er wach wurde, fand er sich an einem anderen Ort wieder. Es war, als hätte jemand den Film seines Lebens zerstückelt und willkürlich wieder zusammengeklebt. Er befand sich jetzt wieder in einem Wald. Dieser andere Teil in ihm war augenscheinlich auf der Flucht. Das fühlte sich nicht gut an. Es musste etwas vorgefallen sein, was diese Flucht notwendig machte. Der verbrannte Arm ließ darauf schließen, dass es ein großes Feuer gegeben haben musste. War er beteiligt gewesen? Hatte er etwa dieses Feuer gelegt? Kale ging in die Hocke und verbarg den Kopf in seinen Armen, so, wie er es unzählige Male gemacht hatte, als sein Vater auf ihn eingeschlagen und er Schutz gesucht hatte. Er weinte. Er wusste nicht, wie lange er in dieser Haltung verharrte, aber ein Geräusch im Wald ließ ihn plötzlich aufschrecken. War es klug, sich Hilfe zu suchen, oder war es klüger, die Menschen von sich fern zu halten? Was würde passieren, wenn ihn jetzt jemand in diesem Zustand fand? Kale überkam Angst. Er kannte Tristan durch Videoaufnahmen, die Dr. Blendheim von ihm gemacht hatte. Und die waren nicht schön. Es musste Tristan gewesen sein, der ihn in diese Lage gebracht hatte. Er hatte noch nie etwas Gutes in seinem Leben getan. Kale verband nur Schmerz, Gewalt und Blut mit ihm. Vielleicht wäre es das Beste, wenn er einfach zur Polizei ginge und sich einsperren ließ. Dann würde sich auch jemand um seine Wunde kümmern. Sollte also jemand in diesem Wald sein und ihn finden, würde er sich ergeben und um Hilfe bitten. Er sah dahin, woher das Geräusch gekommen war. Wieder raschelte es. Es klang zu schwach für einen Menschen. Es musste ein Tier sein. Und tatsächlich, er sah im Unterholz einige Äste, die sich bewegten. Vielleicht ein Hase oder ein Luchs. Also keine Hilfe. Kale fiel ein, dass der Halter des Wagens vielleicht einen Verbandskasten im Kofferraum mitführen könnte. Damit könnte er seine Brandwunde versorgen. Vielleicht befand sich sogar eine Salbe darin, die er benutzen könnte. Er ging zum Kofferraum und öffnete ihn…

***

Rachel

„Kale Hatfield hat eine Beziehung zu der zwei Jahre jüngeren Rachel Finley aufgebaut. Wenn er von ihr spricht, erfüllt ihn eine große Freude. Kale hat große Probleme über seine Gefühle zu reden, besonders, wenn es um das Thema Annäherung und Sexualität geht. Die Beziehung zu dieser jungen Dame ist seine erste Annäherung zu einer Frau. Er kann seine Gefühle zu ihr nicht beschreiben. Kale Hatfield bezieht sich bei seinen Schilderungen meist auf nüchterne Abläufe. Er interpretiert keinerlei Gefühle hinein, aber man merkt, dass ihn diese Frau beschäftigt und ein angenehmes Gefühl in ihm auslöst. Gibt man ihm Gefühle wie „warmherzig, lustig, liebevoll, schön, nett oder hübsch“ vor, nickt er. Ich fragte ihn, welches Wort er ihr anstatt Frau geben würde und er antwortete „Licht“. Ich fragte, ob er Reinheit, Ehrlichkeit, Geborgenheit und Zuverlässigkeit mit Rachel verbinde, um das Gefühl der Liebe zu manifestieren und er nickte. Er selbst möchte den Begriff Liebe aber nicht anwenden, weil er das Gefühl nicht kenne. Aber er zeigte eine erste Zugänglichkeit, Rachel mit dem Gefühl von Liebe zu verbinden. Kale Hatfield zeigte gleichzeitig auch Angst vor diesem Gefühl. Er hat besonders Angst davor, von ihr berührt oder geküsst zu werden. Er wäre bereit, diese Beziehung gegen das Aufheben seiner Angstgefühle einzutauschen. Das lässt auf eine unsichere Basis und ein bedenkliches Trauma schließen. Kale bevorzugt die Selbstbestrafung, also den Verzicht, anstatt gute Gefühle zuzulassen. In diesem Bereich wäre eine tiefgreifende Therapie notwendig, die nächste Woche beginnen soll. Auf meine Frage, was Rachel ihm bedeute, antwortete er spontan „Alles.“ Das befürwortet eindeutig eine Therapie. Ziel der Therapie: Das Zulassen von positiven Gefühlen und gleichzeitig das

Kontrollieren der Multiplen. Parallel dazu würde Rachel Finley auch eine Therapie angeboten werden, um die Umsetzung zu gewährleisten. Beiden soll die Sicherheit gegeben werden, dass sie sich gemeinsam stützen und helfen können."

Dr. Lydia Hays sah mich an. Das klang doch gar nicht so schlimm. Aber es klang auch nicht überwältigend für mich. In diesen Worten hörte ich die Unsicherheit von Kale mir gegenüber klar heraus. Er hatte eine Vision von uns und es bestand die Gefahr, dass sie zur Illusion wurde. Alles Gute in seinem Leben machte er zu einer Illusion. Diese Gefahr schien Dr. Blendheim klar erkannt zu haben. Kale war nur mit viel Geduld und Zeit beizukommen. Er musste das Gefühl von Vertrauen, Geborgenheit und Sicherheit erst kennen und annehmen lernen. Dazu bekam er diesen Freigang.

Ich sehe heute noch, wie unsicher er sich in meiner Wohnung umgesehen hatte. Ich höre unseren ersten Streit, als ich ihm mein Schlafzimmer überlassen wollte, damit er einen Rückzugsort habe und er mich anschrie, dass er mich nicht kennenlernen könnte, wenn ich ihn wegsperre. Er wollte mich beobachten, meine Tagesabläufe studieren, meine kleinen Macken sehen und mein Leben als Ganzes erfassen. So etwas hatte ich noch nie gehört! Kale konnte sich das Leben eines anderen Menschen nicht vorstellen! Er war derart isoliert von der Gesellschaft, dass man fast von Naivität sprechen konnte, dabei war er keineswegs dumm. Er hatte sogar studiert. Aber er kannte sich einfach nicht mit Menschen aus. Wie auch? Welcher Mensch hatte in ihm jemals ein Grundvertrauen aufgebaut? Er war damals 28 Jahre alt und in der emotionalen Welt eines fünfjährigen Kindes steckengeblieben. Welch´ eine Herausforderung für mich. Ich sollte ihm zeigen, wie ein anderer Mensch lebte und fühlte, weil er keine Ahnung hatte! Heute kann ich in etwa nachvollziehen, wie fremd sich diese Welt in meiner Wohnung für ihn angefühlt haben muss. Und wie fremd ich mich für ihn angefühlt haben muss. Jemand, der seine Nähe suchte, was er gar nicht aushalten konnte, sich aber so sehr wünschte. Seine Sehnsucht muss immens gewesen sein, weil er sich all diesen Ängsten stellte.

„Er hat Sie eindeutig geliebt“, sagte Lydia zu mir. „Noch nie hat mich jemand mit *Licht* verglichen und *alles* in mir gesehen. Vollkommener kann eine Liebe nicht sein, Rachel“, sagte sie und lächelte mich an. Dies war eine Liebeserklärung und ich erinnerte mich an sein Gedicht, was er mir geschrieben und nie vorgelesen hatte:

Entzücken entdecke ich täglich neu,
erfreue mich an deinem Strahlen.
Du Licht aller Elemente, so hell.
Du siehst, was in mir steckt.
Liebe lacht, Vertrauen kommt.
Bleib, mein ewiges Licht.

Jetzt war alles so klar. Er sprach eine andere Sprache. Wie hatte ich je an seiner Liebe zweifeln können?

***

Kale stolperte nach hinten, als er in den Kofferraum sah, und fiel über einen Ast, was ihn zu Boden stürzen ließ. Was lag da in diesem Wagen? Sein rasender Herzschlag ließ ihn kaum Luft holen. Entsetzen traf bei weitem nicht das Gefühl, das er durchlitt. Es war einfach nur grauenhaft, was er gesehen hatte! Da lag ein Mensch und doch wieder kein Mensch. Es war eine Masse voller Schleim, Blut und Knochen! Wer hatte diesen Menschen so zugerichtet? Er etwa? Nein, das konnte nicht sein. Er konnte keinen Menschen töten. Niemals!

Kale konnte sich nicht beruhigen und rang um jeden Atemzug, den die Angst ihm abschnürte. So etwas hatte er noch nie gesehen! So etwas Grausames! Er fuhr bereits seit Stunden in diesem Wagen herum, vielleicht sogar seit Tagen, wer wusste das schon, und hatte eine übel zugerichtete Leiche im Kofferraum! Er konnte sich unmöglich wieder in den Wagen setzen und weiterfahren. Er konnte diese Leiche aber auch unmöglich aus dem Kofferraum heben. Unmöglich! Als er sich erhob und erneut in den Kofferraum sah, überkam ihn so starke Übelkeit, dass er sich übergeben musste. Das Würgen drückte ihm den leeren Magen so stark zusammen, dass er erneut in die Knie ging und das Gleichgewicht verlor. Dann verlor er alles – die Orientierung, sein Gedächtnis und seinen Wunsch nach Leben. Wenn der Verstand keine Signale mehr bekommt, übernimmt der Körper eigenmächtig die Führung. Er führt Bewegungen aus, die nicht wahrgenommen werden und handelt ohne Erinnerung. Kale begann zu rennen. Wenn er hinfiel, stand er wieder auf und rannte weiter. Er spürte keinen Schmerz mehr, sah keine Sonne mehr und hörte keine Geräusche mehr. Er trug seine leblose Seele in eine endlose Zeit…

Dann fand ihn dieses Ehepaar mitten in einem Wald von Dead Timber, weit weg von dem Platz, wo er losgerannt war. „Hallo“, sagte jemand ganz leise zu ihm. „Hallo? Können Sie mich hören?“

Er versuchte zu nicken, dieser Stimme ein Zeichen zu geben, aber es funktionierte nicht. Er spürte, wie jemand die Hand auf seine Stirn legte und dann sein rechtes Augenlid anhob. Der Sonnenschein verursachte einen schmerzhaften Blitz in diesem Auge, so dass er es direkt wieder zusammenkniff.

„Er reagiert“, sagte diese fremde Stimme und eine Frau antwortete: „Wir müssen unbedingt einen Krankenwagen rufen.“

„Wie denn? Hier haben wir doch keinen Empfang. Außerdem kann hier kein Krankenwagen hinkommen. Viel zu dickes Geäst.“

„Aber der junge Mann braucht Hilfe. Dringend.“

„Wir werden ihn stärken und ihm aus dem Wald helfen. Dann rufen wir Hilfe.“

„Aber sieh dir diese Verletzungen und Verbrennungen an! Damit sollten wir ihn besser nicht bewegen.“

„Dann bleib du bei ihm, während ich Hilfe hole.“

Das waren die letzten Worte, die er noch vernahm, ehe sein Bewusstsein wieder schwand…

***

Rachel

„Hier sind alle Protokolle der Therapien von Kale gespeichert“, sagte Dr. Hays und scrollte das Dokument hinunter. Jeder Tag und jedes Wort von Kale waren festgehalten. Ich hätte sein ganzes Leben in dieser Klinik lesen können, doch ich sah mich außerstande, es zu verkraften. Ich würde auf schmerzhafte Erinnerungen und verzweifelte Worte von ihm stoßen. Das würde alles nur verschlimmern. Lydia Hays fand auch die Dokumentationen über die Videositzungen. Dr. Blendheim hatte Kales Multiple geweckt und sie gefilmt, damit Kale sie kennenlernen konnte. Die Videoaufnahmen befanden sich im Archiv der Klinik.

Lydia fragte mich, ob ich daran Interesse hätte. Ich dachte nach. Was würde der Besitz dieser Aufnahmen in mir auslösen?

„Vielleicht die Aufnahmen von Lydia“, sagte sie, und weckte eine kindliche Sanftheit in meinen Gefühlen, die ich sehr vermisst hatte. Ja, Lydia, die einzige Multiple in Kale, die ihm wirklich geholfen hatte. Sie hatte ihm mit ihren fünf Jahren die Unbeschwertheit der Kindheit geschenkt, die er nie besessen hatte.

Würde ich mir diese Videoaufnahmen je ansehen wollen? Sicher nicht, aber mit ihnen hätte ich etwas von Kale, mit dem ich Vergebung finden könnte. Mein Denken sucht manchmal merkwürdige Wege. Ich begann in übernatürlichen Dimensionen zu denken, was nicht ungefährlich war. Das kann schnell an Wahnsinn grenzen. Doch was machte es schon aus? Ich war sowieso vom Wahnsinn gezeichnet, also bejahte ich den Vorschlag von Lydia Hays.

„Dann schauen wir uns später die weiteren Akten im Computer an. Wenn diese Klinik erst einmal geschlossen ist, dann werden Sie an nichts mehr herankommen. Momentan schließen drei Kliniken in Wisconsin. Alles wird in einem Zentrallager eingelagert und ob man da je wieder drankommt, bezweifele ich. Es werden wahrscheinlich nur die letzten zwei Jahre erreichbar gelagert. Das andere wird zu einem Haufen Müll verkommen und irgendwann von Ratten und Mäusen angefressen werden. Wir sollten mal im Archiv nachschauen, was wir von

Kale alles finden können. Ich glaube nicht, dass noch irgendjemand danach fragen wird. Sie können sich dann alles aussuchen, was Sie mitnehmen wollen. Ich werde in den Akten festhalten, dass ich Ihnen alles ausgehändigt habe."

Das machte mir Angst. Was meinte sie mit „alles mitnehmen"? Gab es in diesem Archiv doch noch private Besitztümer von ihm? Hatte sich meine Reise in dieser Beziehung doch gelohnt? Ich wurde nervös. Wir suchten einen Fahrstuhl, der uns in die Kellerräume der Klinik beförderte. Dort sah es unheimlich und verkommen aus, wie in einem düsteren Raum des Schreckens. Es roch nach abgestandener Luft und Feuchtigkeit. „Es ist eine sehr alte Klinik", sagte Lydia.

Diese Beschreibung traf es genau – alt und schrecklich. Poröses Gestein, tiefe Decken und unebene Gänge hatten die Schreie ehemaliger Patienten verschluckt, die hier einst gelebt hatten und gestorben waren. Wie viel Leid mochte diese Klinik im Laufe ihrer Jahre miterlebt haben? Und wie viele Geschichten verunglückter Seelen bewahrten sich durch dieses Archiv? Auch Kale hatte dieser Klinik seine Schreie hinterlassen und Akten damit gefüttert, die sie beim Nachlesen wieder lebendig werden ließen. Im Grunde war hier sein ganzes Leben gebunkert. Hier hatte er alles erzählt, was niemand draußen hören durfte. Hier hatte man Aufnahmen von ihm gemacht, die niemand außer ihm und den Ärzten sehen durfte. Hier lebte Kale Hatfield in einer Vollkommenheit, die es draußen für ihn nicht gab. Ja, hier durfte er sein, ohne dass ihm weiteres Leid angetan wurde. Im Grunde fand er hier seine letzte Ruhestätte – seinen inneren Frieden. Diese dicken Mauern brauchte er, um nicht gestört zu werden. Nun betraten wir seine letzte Ruhestätte und ich spürte, wie ein tiefer Frieden in mir aufkam. Lydia holte aus ihrer Handtasche einen dicken Schlüsselbund hervor und begann einen Schlüssel nach dem anderen am Schloss der Tür auszuprobieren. Der fünfte Schlüssel ließ sich drehen und öffnete uns die Tür zu einem alles entscheidenden Moment. Vor uns bauten sich riesige Regale voller Akten und Kartons auf, als wäre hier die ganze Weltgeschichte niedergeschrieben und gelagert. Der Geruch war noch ranziger als im Flur, als befänden sich zwischen den Akten verweste Tiere. Für mich tat sich eine Welt auf, der ich tiefsten Respekt entgegenbrachte. Dieser Ort war intimer als das Schlafzimmer eines Liebespaares. Hier entstanden neue Therapieansätze, hoffnungsvolle Medikationen, aber auch dubiose Experimente. Es kam einem riesigen Menschen- und Seelenhandel gleich. Und so roch es auch. Und doch war dies der Hoffnungsträger vieler kranker Menschen. Kale weilte mitten unter ihnen. Hier durfte er sein, ohne aufzufallen.

Lydia begann sich die Regale anzuschauen und versuchte ein System zu finden. „Leider ist unser Archivar vor vier Wochen gegangen. Er hätte uns jetzt gut helfen können. Aber jetzt müssen wir uns eben selbst durcharbeiten. Es ist nicht unbedingt nach Namen sortiert. Es kann auch nach Krankheitsbildern oder Datum sortiert sein. Zu schade, der Computer ist auch abgebaut. Da hätten wir vielleicht erfahren, wo Kales Akte und seine Sachen zu finden sind."

„Vielleicht finden wir es oben im Programm", sagte ich geistesgegenwärtig.

„Nein, ich kenne diese Programme. Ich habe ja selbst damit gearbeitet. Das gibt es keine Einträge vom Archiv. Dafür gab es diesen Archivar hier. Der hat sich darum gekümmert. Eine ziemlich trockene Sache, finde ich, aber es soll ja Menschen geben, die das Sortieren von Akten lieben. Gottseidank, sonst müssten wir das alles tun." Sie machte eine genervte Geste. Ich lächelte. Dieser Ort schenkte mir so viel Frieden. Er regte mich in keiner Weise auf.

„Vielleicht lauf ich mal schnell hoch und versuche den Namen des Archivars zu erfahren. Dann rufe ich ihn an und frage einfach mal nach."

Ich nickte.

„Ist das okay für Sie? Oder wollen Sie schnell mitkommen?" Ich schüttelte den Kopf und sagte: „Nein, gehen Sie ruhig. Das ist schon okay. Ich fange schon mal an, mich ein wenig zu orientieren."

Lydia Hays verschwand schnellen Schrittes und ließ mich im Kreise meiner Mitleidenden allein.

Ist das nicht komisch? Wenn man selbst über viele Jahre in einer geschlossenen Psychiatrie gelebt hat, verlieren solche Orte den Schrecken für einen. Man wird eine unter Gleichgesinnten. Ist der Wahnsinn tatsächlich die Ausnahme oder ist es nur eine Sprache, die man lernt, wenn das Normale nicht mehr funktioniert? Jeder Mensch kommt einmal in seinem Leben an einen Punkt, an dem ihn der Wahnsinn packt. Wenn er nicht so verrufen wäre, könnten wir diesen Moment viel besser ausleben, um danach wieder zu funktionieren. Der Wahnsinn ist doch nichts anderes als ein überlaufender Kochtopf! Was soll schon passieren, wenn man ihn überlaufen lässt? Muss der Wahnsinn immer direkt mit einem Medikament gestoppt werden? Es ist, als wenn jemand einen fest verschlossenen Deckel auf einen überkochenden Topf drückt und den Überdruck nicht entweichen lässt. Dann explodiert das Innere eben später in einer anderen Form. Ist doch klar! Dabei muss man nur die Herdplatte niedriger schalten. Dann stoppt der Druck von alleine. Ich habe erlebt, wie Menschen ohne Störungen und Krankheiten in der Natur existieren können. Als hätte man dort den Herd einfach abgeklemmt, der Kochtöpfe erhitzt. Deswegen suchte Kale auch ständig den Wald auf. Heute kann ich es verstehen. Der Wald schenkte ihm Ruhe und Frieden.

Ich begann, die Gänge des Archivs ganz langsam zu durchschreiten. Hier waren viele Kartons gelagert, in denen sich die Habseligkeiten ehemaliger Patienten befanden. Laut Gesetz durften wichtige Wertgegenstände nicht ohne Genehmigung von Verwandten vernichtet werden. Wenn es keine Verwandten gab, nahm man eben einen Karton. Ich las den Buchstaben Z und ich wurde etwas unruhig. Man hatte sie also nach Buchstaben der Nachnamen sortiert. Große und kleine Kartons schoben sich ineinander und kleine, beschriftete Aufkleber erinnerten an ihre Besitzer. Ich ging den Gang langsam weiter. Nach nur einem Meter fand ich den Beginn von W. Ich wurde nervös, ging schneller. R, dann rannte ich in den nächsten

Gang. Der ging bis M. Ich rannte schneller, hielt nach H Ausschau, fand jedoch nur K. Nur noch wenige Meter! I war ein ganzer Gang. Und H waren insgesamt drei Gänge! Fünfzehn Meter voller H-Kartons bis unter die Decke! Ich hoffte auf eine weitere chronologische Ordnung, stellte aber bestürzt fest, dass alles vollkommen durcheinander war! Lydia Hays kannte das Chaos. Deswegen wollte sie Hilfe holen. Manchmal waren, je nach Größe, drei bis vier Kartons hintereinander geschoben. Wie sollte ich in diesem Durcheinander je Hatfield finden? Wäre doch wenigstens das Datum, an dem der Karton gepackt worden war, darauf notiert. Doch so konnte ich nicht einmal sagen, ob ich am Anfang, Ende oder gar in der Mitte anfangen sollte. Ich besah mir die Kartons genauer. Konnte man anhand des Alters vielleicht erkennen, wie der Archivar beim Einlagern vorgegangen war? Hatte er eine Liste in seinem Computer, der das System entschlüsselte? Ich ging die drei Gänge noch einmal ganz langsam ab.

Wenn man einmal wahnsinnig gewesen ist, dann entwickelt man ganz merkwürdige Methoden, um Signale zu empfangen. Als würde man plötzlich eine Antenne für nicht natürliche Dinge besitzen. Würde ich ein Zeichen spüren, wenn ich langsam durch die Gänge schlich? Würde Kale mich am rechten Platz anhalten, wenn ich mich in der Nähe seiner einstigen Besitztümer befände? Ich versuchte es, doch ich bekam kein Zeichen. Ich versuchte es ein zweites Mal, doch keine Stelle ließ mich innehalten. Es blieb mir nur das systematische Vorgehen, also einen Karton nach dem anderen hervorzuholen. Schlimmstenfalls müsste ich das ganze Regal leerräumen und anschließend wieder neu einsortieren. Das würde ich niemals schaffen!

Ich hörte, wie sich Schritte dem Archiv näherten. Lydia kam zurück. „Rachel?“, rief sie, weil sie mich nicht sehen konnte.

„Hier“, rief ich zurück und lief zum Hauptgang.

„Ich habe den Archivar erreicht und konnte ihn anrufen. Er heißt Ross Brooks und kommt gleich vorbei. Er ist zwar nicht mehr im Besitz des Computers, weil der schon, und jetzt halten Sie sich fest, „archiviert“ wurde, aber er hat ein recht gutes

Gedächtnis, behauptet er von sich. Er sagte, er könne sich an Kale Hatfield erinnern. Das sei ein ziemlich spektakulärer Fall gewesen. Er habe Akten, Videos und persönliche Wertsachen von ihm eingelagert. Allerdings an drei verschiedenen Stellen, die wir nie finden würden. Ich glaube, dass Archivare ein ganz besonderes Gedächtnis haben und extra ein eigenes System entwickeln, damit sie unentbehrlich werden. Und ehrlich gesagt, habe ich noch nie erlebt, dass einer entlassen wurde... wie raffiniert! Ein gesicherter Job bis zur Rente!"

So hatte ich die Dinge noch nie betrachtet. Lydia Hays begann mir immer besser zu gefallen, auch wenn sie eine Psychologin war. Ich war nur eine ehemalige Patientin und doch erwiesen wir uns als ein unschlagbares Team!

Jetzt war es amtlich: Kale hatte Wertsachen hinterlassen. Meine eben noch vorhandene Ruhe löste sich auf. Sobald Dinge real werden, bekommen sie eine andere Dimension. Meine Entspannung wechselte wieder in Anspannung. Wie würde ich reagieren, wenn der Archivar mir gleich einen Karton in die Hand drückte? Wenn er mir die Videos oben drauf legt und Lydia die Akten übergibt?

„Wir lassen uns jetzt erst einmal eine Pizza kommen", hörte ich Lydia sagen. „Dieser Brooks wird eine gute Stunde brauchen. Die sollten wir nutzen, um uns zu stärken. Wer weiß, was heute noch auf uns zukommt."

Ja, wer weiß, war heute noch passieren sollte!

***

„Sie Schwein!" schrie die alte Dame den jungen Mann vor sich an. Nicht, weil sie Spucker nur verabscheute, nein, sie hasste es, wenn jemand grundlos auf den Boden rotzte und dann noch ihre Schuhe traf. Der junge Mann beachtete sie gar nicht, sondern ging einfach weiter. Was sollte er sich mit dieser alten Frau abgeben? Der schrille Ton in ihrer Stimme hätte ihn nur dazu veranlasst, eine unverschämte Antwort zu geben. Weiber waren das Schlimmste, was es auf der Welt gab, egal welchen Alters. Sie waren gut zum Wäschewaschen, Kochen und Putzen. Sonst hatten sie keinen Wert. Je älter sie wurden, desto nutzloser wurden sie.

Tristan kickte eine Bierdose vom Bürgersteig auf die Straße. Sie landet vor einem Wagen, dessen Fahrer sofort hupte. „Penner", rief Tristan und spuckte erneut auf den Boden. Seine Unzufriedenheit war heute besonders stark ausgeprägt. Seit Tagen gab es nichts mehr für ihn zu tun. Er wollte aber auch nicht wieder das Kommando an Kale abgeben. Kale war ihm seit der Flucht aus dem Krankenhaus einfach zu ruhig geworden. Er sorgte ständig dafür, dass ihn nichts ärgerte oder erregte. Er hatte seit drei Monaten einen neuen Job in Sioux City, nichts von Bedeutung. Etwas, woran der Staat nichts verdienen konnte und wofür er keine Papiere oder einen Ausweis vorzeigen musste. Das Geld reichte gerade für ein Hostel, in dem er immer wieder unterschlupfte. Dort gab es für wenig Geld ein Bett, eine Waschmöglichkeit und etwas zu Essen. Es hatte Wochen gedauert, bis er sich wieder an seinen Vornamen erinnern konnte. Er wusste nicht, was zwischen der Flucht aus dem Krankenhaus und der ersten Erinnerung geschehen war. Es war wie immer – ein Leben in Fetzen. Er würde es nie schaffen, ein normales Leben zu leben. Es war so erschöpfend. Jeden Tag begann er von Neuem, als hätte es den Tag zuvor gar nicht gegeben. Er wollte einen neuen Ausweis beantragen, aber er konnte sich nicht einmal an seinen Nachnamen, sein Geburtsdatum und sein Geburtsland erinnern. Man hätte ihn bei der Behörde ausgelacht und gesagt, er solle wiederkommen, wenn er nüchtern wäre.

Im Hostel auf der Orleans Avenue hatte man schon mehrere Male gemerkt, dass mit diesem Kerl irgendetwas nicht stimmt. Er nannte sich nur Tristan ohne Nachnamen. Sie hatten ihn in den ersten Tagen ausgelacht und „Hey, ohne Nachname", gerufen. Es waren Wanderarbeiter oder Absteiger genau wie er. Am Anfang hatte Tristan noch gelacht, doch dann war ihm die Faust ausgerutscht. Danach lachte keiner mehr.

Dies war kein gutes Leben, fand Tristan. Es war zu ruhig.

Kale versuchte immer wieder, ein System in sein Leben zu bringen, doch Tristan konnte Systeme nicht ausstehen. Er brauchte Herausforderungen, etwas, das ihm Genugtuung gab.

Eines Nachts schrie Kale auf. „Wer bist du?!“, schrie er und spürte diese andere Person ganz nah in sich. Es fühlte sich an, als stünde er mit dem Rücken an eine Tür gelehnt und von der anderen Seite stünde auch jemand mit dem Rücken dagegen gelehnt. Er konnte den Herzschlag des anderen ganz deutlich spüren, aber er konnte ihn nicht hören. Kale konnte Lydia und Sybille hören. Er spürte auch die Beschimpfungen von Carl, aber es gab diese eine Person in ihm, die er noch nie gehört oder gespürt hatte. Er konnte sich erinnern, dass irgendwann einmal etwas vorgefallen war, was ihm diese Person näher gebracht hatte. Er kam nicht darauf, dass es die Videoaufnahmen von Dr. Blendheim waren. Sie hatten ihm Tristan in Vollendung gezeigt. Doch jetzt war alles wieder weg. Tristan hatte sich wieder von Kales Bewusstsein abgespalten. Er wäre bereit sich zu zeigen, wenn Kale bereit wäre, sich auf ihn einzulassen. Doch das war nicht der Fall.

Kale spürte sein Herz rasen. Diese Person hinter der Tür fühlte sich gefährlich an. Ja, er konnte etwas spüren. Von dieser Person ging Gefahr aus! Wenn er sich jetzt zu sehr aufregte, würde sie ihn wieder ausblenden. Er war gefangen im eigenen Körper. Die Person hinter der Tür begann zu rumoren. Nur eine Erinnerung! Eine klitzekleine! Er sah ungewollt auf den Tisch, wo er eine Teetasse hatte stehen lassen. Diese Tasse bewegte sich plötzlich vor seinem inneren Auge. Sie drehte sich und ein Gesicht erschien darauf. Kales Herz schlug schneller. Er konnte das Gesicht nicht erkennen. Es stand etwas auf der Tasse geschrieben. Ein Spruch oder so. Und ein Name. *R…a…* weg! Die Tasse stand leblos auf dem Tisch und Kale sank wieder in seine Kissen. Er musste morgen um zehn bei Ray sein. Eine neue Ladung kam für sein Geschäft. Jemand musste sie mit dem Gabelstapler in die Regale schaffen. Als dieser Kale bei ihm vorbeikam und nach Arbeit fragte, bemerkte Ray schnell, dass er einen Analphabeten vor sich hatte, der weder seinen kompletten Namen schreiben, noch sonstige Angaben machen konnte. Er konnte nicht lesen und schreiben. Also gab es auch keinen Vertrag. Demzufolge gab es auch keine Krankenversicherung. Wie praktisch! Wenig Lohn, keine Einzahlung ins Sozialsystem und trotzdem einen Arbeiter, der tüchtig anpacken konnte. Ray bezahlte ihm jeden Tag 30$ auf die Hand. Er wollte niemandem etwas schuldig sein, falls der Kerl morgen nicht wiederkäme. Was sollte es? In dieser Gegend liefen so viele Wanderarbeiter rum, die dankbar für jeden Cent waren. Kale spürte immer wieder die Brandwunde, die er dank einer guten Salbe aus der Apotheke einigermaßen versorgt bekam. Die Haut wurde immer robuster, aber die Trockenheit blieb. Kale versteckte seinen Arm ständig unter einem Hemd oder einem Pulli, Kleidung, die er bei einer Stelle für Obdachlose erhalten hatte. Ray musste seine Verletzung nicht sehen. Niemand musste es sehen! Er konnte sie nicht einmal erklären. Kale vermied jede Kommunikation. Er ging vormittags zur Arbeit und verlor auf dem Heimweg regelmäßig den Kampf gegen diese andere Person hinter der Tür. Er war jedes Mal so voller Aggressionen, wenn er die Arbeit beendet hatte, dass dieses Gefühl von Tristan übernommen wurde. Er war ein Profi in Sachen Aggression. Manchmal erwachte Kale am Morgen mit Blut an seinen Händen und der Kleidung oder leichten Prellungen am Körper. Dann wusste er, dass im Loch seiner Erinnerung wieder ein Kampf stattgefunden hatte. Und er spurte eine große Angst, dass eines Tages etwas ganz Fatales passieren könnte… Er träumte von einem Gesicht, das er nur schemenhaft erkennen konnte.

Im Archiv

Rachel

Der Archivar Ross Brooks war ein kleiner dünner Mann mit schütterem Haar, unscheinbar und unauffällig. Er war wenige Zentimeter kleiner als ich und begrüßte mich mit einem höflichen Handschlag. Sein Griff war fest und sein Lächeln sympathisch. Dies war also der Mann des großen Systems. Er sah sich in seinem ehemaligen Archiv um, holte tief Luft und sagte: „Dass ich das noch mal wiedersehe!"

Lydia lächelte mich verschmitzt an.

„Ist das nicht eine Pracht?", fragte uns Ross Brooks. Es war schier begeistert von seinem Lebenswerk. „Dreißig Jahre Arbeit liegen darin."

„Beachtlich", bestätigte Lydia und Mr. Brooks lächelte.

„Womit kann ich Ihnen helfen, meine Damen?" Er genoss seine Rolle.

Es war für mich nicht mehr nachzuvollziehen, dass ich heute Morgen noch zutiefst deprimiert ein paar Sachen gepackt und mich auf diese Reise begeben hatte. Ich hatte Zeichen des Abschieds suchen wollen und stand nun hier ohne Medikamente und mit zwei ganz besonderen Menschen, die zu Mitkämpfern geworden waren. Sie empfanden mein Anliegen keineswegs als dumm oder abwegig, im Gegenteil, sie unterstützten mich in einer Art und Weise, die mir neue Stärke gab.

„Wir suchen alle Unterlagen von Kale Hatfield. Er war vor ca. vier Jahren Patient dieser Klinik …"

„Ich erinnere mich", sagte Mr. Brooks. „Das ist doch dieser besondere Fall, der mit Dr. Blendheims Verschwinden zusammenhing."

Ich nickte. „Genau", sagte ich und wollte nichts mehr von der Geschichte hören. Es war alles schon schrecklich genug. „Wo kann ich Kales Wertsachen finden?"

Mr. Brooks grinste und zeigte den Hauptgang entlang. „H ist da hinten, siebter Gang rechts." Er ging voran. An keinem Gang war ein Hinweis angebracht. So ein gerissener Kerl! Er machte sich hier unentbehrlich und ich musste an Lydias Beschreibung von Archivaren denken. Sie traf in diesem Fall wirklich zu. Es gab keine Kennzeichnung, auch keine Hinweise, dass Hinweisschilder oder- zeichen entfernt worden waren. Es hing nur ein komplizierter Plan am Eingang der Tür, falls Mr. Brooks einmal krank oder in Urlaub war. Aber mit diesem Plan konnte niemand wirklich etwas anfangen. Ross Brooks bog in den Gang ein und flüsterte vor sich hin: „Hatfield, Hatfield, Hatfield…“ Er ging den ganzen Gang durch und bog am Ende links und dann wieder links. Gang zwei H. Wieder flüsterte er vor sich hin. Lydia und ich liefen hinter ihm her und mussten etwas kichern. Es passte ganz und gar nicht zu dieser Situation, aber die leicht gebeugte Haltung des kleinen Mannes vor uns und das ernsthafte Flüstern stimmte uns fröhlich. Dann stoppte Mr. Brooks plötzlich und unsere Fröhlichkeit schwand. Er machte eine exakte Drehung nach links und sah das Regal hinauf. Er zeigte auf eine Höhe von etwa 1,80m und sagte: „Da. Da irgendwo. Drittes oder viertes Paket dahinter.“

Ich war fasziniert! Lydia lief zum Ende des Ganges zurück, wo sie eine Leiter hatte stehen sehen und holte sie. Es hatte sich gelohnt, diesen Mr. Brooks zu holen, denn diese Stelle hätte ich nie im Leben gefunden! Nun begann mein Herz wieder schneller zu schlagen. Ich war Kale Hatfield so nahe wie seit vier Jahren nicht mehr! Was mochte ich in diesem Karton finden? Lydia schob die Leiter vors Regal und begann hochzuklettern. Sie musste von ganz oben mit dem Abbau der Pakete beginnen. Sie waren nicht sehr groß und schwer, aber es war eine mühselige Arbeit. Ich nahm die Kartons an und reichte sie Mr. Brooks, der sie systematisch auf den Boden legte. Er konnte dieses Sortieren nicht lassen.

„Es müsste gleich kommen“, sagte Mr. Brooks, als Lydia ein erhebliches Loch in den Stapel gemacht hatte. Sie begann, die Aufschriften zu lesen und etwas langsamer zu arbeiten. Dann stockte sie und sah zu mir herunter. Ich erstarrte. Sie hatte das Paket gefunden! Sie hatte Kale gefunden! Ich sah, wie sie langsam nach den kleinen Karton griff, ihn hervorzog und nickend zu mir herunter reichte. Sie wirkte genauso gerührt wie ich. Mr. Brooks grinste, als ich das Schild las.

„Ich sagte ja, drittes oder viertes Paket hinten.“

„Viertes, Mr. Brooks“, sagte Lydia. „Sie sind ein Genie!“ Genau für diese Worte war Ross Brooks gekommen und das wusste Lydia. „Sie sind der großartigste Archivar, den ich kenne“, sagte sie und schenkte ihm ein Lächeln. Sie war eben eine Psychologin.

„Vielen Dank, Dr. Hays, es war mir eine Ehre." Er nahm mir das Paket ab und legte es beiseite. Dann reichte er mir die anderen Pakete in chronologischer Reihenfolge rückwärts, damit Lydia das Loch wieder schließen konnte. Im Grunde war es egal, wie es geschlossen wurde, doch sie wusste, wie wichtig es Ross Brooks war, dieses Archiv ordentlich zu hinterlassen. Welche Ordnung ihm auch immer zugrunde lag.

Als Lydia Hays die Leiter wieder hinabgestiegen war, fasste sie mich an meine beiden Schultern und sagte: „Rachel, Mr. Brooks und ich werden jetzt die anderen Sachen holen. Ich möchte Ihnen gerne die Gelegenheit geben, den Karton ganz alleine und in Ruhe hier zu öffnen. Das ist wichtig. Zögern Sie es nicht hinaus. Sie bekommen so viel Zeit, wie Sie brauchen. Nehmen Sie sie. Ich weiß, was dieser Moment für Sie bedeutet."

Damit nahm sie die Leiter und Mr. Brooks folgte ihr in einen anderen Gang. Er überholte sie schnell und ging strammen Schrittes voran.

Ich blieb zurück mit all meiner Nervosität und Angst und erinnerte mich an den Moment, als Kale mir die Teetasse geschenkt hatte und ich es nicht übers Herz gebracht hatte, das Päckchen sofort zu öffnen. Diese aufgeschobene Handlung hatte damals zu einem großen Missverständnis geführt. Er fühlte sich um seine Freude und ein Dankeschön betrogen, kündigte seinen Job und verließ meine Stadt und somit auch mich. Wir brauchten acht Jahre, bis wir uns wiederfanden… So etwas darf nie mehr passieren, schwor ich mir. Ich setzte mich auf den Boden und spürte, wie mich das Gefühl einer besonderen Zeremonie umfing, als würde ich ihm jetzt gegenübersitzen und er würde mir eine Liebeserklärung machen. Ich öffnete langsam den kleinen Karton…

***

Zur gleichen Zeit in Nebraska

„Raaachel!" schrie er. „Raaachel!"

Drei Jahre später erinnerte er sich endlich an ihren Namen. Sie hieß Rachel. Rachel Irgendwie. An mehr konnte er sich nicht erinnern. Neben ihm lag Jennifer, eine Frau, mit der er seit drei Jahren zusammenlebte…

***

Rachel

Geschenke zu öffnen war noch nie mein Ding gewesen. Wenn ich dies in meiner Kindheit und Jugend hatte tun müssen, hatte mich immer großes Unwohlsein überkommen, weil ich nicht wusste, wie ich darauf reagieren sollte. Was erwartete die Person, die mir dieses Geschenk gemacht hatte, jetzt von mir? Konnte ich die Erwartung erfüllen?

Der Vorteil der jetzigen Situation war, dass ich ganz alleine vor dem Paket saß und niemand auf eine Reaktion von mir wartete. Ich hörte Lydia Hays und Ross Brooks einige Gänge entfernt arbeiten. Sie suchten die Videoaufnahmen und Original-Akten von Kale.

Ich blickte auf das kleine Paket vor mir und fragte mich, was Kale wohl hinterlassen hatte. Was konnte er als Besitztum schon vorweisen? Es kam mir nicht die geringste Idee, was ich in diesem kleinen Karton finden könnte. Ich konnte mich nicht einmal daran erinnern, ob er eine Armbanduhr besessen hatte. Er hatte keine Kette getragen oder irgendwelche Andenken auf seinem Nachtisch stehen gehabt, die ihm wichtig gewesen waren. Das Paket war ziemlich leicht. Ich hielt es an meine Nase, ob ich irgendetwas riechen konnte. Nichts. In diesem Moment spielte mir die Wahrnehmung einen Streich! Ich hörte meinen Namen durch die Gänge hallen: „Raaachel!". Seine Stimme rief mich. „Raaachel!" Verdammt, jetzt war es soweit! Die fehlenden Medikamente spielten mir einen Streich! Ich erlitt eine schizophrene Entgleisung und bekam Angst, ihn womöglich noch den Gang entlang gehen zu sehen. Ich sollte diese Situation so schnell wie möglich beenden und riss das Band entzwei, mit dem das Paket zusammengebunden war. Dann erstarrte ich! Als erstes fand ich seine Geldbörse, die er bei mir in der Wohnung hatte liegen lassen. Man hatte sie also bei meiner Wohnungsauflösung aussortiert und hier in diese Klinik gebracht. Seine Kleidung hatte man sicherlich entsorgt. Ich weiß, dass er überwiegend Kleidung aus der Klinik getragen hatte, die man für mittellose Patienten sammelte. Als ich die Geldbörse in meine Hand nahm und sie öffnete, fand ich seinen Ausweis. Er besaß keine Kreditkarte oder sonstige Bankkarten. Er hatte zum Schluss nicht einmal mehr ein Konto besessen. Ich fand ein wenig Bargeld, dass entweder Reverend Diekon oder die Klinik ihm mitgegeben hatte, als er Freigang hatte. Dann fand ich einen kleinen Zettel, der zusammengefaltet in einem Fach steckte und zog ihn vorsichtig heraus. Sicher eine Notiz oder eine Telefonnummer. Ich lag richtig. Die Klinik hatte Kale eine kleine Info mitgegeben, in der die Lage des Patienten erklärt wurde und eine Kontaktnummer angegeben war, falls ihm etwas passierte. Sonst fand ich nichts. So ein erbärmliches Leben! Ich sah zur Sicherheit noch einmal alle Fächer durch und stieß auf ein verstecktes Fach unter dem Bargeldfach. Dort lugte eine kleine weiße Papierecke heraus. Ich zog daran und holte einen weiteren kleinen Zettel hervor. Als ich ihn auffaltete, traf es mich wie ein Schlag! Ich blickte nach vier Jahren erneut auf das Blatt, auf das er dieses wunderschöne Gedicht für mich geschrieben hatte. Ich las es erneut und war vor Rührung nicht in der Lage zu atmen. Ich las „*Licht*" und „*alles*". Es gibt Tränen, die kann man nicht zurückhalten, sosehr man sich auch bemüht. Sie strömen hervor, als würde die Seele ihre Pforten öffnen und einen reinigenden Fluss über das Herz ergießen. Mein Herz ertrank gerade in diesem Fluss der Worte, die vor meinen Augen verschwammen. Wie gut, dass ich alleine war. Nur so konnte ich auch diesen Teil der Trauer aus mir herauslassen. Ich wendete das Blatt, nur um zu sehen, ob es noch mehr Worte gab. Ich fand keine Worte, aber ich fand auf der anderen Seite etwas anderes. Er hatte mich mit einem Bleistift porträtiert! Wo andere das Bild ihrer Freundin mit sich herumtrugen, hatte er mich gemalt, weil er kein Bild von mir besaß! Ich weinte! Ich faltete das Blatt wieder zusammen und steckte es zurück an seinen Platz. Hier sollte es für den Rest des Lebens bleiben. Im Grunde machte dieser Fund die Vergangenheit wieder schlimmer, aber er machte sie auch besser. Ich spürte Liebe und Verlust zugleich. Als ich in den kleinen Karton schaute, um festzustellen, was Kale noch hinterlassen hatte, fand ich nur einen mittelgroßen, dick gefüllten Briefumschlag. Ich nahm ihn heraus und stellte fest, dass er offen war. Man hatte zusammengefaltete Blätter hineingesteckt, die ich herauszog. Ich vermutete, dass Kale einige Aufzeichnungen über seinen Aufenthalt gemacht hatte, aber ich fand etwas völlig anderes. Es waren Gedichte und Zeichnungen. Gedichte für mich und Zeichnungen von mir! Ich verteilte all diese mit so viel Liebe gefüllten Blätter um mich herum und sah mich in einem Meer von Schmerz ertrinken. Oh, mein Gott! Kale hatte mich mehr geliebt, als ich je erwartet hatte! Seine Liebe war so groß gewesen und doch konnte er mir gegenüber nie die Worte finden, die mich dies hätten wissen lassen. Bis zum letzten Tag hatte ich an seiner Liebe zu mir gezweifelt. Er hatte sie auf all diesen Blättern platziert, die ich nie zu Gesicht bekommen hatte. Ich hatte nur dieses eine Gedicht von ihm durch Zufall gelesen. Es hätte mich aufmerksam machen müssen. Er schrieb! Er redete nicht, er schrieb und malte seine Worte und Eindrücke. Ich sah auf all die Zeichnungen von mir, die er aus seinem Gedächtnis gezeichnet hatte. Wie wir auf dem Flur gesessen hatten, in seinem Zimmer und im Lesezimmer am Fenster. Er malte mich dabei stets von der Seite, weil er mich meist nur so gesehen hatte. Wann hatten wir uns schon wirklich gegenübergesessen? Nur zweimal. Das war in Momenten gewesen, in denen die Qual ihn zutiefst eingenommen und er dringend Hilfe gesucht hatte. Alle anderen Momente wirkten wie ein Leben, das wir nebeneinander geführt hatten. Ich erschrak, ich fand Bilder, in denen wir beide nebeneinander auf einer

Bank saßen, am Strand, in den Bergen oder vor einem mit Holz befeuerten Ofen. Ich erinnere mich, bereits als Jugendliche von genau diesen Bildern geträumt zu haben! Wie war das möglich? Was ging hier vor? Ich hatte ihm nie davon erzählt! Wir hatten als Jugendliche die gleiche Schule besucht, aber ich hatte mich nie getraut, diesen schüchternen Jungen mit den traurigen Augen anzusprechen. Ich träumte nur von genau diesen Momenten, die er nun in dieser Klinik gezeichnet hatte.

Es müssen die Pillen sein, dachte ich zunächst. Anders konnte ich mir die Sache nicht erklären. Es ist unmöglich, dass er diese Bilder in mir gespürt hatte. Ich erinnere mich, dass wir zweimal unsere Handflächen gegeneinandergedrückt hatten und ich gespürt hatte, wie sein Schmerz in mich hineinfloss. Ich hatte ihn aufgenommen und gleichzeitig verbannt. Was mochte in dieser Zeit von mir in ihn hineingeflossen sein? Bilder, Träume, Wünsche oder gar meine Sehnsüchte? Fühlt sich so etwa der Wahnsinn an oder ist es eine Seelenverwandtschaft, die sich nicht erklären lässt? Wer würde mir je glauben, wenn ich das erzähle? Vielleicht Lydia. Sie hatte häufiger mit außergewöhnlichen Menschen zu tun.

Dies war einer der bewegtesten Moment ein meinem Leben und schenkte mir so viel Kraft und Wärme. Ich dachte an Dr. Hays Worte, dass ich die schönen Momente suchen sollte und nicht den Schmerz, der sich dahinter verbarg. Und doch versuchte sich der Schmerz in den Vordergrund zu schieben. Diese tiefe einmalige Liebe, die dieser Mann zu mir empfunden hatte, machte meine damaligen Handlungen noch schlimmer. War das nicht kurios? Je größer die Liebe, desto größer der Schmerz. Jetzt wünschte ich mir eine Pille, die mir den Schmerz nehmen würde.

Von weitem sah ich Lydia Hays auf mich zukommen. Sie sah wie eine Fata Morgana aus, die ungefragt in mein Leben eindringen wollte. Ihre Schritte waren langsam, ihre Bewegungen verschwommen. Ich hörte sie sagen: „Das ist ja wundervoll!" Ich sah, wie sie eine seiner Zeichnungen ergriff und riss sie ihr sofort aus der Hand. Sie hatte nichts an meinem Eigentum verloren! Sie würde Kales und meine Liebe nie begreifen, denn sie war so sonderbar anders!

Die Fata Morgana wich einen Schritt zurück und eine leise Stimme entschuldigte sich. Ich nickte, sammelte all die Blätter um mich herum ein und steckte sie wieder in den Umschlag. Dann ergriff ich Kales Geldbörse und steckte beides zurück in den Karton. Aus dem zerrissenen Band knotete ich ein neues und verschloss damit den Karton wie einen Schatz, den ich gefunden hatte und nie wieder hergeben würde. Ich presste Kales Leben an mich und gab Lydia ein Zeichen, dass ich bereit zum Gehen sei. Sie trug eine Plastiktüte in der linken Hand und hielt unter ihrem rechten Arm einen dicken Aktenordner. Ross Brooks hatte sich inzwischen verabschiedet und war gegangen. Ich kann also nicht sagen, wie lange ich zwischen den Gedichten und Zeichnungen von Kale gesessen hatte und von Dr. Hays beobachtet worden war. Als wir mit dem Fahrstuhl den Keller wieder verließen, war bereits die Dämmerung eingetreten. Es roch im Büro immer noch nach Pizza. Der Computer hatte den Bildschirmschoner eingestellt und Lydia legte die Tüte mit den Videos und die Akte auf die Fensterbank. Es war ihr klar, dass ich den kleinen Karton nicht mehr abgeben würde.

„Es ist schon spät, Rachel. Ich schlage vor, dass ich erst mal bei Ihnen in der Wohngruppe anrufe und Bescheid gebe, dass Sie bei mir sind. Es ist heute einfach zu viel, noch die Akten mit den letzten Eintragungen durchzusehen. Dann möchte ich auf jeden Fall klären, warum unsere Klinik, die Polizei und die Tochter von Ian Morgan Ihnen keine Antwort geschickt haben. Das machen wir am besten morgen. Wenn Sie nichts dagegen haben, können Sie heute in meinem Gästezimmer übernachten. Ich habe das Kinderzimmer meiner Tochter neu eingerichtet, als sie letztes Jahr auszog. Was denken Sie?“

Manchmal entwickeln sich die Dinge ganz anders, als man erwartet. Das Angebot von Lydia kam mir sehr entgegen, weil ich einfach nicht mehr wusste, was ich jetzt machen sollte. Sie hatte Recht, denn ich konnte unmöglich noch mehr verkraften. Ich schwamm in einem Hitzebad meiner Gefühle und sehnte mich nur noch nach Ruhe. Also nickte ich und gab ihr die Nummer meiner Wohngruppe in Milwaukee.

Im Nebenzimmer hörte ich Lydia ziemlich erregt mit Sophie, meiner Wohngruppenleiterin, diskutieren. Ich war einfach zu durcheinander, um dem Gespräch noch zu folgen. Es klang auf jeden Fall nicht sehr freundlich. In diesem Moment lernte ich eine andere Seite von Dr. Hays kennen. Sie kam aufgebracht zurück und sagte: „Na, das ist ja ein Verein, in dem Sie da untergekommen sind! Die behaupten, dass Sie gar nicht verreisen durften! Sie hätten Geld zum Einkaufen bekommen und haben dies wohl vorsätzlich dafür genutzt, um diese Reise zu bezahlen, dabei hatten Sie gar keine Genehmigung dafür." Sie sah mich an. Ich wurde rot.

„Es stimmt also?"

Ich nickte und sagte: „Ich habe dreimal darum gebeten, hierher reisen zu dürfen, aber man hatte es mir nicht erlaubt. Die wollten, dass ich mit der Geschichte endlich abschließe."

„Warum?", fragte Lydia.

Ich zuckte mit den Schultern.

„Ich werde das Gefühl nicht los, das da irgendetwas nicht stimmt. Die Vorgehensweise gegen Sie und diese Sache mit den unbeantworteten Briefen stößt mir irgendwie auf!" Sie nahm mich und Kale an die Hand und führte uns zum Ausgang. Dort schloss sie die große Tür der Klinik ab, nahm uns mit zu ihrem Wagen und fuhr uns in ein Heim, in dem wir endlich das sein durften, was wir waren – ein Liebespaar. Ich fand bei Dr. Lydia Hays ein vorläufiges neues Zuhause. Mein Herz hatte richtig entschieden, Kale suchen zu gehen. Wenn ich daran denke, dass ich das bereits schon vor vier Jahren vorhatte, hätte sich vieles anders entwickelt.

***

Jennifer Gordon arbeitete im gleichen Betrieb wie Kale Hatfield. Während dieser junge Mann in der Spätschicht die Ware von Ray Grooms in die Regale räumte, putzte sie die Büros und

Teile des Lagerraums. Schon nach einer Woche hatte sie ein Auge auf diesen Kerl geworfen. Dieser gut aussehende junge Mann war tüchtig und schweigsam. Das mochte sie. Wenn sie mit ihrer Arbeit fertig war, stand sie rauchend in der Lagerhalle und beobachtete ihn während seiner letzten Arbeitsstunde. Er lenkte den Gabelstapler geschickt und arbeitete exakt und zuverlässig. Sie hörte, wie Ray seine Arbeit zum Schluss immer lobte, und sah, wie er ihm ein paar Scheine in die Hand drückte. Ein Wanderarbeiter ohne Papiere und Versicherung also. Der Mann war nicht der erste in diesem Betrieb. Ray mochte diese Arbeiter. Er brauchte sie nirgends anzumelden und konnte sie zum Teufel jagen, wann immer er wollte.

Jennifer wollte den Mann heute nach der Arbeit einmal ansprechen, ob er sie vielleicht auf einen Drink einladen würde. Als Ray zurück in sein Büro ging und Kale die Halle verließ, folgte sie ihm.

Er hörte den Klang ihrer Absätze, die sie resolut beim Gehen auf das Steinpflaster knallte. Sie mochte dieses Geräusch. Je lauter es klapperte, desto wichtiger kam sie sich vor. Er ließ sich nicht irritieren und schaute sich nicht einmal um.

Sie bemerkte nur, dass sich seine Haltung plötzlich veränderte. Sein Körper straffte sich und das machte ihn noch attraktiver. Er sah wirklich gut aus! Kräftig, gut gebaut und groß, aber wohl ziemlich naiv. Sonst würde er diesen miesen Job nicht machen.

Als Jennifer ihn eingeholt hatte, blieb er stehen. Sein soeben noch nettes Gesicht sah nun angespannt und irgendwie böse aus. Vielleicht war er auch nur müde und genervt von ihr.

„Hi“, sagte sie. Er nickte und fragte: „Was willst du?“

Sie warf ihre Zigarette zu Boden und trat sie aus. „Von dir eingeladen werden“, sagte sie ohne Umschweife.

„Das dachte ich mir“, gab er ihr zur Antwort und ging weiter. Sie war irritiert und lief ihm hinterher. „Hey!“, rief sie. „Das ist keine Antwort!“

„Nein!“, sagte er, ohne sich umzudrehen. Er gab ihr ein Zeichen, ihn in Ruhe zu lassen, doch sie gab nicht auf, stelzte ihm weiter hinterher und rief: „Wie heißt du?“

Er gab ihr keine Antwort. Was ging sie sein Name an? Er erhöhte seine Geschwindigkeit und hörte sie schneller hinter sich hertrappeln. „Ich kann nicht so schnell!“, rief sie.

„Das brauchst du auch nicht! Ich will nichts von dir!“ Er bog um die Ecke und verschwand in diesem heruntergekommenen Hostel. Er würde sich niemals auf sie einlassen! Niemals! Sie war eine Schlampe und außerdem brauchte er jeden Cent selbst, den er verdiente.

Jennifer wartete einige Minuten, dann wagte sie sich in das Hostel hinein. Er war sicherlich auf sein Zimmer verschwunden und sie konnte sich in Ruhe nach seinem Namen erkundigen. Sie gab nämlich nicht so schnell auf und so erfuhr sie, dass er Tristan hieß.

*

Am nächsten Tag schleppte sich Kale erneut zur Arbeit. Er fühlte sich nicht gut. Gestern hatte irgendetwas mit dem Essen im Hostel nicht gestimmt. Er hatte die ganze Nacht hindurch starke Magenschmerzen gehabt und kaum schlafen können. Da er sein weniges Geld für die Salbe für seine Brandwunde ausgab, konnte er sich keine zusätzlichen Medikamente leisten. Er konnte es sich auch nicht leisten, nicht zur Arbeit zu erscheinen, denn er brauchte das Geld, um sein Zimmer für den nächsten Tag zu bezahlen. Jeder Cent zählte. Er zahlte 25$ pro Nacht. Es blieben ihm nach sechs Arbeitstagen noch 30$ übrig, von denen er den Sonntag bezahlen konnte. Von den restlichen fünf Dollar kaufte er sich diese Brandsalbe. Sein Leben war exakt kalkuliert. Es durfte ihm kein Fehler unterlaufen und ihn keine Schwäche überkommen. Dann wäre sein Zimmer weg und er wusste nicht, ob er zu diesem Preis mit diesen Leistungen etwas Neues finden würde. An ein Apartment war nicht zu denken. Er konnte keinen Mietsvertrag abschließen, weil er keinen Ausweis besaß und offiziell nicht einmal einen Job hatte. Also musste er an diesem Tag zur Arbeit. Es strengte ihn maßlos an, die Ware exakt in die Regale zu manövrieren. Sein Chef sah ihm misstrauisch zu. Das machte Kale noch unsicherer. Und dann passierte es! Kale hatte die Palette mit Pflastersteinen nicht richtig erfasst und verlor die Ware auf halbem Wege. Sie schlug mit einem lauten Scheppern zu Boden und zerbrach in unzählige Teile. Kale erschrak so sehr, dass ihm kurz der Kreislauf wegsackte. Er sah Ray auf sich zukommen und spürte, wie dieser ihn aus dem Sitz des Fahrzeuges zog. „Du blöder Hund!", schrie er ihn an. „Du Arschloch!" Es kümmerte ihn nicht, wie viel Geld er durch diesen tüchtigen Mann gespart hatte, nein, nur dieser Schaden kümmerte ihn. „Verschwinde", schrie er Kale an und schubste ihn ohne Bezahlung vom Gelände.

Jennifer sah es und nutzte ihre Chance. Sie lief ihm hinterher und rief: „Ich kann dir helfen."

Kale sah auf und wusste nicht, wer diese Frau war, die ihm plötzlich Hilfe anbot!

Lydias Haus

Rachel

„Wie gefällt Ihnen das Zimmer?", fragte mich Lydia.

Ich sah mich um und drückte den kleinen Karton an mich. Das gab mir ein Gefühl, nicht allein zu sein. Ja, im Grunde war es ein ganz komisches Gefühl. Ich fühlte mich mit diesen Gedichten, Zeichnungen und Kales Ausweis plötzlich wieder komplett. Seine Anwesenheit in meinem Leben hatte nur eine andere Dimension angenommen. Sie war nicht mehr realer Natur. Ich begann, mit einer Form der mentalen Partnerschaft zu leben und redete mir ein, dass ich mit diesen persönlichen Dingen auch seine Seele bekommen hätte. Die körperliche Anwesenheit schien mir nicht mehr zwingend oder dringend. Es fühlte sich an, als würde sich sein Geist um mich herumbewegen. Ich hatte so ein angenehmes Gefühl der Sicherheit und Wärme und war seit diesem Tag nicht mehr allein.

Lydia Hays nahm mich bei der Hand und führte mich in das

Gästezimmer. Es war groß und hell, auch wenn sich die Dämmerung inzwischen dort niederließ. Ich sah dieses wunderschöne große Bett, das problemlos auch für zwei reichte und legte den kleinen Karton auf einer Seite ab. Dort sollte Kale schlafen. An dem großen Fenster stand ein kleiner Tisch mit zwei gemütlichen Stühlen. Wie in meiner einstigen Küche. Morgen würde ich dort mit Kale sitzen, so, wie wir einst am ersten gemeinsamen Tag in meiner Küche gefrühstückt und auf die Straße hinuntergesehen hatten. Es gab sogar einen kleinen Balkon. Genau wie in meiner Wohnung! Dort hatte ich abends immer Bücher gelesen, die ich für die Bibliothek ausgewählt hatte. Am letzten Tag in meiner Wohnung hatte Kale dort gesessen und einfach nur die Ruhe genossen.

Dieses wunderschöne Zimmer hatte alles, was meine kleine Wohnung auch hatte und ich fühlte mich sofort sehr wohl. Lydia öffnete den Kleiderschrank und sagte: „Ich habe noch ein paar Sachen von meiner Tochter hier drin, die sie nicht mitnehmen wollte. Ich habe sie gewaschen und aufgebügelt. Vielleicht gefällt Ihnen davon etwas. Die Größe könnte stimmen." Ich sah, wie sie mich anlächelte, und fragte mich, womit ich das alles verdient hatte. Mir stand nach meinem Ermessen keine Güte von anderen Menschen mehr zu.

„Was halten Sie davon, wenn wir uns duzen?", fragte Lydia. „Sie kommen mir so… so verbunden vor."

Ich sah sie an. Ja, das Gefühl von Verbundenheit kannte ich. Es ist dieser erste Eindruck, der entscheidet. Genau wie bei Kale und mir. Ich erinnerte mich, dass ich die gleiche Verbundenheit einst bei Mrs. Wetherby empfunden hatte. Lydia Hays war gute zehn Jahre jünger, aber sie strahlte etwas Mütterliches aus. Ich konnte rein rechnerisch nicht ihre Tochter sein und doch fühlte ich mich plötzlich so. Sie behandelte mich gerade als solche. Warum auch nicht? Es tat uns beiden gut. Auch Psychologen besaßen Gefühle und ein privates Leben.

„Danke", sagte ich. Ich besah mir die Kleidung und war recht erstaunt, dass ihre Tochter so viel davon hinterlassen hatte. Als ich ein Sommerkleid herausholte und es vor mich hielt, um die

Länge zu prüfen, sah ich Tränen in den Augen von Lydia aufsteigen. Verband sie mit diesem Kleid besondere Erinnerungen? Warum war sie plötzlich so traurig? Ich hing das Kleid schnell wieder weg und schloss den Schrank. Hier stimmte etwas nicht…

***

Kale sah Jennifer Gordon an und wäre am liebsten davongerannt, so sehr schämte er sich für die vorangegangene Szene. Was mochte diese Frau jetzt von ihm denken?

„Ich kann dir helfen", wiederholte sie ihr Angebot.

Kale betrachtete sie näher. Sie war stark geschminkt und roch nach Nikotin. Ihr Haar war wasserstoffblond und hing ihr strähnig ins Gesicht. Sie trug einen von diesen Kitteln, die die Reinigungsfrauen der Firma trugen. Demzufolge musste sie eine von denen sein. Sie war dünn, ja fast mager und war ihm nicht im Geringsten sympathisch. Sie wirkte selbst verloren in dieser Welt des Betrugs und der Gewalt auf der Suche nach Schutz. Kale konnte ihr keinen Schutz geben. Er konnte ihr gar nichts geben, nicht einmal ein nettes Wort. Wie kam sie dazu, ihn einfach anzusprechen und ihre Hilfe anzubieten? Sie sah ihn erwartungsvoll an.

Ray schrie hinter ihr her, sie solle sofort zurückkommen und gefälligst arbeiten. „Ich muss", sagte sie. „Wenn du hier eine Stunde wartest, bin ich fertig." Dann lief sie zurück durch das große Rolltor in den Betrieb hinein, um dort noch die Toiletten der Mitarbeiter zu reinigen. Die ekelhafteste Arbeit überhaupt. Besonders die Männer waren Dreckschweine, als würden sie sich einen Spaß daraus machen, ihren Urin überallhin zu verteilen oder nicht einmal ihr großes Geschäft zu beseitigen. Was dachten sie sich dabei? War die Toilette der einzige Ort, an dem sie ihre Macht ausleben konnten, weil sie Zuhause nichts zu melden hatten? Jennifer Gordon war in vielerlei Hinsicht von Männern geheilt, auch wenn sie erst 29 Jahre alt war. Sie hatte sie alle durch: Säufer, Schläger, Süchtige und Versager. Immer wieder fiel sie auf diese Typen rein. Warum schickte Gott ihr nicht einmal einen Mann, der ganz anders war? Der sie als Frau respektierte und ihr Liebe schenkte? Es war ihr Helfersyndrom, das diese Mistkerle anzog! Ja, diese Schweine ließen sich nur allzu gern von vorne bis hinten bedienen und benutzten Frauen für ihre perversen Bedürfnisse. Jennifer hatte Sexpraktiken aushalten müssen, über die sie nie wieder nachdenken wollte. Und das alles nur für ein Gefühl von Liebe, das nie Liebe gewesen war. Man hatte sie Schlampe, Hure und Miststück genannt und sie hatte sich geschworen, sich nie wieder einem Mann zu nähern. Ihr Job war nichts Besonderes, aber sie kam damit durch und konnte eine kleine Wohnung und ein Auto davon bezahlen. Das Leben fühlte sich so allemal besser an als mit einem Kerl. Dann hatte sie diesen neuen Mitarbeiter, der plötzlich im Gabelstapler saß, gesehen, als sie Pause machte und sich an das große Rolltor zum Rauchen gestellt hatte. Er hatte sie nicht beachtet, aber sie sah ihm bei der Arbeit ganz genau zu. Er schrie niemals herum oder hielt sich bei den anderen Dreckskerlen auf. Das gefiel ihr. Sein Blick war ständig nach unten gerichtet, als habe er die Nase voll von allen um sich herum. Auch das gefiel ihr. Er sah nicht aus, als würde er gewalttätig werden oder sie betrügen. Deswegen hatte sie den ersten Annäherungsversuch gewagt. Aber war es nicht ein wenig übertrieben, ihm jetzt direkt Hilfe anzubieten? Als sie gesehen hatte, wie Ray ihn heute vom Betriebsgelände gejagt hatte, hatte sie Angst bekommen. Sie wusste nicht, ob sie ihn je wiedersehen würde. Er war ein Wanderarbeiter, konnte also morgen schon wieder in einer anderen Stadt sein. Jennifer war plötzlich auf die Idee gekommen, ihm einen Schlafplatz in ihrer Wohnung anzubieten. Vielleicht war das die Chance, auf die sie ihr ganzes Leben lang gewartet hatte.

Sie erledigte ihre Arbeit und hoffte, dass er nachher draußen auf sie warten würde. Wenn nicht, würde sie zum Hostel laufen und nach Tristan fragen. Komisch, irgendwie passte der Name gar nicht zu ihm.

Kale sah diese fremde Frau wieder in den Betrieb zurücklaufen und, wie Ray eine beleidigende Handbewegung in seine Richtung machte. Es war vorbei! Er würde sein Zimmer für morgen nicht mehr bezahlen können. Wenn er gleich nicht das Geld auf den Tisch legen würde, dürfte er nicht einmal mehr die Nacht im Hostel verbringen. Er hatte auch keine Reserven, mit denen er sich hätte aushelfen können. Sollte er sich vielleicht direkt eine neue Stelle suchen? Vielleicht hatte er noch einmal Glück und könnte ohne Vertrag arbeiten. Schließlich brauchte er diese Salbe für seinen Arm. Die fand er nicht in einem Mülleimer, die müsste er sich dann klauen.

Kale Hatfield sah in den Himmel, der sich bedenklich zusammenzog. Es würde gleich regnen. Wind kam auf. Kale lief zum Hostel.

Als Jennifer ihre Arbeit beendet hatte und das Gelände verließ, konnte sie Tristan nirgends finden. Sie konnte es nicht zulassen, diesen Mann wieder zu verlieren, auch wenn er etwas komisch wirkte. Wenn er arbeitete, sah sein Gesicht nett und ruhig aus, aber wenn er Feierabend hatte, bekamen seine Züge etwas Hartes und Unfreundliches. Kein Wunder, die Arbeit machte keine Freude und sein Weg zum Hostel zeigte, dass ihn auch privat nichts Freudiges erwartete. Welch ein Leben! Sie hatte wenigstens eine warme Wohnung, die sie gerne mit ihm teilen würde. Also lief sie zum Hostel, um ihn zu suchen.

Schon auf dem Weg zum Hostel überkam Kale das starke Gefühl, dass etwas Schlimmes passieren würde. Dieser Jemand, der jede Nacht in seinen Träumen Rücken an Rücken mit ihm an dieser Tür stand, übte immer mehr Druck aus. Kale hatte das Gefühl, dass er nicht nur mit dem Rücken gegen diesen Unbekannten stand, sondern auch verhindern musste, dass dieser die Tür aufdrückte. Das durfte er auf keinen Fall zulassen. Jetzt verspürte er den Druck bereits bei klarem Bewusstsein und das nahm ihn vollends ein. Dann sank er weg. Er war plötzlich weg! Wie immer! Wie konnte das passieren? Diesmal hatte er es ganz genau gespürt. Wie ein Kurzschluss im Fernseher. Ein Blitz und das Bild war weg! Er verlor sich in einem Nichts und bekam nichts mehr mit. Und doch spürte er, wie sein Körper sich weiter bewegte. Weiter und weiter. Ein lebloser Körper, gesteuert von einer Macht, die er nicht in den Griff bekam.

Tristan spürte, wie die Angst in Kale aufstieg. Ab einem bestimmten Level musste er übernehmen, denn dieser Kerl war einfach zu feige für alles! Er drückte sich regelmäßig, wenn es ernst wurde. Und dass es verdammt ernst werden würde, stand fest, denn Tristan war wütend. Dieser Kale hatte ihm heute alles versaut. Kein Bett, kein Essen und auch diese Schlampe hatte er abblitzen lassen! Dabei war sie gar nicht so übel gewesen. Er hatte zwar noch nie direkten Kontakt zu einer Frau gehabt, aber dieses unterernährte Miststück sah so aus, als könnte er es mit ihr einmal probieren. Seine Fantasie kannte keine Grenzen. Und je älter er wurde, desto mehr wuchs in ihm das Verlangen nach körperlicher Nähe, wie auch immer es aussehen mochte. Es durfte ruhig wild sein. Auch brutal. Sie sah aus, als könnte sie das vertragen.

Als Tristan das Hostel betrat, sahen alle auf. Am Eingang und in den Ecken der kleinen Eingangshalle saßen vereinzelt die Absteiger herum und hielten sich an ihrem abendlichen Alkoholtrunk fest. Sie flüsterten, als er sich dem Pächter näherte. Ihre zischenden Worte machten ihn noch wütender. Der Pächter sah ihn an und wartete auf die allabendlichen 25$, doch dieser Tristan griff nicht in seine Hosentasche, um das Geld hervorzuholen.

„Job verloren?“, fragte der kleine untersetzte Mann. Er kannte diesen Blick. Meist sah er die Leute danach nie wieder. Tristan sah zur Decke, um sich unter Kontrolle zu halten.

„Geh rauf, hol deinen Kram und verschwinde“, hörte er den kleinen Mann sagen. Die Regeln hier waren einfach: zahl‘ oder geh‘. Aber Tristan war auch einfach gestrickt. Er blickte sich um und sah zwei verkommene Gestalten in einer Ecke sitzen, die sich über ihn lustig zu machen schienen. Er trat auf die beiden zu und zog eine der beiden Gestalten am Kragen in die Höhe. „Kannst du mir etwas Geld leihen?“, fragte er. Der Mann sah ihn verängstigt an. Wer mochte diesem Kerl schon Geld leihen? Im Grunde waren doch alle froh, wenn er endlich verschwinden würde. Es verging keine Woche, in der nicht einer seine Faust zu spüren bekam.

„Hab‘ selbst nix“, sagte der Mann und Tristan ließ ihn wieder los. Er sah hinter sich den Pächter und zwei große Männer näherkommen. Also gut, dann gab es eben noch ein Abschiedsgeschenk! Doch er unterschätzte die Situation. Die großen Männer waren stark und hielten ihn in Schach. „Ich hol‘ jetzt deine Sachen“, sagte der Pächter, „und dann verschwindest du.“ Jeder wollte, dass er verschwindet, also trat Verstärkung hinzu, die ihn festhielt. Kaum zehn Minuten später schmiss der Pächter seine Tasche vor die Tür und gab den Männern ein Zeichen, dass sie diesen Tristan hinterherschmeißen sollten.

Jennifer kam gerade um die Ecke, als sie ihn auf dem Bürgersteig liegen sah. Man hatte ihm zum Abschied wohl eine Abreibung verpasst. Sie rannte auf ihn zu und versuchte ihm zu helfen.

Als Tristan sie sah, wischte er sich das Blut mit dem Ärmel aus dem Gesicht und griff nach seiner Tasche. Er wollte kein Wort darüber verlieren, aber auch nicht betteln. Weiber sollte man niemals gut behandeln. Man musste sie kleinhalten, damit sie nicht zu viel forderten. Er würde ja sehen, ob sie ihm nachlief. Und sie tat es. Sie trappelte mit ihren High Heels hinter ihm her und faselte irgendetwas von einer Wohnung und einem Schlafplatz. Tristan konnte sich kaum konzentrieren. Seine Wahrnehmung schwand ein wenig, als würde sich Kale in den Vordergrund drängen. Es war ihre Stimme, die ihn schließlich siegen ließ. Der Ton in ihrer Stimme hatte die Wut in ihm wieder hervorgerufen, die er brauchte, um zu existieren. Er blieb stehen und sah sich abrupt um. Sie trippelte und rannte fast gegen ihn.

Jetzt sah Jennifer wieder dieses unfreundliche Gesicht. Wo

waren seine netten Züge von vorhin geblieben? Wo war der Mann, der ihr gefallen hatte?

„Was willst du?", fragte er sie wieder, wie gestern, und sie antwortete ohne nachzudenken: „Du könntest bei mir wohnen."

Wie naiv war sie eigentlich? Tristan grinste. So viel Dummheit unter diesem weißblonden Haarschopf! Etwas Besseres konnte ihm gar nicht passieren…

***

Rachel

Als Lydia mich in ihrem Gästezimmer alleine ließ, überkam mich ein komisches Gefühl. Soeben noch hatte ich mich bei dieser Frau sehr wohl gefühlt, doch jetzt spürte ich, dass irgendetwas nicht stimmte. Ich legte meinen Rucksack ab, in dem ich ein paar persönliche Dinge mitgenommen hatte und sah mich in diesem Zimmer um. Es war wirklich hübsch eingerichtet. Sehr individuell und mit vielen persönlichen Accessoires. Es drängte mich, in die Schubladen der Schränke zu sehen, um festzustellen, ob ihre Tochter noch mehr beim Auszug hinterlassen hatte. Und tatsächlich, ich fand diverse Unterwäsche, Schuhe und eine Art Krimskrams im Nachttisch, den ich als Tochter nie zurückgelassen hätte. Schmuck, kleine Notizzettel, persönliche Fotos und… ich konnte es nicht glauben: eine ganze Schublade voller roter Papierherzen, die jemand mit viel Geduld ausgeschnitten haben musste! Sie hatten die Größe eines Teelichts. Es mussten Hunderte, wenn nicht sogar Tausende gewesen sein! Das war nicht normal! Hier war etwas vorgefallen, das mir Angst machte. Sollte ich Lydia danach fragen? Besser nicht. Was ging mich ihre Tochter an? Ich wollte nur eine Nacht hier verbringen, dann zurück in die Klinik, um im Computer die Akten durchzulesen und wieder zurück in meine Wohngruppe. Dort würde ich alles Weitere planen. Ich hatte Kales Sachen gefunden und wollte nur noch wissen, wo man seinen Körper beigesetzt hat. Mehr nicht. Was das Leben danach mit mir machen würde, würde sich zeigen.

Ich setzte mich aufs Bett und öffnete den kleinen Karton. Dann holte ich den Umschlag mit den Gedichten und Zeichnungen hervor und begann ganz langsam die Gedichte zu lesen. Das ließ mich voller Trauer nach einer Stunde einschlafen. Ich hörte nicht, wie Lydia in mein Zimmer kam und all die Zettel einsammelte, die ich um mich herum verstreut hatte. Ich sah auch nicht, wie sie mir den kleinen Karton wegnahm. Mein Schlaf war so tief und fest, dass ich nicht einmal mehr wusste, wo ich war.

Am nächsten Morgen erschrak ich fürchterlich, weil ich mich an Nichts vom Vorabend erinnern konnte. War das der Entzug des letzten Medikaments, das ich willkürlich abgesetzt hatte? Ich roch diesen fremden Geruch, sah diese fremden Wände und wusste nicht, wo ich war. Es roch nach Kaffee und ich hörte ganz leise ein Radio laufen. Dann erinnerte ich mich, sah mich um und vermisste sofort meinen kleinen Karton. Wo waren all die Gedichte und Kales Zeichnungen von mir? Ich schaute unter die Bettdecke, ob ich sie vielleicht darunter vergraben hatte. Aber auch da fand ich nichts. Ich fand im ganzen Zimmer nichts! Der Karton war weg! Dafür hing sorgfältig über einem Stuhl frische Kleidung für mich. Auf dem kleinen Tisch am Fenster fand ich Shampoo, Seife und ein großes Handtuch. Daneben steckte in einer schlanken großen Blumenvase eine rote Baccara-Rose. Ich wusste nicht, ob ich mich darüber freuen sollte. Sicherlich war es nur ein netter Willkommensgruß, den ich nicht ablehnen sollte. Aber die Kleidung ihrer Tochter tragen? Auch die Unterwäsche? Das ging mir zu weit! Ich hatte genug Kleidung dabei und brauchte keine fremde Garderobe. Vielleicht sollte ich das Missverständnis gleich klären.

Ich öffnete meine Zimmertür und erschrak! Lydia stand davor und lächelte mich an. Sie sah verändert aus, trug ihr Haar offen und ganz andere Kleidung als gestern. Sie sah wie ein völlig anderer Mensch aus! Sehen so Psychologen aus, wenn sie nicht im Dienst sind?

„Guten Morgen, Rachel! Ich wollte gerade nach dir sehen." Ich versuchte zu lächeln und glaubte ihr kein Wort. Meine ganze Gelassenheit und mein Vertrauen ihr gegenüber waren verschwunden. „Ich wollte…", sagte ich, doch sie zog mich in mein Zimmer hinein und öffnete die Gardinen. Grelle Morgensonne durchflutete den Raum, so dass ich schützend meinen Arm vor die Augen hielt.

„Ist das nicht ein herrlicher Tag?", fragte sie und nahm die Kleidung vom Stuhl. Erst da sah ich neben der Blumenvase ein kleines aus Papier ausgeschnittenes Herz. Das gleiche wie aus der Schublade.

„Du musst das hier unbedingt anziehen", sagte sie und drückte mir die Kleidung in die Hand. Sie nahm die Pflegemittel und das Handtuch und schob mich in ein Badezimmer, das direkt an dieses Gästezimmer angrenzte. Was ich dort sah, machte mich fassungslos. Überall standen rote Rosen und lagen diese kleinen Herzen. Die Rosen waren künstlich. Jeder andere würde jetzt vor Freude lachen, aber ich stand nur da und sah diese falsche Welt! „Ich möchte… ", sagte ich, doch sie schob mich in das Badezimmer hinein und schloss die Tür. „Eine Überraschung!", hörte ich sie sagen. „Keine Angst, ich habe eine Überraschung für dich, wenn du fertig bist. Du darfst aber nicht lauschen."

Ich duschte.

Jennifer Gordon

„Das ist also dein Reich", sagte Tristan und sah sich in der kleinen Wohnung von Jennifer Gordon um.

„Nenn' mich Jenn", sagte sie und legte ihre Tasche auf einen Sessel, um sich kurz darauf eine Zigarette anzuzünden. Er ließ seine Reisetasche fallen und inspizierte ihre Wohnung. Grobschlächtig wie er war, öffnete er sämtliche Schränke und Schubladen, was sie sehr unhöflich fand. Sie sah ihm dabei entrüstet zu, was er nicht im Geringsten zur Kenntnis nahm. Dieses Verhalten hätte sie eigentlich warnen müssen, aber sie merkte es nicht. Sie fiel immer wieder auf die Hoffnung, doch noch einen guten Mann erwischt zu haben, herein, doch dieser Tristan zeigte die gleichen besitzergreifenden Anzeichen wie alle vor ihm. Es ging um Kontrolle. Warum nur wollte jeder Mann sie kontrollieren?

Jennifer zitterte, als sie ihre Zigarette zu Ende rauchte. Was würde dieser Kerl als nächstes tun? Sie anfassen? Sie vergewaltigen? Wieder einmal? Dabei wirkte dieser Tristan zwischendurch so nett und schüchtern, als wäre er mit sich selbst nicht im Reinen. Sie wusste, dass das Leben auf der Straße die Menschen verändert. Es macht sie härter und misstrauisch. Vielleicht würde sich sein Misstrauen legen, wenn er ihr aufrichtiges und gut gemeintes Angebot zu schätzen wüsste.

„Was hast du vorher gemacht?", fragte sie Tristan, während er ihr Schlafzimmer und das Bad begutachtete. Die Frage ließ ihn innehalten. Was ging sie sein Leben an? „Das geht dich nichts an", sagte er und ging auf sie zu. Weshalb schaute er so böse?

„Ich hasse es, wenn Weiber rauchen!", sagte er, riss ihr die Zigarette aus der Hand, schmiss sie auf den Teppich, den sie gestern noch mit viel Mühe gereinigt hatte, und trat sie aus. Das Brandloch würde sie nie wieder repariert bekommen. Damit hatte sie einen Vorgeschmack von dem bekommen, was ihr bevorstand.

Tristan spürte etwas in sich, das ihm ganz und gar nicht gefiel. Es machte ihn aggressiv. Diese Ruhe hier in Jennifers Wohnung war nicht das Umfeld, in dem er existieren konnte. Es war zu harmonisch und diese Frau zu ruhig. Er fühlte sich in seiner Anwesenheit bedroht und wusste nicht, wie er reagieren sollte. Also riss er ihr erst einmal die Kippe aus dem Mund. Das würde die Situation schon anheizen. Nun sollte sich zeigen, ob diese Jennifer das Kaliber besaß, mit dem er leben konnte. Doch sie sah nur entrüstet zu Boden und ging einen Schritt zurück. Die Opferrolle, die sie einnahm, gefiel ihm ein wenig. Es wäre gut, wenn sie jetzt etwas Provozierendes zu ihm sagen würde, doch sie sah ihn nur entrüstet an. Also machte er weiter. „Hast du noch mehr abscheuliche Angewohnheiten?", fragte er und verringerte wieder den Abstand zwischen ihnen. Würde er sie schlagen können? Er hatte noch nie eine Frau geschlagen, aber es reizte ihn.

Wie gerne hätte sie ihm jetzt eine passende Antwort gegeben, dass es doch seine Angewohnheiten wären, die abscheulich seien, aber sie sah seine gewaltbereiten Hände, die sich zu Fäusten ballten. Er war kurz davor, sie zu schlagen.

„Es kommt drauf an, was abscheulich für dich ist", antwortete sie ihm und ging an ihm vorbei in die Küche. Damit hatte sie die bedrohliche Situation vorerst aufgelöst. In der Küche öffnete sie einen Schrank und holte eine kleine Dose mit Pfefferspray heraus. Wenn er ihr erneut zu nahe käme, würde sie es anwenden, doch er folgte ihr nicht in die Küche.

Tristan war irritiert. Seine innere Gewaltbereitschaft richtete sich plötzlich gegen ihn selbst. Er hatte noch nie einer Frau gegenübergestanden, die sich direkt an ihn gewendet hatte. Bisher hatte er es nur als Aufgabe gesehen, Kale vor Frauen und Gefühlen zu beschützen. Es betraf nie seine eigenen. Er spürte, wie sich der Boden unter ihm auftat und er hinabzustürzen drohte. Es musste irgendetwas passieren, etwas, das ihn seine Gewaltbereitschaft ausleben ließ. Könnte er diese Frau jetzt anfassen? Er hatte noch nie mit einer Frau körperlichen Kontakt gehabt und fürchtete sich davor. Seine Spezialitäten waren der Angriff und die Zerstörung. Er hatte schon so einige Menschen auf dem Gewissen, aber niemals eine Frau. Außerdem hatte sie ihm den Nährboden für einen Streit entzogen. Sollte er aufgeben und sich zurückziehen? Es würde sich sicherlich bald eine Situation ergeben, mit der er besser klarkam. Er verschwand.

Als Jennifer keine Antwort auf ihre Frage bekam, sah sie in den Wohnraum. Tristan hatte sich in einen Sessel gesetzt und sah irritiert zu Boden. Sie hörte, wie er „Versager", flüsterte. Sein Gesicht sah verändert aus. Sprach er mit sich selbst? Nicht selten steckte in den brutalsten Typen eine sensible Seele. Er hatte gerade seine Arbeit verloren und sicherlich kein Geld mehr. Sonst wäre er im Hostel geblieben. Dass er auf ihr Angebot eingegangen war, zeigte, wie tief seine Verzweiflung war. Das musste ihn ja aggressiv machen. Es stellte ihn als Mann in Frage. Er wollte sich sicherlich nicht seine Würde nehmen lassen, also sagte sie: „Du kannst heute hierbleiben und morgen nach etwas Neuem Ausschau halten. Ich hab‘ noch Essen übrig. Das teile ich gerne mit dir.“

Kale sah auf und in das Gesicht dieser fremden Frau. Er erinnerte sich an seinen Rausschmiss und diese Frau, die ihn draußen vor dem Betriebsgelände angesprochen hatte. An alles weitere fehlte ihm die Erinnerung. Wie kam er hier in diese Wohnung? Etwas Gefährliches wühlte ihn wieder auf. Eine Bedrohung. Kale hatte festgestellt, dass die Löcher in seinem Leben immer größer wurden. Ihm fehlten oft viele Stunden, meistens die Abendstunden. Oft schrak er erst spät in der Nacht schweißgebadet in die Höhe und bekam Panikzustände. Sollte er wieder eine Klinik aufsuchen? War es wieder soweit, dass seine Multiplen sein Leben beherrschten und er nicht die Multiplen? Alles wies darauf hin. Auch diese Situation war offensichtlich von einer seiner Multiplen in die Wege geleitet worden. „Tristan?“, hörte er diese Frau fragen und spürte, wie sie mit diesem Namen sein wahres Ich ins Innere verbannte. Wieder wurde sein Blick böse! Nun wurde Jennifer unsicher, ob sie vielleicht einen Psychopathen in ihre Wohnung gelockt hatte. Das wäre die Krönung all ihrer Dummheiten.

Er sah sie verbittert an und erhob sich. Wenn sie doch nur etwas Provokatives sagen würde! Dann könnte er reagieren. Und genau das machte ihn wütend…

***

Rachel

Ich zog notgedrungen die Kleidung an, die mir Lydia bereitgelegt hatte. Vielleicht war es nur eine nette Geste oder die Sorge, ob es mir auch gutginge. Meine Sorge um den verschwundenen Karton war größer. Dieser Vorfall irritierte mich sehr. Schon allein der Gedanke, dass Lydia leise und heimlich in meinem Zimmer gewesen war, als ich schlief, behagte mir überhaupt nicht. Aber auch diesbezüglich sollte ich erst einmal Gnade walten lassen. Sie war mir gestern so freundlich und hilfsbereit begegnet, dass ich diese Situation vielleicht überbewertete. Immerhin hatte ich mich vier Jahre lang in einer Umgebung von paranoiden, schizophrenen und depressiven Menschen aufgehalten. Das hinterlässt Spuren, auch wenn man versucht hatte, dies mit Medikamenten abzumildern. Dass Lydia hier in ihrem Haus so ganz anders aussah und wirkte war verständlich. Sie musste einen Ausgleich zu ihrer Arbeit schaffen, damit sie nicht selbst verrückt wurde. Also beschloss ich, ihr freundlich, offen und zugänglich zu begegnen. Ich wollte heute die Akte von Kale mit ihr lesen und dann wieder heimfahren. Warum also machte ich mir Sorgen?

Als ich die Treppe hinunterging und in ihr Esszimmer kam, sah ich sie mit einer Zeitung am Tisch sitzen. Sie hatte einen üppigen Frühstückstisch gedeckt und schien auf mich zu warten.

„Guten Morgen, Rachel!“, begrüßte sie mich erneut und lächelte über meine Erscheinung. Sie schien ein großes Wohlgefühl in ihr auszulösen. Ich nickte freundlich, begrüßte sie ebenfalls und nahm ihr gegenüber Platz.

„Kaffee?“, fragte sie mich. Ich nickte, obwohl ich lieber Tee trank. In der Klinik hatte ich mir den Kaffee am Morgen abgewöhnt, weil er mich zu sehr an meinen ersten und gleichzeitig letzten Morgen mit Kale erinnerte. Eine schöne Erinnerung. Sie kam jetzt so unvorbereitet und gewaltig in mir hoch, dass ich weinen musste.

„Die Medikamente“, sagte Lydia. „Du hast deine Medikamente nicht genommen, nicht wahr?“

Ich sah auf und nickte. Ja, zwei Pillen waren von dem Cocktail der letzten Jahre übriggeblieben, die ich noch eine Weile nehmen sollte. Eine zum Schlafen, eine zum Muntermachen. Ein Teufelskreis! Ich hatte beschlossen, sie in der Wohngruppe zu lassen, weil ich keine Pillen mehr wollte. Nie mehr! Ich wollte wieder das wahre Leben spüren und herausfinden, ob es mich wieder aufnimmt. Umso erstaunter war ich über meinen tiefen Schlaf in der letzten Nacht gewesen. Wann hatte ich zum letzten Mal so erholsam geschlafen? Erstaunlich, wo mir die Ärzte doch sagten, ich könne ohne Medikamente nicht schlafen. Aber wer weiß, vielleicht bekommen sie eine Provision für jedes verschriebene Medikament.

Es gibt so viele Momente im Leben, die Emotionen hervorrufen. Warum muss alles mit Medikamenten behandelt werden? Es fühlt sich an, als dürften wir als Menschen nicht mehr fühlen. Und wenn, dann direkt eine Pille, damit dieses Gefühl wieder aufgelöst wird. Ich gebe zu, dass es Gefühle gibt, die man auf Dauer nicht aushält, aber die meisten Gefühle sind dazu gemacht, damit sie dich als Menschen definieren. Leider gerät das in Kliniken immer wieder in einen Topf. Wie lassen sich normale Gefühle von kranken trennen und wer bestimmt, wann etwas krank ist? Ist es nicht so, dass jeder Mensch im Leben Gefühle aushalten muss, die ihm zu schaffen machen? Das wollte ich wieder lernen und gestand Lydia, dass ich meine Medikamente bewusst vergessen hatte. Der Plan des Lebens sollte mich wieder einholen und mir meinen weiteren Weg weisen.

„Das ist keine gute Idee“, sagte Lydia. „Die Medikamente müssen langsam abgebaut werden, sonst wirst du schlimme Entzugserscheinungen bekommen.“

Ich lächelte sie an. Entzug? Es ging mir prächtig! Ich hatte mich nie besser gefühlt.

„Du hast eine gute Kleiderwahl getroffen, Rachel.“

Ich sah an mir herunter. Ich? *Ich* hatte mir diese Kleidung ausgesucht? „Das sind Kleider deiner Tochter“, sagte ich. „Die habe ich mir nicht ausgesucht. Die lagen heute Morgen auf dem Stuhl. *Du* hast sie ausgesucht.“

Lydia sah mich irritiert an. „Rachel, das stimmt nicht! Wir haben sie gestern gemeinsam aus dem Schrank ausgesucht. Erinnerst du dich nicht? Du hast gesagt, wie wunderschön sie seien. Da habe ich gesagt, du sollst dir welche aussuchen. Das hast du getan. Du hast alles selbst ausgesucht und über den

Stuhl gelegt!“

Ich spürte, wie mein Adrenalin anstieg, und dachte an die Pillen. „Und die Rose?“, fragte ich. „Hab‘ ich mir die auch ausgesucht?“

„Welche Rose?“, fragte Lydia.

Ich erhob mich und rannte die Treppe hinauf in das Gästezimmer, um die Rose zu holen, doch da stand keine Rose mehr! Was war hier los? „Wo ist die Baccara-Rose?“, rief ich entsetzt und rannte die Treppe wieder hinunter.

„Welche Baccara-Rose?“ Lydia erhob sich und wurde rot.

„Auf dem Tisch vor dem Fenster stand heute Morgen eine Baccara-Rose, die gestern noch nicht dort stand. Du musst sie heimlich in mein Zimmer gestellt haben. Genau wie die Kleidung. Und der Karton! Wo ist mein Karton, wo sind Kales Gedichte und seine Zeichnungen?“

Lydia war sichtlich aufgebracht und ging an mir vorüber zu einem Sideboard. Dort stand mein Karton. Sie ergriff ihn und brachte ihn mir. „Den hast du gestern hier abgestellt. Hier.“ Sie reichte mir den kleinen Karton, den ich direkt öffnete. Es befand sich alles darin, was ich gestern noch aus dem Archiv hervorgeholt hatte. Was war hier los?

„Rachel, setz‘ dich“, sagte sie streng und ich setzte mich, presste den Karton an mich und sah sie an. „Wie hießen die Medikamente, die sie dir verabreicht haben?“

Ich konnte mich nicht erinnern. „Und die Papierherzen?“, fragte ich stattdessen. „Warum liegen überall Papierherzen herum?“

„Du meinst die im Bad? Bei den Rosen?“

Ich nickte.

„Das war eine Leidenschaft von Celine, meiner Tochter. Sie liebte diese kleinen Papierherzen und legte immer welche irgendwo in diesem Haus hin.“

„Die ganze Schublade ist voll davon!“, sagte ich in einem beißenden Ton. Meine Verwirrtheit ließ kaum noch ein nettes Wort zu.

„Die hat Celine alle ausgeschnitten und gesammelt. Im Bad

wurden sie von der Feuchtigkeit oft unansehnlich. Also tauschte sie die ständig aus. Außerdem liebte sie es, ihren Freundinnen welche zuzustecken. Sie legte sie gerne auf den Frühstückstisch, steckte sie in die Briefkästen der Nachbarn und verschickte sie in Briefen. Sie schnitt immerzu neue aus und sammelte sie in dieser Schublade."

Ich sah an Lydia vorbei zur Terrassentür hinaus, wo ich einen gepflegten Garten erblickte. Was war nur los mit mir?

Lydia erhob sich und kam zu mir herüber. Sie nahm mir sanft den kleinen Karton aus den Händen, stellte ihn auf den Tisch und drückte meinen Kopf an ihren Bauch. „Ich werde gleich in deiner Wohngruppe anrufen und nach den Medikamenten fragen. Vielleicht bekomme ich hier direkt neue."

„Nein", bat ich sie. „Ich will keine Pillen mehr! Es geht mir gut ohne Medikamente."

„Eben nicht, Rachel. Du bist verwirrt. Ich kann das verstehen. Es ist alles viel zu viel für dich."

War es das? Dabei hatte ich den Eindruck, zum ersten Mal nach langer Zeit wieder mein Leben zu spüren. Ich spürte meine Gefühle, meine Liebe zu Kale und die Angst, die sich zu verflüchtigen begann. Das fühlte sich um so vieles besser an, als das Leben mit Medikamenten. Die Abläufe heute Morgen jedoch machten mir Sorgen. Lydias Erklärungen klangen so logisch. Hatte ich tatsächlich Gedächtnislücken oder Halluzinationen? Mein Misstrauen war groß, aber ich kam nicht umhin, Lydias Erklärungen vorerst zu glauben. Sollte ich ihr vertrauen? Sollte ich mich erneut auf die Medikamente einlassen? Wie immer bekam ich meinen Verstand und mein Bauchgefühl nicht in Einklang. Mein Verstand sagte „Gib' nach, sie hat Recht" und mein Bauchgefühl sagte „Hier stimmt was nicht".

Es war der Bruchteil einer Sekunde, der alles entschied. Ich sagte: „Ja", und gab ihr damit die Möglichkeit, weiter nach ihrem Ermessen mit mir zu verfahren. Lydia nickte zufrieden und setzte sich wieder auf ihren Platz. „Iss etwas", sagte sie und reichte mir einen Toast. Ich nahm ihn und begann, mechanisch meinen Teller zu füllen. Alles, was sie erwartete, erfüllte ich. Ich aß zwei Toast mit Butter, Rührei und sogar Cornflakes, dabei hatte ich gar keinen Hunger. Ich trank zudem zwei Tassen Kaffee und lächelte sie unentwegt an.

„Heute wird ein entscheidender Tag für dich werden, Rachel.“

Ich hatte sie wieder mit Sanftmut erfüllt. Das war gut! Ich hatte sie wieder da, wo ich sie haben wollte. Es war im Grunde ganz einfach, Lydia zu steuern. Was auch immer sie von mir verlangte, würde ich erfüllen. Umso eher würde sie mir helfen, mein Vorhaben zu erledigen.

„Ich habe mir ein paar Tage frei genommen und werde versuchen herauszubekommen, weshalb man deine Briefe nicht beantwortete. Dann können wir uns noch die Abschlussaufzeichnung in Kales Akte anschauen, damit du ganz genau weißt, wie der Fall abgeschlossen wurde.”

Ich nickte. Der Fall. Kale war nichts weiter als ein Fall. Eine umherirrende Seele, die letztendlich in ihr eigenes Grab stürzte. Es sollte für mich also wieder in die Klinik nach Madison gehen, um den letzten Bericht zu lesen. Dann würde ich sofort den nächsten Bus nehmen und mich von dieser dubiosen Lydia wieder entfernen.

„Da ich die Akte gestern mitgenommen habe, können wir alles hier zu Hause erledigen, Rachel. Es wäre ganz gut, wenn jemand bei dir ist, wenn du alles gelesen hast. Ich werde die Akte dann in den nächsten Tagen zurück in die Klinik bringen und einen Eintrag machen, dass ich dir die Videos und die persönlichen Sachen von Kale ausgehändigt habe. Dann hat alles wieder seine Ordnung. Wir schaffen das, Rachel. Du kannst hier solange bleiben, wie du willst. Wenn du magst, planen wir dein weiteres Vorgehen.“

So schöne Worte und so viel Mitgefühl! Ich hielt es kaum aus und nickte lächelnd. Ich wollte nicht länger bleiben, sondern nur den Abschuss der Akte lesen und dann verschwinden. Ich wollte keine weitere Nacht und keinen weiteren Tag hier verbringen.

***

Jennifer Gordon schrak hoch! Es war mitten in der Nacht, als es an ihre Tür klopfte. Tristan hatte aus unerfindlichen Gründen ihre Wohnung plötzlich verlassen, aber er hatte seine Tasche bei ihr vergessen. Sie hatte Verständnis für seine Situation. Er war zutiefst verwirrt und musste sicherlich etwas Luft schnappen. Jetzt würde es ihm besser gehen. Sie erhob sich und öffnete ihm die Tür. Er war verschwitzt und an seinen Händen klebte Blut! Was war geschehen? Sein Gesicht war von tiefer Traurigkeit gezeichnet.

„Was ist passiert?", fragte sie.

Kale konnte ihr nicht in die Augen sehen. Es wusste selbst nicht, was passiert war. „Kann ich dein Bad benutzen?", fragte er stattdessen. Sie nickte und machte eine entsprechende Geste zum Bad. Er verschwand darin und kam eine lange Zeit nicht wieder heraus.

Sie hörte Stimmen flüstern. Wie verwirrt war dieser Mann? Was war nur los mit ihm? „Alles in Ordnung?", fragte sie. Die Stimmen verstummten. „Hast du dich verletzt? Brauchst du Hilfe?"

„Nein. Es geht schon." Seine Stimme klang leise. „Ich bin gleich fertig."

Sie hörte die Toilette und anschließend die Dusche. „Ich habe dir das Sofa zum Schlafen hergerichtet", sagte sie und er bedankte sich leise durch die Tür.

In ihm begann etwas zu brodeln. *Ein Sofa zum Schafen hergerichtet…* Er kannte diesen Satz irgendwoher. Es war auch eine Frauenstimme gewesen, die das einmal zu ihm gesagt hatte, doch er konnte den Zusammenhang nicht herstellen. Irgendeine Welt lief parallel neben seiner ab. Und dann gab es noch eine andere Welt, die ihn immer wieder in einer fremden Situation erwachen ließ. Es waren drei Welten, in denen er lebte! Kale wusste um seine multiple Persönlichkeit und er überlegte, ob er Jennifer darüber aufklären sollte. Aber wo genau fand diese dritte Welt statt? Es gab da eine Frauenstimme. Ein

Gefühl. Eine Erinnerung. Etwas, das seine Multiplen von ihm fernhalten oder wegreißen wollten. Warum? Wie lange würde er noch in diesen Welten durchhalten müssen? Es war ein Schmerz, den er nicht physisch spürte, und doch zerriss es ihn. Er wollte schreien! Jetzt! Ganz laut! Einfach nur schreien. Vielleicht würde es die anderen Welten zerplatzen lassen. Er hörte ein Klopfen. Wieder die Worte: „Alles klar?" Jemand schien um ihn besorgt zu sein. Er öffnete die Tür und sah diese abgemagerte blonde Frau an. „Alles klar, Tristan?", fragte sie und wusste nicht, was sie damit anrichtete.

Sein eben noch trauriges Gesicht wandelte sich in ein böses und er griff ihr an die Schultern, drängte sie auf das Sofa und vollzog das, was sie im Grunde erwartet hatte. Doch es war die Hoffnung gewesen, die sie hegte, aber nicht erfüllt wurde...

Als Jennifer Gordon wieder erwachte, war sie allein. Sie spürte den Schmerz in ihrem Gesicht und im Unterleib. Es musste die erste Vergewaltigung von diesem Tristan gewesen sein. Sein Vorgehen war so tollpatschig gewesen und doch von einer Form der Brutalität beherrscht, die sie hatte wehrlos werden lassen. Sie hatte schnell erkannt, dass sie keine Chance hatte. Er war einfach zu stark und zu dominant. Sie hatte es im Grunde gewusst und doch hatte sie es nicht wahrhaben wollen. Jetzt hatte sie eine Antwort bekommen. Dieser Tristan hatte sie drei Mal vergewaltigt, als hätte er den Vorgang an ihr geübt. Jedes Mal war er sicherer geworden und er hatte sich nicht einmal geschützt! Er hatte damit auch sie nicht geschützt. Sie hatte Kondome, weil sie die Pille nicht vertrug und für andere Verhütungsmethoden kein Geld hatte. Wie fatal! Dabei musste sie es doch mittlerweile besser wissen! Sie hatte bereits eine Abtreibung hinter sich, weil sie die kostenlos bekam. Ja, das bezahlte die Krankenkasse, weil sie zu mager für eine Schwangerschaft war! Ihr Becken würde das Kind nicht austragen können, sagte man ihr.

Jetzt lag sie auf dem Boden im Wohnzimmer und spürte, wie der seelische Schmerz ihren Körper stärker durchzuckte, als der physische. Sie sah, dass er wieder seine Tasche in ihrer Wohnung gelassen hatte. Also würde er zurückkommen! Es war Wochenende. Sie konnte sich also bis Montag erholen, um wieder zur Arbeit zu gehen. Man würde sie belächeln, weil man die Blessuren in ihrem Gesicht mittlerweile kannte. Und sie würde gedemütigt zu Boden schauen, wie immer, und die Toiletten der Schweine putzen, die über sie redeten, als wäre sie Dreck.

Jennifer schleppte sich zum Bad, um dort ihren Körper von der letzten Nacht zu reinigen.

*

Kale und Tristan. Beide waren sie plötzlich in ein und derselben Welt. Jeder spürte die Anwesenheit des anderen und konnte doch nicht mit ihm reden. Diese Tür zwischen beiden hatte eine kleine Öffnung freigegeben. Sie hörten gegenseitig ihren Atem. Beide steuerten den gleichen Körper. Wer würde wohl länger durchhalten? Kale wohnte immerhin schon ein Leben lang in diesem Körper, wohingegen Tristan ihn nur zeitweise bewohnte. „Was hast du getan?!", schrie Kale plötzlich. Er wartete auf eine Antwort. Vergeblich. „Was du getan hast, will ich wissen!", schrie er erneut und die Menschen auf der Straße sahen ihm mitleidig hinterher. Zum ersten Mal spürte Kale eine Wut in sich, die er nicht abgab. Er verharrte in dem Gefühl und versuchte es auszuhalten. Nur nicht wieder wegdriften. Nicht wieder das Kommando abgeben! „Rede mit mir!", schrie er so laut, dass die Menschen einen großen Bogen um ihn machten. Er rannte in den kleinen Stadtpark und stürzte dort zu Boden. Nicht abgeben! Nicht wegdriften! Nicht wegsinken! Er krümmte seinen Leib und eine alte Dame kam herbei gerannt und bot ihre Hilfe an. Tristan war in den Startlöchern aufzutauchen und die alte Schabracke zum Teufel zu jagen, doch Kale erstickte jeden Versuch von ihm. Er presste seinen Körper so fest zusammen, dass Tristan nicht durchkam. „Nein!", schrie Kale. „Nein! Nein!"

Tristan wusste nicht, was Kale von den Vergewaltigungen

mitbekommen hatte, aber er konnte sich an das Ende nicht erinnern. Er hatte irgendwie die Kontrolle verloren und Kale war aufgetaucht… während der letzten Ejakulation!

***

Rachel

Lydia räumte den Frühstückstisch ab und holte die Akte. Mir wurde etwas flau.

„Ich werde noch kurz wegen deinen Medikamenten anrufen." Sie holte auch den kleinen Karton und stellte ihn vor mir auf den Tisch. „Du kannst ja solange mal in den Karton schauen", sagte sie und verließ das Zimmer, um zu telefonieren. War das ein Scherz? Ich hatte doch heute Nacht bereits alles gelesen. Um mich zu vergewissern, öffnete ich noch einmal den darin befindlichen Briefumschlag und las einige Gedichte erneut. Ich erkannte sie sofort! Also irrte ich mich nicht. Doch ich sollte das Spiel einfach mitspielen. Ich wusste nicht, ob Lydia mich vom anderen Zimmer aus beobachten konnte. Ich tat überrascht und berührt, obwohl es mich keinesfalls mehr überraschte. Ich hörte Lydia im Nebenzimmer ziemlich laut diskutieren. Sie stritt mit irgendjemandem. Vielleicht mit Sophie. Leider konnte ich kein einziges Wort verstehen. Es bereitete mir etwas Kummer, zu der Wohngruppe zurück zu kehren. Wie würden sie mich empfangen? Was würde Lydia über mich erzählen? Würde sie über das Missverständnis von heute Morgen reden, das für mich keins war? Es würde mich in eine fatale Situation bringen, weil man ihr glauben und mich mit neuen Medikamenten versorgen würde. Was wäre ich dann? Schizophren? Paranoid? Ich war sicher, dass denen schon was einfallen würde.

Ich legte gerade den Briefumschlag zurück in den Karton, als Lydia zurückkam.

„So ein Mistverein!", schimpfte sie. „Ich habe zum Glück eines der Medikamente, dass du bekommst, hier im Haus. Dann muss ich nur noch schnell das andere besorgen."

„Aber würde es nicht reichen, wenn ich nachher direkt heimfahre? Dann könnte ich doch dort meine Pillen wieder weiternehmen.“

Sie lachte. „Du hast keine Ahnung, was diese Medikamente anrichten, wenn man sie einmal vergisst.“

Ja, sie rauben einem direkt den Verstand, dachte ich. Ich schüttelte den Kopf. Lydia ging in die Küche und holte dort ein Glas Wasser. Dann lief sie nach oben und holte dort eine kleine hellblaue Pille, die genauso aussah, wie die, die ich immer einnehmen musste, nahm sie brav zu mir und hörte Lydia sagen: „Jetzt geht's besser, nicht wahr?“

***

Die alte Dame wollte die Polizei rufen, weil der junge Mann auf dem Boden wohl unter erheblichen Schmerzen litt, aber ehe sie den Anruf tätigen konnte, erhob er sich und rannte weiter. Also konnte es nicht so schlimm sein.

Doch es war schlimm! Schlimmer, als es je in seinem Leben gewesen war! Er fühlte plötzlich diesen warmen Körper unter sich, wie er sich wand. Er spürte, dass auch sein Körper etwas tat, was er nicht tun durfte. Es war so ein sonderbares Gefühl! So falsch und richtig zugleich. Er lag auf einer Frau! Einer nackten Frau! Sein Körper war ebenfalls nackt und berührte den Körper dieser Frau! Doch da war noch mehr! Er war mit seinem Geschlechtsteil in diese Frau eingedrungen, obwohl sie offensichtlich Schmerzen hatte und überall im Gesicht blutete! An seinen Händen war ebenfalls Blut, doch sein Körper rang nur um dieses erlösende Gefühl! Er stieß zu, immer wieder. Sie stöhnte und weinte zugleich! Plötzlich veränderte sich ihr Gesicht. Es bekam völlig andere Gesichtszüge! Ihr Haar wurde dunkel, ihre Wangen bekamen mehr Fülle. Eine andere Frau lag unter ihm, der er niemals Gewalt antun könnte. Wie konnte er nur tun, was er gerade tat? Doch seine Lust wollte nicht enden. Dieses gute Gefühl fand in dem falschen Rahmen keinen Einhalt. Er machte weiter. Er machte einfach weiter, bis das erlösende Gefühl ihn losließ. Er hörte plötzlich die Stimme seines Sportlehrers: „Gut gemacht, Kale! Das war richtig gut! Das machen wir gleich noch einmal! Gib mir ein wenig Zeit zum Erholen, dann machen wir es noch einmal.“ Er war neun Jahre alt gewesen!

Kale sprang angewidert von Jennifer herunter. Was hatte er getan? Er rannte ins Bad und stellte sich unter die kalte Dusche, während sie sich auf die Seite legte und versuchte, die Situation zu begreifen. Sie hörte ihn fluchen, weinen, jammern, schimpfen, lachen und davonlaufen. Er war weg! Der Knall der Tür war ihre Erlösung. Nun war er weg! Er hatte keinen Schlüssel, er konnte also nicht ungehindert in ihre Wohnung zurückkommen.

Kale wusste nicht, wie weit er gerannt war, aber es war wichtig, dieser anderen Person die Kraft zu rauben. Ja, sie musste ausgemerzt werden! Sie tat nicht nur fremden Menschen großes Leid an, sondern auch ihm. Bereits in seiner Jugend hatte er ihm körperlichen Schaden zugefügt und die Ärzte hatten es als eine Art Borderline-Störung angesehen. Dabei war Tristan an den vielen Narben schuld, die sein Körper trug. Wer weiß, was dieser Tristan noch alles in seinem bisherigen Leben angestellt hatte. Doch jetzt war er zu weit gegangen! Er hatte ein körperliches Tabu gebrochen, das Kale nun forderte zu reagieren. Jetzt sollte Schluss sein! Er wollte von dieser Person keinen Schutz mehr. Auch wenn Kale sich immer geweigert hatte, sich mit seinen Problemen auseinanderzusetzen, so musste er nun erkennen, dass alles aus dem Ruder lief. Diese Multiple würde sich nun auch in sexueller Hinsicht seines Körpers bemächtigen. Es war nicht abzuschätzen, wie stark die Sexualität von Tristan ausgeprägt sein würde. Kales Sexualität war seit dem Missbrauch durch seinen Sportlehrer im Alter vom sechsten bis zum zehnten Lebensjahr überhaupt das größte Problem in seinem Leben. Er konnte körperliche Nähe überhaupt nicht aushalten. Tristan kannte keine Nähe, nein, er kannte nur Übergriffe.

Die Tür zwischen ihm und Tristan öffnete sich ein wenig mehr. Kale hörte den ungestümen Atem durch den Spalt, der ihn erstarren ließ. Diese Person gab nicht auf, im Gegenteil, sie schien ihn herauszufordern.

„Solange du bleibst, werden wir nie wieder unter Menschen gehen! Ich werde dich aushungern! Und wenn ich dabei zugrunde gehe!“, schrie Kale. „Das, was du getan hast, wirst du nie wieder tun!“ Er hörte, wie der fremde Atem sich verstärkte. Er hatte ihn erreicht, er hatte zum ersten Mal Kontakt zu Tristan aufgenommen.

*

„Ich kann es erklären“, hörte Jennifer ihn durch die Tür sagen. „Bitte hör mir zu!“

Sie hielt sich einen Kühlbeutel an die linke Wange und weinte. So schade! Er sah so gut aus und hatte etwas an sich, was sie sehr mochte. Aber leider war dieser andere Teil in ihm um so vieles stärker, so dass sie keine Chance sah, sich weiterhin auf ihn einzulassen. Sie kannte dieses Gejammer nach der Tat. Jedes Mal entschuldigten sich diese Schweine dafür. Dann tat es ihnen leid und sie machten einfach weiter. Sie hätte es schon beim ersten Mal merken müssen, als er ihr so patzig begegnet war. Wie dumm war sie eigentlich? „Bitte“, hörte sie erneut. Seine Stimme klang ganz anders als heute Nacht. Sie klang leise und schüchtern. Diese Vergewaltiger waren oft verdammt gute Schauspieler.

„Ich bin krank“, sagte er ganz leise. „Und ich möchte mich bei dir entschuldigen.“

Entschuldigen? Dass er krank war, war offensichtlich. Sie hörte, wie er sich vor ihrer Tür niederließ. Wahrscheinlich hockte er jetzt wie ein räudiger Hund davor und die Nachbarn würden Mitleid mit ihm haben, weil sie ihn ausgesperrt hatte.

„Ich heiße nicht Tristan…“

Sie hörte wie er innerhielt. „Ich heiße Kale. Du darfst mich nicht Tristan nennen…“ Wieder hielt er inne.

Na prima! Er streunte auch noch mit einem falschen Namen herum. Er hatte nicht nur kommunikative Probleme, sondern auch sexuelle. Sie hatte also wieder in die Vollen gegriffen. Warum sah man diesen Scheißkerlen ihre Probleme nicht an? Jennifer wartete, ob er noch mehr zu beichten hätte, doch sie hörte nichts mehr von ihm. Stattdessen erklang eine Kinderstimme vor ihrer Tür, die sagte: „Bitte mach auf!"

Jetzt war sie irritiert! Vor ihrer Tür stand ein kleines Kind. Sie erhob sich von dem Sofa und öffnete die Tür…

***

Rachel

Die Beklemmung ließ nicht nach. Lydia wirkte freundlich und berechnend zugleich auf mich. Sollte meine verzerrte Wahrnehmung wirklich auf die fehlenden Medikamente zurück-zuführen sein? Ich fühlte mich ausgeschlafen und klar, hatte nicht den Eindruck, als würde die Realität vor meinen Augen verschwimmen oder mein Erinnerungsvermögen beeinträchtigen. Noch nie hatte ich mich so geistesgegenwärtig gefühlt, Kale zu begegnen, wie in diesem Moment. Ich hatte am Tag zuvor so viel Kraft gewonnen, dass es mir nicht mehr schlimm erschien, heute den Rest zu erfahren. Was sollte schon passieren? Kales Tod war nicht mehr rückgängig zu machen. Meine Aufgabe bestand nun darin, für mein eigenes Wohl zu sorgen. Dazu gehörte der Abschluss der Geschichte, damit ich einen Neubeginn starten konnte. Mir würde sicherlich nie wieder ein Mensch begegnen, der so uneingeschränkt meine Liebe genießen würde, aber vielleicht hielt das Leben noch ein kleines Glück für mich bereit, mit dem ich die vergangenen Dinge besser vergessen konnte. Doch ich hatte zur Sicherheit diese kleine hellblaue Pille von Lydia eingenommen. Da sie wie eines meiner Medikamente aussah, vertraute ich ihr, obwohl ich es nicht hätte tun sollen.

„Setz' dich ins Wohnzimmer und warte auf mich", sagte sie zu mir und forderte mich auf, auf ihrer eleganten weißen Sofaecke Platz zu nehmen. Sie drängte mich regelrecht, was mir sehr unangenehm war. Um sie nicht zu verärgern, ließ ich sie gewähren. Schließlich wollte ich hier so schnell wie möglich raus. Als Lydia fertig war, brachte sie mir ein Glas Wasser. Mir fiel ein Stein vom Herzen. Ich war froh, dass sie nicht begann, mit mir eine therapeutische Unterhaltung zu suchen oder meine letzten Stunden in ihrem Haus analytisch aufzuarbeiten, wie Psychologen das gerne tun. Sie wirkte wie eine erfrischte und gutgelaunte, besorgte Person. Doch das löste ebenso Skepsis in mir aus. Sie setzte sich in einen Sessel mir gegenüber und hielt Kales Akte fest auf ihren Schoß gepresst. „Trink", sagte sie zu mir und ich trank. Ich tat alles, nur damit es voranging.

„Rachel", begann sie, „dies ist ein sehr großer Schritt für dich", und sie klopfte dabei auf die Akte. Für mich würde der Schritt nicht größer sein als der, den ich gestern schon getan hatte. Oder hatte Lydia die Akte bereits gelesen und wusste, was nun auf mich zukam? Wie grausam würde der Fund sein, den man gemacht hatte, nachdem Ian Morgan Kale hingerichtet hatte? Oh, mein Gott! Wie detailliert würde der Bericht verfasst sein? Vielleicht war Lydias Sorge, dass ich meine Medikamente weiterhin nehmen müsse, berechtigt! War ich der Wahrheit überhaupt gewachsen? Sie fragte nach: „Bist du wirklich sicher, dass du alles wissen willst, ich meine, du hast jetzt diese wunderschönen Gedichte und Zeichnungen von Kale. Das sind ganz besondere Liebeserklärungen. Manchmal ist es besser, wenn man die Dinge ruhen lässt."

Sie wollte mir etwas verschweigen! Etwas Schlimmes! Ich wurde unruhig.

„Ich glaube nicht, dass du die letzten Eintragungen lesen solltest."

Ich hatte es gewusst! Sie hatte das Ende bereits gelesen! Sie wusste alles! Sie wusste in diesem Moment auch, was das Ende mit mir machen würde. Und deswegen hatte sie mir die Pille gegeben.

„Du hast es gelesen", sagte ich und sah sie an. Sie nickte. „Ja, ich habe die letzte Eintragung heute Nacht gelesen. Und ich werde gleich einige Anrufe führen müssen, warum man deine

Briefe nicht beantwortet hat. Mir schwant da was."

Ich überlegte, ob ich die Nachricht selbst lesen oder sie mir von Lydia mitteilen lassen sollte. Sie besaß trotz meines Misstrauens ihr gegenüber etwas, das mich sehr beruhigte. Vielleicht tat ich ihr Unrecht. Vielleicht meinte sie es wirklich gut mit mir und wollte mich schützen. Also beschloss ich, dass sie mir die Nachricht schonend beibringen sollte.

„Sag es mir", flehte ich sie an. Ich rang um meine Fassung, obwohl ich noch nichts wusste.

Die Ahnung ist eines der schlimmsten Gefühle, die das Leben einem bescheren kann, besonders wenn sie schrecklich ist. Die Ahnung ist wie ein Fallbeil, unter dem man liegt. Sobald jemand das Seil kappt, ist die alte Welt von einem abgeschnitten…

„Du willst es also wissen?", fragte Lydia zur Sicherheit nach. „Du willst alles wissen, was in dieser Nacht im Wald passierte?"

Ich nickte, obwohl mein Innerstes *nein* schrie. Nein, ich wollte nicht wissen, wie Kale gestorben war! Ich wollte hören, dass er überlebt hatte und irgendwo weiterlebte. *Das* wollte ich hören. Es wäre egal, wo und wie er lebte, Hauptsache, er wäre nicht unter der Gewalt von Ian Morgan zu Tode gekommen. Ich wollte hören, dass *Ian Morgan* zu Tode gekommen war! Plötzlich überkam mich ein warmes und besänftigendes Gefühl. Ich sah, wie Lydia die Akte auf den Glastisch zwischen uns legte und an mir vorbei in den Garten sah. Ihr Gesicht bekam etwas Glückliches, als hielte sie eine wundervolle Nachricht für mich bereit. Sie suchte nach Worten, um es mir mitzuteilen. „Also gut, dann werde ich dir sagen, was passiert ist."

Ich sah sie an.

„Du hast mit Ian Morgan kurz vorher telefoniert?"

Ich nickte. Ja, das hatte ich, und Morgan hatte mir unverblümt mittgeteilt, dass er Kale nun töten würde. Er hatte mir mitgeteilt, dass Kale schwer verletzt sei und nun den Rest der Lektion erhalten würde. Ich hatte keine Ahnung, wie schwer verletzt er war, aber ich hatte eine enorme Fantasie bei dem Gedanken entwickelt. Es war der Moment gewesen, in dem ich mit ihm gestorben war. Doch jetzt, als ich Lydia gegenübersaß, überkam mich ein ganz anderes Gefühl. Der Tod war plötzlich nicht mehr präsent. Irgendetwas anderes verbarg sich in der Akte, weswegen man mich nicht informiert hatte.

„Kale ist tot“, sagte sie. Das war alles!

Ich sah sie ungläubig an, erhob mich und ging zur Toilette. Dort musste ich mich übergeben und setzte mich auf den Rand der Badewanne. Tot? Kale war also in dieser Nacht tatsächlich gestorben? Warum hatte man mir das nicht mitgeteilt? Es hätte meine Therapien anders ausgerichtet und ich säße jetzt nicht so unvorbereitet in diesem Haus. Es wäre nichts Unerwartetes gewesen.

„Rachel?“, hörte ich Lydia hinter der Tür rufen. „Brauchst du Hilfe?“

Ich schüttelte den Kopf und sagte: „Nein.“ Natürlich brauchte ich Hilfe! Unter mir hatte sich die Welt ein zweites Mal aufgetan und mich in die Tiefe gerissen. Alles begann wieder von vorn. Sofort holten mich die alten Fragen ein: Wie war Kale gestorben? Wo ist er gefunden worden? Und wo wurde er beigesetzt? Wenn sein Tod doch aktenkundig war, musste er irgendwo beigesetzt sein. Den Ort wollte ich finden und ich öffnete die Tür vom Badezimmer, ging an Lydia vorbei und ergriff die Akte auf dem Tisch. Dann ging alles sehr schnell! Ich kann mich erinnern, dass Lydia mir die Akte entriss und mich auf das Sofa drängte. Sie steckte mir irgendwas in den Mund und schüttete Wasser auf mein Gesicht, so dass ich zugleich schlucken und prusten musste. Die Welt verschwamm vor meinen Augen und eine wohlige Wärme holte mich ein…

***

Jennifer öffnete die Tür und rechnete damit, ein Kind zu erblicken, doch sie sah diesen Tristan an den Türrahmen ihrer Wohnungstür gelehnt und zu Boden blicken. Er summte mit kindlicher Stimme ein Kinderlied.

Sie sah sich im Hausflur um, ob Nachbarn ihr Treiben an der Tür verfolgten, doch es war alles ruhig. Sie konnte diesen brutalen Kerl nicht noch einmal in ihre Wohnung lassen und schloss die Tür wieder. Er unternahm keine Anstalten, um diesen Vorgang zu verhindern, sondern summte mit dieser sonderbaren Stimme einfach weiter.

Jennifer wollte einen Deputy rufen, doch als sie den Hörer bereits in der Hand hielt und weiterhin das Summen auf dem Flur hörte, hielt sie inne. Es war eine sehr merkwürdige Situation. Hatte er nicht soeben gesagt, dass er krank sei? Was genau meinte er mit krank? Er sprach sicherlich nicht von einer Erkältung. Es musste irgendetwas anderes sein. Etwas, das mit seiner Psyche zu tun hatte. Ihr war schon einige Male aufgefallen, dass er eine ständige Veränderung durchlebte. Wie sollte sie es beschreiben? Er veränderte sein ganzes Wesen. Und jetzt das! Eine Kinderstimme, versunken in einem Lied, das ihn wohl beruhigen sollte. Vor wenigen Stunden war er noch dieser brutale Vergewaltiger und dann der traurige Mann, der davonrannte. Sie wählte die Notrufnummer, denn sie wusste nicht, was sie tun sollte. Doch dann unterbrach sie schnell wieder die Verbindung. Wenn dieser Tristan von der Polizei erfasst würde, könnte es das Aus für seine Freiheit sein. Aber wollte sie das denn nicht? Er war ein brutaler Mensch und auch wieder nicht. Er war auch ein trauriger und ein kindlicher Mensch. Es war offensichtlich, dass dieser Tristan keine Papiere hatte. Jennifer zweifelte, ob sie das Richtige tat, wenn sie Tristan der Polizei auslieferte. Sie selbst hatte genug Leid miterlebt, unter Depressionen gelitten und nicht selten einen Suizid als die Lösung für alles gesehen. Sie kannte sie alle – die Stimmungen des Lebens. Und sie hatte viele andere Menschen erlebt, die nicht auf der Sonnenseite des Lebens standen. Irgendwie fühlte sie sich zu diesem Tristan hingezogen. Aber fühlte sie sich nicht immer in der Hoffnung, ein besseres Leben zu finden, zu einem Mann hingezogen?

Sie hörte die Kinderstimme summen. Ein Nachbar schien sich gestört zu fühlen und machte seinem Unmut auf dem Flur lautstark Luft. Das aber unterbrach nicht das Summen des Kerls auf dem Boden vor der Tür dieser Schlampe. Sicherlich war der Kerl sternhagelblau und sang sich in diesem Moment das Leben schön. Ja, sie schleppte immer diese dubiosen Versager an! Immer wieder dieses Geschrei in ihrer Wohnung! Prügel! Ja, es geschah ihr recht! Wann würde sie endlich dazulernen?

Kale hörte die kleine Lydia singen und ließ sich in ihre Welt hinab. Er hörte den Mann nicht, der ihn lautstark beschimpfte. Er hörte nichts, außer Lydias lieblicher Stimme. Es tat so gut! Er spürte plötzlich, wie ihn jemand aufrichtete, während Lydia weitersummte. Er spürte eine warme Decke auf seinem unterkühlten Körper und ein weiches Sofa unter sich, während Lydia ihn in den Schlaf sang.

Jennifer dankte dem Nachbarn für seine Hilfe und sagte, er sei ihr Bruder. Er habe eine lange Reise hinter sich und träume wohl. Der Nachbar nickte und ging zurück in seine Wohnung. Hauptsache Ruhe!

Sie sah ihm beim Schlafen zu. Nun sah er wieder ganz friedlich aus. Das Gesicht, das sie nun sah, gefiel ihr. Das war der Mann, den sie so mochte. Was löste nur diese Gewalt in ihm aus? Er hatte gesagt, sie solle ihn nicht Tristan nennen. Er heiße Kale. Weshalb nannten die anderen ihn dann Tristan? Wollte er sich hinter diesem Pseudonym verstecken? Sie sollte ihn fragen. Jennifer wollte diesen seltsamen Mann in ihrer Wohnung nicht aufgeben, auch wenn ihr Gesicht seinetwegen höllisch schmerzte. Das andere, das zwischen ihnen vorgefallen war, ließe sich sicherlich auch noch erklären…

*

„Kale?“, hörte er eine Frauenstimme fragen und öffnete die Augen. Wo war er? Das Gesicht einer mageren blonden Frau sah ihn an. Sie hatte eine Prellungen unter ihrem linken Auge.

„Kale? Ist das dein wirklicher Name?“

Er nickte, denn das war sein Name. Er sah sich irritiert um und kam langsam hoch.

„Kaffee?“, fragte sie und er nickte erneut. Er sah sie in die

Küche gehen und hörte sie rufen: „Milch? Zucker?“

„Milch“, sagte er leise.

Jennifer hörte diese andere Stimme, die nicht zu Tristan gehörte.

„Du hast gestern gesagt, dass du Kale heißt.“ Sie kam mit zwei Tassen Kaffee in der Hand zurück und reichte ihm eine davon.

„Ja“, antwortete er ihr und nahm die Tasse mit einem Nicken entgegen.

„Warum dann der andere Name – Tristan?“ Sie sah ein Zucken in seinem Gesicht. „Wenn doch Kale dein wahrer Name ist. Hast du was ausgefressen?“

Das war eine gute Frage! Er sah sie an und erinnerte sich, dass sie gestern kurz unter seiner Gewalt gelitten hatte. „Es tut mir Leid wegen gestern. Ich weiß nicht, was über mich gekommen ist. Das ist mir noch nie passiert!“

Sie sah ihn an. Sie war dieser Worte so überdrüssig und doch nickte sie. „Das sagen sie alle.“

„Sie?“, fragte er.

„Ja, alle die mich vögeln! Alle, die mich schlagen und nicht fragen, ob es mir gefällt. Ihnen allen tut es nachher immer leid.“ Kale sah zu Boden. So sah also die Welt dieser Frau aus.

„Wie heißt du?“, fragte er.

„Du weißt nicht mal meinen Namen?“, fragte sie entrüstet und setzte sich in einen Sessel ihm gegenüber. „Das ist ja der Knaller! Ich meine, viele vergessen meinen Namen, aber ich habe ihn dir bereits dreimal gesagt.“ Sie sah, wie er nickte und aus seiner Traurigkeit nicht herausfand.

„Was ist los mit dir?“, fragte sie. „Mit dir stimmt doch was nicht, ich meine, heute Nacht hast du vor meiner Tür gesessen und Kinderlieder gesungen!“

Kale sah kurz auf. Wenn Lydia nicht gewesen wäre, die ihn zurück zu Jennifer geführt hätte, wäre er wahrscheinlich nicht mehr da. Der kurze Akt der Vergewaltigung, den er bewusst miterlebt hatte, hatte zerstörerische Gedanken in ihm ausgelöst. Es wäre ganz schnell gegangen – der Sprung von der Brücke, doch Lydia hatte ihn aufgefangen und ihm wie so oft das Leben gerettet. Wie sollte er dieser Frau den komplexen Vorgang seiner Spaltung erklären, den nicht einmal er selbst begriff? „Es ist kompliziert“, sagte er.

„Wie lautet dein ganzer Name?“, fragte sie.

Er sah auf. Sein Nachname? „Das ist das Problem. Ich kann mich nicht erinnern. Ich kann mich an vieles nicht erinnern.“

„Bist du krank, ich meine, verrückt oder schizophren?“

Er zuckte mit den Schultern.

„Wo kommst du her?“

„Keine Ahnung.“

„Du brauchst dringend Hilfe, Kale. Vielleicht hattest du einen traumatischen Unfall. Dein rechter Arm ist verbrannt. Weißt du, wie das passiert ist?“

Er schüttelte den Kopf.

„Weißt du, ob du verheiratet bist?“

Nein.

„Woran kannst du dich erinnern?“

Er sah auf. Sollte er ihr wirklich seine letzten Erinnerungen mitteilen? Sie würde sofort die Polizei rufen. Also sagte er: „Ich war in einem Krankenhaus. Man hatte dort den verbrannten Arm behandelt. An weitere Sachen kann ich mich nicht erinnern, weder an die Entlassung noch an den Vorfall, der zu den Verbrennungen geführt hat.“ Sollte er von der Leiche im Kofferraum des Wagens erzählen? Besser nicht.

„Du brauchst vielleicht nur Ruhe“, sagte sie und trank ihren Kaffee aus.

„Ja“, sagte er und nickte. Ruhe.

„Wenn du Sex willst, dann sag es. Die Nummer von gestern geht nicht nochmal. Das nächste Mal verpfeif‘ ich dich.“

„Ich will keinen Sex. Ich will gar nichts.“

„Das sah gestern aber anders aus.“

„Das war nicht ich…“

„Ach ja, das war sicher Tristan.“

Wieder zuckte sein Gesicht und sie sagte instinktiv das Richtige: „Aber jetzt habe ich ja Kale vor mir.“ So eine Geschichte hatte sie noch nie gehört. „Kale gefällt mir auch viel besser.“ Sie erhob sich und ging erneut in die Küche. „Willst du frühstücken?“ Sie bekam keine Antwort. Als sie in ihr Wohnzimmer sah, war er verschwunden. Mit ihm die Reisetasche und ihre Wohnungstür war angelehnt.

Kale machte sich wieder auf die Suche nach Tristan…

***

Rachel

„… nicht gesagt“, hörte ich in weiter Ferne Lydias Stimme sagen. „Das war nicht in Ordnung! Das hätten Sie nicht tun dürfen. Es verstößt gegen…“ Ich sank wieder weg und ihre Worte wurden zu einem undeutlichen Rauschen.

Ich weiß nicht, wie viel Zeit vergangen war, bis ich wieder zu mir kam, aber als ich erwachte, was alles still im Haus. Ich sah die Akte auf dem Tisch liegen und ein volles Glas Wasser daneben. Neben dem Glas lag ein Zettel: *Bin kurz das andere Medikament besorgen. Komme gleich wieder. L.*

Sie hatte die Akte also liegen gelassen. Damit signalisierte sie mir, dass ich hineinschauen dürfte. Ich erhob mich langsam, nahm einen Schluck Wasser und starrte auf die Unterlagen, die mir den Krieg erklären sollten. Ich griff danach und suchte die letzten Eintragungen. Mir fiel sofort auf, dass der Abschlussbericht auf einem anderen Papier gedruckt war. Als ehemalige Büroangestellte bekommt man einen Blick dafür. Ich hatte auch bei meiner Arbeit als Bibliotheksleitung immer das gleiche Papier verwendet. Es hatte ein Wasserzeichen oder einen vorgedruckten Briefkopf. Auch diese Unterlagen hatten den Briefkopf der Klinik. Nicht aber der Abschlussbericht. Er war zwar auf den ersten Blick sehr kompetent gestaltet, aber irgendetwas stimmte damit nicht. Ich las:

Kale Hatfield wurde am 11. Juli 2008 um ca. 16 Uhr von Passanten in einem Waldgebiet Nähe Hillisboro gefunden. Der Obduktionsbericht ergab, dass er mit einem Schuss in die linke Lunge getötet wurde. Von dem mutmaßlichen Täter Ian Morgan fehlt jede Spur. Kale Hatfield wurde am

22. Juli 2008 durch eine Feuerbestattung anonym beigesetzt. Die Ermittlungen werden je nach Ermessen des Police-Departments von Madison fortgeführt.

Ich konnte nicht glauben, wie unprofessionell dieser Abschlussbericht verfasst war. Das konnte nie und nimmer Dr. Temerowski geschrieben haben, der in die letzten Stunden vor Kales Verschwinden stark eingebunden war. Das war auch kein Obduktionsbericht. Das war ein dummes Geschreibsel von einer Person, die nicht wusste, wie man einen solchen Abschlussbericht verfasst. Wollte man mich in die Irre führen? Ich nahm den Bericht heraus und faltete ihn zusammen, um ihn später von der Polizei in Madison prüfen zu lassen. Lydia konnte doch nicht allen Ernstes diesem Bericht glauben! Nun zweifelte ich, ob es überhaupt einen Abschlussbericht gab. Ich blätterte zurück und fand nur noch die letzte Dokumentation, in der Kale den dreitägigen Freigang erhielt, um bei mir zu wohnen. Meine Kontaktdaten waren aufgeführt und der Bereitschaftsdienst für die nächsten 72 Stunden notiert, falls etwas passieren würde. Das erschien mir plausibel. Aber dieser letzte Bericht brachte mich ganz durcheinander. Ich sah mich im Wohnzimmer um und bemerkte, dass mein kleiner Karton mit den Gedichten wieder verschwunden war. Vielleicht hatte Lydia ihn nach oben in mein Zimmer gebracht. Ich ging die Treppe hinauf und hatte wieder dieses komische Gefühl. Ich kann es nicht beschreiben, aber das Haus und Lydia selbst lösten in mir das Gefühl von Gefahr aus, als würden die Wände schreien, ich solle umgehend verschwinden. Je näher ich dem Gästezimmer kam, desto stärker wurde das Gefühl. Was ging hier vor? Als ich in mein Zimmer trat, sah ich wieder diese Baccara-Rose auf dem Tisch am Fenster stehen! Ich trat ungläubig näher und berührte sie, um sicher zu sein, dass sie auch existierte. Sie war frisch und roch wunderbar. Sie war keine Halluzination! Ich hatte es gewusst! Hier passierte etwas Unerklärliches. Etwas, das sich sicherlich erklären ließ, wo ich aber nicht dahinter kam. Der kleine Karton befand sich auch nicht in meinem Zimmer. Es stand nur mein Rucksack bereit und daneben stand die Tüte mit den Videos, die ich mitnehmen durfte. Lydia war also wieder in meinem Zimmer gewesen. Es überkam mich der Drang, einen Blick in ihr Schlafzimmer zu werfen. Wie mochte es aussehen? Das ganze Haus erschien mir wie eine wunderschöne Puppenstube. Alles war ordentlich und sauber. Kein Staub, kein deplatzierter Gegenstand, nichts! Vielleicht hatte sie eine Putzfrau, die mehrmals in der Woche das Haus für sie reinigte. Als Psychologin war das nicht abwegig. Vor allen Dingen, weil sie in den letzten Wochen wegen der Schließung der Klinik viel zu tun gehabt hatte. Ich sah mich in ihrem Schlafzimmer um. Es sah aus wie das Zimmer einer Diva. Alles war edel und glänzte. Alles in Rot, Gold und Rosa gehalten. Die Farben erdrückten mich. Der Raum strahlte eine künstliche Atmosphäre aus, als würde hier gar keiner schlafen. Es sah aus, wie das Ausstellungsstück in einem edlen Möbelhaus oder eine Filmkulisse für ein Märchenfilm. Ich spürte, dass hier Albträume und Betrug gastierten. Hier gab es keine Liebe, ich meine, keine echte. Hier gab es etwas Schauderhaftes! Das ließ mich neugierig werden. Sollte Lydia unten zur Haustüre hereinkommen, würde ich schnell in mein Zimmer gehen und unter irgendeinem Vorwand etwas sagen. Doch es blieb alles still. Ich ging auf die Nachtkonsole von Lydia zu und zog die oberste Schublade auf. Darin lagen ein Tagebuch und unzählige Pakete von Papiertaschentüchern. Sie schrieb also ihre Gedanken auf und litt wohl sehr dabei. Ich wollte nicht allzu neugierig sein. Ein Tagebuch zu lesen überschritt Grenzen, die man nicht überschreiten sollte. Also schloss ich diese Schublade wieder. In der unteren Schublade fand ich wieder Hunderte von diesen kleinen Papierherzen. Lydia musste sehr an ihrer Tochter hängen und umgekehrt. Wie mochte das Verhältnis wohl jetzt aussehen? Wo mochte ihre Tochter sein? Ich sah auf Lydias Sideboard, wo einige Bilder von ihr und ihrer Tochter standen. Zwei Gesichter, die glücklich in die Kamera lachten. Ihre Tochter war vielleicht vier oder fünf Jahre alt. Auf einem anderen Bild war sie schon schätzungsweise zehn Jahre alt. Mehr gab es nicht. Wenn ihre Tochter doch erst kürzlich ausgezogen war, wo waren dann die anderen Erinnerungsbilder? Ich zog die obere Schublade auf und fand unzählige Briefe. Es waren Briefe, die an Lydia gerichtet waren und ohne Absender auf den Umschlägen. Es mussten Hunderte sein! Auch diese persönliche Grenze wollte ich nicht überschreiten, also schloss ich die Schublade schnell wieder und öffnete die zweite darunter. Sie war voller Kinderunterwäsche! Vierzig oder fünfzig Unterhöschen- und Hemdchen. Dazu viele Paar Söckchen. Das war nicht normal! Ich schloss diese Schublade und öffnete die dritte und letzte. Darin befanden sich Kinderschuhe! Ballerinas, Lackschühchen, Sandalen und mit Rüschen bestückte Pantöffelchen. Wäre dies die Kulisse eines Märchenfilms, wäre es eine vortreffliche Bühne. In diesem Zimmer lebte keine Lydia! Hier lebte irgendetwas Unwirkliches! Etwas Krankes. Ich ging zum Kleiderschrank hinüber und war nicht erstaunt, auch darin unzählige mit Rüschen besetzte Kleidchen zu finden. Oben auf der Ablage stapelten sich bunte Hutschachteln mit lustigen Bildchen drauf. Häschen, Igelchen und Kätzchen. Ich griff nach einer Schachtel und öffnete sie. Im gleichen Moment ließ ich sie fallen! Sie war voller verschimmelter Nahrung! Eingeschweißt. Man roch nichts. Ich schloss den Karton wieder und holte den nächsten hervor. Er war voller Süßigkeiten, die ich nicht zu öffnen wagte. Das Verfallsdatum wies darauf hin, dass sie über zehn Jahre alt sein mussten! Mehr wollte ich nicht sehen. Gerade als ich die Schachteln zurücklegen wollte, erblickte ich eine Schachtel im Hintergrund, die nicht richtig verschlossen war. In einem Haushalt der kompletten Ordnung fiel das auf! Lydia würde nach dieser Inspektion, die ich vorgenommen hatte, niemals eine halb verschlossene Schachtel in den Schrank räumen. Ich musste nachsehen, was sich darin befand und zog sie mühselig reckend hervor. Der Deckel fiel beim Herunterholen auf den Boden und ich erblickte meinen kleinen Karton, in dem sich Kales Besitztümer befanden! Ich blickte ungläubig auf diesen Fund und öffnete den Karton, um festzustellen, ob sich noch alle Sachen darin befanden. Ja, es war alles vorhanden, aber es lag ein weiterer Umschlag darin. Ein kleiner dünner, den ich noch nie zuvor gesehen hatte. Er war unbeschriftet und offen. Ich konnte es nicht glauben! Lydia hatte mein Eigentum entwendet und versteckt! Warum? Würde sie mir gleich erzählen, dass es diesen Karton überhaupt nicht gab und ich nur den Entzugserscheinungen meiner fehlenden Medikamente erlegen wäre? Ich ergriff den Umschlag, öffnete ihn und holte ein Blatt Papier hervor, das mich erstarren ließ! Es war die letzte Eintragung aus Kales Akte. Mit Briefkopf und Stempel. Dies war also der originale Abschlussbericht, den Lydia mir vorenthalten wollte. Was wollte sie damit bezwecken? Was? Ich hielt meine Enttäuschung kaum aus und wusste nicht, was ich mit diesem Fund machen sollte? Wenn Lydia jetzt heim kommen sollte, würde sie mich auf frischer Tat ertappen... obwohl, im Grunde hatte ich sie ertappt! Doch ich sah mich außerstande, darauf zu reagieren. Sollte ich alles rekonstruieren und mich später darum kümmern, oder sollte ich sie mit dieser Situation konfrontieren, egal, was passieren würde? Nein, ich entschloss mich, etwas ganz anderes zu tun. Ich holte geschwind meinen Rucksack und steckte dort Kales Besitztum und den Abschussbericht hinein. Anschließend legte ich den kleinen Karton wieder in die Hutschachtel und verstaute alles so, wie es vorher gewesen war. Lydia sollte nichts bemerken. Ich musste schauen, dass ich so schnell wie möglich dieses Haus verließ, rannte mit meinen Sachen und der Tüte voller Videos die Treppe hinunter und wollte die Haustüre öffnen, als ich bemerkte, dass sie verschlossen war...

***

Jennifer erwischte ihn noch unten an der Haustür. „Kale!“, rief sie, und er sah sich erschrocken um. „Geh‘ nicht!“

Er wollte sie ignorieren, doch sie hielt ihn am Arm fest. Das behagte ihm gar nicht und er entzog sich ihren Griff.

„Warum läufst du weg?“, fragte sie.

Ja, warum rannte er wieder einmal weg? Jennifer schien eine nette Person zu sein. Er konnte sie nutzen, um sich erneut zu orientieren. Vielleicht würde er sogar sein Gedächtnis wiedererlangen. Es musste doch noch mehr als nur dieses Krankenhaus, der verbrannte Arm und diese Leiche im Kofferraum des Wagens existieren. Warum war ihm beim Geschlechtsakt mit Jennifer diese Männerstimme erschienen? Was war in seiner Vergangenheit vorgefallen? Würde Jennifer überhaupt dem standhalten, wenn er sich erinnern würde? Sicherlich nicht, denn es musste eine gewaltige Erinnerung sein. Er konnte sich nicht einmal an seinen vollständigen Namen erinnern. Er sah nur hin und wieder dieses Gesicht einer jungen Frau. Mehr nicht. Es war eher ein blitzartiges Bild. Doch diese Frau musste eine wichtige Rolle in seinem Leben gespielt haben.

„Warum?", rief sie immer noch, als Kale um die Ecke der Straße bog. Weil ich dich schützen muss, dachte er und rannte.

„Kommst du wieder?", hörte er ihre Worte verhallen.

Vielleicht. Vielleicht wäre er eines Tages stark genug, wieder einem Menschen zu begegnen. Doch zunächst musste er sich um das kümmern, was in ihm vorging…

Kale und Tristan

Was musste passieren, um Klarheit in sein Leben zu bringen? Er musste lernen, Gefühle auszuhalten. Und genau das war das Problem. Es gibt Menschen, die einfach Suizid begehen. Das hatte er mehrere Male probiert, doch auch in diesem Moment war eine Multiple eingesprungen, die ihn davon abgehalten hatte.

Kale fand Platz auf einer Bank am Rande der Stadt. Hier waren die Geräusche gedämpfter und kein Mensch suchte seine Aufmerksamkeit. Er rieb sich das Gesicht und spürte dabei den Schmerz im rechten Arm. Seine Salbe ging zur Neige und er benötigte unbedingt eine neue. Er brauchte Geld! Kale holte die restliche Salbe aus seiner Tasche und entkleidete seinen Oberkörper. Es war niemand in der Nähe, der ihn beobachten konnte. Er besah sich die Brandwunde, die seine Haut übel zugerichtet hatte. Wie konnte das nur passieren? Er spürte plötzlich einen inneren Stoß in seinem Körper. Kale stand wieder mit dem Rücken an der Tür und spürte diese zweite Gestalt dahinter, die gegen die Tür drückte. Er spürte, dass es etwas Böses war. Etwas, das ihn nicht verweilen ließ, ihn trieb. Er hatte bisher keinen Platz auf dieser Welt gefunden, an dem er stehenbleiben konnte. Diese nutzlosen Jobs waren nichts anderes als Ablenkung gewesen. Sicher, er brauchte auch Geld, aber in erster Linie arbeitete er, um sich nicht zu spüren. Seine Gefühle waren so anders als bei anderen Menschen. Kale konnte das Gefühl, eine Frau zu lieben, nicht aushalten und doch verspürte er eine große Sehnsucht danach. Doch wie sollte das funktionieren, wenn er ständig die Kontrolle verlor? Wenn er ständig irgendwo aufwachte und den Weg dorthin nicht nachvollziehen konnte? Immer wieder war nach dem Erwachen Blut an seinen Händen. Das musste er stoppen! Er musste die Tür zwischen diesem Monster und sich weiter öffnen, um sich dem zu stellen und das zu verhindern, was ohne sein Wissen geschah. Und er musste aushalten lernen. Anders war sein Leben nicht mehr in den Griff zu bekommen. Das hatte der letzte Vorfall mit Jennifer gezeigt, bei dem Kale in eine brutale Vergewaltigung mit hineingezogen worden war. Und das Schlimmste war gewesen, dass er sie nicht hatte stoppen können, selbst als er erwacht war. Er hatte einfach weitergemacht und war diesem tiefen Gefühl der Befriedigung gefolgt. Danach hatte er sich schmutzig und schuldig gefühlt. Doch es war noch etwas anderes passiert, was ihn nun zutiefst verwirrte. Er hatte ganz kurz das Gesicht einer jungen dunkelhaarigen Frau gesehen. Nur ganz kurz! Es war in dem Moment passiert, als er den Höhepunkt seiner sexuellen Befriedigung verspürt hatte. Die Ausschüttung der Hormone hatte ihm dieses Bild geschickt. Dabei war er nie in der Lage gewesen, körperlichen Kontakt zu Frauen aufzunehmen. Kale rieb sich die Salbe auf die Brandwunde und warf die leere Dose in den Mülleimer neben der Bank. Dann zog er sich wieder an, nahm die Tasche und ging weiter.

„Komm", sagte er laut. „Komm, Tristan!" Er hatte seinen

Namen ausgesprochen! Er hatte tatsächlich seine eigene Multiple gerufen! Und sie reagierte! Die Tür zwischen beiden flog auf und die Gestalt, die hindurchstürmte, war so gewaltig, dass es Kale zunächst den Atem raubte! Er blieb stehen, ließ die Tasche fallen und beugte sich vornüber. Er wollte auf keinen Fall die Kontrolle verlieren. Er würde es aushalten! Doch diese Macht in ihm wurde immer größer. Sie nahm seinen Körper ein und rannte. Tristan suchte Material! Etwas Spitzes oder Scharfes musste es sein! Es wäre doch gelacht, wenn er diese jämmerliche Kreatur nicht unter Kontrolle bekommen würde. Und er wurde fündig. Im Straßengraben lag eine leere Bierflasche. Er packte sie am Flaschenhals und schlug sie auf dem Asphalt entzwei. Es musste schmerzen! So höllisch, dass Kale nie wieder den Versuch unternehmen wollte, ihn aufzuhalten. Er setzte die scharfe Bruchstelle der halben Flasche gerade an seinem linken Arm an und wollte sie langsam und tief in die Haut ritzen, als ihn jemand von hinten ansprach: „Hey, was machen Sie da?“

Tristan sah sich erschrocken um. Ein Jogger stand verschwitzt und hüpfend vor ihm und sah ihn an. Das hätte er nicht tun sollen…

***

Rachel

Ich konnte es nicht glauben! Lydia hatte mich eingeschlossen! Vielleicht war es aber auch nur eine Gewohnheit, als sie das Haus verlassen hatte. Ich wollte ihr kein Unrecht tun, aber ich erkannte sehr schnell, dass es wohl doch kein Zufall gewesen war, denn als ich zur Terrassentür ging, fand ich auch diese verschlossen vor. Es war ein Sicherheitsschloss angebracht. Auch die Fenster besaßen solche Vorkehrungen! Alles, was man in diesem Haus öffnen konnte, war verschlossen! Okay, Lydia lebte weit außerhalb der Stadt am Waldrand. Sehr idyllisch, aber zugleich auch sehr unheimlich. Irgendwie passte alles zusammen. Dies war ein Bunker! Oder ein Gefängnis? Mich überkam große Angst. Wie sollte ich reagieren, wenn sie zur Tür hereinkommen und mir lächelnd das Medikament zeigen würde? Wusste ich, ob sich auch wirklich das originale Medikament darin befand? Sollte ich mitspielen und mir nichts anmerken lassen? Sollte ich auf eine Möglichkeit warten, fliehen zu können? Dass ich momentan nichts ausrichten konnte, war offensichtlich. Ich beschloss, meinen Rucksack und die Tüte mit den Videos wieder nach oben zu bringen und mich brav auf das Sofa zu legen. Ich sollte mitspielen, solange sich keine Gefahr für mich ergab. Vielleicht wollte Lydia mich auch nur schützen.

Es vergingen keine zehn Minuten, als ich das Schloss der Haustür hörte. Sie trat ein und schloss gleich wieder hinter sich ab. Ich hörte es genau! „Rachel?", rief sie. Ich antwortete und spielte ihr Müdigkeit vor.

„Geht es dir wieder etwas besser?"

„Ja", antwortete ich brav und hörte, wie sie eine Papiertüte in der Küche auspackte.

„Ich habe ein wenig zum Essen mitgebracht. Dachte an Lasagne. Magst du das?"

„Ja", antwortete ich wieder, obwohl ich dieses Zeug nicht besonders mochte. Sie hatte also einen längeren Aufenthalt für mich geplant. Sollte ich sie mit den Sachen, die ich gefunden hatte, konfrontieren?

Noch nie hatte ich mich in einer derart verfahrenen Lage befunden. Gestern noch hatte ich großes Glück verspürt, endlich mein Schuldgefühl etwas in den Griff bekommen zu haben und heute bereute ich diese Reise nach Madison bereits. Ich konnte es nicht glauben, mich in dieser Situation zu befinden. Solche Geschichten gehörten in einen Horror-Roman, aber nicht in mein Leben. Das Erlebnis mit Kale und seinem Mörder hatte mir für den Rest des Lebens gereicht. Ich brauchte kein Déjà-vu. Was ich brauchte, war eine gute Idee, wie ich dieser Frau wieder entkommen konnte. Ich hatte alles, wonach ich suchte und sagte: „Lydia, bitte mache dir keine Mühe. Ich will gleich wieder zurück nach Hause. Ich hab' doch alles gefunden, was ich suchte." Das war mein erster Versuch.

Sie kam herein und reichte mir ein Glas Orangensaft. Konnte ich es annehmen oder hatte sie etwas hineingemischt? Ich nahm es an und stellte es vorerst auf den Tisch. „Danke, aber ich habe gerade erst Wasser getrunken." Bei diesem Satz überkam mich die Befürchtung, dass sie auch diesem Getränk etwas hinzugemischt haben könnte.

Sie sah mich an. „Rachel, ich glaube nicht, dass es eine gute Idee ist, wenn du sofort wieder zurückfährst. Du wolltest doch Frieden mit der Vergangenheit schließen und ich denke, dass dazu mehr gehört, als nur die Besitztümer von Kale. Du weißt nun, dass er tot ist, doch die ganze Geschichte wird dich wieder sehr aufwühlen. Ich halte ein paar gute Gespräche über deine Gefühle für ganz wichtig, damit du zu einem guten Abschluss kommst. Ich würde dich jetzt nicht gerne einfach so zurückfahren lassen. Ich habe heute Morgen mit Sophie gesprochen und mit ihr vereinbart, dass du ein paar Tage bei mir bleiben darfst. Ich habe sowieso eine Woche frei und würde diese Zeit gerne mit dir verbringen."

Sie hatte also alles bis in kleinste Detail durchgeplant, ohne mich zu fragen! In diesem Moment fragte ich mich, ob der Telefonanschluss wohl intakt wäre und sah mich unverhohlen im Wohnzimmer um. Doch ich konnte nirgends ein Telefon entdecken, auch keine Station.

Das schlimme an solchen Situationen ist, dass alles so richtig klingt und du doch das Gefühl hast, dass alles falsch ist. Ich glaubte nicht, dass Kale so unkompliziert gestorben sei. In meinem Rucksack befand sich der echte Abschlussbericht. Der würde die Wahrheit ans Tageslicht bringen. Doch diese Wahrheit hätte ich gerne für mich allein erfahren ohne Lydias Beistand. Alles, was sie sagte, kam mir so inszeniert vor, auch wenn sie stets mitfühlend und freundlich wirkte. Ich wagte eine Frage: „Wo ist der kleine Karton mit Kales Sachen?"

Sie sah mich an, als wüsste sie nicht, wovon ich redete. „Welcher Karton?", fragte sie mit erstaunter Miene. Volltreffer!, dachte ich. Das war der Beweis! Sie hatte etwas vor und wusste nicht, dass ich den Karton längst gefunden hatte, aber ich provozierte sie weiter: „Na, den wir gestern in der Klink abgeholt haben und worin sich Kales Geldbörse, Gedichte und Zeichnungen befinden."

Lydia ging zur Terrassentür und holte aus ihrer Hosentasche einen kleinen Schlüsselbund hervor. Sie sortierte die Schlüssel, steckte einen in das kleine Sicherheitsschloss und schloss die Terrasse auf. „Weißt du, hier kann man nie wissen", sagte sie, anstatt mir eine Antwort zu geben. „Ich wohne ziemlich alleine und kann nicht schnell Hilfe holen. Und ich weiß nicht, wer hier alles herumstreunt. Vor zwei Jahren habe ich zur Sicherheit diese Schlösser überall anbringen lassen. Seitdem fühle ich mich besser."

Sie ging hinaus in den Garten und ließ mich allein im Wohnzimmer zurück. Ihr Garten war recht weitläufig und grenzte an einen Birkenwald. Ein rustikaler Holzzaun umgab das Grundstück, das von einer Natursteinterrasse umgeben wurde. Lydia Hays lebte in einem märchenhaften Haus auf einem märchenhaften Grundstück. Es passte alles so gut zusammen. Doch zu einem Märchen gehören auch Bösewichter und Hexen!

Warum ging sie nicht auf meine Frage ein? Ich hätte ihr jetzt folgen oder davonlaufen können. Der Zaun war leicht zu übersteigen und der Wald bot sich förmlich an, um zu verschwinden. Doch ich müsste vorher meinen Rucksack von oben holen. Der Rucksack… die Rose am Fenster… „Ich habe oben wieder die Baccara-Rose gesehen", sagte ich, um festzustellen, wie sie darauf reagieren würde. Sie drehte sich um und nickte. „Das stimmt. Als du heute Morgen davon erzähltest, habe ich eine aus meinem Gewächshaus geholt und sie bei dir hingestellt. Ich dachte, sie würde dir gefallen, wenn du sie schon in deiner Vorstellung gesehen hast."

„Ein Gewächshaus?", fragte ich.

„Ja, ich züchte Rosen! Komm', ich zeig sie dir."

Sie lud mich mit einem Wink ein, ihr zu folgen. Das wäre eine Möglichkeit, ihr Grundstück und eventuelle Fluchtmöglichkeiten auszuloten. Also folgte ich ihr. Ihr Grundstück grenzte an einen kleinen Fluss mit Wasserfall. Eine Holzbrücke führte darüber und dahinter sah ich ihren Wagen stehen. Sie wohnte wirklich idyllisch! Als wir gestern Abend hier angekommen waren, waren mir diese Dinge gar nicht aufgefallen. Ich hatte in Erinnerung, dass wir zu einer Wohnung am Stadtrand gefahren waren. Ihre Wohnung war ebenerdig gewesen, aber es war das gleiche Zimmer, in dem ich morgens erwacht war. Ich konnte mich weder an einen Fluss erinnern, den wir auf einer Holzbrücke überquert hätten, noch an das Rauschen des Wasserfalls. Ich konnte mich nicht einmal an dieses Haus erinnern, aber ich erinnerte mich an die Pizza, die ich mit ihr in der Klinik gegessen und den Kaffee, den sie mir gegeben hatte. Alles verschwamm vor meinem inneren Auge und ich konnte Erinnerung und Realität nicht mehr vereinen. Waren das etwa die Entzugserscheinungen meiner Medikamente?

Sie rief nach mir und ich folgte ihr.

„Na, was sagst du?“, fragte sie mich, als ich vor einer Pracht von roten und weißen Baccara-Rosen stand. So etwas hatte ich noch nie gesehen!

„Die Zucht ist eine Art Meditation für mich. Ich brauche so etwas, um eine Balance zu meiner Arbeit zu finden, verstehst du? Wenn du willst, zeige ich dir, wie man diese Rosen züchtet.“

Ich schüttelte den Kopf. „Das werde ich niemals lernen“, sagte ich und versuchte zu lachen.

„Du kannst alles lernen, Rachel. Es wäre für dich sogar gut, wenn du etwas völlig Neues in deinem Leben machen würdest. Und ehrlich gesagt, ich könnte etwas Gesellschaft in diesem Haus gebrauchen.“

Sie hatte ihren Plan also erweitert! Wenn sich nicht alles so verdammt nett anhören würde! Was mir hier passierte, klang einfach zu perfekt. Diese Perfektion hatte ich heute Morgen mit dem Fund in ihrem Schlafzimmer vernichtet und konnte sie nicht mehr herstellen. Lydia Hays lebte in einer Traumwelt, jenseits von Gut und Böse. Das Böse jedoch hielt sich noch versteckt und würde sich dann zeigen, wenn ich meine Freiheit wieder einforderte.

Es ist erstaunlich, wie extrem gegensätzlich sich das Leben mancher Menschen gestaltet. Zuviel Freundlichkeit weist manchmal auf eine große Verbitterung hin. Nicht selten schlüpfen diese Menschen in die Rolle von Seelenfängern, weil sie nichts Gutes mehr an sich erkennen können. Also holen sie sich die Bestätigung von außen. Doch wie weit kann eine solche Störung führen? Was hatte Lydia Hays erlebt? Was machte ihr Haus zu diesem Museum? Das Leben dieser Psychologin fühlte sich wie Wachs an, das durch meine Finger glitt und sich auf dem Boden festfraß. Der Boden spiegelte ihren wahren Seelenzustand wider. Verspritzte Tropfen einst schöner Formen. Hier gastierten Liebe und Hass zugleich und es würde nur eine Frage der Zeit sein, wann sich ihre Liebe zu mir in Hass wandelte.

„Wie geht es deiner Tochter", fragte ich ganz unverblümt. Die Frage drängte sich mir förmlich auf.

„Es ist erstaunlich, dass du heute Morgen nach einer Baccara-Rose fragtest. Dabei konntest du doch gar nicht wissen, dass ich sie züchte", gab sie mir zur Antwort.

„Wo wohnt sie jetzt?", fragte ich weiter. Ich sah, wie Lydia zu einer ihrer Rosen ging und daran roch. Sie schloss ihre Augen und genoss den Duft der wunderschönen Blume. „Man versucht, ihren Duft in einem Parfüm nachzuahmen, aber man wird es nie schaffen." Sie trennte vorsichtig ein Blütenblatt von dieser Rose und reichte es mir. „Reib das Blatt mal zwischen den Fingern. Dann riechst du den wahren Duft der Rose. Und dann reib es vorsichtig hinter deinen Ohrläppchen. Damit wirst du wie die Vollkommenheit dieser Erde duften."

Ich nahm das Blütenblatt entgegen und rieb daran. Sie hatte Recht, es duftete wunderschön. Ein Parfüm, das die Natur ohne chemische Mittel kreierte, und doch mischte man eine nahezu giftige Mixtur zusammen, um diesen Duft zu erreichen. Wie irrational!

„Wenn jede Frau, die diesen Duft mag, nur jeden Tag eine Rose ihrer Wahl im Haus hat, so hat sie jederzeit den allerschönsten Duft der Welt um sich."

Ich sah, wie sie verträumt, ja nahezu abwesend, die Gänge ihres Gewächshauses durchschritt. Wie sehr muss diese Seele einmal gelitten haben?

Ich spürte, wie mir der Scheiß ausbrach und mein Kreislauf schwankte. Mir wurde etwas übel. War es der Duft dieser Rosen, der mir zu schaffen machte? Ich musste mich festhalten und kippte dabei eine ihrer Rosen um. Das ließ Lydia sofort innehalten und zu mir eilen. Sie stützte mich und half mir aus dem Gewächshaus. „Um Gotteswillen!", sagte sie. „Du musst unbedingt dein Medikament nehmen. Das sind die Entzugserscheinungen, von denen ich dir erzählt habe."

Sie führte mich durch den Garten zurück in ihr Haus. Dort half sie mir auf das Sofa und rannte in die Küche. Sie kam mit der Schachtel meiner Medikamente zurück und holte eine kleine Pille heraus, die sie mir reichte. Perfekt! Alles passte so gut zusammen! Ich war misstrauisch und wusste nicht, ob ich diese Pille schlucken sollte. Lydia reichte mir den Orangensaft dazu und nickte drängend. Auch das noch, wo ich doch nicht wusste, ob auch der Saft mit einem Medikament versetzt war. Ich schluckte die Pille und trank den Saft. Was blieb mir anderes übrig! Ich sah sie noch lächeln und dann schwand meine Wahrnehmung. Ich dachte noch: Ich habe es gewusst!

***

Jennifer Gordon schrak hoch, als es mitten in Nacht laut an ihrer Tür klopfte. „Wer ist da?", fragte sie vorsichtig, doch sie bekam keine Antwort. Stattdessen klopfte es erneut, nachdrücklicher und drängender. „Kale?", fragte sie und sie hörte kurze Zeit später seine erschöpfte Stimme: „Ja."

Sie öffnete sofort und schrak gleichzeitig vor seinem Anblick zurück. Er war voller Blut! Die Kleidung, im Gesicht und an seinen Armen. Überall klebte Blut! Seine Kleidung war zerrissen. Sie zog ihn schnell in ihre Wohnung hinein, damit kein Nachbar es mitbekam. „Kale! Um Himmelswillen, was ist denn mit dir passiert?!" Sie ließ ihn mitten im Zimmer stehen und rannte in die Küche, wo sie einen kleinen Verbandskasten aufbewahrte. Sie war sicher, dass er sich irgendwo stark verletzt haben musste. Ein Unfall auf der Straße? War er etwa angefahren worden? Als sie zurückkehrte, stand er wie paralysiert vor ihr und starrte sie an. Sie versuchte, ihm die Kleidung auszuziehen, um die Verletzungen zu finden, aber seine Muskeln standen unter einer Art Lähmung, die dies unmöglich machte. „Kale?", fragte sie erneut. Er reagierte nicht. Sollte sie nach Tristan fragen? Lieber nicht. Sie hatte mit Tristan keine gute Erfahrung gemacht. Dieser Kale schien ein recht umgänglicher Kerl zu sein, der offensichtlich traumatisiert war.

Jennifer holte eine Schere aus der Küche und begann, ihm die Kleider vorsichtig vom Leib zu trennen. Sie sah, wie weiterhin Blut auf den Boden tropfte. Sein rechter Arm schien verletzt zu sein. Sie schaute nach und tatsächlich, der schon von der Brandwunde betroffene Arm wies einen Schnitt auf, aus dem das Blut langsam hervorquoll. Sie wusste nicht viel, aber sie wusste, wie man einen Druckverband anlegte. „Kale? Kannst du mich verstehen?"

Er nickte ansatzweise. „Du musst mir helfen. Bitte versuche dich vorsichtig auf den Boden zu legen. Du bist stark verletzt am Arm und ich muss ihn hochlegen, um die Blutung zu stillen. Hörst du?"

Er reagierte und ging langsam in die Knie. Dabei sah er sie hilfesuchend an. Sie stützte ihn und legte ihm geschwind ein Sofakissen unter den Kopf. „So ist es gut." Sie legte ihm ein zweites Kissen unter den verletzten Arm und lief erneut in die Küche, um warmes Wasser und ein sauberes Tuch zu holen. Mithilfe des Verbandkastens legte sie ihm einen blutstillenden Druckverband auf die Wunde und wickelte einen festen Verband darum. Sie reinigte den Rest des Armes, sein Gesicht und auch seine Hände. Er sah sie weiterhin traumatisiert an und vertraute ihr. Er fror. Jennifer holte zwei Decken und versuchte seinen Körper damit zu wärmen. Sie konnte ihn unmöglich hochheben und auf das Sofa legen. Sie konnte auch keinen Arzt anrufen oder ihn ins Krankenhaus bringen. Noch ehe sie mit allem fertig war, schloss Kale die Augen und begab sich in die Hölle der letzten Stunden…

Ferngesteuert. So fühlte er sich. Er hörte diese fremde Stimme aus seinem Mund, die sagte „Verpiss dich!“ Diese Stimme war nicht seine. Es war die des Bösen in ihm. Kale wollte sie wegdrängen und sich einmischen, doch sie ließ es nicht zu. Es fühlte sich an, als drücke jemand seinen Hals zu und ersticke jeden Versuch, sich zu äußern. Er spürte, wie sich sein Körper in eine aggressive Haltung begab und sah, wie das dem Jogger Angst einflößte. „Schon gut, schon gut“, sagte der Jogger und lächelte unsicher. Kale wollte sich entschuldigen, doch Tristan schnitt ihm das Wort ab, indem er den Jogger anspuckte. Jetzt wurde der Mann vor ihm ärgerlich. Kale sah es und hob die Hand, um eine Entschuldigung zu signalisieren. Wenn er schon nicht reden durfte, konnte er wenigstens eine Geste der Entschuldigung anbieten. Doch der Jogger empfand es als Angriff und schubste ihn. Kale stolperte nach hinten und spürte, wie Tristan immer stärker wurde. Es fühlte sich wie eine große Hitzewelle an, die ihn überrollte. Alles in ihm zog sich zurück, doch Kale konnte die Tür nicht mehr ganz schließen. Er sah sich handeln. Zum ersten Mal sah er, was Tristan anrichtete. Diese gewaltige Brutalität, mit der er den Jogger angriff, löste tiefes Entsetzen in ihm aus. Er sah, wie Tristan dem Mann die zerbrochene Flasche ins Gesicht drückte und dessen Hilflosigkeit sofort ausnutzte, um auf ihn einzuschlagen. Er hörte den Jogger aufheulen, flehen und schreien, doch Tristan fühlte sich angespornt und setzte all seine körperliche Kraft ein, um den Mann zu töten. Er trat ihn und prügelte mit einer Zügellosigkeit auf diesen Körper ein, die Kale einen kurzen Erinnerungsblitz schickte. Er sah plötzlich seinen Vater vor sich, der ihn jahrelang geprügelt hatte. Der ihm seine Not nie hatte glauben wollen und seinen Körper für jedes ehrliche Wort mit dem Gürtel oder gar einer Holzlatte bestrafte. Er sah die Gewalt im Gesicht seines Vaters, mit der er dies seinem Sohn antat. Es war die gleiche Gewalt, die nun Tristan ausübte und gleichzeitig eine merkwürdige Lust in ihm heraufbeschwor, die nicht enden wollte. Kale wollte wegsehen, aber nein, er hatte sich geschworen es auszuhalten und sah zu, wie Tristan dem Jogger zum Schluss die zerbrochene Flasche in die Hauptschlagader am Hals drückte. Der Körper unter ihm zuckte und blieb schließlich leblos vor ihm auf dem Boden liegen. Tristan überkam Genugtuung. Er ließ den toten Jogger einfach liegen und suchte das Weite, wie ein Tier, das seine Beute gerissen hatte und satt war. Er brachte Kale in ein kleines Waldgebiet, um den Blicken und Reaktionen der Menschen zu entgehen und sah seine Lust noch nicht befriedigt. Er spürte die Anwesenheit von Kale und wollte auch ihm zeigen, dass er niemals Macht über ihn erlangen würde. Den Flaschenhals noch immer in der Hand, als Waffe gegen den eigenen Körper. Tristan wollte ihn lehren, sich nie wieder einzumischen und ritze diese Wunde in seinen rechten Arm. Kale hielt es aus, wie er auch als Jugendlicher schon die unzähligen Wunden auf seinem Kopf und an seinem Körper ausgehalten hatte, die sich zu den Wunden durch die Gewalt im Elternhaus und durch seinen Sportlehrer gesellten. Dieser Körper war dazu gemacht, die Schmerzen dieser Welt auszuhalten und Narben wie Mahnmale zu tragen. Kale ließ Tristan gewähren und wollte sehen, wie weit er gehen würde. Was sollte es? Was hatte er schon zu verlieren? Vielleicht war es das Beste, wenn jetzt und hier alles endete. Er sah, wie das Blut aus seinem Arm quoll und versuchte sich der Schwäche, die sich bald durch den hohen Blutverlust einstellen würde, hinzugeben. Er wollte nicht mehr wegsehen, sondern sich den Tatsachen stellen, die ohne sein Wissen bisher in seinem Leben passiert waren. Jetzt war es offensichtlich: Er war ein Mörder! Er tötete ohne Skrupel wehrlose Menschen!

„Du brauchst Hilfe!“, hörte er plötzlich ein kleines Kind jammern. Kale war irritiert und sah sich um. Er erblickte jedoch kein Kind. Wo war Tristan? „Schnell!“, sagte das Kind. „Drück die Wunde ab!“, befahl ihm eine Frau. „Du darfst nicht wieder versagen!“, mischte sich eine Männerstimme hinzu. „Oh Gott, tu was!“, rief die Stimme eines Jugendlichen. Es war Joey. All seine Multiplen waren aufgebracht und fürchteten um ihr Leben! Sie redeten und flehten, dies nicht zuzulassen, doch Kale versuchte, sie zu ignorieren. Er wollte einmal nur aushalten und für das geradestehen, was er sein Leben lang zugelassen hatte. Es war die Feigheit, die ihn getrieben hatte. Er wollte nie wieder feige sein und sah auf seinen blutenden Arm. Doch seine Multiplen gaben keine Ruhe. Sie durchkreuzten seine Entscheidung, die ganz klar zum Tode führen würde, wenn sie ihn nicht wachrüttelten! Sie schrien und jammerten. Alle Gefühle auf einmal brachen über ihn herein! Er sah die unzähligen Momente, in denen Ian Morgan seinen noch kindlichen Körper geschändet hatte, dann seinen Vater, der ihn in anderer Weise misshandelt hatte und seine Mutter, die sich zum Schluss auch gegen ihn gerichtet hatte. Es gab keine guten Menschen! Und er, Kale, war zu einem von diesen geworden. Doch heute war Schluss. Er wollte sich durch nichts und niemanden mehr steuern lassen. Doch er rechnete nicht mit der Kraft von Lydia, dem kleinen Mädchen, das seine Gegenwart plötzlich wegdrückte. Sie übernahm das Kommando und ließ sich von Sybille wie von einer Mutter anleiten. Sie riss ihm den linken Hemdsärmel ab und drückte ihn auf die Wunde, um das Blut zu stillen. Joey stand ihr wie ein großer Bruder bei und Carl trieb sie in seiner Erhabenheit an, nicht aufzugeben. Aufgeben sei etwas für Versager. So kümmerten sich alle wie eine große Familie um Kale und retteten sein Leben. Zum ersten Mal hatten sich alle gegen Tristan verbündet und sich so offensichtlich und solidarisch auf Kales Seite gestellt wie nie zuvor. Kale spürte tief im Inneren die Hilfe, die ihm zuteil wurde. Er wollte sie nicht annehmen, doch die anderen ließen es nicht zu, dass er sich wehrte. Er sollte endlich das Grundvertrauen gewinnen, dass er nicht alleine war. Wann würde er endlich begreifen, dass er selbst die größte Macht war und über viele gute Kräfte verfügte? Dass er sie nur einzusetzen lernen musste. Sie alle zusammen waren um so vieles stärker als dieser Tristan. Er war ein Eremit in Kales Seele. Sie waren eine Gemeinschaft. Doch wenn Kale sich für den Untergang entschied und damit Tristan siegen ließ, würden auch sie auf Dauer nicht mehr helfen können. Heute war der Tag gewesen, an dem sie Kales Krieg hautnah hatten miterleben durfen. Sie hatten so sehr gehofft, dass er es schaffen würde, doch die Methode, die Tristan immer wieder anwendete, war einfach zu brutal. Er wollte diesen Körper ausbluten lassen, selbst wenn er dabei mit zugrunde ging. Jetzt würde sich zeigen, wer der wahre Sieger wäre und sie trugen Kales Körper zurück zu Jennifer Gordon, um sie um Hilfe zu bitten. Sie brauchten ganz dringend Unterstützung...

Kale wand sich in Albträumen hin und her, während Jennifer neben ihm saß und ihn festhielt. Es ging etwas Merkwürdiges in ihm vor. Er veränderte ständig seine Stimme und fand keine Ruhe. So etwas hatte sie noch nie gesehen und sie fühlte sich gehalten, einen Notarzt zu rufen. Er würde ihr womöglich unter den Händen wegsterben. „Kale?", fragte sie, doch er reagierte nicht. „Kale?" Er jammerte mit einer kindlichen Stimme. Lydia wollte ihn nicht loslassen, spürte, wie sie ihn verlor. „Kale?" Die kleine Lydia hielt die Tür nach außen zu. Niemand durfte ihn jetzt stören. Er musste die Sache ganz alleine durchstehen und sie rief die anderen Multiplen, sich mit ihr gegen die Tür zu stemmen. Er durfte auf keinen Fall nachgeben. Nicht ehe er begriffen hatte, was vorgefallen war. Dann hörte Lydia, wie Jennifer „Tristan" rief, so dass die Situation zu kippen drohte. Jennifer überlegt, wie sie ihn irgendwie ins Bewusstsein holen könnte. Wie auch immer. Er schien gefangen in irgendeinem Zustand, aus dem er sich nicht befreien konnte. Sein Herz raste! Es schien sich zu überschlagen und Schweiß trat auf seine Stirn. „Tristan? Kale?", hörten sie alle und ließen ihn nicht gehen. Sie hielten ihn fest und Lydia begann zu singen. Das würde ihn beruhigen.

Jennifer hörte, wie Kale plötzlich begann, ein Kinderlied zu summen. Nach und nach formten sich Worte dazu, bis er sich beruhigte. Er sang sich in einen tiefen und festen Schlaf und erwachte viele Stunden nicht mehr.

***

Rachel

Mein Schlaf war tief und zum ersten Mal seit langer Zeit träumte ich wieder von Kale. Alles wirkte so leicht und unbeschwert. Er war unverletzt und lachte, ein Zustand, den ich im realen Leben nie bei ihm erlebt hatte. Ich hatte ihn nur einmal kurz lächeln sehen. Das war in meiner Wohnung gewesen. Ich erzählte Kale von den Gewohnheiten und Macken der Menschen, die jeden Tag in der Bäckerei, die sich unter meiner Wohnung befand, ein- und ausgingen, und er musste kurz lächeln. Meine Welt muss ihm unglaublich einfach und befreiend vorgekommen sein. Ich sah, wie sich eine tiefe Sehnsucht in seinen traurigen Augen widerspiegelte. Das war der Moment, in dem mir klar geworden war, dass wir zusammen gehörten. Ich besaß so vieles, was er nie kennengelernt hatte. Dafür besaß er eine Form der Geduld und Besonnenheit, die mir fehlte. Es fühlte sich an, als habe der Plan des Lebens uns schon von vornherein zusammengewoben. Wenn das Leben einen dreimal auf ungeplante Art und Weise zusammenführt, dann muss es einen Sinn haben. Dann kann es kein Zufall mehr sein. Doch warum entriss man mir diesen Mann jedes Mal wieder? Warum ließ man mich Dinge tun, die ihn endgültig von mit trennen sollten?

Mein Traum jedoch hielt ein anderes Ende für mich bereit. Ich sah uns in eine endlose Liebe hineinschweben. Ich sah ein Kind, ein Mädchen, das seine sensiblen Gesichtszüge und große wache Augen hatte. Es war voller Leben und Lachen. Lydia, dachte ich. Ja, so musste das kleine Mädchen in ihm aussehen! Wie gerne hätte ich ein solches Mädchen mit ihm gehabt? Mit ihm in einem kleinen Haus am Rande der Stadt gewohnt und jeden Tag sein Glück mehr und mehr wachsen gesehen? Es wäre so gerecht und einfach gewesen, wenn nicht die Lüge zwischen uns gestanden hätte. Ich wollte nie wieder lügen! Und doch befand ich mich wieder einmal in einer Situation, die vor Lüge nur so strotzte. Ich war umgeben von einer Frau, die denselben Namen Lydia trug, die aber das Gegenteil von der Lydia war, die ich von Kale kannte. Die Welt ist voller Gegensätze, auch wenn dir das Auge das gleiche Bild widerspiegelt. Vielleicht wollte ich aber auch in Lydia Hays nur das lustige und ehrliche Mädchen wiedererkennen, das es nie gegeben hatte. Diese einst so glückliche Mutter bewahrte ein Geheimnis in diesem wunderschönen Haus. Auch hier drehte es sich um ein kleines fröhliches Mädchen. Was war hier wohl so grausames passiert, das mir keine Ruhe ließ? Warum fühlte ich mich von dieser Lydia belogen und missbraucht? Suchte sie eine neue Tochter, an der sie das reparieren konnte, was sie bei ihrer eigenen zerstört hatte? Sie sprach von einer Therapie, die ich brauchte, um Kales Tod zu verarbeiten, doch ich fragte mich, ob nicht vielleicht sie es war, die eine Therapie brauchte.

Als mein Schlaf endete, war es bereits später Nachmittag. Ich sah die intensive Sonne in das Wohnzimmer einfallen, die den Raum in eine goldene Wohlfühloase verwandelte. Ich konnte nicht anders und musste diese Umgebung als wunderschön empfinden. Einen kurzen Moment schenkte sie mir Ruhe und Gelassenheit. Dann wachte ich wirklich auf! Ich meine, ich spürte sofort wieder dieses bedrückende Gefühl und wollte nur noch weg!

Ich sah mich um und konnte Lydia Hays nirgends finden. Ich hörte auch kein Telefonat oder irgendeine Tätigkeit, die mir jetzt ein Stück Normalität geschenkt hätte. Sollte ich sie rufen, um festzustellen, ob sie überhaupt in diesem Haus war? Nein, ich entschied zu prüfen, ob sie die Terrassentür offen gelassen hatte. Ja, hatte sie. Das veranlasste mich, die Treppe hinaufzuschleichen, um meinen Rucksack und die Tüte zu holen. Vielleicht war das meine Chance! Dass es nicht funktionieren würde bemerkte ich, als ich den Schatten im Gästezimmer sah, den die tiefstehende Sonne durch das Fenster verursachte. Lydia stand in meinem Zimmer am Fenster und starrte hinaus. Mein Rucksack lag auf dem Bett, daneben alle Sachen, die ich darin verstaut hatte. Sie hatte meine ganzen Eigentümer durchwühlt und ausgepackt! Das ging eindeutig zu weit! Jetzt musste ich reagieren.

„Warum?", hörte ich sie fragen, als ich das Zimmer betrat. Sie drehte sich nicht einmal zu mir herum. War das nicht meine Frage, die ich an sie hätte stellen müssen? Sie wollte, dass ich ihr mein Handeln erklärte? „Das sollte *ich* wohl fragen", konterte ich. Ich fühlte mich aufgebracht, als ich Kales Eigentum so achtlos verstreut auf dem Bett liegen sah. „Du durchwühlst meine Sachen, ohne mich zu fragen!"

Sie drehte sich nicht um. „Ich habe es so gut gemeint, aber du hintergehst mich."

Ich? Sie? Wer hatte wohl den kleinen Karton versteckt und die Akte gefälscht? Ich sah auf das Bett. Der Umschlag mit dem Originalbericht lag zwischen den anderen Sachen. Sie hatte ihn also nicht wieder entwendet.

„Du hast den Bericht gefälscht und Kales Sachen gestohlen", sagte ich und trat neben sie, um sie anzusehen. Sie weinte.

Tränen liefen ihr über das Gesicht. „Hast du den wahren Bericht gelesen?", fragte sie. Ich schüttelte den Kopf. „Das wollte ich in Ruhe machen, wenn ich wieder daheim bin."

Lydia nickte. „Ich wollte es dir ersparen."

„Was ersparen?" Nun war ich verunsichert. Was beinhaltete dieser Brief, was mich noch mehr abstürzen ließ? Waren dort tatsächlich grausame Details aufgeführt?

„Wir sollten ihn zusammen lesen, Rachel", sagte sie. „Dann kann ich dir auch erklären, weshalb man dir nie eine Antwort gegeben hat."

Jetzt sah sie mich an und ich sah einen tiefen Schmerz in ihren Tränen. Wie konnte diese Frau nur Lüge und Wahrheit so nahe beieinander leben? Was konnte ich dieser Frau überhaupt glauben? Ich war von Natur aus gutgläubig gewesen und hatte immer das Gute im Menschen gesehen, doch nach den letzten Jahren in der geschlossenen Psychiatrie hatte sich mein Blick auf die Menschen verändert. Er war von Misstrauen und Verfolgungswahn beherrscht. Kein Wunder, wenn man das Gute in sich zerstört. Diese Lydia Hays spielte ein Spiel, dessen Intention ich nicht kannte. Spiele konnten manchmal grausam enden!

Ich versuchte ruhig zu bleiben, um die Sache voranzutreiben. Was auch immer in diesem Bericht stand, ich sollte es hinter mich bringen und Lydia klarmachen, dass ich nun meine Aufgabe als erfüllt ansah. Damit würde sie mich vielleicht gehen lassen. Ich wollte einfach nicht wissen, was in diesem Haus vor sich ging. Hier verwoben sich seltsame Dinge mit meinem Leben, als hätte Lydia mich und Kale in ihr und das Leben ihrer Tochter eingeflochten.

Ich ging zum Bett und packte bis auf den Brief wieder all meine Sachen in den Rucksack. Ja, wir sollten es hinter uns bringen. Ich nahm mein Gepäck und winkte Lydia mit dem Brief. „Lass uns runtergehen und dem Spuk ein Ende bereiten“, sagte ich und verließ das Zimmer. Sie kam kurze Zeit später nach und sah mich im Wohnzimmer den Abschlussbericht lesen.

Ja, ich las die Wahrheit über das Verbleiben von Kale Hatfield. Ich las, dass er nach der desaströsen Nacht im Wald Tage später mit Verbrennungen am Arm und einer Amnesie in einem Krankenhaus in Fremont/Nebraska gelandet war. Nebraska? Das liegt hunderte Meilen von Dodgeville, wo er von Ian Morgan entführt wurde, entfernt! Spaziergänger hatten ihn schwer verletzt und verstört in einem Waldgebiet von Dead Timber gefunden. Er sei nicht ansprechbar gewesen. Im Krankenhaus hatte man seinen körperlichen Zustand stabilisieren können, aber seine Identität vorerst nicht ermittelt. Als es acht Wochen später zu einer gerichtlichen Entscheidung wegen seines weiteren Verbleibs kam, stieß man auf die Vermisstenanzeige der Klinik und des Police-Departments in Madison. Man vermisste auch Ian Morgan und vermutete sofort, dass sich Kale Hatfield mit Ian Morgan einen erbitterten Kampf geliefert haben musste. Der Tod von Ian Morgan sei nicht auszuschließen, aber man habe seine Leiche noch nicht gefunden. Es wurde auch erwogen, dass es nach alle den Angaben Notwehr gewesen sein konnte, was in dieser letzten Nacht im Wald geschehen war. Die Klinik in Madison wäre bereit gewesen, Kale Hatfield sofort wieder in ihre Obhut zu nehmen, da man seine psychiatrischen Erkrankungen bereits kannte und behandelt habe. Er wäre dort in vertrauter Umgebung gut aufgehoben. Und das Police-Department sah die Chance, mithilfe von Hatfield den Fall endlich aufzuklären.

Alles sah so gut aus und Kale und ich hätten eine neue Chance bekommen. Doch der letzte Satz des Berichts sagte mir, dass Kale Hatfield das Krankenhaus ungeplant verlassen habe, ehe man ihm die Neuigkeiten hatte mitteilen können. Er irrte demzufolge ungeschützt und verwirrt irgendwo herum und man konnte nicht einschätzen, inwieweit er sich oder andere gefährdete. Es war eine Fahndung nach ihm ausgeschrieben worden, die bis heute erfolglos verlaufen war. Ebenso galt Ian Morgen weiterhin als verschwunden.

Ich ließ den Bericht aus meinen Händen gleiten und zu Boden fallen. Kale war nicht tot! Er lebte! Er war nicht durch mich zu Tode gekommen! Ich war keine Mörderin! Ich hatte ihm zwar großes Leid angetan, aber ich hatte ihn nicht getötet! Weshalb hatte man mir diese Nachricht nicht überbracht?

Ich sah durch meine Tränen hindurch Lydia am Terrassenfenster stehen. Weshalb hatte sie mir diese erfreuliche Nachricht verschwiegen und mir stattdessen mitgeteilt, dass Kale tot sei? Warum hatten mich alle in dem Glauben, eine Mörderin zu sein und jahrelang in einer geschlossenen Psychiatrie unter starker Medikation leben lassen? WARUM?

Ich erhob mich wie in Trance und ging an Lydia vorbei in den Garten. Dort suchte ich die äußerste Ecke ihres Grundstücks auf und ließ mich nieder. Ich rollte meinen Körper unter großen Schmerzen zusammen und weinte. Ich weinte und weinte! Danach fiel ich in einen tiefen Schlaf, aus dem ich erst erwachte, als es dunkel und kühl wurde. Als ich meine Augen aufschlug, sah ich Lydia neben mir im Gras sitzen. Sie drehte einen Grashalm zwischen ihren Fingern und starrte ins Leere. Wir waren zwei Hüllen, die sich nach Leben sehnten.

„Warum?", fragte ich wieder. Was hatte ich getan, um derart bestraft zu werden? Ich sah diese fremde Frau neben mir an und erhoffte mir endlich eine erlösende Antwort.

„Wir sollten reingehen“, sagte sie stattdessen. Ich solle mich wieder in ihr Gefängnis begeben und einsperren lassen? Was mochte in der nächsten Nacht auf mich warten? Am nächsten Tag? Nein, ich wollte es jetzt und hier beenden und dann verschwinden, egal, wie spät es war. Wenn Lydia es nur ein bisschen gut mit mir meinte, dann würde sie mich zum nächsten Bahnhof bringen, damit ich heimfahren konnte.

„Ich will es wissen“, sagte ich, „hier und jetzt.“ In der Dunkelheit konnte ich nur noch ihre Konturen erkennen. Ich sah, wie sie unruhig ihre Position veränderte. Vielleicht war es gut, dass wir uns nicht anschauen konnten. So blieb ihr verlogenes Gesicht verborgen. Ich musste nichts in ihrer Mimik interpretieren, sondern konnte mich ganz auf ihre Worte konzentrieren. Vielleicht würde ich es dann schaffen, die Lüge von der Wahrheit zu trennen.

„Ich habe mit der ehemaligen Klinikleitung gesprochen und gefragt, weshalb man dir nicht mitgeteilt hat, dass Kale noch lebt.“

Die Geräusche der frühen Nacht verschluckten beinahe ihre leisen Worte. Vögel zwitscherten ihre letzten Lieder und auch der Wind schickte eine letzte Brise durch die Bäume, die uns umgaben. Ich war eingebettet in die Reinheit der Natur, als ich erfuhr, weshalb man mich so quälte.

„Sie wollten dich schützen.“

Ich schwieg. Lange. Ich versuchte den Begriff *schützen* mit dem Zustand zu verbinden, der mich über Jahre gefangen gehalten hatte. Man beschützte mich, indem man Mauern und Zäune um mich baute. Indem man mich mit Medikamenten vollstopfte und mit Lügen fütterte. Das sollte ein Schutz sein? „Ich verstehe es nicht“, musste ich zugeben.

„Das ist auch schwer zu verstehen. Möchtest du, dass ich es dir erkläre?“

Ich zögerte keine Sekunde und sagte: „Ja!“ Verdammt! Ja!

„Rachel“, begann sie, „niemand konnte und kann ermessen, mit welcher Erinnerung und welchen Gefühlen Kale umherirrt. Die Ärzte, und dazu gehört auch Dr. Temerowski, hegen die

Befürchtung, dass Kale oder auch Tristan dich suchen und dir etwas antun könnte. Niemand kann abschätzen, inwieweit Kale einen Hass gegen dich aufgebaut hat und nach Vergeltung trachtet. Es erschien allen als das Beste, dich in eine geschützte Umgebung zu bringen und dich zu stabilisieren."

Stabilisieren! Ich lachte verächtlich.

„Ich sehe es auch heute noch als richtig an, dir mitzuteilen, dass Kale tot ist, damit du mit der Sache abschließen kannst und nicht in die Versuchung kommst, ihn zu suchen. Ihr müsst beide voreinander geschützt werden. Beide. Man hat dich nach vier Jahren erst deswegen entlassen, weil ein psychiatrisches Gutachten über Kale bestätigt, dass seine Suche jetzt enden würde. Das Gutachten basiert auf Erfahrungswerten, die die Klinik über viele Jahre mit Tätern und multiplen Persönlichkeiten gesammelt hat. Diese Menschen trachten oft jahrelang nach Vergeltung. Aber nach drei bis vier Jahren nimmt der Drang ab und die Täter haben sich inzwischen ein anderes Leben eingerichtet, auf das sie sich konzentrieren. Du solltest Kale auf keinen Fall suchen gehen, Rachel. Das könnte fatale Folgen haben."

Ich hörte ihr zu und es kam mir vor, als würde sie einen Witz aus der Zeitung vorlesen. Ich hatte das Bedürfnis zu lachen, doch ein gewisser Ernst bewahrte mich vor einer hysterischen Reaktion. Wir mussten also voreinander geschützt warden! Deswegen hatte man mich einfach eingesperrt, während Kale frei herumrannte. Das war lächerlich! Ich war gerademal in der nächsten Klinik in Milwaukee eingesperrt. Es wäre für Kale leicht gewesen, mich zu finden. Damals weigerte ich mich, in die gleiche Klinik zu gehen wie er, aber Milwaukee war nach amerikanischen Kriterien einen Katzensprung von Madison entfernt! Er hätte mich ohne Mühe gefunden. Er hätte einfach in Dodgeville, wo ich gelebt hatte, nachfragen können, und jeder Bürger der kleinen Stadt wusste, dass die Bibliotheksleitung in der Klapse in Milwaukee saß! Selbst Tristan besaß ausreichend Intelligenz, um eins und eins zusammenzuzählen. „Mich schützen?", fragte ich leise. Ich wollte Ironie mitklingen lassen, aber meine Bestürzung war derart groß, dass ich nur flüstern konnte. „Das ist lächerlich!"

„Nein, das war die einzige Art, dich zu schützen."

„Und deswegen hat man mir nicht geantwortet?"

„Ja, die Behörden dürfen leider keine Falschaussagen machen."

„Und wie sah es mit einer Erklärung aus, ich meine, ich habe über vier Jahre mit dem Bewusstsein gelebt, eine Mörderin zu sein!"

Lydia konnte meine Tränen in der Dunkelheit nicht sehen, aber ich hatte das Gefühl, man konnte die Schwere des Leids, die sich darin verbarg, heraushören.

„Was hättest du getan, wenn man dir die Sachlage erklärt hätte?", fragte sie mich.

Mein Tränen versiegten. Die anbrechende Nacht begann mit mir zu schweigen. Die Vögel verstummten und der Wind hatte sich verzogen. Ich versuchte mir vorzustellen, was ich wirklich getan hätte und kam zu dem Entschluss, dass alle Recht hatten. Ich hätte alles darum gegeben, um ihn zu finden und wäre dabei vielleicht ins offene Messer gelaufen. Aber wäre das nicht gerecht gewesen? Ja, ich hätte ihn um jeden Preis gesucht. Meine Sehnsucht nach Vergebung war derart groß, dass ich alles riskiert hätte, um Kale mein Verhalten zu erklären. Alles! Ich hätte es ihm überlassen, was er mit mir gemacht hätte.

„Ich möchte, dass du einige Tage bei mir bleibst, Rachel", hörte ich Lydia sagen. „Du solltest jetzt nicht heimfahren, sondern mit jemanden reden. Oder einfach nur in der Obhut von jemandem bleiben. Bitte Rachel!"

Sie flehte mich an. Sie wollte meine Einwilligung, doch ich war in einem Gefühl der Unwirklichkeit gefangen und erinnerte mich an meinen Traum in der letzten Nacht, in dem ich Kale als Vater von einer Tochter gesehen hatte. War das eine Ahnung? War das eine Verbindung zu diesem Mann, die ich immer noch besaß? Ich sah in den sternenklaren Himmel. Alle hatten mich vor einem Leben mit Kale Hatfield gewarnt. Ich hatte kein Recht auf Liebe! Das wurde mir jetzt bewusst. Ich würde auch in Zukunft kein Recht erfahren. Ich hatte meine Eltern in unserem Haus verbrennen lassen und Kale in die Arme eines Mörders getrieben. Ich war immer zur falschen Zeit am falschen Ort gewesen. Das war meine Bestimmung. Und es würde sich niemals ändern!

„Ja, lass uns zurück ins Haus gehen“, sagte ich und erhob mich. Sperr‘ mich in dein Haus und treib‘ mich in den Wahnsinn! Was sollte es! Meine Anwesenheit auf dieser Erde würde keinen Sinn mehr machen. Also konnte ich mich auch Lydias Plänen hingeben und einfach mitspielen. Wer weiß, vielleicht würde es mir hier sogar gutgehen! Ich würde geliebt und versorgt werden, hätte eine Mutter um mich, die ich zu diesem Zeitpunkt sogar ein wenig vermisste. Wir gingen gemeinsam ins Haus und ich spürte Lydias Arm auf meiner Schulter. Jetzt verstand ich auch, weswegen sie mich eingesperrt hatte. Sie wollte mich schützen. Sie hatte mir den Karton weggenommen, um mich zu entsuchten. Ich hätte mit Kales Eigentum einen Schrein in meiner neuen Wohnung errichtet. Lydia sah die Erkrankung, an der ich durch Kale litt, denn sie war selbst eine kranke Seele. Sie wusste, wie sich der Verlust eines geliebten Menschen anfühlt, und sie wusste, wie es sich anfühlt, schuldig zu sein.

Ich musste nun damit beginnen, mit einer neuen Art von Schuld zu leben. Sie fühlte sich nicht mehr so brutal wie die alte an. Immerhin hatte ich keine Leben mehr auf dem Gewissen. Aber in mir bahnte sich ein neues Problem an: Ich begann mir vorzustellen, wie Kale mit einer anderen Frau zusammenlebte, sie küsste, streichelte, mit ihr lachte und sich glücklich fühlte. Alles Dinge, die ich ihm nie hatte geben können, dabei hatte ich immer gedacht, wir wären füreinander auserwählt gewesen und besäßen eine einzigartige Seelenverwandtschaft. Meine Liebe zu ihm wandelte sich in Eifersucht. Und sie biss und kratzte an meinem Verstand…

Kales Leben mit Jennifer Gordon

Jennifer Gordon war mit der Situation vollkommen überfordert. Sie kannte Gewalt, Geschrei und Sex. Es waren Momente, die ihr normal erschienen. Doch das, was sich hier abspielte, machte ihr Angst! Es konnte nur mit Drogenkonsum zusammenhängen. Dieser Mann auf ihrem Sofa musste seinen Verstand eingebüßt haben. Da sie keine Merkmale feststellte, die auf Alkoholkonsum hinwiesen, schloss sie auf psychedelische Drogen. Die besorgte er sich mit Gewalt. Deswegen auch die Verletzungen. Er war im Kreislauf der Beschaffungskriminalität gelandet. Sein fehlendes Einkommen ermöglichte ihm keine Drogen mehr und die Entzugserscheinungen ließen ihn Dinge tun, die sie nicht wissen wollte. Die Drogen mussten eine Schizophrenie und Psychosen in ihm ausgelöst haben. Anders konnte sie sich das, was sich vor ihren Augen abspielte, nicht mehr erklären. Er war auf Entzug! Als sie ihn friedlich auf dem Sofa schlafen sah, wurde sie unsicher, ob sie die Polizei oder einen Notarzt einschalten sollte. Jennifer besaß ein gutes Herz. Und genau das ließ sie von einer fatalen Situation in die nächste schliddern. Sie kam aus einem gewalttätigen Elternhaus, in dem der Vater ihre Mutter unter Alkohol beschimpft und geschlagen hatte, vielleicht sogar missbraucht. Sie erinnerte sich an viele dunkle Stunden in ihrer Kindheit, in denen sie sich mit ihrem zwei Jahre jüngeren Bruder unter einer Decke in einer Ecke des Zimmers versteckt und ihn an ihr Herz gedrückt hatte, nur damit der Vater sie beide nicht fand. Sie hatte nie gelernt, wie und wo man Grenzen setzt, um sich zu schützen. Ihr Bruder war mit vierzehn Jahren einfach abgehauen und hatte sie zurückgelassen. Seitdem buckelte sie die doppelte Gewalt ihres Vaters. Ihr Körper war oft von Blessuren übersät gewesen, so dass sie sogar vor Scham die Schule geschwänzt hatte. Sie hatte keinen Schulabschluss und keinen Beruf erlernt. Aber sie hatte den Absprung aus dieser Hölle geschafft. Vor fünf Jahren hatte sie diesen beschissenen Job bei Ray gefunden und diese kleine beschissene Wohnung, in der sich viele beschissene Männer ihres Körpers bedient hatten. Manchmal war es erträglich gewesen, aber manchmal auch Jenseits von Gut und Böse. Sie hatte Praktiken aushalten und über sich ergehen lassen müssen, die ihr am nächsten Tag, als der Mistkerl verschwunden war, die Kraft geraubt hatten, weiterleben zu wollen. Aber es war ein kleiner Dazuverdienst, der ihr eine neue Hose oder ein paar Schuhe ermöglichte. Sie kaufte meistens in Charity-Läden ein und bemühte sich um Eleganz, doch es blieb stets eine billige Variante. Ja, sie sah immer billig aus, dabei gab sie sich so viel Mühe. Sie wollte doch nur respektvoll behandelt werden, doch Respekt schien ein Verhalten zu sein, das nur den Lügnern und Betrügern entgegengebracht wurde. Sie hingegen war stets ehrlich und tüchtig und erntete nur Verachtung dafür. Als ständiges Opfer hatte sich ihr Verhalten mit der Zeit zwangsläufig verändert. Sie wollte es den anderen nachahmen, um Respekt zu erhalten, doch auch diese Versionen blieben billig, ja nahezu geschmacklos. Wer würde schon einer dürren, überschminkten, Kippen rauchenden und dahinstöckelnden Schlampe Respekt entgegenbringen? Da, wo jeder sein von Perversion getriebenes Geschlechtsteil hineinstecken und Gewalt und Aggression abladen konnte!

Tristan war nichts anderes, als ein Abklatsch dieser Männer und doch lag jetzt ein Mann vor ihr, der mit dem gewalttätigen Tristan nichts gemein zu haben schien. Ein Mann, der sich mit einer Kinderstimme in den Schlaf sang! Der plötzlich so hilflos und gütig aussah. Seine Seele schien genauso verloren wie ihre. Sie sollte ihn ausschlafen lassen und dann weitersehen. Aber sie sollte auch ihre Schlafzimmertür abschließen. Zur Vorsicht! Wenn er wirklich auf Entzug war, konnte es lebensgefährlich werden. Jennifer nahm ihre Handtasche, in der sich ihr ganzes Bargeld befand, mit ins Schlafzimmer und schloss sich ein, doch schlafen konnte sie nicht. Diese Verwandlung beschäftigte sie unablässig.

Er roch den Kaffee und spürte sofort den Schmerz an seinem rechten Arm. Wo war er? Was war passiert? Jennifer lächelte ihn an und sagte: „Kale.“ Nur Kale. Nichts weiter. Ja, das war sein Name. Das war alles, woran er sich erinnern konnte. Sie hielt ihm eine Tasse Kaffee hin. „Sei vorsichtig“, sagte sie, als er sich langsam erhob. Mein Gott! Er war voller Blut!

„Du hast dich geschnitten“, sagte sie und zeigte auf den verbundenen Arm. „Heute Nacht.“

Nein, das war kein Blut aus seiner Wunde! Er sah auf seinen verbunden Arm und lockte damit die Erinnerung der letzten Nacht hervor. Jennifer bemerkte, wie sich sein Atem beschleunigte und sie bekam Angst. Sie trat einen Schritt zurück, der Kale aufblicken ließ. Er hatte Tränen in den Augen und zeigte den gleichen paralysierten Blick wie gestern. Er saß nur da und starrte sie an. Sie starrte zurück und versuchte die Geschichte zu lesen, die in seinem Inneren ablief. Er musste etwas Furchtbares erlebt haben! Etwas wirklich Grausames! Sie versuchte, seinem Blick standzuhalten, um ihm Kraft und Halt zu geben. In ihren Händen hielt sie zwei Tassen mit dampfenden Kaffee und sie ließ seine stumme Geschichte vorüberziehen. Sie war lang und musste bis in seine Kindheit zurückreichen. Zwischendurch erschien es ihr, als erkenne sie das Kind in seinem Gesicht. Dann wechselte es zu einem harten Gesichtsausdruck und schließlich wieder in die Traurigkeit, die ihn auch im Schlaf umgeben hatte. In seinen Augen spiegelten sich Sehnsucht und Einsamkeit wider. Das war keine Drogensucht. Er war nicht auf Entzug.

Jennifer hatte einen Leidensgenossen gefunden. Als seine Geschichten vorübergezogen schienen, trat etwas Beruhigendes in seinen Blick. Er blinzelte mit den Augenlidern, als holte er sich zurück in die Gegenwart. Und so war es. Sein Blick klarte sich auf. Er sah auf den dampfenden Kaffee und verspürte so etwas wie Harmonie. Irgendeine nicht benennbare Erinnerung schenkte ihm ein kurzes Wohlgefühl und er nahm die Tasse, die Jennifer ihm entgegenhielt, an und trank einen kleinen Schluck daraus.

Sie setzte sich ihm gegenüber in den Sessel und ließ ihn erst einmal zu sich kommen. „Kale“, sagte sie zur Vorsicht. Er sah auf und nickte leicht. In seinem Blick war keine Gewalt zu erkennen, nur Traurigkeit. Endlose Traurigkeit. Eine Leere, die sie kannte.

„Na, wir sehen ja toll aus!“, sagte sie lachend, um die Situation zu entspannen. Und tatsächlich, er sah in ihr lädiertes Gesicht und sie auf seinen Arm. Er rang sich ein kleines Lächeln ab. „Gut, dass wir Wochenende haben. Ich glaube, wir beide müssen uns eine Menge erholen.“

Auch das quittierte er mit einem kurzen Lächeln.

„Weißt du noch wie ich heiße?“, fragte sie und sah, wie er den Kopf schüttelte. „Jennifer, aber du kannst mich Jenn nennen.“ Er nickte und trank seinen Kaffee.

„Wo ist deine Tasche?“, fragte sie.

„Weg“, antwortete er leise. „Ich habe sie irgendwo vergessen.“

„Du musst dich unbedingt duschen. Aber ich habe keine Kleidung für dich. Du kannst ein T-Shirt von mir haben. Und eine Jogginghose. Aber mehr hab ich nicht.“ Er nickte leicht. „Was machen wir mit deinem Arm?“ Sie wusste, dass ihm nicht nur die Schnittwunde zu schaffen machen würde, sondern auch die Brandwunde. „Hast du Salbe dafür?“ Er schüttelte den Kopf. „Ich hab‘ gestern die letzte aufgebraucht und kein Geld, eine neue zu kaufen.“

Sie nickte. „Schon gut, ich werde gleich eine für dich besorgen. Wie heißt sie?“

Kale konnte sich nicht erinnern. Er hatte diese Salbe vom Krankenhaus mitgenommen und die leere Dose immer in der Apotheke vorgezeigt. Aber den Namen der Salbe hatte er nie gelesen. „Es ist eine hellgrüne Dose mit gelber Schrift. Mehr weiß ich nicht. Kostet fünf Dollar und ist ungefähr so groß.“ Er zeigte mit Zeigefinger und Daumen die Größe der Dose an. „Wie eine kleine Konservendose. Weißt du, wie die mit den Kidneybohnen, die billige kleine.“

Sie nickte. „Kenn ich. Hol ich mir auch manchmal.“

Als sie ihren Kaffee ausgetrunken hatte, ging sie ins Schlafzimmer und holte die Kleidung, die sie ihm angeboten hatte.

Die legte sie über den Sessel, zog sich eine Jacke über und verschwand. Sie wollte ihm noch einmal vertrauen. Es war natürlich möglich, dass er sich ein paar Wertgegenstände nehmen und damit verschwinden würde. Gut, dann wusste sie Bescheid. Dann würde er auch nicht wiederkommen. Aber es bestand auch die Möglichkeit, dass er sich duschte und ihre Gastfreundschaft endlich zu würdigen wusste.

*

Manchmal gestaltete sich das Leben seltsam. Jennifer Gordon hatte in ihrer Naivität genauso reagiert wie immer. Sie sorgte sich um Menschen, von denen sie nicht wusste, ob sie es wert waren. Doch diesmal war es anders. Sie fühlte sich trotz der gestrigen Vergewaltigung nicht von diesem Kale ausgenutzt. Es war irgendetwas anderes, was sie diesmal hoffen ließ. Es war eine Art Ehrlichkeit, die sie spürte. Sie fuhr zur Bank und hob ihre kleinen Ersparnisse ab, um ihn neu einzukleiden. Sie besorgte ihm Rasier- und Pflegeutensilien, weil sie das Gefühl nicht loswurde, dass er diesmal länger bleiben würde. Alles fühlte sich so richtig an. Der Sache mit den zwei Namen würde sie auch noch auf die Schliche kommen. Als Jennifer Gordon zurück in ihre Wohnung kam, hatte Kale alles aufgeräumt, was er in der Nacht zuvor durcheinander gebracht hatte. Er hatte sogar die Blutspuren auf ihrem Teppich beseitigt. Sie standen sich bei ihrem Eintritt in die Wohnung wie zwei Fremde und doch Vertraute gegenüber und sahen sich an. Er sah auf all ihre Taschen, die sie dabei hatte und sie sah auf das gereinigte Sofa und das aufgeräumte Wohnzimmer. Es erschien ihr wie eine Art Gegenleistung für die gekauften Sachen und ließ sie lächeln. Das wiederum entlockte auch ihm ein kleines Lächeln. Er nahm ihr die Taschen ab und fragte, was sie alles gekauft habe.

„Deine Salbe“, sagte sie.

„In drei großen Tüten?“

Jetzt lachten beide und sie spürten, wie gut es ihnen nach dem misslungenen Start tat. In Kale entflammte jedoch kurz darauf das Misstrauen. Er wollte keiner Person etwas schuldig sein und holte die Sachen hervor, die sie ihm gekauft hatte. Das veränderte sofort seine Stimmung. Sie sah es genau! Sein Gesicht zeigte plötzlich harte Züge, die sie von Tristan kannte, und sie rief entsetzt: „Kale!"

Er wollte sich dieser gewalttätigen Person nicht wieder ausliefern und war dankbar für Jennifers Unterstützung. Wer weiß, das wäre vielleicht die nächste Vergewaltigung geworden!

Kale rannte in die Küche und griff sich ein großes Fleischmesser aus dem Küchenblock. Jennifer sah voller Entsetzen zu! Er kam zurück und trat direkt auf sie zu. Er hielt ihr das Messer entgegen und sagte voller Wut: „Ich will, dass du nichts für mich tust, hörst du?"

Sie nickte zutiefst verängstigt. Hatte sie sich doch in ihm getäuscht?

Dann drehte er das Messer um und hielt ihr den Griff entgegen. „Wenn ich dich noch einmal irgendwie angreife oder dir etwas zuleide tun möchte, dann stich einfach zu! Bitte! ... Bitte!" Sie nahm das Messer nicht an. Er ging in die Knie und ließ es zu Boden fallen. „Du darfst es nicht zulassen!", jammerte er, doch es war eine Frauenstimme, die Jennifer hörte. Sie sah, wie er sich krümmte. „Es muss ein Ende haben!" schrie er. „Aber nicht so!", schrie eine jugendliche Stimme zurück. „Aber wie?", schrie Kale erneut.

Jennifer sah diesem unglaublichen Spektakel vor ihren Füßen zu. Und das alles nur wegen ein paar gekaufter Sachen. Sie fühlte sich hilflos und wusste nicht, wie sie reagieren sollte. Sie suchte Schutz an der Wohnungstür, denn sie musste sich eine Fluchtmöglichkeit offen halten, falls er sie wieder angreifen wollte. Er hatte sie tatsächlich aufgefordert, ihn mit dem Messer zu attackieren, falls er wieder gewalttätig werden würde! Er verlangte von ihr, ihn vorsätzlich zu verletzen! Oder gar zu töten! Nein, das würde sie nie tun! Dieser Mann war krank! Sehr krank! Er durchlitt einen schlimmen inneren Kampf und Jennifer erinnerte sich, ähnliche Gefühle und Wünsche verspürt zu haben, als ihr Vater ihrer Mutter, ihr selbst und ihrem Bruder

Gewalt angetan hatte. Dabei hatte sie sich sooft gewünscht, von ihm endlich getötet worden zu sein, weil sie die Gefühle nicht mehr aushalten konnte. Aber wie oft hätte sie ihren Vater auch töten wollen? Gedanken, die sie krank machten und zutiefst verstörten.

Sie hatte diesen Tag mit Kale so schön gestalten wollen, aber jetzt stand sie an ihrer Wohnungstür und konnte sich kaum noch auf den Beinen halten. Sie spürte, wie ihre Kraft nachgab und sie an der Tür zusammensackte. Sie durchlebte die Gewaltmomente aus ihrer Kindheit, als wären sie gerade jetzt gegenwärtig! Sie sah ihren Vater auf sich zukommen und zum Schlag ausholen. Sie verschränkte beide Arme zum Schutz über ihren Kopf und schrie „Nein!". Sie weinte, sie flehte „Nicht, bitte nicht!" und krampfte ihren Körper zusammen.

Kale stand vor ihr und hielt ihr die Hand entgegen, weil er ihr aufhelfen wollte, doch sie sah nur ihren Vater. „Jenn?", hörte sie ihn leise fragen. So hatte ihr Vater sie nie genannt. Er hatte sie stets bei vollem Vornamen gerufen und damit seine Gewaltbereitschaft signalisiert. Sie hörte erneut diese Stimme, die „Jenn?" fragte und sah auf. Sie löste ihre Schutzhaltung und sah Kale vor ihr sitzen. Sein Blick war irritiert, aber sein Gesicht zeigte eine Sanftheit, die ihr nicht gefährlich schien. Er wischte ihr die Tränen aus den Augen und nahm ihre rechte Hand in seine.

Er war noch nie einer Person begegnet, die auch nur annähernd seinen Schmerz verkörperte. Sie war eine Leidensgenossin! Sie lebte mit dem gleichen Schmerz wie er! Was hatte sie erlebt? Kale wusste nicht, was er sagen sollte, doch er führte ihre Hand zu seinem Gesicht und drückte sie sanft an seine Wange, um ihr zu signalisieren, dass er ihr nichts tun würde. Jennifer sah zu, wie er die Augen schloss. Was war nur mit ihnen beiden los? Was spielte sich hier ab? Es schien ihr, als wäre ihre kleine Wohnung zur Zentrale eines großen Schmerzes geworden. Überall klebte das Leid – an den Wänden, an ihren Möbeln und an ihrer Kleidung! Sie hatte in dieser Wohnung nur gelitten, auch wenn sie dem Elternhaus entflohen war. Doch sie hatte hier eine neue Zentrale der Gewalt geschaffen. Nur, dass es andere Männer gewesen waren, die ihr Gewalt antaten. Jetzt saß zum ersten Mal ein Mann vor ihr, der sie aufforderte, ihn zu töten, wenn er ihr noch einmal etwas antun würde. Das verrückte ihr ganzes bisheriges Männerbild.

Keiner konnte sagen, wie lange sie beide sich am Boden gegenüber gesessen und geschwiegen hatten. In der Wohnung waren überall seine neu gekauften Kleidungsstücke verteilt und es roch nach abgestandenem Kaffee. Die verschleierte Sonne erhellte das Zimmer gespenstig grau und schenkte den beiden die Ruhe, die sie brauchten, um endlich das in Worte zu fassen, was sie noch nie jemanden gesagt hatten…

„Mein Vater", sagte sie. Das war alles. Das reichte. Er verstand und nickte. Schweigen erfüllte erneut den Raum. Zwei Worte und doch ihre ganze Kindheit. „Ich verstehe", sagte er nach einer Weile.

„Alles war wieder da", sagte sie leise. In ihren Augen spiegelten sich Tränen. Kale sah zu Boden. Er war vor Jenn zu dem geworden, gegen das er selbst seine ganze Kindheit lang angekämpft hatte – ein Gewalttäter. Es war ihm egal, ob Jenns Vater sie geschlagen oder vergewaltigt hatte. Es ging nur um die Art der Vernichtung. Er schämte sich so sehr vor ihr! Vor ihm saß nun dieses abgemagerte Wesen, ein Abbild dessen, das in ihm selbst wütete. Es war im Grunde der gleiche Kampf nur auf anderen Ebenen. Eine fremde Person und doch die gleiche wie er. „Wie?", fragte er.

Jennifer sah ihn an. Was meinte er mit *wie*?

„Wie ist es passiert?", versuchte er seine Frage zu präzisieren, als er ihre Verwirrung sah.

Sie holte tief Luft. Es fiel ihr schwer darüber zu reden, aber es fühlte sich ein wenig leichter vor ihm an, weil er sie vielleicht ein wenig verstehen würde. Er würde sie auch nicht drängen, etwas dagegen zu unternehmen. Er würde vielleicht nur zuhören und ihren Schmerz dadurch ein wenig lindern.

„Alkohol", sagte sie und sah zu Boden. „Der hat ihn aggressiv gemacht."

Kale nickte. Er hatte davon gehört. Er hatte Alkoholiker kennengelernt.

„Er hat meine Mutter, meinen Bruder und mich geschlagen." Sie ließ die Erinnerung durch sich hindurchfließen und weinte erneut. Sie spürte, wie Kale wieder ihre Hand an seine Wange drückte, als wolle er ihren Schmerz bei sich platzieren. Es fühlte sich gut an. Gleichzeitig spürte Kale, wie es seine Gefühle in Wallung brachte. Er sah im Bruchteil einer Sekunde einen kleinen Jungen, der von einem großen Mann geschlagen wurde. Ein Mann, der noch mehr tat als nur schlagen ... viel mehr! Jennifer sah auf und hörte einen kurzen Laut des Schmerzes von Kale. Litt er mit ihr oder litt er gerade unter seiner eigenen Erinnerung? „Und du?", fragte sie. Er antwortete nicht und schien in einer Welt gefangen zu sein, die sie nicht betreten durfte.

„Kale?", fragte sie, als sie sein verändertes Gesicht sah. Sie besaß die einzige Waffe gegen Tristan, der sich immer wieder zu zeigen versuchte. Wie gerne hätte er sie jetzt geschlagen und erneut genommen, doch er spürte, wie Kale ihm auflauerte und warnte. Jennifer sah, wie sich Kale erhob. Er wirkte vollkommen abwesend und suchte sich ein paar Kleidungsstücke, die sie gekauft hatte, zusammen. Er zog sich schweigend um und verließ die Wohnung. Er sah nicht einmal zurück. Sie lief ihm hinterher und rief: „Was ist, Kale?" Wollte er nichts mehr von ihr hören?

„Ich muss jetzt allein sein", sagte er nur und spürte die Gewalt, mit der die Erinnerung über ihn hereinbrach. Er wollte sie nicht dabei haben, aus Angst, sie verletzen zu können...

Niemand hätte sehen wollen, was sich im Stadtpark in dieser besagten Nacht abspielte! In Kale brachen viele seiner Erinnerung aus ihm heraus, die ihm bislang verborgen geblieben waren. Jede Szene war ein Stich ins Herz. Tristan hatte die Kontrolle über Kales Gefühle verloren und überließ seinen Schützling sich selbst im Kampf gegen die Ungerechtigkeit. Sollte er doch sehen, wie er klarkam! Und in der Tat, in Kale begann ein

Gefühl zu toben, ja, zu tosen, das er kaum aushielt. Es waren einfach zu viele grausame Erinnerungen! Seine Eltern, sein Lehrer, Tristans Taten und … eine Frau! Er sah kurz ihr Gesicht, nur kurz. Sie trug keinen Namen, aber sie hatte etwas getan, was ihn zutiefst verletzt hatte. Sie hatte sein Vertrauen missbraucht! Mehr als das! Sie hatte ihn seinem ehemaligen Peiniger schutzlos ausgeliefert. Und das in einem Moment, in dem er so sehr um ihr Vertrauen gekämpft hatte. Er sah sich plötzlich auf der Parkbank sitzen und dieser Frau nachsehen, die zu den öffentlichen Toiletten ging. Im gleichen Atemzug spürte er dieses Seil um seinen Hals, wie einen Strang, an dem jemand zog und ihn von hinten über die Bank zwang. Er musste nachgeben, sonst wäre er erdrosselt worden. Dann die vielen Faustschläge in sein Gesicht. Erwacht, angebunden und fixiert an einen Baum. Auf den Tod wartend … Sein Peiniger vor ihm, Mordlust war in sein Gesicht geschrieben!

Die Erinnerungen wollten nicht enden! Er hatte Ian Morgan getötet! Wie auch immer. Sonst hätte Morgan ihn getötet. Was war ihm anderes übriggeblieben? War Tristan wirklich so brutal? Oder hatte er nur versucht, im Sinne der Gerechtigkeit zu handeln? Töten kann nicht gerecht sein, aber was war mit Notwehr? Hatte Tristan immer in Notwehr gehandelt? Wo war das Maß, an dem man Notwehr messen konnte? Der getötete Jogger gestern war alles andere als Notwehr gewesen! Tristan hatte sich verselbstständigt! Er hatte seine eigene Gerechtigkeit kreiert und begonnen, sie auszuleben. Er hatte versucht, Kales Körper für seine Zwecke zu missbrauchen. Es hätte nicht mehr lange gedauert und Kale hätte nachgegeben, wenn nicht diese Jennifer erschienen wäre. Genau wie die andere Frau damals! Wie hieß sie noch? Er kam einfach nicht auf ihren Namen. Aber er verband auch nichts Gutes mehr mit ihr. Eher Zorn und Wut. Oder war es bereits Hass? Warum konnte er sich an keine Details mehr mit ihr erinnern? Er wusste nicht einmal, ob er mit ihr verheiratet! Doch es gab eine Erinnerung, die allesentscheidend war: Sein vollständiger Name war Kale Hatfield!

„Hatfield", sagte er, als er Stunden später an Jennifers Wohnungstür klopfte.

Sie war seit Stunden in großer Sorge um ihn im Sessel versunken und hatte so sehr gehofft, dass er zurückkehren würde. Jetzt schrak sie hoch. Es war seine Stimme, die sie hörte, aber wer in Gottes Namen war Hatfield?

„Kale?", fragte sie leise durch die Tür.

„Ja", kam es leise zurück. Sie öffnete und sah ihn davor stehen. Nicht, dass seine Kleidung, die sie gerade von ihrem letzten Geld gekauft hatte, ruiniert war, aber sie war verschmutzt. Doch sie konnte diesmal kein Blut erkennen.

„Kale Hatfield", sagte er leise und sah erschöpft und müde aus.

„Das ist dein wahrer Name?", fragte sie und er nickte. „Und du heißt Jennifer Gordon, nicht wahr?" Jetzt nickte sie. Er konnte sich an ihren Namen erinnern! Sie bat diesen neuen jungen und gutaussehenden Mann mit einem Lächeln herein und öffnete damit zum ersten Mal einem Mann sinnbildlich die Tür in ihr Leben.

Sie sprachen die ganze Nacht nicht miteinander, auch nicht am Sonntag. Er schlief auf dem Sofa, sie in ihrem Schlafzimmer, was sie vorsichtshalber immer noch abschloss. Sie kochte morgens Kaffee und er räumte wieder das Wohnzimmer auf. Jedes Mal hinterließ er dieses Chaos. Sie musste am Montag wieder arbeiten, sonst würde kein Geld reinkommen. Jeder würde ihre neue Verletzung im Gesicht. Henry, der geile Fünfzigjährige aus der Logistik, würde sie wie immer fragen, ob er heute nach der Arbeit mit zu ihr kommen dürfe. Seine Alte würde es ihm nicht mehr besorgen. Er würde ihr wieder einen Zwanziger geben. Heute würde sie zum ersten Mal nein sagen, auch wenn ihr das Geld fehlen würde. Jennifer Gordon beschloss, ihr Leben von Grund auf zu ändern!

*

„Du kannst dich jetzt anmelden und dir einen neuen Ausweis besorgen“, sagte Jennifer, als er ihr mitteilte, dass er sich wieder einen illegalen Job besorgen wolle. Er wollte nicht weiterhin von ihrem Geld leben, sondern seine Hälfte gerecht beisteuern. Das hörte sich gut an, doch er schüttelte den Kopf. Er hatte ihr bis heute nicht gesagt, was in jener Nacht passiert war, als er ihr seinen Nachnamen verraten hatte. Und das war bereits vier Wochen her.

„Es ist kompliziert“, sagte er leise. Meistens schwieg er und schien in irgendwelchen Gedanken gefangen. Während sie arbeitete, erledigte er den Haushalt. Kale wurde unzufrieden und spürte diesen Druck in sich arbeiten. Jennifer waren die letzten zwei Wochen eigenartig ruhig erschienen. Sie wusste nicht, was in ihm vorging, wenn er alleine war. Wenn sie abends heimkam, wirkte er erschöpft und noch mehr in sich verschlossen. Er sprach kaum ein Wort und schien sie nur zu beobachten. Er hatte auch keine Versuche mehr unternommen, sich ihr körperlich zu nähern. Im Gegenteil, wenn sie sich ihm näherte, wirkte er unruhig und verließ notfalls unter irgendeinem Vorwand den Platz.

„Warum?“, fragte sie eines Tages. Es war der Tag, an dem er es ihr nicht mehr verheimlichen konnte. „Kale, mit dir stimmt etwas nicht. Gib mir eine Idee, damit ich dich verstehe.“

Er sah sie an.

„Warum beantragst du keinen Ausweis? Ich habe dir das Geld dafür doch auf den Schrank gelegt. Dann könntest du eine legale Arbeit suchen, bei der du auch versichert wärst.“ Sie wusste, dass er seit Tagen bereits unterwegs war, um sich wieder illegal Arbeit zu suchen.

Er sah sie nur an.

„Erkläre es mir.“

Er zögerte. „Ich habe einen Menschen umgebracht.“ Jetzt sah er weg. „Wenn ich einen neuen Ausweis beantrage, werden sie mich sofort finden.“

Sie war entsetzt. „War das in der Nacht, als du voller Blut heimkamst?“

Er schüttelte den Kopf und konnte es kaum aussprechen. „Nein, deswegen werden sie mich nicht suchen."

„Deswegen? Was meinst du?", fragte sie.

„Wegen diesem Mann."

„Welchen Mann, Kale?"

Er hatte es gewusst! Er hätte nicht davon anfangen sollen! Jetzt spürte er eine leichte Aggression aufkommen, vor der Tristan ihn nicht beschützen würde. Er musste es allein durchstehen. Doch wie weit würde er mit der Wahrheit kommen? „Ich will dir keine Angst machen, Jenn." Sie mochte es, wenn er sie so nannte. Es machte die Freundschaft zu ihm einzigartig. Aber sie erwartete eine gewisse Aufrichtigkeit von ihm, wenn er weiterhin bei ihr wohnen wollte, auch wenn die Wohnung ein bisschen zu klein für beide war. Sie hatte ihm ihre schlimmsten Geheimnisse anvertraut und sah es als seine Pflicht, dies jetzt ebenfalls zu tun. „Du machst mir Angst, weil du gar nichts sagst, Kale!"

Er stand auf und wollte der Situation entfliehen. Sie sah, wie er seine Jacke holte und seine Schuhe anzuziehen begann. Typisch!

„Was ist es, was ich nicht verstehen würde?", fragte sie irritiert.

„Alles!", sagte er nur und fühlte sich aufgebracht. „Alles, was ich zu sagen habe, kannst du nicht verstehen!"

Sie erschrak, weil sich sein Gesicht dabei nicht veränderte. Diese Wut war eine andere, als die, die sie bisher kannte. Doch sie wollte sich nicht wieder abwimmeln lassen. „Warum diese Stimmen?", fragte sie und sprach damit eine jener Fragen aus, die sie vom ersten Tag an schon beschäftigten, doch er sah sie nicht an. Stattdessen rannte er ins Bad und wusch sein Gesicht mit kaltem Wasser. Er musste jetzt einen klaren Kopf behalten.

„Ich will es wissen!", rief sie und lief im nach. „Bist du etwa schizophren? Hast du keine Pillen mehr? Bist du ein Psychopath?"

So sieht also das wahre Leben aus, dachte er und ging an ihr vorbei. Doch sie griff nach seinem Ärmel und das ließ ihn reagieren! Zum ersten Mal spürte er seine ehrliche nackte Wut und schlug ihr voller Wucht ins Gesicht! Sie taumelte nach hinten und hielt sich am Rahmen der Badezimmertür fest. „Du willst es wissen?“, schrie er. „Du willst es tatsächlich wissen? Ich habe viele Menschen auf dem Gewissen! Ich ticke nicht richtig! Ich verliere ständig die Kontrolle über mich! Ich kann mich oft nicht erinnern! Ich … ich hasse alle! Jetzt willst du wissen warum?! Weil Ihr mich einfach nicht in Ruhe lassen könnt! Weil … “, seine Schreierei ging in ein Flehen über, „… weil ich nicht weiß, was richtig ist und wie man richtig lebt…, weil ich Ian Morgan getötet habe…, weil er nicht aufhörte, mich…“, er fiel auf die Knie, „… anzufassen! Ich will nicht, dass du mich anfasst! Ich will, dass mich nie wieder jemand anfasst!“ Er sackte zusammen und weinte. So sah also die Wahrheit aus!

Jennifer war schockiert. Es war nicht der Schlag in ihr Gesicht gewesen, nein, es war seine Geschichte, die er ihr offenbar nur auf diese Art und Weise mitteilen konnte. Der Zorn in ihm war so stark, dass er nicht in der Lage war, darüber in Ruhe zu sprechen. Mit solchen Worten würden immer gewalttätige Handlungen einhergehen. Er musste es loswerden, irgendwie! Und dabei handelte es sich nicht nur um die Geschichte. Es handelte sich vielmehr um die Gefühle, die er nicht loswurde und immer wieder spürte. Eine körperlich anstrengende Arbeit wäre sicherlich das Beste für ihn. In seinem Körper brodelte viel zu viel Gewalt, die er nicht artikulieren konnte. Sobald man ihn ansprach, wurde er übergriffig.

Was bisher Tristan übernommen hatte, erlebte Kale nun zum ersten Mal selbst. Er hatte Jenn aus eigener Motivation geschlagen! Er hatte sich zum ersten Mal selbst gespürt! Es hätte nicht soweit kommen dürfen.

„Deswegen die vielen Narben auf deinem Körper“, sagte Jenn leise. Er nickte im Taumel der Scham, die ihn überkam. „Du verstümmelst deinen Körper, damit ihn keiner mehr anfasst.“

Wieder nickte er.

„Sieh‘ mich an!“, sagte sie. „Mein Körper ist das einzige, das ich kontrollieren kann! Deswegen bin ich magersüchtig.“

Er sah hoch, und sie hob ihren Pullover an, damit er ihre Rippen sehen konnte. Sie war vollkommen abgemagert! Sie hatte ihre Wut auf eine andere Art auf ihren Körper übertragen! Sie kontrollierte und bestrafte ihn zu Tode, wohingegen er sich ständig zu Tode zu verletzten versuchte.

„Ich werde dich nicht anfassen, Kale", sagte Jennifer und ging vor ihm in die Knie. „Aber so kann es mit uns beiden auch nicht weitergehen. Du brauchst eine Arbeit, weil ich uns auf Dauer nicht alleine durchbringen kann. Ich habe, seit du da bist, keine Freier mehr. Weißt du, ich habe mir ein wenig Geld nebenbei verdient, aber jetzt möchte ich das nicht mehr."

Er sah sie an. Das hatte er nicht gewusst. Er war nur erstaunt gewesen, als sie ihn nach seiner Kündigung angesprochen hatte. Sie wollte Geld verdienen! Sie hatte gedacht, er würde ihr ein paar Dollar für Sex geben! Den hatte sie bekommen. Da wurde Kale Hatfield klar, dass er eine Person vor sich hatte, die genauso in Existenznot lebte wie er. Aber ihm wurde noch etwas anderes bewusst: sie hatte sich nie beklagt, obwohl er schon so viele Tage bei ihr lebte. Sie hatte stets genug Essen für ihn gehabt und ihm war nie aufgefallen, wie wenig sie in seiner Gegenwart zu sich nahm. Er hatte nie genau hingesehen, aber jetzt wurde ihm bewusst, dass sie vielleicht seinetwegen kaum gegessen hatte. Sie hatte einfach nichts mehr. Noch nie hatte sich jemand so sehr für ihn aufgeopfert wie diese Jennifer Gordon. Er zog seine Schuhe langsam wieder aus und schmiss die Jacke über die Sofalehne. Er ging in die Küche, holte zwei Glas Wasser und reichte ihr eins davon. Dabei wurde ihm bewusst, dass sie damit wieder keine Kalorien zu sich nahm. Er würde morgen mit ihr einkaufen gehen und Säfte für sie mitbringen. Er würde ab jetzt darauf achten, dass sie angemessen äße. Kale Hatfield entwickelte zum ersten Mal das Gefühl, für einen Menschen sorgen zu müssen. Und er würde eine Job finden, damit sie genug Geld hätten. Doch einen Ausweis konnte er unmöglich beantragen. Selbst wenn er einen fremden Namen angäbe.

„Warum?", fragte sie.

„Weil ich meine Herkunft nicht angeben kann. Wenn ich das

tue, wird mich die Polizei sofort finden."

Sie wollte es nicht zugeben, aber der Gedanke, dass er getötet hatte, behagte ihr überhaupt nicht, aber er machte ihr merkwürdigerweise auch keine Angst.

„Möchtest du mir davon einmal erzählen?"

Er schüttelte den Kopf. „Es hat mit meinem jetzigen Leben nichts zu tun."

Sie dachte an Tristan und würde ihn so gerne noch einmal nach den Stimmen fragen, aber er war beim letzten Mal so wütend geworden. Vielleicht sollte sie sich in der Bibliothek nach einem solchen Fall erkundigen.

„Und was ist, wenn du irgendeinen anderen Namen angibst? Ich meine, nur damit du Papiere zum Arbeiten hast."

„Das dürfen die Behörden nicht. Wenn ich keine weiteren Angaben machen kann, die sie in ihrem Computer zu dieser Person finden, werden sie ein psychologisches Gutachten anfordern."

Sie nickte. Damit wäre er wieder in einem Netz der Behörden gefangen.

„Warst du schon mal in einer Klinik?"

Er nickte. In einer? „Ja."

„Wo?" Sie wurde aufmerksam.

Kale sah zum Fenster hinaus. Er war als Jugendlicher in zwei verschiedenen Kliniken gewesen. Aber an die in Madison konnte er sich einfach nicht erinnern. Er konnte sich an sein Zimmer erinnern, auch an verschiedene Pfleger und Schwestern, aber an den Namen der Klinik oder die Stadt, in der sie sich befand, konnte er sich nicht erinnern. Diese Lücke blieb nach wie vor in seinem Gedächtnis. Es musste etwas mit dieser Frau zu tun haben. Irgendwo in seinem Kopf gab es eine Schublade, die noch verschlossen war. Aber vielleicht war es auch gut, dass diese Geschichte unerreichbar blieb. Kale Hatfield wollte sich ganz auf Jenn konzentrieren. Sie sah ihn an und es spiegelte sich eine große Dankbarkeit in ihren Augen, die ihm Kraft und neue Zuversicht schenkte. Bis zu dem Tag, als alles um ihn herum erneut zusammenbrach...

Schreckliche Jahre!

Jennifer Gordon und Kale Hatfield wurden ein Paar, wenn auch ein merkwürdiges, aber sie bestritten ihr Leben gemeinsam.

Kale fand eine Stelle am Rande der Stadt, die ihn einige hundert Dollar im Monat einbrachte. Bar natürlich! Und unterbezahlt. Aber es war eine finanzielle Unterstützung, die funktionierte. Schon nach wenigen Monaten spielte sich ein Tagesablauf ein, der beiden angenehm erschien. Jennifer begann sein Schweigen als etwas Positives zu werten. Solange er nichts sagte, war er zufrieden. Dass sie ihm etwas Wichtiges verschwieg, wusste er nicht. Wie sollte er es auch merken? Vorerst! Dann kam der Morgen, an dem er ihre Übelkeit bemerkte. Sie rannte aus ihrem Schlafzimmer ins Bad und weckte Kale damit in einer Art und Weise, die ihn sofort besorgt sein ließ. Sie musste sich einen Virus eingefangen haben, dachte er. Er wollte gerade Ray, ihren Chef, anrufen, als sie ihm den Hörer aus der Hand nahm. „Es geht schon“, sagte sie und wusste nicht, wie und wann sie es ihm endlich sagen sollte.

Er verstand nicht. „Du kannst so nicht arbeiten gehen!“

„Ich sagte, es geht schon!“

Seit er ihr Essen kontrollierte, hatte sie ihre Magersucht überwunden und sogar zugenommen. Das gefiel ihm. Ja, sie begann sogar immer mehr Appetit zu entwickeln. Auch das gefiel ihm. Er wertete es als Erfolg seiner Hilfe und begann diese Jenn immer mehr zu mögen. Sie hatte sich an ihr Versprechen gehalten und sich ihm nicht wieder genähert. Aber sie hatte auch gesagt, dass er sich ihr nicht nähern durfte. Kale ging seit acht Wochen regelmäßig zur Arbeit und wusste nicht, was plötzlich zwischen sie beide geraten war. „Was läuft falsch?“, fragte er.

„Nichts“, wehrte sie ab und schloss sich im Bad ein. Kurz darauf hörte er die Dusche. Sie konnte unmöglich in diesem Zustand arbeiten gehen! Als sie in ein Handtuch eingewickelt ins Schlafzimmer gehen wollte, sah er, dass sie geweint hatte und er hielt sie vor dem Schlafzimmer zurück. „Was läuft falsch?“, fragte er erneut, denn er verstand immer noch nicht. Sie wich seinem Blick aus und versuchte sich an ihm vorbeizudrücken. Doch er packte sie fest am Arm und drehte sie gewaltsam zu sich um. Dabei fiel das Handtuch zu Boden und er sah ihren deutlich veränderten Körper.

„Ich habe das schon länger", sagte sie. „Es ist kein Virus. Es ist … ach, was weiß ich!"

„Du bist schwanger", sagte er ohne Umschweife und besah sich ihre deutlich vergrößerten Brüste. „Seit wann weißt du es?"

Sie versuchte sich seinem Griff zu entziehen, aber er ließ sie nicht los. Gedemütigt sah sie zu Boden und sagte: „Weiß nicht."

„Von wem?"

Sie sah ihn an. War das sein Ernst? Er fragte, von wem sie schwanger wäre? Wer war denn vor vier Monaten ungeschützt in sie eingedrungen? Sie hatte stets Wert auf geschützten Sex gelegt, aber diesen Tristan hatte das recht wenig interessiert. Und jetzt fragte er von wem?

Es war ihr Blick, der ihm sagte, dass er der Vater sei. Er hatte ein Kind gezeugt! Ein Kind! Sie befand sich im vierten Monat. Eine Zeit, in der man ein Kind nicht mehr abtreiben lassen sollte. Das Herz dieses kleinen Wesens schlug bereits viele Stunden im Leib dieser Frau, mit der er tagtäglich lebte und arbeitete. Die vom ersten Tag an für ihn gesorgt hatte, als wäre er ihr Ehemann, ohne Forderungen an ihn zu stellen. Als wäre er mehr wert als sie sich selbst. Und nun wuchs in ihrem Leib dieses kleine gemeinsame Wesen heran, das mit Gewalt und Lieblosigkeit gezeugt worden war. Wie hatte sie ihm diesen Zustand nur verheimlichen können? Kein Wunder, sie vermieden körperlich Nähe oder die Sicht auf ihre nackten Körper. Sie lebten wie zwei Fremde und doch Vertraute miteinander, ohne sich näher zu betrachten. Und jetzt verband sie dieses kleine Wesen als unabänderliche Tatsache einer vormaligen Vergewaltigung. Diese Jennifer Gordon war ein seltsamer Mensch. Anstatt sich zu schützen und ihm rechtzeitig von ihrer Schwangerschaft zu erzählen, trug sie dieses Geheimnis in sich, als würde sie sich für die Zukunft einen Menschen wünschen, den sie lieben und der sie lieben könnte.

Kale hob das heruntergefallene Handtuch wieder auf und reichte es ihr. Er wusste nicht, wie er reagieren sollte. Er wollte auch nicht wieder weglaufen, aber er konnte sich der Verantwortung, die nun auf ihm lastete, auch nicht stellen. Fest stand, dass sie unter diesen Umständen nicht mehr arbeiten konnte. Der Job bei Ray war eine Schinderei. Sie musste schwere körperliche Arbeit verrichten, die sie die Schwangerschaft kosten könnte.

Kale suchte sich einen Platz auf dem Sofa und sah zur Zimmerdecke hinauf, als wolle er nicht, dass sie seine Tränen sah. Doch sie sah seine Tränen. Jetzt war es raus, das Geheimnis, das keines mehr sein konnte. Was hatte sie ihm nur mit dieser Entscheidung angetan? Alles war so gut zwischen beiden gelaufen. Ruhe war eingekehrt. Es war dieses verdammte Schweigen zwischen ihnen. Jeder hatte Angst, dem anderen etwas Unangenehmes zu sagen. Die Angst, es könnte Aggressionen auslösen und die Situation wieder verändern. Sie war so froh, jemanden in ihrer Nähe zu haben, um ihre Einsamkeit nicht mehr zu spüren. Jetzt war kein Gespräch mehr nötig. Der Anblick ihres Körpers hatte alles verraten.

Sie sah, wie ihn die Verzweiflung überkam. Die finanzielle Situation hatte sich vorerst beruhigt und sie hatten begonnen, Luft zu holen und neue Kraft zu schöpfen. Jetzt erkannte sie, wie falsch es gewesen war, ihm nichts gesagt zu haben. Sie hatte viele Stunden in der Nacht wachgelegen und darüber nachgedacht, es zu tun, aber sie hatte Angst vor dem Moment, in dem er sich für eine Abtreibung entscheiden würde. Was, wenn er sie danach wieder verlassen würde? Mit diesem Kind hätte sie eine wundervolle Aufgabe. Sie wusste, dass Kale nicht ewig bei ihr bleiben würde. Dafür war er innerlich zu rastlos und zu verschlossen. Er wäre ewig ein Fremder in ihrer Wohnung, der Sehnsüchte in ihr auslösen würde, die sie auf Dauer nicht ertragen könnte. Sie setzte sich ihm gegenüber in den Sessel und wartete auf die ersten Worte. Wer mochte sie wohl finden? Er hatte gesagt: „Du kannst so nicht arbeiten gehen". Er war besorgt. Jetzt war er besorgt und verzweifelt, denn sie konnte in der Tat diesen Job nicht weiter machen, wenn sie ihr Kind behalten wollte. Sie hatte zwar an Gewicht zugelegt, aber ihr Körper war immer noch recht mager und anfällig. Doch sie konnte den Job nicht kündigen. Das Geld, das Kale verdiente, würde bei weitem nicht reichen.

„Ich werde mir einen zweiten Job suchen", hörte sie ihn sagen. Klang Verbitterung in seinen Worten? Warum hatte er nicht gefragt, weshalb sie ihm die Schwangerschaft verschwiegen hatte? Sie sah zu Boden und erkannte plötzlich das Ausmaß der Katastrophe.

„Du brauchst einen Arzt. Warst du schon beim Arzt?" Er lenkte das Gespräch auf die nüchternen Tatsachen.

Sie schüttelte den Kopf. „Nein."

„Du musst schauen lassen, ob alles in Ordnung ist." Er fühlte sich so dreckig und hilflos. Er hatte ihr unter Gewalt dieses Kind gemacht, das niemand haben wollte, und doch war es jetzt da.

„Willst du es wegmachen lassen?", fragte sie endlich. Die Frage, die schon vor Wochen hätte gestellt werden müssen. Er sah sie entsetzt an. Wegmachen? Ja, das wäre vielleicht die Lösung gewesen. Was konnte dieses Kind schon von ihnen als Eltern erwarten? Beide hatten keine Liebe erfahren, die sie weitergeben könnten, und doch schlummerte sie in ihnen wie ein Schatz, den niemand fand, aus Angst, es könnte etwas Furchtbares daraus entstehen.

„Du kannst es nicht mehr wegmachen lassen. Das wäre Mord!"

Sie musste ansatzweise lächeln. Mord! Es war die Ironie, die sie lächeln ließ. Kaum sprachen sie miteinander, löste es in beiden Aggressionen aus. Warum konnten sie nicht, wie alle anderen Paare auch, ganz normale Probleme haben? Warum mussten sie immer gleich so gewaltig sein?

„Du kannst jederzeit gehen", konterte sie. „Du hast nichts damit zu tun."

„Womit?“, fragte er.

„Mit dem Kind. Es war meine Entscheidung.“

Er spürte, wie es ihm den Atem abschnürte. Er hätte nichts mit dem Kind zu tun? Er war der Erzeuger! Er hatte nie ein Kind in diese Welt setzen wollen und doch war es passiert. Er hatte wieder einmal die Kontrolle verloren…

Manchmal passieren Dinge im Leben, die alles verändern. Man kann sie nie wieder ungeschehen machen, weil das alleinige Wissen darum es nicht zulässt. Dann kommt eine Zeit, in der man große Entscheidungen treffen muss. Entscheidungen, mit denen man den Rest seines Lebens leben muss. Kale traf diese Entscheidung und sie war so bodenständig und stark, dass er selbst nicht glauben konnte, sie getroffen zu haben. Er brachte Jennifer Gordon noch am selben Tag zum Arzt und ließ die Schwangerschaft bestätigen. Er gab sich als engen Freund aber nicht als Vater dieses Kindes aus, denn darin waren sich beide einig, wäre es zu einer fatalen Entwicklung gekommen. Sie mussten das Kind und sich selbst schützen. Kale bestand darauf, dass Jennifer bis auf weiteres krankgeschrieben wurde, weil ihre Arbeit und ihr zerbrechlicher Körper das Wohl des Kindes gefährden würde. Damit verschaffte sich Kale Hatfield Zeit, eine zusätzliche Arbeit zu suchen. Und er fand sie. Er fand wieder eine Arbeit als Lieferfahrer. Ein Zeitungsverlag suchte einen Fahrer, der nachts die gebündelten Zeitungen zu den entsprechenden Geschäften brachte. Zeitungen, die man nicht in der breiten Öffentlichkeit fand, weil sie moralisch verwerflich und nur in den Geschäften zu finden waren, die ebenso verwerflich waren. Aber was kümmerte es ihn? Es ging um den nüchternen Lohn, den er wieder einmal bar ausgezahlt bekam. Kein Vertrag, keine Sozialversicherungsnummer und kein Ausweis waren vonnöten. Nicht einmal der Führerschein. Die Geschäfte, die er zu beliefern hatte, hatten dafür eigens verschlossene Metallkästen im Hinterhof, in denen er die bestellten Exemplare ablegen sollte. Aus denen er aber auch die zurückgegebenen wieder mit zum Verlag nehmen musste. Es war eine einfache, aber ruhige Arbeit, die Kale gut erledigen konnte. Eine Arbeit, die von Niemandem tagsüber gesehen werden durfte. Sie passte zu ihm wie seine Persönlichkeit.

Wenn er nachts fuhr und wusste, dass Jennifer sicher in ihrem Bett schlief und das Kind gesund in ihr heranwachsen konnte, überkam ihn hin und wieder ein merkwürdiges Gefühl. Die Arbeit ging ihm so leicht von der Hand und hatte ihm von Anfang an eine Art Sicherheit gegeben. Als hätte er diese Arbeit schon einmal erledigt. Ja, sie stimmte ihn zeitweise sogar fröhlich.

Als er erstmals von Jenns Schwangerschaft erfahren hatte, hatte er auf dem Sofa gesessen und darauf gewartet, dass seine alte Welt ihn wieder einholte. Die Gewalt, das Wegdriften und die Erinnerungslöcher. Dann die Flucht. Doch nichts dergleichen war passiert. Der Ernst der Lage hatte ihn völlig anders reagieren lassen, als er es üblicherweise von sich kannte. Er hatte plötzlich die Verantwortung für zwei Menschen übernommen, als hätte diese Tatsache etwas in ihm bewirkt, das ihn in die reale Welt katapultierte. Es war keine Zeit mehr für Depression, Wut und Hass, nein, es ging nur noch um das nackte Überleben von zwei Menschen, deren Schicksal er plötzlich in den Händen hielt. Er war auf dem Weg, eine Familie zu gründen. Wenn auch nicht mit den üblichen Mitteln, aber es gab ihm ein neues Lebensgefühl. Er liebte diese Jenn nicht wirklich, nicht so, dass er es spüren konnte, aber er verspürte Zuneigung zu ihr. Sie wirkte wie eine Verbündete in einer Welt voller Chaos. Sie schenkte ihm etwas Gelassenheit trotz der beklemmenden Situation, in der sie sich befanden. Es behagte ihm, dass sie seinen Anweisungen folgte und es funktionierte. Zum ersten Mal hatte er keine Erinnerungslücken, sondern konnte sich durchgehend an den Tag erinnern. Die Konzentration auf das Heranwachsen des Kindes in Jenns Leib wurde durch keine seiner Multiplen gestört, als würden sie ihn still und wachsam begleiten. Es war, als täte er zum ersten Mal das Richtige in seinem Leben. Carl schimpfte ihn keinen Versager, Sybille musste nichts aufräumen, Joey musste ihn an keinen Termin erinnern und Lydia musste ihn nicht beruhigen oder trösten. Kale hatte all diese Dinge selbst im Griff. Selbst Tristan hatte keinen Nährboden mehr.

Als Jennifer im sechsten Monat war, beschloss Kale, eine größere Wohnung zu suchen. Sie mussten unbedingt ein zweites Schlafzimmer haben. Er dachte darüber nach, wie sich die Zeit nach der Geburt zwischen ihnen als Eltern gestalten sollte. Er schlief immer noch auf dem Sofa und Jenn im Schlafzimmer. So hatten sie es vereinbart. Doch wenn das Kind da wäre, müsste sich die Situation ändern. Er musste zu Jenn ins Schlafzimmer ziehen und das Kind ein eigenes Zimmer bekommen. Es musste eine Art Ordnung her, mit dem das Kind zurechtkommen würde. So kannte Kale es auch von seinen Eltern. Er wusste, dass sie sich im Grunde gehasst hatten und doch hatten sie im gleichen Zimmer geschlafen. Er wollte nicht wissen, was sich dort abgespielt hatte, aber er wusste, dass sich sein Leben als Vater anders gestalten sollte. Und… er hasste Jennifer nicht, im Gegenteil, er brachte ihr großen Respekt entgegen, weil sie sich an alles hielt, was er ihr sagte. Es hatte keinen Tag mehr gegeben, an dem er Anzeichen von Gewalt gezeigt hatte. Im Gegenteil, Jennifer beobachtete, wie Kale Tag für Tag kluge Entscheidungen traf, die ihr nicht nur Sicherheit, sondern auch Geborgenheit gaben. Er kümmerte sich um gesunde Nahrungsmittel beim Einkaufen und das rechtzeitige Bezahlen ihrer Rechnungen. Ihre Sehnsucht zu ihm wurde immer größer. Je näher der Geburtstermin kam, desto mehr sehnte sie sich nach seiner körperlichen Nähe. Doch jedes Mal, wenn sie ihn auch nur ansatzweise berührte, zuckte er zusammen oder verließ das Sofa, auf dem beide saßen. Warum konnte er ihre Nähe nicht aushalten? Er kümmerte sich so liebevoll um ihr Wohlergehen und das des Kindes. Er achtete darauf, dass sie jeden Arzttermin wahrnahm und regelmäßig aß. In ihm mussten doch auch Sehnsüchte schlummern. Er war genau der Mann, den Jennifer sich immer gewünscht hatte. Ja, genau diesen Mann hatte sie in ihm gesehen, als sie ihn das erste Mal im Betrieb beobachtet hatte. Es musste das unstete Leben in dem Hostel gewesen sein, das ihn so gewalttätig gemacht hatte. Diese Kälte, diese pöbelnden Typen dort und dieser Pächter, der viele Bewohner ausnutzte oder betrog. Diese Zeiten waren jetzt vorbei. Kale hatte zwei Jobs, die ihm nicht weiter zu schaffen machten. Er sah seine Pflicht darin, zu arbeiten und seiner kleinen wachsenen Familie Sicherheit zu geben. Er wollte gar keine Zeit für Dinge haben, die ihn verwirren sollten. Doch das sah Jennifer Gordon auf Dauer ganz anders. Er konnte kein guter Vater sein, wenn er nur arbeiten ginge. Er musste sich auch Zeit für sie und das Kind nehmen, doch sie erkannte nicht, dass es für ihn die einzige Möglichkeit war, ein Vater zu sein. Er hatte niemals etwas anderes kennengelernt. Kale machte im Grunde das gleiche wie sein eigener Vater…

Im siebten Monat wagte Jennifer Gordon den ersten ernsthaften Versuch und sagte: „Ich würde dich gerne einmal küssen." Diese Worte trafen Kale wie ein Schlag! Es brachte seine ganze Welt durcheinander. Er hatte gerade seinen ersten Job hinter sich, hatte mit ihr gegessen und müsste gleich zum zweiten Job. Er hatte sich daran gewöhnt und es strukturierte seinen Tag. Während er bis nach Mitternacht arbeitete, schaute sie Fernsehen und ging anschließend schlafen. Sie legte ihm die Bettsachen dann aufs Sofa und schloss ihre Tür. Wie immer. Jeden Tag der gleiche Ablauf. Kale mochte es. Leider ließen sich Jennifers Gefühle nicht mehr auf diesen Ablauf ein…

*

Draußen war es bereits dunkel. Kale hatte noch eine halbe Stunde, dann musste er los. Er mochte diese Pause mit Jenn zwischen den Jobs. Sie kochten zusammen, aßen und tranken anschließend Kaffee. Sein Kaffee musste besonders stark sein. Er musste ihn die Nacht über wach halten. Für Jenn hatte er extra koffeinfreien Kaffee besorgt. Sie musste schlafen und sich schonen. Und genau wegen dieser Sorge wuchs Jennifer Gordons Liebe zu diesem Mann immer mehr. Sie hielt es kaum noch aus. Kale hatte inzwischen eine neue Wohnung gefunden. In drei Wochen wollten sie dort einziehen und das gemeinsame Schlafen im Schlafzimmer üben. Unglaublich, sie musste mit dem Vater ihres Kindes das gemeinsame Schlafen in einem Bett üben! Sie wusste, dass er als Kind auch großes Leid erfahren hatte, aber sie wusste nichts Genaues. Was sie wusste, war, dass sich bald etwas zwischen ihnen ändern musste. Kale war nicht ihr Bruder oder ihr platonischer Freund. Er war der Vater ihres Kindes und der Mann an ihrer Seite. Sie wollte die Dinge durchbrechen, die sie bei ihren Eltern gehasst hatte. Sie wollte den Mann an ihrer Seite lieben und ein harmonisches Familienleben mit ihrem Kind leben. Dazu gehörte auch die Sexualität. Sie wollte, dass beide das Kind liebten und ihm zeigten, wie man Liebe lebt. Jetzt sah sie in das verwirrte Gesicht von Kale, der schon zurückschrak, wenn sie nur einen Kuss von ihm wollte. Eine kleine Geste der Zuneigung. Ein Austausch von Wärme und Vertrauen. Als sie ihn ansah, fragte sie sich, ob Liebe zwischen ihnen überhaupt möglich war. So konnte es nicht weitergehen. Sie musste dieses Tabu irgendwie durchbrechen. Aber sie wollte auch nicht gewaltsam vorgehen. Die Erfahrung, wie Kale sie vergewaltigt hatte, wollte sie kein zweites Mal machen. Bei diesem Gedanken erschrak sie! Mochte er etwa nur gewaltsamen Sex? Hatte er sie all die Monate nur davor schützen wollen und diese Neigung heimlich mit anderen Frauen ausgelebt? Sie war es gewöhnt, dieses Gefühl auszuhalten, aber es sollte nicht das Gefühl zwischen ihr und Kale sein. Es musste einen Weg geben, der etwas zwischen ihnen ermöglichte, was beide mochten.

Kale sah sie an. Sie wollte einen Kuss von ihm. Es war nicht der Kuss, der ihn erschreckte, es war der Beginn einer Veränderung, die sie wollte. Sie wollte sich seinem Körper nähern. Für gewöhnlich passiert so etwas über einen Kuss. Eine erste Berührung, um den anderen zu spüren.

Kale wurde heiß. Er sah auf die Uhr, er musste in dreißig Minuten los und konnte ihr jetzt unmöglich eine Antwort geben.

„Kannst du mir überhaupt einen Kuss geben, Kale?“, fragte sie, als sie seinen gequälten Gesichtsausdruck sah. Ihre Geduld war am Ende. Er sah an ihr vorbei zum Küchenfenster hinaus. Seine gedankliche Flucht und Abwesenheit brachten sie innerlich auf. Es war doch nur ein Kuss! Sie sah, wie er ganz leicht den Kopf schüttelte. Das veranlasste sie, Worte zu sagen, die sie besser nicht gesagt hätte: „Ach ja, du kannst ja nur mit Gewalt meinen Körper nehmen!“

Ihm wurde noch heißer! Sein Blick suchte sich ein anderes Ziel, nur um sie nicht ansehen zu müssen. Er wollte keinen Streit vor seiner Arbeit. „Wir hatten eine Abmachung“, sagte er leise.

„Ja, Kale, wir hatten eine Abmachung! Ich bin scheinbar so hässlich und liebensunwürdig, dass du noch nicht mal meine Lippen berühren magst. Aber als du brutalen Sex gesucht hast, war ich gut genug! Wie viele Frauen hattest du schon? Wie viele warten jede Nacht auf dich, zu denen du nach der Arbeit hingehst und dir eine schnelle Nummer holst?“

Sie erhob sich von ihrem Stuhl und brachte ihren Kaffee zur Spüle, um ihn dort hineinzugießen. Sie wollte ihn nicht mehr trinken. Sie wollte all seine falsche Sorge nicht mehr haben. Er dachte an die Hormone, die bei Schwangeren schon mal verrücktspielen, aber Jenn hatte die ganzen Monate zuvor nicht einen ähnlichen Ausbruch gehabt. Sicher, sie hatte versucht, sich ihm hin und wieder auf dem Sofa zu nähern, aber das hatte er immer schnell in den Griff bekommen. Diesmal schien sich etwas mehr aufgestaut zu haben. Sie wusste genau, dass er keine anderen Frauen besuchte! Kale wollte nicht, dass ihn überhaupt jemand liebte. Wie sollte er damit umgehen? Seine Reaktionen waren stets jenseits von Gut und Böse gewesen. Ja, er hatte einmal reagiert. Die Folge war diese Vaterschaft, die er nie wieder im Leben loswerden würde. Sie hatte ihn in eine Rolle gedrängt, die er so gut wie möglich auszufüllen versuchte. Deswegen hatte er mit Jenn diese Abmachung getroffen. Es durfte kein zweites Mal passieren. Und er hatte so sehr gehofft, dass sie als Leidensgenossin ebenso wie er ein körperlich distanziertes Leben bevorzugen würde. Doch das schien nicht der Fall zu sein. Ihre Gefühle zu ihm schienen sich zu verändern. Aber seine nicht. Er wollte sein Bestes an ihrer Seite geben, aber Liebe gehörte nicht dazu. Liebe war für ihn Schmerz, Erniedrigung und das Gefühl von Ausgeliefertsein. Er spürte, wie der alte Zorn ihn wieder einholte und wie Jenn hinter seinem Stuhl stehenblieb, nachdem sie ihren Kaffee weggeschüttet hatte. Er spürte, wie sich die Spannung zwischen ihnen aufbaute. Würde sie ihn jetzt zwingen, ihn zu küssen? Würde sie jetzt einfach seine Grenzen überschreiten und ihre Lippen mit Gewalt auf seine pressen? Gott bewahre, er wüsste nicht, wie er darauf reagieren würde! Sie war im siebten Monat schwanger! Er würde nie damit leben können, wenn sie durch ihn ihr gemeinsames Baby verlieren würde. Er hätte sein eigenes Kind getötet! Und das alles nur wegen eines Kusses! Kale verbarg sein Gesicht in beiden Händen und stöhnte auf. Warum entstanden in ihm immer wieder solche Bilder? Sie machten aus jeder Annäherung ein Drama! Er spürte, wie Jenn eine Hand auf seine rechte Schulter legte. Das ließ ihn panisch zusammenzucken. Er kannte dieses Gefühl. Es hatte schon einmal zu einer fatalen Entwicklung geführt. Aber er konnte sich nicht mehr daran erinnern, was oder wer es gewesen war.

Jennifer zog ihre Hand sofort wieder zurück, als sie seine Reaktion spürte. Was war es nur, das diese Panik in ihm auslöste? Er konnte doch nicht sein Leben lang vor Berührungen weglaufen.

„Du brauchst Hilfe“, sagte sie leise.

Hilfe? Ja, die hätte er gebraucht! Von allen! Früher, als er ein Kind gewesen war. Aber jetzt? Nein, jetzt wollte er keine Hilfe mehr. Jetzt wollte er nur noch in Ruhe gelassen werden. Seine Aufgabe bestand darin, Geld zu verdienen und seine kleine Familie durchzubringen. Und sonst nichts! Er trank seinen Kaffee leer, erhob sich, griff nach seiner Jacke und verließ das Haus.

Er verhielt sich genauso wie sein Vater…

***

Rachel

Immer wieder suchten mich in meinen Träumen Bilder von einem kleinen Mädchen heim. Wie Zuckerwatte wehte es in meine Träume hinein und schenkte mir ein Lächeln, nach dem ich mich sehnte. Dieses kleine Mädchen war so wach und doch so einsam. Es litt und doch war es so voller Hoffnung. Wo waren seine Eltern? Lebten sie in einer anderen Welt? Einer Welt, zu der es keine Verbindung für das Mädchen gab? Ich spürte die Verletzbarkeit des namenlosen Wesens. Es war lieblos gezeugt und ungewollt in diese Welt gestoßen worden. Man wollte es lieben, doch niemand konnte es. Ein Mantel der Kälte umgab es und es wartete auf jemanden, der es endlich befreite …

***

Es war abzusehen, dass es zu einem Vorfall kommen würde. Jennifer wollte nicht mehr nachgeben. In zwei Tagen sollte der Umzug sein und viele Kartons standen bereits in ihrer Wohnung und engten ihr Leben erheblich ein. Kale war in Sorge um Jenn und das Kind, weil der Arzt ihnen mitgeteilt hatte, dass das Kind ein wenig zu klein für den späten siebten Monat wäre. Jenn musste sich schonen. Der Zustand erhöhte zusätzlich die Spannung zwischen beiden und doch musste der Umzug gemacht werden. Kale hatte über eine seiner Arbeitsstellen einen Kontakt gefunden, der ihm für wenig Geld einen Transporter zur Verfügung stellen würde. Und für weiteres Geld würde ihm sogar jemand helfen. Die Sache lief. Jenn konnte unmöglich mit anpacken. Sie sollte nur in der Wohnung bleiben und darauf achten, dass alles in richtiger Reihenfolge zum Wagen gebracht wurde. In genau dieser Reihenfolge sollte es dann in die andere Wohnung gebracht werden. Sie hatten eine günstige Bleibe mit Kinderzimmer am Rande der Stadt gefunden und waren in den letzten Tagen nur mit dem Ablauf des Umzugs beschäftigt gewesen. Er sollte abgeschlossen sein, ehe Jenn das Kind zur Welt brachte. Alles war perfekt geplant. Doch es lag diese unangenehme Spannung in der Luft. Kale hatte sich nach dem Vorfall mit dem Kuss nicht wieder geäußert, dabei hatte Jennifer sehr gehofft, dass er das Gespräch zu ihr suchen würde. Wenn er doch nur ein bisschen etwas erklären oder einlenken würde! Aber nichts dergleichen geschah. Stattdessen zog er sich noch mehr zurück und kümmerte sich um die Anschaffungen für die neue Wohnung und den Umzug selbst. Das nahm ihn komplett ein, denn er wollte es gut machen. Er wollte, dass Jenn und das Baby sich dort wohlfühlten. Doch es durfte nicht zu viel kosten. Sie hatten nur wenig Erspartes, das sie in das Kinderzimmer investieren wollten.

„Es wird ein Mädchen", sagte Jennifer kurz bevor er zur Arbeit ging. Und sie stand dabei direkt vor ihm und wartete auf den erhofften Kuss. Ein Mädchen würde ihn vielleicht sehr glücklich machen und eine spontane Emotion auslösen. Vielleicht würde er sie sogar in den Arm nehmen, doch nichts dergleichen geschah. Kale sah an ihr vorbei und nickte. Aus seiner Sicht gab es nur zwei Möglichkeiten: Junge oder Mädchen. Er war nicht sonderlich überrascht. Und doch war er ein wenig froh, dass es kein Junge war. Das hätte ihn zu sehr an seine eigene Kindheit erinnert. Als er an Jenn vorbeigehen wollte, passierte es! Sie nahm seinen Kopf in ihre Hände und drückte ihm einen Kuss auf den Mund. Zuerst wusste er nicht, was geschah. Er verlor seine Beherrschung und schubste sie weg. Seine Bewegung war panisch und brutal zugleich, so dass Jennifer ihr Gleichgewicht verlor und zu Boden stürzte. Sie blutete im Gesicht. Kurz darauf krümmte sie sich vor Schmerzen! Oh, mein Gott! Was hatte sie getan? Was hatte *er* getan?

„Jenn!" Er fiel auf die Knie und wischte ihr das Blut aus dem Gesicht.

„Das Baby!", stöhnte sie und rollte sich noch mehr zusammen. Er rannte zum Telefon und rief nach einem Krankenwagen. Er war außer sich! Er rannte zurück in die Küche und holte ein Tuch, um ihr Gesicht zu reinigen. Sie versuchte ihn abzuwehren, aber er hielt sie fest. Dabei sah er auf seine Armbanduhr. Er musste zur Arbeit! Wenn er nicht zur Arbeit fuhr, wäre er seinen Job los! Das hatte sein Chef ihm direkt gesagt. *Wenn du nur einmal fehlst, dann brauchst du nie wieder zu kommen!* Damit waren die vertraglichen Dinge geregelt. Wo hatte er nur die Telefonnummer von seinem Chef? Vielleicht würde er es verstehen.

Jennifer hörte ihn telefonieren. „... gefallen...", hörte sie. „...Krankenwagen..." Dann verlor sie das Bewusstsein. Blut trat aus, als die Sanitäter vor dem Mietshaus mit ihrem Wagen zum Stehen kamen.

Kale saß im Notarztwagen neben ihr und hörte die bösen Worte seines Chefs in seinem Kopf widerhallen: „Brauchst nicht mehr zu kommen. Hat sich erledigt!" Er hatte soeben seinen Job verloren! Den Job, den er brauchte, um die Kaution für die neue Wohnung in zwei Tagen zu bezahlen. Er würde so schnell keinen neuen Job finden. Der Arzt, der ihm im Krankenwagen gegenübersaß, versuchte ihn zu trösten: „Es wird alles gut. Sie ist nicht die erste, die stürzt und trotzdem ein gesundes und munteres Baby zur Welt bringt."

Der Sanitäter hatte ja keine Ahnung! Kale machte sich große Vorwürfe wegen seines Verhaltens. Sie hatte doch nur einen Kuss gewollt! Es konnte doch nicht so schwer sein, ihre Lippen zu berühren! Alles war so schnell gegangen! Jetzt lag sie auf dieser Liege und verlor soviel Blut! Vielleicht sogar das Kind...

***

Rachel

Lydia Hays hatte mich überredet, eine Weile in ihrem Haus zu leben. Ja, sie hatte es tatsächlich geschafft! Sie hatte alles mit meiner Wohngruppenleiterin Sophie besprochen und mit mir zusammen meine persönlichen Sachen aus der Wohngruppe geholt und ihre bisherige Arbeit aufgegeben. Die sollte sie in einem anderen Krankenhaus antreten, das recht weit entfernt lag. So kam ihr die Entscheidung sehr gelegen. Die Krankenkasse genehmigte diese Entscheidung, weil Lydia Hays einen Beruf hatte, der es möglich scheinen ließ, mich weiterhin zu betreuen. Sie bot mir eine erholsame Umgebung und Therapiegespräche an, die ich gerne annahm. Ich weiß nicht, woran es gelegen hatte, dass ich mein Einverständnis gegeben hatte, denn im Grunde machten mir die Frau und ihr Haus mächtig Angst. Ganz zu schweigen von der geheimnisvollen Geschichte um ihre Tochter. Da ich weiterhin unter dem Einfluss von Medikamenten stand, vermochte ich nicht wirklich zu deuten, was richtig und was falsch war. Diese verdammten Pillen gaben mir das Gefühl, keine objektive Sicht auf die Realität zu bekommen. Sie nahmen mir die Angst und die Vorsicht. Ließ ich sie weg, schenkten sie mir Ängste und paranoide Wahrnehmungen. Ganz zu schweigen von Halluzinationen und schizophrenen Entgleisungen. Und dann war noch die Panik im Kopf, die bildlich gesehen ein Schaubstock war, der mein Gehirn zusammendrückte. Du weinst nur noch, weil du denkst, dass du stirbst. Aber du stirbst nicht, nein, du weinst und weinst solange, bis du dir wünschst, dass du stirbst. Und dann bekommst du eben wieder Pillen. Die geben dir für kurze Zeit das Gefühl, Alice im Wunderland zu sein.

Nun, dann wollte ich eben Alice in Lydias Welt sein. Mir war klar, dass ich nie wieder die Chance auf ein normales Leben bekommen würde. Mein Lebenslauf hatte dafür gesorgt, dass sich kein Chef der Welt mehr für mich interessierte. Wenn es einen Stempel mit dem Aufdruck „verrückt“ gäbe, hätte man ihn mir zweifellos unter meinen Lebenslauf gedrückt. Es grenzte schon an ein Wunder, dass ich überhaupt in die sogenannte Freiheit gelangte, obwohl es doch nur der Wechsel von einem Gefängnis ins nächste war. Aber der Anschein zählt. Und der bot mir eindeutig bessere Lebensbedingungen, als diese Wohngruppe inmitten von depressiven Wesen, in der ich nicht einmal eine Kerze hatte anzünden dürfen. Hier in der Natur hoffte ich auf eine zusätzliche Form der Therapie und Genesung.

Ich war wie betäubt gewesen, als ich den Einzug in dieses Haus gewagt hatte. Lydia sagte, dass es der Schock über die

Wahrheit gewesen sei, dass Kale noch lebte. Sie alle hatten mich vor dieser Wahrheit schützen wollen, weil sie befürchtet hatten, dass es mich wahnsinnig machen würde. Ich konnte einfach nicht mehr beurteilen, ob ich durch diese Wahrheit beruhigt oder zu neuen Qualen verdammt war. Der Gedanke, dass er irgendwo lebte und es ihm vielleicht sogar gutging, machte mich glücklich. Aber der Gedanke, dass es ihm womöglich mit einer anderen Frau gutging, machte mich rasend. Wer konnte ihn je so lieben wie ich? Mir war klar, wenn Kale auch nur einen Funken Liebe für mich empfände, hätte er mich längst gefunden. Ich hatte nie die Chance gehabt, herauszufinden, ob er je die Wahrheit über mein Handeln erfahren hatte. Hatte er allen Ernstes geglaubt, dass ich ihn wissentlich an seinen Peiniger ausliefern würde? Wenn das so gewesen wäre, dann wäre unsere Liebe keinen Pfifferling wert gewesen. In mir tobten die Widersprüche und das bemerkte Lydia Hays, als sie meine Reaktionen in ihrem Haus beobachtete. Und doch bleibt alles ein Rätsel, was wirklich in den ersten Tagen dort geschah. Was war Halluzination und was war Realität? Wann hatte sie mich belogen und wann hatte ich eine Wahrnehmungsstörung?

Mit den neuen Medikamenten ging alles besser. Ich wurde ruhiger und begann, ihr wieder zu vertrauen. Sie hatte mir erklärt, dass eine Rückkehr in die Wohngruppe dazu geführt hätte, dass ich wieder in die geschlossene Abteilung eingewiesen würde. Ich benötigte jemanden, der sich sehr aufmerksam um mich kümmerte, nachdem ich die Wahrheit erfahren hatte. Das hörte sich sehr gut an wie alles, was Lydia sagte. Sie besaß eine Art der Darstellung, die überzeugte. Sie löschte die wenigen Momente der Angst, dass in ihrem Haus etwas Gespenstiges vor sich ginge. Doch wer Dr. Lydia Hays nüchtern betrachtete, stellte sehr schnell fest, dass sie nur auf der Suche nach einer neuen Aufgabe war. Sie suchte nicht nur ein neues Betätigungsfeld, nein, sie suchte einen Menschen, um den sie sich sorgen und kümmern konnte. Sie hatte ihre Tochter im Alter von nur 15 Jahren durch einen Suizid verloren. Das hatte sie mir in einem Moment erzählt, als wir uns sehr vertraut in einem

Gespräch begegnet waren. Wenn eine Psychologin dich therapiert und du es schaffst, hinter die Fassade ihrer Fragen und Vermutungen zu schauen, dann erfährst du mehr über diesen Menschen, als ihm selbst lieb ist. Hier stellte sich bald die Frage, wer von uns beiden eine Therapie brauchte.

Das Leben sucht sich oft Wege, von denen du tief im Inneren weißt, dass du sie nicht gehen solltest, aber aus Scheu oder Bequemlichkeit gehst du sie letztendlich doch. Ich zog bei Lydia Hays ein und landete damit weit entfernt von der Zivilisation. Ihr Haus stand viele Meilen abseits des nächsten Ortes mitten im Wald an einem reißenden Fluss, der sich durch die Wälder fraß, um sich in den Monona Lake zu ergießen. Zu Fuß hätte ich viele Stunden gebraucht, um auf den ersten Menschen zu treffen. Hin und wieder verirrten sich Wanderer in unsere Gegend, aber das war eher selten. Das Haus hatte einmal einem Ranger gehört, der dort seine Zentrale eingerichtet hatte. Das erklärte auch den großen Parkplatz auf der anderen Seite des Flusses, den man über die Holzbrücke erreichen konnte. Ebenso gab es durch diese ehemalige Einrichtung eine gut geteerte Straße zum Parkplatz. Das erklärte auch den großen Wohnraum mit der offenen Küche, die Lydia original erhalten hatte.

Ich fragte mich, was diese Frau dazu bewogen hatte, so weit entfernt ein Haus zu kaufen, um mit ihrer Tochter dort zu leben. Sie musste viele Meilen fahren, um ihre Tochter zur Schule zu bringen und sie wieder abzuholen, doch nachdem ich dies einmal kurz zur Sprache gebracht hatte, hatte sie mir erklärt, dass sich die Schule auf dem Weg zur Klink befand und sie ihre Arbeitszeit stets so eingerichtet hatte, dass sie beides miteinander verbinden konnte. Wie lange mochte das her gewesen sein? Wir sprachen anfangs nicht mehr über ihr Schlafzimmer, in dem ich die vielen Hutschachteln gefunden hatte. Lydia schloss ihr Zimmer einfach ab und richtete mein Zimmer so her, wie es mir gefiel. Ich ließ vieles von ihrer Tochter entfernen und füllte Schubladen und Schränke mit meinen wenigen Habseligkeiten. Ich beschloss, dass Kale gleich mit mir in dieses Zimmer einziehen sollte, was Lydia zu verhindern versuchte. Ich heftete seine gezeichneten Bilder mit Stecknadeln an die Wand und bildete ein Herz aus seinen Gedichten über meinem Bett. Damit fühlte ich mich geliebt und beschützt. Lydia beäugte dieses Vorgehen misstrauisch, weil Kale noch lebte. Wenn er tot wäre, hätte sie darin kein Problem gesehen, sagte sie mir, aber weil er noch lebte, würden meine Sehnsüchte niemals ruhen. All seine Gedichte, die ich nach nur kurzer Zeit auswendig konnte, würden mich rastlos machen und mir die Chance nehmen, mich selbst zu finden und zur Ruhe zu kommen. Das Trauma, das ich erlitten hatte, wäre mit den Worten aus den Gedichten nur schwer zu bewältigen, zumal ich diese alte Zeit damit am Leben hielte. Es wäre wie ein unruhiges Meer, das nur mit dem Sturm lebte. Qualen sollten nicht lebendig gehalten werden. Und das sagte gerade sie, die ihrer Tochter einen riesigen Schrein gebaut hatte!

Ich fand in meinem neuen Zimmer zu weiteren Gewohnheiten, die ich belastender Weise pflegte. Den Tisch am Fenster machte ich zu meinem Frühstücksplatz. Ich wollte jeden Morgen dort allein sein und mit Kale frühstücken. Ich wollte auf seine Bilder schauen und seine Gedichte aufsagen. Lydia sagte, dass das genau die Verhaltensweisen seien, die auf ein Trauma und eine psychische Störung hinwiesen. Sie gab mir eine Woche, um mich von diesem Ritual zu verabschieden. Ich lächelte sie an, nickte, behielt es aber bei. Wenn sie nicht daheim war oder irgendwo beschäftigt, wiederholte ich dieses Ritual so oft wie möglich. Es war mir ein Bedürfnis und erschien mir keineswegs verrückt oder abnormal. Ich hatte viele alte Menschen getroffen, die dies mit ihren verlorenen Partnern praktizierten. Eine Kerze als Ersatz, dass derjenige anwesend sei. Was war daran verwerflich? „Es handelt sich dabei um verstorbene Menschen, Rachel, nicht um lebende." Ich schüttelte den Kopf. Nein, das taten auch Mütter, die von ihren Kindern getrennt waren. „Es handelt sich dabei um eine schmerzliche Trennung aufgrund der Entfernung, die aber weiterhin diese Menschen mit Liebe verbindet", erklärte Lydia erneut.

„Ja“, sagte ich, „genau! Welche Art von Ritual wäre denn für mich angemessen?“

Sie sagte: „Vielleicht ein Bild an der Wand als Erinnerung.“

„Und du?“, fragte ich. „Welches Ritual wäre für dich angemessen?“, und musste an das große Zimmer voller Andenken denken. Ab diesem Tag ließ sie mich damit in Ruhe. Wir waren uns auf Augenhöhe begegnet…

***

„Sie dürfen hier nicht rein“, sagte eine Schwester und hielt Kale am Arm fest. Er sah Jenn in einem Raum voller Geräte und Schläuche verschwinden. Die Hektik verschlang ihn und ließ ihn taumeln. Eine weitere fremde Hand griff nach ihm und drückte ihn an die Wand. „Sie sollten sich setzen“, hörte er jemanden durch die Wirren in seinem Kopf sagen und nickte.

„Hallo? Können Sie mich hören?“ Wieder nickte er.

„Was soll das denn?“, sagte ein anderer und drückte ihn auf einen Stuhl. „Beruhigen Sie sich!“ Stimmen, Metall und dann dieser scheußliche Geruch! „Hey!“, rief jemand hinter ihm her.

„Lass ihn gehen“, sagte ein anderer. „Der meldet sich schon wieder.“

Kale rannte! Tristan durfte auf keinen Fall jetzt das Kommando übernehmen, auch wenn er es eben kurz versucht hatte. Rennen würde helfen! Tristan war zwar stark, aber er hatte keine gute Kondition.

Kale hatte soeben seinen Job verloren, womit er die neue Wohnung bezahlen wollte, und vielleicht sogar das Kind! Und womöglich Jenn selbst! Daran hatte er keine Zweifel. Jenn würde ihn jetzt nie wieder sehen wollen, egal, ob das Kind überlebte oder sterben würde. Er war offiziell nicht einmal der Vater. Er war nur Kale Miller, ein Freund, weiter nichts. So hatten sie es dem Arzt gesagt, um die Wahrheit zu vertuschen. Wenn er nicht einmal in der Lage war, Jenn einen einfachen Kuss zu geben, wie sollte er dann in der Lage sein, dieses Kind zu lieben? Seine Planungen hatten bisher sehr gut funktioniert, was die Wohnung und das Einkommen betraf, aber er hatte all die anderen Voraussetzungen vergessen, die eine kleine Familie ausmachten. Er hatte sich so bemüht, es ohne seine Multiplen zu schaffen, aber es hatte sein Handeln nicht besser gemacht. Wie hatte er Jenn in diesem Zustand nur schubsen können? Er hatte sie einfach weggeschlagen, ohne über die Konsequenzen nachzudenken! Er musste sie dabei ins Gesicht geschlagen haben und konnte nicht einmal sagen, ob es Tristan gewesen war. Nein, er hatte alles gesehen und gespürt. Er selbst war zu dem Monster geworden, das er seit vielen Jahren in sich bekämpfte. „Du brauchst Hilfe“, hatte Jenn gesagt und sie hatte Recht gehabt. Aber wie sollte er Hilfe in Anspruch nehmen, wenn er nicht einmal seinen wahren Namen nennen durfte? Egal was Kale Hatfield anpackte, es misslang. Carl war nicht zu Unrecht eine seiner Multiplen, wenn er ihn einen Versager schimpfte. Carl war der, der die Wahrheit längst erkannt hatte. Es gab keinen Erfolg für Kale Hatfield in dieser Welt, egal, wie sehr er sich auch anstrengte.

Jetzt stand fest, dass er Jenns alte Wohnung unbedingt retten müsste, bevor sie diese auch noch verlor. Er würde die neue Wohnung absagen und die alte weiter für sie anmieten. Dann würde er alle Kartons wieder auspacken und ein kleines Kinderzimmer in ihrem Schlafzimmer einrichten. Für ihn würde in dieser Wohnung kein Platz mehr sein, aber er war es ihr schuldig, ihr Leben wieder halbwegs herzustellen. Nur das beschäftigte ihn jetzt. Er rannte zurück zur Wohnung und fand sich zwischen gestapelten Kartons und zerlegten Schränken wider. Er sah auf das Blut, das Jenn verloren hatte und holte ein Tuch, um es aufzuwischen. Er hatte keine Zeit darüber nachzudenken, wie er das je wieder gutmachen könnte. Er hatte gedacht, dass es vielleicht funktionieren würde. Immerhin hatten sie viele Monate gut damit leben können. Bis Jenn damit nicht mehr hatte leben können. Sie hatte die Gewohnheit gebrochen und sich nicht an die Abmachung gehalten! Es war im Grunde nicht seine Schuld, was ihr passiert war. Und doch fühlte er sich verantwortlich. Jetzt stand er inmitten eines Desasters. Ein Gefühl, das er kaum aushalten konnte. Als es nach langer Zeit wieder Todessehnsüchte in ihm hervorrief, meldete sich Lydia, dass alles nicht so schlimm sei. Sie versuchte zu singen und ihn zu beruhigen, aber Kale begann sie zu beschimpfen. Zum ersten Mal wurde er wütend auf die Multiple, die ihn immer getröstet und ihm Kraft geschenkt hatte. Jetzt war es schlimm und es würde schlimmer werden! Er hatte die Existenz von zwei Menschen ruiniert, von denen er glaubte, dass sie ihm nahestehen könnten. Er wurde seinem Vater immer ähnlicher und das machte ihm am meisten Angst. Sein Vater hatte hemmungslos seine Familie geschlagen und nur seinen Willen gelten lassen. Was unterschied ihn nun noch von diesem gottverdammten Wesen? Jenn hatte ihm zu gehorchen, ansonsten... schlug er zu! Kale spürte die Wut in sich aufkommen und schlug mit der rechten Faust gegen die Wand. Der Schlag hinterließ auf dem Putz eine sichtbare Beschädigung. Auch das noch! Und dieser Schmerz! Er hatte sich irgendetwas gebrochen! Seine Hand schmerzte fürchterlich und schwoll kurz darauf an. Er lief ins Bad, tränkte ein Handtuch mit kaltem Wasser und wickelte es um seine Hand. Vielleicht war sie nur verstaucht. Er musste unbedingt etwas unternehmen und griff nach dem Telefon. Schon der erste Anruf war fatal. Der Vermieter der neuen Wohnung wollte seine Miete für mindestens zwei Monate und die Kaution. Die bekäme er zurück, wenn die zwei Monate vorbei seien und die Wohnung keinen Schaden genommen hätte. Das war sein Recht! Kale wurde schwindelig und erneut kam Wut in ihm auf. Jenn müsste für diese Kosten aufkommen, da er im Mietvertrag nur als Untermieter aufgeführt war. Ja, er hatte Jenn alle Verantwortung übertragen, weil er zu feige gewesen war, sich der seinigen zu stellen. Sie musste nun die Folgen tragen. Das würde sie niemals schaffen mit dem Kind! Kale rief den alten Vermieter an, der ihm sagte, dass er bereits einige Interessenten für die Wohnung hätte, wovon nächste Woche sicher einer einziehen würde. Damit war die Katastrophe perfekt! Es gab keinen Ausweg mehr, er musste den Umzug machen. Er musste zunächst die Kaution aufbringen und wünschte sich zum ersten Mal die Unterstützung von Tristan. Kale Hatfield schmiss das nasse Handtuch in eine Ecke und verließ die Wohnung. Er hörte das Klingeln des Telefons nicht mehr. In seiner Welt war nichts mehr, wie es einmal gewesen war…

*

Jennifer Gordon hatte von der Geburt nichts mitbekommen. Die Umstände hatten nur noch einen Kaiserschnitt zugelassen, den die Ärzte unter Vollnarkose durchgeführt hatten. Das Kind hatte den Sturz überlebt, doch durch die Frühgeburt und die Wachstumsschwierigkeiten waren die Organe nicht voll funktionsfähig, so dass das kleine Mädchen sofort in einen Inkubator gelegt und versorgt worden war. Ihre Atmung und ihre Herz-Kreislauf Funktion mussten gut überwacht werden, damit keine gefährlichen Pausen eintraten. Durch die Lungenunreife und einen Mangel an Surfactant-Faktor hätte es zu einem Atemnotsyndrom kommen können. Niemand außer den Schwestern und dem Arzt hatte den ersten Schrei des kleinen Mädchens gehört. Weder Vater noch Mutter hatten es willkommen geheißen, als es zu früh in diese Welt geholt wurde. Beide waren Schuld, denn sie waren mit ihren eigenen Bedürfnissen so beschäftigt gewesen, dass sie das Recht ihres Kindes auf ein gesundes Heranwachsen im Mutterleib vergessen hatten. Schon als Säugling musste sie um ihr Leben kämpfen, war Geräten ausgeliefert und hatte die Chance verloren, sich natürlich zu entwickeln.

„Kämpfe“, war das erste Wort, das Schwester Maria zu ihr sagte. „Meine kleine Kriegerin, kämpfe.“ Das kleine Wesen zwinkerte geblendet in diese Welt und presste einen mühseligen Schrei hervor.

Der Arzt war einfühlsam und lächelte Jennifer Gordon an, als sie in ihrem Zimmer erwachte. „Es wäre wahrscheinlich sowieso zu einem Kaiserschnitt gekommen, Mrs. Gordon. Es hat also alles seine Ordnung.“ Ihr Becken war sehr schmal, so dass ihr behandelnder Arzt schon auf Probleme bei einer natürlichen

Geburt vorbereitet gewesen war. Zudem war das Kind zu klein für sein Alter. Jennifer sah verzweifelt an dem Arzt vorbei, der sie beruhigen wollte, doch sie konnte sich nicht beruhigen. Sie war nicht einmal froh, dass sie und das Kind überlebt hatten. Aus ihrer Sicht wäre es das Beste gewesen, sie wären beide gestorben. Dabei hatte sie sich so auf das Kind gefreut! Alles hatte sich so gut entwickelt: die neue Wohnung, Kales ständige Sorge um sie und die Gewissheit, dass er bei ihr bleiben wollte. Sie hatte endlich einen Partner gefunden, ja, sogar eine richtige kleine Familie! Das war immer ihr größter Wunsch gewesen. Dann hatte dieser Kuss alles zerstört. Kale funktionierte in dieser Partnerschaft nur solange, wie sie ihm nicht zu nahe kam. Er konnte nur nach seinen Regeln leben. Seine Entscheidungen funktionierten, ja sie waren sogar bodenständig und erfolgreich, solange sie nicht seine Gefühle betrafen. Sie wollte es nicht wahrhaben, doch jetzt musste sie der Tatsache ins Auge sehen. Früher oder später wäre es sowieso passiert. Sie war nicht in der Lage, mit einem Mann zusammen zu leben, den sie begehrte, aber nicht berühren durfte. Wie absurd! Dass er sie nicht begehrte war offensichtlich. Die kleine Welt der Jennifer Gordon brach in diesem Moment zusammen. Als man ihr das Kind kurz zeigte, empfand sie nichts als Kälte. Das Kind war durch einen Vergewaltigungsakt entstanden und nicht besser als der Vater. Wie konnte sie sich nur so getäuscht haben? Jetzt bereute sie den Entschluss, dieses Kind nicht abgetrieben zu haben. Dabei suchte sie doch nur ihr kleines Glück auf dieser Erde. Das Kind sollte ihr dieses Glück bescheren, doch es hatte nichts als Wut und Enttäuschung im Gepäck. Dieses kleine Wesen hatte zweifellos Kales Augen, als würde es jetzt schon traurig mit dem Bewusstsein in diese Welt blicken, keinen Platz zu finden.

„Möchten Sie es stillen?“, fragte die Schwester. Sie würde dieser jungen Mutter dabei helfen, den Milchfluss mithilfe einer Pumpe in Gang zu bringen und die erste Milch für das Frühchen abzupumpen.

Stillen? Darüber hatte sie sich noch gar keine Gedanken gemacht. Dieses Kind wirkte so fremd und trieb sie zu einer harten Entscheidung. Sie sagte: „Nein."

Schwester Maria nickte und verließ das Zimmer. Das war nichts Neues nach einer Geburt. Viele Frauen litten unter Depressionen. Diese Mrs. Gordon hatte einen Schock erlitten und musste sich erst einmal erholen. Es war vielleicht auch der Hormonsturz, der dies häufig hervorrief. Die Frauen hatten sich vieles anders vorgestellt, während sie Wochen zuvor das Nest für ihr Kind bauten. Schwester Maria wusste nicht, dass Jennifer Gordon kein Nest gebaut hatte. Ihr Leben steckte in Kartons und der Ungewissheit, ob sie überhaupt noch einen Partner, geschweige denn eine Wohnung hatte. Als die Schwester ihr das Essen brachte, fragte Jennifer nach Kale. „Nein, es ist niemand da, der nach Ihnen Ausschau hält. Vielleicht musste Ihr Freund noch schnell was erledigen. Ich könnte ihn aber anrufen und ihn bitten, jetzt vorbeizukommen, wenn Sie mir seine Nummer geben."

Jennifer dachte kurz nach. Wollte sie ihn jetzt wirklich sehen? Er hatte ein Recht auf das Kind. „Ja, rufen Sie ihn an", sagte sie und gab der Schwester die Nummer. Es war Zeit, dass sie die Dinge mit ihm ein für alle Mal klärte.

*

Als Kale Hatfield die Wohnungstür weit nach Mitternacht aufschloss, überfiel ihn tiefe Scham. Er hatte dafür gesorgt, dass sie diese Kaution bezahlen konnten. Kale schmiss vierhundert Dollar auf den Boden und erbrach sich im Bad. Er war froh, dass es nicht im Hausflur passiert war. Er hasste sich für das, was er getan hatte…

Kale sah im Schein der Straßenlaternen den Regen niederprasseln. Ihn beherrschte nur ein Gedanke: Wo konnte er schnell und unkompliziert vierhundert Dollar herbekommen? Er konnte unmöglich die Menschen, die an ihm vorübergingen, anbetteln oder sie gar überfallen, und doch brauchte er eine Idee, mit der er diesen Betrag zusammenbekam. Er rannte und rannte, bis er den Weg in ein neues Verderben fand. Es war Tristan, der ihn führte. Er wusste, wie man schnell an Geld kam, auch ohne einen Menschen auszurauben oder gar zu töten. Dieser Kale besaß einen Körper und ein Aussehen, das vielen Menschen gefiel. Er besaß ein wahres Kapital! Warum sollte er das nicht einsetzen?

Kale bekam unterschwellig mit, wie Tristan ihn in die Gassen zu den Hinterhöfen führte und dort mit wildfremden und verkommenen Gestalten redete. Er wollte Tipps, nur Tipps. Und er bekam sie. Ein paar Anrufe und dann bekam er eine Adresse. Ihm wurde sogar das Taxi bezahlt! Es fuhr ihn direkt vor dieses edle Haus am Ende der Stadt. Dort parkten viele teure Fahrzeuge auf dem Hof. Dies schien ein Ort zu sein, an dem sich eine ganz besondere Gesellschaftsschicht traf. Hier flossen Champagner und Geld im Überfluss! Genau das, was Kale suchte. Er war für diese Welt nicht geschaffen und doch war sie die einzige, die ihm jetzt in der Not half. Tristan wusste es und doch überließ er es ihm, wie lange er durchhalten würde. Wie weit würde Kale tatsächlich emotional kommen, bis er aufgeben würde?

Als Kale Hatfield die große Halle der Villa betrat, drehten sich viele nach ihm um. Es fand eine Party statt, eine ganz besondere. Er sah, wie sie ihn anlächelten und ein Bediensteter mit einem Tablett voller Champagnergläser auf ihn zukam. Vor ihm tuschelten zwei Männer und gaben einer entfernten Gruppe ein Zeichen. Kale griff nach einem Glas und leerte es auf einen Zug. „Hast du noch etwas anderes?“, fragte er, obwohl er keinen Alkohol mochte. Doch er wollte es eben auf seine Art durchstehen. Tristan sollte jetzt nicht die Macht über ihn erlangen und womöglich noch ein Massaker anrichten. Kale spürte, wie der Alkohol sein Gemüt wärmte und ihm die Hemmungen nahm. Dies war eine Gesellschaft, die angenehme, ruhige, ja sogar unterwürfige Gesellen suchte. Schüchternheit und Schweigen galten hier als attraktiv und erotisch. Also schwor sich Kale, alles auszuhalten, was auch immer jetzt passieren mochte.

Ein älterer Herr trat auf ihn zu und bemerkte seine angeschwollene Hand. Er wurde in ein Zimmer abseits des Geschehens geführt und mit einer Salbe und einem Verband versorgt. Eine Verstauchung, bestätigte man ihm. Es schien ein Arzt unter ihnen zu sein, der das feststellte. Die Schwellung wird sich nach einigen Tagen geben, sagte er. Ja, sie wollten ihn doch nicht verletzt und leidend sehen. Nein, er war ein gut aussehender Mann für viele Fälle, das sahen alle schon auf Anhieb. Er wirkte schüchtern und so herrlich unverbraucht. Der Verband an seiner Hand machte ihn noch interessanter.

Es war an der Zeit, den Kampf gegen die größte Angst seines Lebens aufzunehmen. Er war es Jenn schuldig. Nichts konnte schlimm genug sein, um das wieder gutzumachen, was er angerichtet hatte. Er wusste nicht einmal, ob Jenn und das Kind noch lebten. Der Gedanke machte alles noch schlimmer. Hier war jetzt seine Arena, inmitten von Menschen, die viel Geld für ihn bezahlen würden! Er musste es nur aushalten lernen. Wer weiß, vielleicht würde dieser Kampf sogar alle Probleme zwischen Jenn und ihm beseitigen.

Kale schaute sich nach einer Bar um. Er brauchte etwas Stärkeres, etwas, das ihn das erste Mal vergessen ließ. Man reichte ihm einen doppelten Martini, den er wieder sofort herunterkippte. Hier war die Zentrale der feinen und doch verkommenen Gesellschaft. Hier tauschte man Moral gegen Geld. Je mehr Moral er zu opfern bereit wäre, desto mehr würde man ihm bezahlen. Der dritte Martini gab ihm genug Mut, mit einem Lächeln zu signalisieren, dass er jetzt bereit wäre. Die Welt um ihn herum verschwamm bereits, als er die große Treppe in Begleitung des älteren Herren hinaufging. Als sich die Tür zu einem luxuriösen Raum öffnete, trat er nach zwanzig Jahren wieder in die Welt seiner Kindheit… Es gab sie überall, diese Ian Morgans!

*

Kale setzte sich auf einen der Kartons und besah sich die vierhundert Dollar, die auf dem Boden verstreut herumlagen. Sein erster Verdienst für eine Nacht. Es war die Höhe eines Lohns als Fahrer für einem Monat! Was hatte er getan? Er sah an sich herunter und konnte keinerlei Verletzung erkennen oder Schmutz an seiner Kleidung. Er erinnerte sich an dieses Haus mit all den gut gekleideten Menschen. Der Herr, der ihm so freundlich gesonnen und wohl der Besitzer des Hauses war… Immerhin hatte er das Geld beschafft, um die Kaution für die neue Wohnung zu bezahlen. Er schlief ein.

Am kommenden Morgen erwachte Kale mit starken Kopfschmerzen. Er fand ein Medikament in Bad und rief im Krankenhaus an, um sich nach Jenn und dem Kind zu erkundigen. Ihm war gestern alles entglitten. Als man ihm mitteilte, dass beide wohlauf seien, spürte er eine große Erleichterung in sich. Er rief den Vermieter der neuen Wohnung an, um den Einzug zuzusagen. Er würde es schaffen, auch ohne Jennifer. Er war es ihr schuldig. Er war ihr ab jetzt so vieles schuldig…

Als Kale sich zum Duschen auszog, fielen drei Visitenkarten aus seiner Hose. Darauf standen die Telefonnummern von interessierten Kunden zu lesen, die er kontaktieren sollte. Kale Hatfield hielt sie in seinen Händen und nahm nichts als Kälte wahr. Es war kein schlechterer Job als die, die er tagtäglich verrichtete. Also, was sollte es? Der Alkohol würde es möglich machen. Er würde ihm Hemmung und Erinnerung zugleich nehmen, zumindest die schlimmste Erinnerung. Es würde ihm immerhin ein Einkommen bescheren, mit dem er Jenn und das Kind ohne Probleme ernähren konnte.

Kale Hatfield hatte keine Ahnung, worauf er sich einließ! Er kannte das Geschäft nicht! Es begann immer ganz harmlos, bis zu dem Moment, an dem der Alkohol nichts mehr ausrichten konnte. Er war in Kreisen gelandet, die seine Dienste sicherlich gut entlohnten, aber aus denen er nicht so leicht entkommen würde.

Er ging duschen und fuhr anschließend ins Krankenhaus. Danach fuhr er zur der Arbeitsstelle, die noch übrig geblieben war.

*

Jennifer Gordon hatte gedacht, dass er sich mit Sack und Pack davongemacht und sie mit Kind und Umzug im Stich gelassen hätte. Stattdessen stand er plötzlich vor ihr und hielt ihr einen großen Blumenstrauß entgegen. Doch er sah irgendwie verändert aus. Sein Blick war verbittert und hart. Bereute er sein Verhalten?

Kale versuchte zu lächeln, doch es gelang ihm denkbar schlecht. Er konnte nicht sagen, wie froh er war, dass ihr nichts passiert war. Und er hatte eine gute Nachricht für sie: „Mit der neuen Wohnung geht alles klar." Das waren seine ersten Worte. Jennifer nickte. Das war typisch! Wieder einmal kümmerte er sich in erster Linie um die pragmatischen Dinge. Er fragte nicht nach ihrem Wohlergehen oder dem des Kindes, nein, er erzählte ihr, dass er morgen den Umzug erledigen würde und die Wohnung fertig habe, wenn sie und das Kind entlassen werden. Er tröstete sie, dass alles in Ordnung sei und sie sich keine Sorgen machen solle. Und dann tat er etwas, was sie sehr überraschte: Er gab ihr einen Kuss. Dabei roch sie Alkohol. Er hatte irgendetwas getrunken. Und der Kuss war nicht der zärtlichste, aber immerhin, er gab sich große Mühe.

Wenn Welten entgleisen, dann beginnt es oft schleichend. Es sind die kleinen Dinge, die ein Leben verändern und die zunächst kaum wahrgenommen werden. Aus kleinen Dingen werden eines Tages große Dinge. Das ist der natürliche Lauf der Welt. Es gibt gute Dinge und es gibt schlechte Dinge. Wie sollte es bei Kale auch anders sein, als dass sich die schlechten Dinge vergrößerten, anstatt der Guten.

Kale wusste, dass Jenn niemals von seinem neuen Job erfahren durfte. Er ließ sie in dem Glauben, weiterhin als Fahrer für diesen Zeitungsverlag tätig zu sein. Im Gegenzug ließ Jenn ihn in dem Glauben, dass sie sein Kind liebte.

Als die Schwester das Zimmer betrat und beiden mitteilte,

dass sie das Kind auf der Intensivstation nun besuchten dürften, sahen sie sich erschrocken an. Erst da wurde ihnen bewusst, dass sie Eltern geworden waren und Kale schämte sich, nicht nach seiner Tochter gefragt zu haben.

Das kleine Mädchen verschwand förmlich zwischen Schläuchen und Tüchern. Die Windel, in der sie steckte, war viel zu groß und ließ ihre dünnen Beinchen wie kleine krumme Äste aussehen, die hin und wieder vom Wind bewegt zuckten. Sie wirkte genauso ausgeliefert wie die zwei Wesen, die vor ihrem Glaskasten standen. Über ihr strömte Wärme aus einer kleinen Heizsonne auf ihren sonst nackten Körper. Unter ihrer dünnhäutigen Brust sah man das kleine Herz pulsieren und Blut durch die Venen pumpen. Sie sah so zerbrechlich aus! Und doch kämpfte sie um jeden Atemzug und jeden Herzschlag. Jede Sekunde würde sie stärker machen. Wer zu früh geboren wird, muss viel aufholen. Kale versuchte sich vorzustellen, wie es sich wohl anfühlen würde, sie in seinen Armen zu halten. Dieses kleine Wesen sollte seine Tochter sein? Er schämte sich erneut für die Vergewaltigung, aus der sie entstanden war. Wie konnte nur ein so liebenswertes Wesen daraus entstehen? Er fühlte sich so schuldig. Auch für die Umstände, unter denen sie zu früh in diese Welt geholt worden war, und sah zu Jenn hinüber, die ebenfalls in den Inkubator schaute, nur von der anderen Seite. Sie zeigte keinerlei Regung, sondern starrte auf den kleinen Schlauch, der quer über das kleine Gesicht geklebt war und durch die Nase in den Leib führte. Ja, dieses kleine Mädchen lebte genauso künstlich wie sie. Jennifer spürte kein Mitleid. Sie hörte nur das Zischen und Pochen der Maschinen, Klänge, die so kalt wie ihre Gefühle waren.

Kale überlegte, ob er zu ihr auf die andere Seite gehen und sie als Mutter in den Arm nehmen sollte. Es würde ein Zeichen setzen, auch wenn es ihn viel Überwindung kosten würde. Nein, er wollte es lieber lassen. Die Schwestern sahen zu und er war nicht offiziell der Vater.

„Wollen Sie das Kind einmal streicheln?“, fragte Schwester Maria und kam auf Jennifer zu, doch sie schüttelte den Kopf und trat einen Schritt zurück. Die Schwester wusste Bescheid. Die Depression. „Vielleicht nachher einmal füttern?“ Sie schüttelte erneut den Kopf. Kale sah der Szene entsetzt zu. Sollte er sich anbieten? Vielleicht würde es bei Jenn ein Umdenken auslösen. „Darf ich?“, fragte er und sah, wie Jenn sich umdrehte und die Station verließ. Verdammt, er hatte gewusst, dass er alles zerstört hatte!

„Machen Sie sich keine Sorgen, das gibt sich wieder“, hörte er die Schwester sagen, doch er wusste, dass sich nichts geben würde. Sie hatte ja keine Ahnung, was vorgefallen war. Sie hatten als Grund für den Sturz angegeben, dass sie gestolpert sei. Das klang ungefährlich.

Kale sah, wie die Schwester eine Seite des Inkubators öffnete, während eine andere Schwester ihm eine kleine Milchflasche reichte. Dazu ein paar sterile Handschuhe, damit sich das Kind nicht zusätzlich infizierte. Er zog die Handschuhe über, nahm die Flasche und setzte sich vor den Kasten. Man hatte ihm die Welt zu seiner Tochter geöffnet und er betrat sie voller Ehrfurcht!

Am Abend hatte er nicht sagen können, wie er sich fühlte. Es war ein Tag gewesen, wie ihn viele Väter erlebten. Vormittags die Mutter seiner Tochter im Krankenhaus besuchen, dann zur Arbeit und zurück ins Heim und einen Umzug vorbereiten. Eigentlich ein ganz normaler Tag, der ihn hätte stolz sein lassen können und doch war sein Leben so anders. Jenn hatte ihn nach dem Vorfall auf der Intensivstation nicht mehr sehen wollen. Auch darüber tröstete man ihn weg. Eine Kindbettdepression. Er wusste, dass es nicht so war, und erkundigte sich beim Arzt nach dem Wohlergehen des Kindes, ob es Probleme gab, über die er Bescheid wissen müsste. Eine leichte Gelbsucht, aber das hätten viele Säuglinge, sagte man ihm. Die ginge vorbei. Das beruhigte ihn und er machte sich auf den Weg zur Arbeit. Von dort wollte er gegen Abend direkt den Transporter eines Kollegen mitnehmen und sich duschen. Sein Körper musste sauber sein. Auf was hatte er sich nur eingelassen? Morgen war Samstag und er musste, um sieben in der Frühe bereits mit dem Umzug beginnen. Das würde er niemals schaffen, wenn er bis drei oder vier in der Nacht unterwegs sei. Man hatte ihm nicht viel gesagt, nur, dass er für viele Stunden gebucht sei und bereits eine passende Abendgarderobe für ihn bereit läge. Man würde ihm einen Wagen schicken, der ihn abholen sollte. Er würde dafür achthundert Dollar erhalten. Das war die Summe für die Miete der nächsten zwei Monate in der neuen Wohnung. Nur daran wollte er denken, nur daran ...

*

Während Jennifer Gordon sich im Krankenhaus von dem Eingriff des Kaiserschnitts erholte, begann Kale Hatfield sich auf eine angesehene Dame einzulassen.

Damit hatte er nicht gerechnet. Eine Frau! Er konnte niemals eine Frau anfassen! Die Berührung durch einen Mann war ihm von Kindesbeinen an vertraut, aber eine Frau! Es durfte auf keinen Fall mit einer Vergewaltigung enden! Dann wäre er nicht nur diesen Job los, sondern auch seine Freiheit. Diese reichen Leute hatten Verbindungen, von denen er nicht einmal zu träumen wagte. Wie konnte er dieser Dame nur klarmachen, dass er niemals Sex mit ihr haben könnte. Darauf sollte es ja wohl hinauslaufen. Sollte er sagen, dass er homosexuell sei? Würde sie das abschrecken?

Der Wagen brachte ihn zu einem herrschaftlichen Haus auf dem Land. Die Reichen und Schönen zogen sich nur allzu gern aus der Öffentlichkeit zurück. Sie besaßen Chauffeure, teure Wagen und große Häuser.

Als Kale die große Eingangshalle betrat, überkam ihn ein angenehmer Duft von Rosen. Er hörte irgendwo ein Kind im Haus herumtollen. Es lachte, als würde es mit jemandem Fangen spielen. Das Lachen nahm ihm etwas von seiner Beklemmung. Ein zirka zwölfjähriges Mädchen kam plötzlich aus einem Seitenzimmer herausgerannt und blieb vor ihm stehen. Ihr Lachen erstarb mit seinem Anblick. Schon wieder hatte sich ihre Mutter einen jungen Mann kommen lassen. Sie hasste es, wenn ihre Mutter das tat. Dabei sah er gar nicht übel aus. Wenn sie älter wäre, würde sie sich vielleicht auch für ihn interessieren.

„Hallo", sagte er und seine Stimme klang leise und schüchtern.

„Hallo", sagte sie und lief davon. Kurz darauf betrat eine etwa vierzigjährige Frau die Eingangshalle und schickte ihre Bedienstete, die Kale geöffnet hatte, in die Küche. Dann ging sie lachend auf ihn zu. Man hatte ihr nicht zu viel versprochen, als man ihr von dieser neuen Errungenschaft im Club erzählt hatte. Er sah verdammt gut aus! Der Anzug, den sie für ihn bereitliegen hatte, würde ihm exzellent stehen. Ja, er würde eine gute Figur neben ihr abgeben. Wenn er sich gut führte, würde sie ihn wieder buchen. Schon allein sein scheuer Blick erregte sie innerlich. Wie mochte er sich wohl anfühlen, wen sie ihn aus seiner Kleidung schälte? Erst ein glanzvoller Auftritt in der Öffentlichkeit, dann das private Vergnügen. So hatte sie es seit Jahren in ihrem Leben eingerichtet.

Seit der Vater ihrer Tochter sie verlassen hatte, war sie in dieses neue Leben gerutscht, das sie bis heute nicht hatte aufgeben können. Anfangs war es die Wut gewesen, die sie verspürte, als ihr Mann eine Andere gehabt hatte. Sie hatte es ihm zeigen wollen und holte sich einen jungen, gutaussehenden Burschen von der Straße. Ihr Gatte sollte sehen, wie begehrt sie war, und deshalb ließ sie sich erstmal auf einen zehn Jahre jüngeren Kerl ein. An Geld sollte es nicht mangeln. Ihr Mann besaß eine große Hardware-Firma und hatte die Trennung der Finanzen nicht veranlasst. Sie konnte stets in die Vollen greifen. Selbst nach der Scheidung hatte er ihr einen Teil seines Vermögens überschrieben und ihr nur mitleidig hinterhergesehen, als sie zufrieden mit ihrer Tochter an der Hand das Gerichtsgebäude verlassen hatte. Was hatte ihn an dieser Frau nur so fasziniert? Sie verstand es hervorragend, sich ins rechte Licht zu setzen, und war eine Perle an der Seite eines jeden Mannes. Sie arbeitete in einer Psychiatrie und hatte die Psychologie auch zu ihrem privaten Werkzeug gemacht. Alles was sie tat, analysierte sie und tat es mit Berechnung. Selbst ihr Kind, das sie trotz angeblicher Verhütung empfangen hatte, war Berechnung gewesen. Sie liebte diese verspielte und von Rüschen überfüllte Welt, das kleine Himmelbett und die kleinen Lackschühchen. Als wollte sie etwas nachholen, was sie in ihrer Kindheit nie gehabt hatte. Ihr Gatte hatte die Verhätschelung ihrer Tochter nicht mehr ertragen können. Seine Frau redete jedes Problem schön und vertrieb ihn Tag für Tag mehr aus diesem Haus. Überall strotzte es vor Kitsch und diesen scheußlichen Rosen. Vielleicht war es auch der Ausgleich zu ihrer Arbeit mit diesen kranken und gestörten Wesen, den sie auf diese Weise suchte. Er hatte ihr das Haus überlassen, wenn auch nicht geschenkt, aber sie besaß ein lebenslanges Wohnrecht. Sollte sie doch darin verrotten. Ihr Konto war stets gefüllt, denn seine Firma lief bestens. Es interessierte ihn nicht mehr, wie sie lebte und welche Seele sie mit ihrem Egoismus vergiftete! Selbst seine Tochter war ihm egal geworden. Sie schlug zu sehr nach ihrer Mutter und hatte in den letzten Jahren nur noch Abneigung in ihm ausgelöst. Sie hatten sich das Leben so eingerichtet, wie es jedem passte. Die Tochter holte sich, was sie wollte, auf die gleiche perfide Art wie ihre Mutter. Ja, ihre Mutter, die auf jedes Gramm achtete, was sie zu sich nahm. Die ihr Haar schon früh färbte, um sich die Jugendlichkeit zu erhalten. Die Schminke, die jede Falte bekämpfen sollte, und dann diese Kontrollsucht, dass nichts außerhalb ihrer Reichweite geschah, was nicht ihr Wohlwollen fand.

Sie sah gut aus für ihr Alter, fand Kale. Er konnte sich nicht erinnern, sie gestern in der großen Gesellschaft gesehen zu haben und doch hatte er ihre Visitenkarte in seiner Hosentasche gefunden mit der Nachricht, er solle sie heute anrufen. Wer auch immer sie ihm zugesteckt hatte, es war nicht sie selbst gewesen. Nun wurde ihm bewusst, dass diese Gesellschaft so etwas wie ein Jahrmarkt war. Interessierte Käufer trafen sich, um sich ihre Ware auszusuchen. Da traf man auch gerne Entscheidungen für andere, wenn man ihren Geschmack kannte.

Sie war zweifellos ein Mitglied dieser Gesellschaft und suchte also nach einem jungen Begleiter an ihrer Seite. Nun, das ließe sich einrichten, solange sie nicht mehr von ihm erwartete. Als er ihr die Hand zum Gruß entgegenstreckte, sah sie seine Verletzung und sagte: „Oh mein Gott, so können Sie unmöglich mit mir ausgehen! Ich werde eine Salbe holen und ihre Hand verbinden."

Er sah ihr hinterher, wie sie in einem Nebenzimmer verschwand und kurze Zeit später mit Salbe und Verband zurückkam.

„Setzen Sie sich." Sie drückte ihn auf einen Stuhl seitlich der Halle und begann die Hand zu verarzten. Sie hatte nicht einmal nach seinem Namen gefragt oder ihn begrüßt. Alles, was sie interessierte, war sein perfekter Auftritt. Das kam Kale sehr entgegen, denn auch ihn interessierten nur die äußerlichen Rahmenbedingungen. Wer weiß, vielleicht würde es sogar ein angenehmer Abend werden. Solange sie sich nur um sein Aussehen sorgte, konnte nichts passieren. Er ließ sich verarzten und sah dabei zu, wie gekonnt ihre Handgriffe waren. „Sind die Ärztin?", fragte er leise.

„Ja, aber nicht so eine wie Sie denken. Ich meine ich bin keine praktische Ärztin, eher eine Kopfärztin."

Er dachte sofort an die vielen Psychologen und Psychiater, die er kennengelernt hatte. „Kopfärztin", wiederholte er und zeigte auf seinen Kopf. Sie musste lachen. „Ja, eine Kopfärztin." Nun lachten beide. Kale fand, dass der Verband sehr gut gelungen war.

„Was ist passiert?", fragte sie und er sah sie abschätzend an. Wenn er jetzt die Wahrheit sagte, wäre sie direkt in ihrem Element. Sie würde seinen Problemen sehr schnell auf die Schliche kommen und ihn ins Straucheln bringen. Er war nicht sehr gut im Lügen, aber auch nicht sehr gut darin, die Wahrheit nett zu verpacken. „Ein Unfall", sagte er stattdessen. „Geklemmt". Das würde sie verstehen. Sie würde vermuten, dass er noch andere Jobs hatte. „Eine Autotür", sagte er, um sicher zu gehen, dass sie nicht weiter nachfragte.

Sie sah ihn kopfschüttelnd an. „Die Schwellung kommt nicht von einer Quetschung. Sie ist durch die Stauchung der Handwurzeln verursacht." Sie hatte ihn erwischt! „Ich zeige es Ihnen." Als sie nach seiner Hand griff, wich er aus. Er wollte das Gespräch nicht vertiefen.

Sie erkannte sofort seinen Rückzug. Er ließ nicht gerne Nähe zu. Das gefiel ihr, um nicht zu sagen, dass war genau die Art von Mann, die sie suchte. Sie wollte ihn erobern, wollte herausfinden, ob sie seine Sympathie gewinnen konnte. Dazu war sein Widerstand eine nahezu unerlässliche Voraussetzung. Ja, sie wollte es wissen, wie immer! Würde sie die Kontrolle über diesen Menschen erlangen?

Kale beobachtete ihr triumphales Lächeln, als er ihre Berührung mied. Ihm wurde unwohl. Das Mädchen, wohl ihre Tochter, kam erneut in die Eingangshalle gerannt und blieb vor ihm stehen. Ihr Blick verwirrte ihn. Es war nicht der Blick eines fröhlichen Mädchens. Es war ein Blick voller Bitterkeit, den er nur allzu gut kannte. Das ließ ihn aufmerksam werden. Was war hier los? Eine Mutter, die sich einen Gigolo nahm, und eine Tochter, die dabei zusehen musste? Die Mutter zog ihre Tochter weg von ihm, als wolle sie, dass keine Verbindung zustande käme. War sie eifersüchtig oder einfach nur vorsichtig? War das junge Mädchen etwa schon so weit entwickelt, dass sie eine Konkurrentin war? Irgendein stummer Kampf fand zwischen dieser Frau und ihrer Tochter statt. „Komm", hörte er sie der Tochter ins Ohr flüstern. „Geh zu Marcia und lass dir etwas Leckeres herrichten. Aber nicht zuviel! Denk dran, es geht schwerer runter als rauf."

Kale lauschte diesem merkwürdigen Gespräch und betrachtete das Mädchen näher. Es war nahezu dürr und sehr teuer eingekleidet. Was sollte bei ihr schon zu viel an Gewicht raufgehen, was sie nicht vertragen würde? Doch die Mutter war ebenfalls auffallend schlank und legte offenbar Wert auf ihr Äußeres. Sie war angenehm anzusehen, aber was verbarg sich wirklich dahinter?

Als sie ihre Tochter in die Küche geschickt hatte, wendete sie sich wieder dem jungen Mann zu, lächelte und sagte: „Oben wäre dann Ihre Garderobe für heute."

Er kam sich lächerlich vor, er fühlte sich eingekleidet und versorgt wie ein Kind, aber das war wohl die Welt, in der er schnelles und gutes Geld machen konnte. Die Welt war immer schon verrückt gewesen. Für Schwerstarbeit hatte er stets nur wenige Dollar erhalten, doch für diese nahezu angenehme Arbeit erhielt er um ein Vielfaches mehr. Es waren die Lüge und die Täuschung, die so hoch gehandelt wurden. Sei es drum, solange er das Geld für die Miete bekam, sollte es ihm egal sein. Sie zeigte nach oben und er war froh, dass sie ihn nichts weiter fragte. Das war ihm sehr angenehm. Wenn sie weiterhin diese Distanz hielt, wäre er zufrieden. Wer weiß, vielleicht wollte sie wirklich nur einen Begleiter an ihrer Seite. Vielleicht einen Theaterbesuch oder ein wichtiges Dinner. Er würde sie einfach begleiten und höflich sein. Hoffentlich erwartete sie nicht eine unterhaltsame Begleitung, denn damit konnte er nicht dienen. Doch das hatten die Herren im Club ihr sicherlich schon mitgeteilt. Er war kein Freund des Gesprächs, er konnte besser zuhören.

Als Kale die große, breite Treppe hinaufging, rief sie von unten: „Gleich rechts." Er sah nach rechts in einen großen Raum hinein, eine Art Gästezimmer. Das Zimmer verfügte über einen eigenen Kamin und ein große Fenster mit Balkon. Es hatte ein breites Bett und teure antike Möbel, die dem Raum eine Art Harmonie schenkten, die er nur aus Filmen kannte. Ja, ein nahezu märchenhafter Raum. Wie mochten wohl die anderen Zimmer aussehen, die sie mit ihrer Tochter bewohnte? Kale Hatfield tauchte in dieser Minute in eine Welt ein, die er nicht kannte und doch war sie ihm etwas vertraut. Er wusste nicht genau was es war, aber hier fühlte sich irgendetwas falsch an. Er war nie in einem so luxseriösen Haus gewesen, aber der Luxus sollte etwas verstecken, etwas Bösartiges. Es sah auf das Bett, wo bereits ein schwarzer Anzug mit weißem Hemd und Fliege lag. Es lagen sogar Unterwäsche, Socken und Schuhe bereit. Die Kleidung schien zu passen und die Schuhe hatten sogar seine Schuhgröße. Kale war verwirrt. Woher kannte sie seine Schuhgröße? Was war gestern in dieser Gesellschaft passiert, das er nicht bemerkt hatte? Er konnte sich nicht erinnern, dass Tristan oder eine andere Multiple sich eingemischt hätte. Er konnte sich wohl an den vielen Alkohol erinnern und, dass die Welt um ihn herum immer langsamer geworden war, doch was mochte gestern in diesen Club wirklich vorgefallen sein? Er war doch nur mit diesem Herrn in das obere Zimmer gegangen. Hatten sie ihm dort Drogen gegeben und eine Bestandsaufnahme mit ihm durchgeführt? Kleidergröße, Schuhgröße und Dinge, von denen er nicht wissen wollte, dass sie geschehen waren? Wie viele waren wirklich in diesem Raum anwesend gewesen oder hatte eine Kamera sogar alles aufgezeichnet? Kale konnte sich an den Herrn erinnern, der sich nichts weiter als eine einfache Befriedigung von ihm gewünscht hatte. Das hatte er geschafft, ohne dass eine Multiple sich eingemischt hatte. Darauf hatte er sehr konzentriert geachtet, denn weder Carl noch Tristan durften erscheinen. Sie hätten ihm das Geschäft versaut und ihn um die Kaution der Wohnung gebracht. Hier war viel Geld zu verdienen, das war Kale in diesem Moment klargeworden. Es war derzeit die einzige Möglichkeit, an viel Geld zu kommen! Und genau das machte ihm Angst, als er nun auf diesen Anzug sah, der zweifellos passen würde, wie alles, was diese Frau ihm besorgt hatte. Sie hatte seine Daten. Was mochte sie noch von ihm haben? Sie wusste nicht einmal, wie er hieß. Kale erschrak! Hatte er gestern etwa seinen echten Namen ausgeplaudert? Warum hatte sie ihn heute bei der Begrüßung nicht gefragt, wie er hieße? Weil sie es bereits wusste! Wusste sie auch, dass er Hatfield hieß? Wenn das der Fall wäre, befände er sich in großer Gefahr! Er wäre ihr ausgeliefert, denn in ihren Kreisen gab es sicherlich auch Damen und Herren des Police-Departments oder von wichtigen Behörden, Richter, Anwälte und mehr. Sie alle mussten nur einen Klick auf der Tastatur ihrer Computer machen und hätten seine Daten. Alle! Sein Lebenslauf und auch die Fahndung nach ihm und Ian Morgan.

Kale Hatfield stand wie erstarrt vor dem Bett und sah auf den Anzug. Wie klug war es jetzt, mitzuspielen? Die Frau hatte ihm einen Wagen vor seine Wohnung geschickt, also wusste sie, wo er im Moment noch wohnte. Vielleicht kannte sie bereits den Namen seiner Partnerin oder wusste, dass er soeben Vater geworden war! Welcher Gefahr hatte er sich, Jenn und das Kind ausgesetzt? Er hörte sie von untern rufen: „Passt alles? Oder ist etwas zu klein oder zu groß? Ich habe noch andere Anzüge im Schrank."

Das war klar, sie besaß sicherlich Anzüge in allen Größen! Er sah rechts einen großen Kleiderschrank und trat darauf zu. Als er ihn öffnete, war er nicht überrascht. Unzählige Anzüge in verschiedenen Farben sowie sportliche Kleidung hingen und lagen dort frisch gereinigt in den Fächern. Auf dem Boden standen viele Paar Schuhe nebst Socken. Alles hatte den gleichen Herrenduft. Sie liebte wohl diesen Duft von Davidoff. Ja, er schenkte ihr sicherlich den sinnlichen Zugang in ihre „Mentale Welt". Alles spielte sich nur im Kopf ab. Dieses Haus und diese Zimmer waren nur eine Kulisse für ein riesengroßes Rollenspiel, ein Theaterspiel für Reiche, die immer mehr wollten und nicht mehr wussten, wo sie es hernehmen sollten. Also schufen und kauften sie sich ihre Welt, wie es ihnen gerade passte. Wie viele Männer mochten hier schon ein- und ausgegangen sein? Wie oft mochte jedes Kleidungsstück bereits gereinigt worden sein?

Kale Hatfield erschrak, als er das Mädchen an der Tür entdeckte. Wie lange mochte sie dort schon stehen und ihn beobachten? Sie war es sicherlich gewöhnt, dass hier ständig fremde Männer ein- und ausgingen. Kale fragte sich, wie sehr das Mädchen unter diesem Umstand litt. Er sah sie an. Sie sah traurig zurück und ihre Blicke trafen sich in einer Form der Vertrautheit, die keiner Worte bedurfte. Er nickte, um ihr zu signalisieren, dass er ihre Qual erkannt hatte. Aber er war auch ratlos, weil er nicht wusste, wie er mit der Situation umgehen sollte.

Dieser Mann war ihrer Mutter genauso ausgeliefert wie sie.

Das verband sie mit ihm und sie nickte zurück. Und doch schien er so anders als all die Männer, die sie bisher gesehen hatte.

„Du erlaubst?", fragte er leise und sie antwortete ebenso leise: „Du hast keine andere Wahl." Noch nie war sie gefragt worden, ob es ihr recht sei, was hier passierte. Das machte ihn noch außergewöhnlicher. Das Mädchen nickte wieder und sah, wie er sein Hemd aufknöpfte. Sie sah ihm zu, wie er sich entkleidete. Sie sah kurz weg, als er die Unterwäsche wechselte. Das beruhigte ihn, doch er empfand keine Scham. Wie merkwürdig. Er dachte nur daran, dass auch er Vater eines Mädchens war und sich diese Form der Scham abgewöhnen müsse. Was würde es schon anrichten? Es war, als würde er sich vor seiner eigenen Tochter entkleiden. Er zog die bereitgelegte Kleidung an und war erstaunt, wie gut sie passte. Vor dem Mädchen zeigte sich plötzlich ein ganz anderer Mann als der, der vor wenigen Minuten noch das Haus betreten hatte. Und schon wieder hatte ihre Mutter ein Geschöpf in ihrer Welt erschaffen, das nur so vor Schönheit strotzte. Als er fertig war, kam das Mädchen auf ihn zu und sagte: „Du schaffst das." Kale erschrak! Waren diese Worte aus dem Mund des Mädchens oder von Lydia gekommen, seiner Multiplen? Was war hier los?

Die Frau von unten holte ihn in die Realität zurück, indem sie rief: „Sind Sie fertig?"

„Ja", rief er zurück und ging an dem Mädchen vorbei, um zur Treppe zu gelangen. Ganz kurz berührten sich ihre Hände beim Vorbeigehen und es durchfuhr ihn wie ein kurzer elektrischer Schlag.

Sie wartete unten und sah ihn die Treppe hinunterkommen. Wieder einmal erfasste sie diese Faszination. Sie erschuf göttliche Wesen! Sie hatte gewusst, dass genau dieser Anzug zu ihm passen würde. Er war kein Mann für einen sportlichen Pulli. Er musste etwas Edles tragen. Er war edel, das spürte sie. Er war etwas ganz Besonderes und sie überlegte, ob sie ihm nach diesem Abend vielleicht sogar tausend Dollar geben sollte. Sie wollte die Nummer eins bei ihm sein. Keine sollte je mehr für ihn bieten.

Kale sah ihren Blick und wusste sofort, dass es zu einer Katastrophe kommen würde. Sie verschlang ihn bereits jetzt schon mit Haut und Haar. Die Frau würde niemals die Finger von ihm lassen. Sie hatte ihn in diesem Anzug nur zu einem Geschenk gemacht, was sie später auspacken wollte. Er spürte es und doch spielte er mit. Er dachte nur an das Geld, während sie an seine Seele dachte…

*

Wie konnte das nur passieren? Wie hatte er sich nur auf diese Frau einlassen können? Und wie hatte sie es geschafft, dass sie ihn anfassen konnte, ohne dass er dabei zurückwich? Er hasste Berührungen! Doch diese Frau hatte ihn nicht berührt, sie hatte ihn gefressen. Es war die Brutalität, mit der sie auf ihn zugegangen war und ihn herausgefordert hatte. Es war kein Sex im üblichen Sinne gewesen, es war eine Art Zerfleischen. Diese Frau zerfleischte Männer, um sie gefügig zumachen. Und das hatte ihm gefallen. Es war keine Zärtlichkeit im Spiel gewesen. Nichts war so gewesen, wie er aus den Filmen kannte. Ihre Finger waren ihm nicht behutsam über die Haut geglitten, nein, sie hatten sich in seine Haut gegraben und damit eine Welt bei Kale Hatfield erreicht, die ihm vertraut war. Der Schmerz war von je her sein Begleiter gewesen, die vielen Narben Ausdruck seines Wunsches nach Qual und Selbstverletzung. Das hatte sie erkannt und ihm neue Narben verschafft. Sie grub sich in seinen Körper und in seinen Kopf hinein und sagte beim Abschied nur: „Ruf mich wieder an, wenn dir danach ist."

Erst zu Hause realisierte er die Sucht, die in dieser Nacht in ihm entstanden war. Er war als völlig anderer Mensch in seine Welt mit Jenn und dem Mädchen zurückgekehrt. Jetzt erst verstand er seine Abwehr jeglicher Berührung und sein panisches Zurückweichen. Er konnte Zärtlichkeit einfach nicht aushalten. Schon die kleinste Berührung ließ ihn zurückzucken. Aber schlug man auf seine Haut ein oder verletzte sie, konnte er es ertragen.

Kale sank in seiner Wohnung zu Boden, umgeben von Kartons und Brettern, und ließ unzählige Dollarscheine neben sich zu Boden schweben. Wie viel mochte sie ihm gegeben haben? Wie viel war er ihr wert gewesen? Und… wie hieß diese Dame überhaupt? Er suchte in seiner Hosentasche nach ihrer Visitenkarte und fand sie. Es war kein Name darauf zu lesen, nur eine Telefonnummer. Eine Niemands-Lady in einem Niemands-Land. Das passte zu ihr. Sie hatte die ganze Nacht nicht nach seinem Namen gefragt. Kale wusste nicht einmal, wie das Mädchen hieß, das ihn schon beim ersten Anblick durchschaut hatte. Es existierte nichts, das greifbar gewesen wäre. Wie ein Traum, der kein Traum war. Die Nacht hatte ihn wie eine Nebelschwade verschluckt. In welche Welt war er geraten, in der Liebe und Hass zugleich regierten? Er hatte nicht ein Wort in dieser Nacht geredet. Er hatte sie in ein Restaurant begleitet, dort mit ihr diniert und war mit ihr anschließend ins Theater gegangen. Bis dahin hatte sich alles erträglich angefühlt und er hatte gehofft, unbeschadet aus der Nummer herauszukommen. Doch die Summe, die sie ihm bot, hätte ihn schon aufmerksam machen müssen. Für achthundert Dollar musste mehr drin sein. Und sie hatte sich mehr geholt…

Es war nun früh am Morgen. In zwei Stunden würde Brian kommen, der ihm beim Umzug helfen wollte. Dabei war er vollkommen erschöpft und konnte sich dem Schlaf, der ihn plötzlich übermannte, nicht entziehen.

Das schrille Klingeln der Türschelle ließ ihn hochschrecken. Wo war er und was war passiert? Er lag auf dem Sofa und sah das viele Geld um sich herum auf dem Boden liegen. Davon durfte niemand etwas wissen. Er hörte, wie jemand an seine Tür klopfte und rief: „Kale?“

Brian war überpünktlich und hörte hinter der Tür leise Geräusche. „Kale, bist du da?“

„Ja“, rief Kale zurück und stopfte das Geld in einen Müllbeutel. Den drückte er in einen Karton und öffnete die Tür.

„Tschuldigung, verschlafen“, sagte er und rieb sich das Gesicht.

„War eine anstrengende Nacht?“, fragte Brian und sah seinen Arbeitskollegen nicken. Er wusste, das Kale einen zusätzlichen Nachtjob hatte und gerade Vater geworden war. Das konnte einen schon aus dem Rhythmus holen. „Kein Problem“, sagte er und sah sich in der Wohnung um. Kale schien alles gut vorbereitet zu haben. „Wie geht’s Jennifer?“

„Okay“, sagte Kale, obwohl überhaupt nichts in Ordnung war.

„Und dem Kind?“

„Auch okay.“

Brian nickte. Kale war ein ruhiger Geselle. Er sprach nicht viel und schon gar nicht über seine privaten Angelegenheiten. Brian hatte nur durch Zufall von Kales Vaterschaft erfahren, als der sich nach dem Transporter erkundigt hatte. Er gehörte eigentlich Brians Schwager, aber für ein wenig Geld verlieh er ihn gerne. Dementsprechend hielt Brian seine Hand auf, um das Geld zu kassieren. Man konnte nie wissen. Kale war genauso illegal beschäftigt wie er. In dieser Welt gab es kein Vertrauen.

Kale suchte seine Jacke und holte aus der Innentasche zweihundert Dollar hervor. Hundert für den Wagen und hundert für Brians Hilfe.

Kale war ein korrekter Kollege, fand Brian und nickte ihm dankbar zu. Und doch stimmte irgendetwas nicht. Kales Wohnung sah nicht gerade teuer oder edel aus, auch nicht die zerlegten Möbel. Alles wirkte eher ärmlich und verlebt, aber Kale roch nach einem teuren Parfüm, das nicht zu ihm passte. Der Geruch mischte sich mit einem süßlichen Duft wie dem von einer Frau. Er würde wohl kaum von Jennifer stammen. In einem Krankenhaus war auf der Entbindungsstation jede Form von Düften verboten zum Schutze der Säuglinge. Das wusste Brian, er war selbst Vater von drei Kindern und sah Kale abschätzig an. „Gefeiert?“, fragte er und grinste.

„Was?“ Kale war irritiert und suchte nach dem Wohnungsschlüssel.

„Na, das Kleine begrüßt..."

Kale verstand nicht. Die Kleine begrüßt! Welche Kleine? Brian konnte unmöglich von seiner Liaison mit dieser Frau und deren Tochter wissen.

Brian winkte ab und griff nach dem ersten Karton. „Der Wagen steht direkt vor der Tür, hab ich gesehen. Sollen wir loslegen?"

Kale nickte und griff ebenfalls nach einem Karton. In diesem war das ganze Geld für die nächsten zwei Monate. Er würde die Miete sofort an den Vermieter zahlen, damit Jenn und das Mädchen abgesichert waren. Er konnte nicht wissen, was in der kommenden Nacht passieren würde...

Brian wunderte sich sehr. Der Umzug schien gut vorbereitet und durchorganisiert zu sein und doch wirkte dieser Kale Miller irgendwie zerstreut und abwesend. Er stolperte oft oder griff daneben. Ihm fielen Bretter aus der Hand, obwohl er stark war und zupacken konnte, denn er schleppte doch täglich Stahlrohre im Betrieb. Er hörte Kale fluchen und beobachtete, wie er immer aggressiver wurde. Sein Blick veränderte sich zeitweise und Brian wurde unwohl. Er kannte seinen Kollegen nur als ruhig und scheu, doch was er jetzt zu sehen bekam, veränderte sein Bild von diesem Miller. Dabei war doch alles in Ordnung. Sicher, Jennifer war nicht dabei und konnte nicht wie abgesprochen ein wenig mit organisieren, doch das entschuldigte nicht ein solches Verhalten. Kale schubste seinen Kollegen beiseite und fluchte in verschiedenen Tonlagen. Er schien überhaupt nicht anwesend zu sein und würdigte seinen Kollegen keines Blickes. Dann wurde es Brian zu viel und er packte Kale am Kragen und sagte: „Hey Kumpel! Isses bald gut? Noch so'n Ding und du kannst deine Scheiße alleine machen!"

Er schubste Kale an die Wand des Hausflurs und holte die Bretter eines Sideboards aus dem Transit.

Kale ging in die Hocke. Sein Herz raste. In ihm tobten seine Multiplen, die nach Ordnung schrien. Äußerlich schien alles gut und die neue Wohnung war wirklich schön und hell, aber innerlich fand Kale nicht in diese Welt hinein. Seit heute Nacht herrschte Dunkelheit in seinen Gefühlen und er konnte sie nicht vertreiben. Nichts passte mehr. Er passte nicht mehr in dieses Leben, das er gerade für Jenn und das Kind vorbereitete. Nichts passte mehr. Er sehnte sich nach der Brutalität der gestrigen Berührungen. Ja, das war seine Welt! Sie befriedigte alles, wonach er sich sehnte. Bis vor wenigen Stunden hatte er nichts von dieser Welt in sich gewusst. Er hatte immer gedacht, es sei Tristans Welt gewesen, aber nein, sie war nun zu seiner Welt geworden. Und die passte nicht mehr zu Jenns Welt. Sie hatte ihr Leben lang mit Brutalität gelebt und war an ihr fast zugrunde gegangen, sehnte sich nach zärtlichen Berührungen, die sie zur Ruhe kommen ließen. Ganz zu schweigen von dem Kind. Auch das brauchte Zärtlichkeit und Wärme. Doch er konnte es beiden nicht bieten. Er konnte sie auch nicht einfach verlassen, denn immerhin war es sein Kind! Wie sollte er diese Welten nur miteinander vereinen?

Als Kale Hatfield wieder zu sich kam, war der Transit verschwunden. Auch Brian. Die Reste seines Umzugs hatte er auf den Bürgersteig geschmissen und sie waren zum Teil zerbrochen. Kartons waren durch den Aufprall aufgeplatzt und die Inhalte quollen hervor. Er sah Jenns Schuhe in einer Pfütze liegen und Küchenhandtücher vom Wind getrieben davonfliegen. Brian hatte also die Schnauze voll gehabt wie so viele, denen er schon begegnet war. „Du Versager!", meldete sich Carl. Natürlich Carl! Der war immer schnell zu Stelle, wenn etwas schief ging.

Kale raffte sich auf und brachte alles nach oben in die Wohnung in den dritten Stock, in die sowieso alles nur hineingeworfen worden war. Nichts hatte mehr seine Ordnung. Der Umzug sah mehr nach einer Müllhalde aus, als nach einem organisierten Einzug. Vieles war zu Bruch gegangen. Wie sollte er das Jenn erklären? Er musste heute unbedingt noch ins Krankenhaus. Mist, Jenns Wagen stand noch vor der alten Wohnung knapp 34 Meilen entfernt! Er müsste sich ein Taxi nehmen, um dort hinzugelangen. Außerdem musste er in drei Stunden die alte

Wohnung übergeben. Jenn hatte gesagt, sie bekäme neunhundert Dollar Kaution zurück. Kale war sich sicher, dass sie um das Geld geprellt würde. Der Vermieter würde ihm Schäden zeigen, bei denen er nicht wüsste, ob sie wirklich von Jenn verursacht worden waren. Es war eigentlich wie immer! Er wollte weinen, zusammenbrechen oder flüchten, aber nichts von alldem gelang ihm. Er konnte die beiden nicht im Stich lassen! Er musste einen Weg finden, um die Wogen zu glätten und suchte den Karton, in dem der Beutel voller Geld lag. Als er ihn fand, nahm er das Geld heraus und zählte es. Sie hatte ihm tausend Dollar für diese Nacht gegeben! Er steckte neunhundert davon in seine Hosentasche und einhundert in seine Jacke. Dann lief er nach untern und sah sich um. Es war nicht die schönste Gegend, in der sie gelandet waren, aber direkt am Ende der Straße gab es ein Café, von dem aus er ein Taxi rufen konnte. Das brachte ihn ins Krankenhaus.

*

Jennifer Gordon war nicht in ihrem Zimmer. Ihr Bett war verschwunden! Alles war verschwunden! Kale lief aufgebracht ins Schwesternzimmer und fragte nach.

Die Schwestern waren darauf vorbereitet und schoben ihn sanft auf den Flur hinaus. Eine Schwester nahm ihn am Arm und zog ihn in einen kleinen Aufenthaltsraum, der gerade leer war. Panik überkam ihn. Was sollte diese Heimlichkeit? War Jenn etwas zugestoßen? Sein Herz raste! Es war doch nicht möglich, dass ihr etwas passiert war.

„Was ist los?“, fragte er endlich und spürte, wie sich eine Multiple hervordrängte. Nein, nicht eine, mehrere meldeten sich wieder. Kale verbarg sein Gesicht in beiden Händen und ließ ein gepresstes Jaulen über die Lippen kommen. Die Schwester nickte. Das bestätigte Mrs. Gordons Aussagen. Sie durfte ihn auf keinen Fall mehr zu dem Säugling lassen. Mrs. Gordon hatte gesagt, es wäre auch nicht sein Kind. Er sei nur ein entfernter Freund und habe nichts weiter mit ihr zu tun. Zudem sei er gewalttätig. Sie habe das Kind nur deshalb so früh zur Welt bringen müssen, weil er sie geschlagen und geschubst hätte. Sie hatte um Hilfe und Schutz gebeten. Also hatte man sie zunächst auf eine andere Station verlegt und die Intensivstation für Säuglinge benachrichtigt. Er hatte keinen Zutritt mehr.

Wie sollte die Schwester ihm das erklären, ohne dass er gewalttätig reagieren würde? Eigentlich war der Sicherheitsdienst dafür zuständig, doch der war anderweitig beschäftigt.

Kale Hatfield wollte Antworten und sah die Schwester herausfordernd an. Er hatte seine Multiplen zurückgedrängt und die Schwester sah in sein erschöpftes Gesicht. Seine Augen lagen in tiefen Höhlen und an seinen Händen klebte Schmutz und Blut. Als er ihren Blick auf seine Hände sah, erklärte er: „Ich komme gerade vom Umzug. Wir hatten heute eigentlich den Umzug in unsere neue Wohnung geplant. Den habe ich jetzt natürlich alleine gemacht. Ein Freund half mir. T`schuldigung, ich habe vergessen, mir die Hände zu waschen. Hab mich wohl irgendwo verletzt."

Er tat ihr so leid und doch rief sie sich die Warnung ins Gedächtnis. Er flehte sie mit Blicken an und sie wusste nicht, wie sie es ihm sagen sollte. Bis er fragte: „Ist ihr etwas zugestoßen?"

Sie schüttelte den Kopf, was ihn erleichtert aufatmen ließ. „Sie möchte nur etwas alleine sein." Mehr fiel ihr nicht ein. Das leuchtete ihm ein und er setzte sich auf einen Stuhl und sah zur Zimmerdecke. Ja, auch für sie war alles etwas viel gewesen.

„Was soll ich tun?", fragte er.

Jetzt konnte die Schwester reagieren und war froh, zu einem vernünftigen Gespräch mit ihm gefunden zu haben. „Geben Sie ihr Zeit. Viele Frauen haben kurz nach der Geburt Probleme. Depressionen, Heulkrämpfe und Wutausbrüche. Die Hormone, wissen Sie?"

Er nickte, obwohl er wusste, dass es nicht stimmte, doch es beruhigte ihn. Es klang nicht so endgültig. Kale erhob sich und griff in seine Hosentasche. Er holte die neunhundert Dollar hervor und reichte sie der Schwester. Sie sah ungläubig auf das Geld.

„Es ist die Kaution von ihrer alten Wohnung. Würden Sie das Mrs. Gordon bitte sagen und ihr das Geld geben? Es ist ihres. Sagen Sie ihr, der Vermieter hat ihr alles zurückgegeben. Die Kaution und die erste Miete für die neue Wohnung sind auch schon bezahlt. Ich werde in den nächsten Tagen noch die Miete für zwei weitere Monate bezahlen, damit sich Mrs. Gordon keine Sorgen machen muss. Bitte sagen Sie ihr, dass die Wohnung fertig sein wird, wenn sie mit dem Kind entlassen wird." Er sah zu Boden und kramte in der anderen Hosentasche nach einem Schlüssel. Er holte einen Schlüsselring mit zwei Wohnungsschlüsseln hervor und trennte einen ab. Den reichte er ebenfalls der Schwester und sagte: „Geben Sie Ihr bitte auch den Wohnungsschlüssel für die neue Wohnung. Den einen behalte ich, weil ich noch ein paar Mal in die Wohnung muss, um die Kartons auszupacken und Möbel zusammenzubauen. Danach werde ich den Schlüssel in den Briefkasten werfen. Der Briefkastenschlüssel hängt direkt im Flur der Wohnung neben dem Türdrücker. Tja, das wäre dann alles." Die Schwester nahm den Schlüssel entgegen und ließ ihn in ihre Kitteltasche gleiten genau wie das Geld.

Sollte er nach dem Baby fragen? „Darf ich das Kind heute sehen?"

Die Schwester schüttelte den Kopf und sagte: „Ich werde Mrs. Gordon alles ausrichten. Das Kind dürfen Sie leider nur mit ihrer Genehmigung sehen, weil Sie nicht der Vater sind. Wir finden es besser, sie erst einmal in Ruhe zu lassen, Mr. Miller. Ich gebe Ihnen mal mein Kärtchen von der Station. Wenn Sie möchten, können Sie mich anrufen." Mehr konnte sie diesem jungen traurigen Mann nicht anbieten. Sie traute der Aussage von Mrs. Gordon nicht wirklich. Dieser Mann wirkte viel zu besorgt und zu scheu, um eine Frau zu schlagen. Er schien alles für diese junge Frau und das Kind zu tun. Irgendetwas stimmte nicht. „Dem Kind geht es gut", sagte sie ihm, denn diese Information schien sie ihm schuldig zu sein. „Es braucht bald einen Namen."

Er nickte und verließ das Krankenhaus. Das war's also. Er war wieder obdachlos. Er hatte gewusst, dass es nicht funktionieren würde. Wer weiß, vielleicht war es das Beste, wenn sie sich nie wiedersehen würden. Doch dass er sein Kind nicht noch einmal sehen durfte, machte ihn wütend und traurig zugleich. Das war nicht fair! Doch es war der Preis für sein Versteckspiel. Er hatte keinerlei Rechte, obwohl er so gerne für das Mädchen sorgen würde, doch woher sollte er in Zukunft das Geld dafür nehmen? Er besaß derzeit nicht einmal mehr einen Dollar für sich selbst und wusste nicht, ob er diesen neuen Job auf Dauer aushalten würde. Ein Taxi brachte ihn zu der alten Wohnung und er gab dem Taxifahrer sein letztes Geld. Zwei Stunden später erledigte er die Übergabe. Wie erwartet zeigte der Vermieter ihm viele Beschädigungen, von denen er nicht wusste, ob Jenn sie verursacht hatte. Damit war die Kaution futsch. Kale wollte keinen Ärger machen, zumal er nicht einmal die Wohnung übergeben durfte. Also hielt er sich zurück, gab zwei Schlüssel ab und verschwand. Er fuhr mit dem Wagen zu der neuen Wohnung und machte sich an die Arbeit, die Möbel, die nicht zu Bruch gegangen waren, zusammenzubauen. Morgen war Sonntag. Ein Glück, dann würde er noch die Kartons auspacken…

*

Als es an ihre Tür klopfte, fuhr Jennifer Gordon hoch. Sie erschrak jedes Mal von diesem Geräusch, weil sie Angst hatte, Kale erneut zu begegnen. Eine Schwester betrat ihr Zimmer und lächelte sie an. „Er war da", sagte sie. Jennifer nickte. Sie hatte es gewusst. Er würde nicht aufgeben.

„Und er hat mir das alles gegeben." Sie wühlte in ihrer Kitteltasche herum und legte der Patientin das Geld und den Schlüssel auf den Nachtisch. „Es ist die Kaution von Ihrer alten Wohnung und der Schlüssel von Ihrer neuen Wohnung. Er schmeißt den anderen Schlüssel in den Briefkasten, wenn er alles aufgebaut und eingeräumt hat. Der Briefkastenschlüssel hängt im Flur Ihrer neuen Wohnung. Und, ach ja, er hat die erste Miete bereits bezahlt und bezahlt in den nächsten Tagen noch zwei weitere Mieten, so dass Sie keinen Sorgen haben, wenn Sie das Krankenhaus verlassen.“

Jetzt bekam Jennifer Gordon Angst. Sie wollte ihm doch nur einen Denkzettel verpassen! Sie war wohl zu weit gegangen. Sie wollte doch nur, dass er über ihre Beziehung nachdachte. Ihr wurde bewusst, wie fremd Kale ihr geblieben war. Was wusste sie schon wirklich von ihm? Welche Gefühle oder Ängste beherrschten ihn tatsächlich? Sie hatte nur eine vage Vermutung und gehofft, ihre Idee würde ihn mehr an sie binden, damit diese verdammte Distanz und Verschlossenheit zwischen ihnen endlich endete. Doch stattdessen hatte er ihr die Freundschaft gekündigt. Er sorgte sogar dafür, dass es ihr und dem Kind in den ersten Monaten an nichts mangelte. Dafür arbeitete er in zwei Jobs, Tag und Nacht. Woher nahm er nur das viele Geld? Es konnte unmöglich etwas für ihn übrigbleiben. Würde er in den nächsten Tagen etwa wieder auf der Straße schlafen? Was hatte sie angerichtet? Sie hatten noch nicht einmal ein Telefon in der neuen Wohnung, auf dem sie ihn anrufen konnte. Er hatte auch kein Smartphone. Man konnte ihn nicht erreichen. Sie wusste nicht einmal den Namen der Firmen, für die er arbeitete. Sie wusste nur, dass er tagsüber in einem Stahllager arbeitete und nachts als Lieferfahrer von Zeitungen unterwegs war. Aber von den Namen der Betriebe hatte er nie gesprochen. Kale war so still und undurchsichtig.

*

Die Pechsträhne nach dem Einzug war noch nicht beendet. Viele Möbel waren zu Bruch gegangen ebenso Geschirr und Glas. Wie sollte er das alles ersetzen? Zunächst trennte er die zu Schaden gekommenen Sachen von den heilen und fuhr sie zur Müllhalde am Rande der Stadt. Als er am Montag zur Arbeit fuhr, wartete bereits die nächste Überraschung auf ihn. Sein

Chef fing ihn schon an der Eingangstür des Betriebes ab. „Verpiss dich“, rief er von weitem und zeigte mit dem Finger auf die Straße. Kale blieb in sicherer Entfernung stehen und verstand diese Ansage nicht. „Warum?“, rief er. Er sah wie sein Chef sich umdrehte und wieder zurück in den Betrieb ging. Kurz bevor die Tür sich schloss, sah er das Gesicht von Brian. Damit war klar, was passiert war. Brian war ihm wegen des Ärgers beim Umzug in den Rücken gefallen. Sollte er seinem Chef alles erklären? Von seiner Überlastung berichten und darum bitten, ihn wieder einzustellen? Sein Chef war nicht der Typ, der für solche Situationen Verständnis aufbrachte. Ein Gespräch würde ihn nur noch mehr in Schwierigkeiten bringen. Im Grunde war es nicht anders als immer im Leben von Kale Hatfield. Die Illegalität, mit der er sich von Job zu Job hangelte, hatte einfach ihren Preis.

Seit einigen Monaten zeigte sich bei Kale eine andere Reaktion im Umgang mit Emotionen. Seit er sich entschieden hatte, starke Gefühle auszuhalten, tauchten die Multiplen immer seltener auf. In einer Situation wie dieser wäre in der Regel Tristan eingesprungen, aber das Erlebnis mit dem Jogger hatte Kale wachgerüttelt. Er konnte von Glück sprechen, dass man ihn noch nicht geschnappt hatte. Seit er sich zwang, diese Gefühle selbst auszuhalten, lernte er die Realität von einer anderen Seite kennen. Und das bewirkte in ihm eine merkwürdige Reaktion. Er schaltete recht schnell auf Ignoranz. Er wollte sich mit ärgerlichen Dingen nicht mehr auseinander setzen, sondern ihnen direkt den Rücken zukehren. Darin sah er die einzige Chance, Tristan unter Kontrolle zu halten. Es war, als schlösse er ein negatives Erlebnis sofort in einer Schublade ein. Doch er vergaß, dass auch diese Schublade einmal voll wäre…

Wie sollte er nun das ganze Geld aufbringen, das er versprochen hatte? Jetzt hatte er nicht einmal mehr diesen letzten Job. Dabei musste er Möbel und Hausrat neu beschaffen. Er griff in seine rechte Hosentasche und holte eine kleine Visitenkarte heraus...

*

Jennifer Gordon wurde zusehends unruhiger, weil Kale sich nicht mehr meldete. Hatte er sie wirklich verlassen? Dieser Kerl war so schwer einzuschätzen. Jetzt saß sie in diesem verdammten Krankenhaus und hatte ein Kind von ihm bekommen. Das war doch schließlich das, was sie wollte! Nun fühlte sich dieser Wunsch scheußlich und falsch an. Er hatte ohne Kale den ganzen Zauber verloren. Sie konnte keine Verbindung zu dem kleinen Wesen im Inkubator aufbauen, obwohl es so hilflos wirkte und auf die Zuwendung seiner Eltern wartete. Jennifer dachte, das Kind wäre die Lösung für all ihre Probleme gewesen. Sie hatte sich in vielen Träumen mit Kale an ihrer Seite mit dem Kinderwagen durch den Park spazieren sehen. Sie hatte sich als glückliche Mutter und Ehefrau inmitten einer Gesellschaft gesehen, die sie endlich anerkennen würde, doch was war aus ihren Träumen geworden? Kale hatte sie um Distanz gebeten, doch sie hatte seinen Wunsch missachtet und die Distanz gebrochen. Und er hatte ihr unmissverständlich gezeigt, wie wütend es ihn machte. Er wurde aggressiv, wenn man seine Wünsche missachtete. Im Grunde war er doch einfach zu verstehen und einzuschätzen. Sie musste nur auf das hören, was er sagte, und es befolgen. Dann war alles gut. Er würde wahrscheinlich alles für sie und das Kind tun, doch eben nur auf seine Art. Zwischen ihm und den Menschen würde es immer eine unsichtbare Mauer geben. Kale konnte keine Freude und kein Glück zeigen. Er war gefangen in seiner Welt, die sich düster und kalt anfühlte. Doch sie hatte gedacht, sie könnte ihn aus dieser Welt befreien, indem sie versuchte, ihm Geduld entgegenzubringen und Liebe zu schenken. Und genau das hatte ihn nun vertrieben. Jennifer wurde klar, dass niemand diesem Mann helfen konnte außer ihm selbst. Er wollte nur existieren. Er war nicht einmal bequem oder faul. Er arbeitete weit mehr als viele Männer und Väter auf dieser Welt und doch erreichte er nichts. War es wirklich nichts? Oder hatte sie seine Erfolge nur nicht anerkannt? Immerhin hatte er dafür gesorgt, dass mehr Geld reinkam, weil sie während der Schwangerschaft nicht mehr arbeitete und regelmäßig zum Arzt gehen musste. Ja, er hatte sie sogar begleitet, um sicher zu sein, dass sie die Untersuchungen auch tatsächlich machen ließ. Viele andere Männer hätten sie weiter arbeiten geschickt, doch Kale hatte gesagt, ihr Körper wäre zu schwach, um das zu schaffen. Sie müsse sich schonen und er hatte dafür gesorgt, dass sie nicht gekündigt, sondern krankgeschrieben worden war. Kale hatte weiter dafür gesorgt, dass sie die sozialen Leistungen bekam, die ihr zustanden. Nur für sich selbst konnte er nicht sorgen. Doch vielleicht war genau das der Knackpunkt in seinem Leben. Wenn es ihr und dem Kind gutginge, würde es auch ihm gutgehen. Er konnte es nur nicht zeigen. Sie müsste es spüren lernen. Sie müsste seine Gesten und Handlungen deuten und es als Liebe wahrnehmen lernen. Dann würde sie spüren, wie viel Liebe er ihr und dem Kind schenkte. Sie hatte das alles nicht verstanden und nur die Ruhe, die ihr im Krankenhaus verordnet wurde, ließ sie die Wahrheit erkennen. Doch jetzt war er weg. Sie konnte ihn nicht einmal mehr erreichen. Und sie wollte das Kind nicht mehr haben, auch die große Wohnung nicht. Jennifer Gordon hatte alles verloren. Es war immer das Gleiche, keine ihrer Sehnsüchte oder Erwartungen erfüllte sich. Alles lief ins Leere. Vielleicht war es das Beste, wenn sie das Kind zur Adoption frei gäbe. Ja, dadurch hätte es die Chance, liebende Eltern zu finden und in guten Verhältnissen heranzuwachsen. Jennifer würde es nicht mit ansehen können, wenn die Gesichtszüge des Kindes Kales immer ähnlicher würden. Sie würde ihn jeden Tag vor Augen haben und den Schmerz spüren, ihn verloren zu haben.

Nun waren vier Tage vergangen und sie war nicht einen Tag auf der Intensivstation gewesen. Jennifer Gordon wusste nicht, was um sie herum geschah, denn Kale war jeden Tag gekommen und hatte vor dem Fenster der Intensivstation gestanden und nicht zu seiner Tochter gedurft. Er war ihr so nahe gewesen. Die Schwester musste ihm versprechen, nichts zu sagen. Er wollte Jenn nicht beunruhigen, aber er wollte sie auch nicht weiter bedrängen. Er wollte nur wissen, dass es dem Kind gutging und es sich weiter gut entwickelte. Er kam immer kurz bevor das Krankenhaus die Türen für Besucher schloss. Niemand konnte ihm den kurzen Besuch verwehren. Die Schwestern der Station tuschelten bereits, dass es sicherlich bald zu einer großen Liebesgeschichte kommen würde, doch sie wussten gar nichts. Sie konnten diese Jennifer Gordon nicht verstehen, wie sie so abweisend auf diesen attraktiven jungen Mann reagieren konnte. Man spürte seine Liebe zu dem Kind in einer Art und Weise, wie Väter sie selten zeigten. Es war nur sein Blick, der alles verriet, der so unendlich viele Liebesgedichte durch die Glasscheibe zu diesem kleinen einsamen Wesen schickte. Es war, als habe er eine eigene Sprache für es entwickelt. Ja, es war, als empfinge er die Antworten seiner Tochter, ohne sie je gehört zu haben. Er schloss zeitweise die Augen und die Schwestern sahen Tränen über sein Gesicht laufen, als befände er sich in einer rührenden Konversation mit ihr. Dann ging er wieder, um am nächsten Abend erneut zu kommen. Die Geschichte, er habe Mrs. Gordon Gewalt angetan, glaubte bald niemand mehr. Auch nicht, dass er nicht der Vater wäre. Das sah man doch! Das Kind besaß zweifellos seine Gesichtszüge. Was ging nur zwischen diesen beiden jungen Eltern vor?

*

Das zwölfjährige Mädchen hörte die Türglocke und rannte zur Haustür. Marcia war nicht da und ihre Mutter richtete sich gerade für einen Besucher her. Es war wie immer. Wenn Marcia nicht da war, musste sie den Gast begrüßen und ihn solange unterhalten, bis ihre Mutter fertig war.

Bevor Kale auf die Klingel gedrückt hatte, hatte er sich am Eingang nach einem Namensschild umgesehen, doch er hatte nichts finden können. Dieses Haus war genauso anonym wie die Frau und das Mädchen darin. Alles war anonym und er vermutete, dass sie es nicht ändern wollte. Als er sie heute Mittag angerufen hatte, hatte sie ihm direkt zugesagt, als hätte sie auf seinen Anruf gewartet. Irgendwie schienen beide in Not zu sein, auch wenn sich die jeweilige Not sehr unterschied. Tat sie es? Kales Not bestand darin, das er dringend Geld brauchte, um die zu Bruch gegangenen Dinge zu ersetzen. Er wollte so schnell wie möglich alles erledigen und dachte, sie würde ihm sicherlich ein paar hundert Dollar als Starthilfe geben. Ein kleiner Job, der sich nicht schlecht anfühlte. Zumal er jetzt kein schlechtes Gewissen Jenn gegenüber mehr haben brauchte. Die Beziehung war vorbei. Er tat also nichts Unrechtes. Er würde dafür sorgen, dass Jenn regelmäßig Geld von ihm für das Kind bekam. Das war das Mindeste, was er noch tun könnte. Die Beziehung mit Jenn ließ sich aus seiner Sicht nicht mehr reparieren. Sie erwartete Dinge von ihm, die er ihr nicht geben konnte. Es würde immer wieder zu Konflikten oder gar Streit kommen. Das wollte er auf keinen Fall in Gegenwart des Kindes zulassen. Das kannte er aus seiner eigenen Kindheit und es hatte sich schrecklich angefühlt! Er wollte das Kind nur gut versorgt wissen. Je nach Verdienst würde er sich bald eine neue Bleibe suchen.

Das Mädchen riss die Tür auf und sagte: „Hallo."

Er sah zu ihr nieder und sagte ebenfalls: „Hallo".

Sie war froh, dass er es war und nicht einer von diesen arroganten Schnöseln, die sie herablassend behandelten oder ignorierten. Das zeigte sie ihm mit einem Lächeln und er lächelte andeutungsweise zurück. Wie mochte sie wohl heißen? Er würde jetzt einfach fragen. „Wie heißt du?"

Sie lachte und drehte sich vor ihm im Kreis. „Rachel", sagte sie und zog ihn am Ärmel ins Haus. Er stolperte ihr entgegen und fing seinen Sturz gerade noch ab. Der Name verwirrte ihn, die Art, wie sie ihn aussprach. „Und du?", hörte er sie fragen.

„Kale", antwortete er leise.

„Ein schöner Name", erwiderte sie und zog ihn in einen dunkelroten großen Gesellschaftsraum. Er stolperte hinter ihr her und überlegte, ob er fragen sollte, wie ihr Mutter hieße, doch im gleichen Augenblick erschien sie an der Tür und sagte streng: „Geh nach oben!" Damit hatte sie nicht ihn gemeint. Das Mädchen verlor ihr Lachen und lief davon.

„Entschuldige, sie ist manchmal furchtbar aufdringlich."

Kale sah sie an und verstand nicht, von wem sie sprach. Dieses Mädchen war keineswegs aufdringlich. Es war das Mädchen, dessen Namen er seiner Tochter geben würde, denn genau dieses Lächeln wünschte er sich später auch auf ihrem Gesicht.

„Sie war nicht aufdringlich", sagte er und begrüßte sie mit einem Kuss auf die Wange. Das hatte sie ihm beim letzten Mal als erste Hausaufgabe mitgegeben. Und er wollte ja lernen! Er wollte es gut machen, damit sie ihn gut bezahlte. Jetzt spürte er wieder diese Brutalität in ihr, mit der sie ihre Vertrauten erzog. Es war Strenge und Führungslust, die sie ausstrahlte, etwas, das er nicht mochte, und doch übte es eine Art Hörigkeit auf ihn aus.

Sie wies ihm einen Platz zu und setzte sich ihm gegenüber. „Martini?", fragte sie. Er nickte. Warum nicht? Er fühlte sich wie beim ersten Mal. Was wollte sie diesmal von ihm? Sie reichte ihm ein halbvolles Glas und fragte: „Was willst du?" Damit hatte er nicht gerechnet. Sie drehte das Spiel einfach um, was ihn nervös werden ließ. Er trank von dem Martini, der widerlich schmeckte aber half, seine Hemmung abzulegen. Sollte er ihr sagen, dass er Geld wollte?

„Willst du Sex oder Geld?", fragte sie, ehe er antworten konnte. Er dachte an Sex, was er nie zuvor in seinem Leben getan hatte, aber die Art, wie sie ihre sexuelle Neigung mit ihm ausgelebt hatte, hatte völlig neue Sehnsüchte in ihm geweckt. „Beides", sagte er und nahm einen weiteren Schluck Martini. Sie sah ihn abschätzend an. Wie weit würde er für Geld gehen? „Wie viel?", fragte sie.

Kale sah zu Boden. Die nüchterne Art, mit der sie verhandelte, gefiel ihm. Sie maß der Sache keine große emotionale Bedeutung bei, was ihm sehr entgegen kam und er antwortete: „Was ich dir wert bin."

Sie lächelte über seine Strategie. Es reizte sie herauszufinden, wie weit er gehen würde.

„Was war das Schlimmste, was du je machen musstest?"

Er erschrak! Diese Frage fühlte sich gar nicht gut an. Dass sie einen Hang zur Qual besaß, hatte er bereits festgestellt, doch wie weit mochte diese Lust auf Qual gehen? Er versuchte sich zu erinnern, doch es war, als stoße er vor eine dunkle Wand, die eine schlimme Geschichte verbarg. Es hatte mit Zärtlichkeit zu tun, aber er wusste nicht, in welchem Zusammenhang. Scham überkam ihn.

Sie sah wie er rot wurde und wartete auf eine Antwort. Was war das Schlimmste, was er je machen musste? Sie wusste, dass er Männer befriedigen konnte und wilden Sex mochte. Er war in dieser Hinsicht belastbar. Die Grenze mochte sicherlich noch weit höher liegen, als die, die sie bisher kennengelernt hatte, doch was war mit der Grenze nach unten? Sie wusste, dass alle im Club eine abnormale Neigung besaßen, sonst hätten sie den Club nicht gegründet. Doch wie weit konnten sie mit diesem Neuling gehen?

„Lebst du in einer Beziehung?", fragte sie.

Er sah auf, antwortete zu schnell. „Nein." Er wollte ihr in dieser Hinsicht keine Tore öffnen. Er wusste nicht einmal, inwieweit sie sich über ihn erkundigt hatte.

„Warum brauchst du dann Geld?"

Er holte tief Luft. Wie ehrlich sollte er sein? „Ich stecke in Schwierigkeiten."

Ja, das dachte sie sich. Kein junger Mann mit diesem Aussehen würde sich aus Spaß prostituieren. „Das dachte ich mir, aber ich will, dass du mir von deinen Schwierigkeiten erzählst." Was hatte sie vor? Sie war eine Seelenfängerin und wollte totale Hörigkeit und Kontrolle. Wer weiß, wie sie im wahren Leben war. Wahrscheinlich freundlich und schüchtern, sozial und engagiert. Kale wusste, wie sehr diese Menschen ihre wahren Gelüste versteckten.

„Zieh dich aus", sagte sie und er sah erschrocken auf. Nein, das würde er nicht tun! Nicht hier in diesem Raum, in den das Mädchen jederzeit kommen könnte. Er würde vieles tun, aber nicht hier und er schüttelte den Kopf. Wer weiß, vielleicht war ihre Tochter auch bereits zu einem Teil ihrer Perversion geworden und sie würde sie gleich dazuholen, um ihr Dinge beizubringen, die sie zu lernen hatte. Kale erhob sich, stellte das Glas auf ein Sideboard und verließ das Haus. Der Chauffeur wartete immer noch vor dem Haus. Als Kale in den Wagen stieg, brachte der Mann ihn ungefragt wieder heim. Es fühlte sich an, als kenne er das Spiel bereits. Als Kale den Wagen verließ und in die Wohnung ging, sah er ihn von oben weiterhin vor seinem Haus parken. Worauf wartete er? Wartete er etwa auf die Entscheidung, es doch zu tun? Oh nein! Vorher wollte er wissen, was sie vorhatte. Kale rannte die Treppe hinunter und riss die Beifahrertür der Limousine auf. „Was will sie?", fragte er, und der Chauffeur sah ihn grinsend an. „Dass Sie ihr gehorchen."

Kale fragte noch einmal: „Was will sie?"

„Beim zweiten Mal will sie nur zuschauen", antwortete der ältere Herr.

„Zuschauen? Bei was?" Er wollte es wissen und würde nicht eher einsteigen, bevor er eine Antwort bekäme.

Der Chauffeur holte ein Handy hervor und wählte eine Nummer. Dann hielt er Kale das Handy entgegen. „Fragen Sie sie doch selbst."

Ja, sie nahm den Anruf entgegen, als wäre dies ein lang geprobtes Spiel.

„Was willst du?", fragte Kale und sie antwortet: „Das, was du nicht geben kannst."

Das machte ihn wütend. Sie hatte ihn durchschaut. Ja, es gab tatsächlich etwas, was alle von ihm wollen und das er nicht geben konnte: Zärtlichkeit.

Kale Hatfield ließ sich nicht auf diesen Deal ein. Es hatte nichts mit seiner Ehre zu tun, denn die hatte er längst verloren. Es hatte etwas mit einer innerlichen Schmerzgrenze zu tun, die er nicht überschreiten konnte. Wenn er dazu in der Lage wäre, wäre seine Beziehung zu Jenn nicht gescheitert. Er würde jetzt seine Tochter besuchen dürfen, nein, sie würde nicht einmal in diesem furchtbaren Inkubator liegen und das von Geräten und

Maschinen bekommen, was er ihr gestohlen hatte, nämlich das Recht auf eine normale und gesunde Entwicklung.

Er rannte wieder hinauf in die Wohnung und sah hinunter zur Straße. Die Limousine blieb beharrlich vor dem Haus stehen. Diese Frau würde nicht aufgeben, ehe sie das von ihm bekommen würde, was er ihr verweigerte. Sie war eine Seelenfresserin! Kale Hatfield lief nervös in der Wohnung hin und her, sah die unfertige Einrichtung und dachte an seinen verloren Job heute Mittag. Wie ein Tier, das in die Enge getrieben wurde, rannte er von einer Ecke in die andere. Okay, dachte er, er würde es versuchen. Unter einer Bedingung…

*

Sie schlug zu und schrie: „Wieso hast du ihm nur deinen Namen gesagt?"

Rachel wich zurück. Dieser Mann war ihr so ehrlich und vertrauenswürdig erschienen, das sie nicht anders hatte antworten können. Er hatte es verdient, dass man ihm nett begegnete. Er hatte sie vom ersten Moment an gut behandelt. Doch er war soeben auch wutentbrannt aus dem Haus gerannt. Endlich war ihre Mutter mal einem Widersacher begegnet, der ihr nicht immer gehorchte. Das machte ihn noch sympathischer. Er zeigte ihr Grenzen auf, was sie gar nicht mochte und weswegen sie, Rachel, nun diese Ohrfeige bekam. Ihre Mutter rannte ungehalten in ihrem Zimmer herum und stieß dabei ihre geliebte Malstaffel um. Bild und Holzständer landeten polternd auf dem Boden, so dass Rachel heulend das Zimmer verließ.

Das Telefon klingelte. Sie nahm ab, erfreut über die Worte, die sie durch den Hörer vernahm. Er rannte ihr doch nach! Er gab nicht auf. Er wollte ihr Geld und wusste nicht, wie er dran kommen sollte. Geld bedeutete Macht. Dafür würden diese Typen alles tun. Doch er machte es ihr nicht leicht. Sie befahl ihrem Chauffeur, weiterhin vor seiner Tür stehen zu bleiben und es dauerte keine Stunde, als es an ihrer Tür erneut klingelte. Kale fühlte sich aufgebracht und durfte jetzt auf keinen Fall die

Kontrolle verlieren! Er würde es erneut versuchen, aber nur unter einer Bedingung!

„Wie ist dein Name?“, fragte er, als sie ihm die Tür öffnete. Oh nein, so leicht ließ sie sich nicht in die Enge treiben und sie antwortete: „Elisabeth.“

„Elisabeth und weiter?“

„Gurout.“

„Gurout? Das ist französisch! Du hast aber gar keinen französischen Akzent!“

„Das ist richtig. Es ist ja auch der Name meines Mannes. Ich war verheiratet…“, sie wedelte mit ihrer rechten Hand in der Luft herum, „… bin aber seit einigen Jahren geschieden.“

„Geschieden!“

Sie nickte und ließ ihn das Haus betreten. Er trat widerwillig ein. Diese Antworten kamen ihm zu schnell und zu unbekümmert. Sie konnte alle möglichen Namen erfinden, um ihn zu beruhigen. Sicherlich benutzten alle Mitglieder ihres ach so edlen Clubs Pseudonyme. Wer würde sich schon die Blöße geben und zugeben, dass er pervers war?

„Dann kannst du mir sicherlich auch deinen Ausweis zeigen“, sagte er und sah sie abschätzig an.

„Sie heißt nicht Elisabeth Gurout“, sagte die Stimme des Mädchens am oberen Ende der Treppe. Sie war es so satt! Immer diese Lügerei. Ihre Mutter sah entsetzt zu ihrer Tochter nach oben. Würde sie es wagen, sie zu verraten? „Rachel!“, schrie sie. „Nicht jeder Fremde muss unsere Namen wissen!“

Kale sah, wie die vermeintliche Elisabeth die Treppe hinaufrannte und ihre Tochter in ihr Zimmer drängte. Sollte er ihr folgen und die Sache klären? Er hörte Geschrei aus dem Zimmer. Dann ein Schlag ins Gesicht des Mädchens. Das reichte! Er rannte den beiden hinterher, riss die Tür auf und schlug der Mutter mitten ins Gesicht! Er konnte nicht anders! Es war einfach passiert. Sie stolperte nach hinten und fiel auf das Bett ihrer Tochter. Er hatte jetzt so eine große Lust auf sie. Ja, das wäre doch mal ein schönes Vorspiel! Eine böse Stimme, die er irgendwoher kannte, lachte, dabei wollte er gar nicht lachen.

Diese Figur, die ihn plötzlich steuerte, erhob erneut die Hand zu einen Schlag, als Rachel schrie: „Nein, Kale!" Das ließ ihn zurückweichen. Er stand wie erstarrt vor ihr, er war sich vor den Augen dieser zwei Menschen erneut entglitten! Es war schon wieder passiert! Er war wieder am Anfang und ging weinend in die Knie. Rachel kam auf ihn zu und legte ihre Hand zärtlich auf seine Schulter. Das ließ ihn panisch ausweichen. Auch Rachel trat erschrocken zurück. Sie sagte leise: „Ich heiße Rachel Hays und meine Mutter heißt Lydia."

Kale sah auf. Er hatte seine Antwort bekommen, erhob sich und verließ erneut das Haus.

Er hörte ihre Lieder, doch sie wirkten nicht mehr beruhigend auf ihn. Lydia sang aus voller Kehle, doch Kale reagierte nicht. Seit der Name ein anderes Gesicht in seiner Welt bekommen hatte, konnte er ihre Lieder nicht mehr spüren.

***

Rachel

Mir war Lydia Hays schon von Anfang an unheimlich gewesen. Mich irritierten ihre wechselhaften Stimmungen, obwohl sie sagte, dass es meine Stimmungen seien, die wechselhaft wären. Das war nicht schwer zu behaupten, denn schließlich war ich die, die immer noch Medikamente einnahm. Dann dieses Versteckspiel mit Kales privaten Besitztümern und das Fälschen seines Abschlussberichts. Sie wollte einfach nicht, dass ich ihn wiederfand! Wie ich bereits erwähnt habe, kann ich mir bis heute nicht erklären, warum ich bei dieser Frau einzog. Irgendetwas muss mich dazu bewogen haben, ohne dass ich wusste, was es war.

Ja, so ist es manchmal im Leben. Man tut Dinge, von denen man nicht weiß, warum man sie tut. Und erst am Ende versteht man ihren Sinn.

Eines stand jedoch fest: wir litten beide unter einem Trauma. Ihres musste mit ihrer Tochter zusammenhängen und meines mit Kale Hatfield. Heute weiß ich es natürlich besser. Wir beide litten unter Kale. Jede auf ihre Weise…

Die kleine Rachel

Kales Situation war verfahrener denn je. Er konnte unmöglich mit einer Psychologin ein Verhältnis anfangen. Es würde nicht lange dauern, bis sie hinter all seine Probleme käme. Dann hinter seinen Namen und dann würde sie die Papiere für die Einweisung bereithalten. Diese Menschen konnten nichts in ihrem Leben machen, ohne eine psychologische Analyse durch-zuführen. Und genau das war heute passiert! Sie hatte seine brutale Seite bereits kennengelernt und geahnt, dass es die zärtliche war, die ihm zu schaffen machte. So etwas ist für Psychiater und Psychologen immer interessant! Er war zu ihrem Experiment geworden! Sie wollte wissen, was dahintersteckte, ihn studieren und womöglich therapieren! Das konnte er unmöglich zulassen. Die Gefahr, dass sie erneut auf Tristan stieß, war zu groß. Er hatte sich heute bereits kurz gezeigt, als wolle er sich für dieses Spiel anmelden. Der Schlag in Lydias Gesicht war praktisch sein Willkommensgruß gewesen. Hätte diese kleine Rachel nicht reagiert und seinen Namen gerufen, wäre womöglich noch Schlimmeres passiert. Ja, diese kleine Rachel, die hatte es Kale angetan. Sie hatte das Wesen, das er sich in ihrer Mutter wünschte. Und doch lechzte er auch nach dieser brutalen Variante. Die Kombination von beidem wäre es gewesen. Ja, *das* wäre es gewesen, was es aber leider nicht gab.

Kale fand nur noch ein paar Essensreste im Kühlschrank und holte sich Wasser vom Wasserhahn. Er saß weiterhin ohne Geld da und überlegte, ob er nicht eine von diesen anderen Nummern anrufen sollte. Er musste unbedingt an Geld kommen. Er hatte nicht einmal mehr Essen im Haus und wusste nicht, wann Jenn entlassen würde. Die Schwester hatte etwas von zehn Tagen gesagt. Das Kind käme erst heim, wenn es mindesten 2500 Gramm hätte. Davon war es jedoch noch weit entfernt. Dann gäbe es noch die ganzen Kontrollen. Jenn müsste mit dem Säugling ständig ins Krankenhaus. Er konnte diese Frau im Grunde gar nicht im Stich lassen! Er war heute Abend nicht einmal im Krankenhaus gewesen, so sehr hatte ihn die Sache mit dieser Lydia Hays durcheinander gebracht. Er sah auf die Uhr und überlegte, es doch noch kurz im Krankenhaus zu versuchen. Er könnte auch von dort direkt über einen öffentlichen Fernsprechautomat wegen eines schnellen Jobs anrufen. Es würde sich sicherlich jemand finden lassen, der ein wenig Geld für seine Dienste zahlte. Die Sache mit Lydia Hays musste erst einmal sacken. Ihr wollte er heute nicht mehr begegnen.

*

Der Herr an der Pforte des Krankenhauses winkte ihn freundlich durch, obwohl die Besuchszeit längst beendet war. Aber er kannte diesen jungen Vater inzwischen, der nach der Arbeit kurz sein Frühchen besuchen kam. Als Kale vor das Fenster der Station trat, konnte er sein Mädchen nicht entdecken. Das löste sofort eine große Unruhe in ihm aus. Eine Schwester kam auf ihn zu und erklärte ihm, dass sich das Kind bei der Mutter befände. Das beruhigte ihn und es war ein Zeichen, dass sich seine Tochter gut entwickelte. Sie durfte zeitweise im Brutkasten bei ihrer Mutter im Zimmer liegen. „Nein“, sagte die Schwester, „wir versuchen nur, die Mutter an das Kind zu gewöhnen.“ Er sah sie an. An das Kind zu gewöhnen? „Ja, sie will es nicht sehen.“ Er sah zu Boden. Sie bestrafte das Kind, obwohl sie ihn meinte. Das konnte er nicht zulassen! „Ich will zu ihr“, sagte er kurzentschlossen, doch die Schwester schüttelte bedauernd den Kopf. „Kommen Sie morgen wieder. Dann ist das Kind hier auf der Station.“ Er nickte und fragte nach einem Zettel und einem Stift. Er wolle der Mutter gerne eine Nachricht hinterlassen. Die Schwester griff in ihre Kitteltasche und reichte ihm beides. Er schrieb: *Mir würde der Name Rachel gefallen*. Er wusste nicht warum. Lag es an der Sympathie, die er für das kleine Mädchen empfand? Irgendetwas verband er mit diesem Namen, aber er konnte sich nicht erinnern, was es war. Er reichte der Schwester die Nachricht, die sie lächelnd entgegennahm. „Ich werde es ihr geben." Er nickte dankend.

Kale Hatfield suchte im Eingangsbereich nach einem Telefon. Er musste dringend Geld verdienen und wählte die Nummer des älteren Herren, der ihn in den Club aufgenommen hatte. Der schlug ihm vor, ein privates Taxi zum Krankenhaus zu schicken, um ihn abholen zu lassen. Niemand durfte mit seinem Privatwagen in sein gesichertes Grundstück eindringen. Es gäbe in seinem Club eine Liste, in die Kale sich eintragen könnte. Eine Liste? Ja, viele von den Callboys möchten keine Telefonnummer hinterlassen. Deswegen hatte man eine Liste angelegt. Eine Art Dienstplan. Man wurde zu festen Zeiten gebucht, wenn man sich einträge. Das hörte sich gut und Kale sagte dem Taxi zu.

Er wurde sehr freundlich begrüßt. Niemand würde vermuten, welche Dinge sich hinter dieser Tür abspielten. Kale wollte nicht wissen, wie viele Zimmer in dieser Villa für Gelüste jeder Art hergerichtet waren. Dunkle Zimmer, helle Zimmer und Zimmer voller Spielzeug.

Der Herr, Zigarre rauchend, in Abendmantel und Halstuch gekleidet, öffnete ihm die schwere Eingangstür. Ob er wohl über den Zwischenfall bei Lydia Hays informiert war? Kale erwähnte nichts diesbezüglich. Er wurde in ein großes Lesezimmer geführt, das einer Bibliothek glich und bekam ein Glas Wein angeboten. Er nahm es dankend an und besah sich die vielen Bücher.

„Du liest gerne?", fragte ihn der Herr, dessen Namen er nicht wusste. Auf diesen Visitenkarten waren immer nur Telefonnummern und die waren sicherlich mit gesonderten Handys verbunden. Man hinterließ keine Spuren. Hier galt absolute Diskretion, was bedeutete, dass jeder Fehltritt von Seiten der Callboys ins Gefängnis führen musste. Das lag auf der Hand. Das hatte Kale Hatfield schon am ersten Tag begriffen. „Ja", sagte er. „Ich habe früher viel gelesen. Mich interessieren aber eher Bücher über Technik."

„Hast du eine Ausbildung?"

Kale nickte. „Ich habe Maschinenbau studiert." Er hörte den Alten durch seine Zähne pfeifen. „Maschinenbau? Dann bist du ein Ingenieur!" Sozusagen, dachte Kale und nickte.

„Und was tust du hier bei uns unter den Dressmen?" Dressmen? Nannte man Callboys in gehobenen Kreisen einen Dressman? Hier schuf man eine Welt, in der man vom Schmutz der Gesellschaft nichts hören wollte. Jeder bekam einen Titel, der sich gut anhörte.

Was machte er hier unter den *Dressmen*? „Dumm gelaufen", antwortete Kale und trank von dem Wein. Der ältere Herr nickte und prostete ihm zu.

Er war nicht der erste, der auf der Straße gelandet war. Dieser junge Mann besaß sicherlich Qualitäten, die sich in bare Münze verwandeln ließen, und er dachte direkt an seine zweite Liste, von der nicht viele wussten. Es gab eine zweite Vermittlungsliste, die für Callboys mit Niveau reserviert war, also eine gewisse Intelligenz voraussetzte. Es ging dabei um fachliche Gespräche *und* um Sex. Das kostete einiges mehr, aber das erfuhren die sogenannten Dressmen nicht. Das war der kleine Nebenverdienst in Form einer Vermittlungsgebühr, die direkt an den älteren Herrn floss, womit er sich wiederum seine Lustknaben finanzierte. Ein perfektes System, von dem nur wenige wussten.

Der Herr reichte Kale die Hand und sagte: „Nenn mich Harry." Kale sah ihn an. Harry, ein weiteres Pseudonym für einen Richter, Anwalt oder Magnaten. Egal wer sie waren, sie waren in Kales Welt die, die Menschen wie ihn zugrunde richteten. Das einzige, was man von ihnen bekam, war Geld. Das kalte Herz der Reichen.

Er reichte dem Herrn seine Hand und prostete ihm zu. Auf dieser besagten zweiten Liste befand sich keine einzige Frau. Die Liste war simpel angelegt: Links trugen sich die Freier mit ihrer Uhrzeit ein, zu der sie zur Verfügung standen, und rechts trugen sich die Interessenten ein. Alle Freier waren bereits vergeben, also schienen es feste Jobs zu sein.

„Sie werden sich auf dich stürzen“, sagte Harry und lachte. Wenn Kale etwas in dieser kurzen Zeit gelernt hatte, dann war es die Buhlerei um Geld. „Ich will vorher wissen, was ich bekomme.“

Harry hob die Augenbrauen an. „Ohlala…“ Ja, ohlala. Er würde nichts ohne die feste Zusage einer bestimmten Summe machen.

„Dann mach mal einen Vorschlag und ich kann dir sagen, ob deine Vorstellung realistisch ist.“

Kale sah ihn abschätzend an. Wie hoch sollte er pokern? „Hundert pro Stunde, ohne Abzüge.“

Harry lachte. Sie lachten immer, wenn der andere einen Preis nannte. Selbst Trödler lachten, wenn der Verkäufer den ersten Preis nannte. Das war eine grundsätzliche Reaktion bei Händlern, also lachte Kale mit und er korrigierte sich: „Hundertzwanzig pro Stunde ohne Abzüge.“ Das ließ Harry noch lauter lachen, obwohl schon eine gewisse Künstlichkeit in seiner Stimme mitschwang. Diesem alten Kautz würde das Lachen schon vergehen. „Hundertfünfzig ohne Abzüge.“ Und in der Tat, der Alte verstummte. Er holte tief Luft. Kale hatte seinen Nerv getroffen und damit die Grenze erreicht, die er wissen musste. Er trug seinen Namen auf der linken Seite ein und blickte wieder Harry an. „Es liegt an dir, wie viele Stunden ich eintrage. Bekomme ich wenig, komme ich nur eine Stunde am Tag. Bekomme ich mehr, komme ich länger. Bekomme ich viel, bleibe ich, solange Ihr wollt.“ Ja, er pokerte hoch!

Harry musste grinsen. Dieser junge Mann gefiel ihm. Es schien nicht das erste Mal zu sein, dass er sich anbot. „Verstehe ich dich richtig, hundert für eine Stunde, hundertzwanzig für zwei bis drei Stunden und hundertfünfzig ab vier Stunden?“

„Genau.“

„Klingt das nicht ein wenig dumm? Du verpatzt dir gerade einen guten Verdienst.“

Nein, das klang ganz und gar nicht dumm, fand Kale. Er

kannte diese Schweine! Wer würde sich schon mit ein oder zwei Stunden zufriedengeben? Sie wollten Erlebniswelten von ihren Dressmen geboten bekommen und die waren kaum unter fünf, sechs Stunden möglich. Er wollte sich nicht billig anbieten, denn je länger er es aushalten müsste, desto größer war die Qual…

Als das Taxi ihn heimfuhr, überkam ihn wieder diese Traurigkeit. Was hatte er nur angerichtet? Er hatte sich vor weniger als vier Stunden für dreihundertsechzig Dollar an diesen Harry verkauft und auf der Liste zwei Zeiten eingetragen. Jeden Tag von zwölf bis fünf am Nachmittag und abends von acht bis drei Uhr in der Nacht. Es waren genau die Zeiten seiner früheren Jobs, so dass Jenn nichts bemerken würde. Und es waren jeweils Hundertfünfzig-Dollar-Jobs! Kale Hatfield stürzte damit in eine völlig neue Welt. Noch nie hatte er solche Summen verdient! *Sie werden sich auf dich stürzen*, hatte Harry gesagt, ihn direkt für drei Stunden gebucht und auf die Probe gestellt. Es war dabei mehr um das fachliche Gespräch gegangen als um Sex, aber dafür war der kurze Sex umso abscheulicher gewesen. Kale riss sich, kaum dass er daheim war, die Kleidung vom Leib und stellte sich unter die Dusche. Er stopfte hernach alles in einen Müllbeutel, um diesen Abend auch physisch zu entsorgen. Danach bestellte er sich eine Pizza und notierte auf einer Liste, was er morgen mit dem Geld alles besorgen könnte. Und er müsste gegen elf Harry anrufen, ob sich jemand für ihn gemeldet hatte. Er hatte für Lydia Hays keine Zeit mehr.

*

Lydia Hays war aufgebracht! Sie hatte sich von dem Vorfall heute Mittag erholt und fühlte sich herausgefordert, die Dinge mit Kale zu klären. So einfach würde ihr der Bursche nicht davonkommen! Nicht bei Ihr! Sicher, sie konnte über ihren Chauffeur seine Adresse ermitteln, doch oberstes Gebot des Geschäfts und eine Regel des Clubs war es, niemals in der Nähe oder gar in der Wohnung eines Callboys gesehen zu werden. Also schrieb sie eine Email an den sogenannten Harry, der im wahren Leben Jason hieß und Manager einer großen Bank war. Sie schrieb, dass sie Kale gerne fest buchen wolle. Sie fragte, ob er sich schon in die Liste eingetragen habe. Harry verneinte, denn Lydia, offiziell Elisabeth, gehörte nicht zur Liste der Intelektuellen. Die war den Herren vorbehalten. Frauen hatten bei diesen Dressmen nichts verloren.

„Aber er war am Samstag bei mir und ich möchte ihn wieder buchen!“, schrieb sie erbost.

„Er hat sich nicht wieder bei uns gemeldet“, schrieb Harry zurück. „Wir können ihn auch nicht erreichen, weil er keine Nummer hinterlassen hat. Und du weißt ja, du darfst nicht zu seiner Wohnung fahren. Schade um den Kerl, aber er war nicht viel wert. Vielleicht meldet er sich wieder bei dir.“ Er schrieb nicht mal seinen Namen drunter.

Dieser Harry war ihr nicht geheuer. Er verbarg irgendetwas vor ihr. Lydia konnte sich nicht vorstellen, dass Kale sich aus dem Geschäft zurückgezogen hatte. Er befand sich in großer Geldnot, sonst wäre er nicht wieder bei ihr aufgekreuzt. Hier war irgendetwas faul. Sie hatte zwischendurch immer von Absprachen mitbekommen, die gewisse Herren untereinander trafen. Diese Herren waren bei den monatlichen Clubtreffen oft nicht anwesend. Es musste eine zweite Clubebene existieren, die sich bestimmte Männer teilte. Lydia war sich sicher, dass Kale dort gelandet sein musste. Er war nicht wie die anderen, er war viel zielstrebiger und intelligenter. Er wusste, was sein Aussehen und sein Niveau wert waren. Das hatte er vor weniger als acht Stunden gezeigt. Noch nie war ein Callboy ihr so respektlos und frech begegnet. Und das vor den Augen ihrer Tochter! Kale wusste ganz genau, wie weit er gehen konnte. Und genau deswegen wollte sie ihn wiederhaben!

*

Jedes Mal wenn Kale die Tür aufschloss, wurde ihm die Wohnung vertrauter. Er hatte sie nach seinem Geschmack eingerichtet und brachte auch nun wieder einige Dinge mit, die er zu ersetzen hatte. Dabei versuchte er Jenns Geschmack zu treffen, damit sie sich freute und mit dem Baby wohlfühlte. Morgen würde er noch Farbe für das Kinderzimmer holen und dort alles einrichten.

Kale Hatfield hatte all seine Gefühle weggeschlossen und konzentrierte sich auf die Einrichtung der Wohnung. Jenn durfte niemals erfahren, was in seinem Leben vorgefallen war und noch vorfallen würde. Offiziell würde er jeden Tag zwei Mal zur Arbeit gehen und ihr das Geld auf den Tisch legen, das er bisher verdient hatte. Das restliche Geld würde er für schlechte Zeiten verstecken. Auch dafür würde er eine Ausrede finden.

Seine Tochter war nun sieben Tage alt und er hatte sie fast jeden Abend besucht. Sein Job als Dressman lief schleppend an, aber immerhin hatte er über tausend Dollar in der ersten Woche verdienen können. Es würde etwas kompliziert werden, wenn er nicht ausgebucht wäre, denn wo sollte er sich aufhalten, wenn Jenn glaubte, er wäre zur Arbeit? Sollte er sich ein billiges Hotelzimmer suchen? Immerhin müsste er sich nach jedem Job von all den Gerüchen und Düften seiner Freier befreien. Plötzlich kam ihm diese Lydia Hays in den Sinn! Er wusste nicht warum, denn er wollte sie im Grunde nicht wiedersehen. Und doch träumte er nachts von ihr. Wenn er seinen Freiern begegnete, dachte er heimlich an sie. Und er dachte daran, dass Jenn niemals diese Rolle übernehmen würde. Kale Hatfield kam zum ersten Mal der Gedanke, wie sich ein Leben zwischen Lydia und Jenn anfühlen würde. Lydia würde die Zeitlücken füllen und er würde auf diese Weise noch zusätzlich Geld verdienen. Er rief sie an.

*

Lydia Hays fühlte sich von der gleichen Rastlosigkeit getrieben wie dieser Kale. Eine merkwürdige Begegnung. Auch ihre Tochter hatte in den letzten Tagen des Öfteren von Kale gesprochen. Dieser junge wütende Mann wirkte nicht wie einer der üblichen Verkäufer seines Körpers. Er lief von Zorn und Scham getrieben durchs Leben und verfolgte mit seiner Arbeit ein Ziel, das sie nur allzu sehr interessierte. Für wen tat er das alles? Er konnte es unmöglich für sich tun, denn das Geld, das er auf diese Art verdiente, schien er nicht auszugeben. Es steckte etwas Besonderes dahinter. Ihr Chauffeur hatte ihr mitgeteilt, dass die Gegend, aus der er ihn abgeholt hatte, nicht die beste war. Er lebte in einem verkommenen Viertel dieser Stadt. Seine Kleidung war ebenfalls nicht die beste, aber sein rebellischer Geist war sehr wach. Er schien keine Drogen zu nehmen, er rauchte nicht und er wirkte auch nicht sehr trinkfest und doch verkaufte er seinen Körper, um zu überleben. Aber er verkaufte sich nicht an das niedere Volk! Er hatte in diesen Club gefunden und es würde Lydia interessieren, wie er das geschafft hatte. In der Regel brachte eines der Clubmitglieder hin und wieder einen Neuling mit, den er irgendwo aufgegabelt hatte. Und dieser kannte wiederum weitere Callboys, die zu diesem Club passten. Doch dieser Kale war ein Einzelgänger, das spürte sie. Und sie spürte, dass sich hinter ihm eine einzigartige Geschichte verbarg. Er konnte nur unter Schmerz leidenschaftlich lieben. Wo war seine Zärtlichkeit? Musste er das in diesem Geschäft nicht genauso beherrschen wie die Perversion? Warum war er plötzlich so wütend davongerannt, obwohl sich die pure Lust in seinen Augen widergespiegelt hatte?

Sie beschloss, ihn inkognito suchen zu gehen gegen jede Regel des Clubs. Sie konnte nicht anders und riskierte damit den Ausschluss aus der Gesellschaft. Es war ihr egal. Sie fuhr getrieben von Neugier zu seiner Wohnung und drückte auf irgendeine Klingel, deren Namen zu ihm passen würde. Gordon. Alle anderen Namen klangen unpassend. Kale Gordon hörte sich gut an, doch es öffnete niemand. Vielleicht war er unterwegs. Sie drückte auf eine andere Klingel und ein Summen ließ das Türschloss aufspringen.

„Ich suche einen Kale“, sagte sie, als sich ein ungepflegter Mann an der rechten Wohnungstür zeigte. „Groß, jung, dunkelblond…“

„Wohnt hier nicht“, sagte der Mann und sah dabei nach oben in die anderen Stockwerke. Dann sah er wieder zu ihr. Sie passte nicht hierher und er wollte ihr keine Auskunft geben.

„Sie irren sich, ich habe ihn hier schon öfter abgeholt. Kale Gordon?“

Der Mann brummte. „Mmhh… Gordon ist eine junge Frau. Hat andauernd andere Kerls bei sich. Jetzt isse schwanger und vorige Woche ausgezogen. Gottseidank! Immer dieses Geschrei! Wäre schlimm, wenn noch ein Balg dazugekommen wäre!“

Lydia Hays sah ihn erschrocken an. War Kale einer von diesen *anderen Kerls* ? „War darunter ein junger gutaussehender dunkelblonder Mann?“

Wieder brummte der Alte. „Ich sagte doch, kenn ich nicht. Habe nie wirklich darauf geachtet. Die Schlampe hatte immer so ältere Kerls bei sich. Nee, Sie irren sich sicher.“ Er wollte dieses Gespräch beenden und schlug seine Tür wieder zu.

Als Lydia das Wohnhaus verließ, sah sie die Fassade hinauf und tatsächlich, sie konnte eine leerstehende Wohnung erkennen. Gordon, dachte sie. Diese Frau war schwanger. Wie weit mochte sie sein? War Kale vielleicht in Not, weil er eine hochschwangere Frau zu versorgen hatte und eine neue Wohnung suchte? War er der Vater von dem Kind, das diese Gordon erwartete? Es würde zu seinem getriebenen und wütendem Verhalten passen. Armut und Verantwortung zugleich. Wie weit mochte diese Gordon mit ihrer Schwangerschaft sein? Vielleicht läge sie schon zur Entbindung im Krankenhaus. Es wäre einen Versuch wert, dort einmal nachzufragen.

„Ich suche eine Mrs. Gordon“, sagte sie an der Information des Krankenhauses. „Meine Nichte, sie hat ein Kind entbunden.“

Der Mann hinter der Glasscheibe tippte den Namen in seinen Computer ein.

„Jennifer Gordon?“

Sie nickte eifrig. Hatte sie einen Volltreffer gelandet? Wenn ja, hieße sie Jennifer.

Der Mann las die Eintragung zu der Patientin. Ein Kale Miller durfte sie nicht besuchen. Er blickte erneut durch die Glasscheibe und taxierte das Gesicht der Frau auf der anderen Seite. Die Leute kamen auf die verrücktesten Ideen, um hier reinzukommen. Vor ihm stand kein Kerl, also sagte er: „Dritte Etage, Station B, Zimmer 304.“

„Danke.“ Sie lächelte und suchte den Aufzug.

Lydia Hays war klar, dass sie diese Frau nicht besuchen durfte. Dass sie Kale nachspionierte, würde ihn maßlos wütend machen, also beschloss sie, die Säuglingsstation zu besuchen und sich das Kind von dieser Jennifer Gordon anzuschauen. Hatte es Ähnlichkeit mit Kale.

Sie fand kein Kind mit dem Namen Gordon.

„Entschuldigung“, sprach sie eine Schwester von der Seite an. „Ich bin die Tante von Jennifer Gordon. Darf ich mal einen kurzen Blick auf das Kind werfen? Ich bin so gerührt, dass ich Großtante geworden bin!“ Das Theaterspielen war immer schon Lydia Hays zweite Natur gewesen. Sie glänzte in ihrer Rolle.

Die Schwester wirkte verunsichert. Mrs. Gordon hatte nichts von einer Tante erzählt, die erscheinen würde und gerade auf der Säuglingsstation war man sehr vorsichtig. „Warum besuchen Sie nicht erst einmal Ihre Nichte selbst?“

Lydia sah zu Boden. „Ich bin so in Eile, ich wollte nur das Kind schnell sehen und dann morgen wiederkommen. Wissen Sie, ich wollte nur kurz schauen, ob es ein Mädchen oder Junge geworden ist. Ich würde morgen gerne direkt ein passendes Geschenk mitbringen.“

Die Schwester gab nach. Es klang nicht nach einer gefährlichen Situation. „Es ist ein Mädchen. Die kleine Rachel. Sie ist leider eine Frühgeburt und liegt auf der Intensivstation.“

Lydia taumelte etwas. Rachel?

„Alles in Ordnung, Mrs.?"

Sie nickte. Er hatte seine Tochter *Rachel* genannt? „Ich bin nur so gerührt! Ich habe so sehr auf ein Mädchen gehofft!"

„Kommen Sie, ich kann Ihnen das Kind durch die Scheibe zeigen."

Lydia Hays folgte der Schwester auf eine andere Station. Sie wies sie an, vor einem großen Fenster stehenzubleiben. Dahinter sah sie fünf Inkubatoren, in denen diese kleinen Wesen lagen. Es berührte sie zutiefst, denn ihre Tochter war auch eine Frühgeburt gewesen! Ein Frühchen mit dem Namen Rachel! Die Zufälle machten ihr Angst, aber sie verursachten auch ein starkes Gefühl der Verbundenheit. Kale erreichte bei ihr eine Ebene, die noch niemand erreichte hatte und die sie äußerst verletzlich machte.

Sie sah, wie die Schwester einen Glaskasten vor das Fenster schob und lächelnd darauf zeigte. Das kleine Wesen blinzelte, wachgeworden durch die Bewegung, die ihren Schlaf unterbrochen hatte. Lydia sah die kleinen dunklen Augen, wie sie orientierungslos ins Leere sahen. Sie hatte Kales Augen! Ohne Zweifel! Lydia Hays verließ taumelnd das Krankenhaus!

*

Nach jedem Job, den Kale zu erledigen hatte, zeigte sich seine anschießende Scham in den vielen Tränen, die ihm übers Gesicht liefen, wenn er das Haus seiner Freier verließ. Sein Körper fühlte sich dann fremd und verbraucht an. Seine Haut brannte wie ein Feuer, das er nur mit einer eiskalten Dusche löschen konnte. Solange Jenn noch nicht aus dem Krankenhaus entlassen war, konnte er zu Hause duschen, aber wenn sie mit dem Baby in diese Wohnung zog, musste er einen anderen Ort finden, um seinen Schmerz und Hass zu bekämpfen.

Kale Hatfield hatte nicht erwartet, wie schwer sich dieser Job anfühlen würde – die vielen fremden Hände, die ihn brutal berührten und die Gefügigkeit, die er zeigen musste. Doch welche Wahl blieb ihm? Es war ein Job, bei dem er keinen Ausweis vorlegen und keinen Vertrag abschließen musste. Und außerdem bekam er jede Leistung bar bezahlt. Das Geld war keineswegs leicht verdient, aber es hatte eine Höhe erreicht, von der ihm schwindelig wurde. Das machte ihn wütend und er spürte schon in der ersten Woche, wie nahe er am Rande der Verzweiflung wanderte. Konnte er diesen Job auf Dauer überhaupt aushalten? Es war sein Kopf, der diesen Hass in seine Glieder fahren ließ und Widerstand zeigte, wo er keinen zeigen durfte. Mitten im Akt, wenn sie sein Gesicht nicht sahen, liefen ihm Tränen über das Gesicht. Die Freier mochten diesen Widerstand und sahen in ihm ein Wesen, was sie noch mehr verbiegen oder quälen konnten. Sie zahlten schließlich ausreichend dafür! Er dachte wieder an Lydia Hays, bei der er wenigstens auch sein Vergnügen fand, und rief sie schließlich an…

*

Sie hatte es gewusst! Er würde sich früher oder später bei ihr melden! Ihre Sehnsucht nach ihm war groß und seit sie den Säugling gesehen hatte, noch größer geworden. Wie sehr wünschte sie sich, dass es ihr Baby wäre. Diese Jennifer Gordon hatte ihn nicht verdient. Eine Frau aus einem solch verkommenen Viertel konnte keinerlei Verantwortung für ein Kind tragen. Nach den Aussagen des Nachbarn hatte sie ständig wechselnde Partner gehabt. Vielleicht war sie sogar eine Prostituierte und mit Kale war ihr ein Missgeschick passiert. Jetzt fühlte er sich verantwortlich, obwohl eigentlich diese Schlampe ganz allein verantwortlich war. Sie zwang ihn in diesen abscheulichen Job, an dem er früher oder später zerbrechen würde.

Lydia war egoistisch und handelte stets eigennützig! Sie schwieg, als sie seine Stimme am Telefon hörte. Die Woche war ihr wie eine Ewigkeit vorgekommen. Auch Kale hatte Schwierigkeiten zu reden. Er hatte gerade einmal ihren Namen gesagt, als ihn wieder diese Scham überkam. Ihre Körper sprachen lediglich die gleiche Sprache, nicht aber ihr Verstand oder gar ihr Herz. Sie waren ein seltsames Team, denn jeder wollte von dem anderen etwas, was dieser nicht hergeben wollte. Sie wollte ihn ganz für sich ohne Bezahlung. Kale wollte ihr Geld und einen Ort, an dem er verweilen durfte, wenn er einmal keinen Job hätte. Zudem wollte er seine Beziehung zu Jenn und dem Baby retten.

Lydia und Kale bewegten sich auf einen Kampf zu. Sie fragte: „Wo soll ich dich abholen?“ Er schwieg. Sie würde direkt seine neue Adresse erfahren, was er nicht zulassen konnte. Doch er irrte sich, denn in Lydias Club gab es genug Möglichkeiten, an seine neue Adresse zu kommen. Sie hatte längst alles unter Kontrolle, wie immer.

Er gab ihr die Adresse eines Cafés, vor dem sie ihn abholen könne, und sie lachte, weil sie wusste, dass er sich nicht verstecken konnte.

Als Lydia Hays ihn frierend auf der Straße vor dem Café erblickte, merkte sie, wie schlecht er aussah. Seine Augen lagen in tiefen Höhlen und er hatte Gewicht verloren. Schon jetzt stand ihm die Qual, mit der er den neuen Job erledigte, ins Gesicht geschrieben. Es war nur eine Frage der Zeit, bis er darunter zusammenbrechen würde. Das war ihre Chance zu reagieren. Was machten schon die paare Jahre Unterschied zwischen ihnen aus? Wenn der Sex stimmte, würde sie alles andere auch hinbekommen. Ihre Ehe war genau an diesem Punkt gescheitert. Wo ihr Exmann Zärtlichkeit suchte, bot sie ihm nur diese Brutalität. Er wich ständig entsetzt vor ihr zurück, wenn sie wild wurde und flüchtete sich in die Beziehung mit einer Frau, die ihm endlich Zärtlichkeit geben konnte. Kale war ganz anders. Er hieß ihre Art willkommen und hatte sich ganz in sie hineinfallen lassen können. Zudem mochte sogar ihre Tochter ihn. Als Kale sie in dem Wagen herannahen sah, überkam ihn dieses seltsame Verlangen, das er zwischendurch immer wieder verspürt hatte. Und doch hatte diese Frau etwas an sich, das ihn abschreckte. Eine schwierige Situation. Kale Hatfield stieg in ihren luxseriösen Wagen ein und sagte kein Wort. Er sah sie nicht einmal an. Das gefiel ihr. Es war ein Spiel, das sie zusätzlich erregte. Er sprach während der ganzen Fahrt kein Wort.

Als sie das Haus betraten, war niemand da. Sie hatte also dafür gesorgt, dass Marcie und Rachel auswärts zu tun hatten, um ganz allein mit ihm zu sein. Niemand sollte ihre Machenschaften mitbekommen. Wieder führte sie ihn in dieses herrschaftliche Wohnzimmer und bot ihm ein alkoholisches Getränk an. Er nahm es an, prostete ihr zu und trank es in einem Zug leer. Sie wusste sofort Bescheid. Er stand wieder einmal unter Druck. Was mochte es diesmal sein? Hatte er zu wenig verdient oder war er mit den Gepflogenheiten den Clubs nicht zurecht gekommen?

„Was willst du von mir?“, fragte sie, als sie ihm ein zweites Glas anbot. Auch das trank er leer. Er tank sich Mut an. Sie war überrascht, als er sagte: „Mit dir reden.“

Sie lächelte. Nur fürs Reden würde sie ihn nicht bezahlen. Sie hatte ihn für heute nicht gebucht und das machte sie ihm unmissverständlich klar: „Du bist nicht mehr im Club. Was soll ich also mit dir?“

Kale sah sie erstaunt an.

„Du stehst nicht auf der Liste“, sagte sie. Auch dabei sah er sie erstaunt an. Irgendetwas stimmte nicht. Sollte er ihr sagen, dass er sich sehr wohl auf dieser Liste befand, sich dort aber keine Frauen eintrugen? Es trugen sich nur Männer ein. In welche Machenschaften war er geraten?

„Scheiß auf die Liste“, sagte er und sah sie abschätzend an. Er wollte nicht über die Betrügereien der feinen Leute reden. „Ich stecke in Schwierigkeiten.“

„Wieder mal?“, antwortete sie und füllte sein Glas erneut auf. „Das ist ja nichts Neues. Du willst Geld.“

Er nahm auch das dritte Glas und spürte bereits die erste Hitze in sich aufsteigen. Er stellte das Glas auf dem Tisch ab und sagte: „Ich will eine Abmachung mit dir treffen.“

Jetzt wurde sie aufmerksam. Er war also bereit, einen Schritt weiter zu gehen. Das ließ sie geschmeidig lächeln. „Dann lass mal hören.“ Sie setzte sich ihm gegenüber und sah ihn erwartungsvoll an. Ihre Rolle gefiel ihr. Sie war die, die eine Entscheidung treffen sollte.

„Ich brauche ab und zu einen Unterschlupf."

„Einen Unterschlupf?" Sie hob ihre Augenbrauen an.

„Ja, nur ab und zu."

„Ab und zu."

Er nickte.

„Planlos", sagte sie.

Er nickte erneut.

„Und was wäre dein Teil der Abmachung?"

„Wenn ich bei dir bin, gehöre ich dir."

Das gefiel ihr. Oh, das gefiel ihr sehr! Sie lächelte. „Darf ich erfahren, wie es zu diesem Angebot kommt?"

Nun war er gefordert, ihr etwas zu erklären. „Die Sache ist die." Er schluckte. „Ich habe keinen festen Wohnsitz." Das war die Wahrheit und würde Jenn schützen. „Deswegen suche ich zwischen meinen Jobs ein ..." Sollte er *Bett* sagen? „...ein Zimmer."

„Ein Zimmer... etwas, das du mit deinem Einkommen in keinem Hotel finden würdest..."

„Schon, aber es ist kompliziert."

„Was ist daran kompliziert?"

Er sah zu Boden. Sollte er sie einweihen? „Ich habe keinen Ausweis und kann weder ein Hotel noch eine Wohnung anmieten."

Sie fragte erneut: „Und wo ist das Problem?"

„Ich kann auch keinen neuen Ausweis beantragen."

Sie sah ihn weiter fragend an.

„Das sind die Schwierigkeiten, von denen ich sprach."

„Bist du in kriminelle Machenschaften verwickelt?"

Das fragte gerade *sie*! Er schüttelte den Kopf. „Nein, es hat andere Gründe. Ich bin nicht kriminell."

„Was bist du dann, ein Analphabet?"

Er holte tief Luft. „Können wir es nicht dabei belassen?" Sollte sie ihm sagen, dass sie bereits Bescheid wusste? Er durfte seiner Freundin Jennifer nichts von seinem Job erzählen.

Das war es! Er hatte ihr wahrscheinlich erzählt, er hätte einen festen Job, der keiner war. Seine Buchungen liefen höchstwahrscheinlich unregelmäßig und er konnte es nicht erklären. „Ist es alles so kompliziert, dass du es nicht erklären kannst?", fragte sie.

„Genau."

„Ich glaube nicht, dass ich zu dumm bin, um es zu verstehen, ich meine, du verlangst von mir, dass du hier wohnen darfst, obwohl wir uns überhaupt nicht kennen. Findest du das nicht ein wenig dreist? Du bist nichts weiter als ein Stricher!"

Dressman, sagte Harry. Aber sie hatte Recht! Er war im Grunde nichts weiter als ein Stricher für Reiche! Sollte er aufstehen und das Haus wieder verlassen? Lydia war die Einzige, die ihm im Moment helfen konnte. Er musste eine feste Anlaufstelle finden, wo er sich aufhalten, duschen und umziehen konnte. Nur so würde eine Beziehung zu Jenn funktionieren. Erst wenn Lydia das Arrangement zusagte, würde er zu Jenn gehen und sie um Verzeihung und eine neue Chance bitten. Er wollte ein ganz normales Familienleben mit ihr führen, aber diesen Job brauchte er. Jenn würde niemals damit leben können, wenn sie es wüsste, aber er konnte ihr auf diese Art und Weise eine gute finanzielle Absicherung bieten.

„Du bekommst mich umsonst." Das war sein letztes Angebot. Jetzt würde sich zeigen, ob sie zuschlug. Er konnte ihr unmöglich die Wahrheit sagen.

Lydia haderte. Das Angebot klang so unglaublich verlockend. Unter welchem Druck mochte dieser Kerl stehen, um ihr ein solches Angebot zu machen? Er würde Tausende von Dollar verlieren. Sie reichte Kale die Hand. „Abgemacht."

*

Jennifer Gordon war der Verzweiflung nahe. Seit Tagen brachte man ihr diesen Inkubator auf das Zimmer, damit sie ihr Kind sehen konnte, doch sie wollte es nicht sehen. Eine Psychologin besuchte sie zusätzlich seit zwei Tagen, während das

Kind bei ihr lag und redete auf sie ein. Sie stellte Fragen, auf die Jennifer keine Antwort gab. Sie wollte nur noch Kale sehen, der sie aber nicht besuchte. Noch drei Tage und sie würde nach Hause gehen können. Sie würde in eine fremde Wohnung kommen, in der niemand auf sie wartete. Kale hatte sicherlich alles schön hergerichtet und auch dafür gesorgt, dass sie sich in nächster Zeit um nichts außer dem Kind kümmern müsste. Das Kind musste jedoch weiter im Krankenhaus bleiben, weil es noch nicht die Werte erreicht hatte, die es ohne diese Maschinen lebensfähig sein ließen. Doch wenn sie das Kind schließlich geholt hätte, würde sie Tag und Nacht voller Einsamkeit auf dieses Wesen blicken müssen, das sie mit seinen Augen ansah. Sie würde jeden Tag mehr den Schmerz, die größte Chance ihres Lebens vertan zu haben, spüren. Schon der bloße Gedanke daran ließ sie schaudern. Sie überlegte, ob sie nach Adoptionspapieren fragen sollte, bevor man sie entließ. Das würde diese ganze Misere beenden. Es würde ihr die Last nehmen, sich um ein Kind zu kümmern, das sie nicht wollte, und ihr die Möglichkeit geben, wieder zu arbeiten. Dieses Leben war sie gewohnt. Sie würde sich wieder ein kleines Apartment suchen und sich nie wieder auf einen Kerl einlassen. Nie wieder!

Als man ihr den Inkubator wieder einmal erfolglos aus dem Zimmer schob, sagte sie leise: „Ich würde das Kind gerne zur Adoption freigegen."

Schwester Maria sah sich erschrocken um! Adoption? Das war doch nicht ihr Ernst! Sie schob den Inkubator wieder in das Zimmer hinein und setzte sich zu Jennifer auf das Bett. Wusste sie denn nicht, dass ihr Freund das Kind fast jeden Tag besuchen kam? Vielleicht sollte sie es ihr mitteilen.

„Ihr Freund", begann Schwester Maria, „wie nahe steht er Ihnen?"

Jennifer fühlte sich ertappt und sah zur Seite. Tränen versuchten der Schwester eine Antwort zu geben, doch sie wischte sie weg. Ihre Probleme gingen niemanden etwas an.

„Wissen Sie, er kommt nämlich fast jeden Tag vorbei, um das Kind zu sehen."

Jennifer sah auf. Die Schwester redete weiter: „Mrs. Gordon, ich will Ihnen nicht zu nahe treten, aber… ein jeder sieht doch, dass es sein Kind ist. Wieso lassen Sie ihn nicht als Vater eintragen?"

Jetzt brach es aus ihr heraus. Der ganze Schock, der ganze Schmerz und die Qual, die sie seit Tagen aushielt. Alles ergoss sich in vielen Tränen über ihr Gesicht und die Schwester nahm sie tröstend in den Arm. „Soll ich Ihren Freund nachher mal zu Ihnen schicken?"

Sie schüttelte den Kopf. Diese Lösung erschien ihr zu einfach. Wenn er nicht freiwillig kam, wollte sie ihn nicht sehen. Das sah die Schwester ganz anders. „Sie haben ihn weggeschickt und alles, was er tut, ist, ihren Wunsch zu respektieren. Ich bin sicher, wenn Sie ihm ein Zeichen geben, dass Sie wieder zu einem Gespräch bereit sind, meldet er sich sofort." Die Schwester spürte ein leichtes Nicken ihrer Patientin im Arm und legte sie behutsam zurück in die Kissen. „Er wird in etwa einer halben Stunde hier sein. Sie beruhigen sich erst einmal und waschen sich das Gesicht. Sie sehen ja furchtbar aus. So sollte Ihr Freund Sie nicht sehen." Die Worte der Schwester schenkten ihr neue Zuversicht. Vielleicht hatte sie Recht. Vielleicht sah sie alles viel zu verbissen und Kale würde tatsächlich bei ihr bleiben. Wenn Kale heute tatsächlich zu ihr käme, würde sie neue Kraft schöpfen. Aber nur, wenn er ihr versprach, sie nie wieder zu schlagen!

Schwester Maria wurde gegen acht Uhr unruhig. Seit einer Stunde war die Besuchszeit beendet und Kale Miller war nicht erschienen. Hatte sie dieser jungen Mutter nun umsonst Hoffnungen gemacht? Sie bewegte sich am Rande einer fatalen Entscheidung. Eine Adoption war ein großer Schritt, den diese Mrs. Gordon nicht zu schnell gehen sollte. Die Verzweiflung war kein guter Ratgeber, aber die Schwester wusste auch nicht, wie sie diesen jungen Vater erreichen sollte. Dann kam ihr eine Idee. „Wenn Sie mir seine Adresse geben, dann fahre nach meinem Dienst um neun zu ihm hin und werde sehen, was los ist. Warum er nicht gekommen ist."

Jennifer konnte ihre Enttäuschung kaum verbergen. Es war möglich, dass er sich genau heute davongemacht hatte. Er wollte sie sicherlich nicht treffen, wenn sie entlassen wurde und hatte seinen Platz in der Wohnung vorsichtshalber ein paar Tage früher geräumt. Ja, sie wurde immer schon vom Pech verfolgt.

„Vielleicht ist alles nur ein Missverständnis", sagte Schwester Maria. „Geben Sie mir die Möglichkeit, das herauszufinden."

Jennifer Gordon nickte und gab der Schwester ihre neue Adresse, obwohl ihr Gefühl ihr sagte, dass sie Kale nicht antreffen würde. Sie gab ihr sogar den Schlüssel, um notfalls nachsehen zu können, ob sich seine Sachen noch in der Wohnung befänden. Wenn nicht... es war so ein Gefühl...

Schwester Maria fuhr wie vereinbart zu der Adresse, die Mrs. Gordon ihr gegeben hatte. Es war normalerweise nicht ihre Art, sich in die Angelegenheiten ihrer Patientinnen einzumischen, aber dieser Fall schien ein ganz besonderer zu sein. Das Glück der kleinen Rachel hing davon ab. Die Schwester hatte nicht das Gefühl, dass hinter den Problemen der Eltern Drogen oder Alkohol steckten. Es schien eher zwischenmenschlicher Natur. Beide wirkten so hilflos in der Situation und benötigten vielleicht nur einen kleinen Stoß. Den wollte die Schwester gerne geben.

Sie parkte ihren Wagen direkt vor dem Haus. Die Klingel war bereits mit dem Namen Gordon versehen. Gleich würde sie diesem verlorenen jungen Mann begegnen und ihn bitten, mit ins Krankenhaus zu kommen und sich als Vater eintragen zu lassen. Sie war so voller Zuversicht und wartete beharrlich auf das Summen des Türöffners, doch es erklang nicht. Auch nicht nach dem zweiten und dritten Klingeln. Schwester Maria war verwirrt. Vielleicht sollte sie ein wenig vor der Tür im Wagen warten. Vielleicht war heute etwas dazwischen gekommen, das er nicht hatte einkalkulieren können. Doch sie wartete vergeblich. Um halb elf beschloss sie, die Wohnung zu betreten. Sie war überrascht, wie schön sie aussah. Sie war gut beheizt, so dass Mrs. Gordon bei ihrer Ankunft nicht frieren würde. Auf dem Küchentisch stand frisches Obst, das noch ein paar Tage halten würde. Der Kühlschrank war üppig gefüllt, genau wie der Vorratsschrank. Das Kinderzimmer enthielt alles an Möbeln, worin sich ein Baby wohlfühlen würde. Ein Kinderwagen stand bereit und über einer kleinen Kinderwiege hing ein lustiges Mobile mit einer Spieluhr. Schwester Maria suchte nach einem Anzeichen, dass ein Mann hier wohnte, doch sie fand keines. Im Schlafzimmer hingen und lagen nur die Kleidungsstücke einer Frau und selbst im Bad gab es keinerlei Hinweise auf einen männlichen Bewohner. Alles war nur für Mrs. Gordon und das Kind eingerichtet. Damit hatte die Krankenschwester nicht gerechnet. Die Sache schien ernster zu sein, als sie erwartet hatte. Als sie die Wohnung verlassen wollte, fand sie einen Zettel an die Innenseite der Wohnungstür geheftet. Darauf las sie: *Die Miete ist für sechs Monate bezahlt. Ich überweise weiteres Geld für euch, sobald ich kann. Der Wohnungsschlüssel liegt im Briefkasten.* Damit hatte die Schwester eine Antwort auf all ihre Fragen und riss den Zettel ab, um ihn morgen der Patientin zu übergeben. Sie war jetzt müde und fuhr heim. Doch sie konnte nicht schlafen und dachte an die arme Mrs. Gordon, die nun in ihrem Zimmer lag und vergeblich auf ihren Freund wartete. Wie hatte sie ihr nur falsche Hoffnungen machen können?

*

„Wie stellst du dir das alles vor?“, fragte Lydia. „Du willst in diesem Haus ein- und ausgehen, wie es dir passt…“ Er unterbrach sie: „… und du kannst mich haben, wie es dir passt. Was macht das für einen Unterschied?“ Sie widersprach nicht.

Sie begegneten sich auf Augenhöhe und spürten das Prickeln. Sosehr sie sich einerseits ablehnten, sosehr zogen sie sich andererseits an. Eine gefährliche Mischung! Und doch erschien es Kale als der einzige Weg, sein Leben zunächst in den Griff zu bekommen. Er hatte an diesem Tag niemandem, der ihn gebucht hatte, und hielt es für eine gute Idee, zunächst seine Sachen aus Jennifers Wohnung zu holen. Er wollte sie nicht drängen, sondern erst einmal das ruhige Gespräch zu ihr suchen, bevor er fest einzog. Seine Welt kam ihm plötzlich so aufgeräumt vor. Er hatte eine feste Bleibe gefunden und konnte Jenn weiterhin vorlügen, seine Jobs zu erledigen. Falls sie nach dem vielen Geld fragte, würde er sagen, dass er einen Zusatzjob gefunden hätte. Ja, er könnte jetzt alles erzählen, solange er bei Lydia die Zeiten verbringen konnte, die er nicht erklären konnte. Es schien ihm eine geniale Lösung zu sein. Hinzu kam die Sache mit dem Sex. Lydia konnte ihm geben, was Jenn niemals schaffen würde. Wer weiß, vielleicht würde er auch Zärtlichkeit aushalten lernen und sich Jenn eines Tages sogar nähern können. Die Gewohnheiten in seinem Job würde ihm auf Dauer auch diese Tür öffnen. Kale Hatfield fühlte sich nahezu beschwingt und wollte noch einige Einkäufe erledigen, falls Jenn in den nächsten Tagen heim käme. An die Tür heftete er eine Nachricht für sie, damit sie sich keine finanziellen Sorgen machen müsste und warf den Wohnungsschlüssel wie angekündigt in den Briefkasten. Er würde nachher noch ins Krankenhaus fahren und schauen, ob alles in Ordnung wäre. Sein nächster Kunde hatte sich für morgen Vormittag angemeldet. Ja, die Welt von Kale Hatfield fühlte sich plötzlich so geregelt an. Er wollte für Lydia ein guter Liebhaber, für Jenn ein guter Partner, für Rachel ein guter Vater und seinen Kunden ein guter Dressman sein. Er wollte alle vier Rollen in seinem Leben spielen, als hätte er vier neue Multiplen in sich geschaffen! Doch dann kam alles anders …

*

Lydia Hays überließ ihm das große Gästezimmer mit eigenem Bad und Wohnbereich. Sie hatte mit ihrem Mann dieses Zimmer für Gäste eingerichtet, die länger bei ihnen bleiben wollten. Das war jetzt der Fall. In ihr wuchsen große Ideen für die Zukunft. Zum einen konnte sie Kale testen, ob er sich als Mann an ihrer Seite eignete, und zum anderen konnte sie ihre Fantasien mit ihm ausleben, etwas, wonach sie sich immer gesehnt hatte. Sie würde ihm schicke Kleidung kaufen und in Gesellschaften einführen, von denen er nie zu träumen gewagt hatte. Und die Sache mit dieser Jennifer Gordon würde sie auch noch in den Griff bekommen. Jetzt kannte sie seinen Nerv und würde nichts unversucht lassen, ihn zu treffen, solange, bis er unter dem Scherz zusammenbrechen und diese Frau verlassen würde…

Lydia sah seinen Wagen über den Hof vor ihr Haus fahren. Ein alter dunkelblauer Ford, aber recht gut in Schuss. Er trug eine Reisetasche und hatte einen großen Strauß Blumen bei sich. Er brachte ihr tatsächlich Blumen zur Begrüßung mit! So aufmerksam!

Kale Hatfield tappte geradewegs in die erste Falle. Er hatte nicht darüber nachgedacht, die Blumen besser im Auto zu lassen. Sie waren für Jenn. Seine gute Laune hatte ihn dazu bewogen, heute den ersten Versuch zu wagen, mit ihr ins Gespräch zu kommen. Er wollte die Blumen nicht welken lassen und bis zu seinem Besuch in eine Vase stellen. Es war ihm nicht in den Sinn gekommen, dass er ab jetzt zu jeder Stunde und jede Minute Rechenschaft ablegen müsste. Das war der Mietpreis, den er an Lydia zu zahlen hatte.

Sie begrüßte ihn mit einem Wangenkuss und wollte den Strauß erfreut entgegennehmen, als er unbedachterweise sagte: „Die sind für eine Freundin.“ Er hätte doch wissen müssen, dass er Jenn niemals erwähnen dürfte. Jetzt sah er Lydias entsetztes Gesicht. Verdammt, das hätte nicht passieren dürfen! Sie zog ihn ins Wohnzimmer und holte eine große Vase aus dem Schrank. „Hier, auch für deine Freundin!“, sagte sie spitz und reichte ihm eine schwere Kristallvase. „Schenke ich ihr, damit sie auch was von mir hat!“

Kale holte tief Luft und sah zu Boden. Sie war eifersüchtig. Doch sie genoss auch seine Verlegenheit und wollte sehen, wie er sich aus der Geschichte herauswinden würde. Er sagte nichts. Stattdessen legte er den Strauß auf den Tisch, nahm ihr die Vase ab, stellte sie neben die Blumen und packte Lydia fest an beiden Schultern. Sein Herz raste. „Damit das von vornherein klar ist: Es geht dich nichts an, was ich außerhalb deiner Reichweite mache! Ich werde dir wohl kaum jeden meiner Schritte erklären und um Erlaubnis bitten müssen!“ Er hoffte, die Sprache gefunden zu haben, die sie verstand, und ließ sie wieder los. Er nahm die Vase und die Blumen und wollte in die Küche gehen, um Wasser zu holen, als er sie sagen hörte: „Dann endet jetzt und hier unser Arrangement! Verschwinde! Sofort!“

Kale blieb in der Tür stehen und rührte sich nicht. Dies war nur ein erster Versuch, ihn unter Druck zu setzen. Würde er nachgeben, würden viele weitere Versuche folgen. Seine Stimme wurde heiser, als er sagte: „Wenn ich jetzt gehe, komme ich nie wieder zurück.“

Er war gereizt! Doch sie wollte es drauf ankommen lassen. Die ersten Kämpfe waren immer die entscheidenden. Wer sie gewann, bestimmte sie die Hausregeln. „Gut, dann ist es wohl vorbei.“ Sie rechnete nicht mit dem, was jetzt geschah. Er ließ die Blumen und die Vase fallen! Ein scheppernder Knall ließ die teure Vase auf den Fliesen zerplatzen. Der Blumenstrauß fiel auseinander und landete zwischen den Glassplittern. Kale Hatfield ging in die Eingangshalle und griff nach seiner Reisetasche. Für ihn war es vorbei. Alles war vorbei! Unter diesen Bedingungen konnte er nicht leben. Als er die Haustür öffnen wollte, griff sie ihn von hinten an. So leicht würde er nicht davonkommen! Nicht auf diese Weise! Er hatte sie schon am ersten Tag betrügen wollen und… ihre teuren Fliesen im Wohnzimmer ruiniert! Eine Fliese war durch den Aufprall der Vase zerplatzt und abgesplittert.

Als er ihre Schritte hinter sich hörte und sich erstaunt umdrehte, schlug sie ihm mit der Faust ins Gesicht! Sie war groß und ihre Wut schenkte ihr eine immense Kraft, so dass er vom Schlag getroffen zu Boden stürzte. Damit hatte er nicht gerechnet. Kaum dass er aufsah, stürzte sie sich auf ihn und schlug weiter auf ihn ein. Er wehrte ihre Fäuste ab, um sie zu beruhigen, doch sie traf ihn immer wieder ins Gesicht. Sie rangen auf den glänzenden Fliesen und keiner von beiden konnte später sagen, wann die Prügelei in wilden Sex übergegangen war. Sie biss ihn in die Lippen, so dass er sein eigenes Blut schmeckte. Erst da wurde ihm klar, was sie vorhatte. Er wollte es nicht und dachte an sein Kind, das er besuchen müsste. Er dachte auch an Jenn, die er heute wieder für sich gewinnen wollte. Doch diese Frau, die plötzlich auf ihm lag, war um so vieles stärker als die beiden anderen und er gab nach.

*

Jennifer Gordon schlief die ganze Nacht nicht. Sie hatte zweimal bei den Schwestern nachgefragt, ob Maria sich gemeldet hätte oder Kale Miller auf der Intensivstation für Säuglinge erschienen wäre. Die Schwestern verneinten und waren selbst erstaunt, dass der junge Mann nicht erschienen war. Vielleicht würde er morgen wiederkommen.

Nein, das dachte Jennifer nicht. Er würde nie wiederkommen. Irgendetwas war heute passiert, das sich sehr endgültig anfühlte, sonst hätte Schwester Maria sie kurz angerufen. Morgen würde sie die Dinge klären und dieses Kind, das er Rachel nennen wollte, zur Adoption freigeben. Die Schwestern würden bezeugen, dass sie keinerlei Verbindung zu dem Kind aufbauen konnte. Sie wollte es einfach nicht haben. Und daran würde sich auch in den nächsten Tagen oder Wochen nichts ändern. Sie wollte nur alles so schnell wie möglich vergessen.

*

Schwester Maria traute sich kaum in Mrs. Gordons Zimmer. Wie sollte sie ihr klarmachen, dass sich ihre Befürchtungen tatsächlich bewahrheitet hatten? Ihr Blick war zu Boden gerichtet, als sie das Zimmer betrat. Welch‘ ein Unglück spielte sich im Leben dieser jungen Frau ab? Da lag ein Frühchen nur wenige Meter von ihr entfernt und harrte der Liebe seiner Eltern, doch keiner von beiden schien mehr bereit zu sein, sie ihr geben zu wollen. Das waren die wahren Schicksale, die Schwester Maria immer wieder in ihrem Job verunsicherten. Sie hatte sich einer Aufgabe verschrieben, die Menschen glücklich machen sollte, nicht unglücklich. Wie nahe sie beieinander lagen, zeigte sich in diesem Moment wieder.

Jennifer erwartete nichts als die Wahrheit. Warum sollte das Leben plötzlich etwas Gutes für Sie bereithalten? Dabei war ihr das Glück so nahe gewesen. Sie hatte nur nicht gelernt zuzugreifen. Innerlich hatte sie sich bereits auf die Adoption eingestellt und fühlte sich durch den Blick von Schwester Maria in ihrer Entscheidung bestärkt. Nun lag es an der Schwester, ob sie die junge Frau vom Gegenteil überzeugen könnte. Sie fand es reichlich überstürzt. Immerhin hatte der Vater ein Mitspracherecht, auch wenn dieser Kale Miller noch nicht als Vater eingetragen war. Mrs. Gordon konnte diese endgültige Entscheidung nicht allen Ernstes von diesem letzten Abend abhängig machen, nur weil der Vater nicht erschienen war. Vielleicht war wirklich alles nur ein Missverständnis.

„Ich sehe das ganz nüchtern, Mrs. Gordon."

Jennifer nicht. Sie hatte sich von der Schwester abgewandt und hörte nur widerwillig zu.

„Sie haben ihn weggeschickt und er hat alles so gemacht, wie Sie es wollten und wie er es mit Ihnen abgesprochen hatte. Er hat Ihre Wohnung wunderschön hergerichtet, verspricht Ihnen sogar Unterhalt und hat den Schlüssel abgegeben, damit Sie ihm vertrauen. Er hat sie nicht bedrängt oder bedroht. Er kam bis gestern regelmäßig sein Kind besuchen und hat sich vorsichtshalber zeitig aus der Wohnung zurückgezogen. Dass er vor kurzem noch dort war, zeigt das frische Obst, das er Ihnen auf den Tisch gestellt hat. Mrs. Gordon, Sie können doch nicht allen Ernstes jetzt aufgeben! Das sieht nicht nach einem Abschied aus. Das sieht nach einem Rückzug aus, der Ihnen Gelegenheit geben soll, noch einmal über Ihre Entscheidung nachzudenken. Wenn ein Kerl abhaut, dann nicht so! Geben Sie ihm ein paar Tage, er wird sich melden. Er wird ganz sicherlich wieder hier im Krankenhaus auftauchen und sein Kind besuchen. Es wird noch eine Weile hier bleiben müssen. Sobald er kommt, geben wir Ihnen Bescheid. Wir werden auch versuchen, mit ihm zu reden."

All diese gut gemeinten Worte erreichten Jennifer nicht. Sie hatte eine Mauer um sich errichtet und sah die Chance nicht, die Kale ihr bot. Im Grunde wusste sie nicht einmal, warum sie so reagierte? War es wirklich der Schlag in ihr Gesicht gewesen? Oder war es eher die Enttäuschung, dass er keine Berührung zuließ? Er hatte ein Doppelbett gekauft und es im Schlafzimmer aufgebaut. War das nicht ein Signal, das er sich bereits mit einer Annäherung auseinandersetzte? Vielleicht war es nur ihre Ungeduld, die sie wütend machte.

Jennifer war stur wie ihr Vater. Ja, das war etwas, das sie von ihm geerbt hatte. Seine Sturheit war so weit gegangen, dass sie die ganze Familie zerstört hatte. Doch wer erkennt schon seine eigenen Fehler? Sie blieb bei der Entscheidung, eine Adoption in die Wege zu leiten. Schwester Maria nahm die Entscheidung hin und versprach ihr, eine zuständige Person zu schicken.

*

Während Jennifer für ihr Kind die Adoption veranlasste, erwachte Kale Hatfield in Lydia Hays Bett. Sie lag nicht neben ihm. Er hatte Kopfschmerzen und versuchte sich an den gestrigen Abend zu erinnern. Alles war so schnell gegangen. Jetzt hörte er eine Kinderstimme und die Stimme von Lydia. Sie kamen von unten.

Kale sah auf die Uhr. Es war bereits neun und Lydia machte Rachel sicher für die Schule fertig. Eigentlich ein ganz normaler Alltag, wenn Lydia nicht seine Bettgespielin wäre. Rachel! Er hatte gestern vollkommen vergessen, sie zu besuchen! Er hatte alles vergessen! Selbst den Blumenstrauß, den er samt Vase zu Boden geschmettert hatte. Jetzt fiel ihm alles wieder ein und diese Handlung schien ihm symbolisch für sein Leben. Alles lag in Scherben. Er war dieser Lydia sexuell hörig und hatte die Aussprache mit Jenn dafür geopfert. In zwei Stunde hätte er einen Job zu erledigen, zu dem er nicht die geringste Lust verspürte, doch er konnte diesen Job nicht absagen. Das würde ihn von der Liste und aus dem Club schmeißen. Er durfte sich bei Harry keinen Patzer erlauben.

Kale Hatfield hatte sich in eine Abhängigkeit begeben, die ihm jetzt erst bewusst wurde. Wie hatte er sich erst gestern noch so gut fühlen und Jenn den Schlüssel in den Briefkasten werfen können? Er war so sicher gewesen, dass es funktionieren würde. Er hatte alles genau geplant und dann war ihm dieser Fauxpas mit den Blumen passiert. Er konnte Lydias Wut verstehen. Welche Frau wäre nicht wütend, wenn ihr Liebhaber zu einer anderen Frau ginge. In diesem Moment kam ihm eine Idee…

„Hi", sagte sie und hielt eine Tasse dampfenden Kaffee in der Hand. Rachel war bereits zur Schule und Marcia zum Einkaufen.

Lydia sah trotz wirren Haares gut aus. Kale versuchte ihr unauffällig zu begegnen und griff nach der Kanne im Kaffeeautomat. Er musste etwas trinken, das ihn wach machte. Sollte er das Gespräch beginnen oder würde sie für ausreichend Turbolenzen an diesem Morgen sorgen?

Kale Hatfield überkam in Gegenwart von Lydia Hays immer wieder das Gefühl, als würde ein wildes Tier um ihn herumschleichen. Ein Tier, das in Angriffslaune war, bereit zu Absprung. Wie weit mochte ihre Sex-Besessenheit gehen? Sie provozierte in ihm, was er ein Leben lang zu vermeiden gesucht hatte und was nun wie ein Orkan über ihn hereinbrach. Er hatte diese Form von körperlicher Annäherung nie vermisst, ja, sogar gemieden, doch jetzt schien es ihm unvorstellbar, je wieder damit aufzuhören. Und doch brauchte er Ruhepausen. Dieses Gefühlschaos von Abneigung und Zuneigung verwirrte ihn. Und es würde schlimmer werden. In zwei Stunden würde er einem neuen Kunden begegnen, den er nicht kannte. Der würde gegen viel Geld seinen Körper für etwas benutzen wollen, das er nicht wollte, und doch benötigte Kale das Geld. Dann würde er zu

Lydia zurückkehren und eine Menge Scham und Aggression in sich verspüren… gerade richtig für sie.

War es das, was in Zukunft seine Balance ausmachen würde? Und was würde aus Jenn werden, wenn er nach einem schlimmen Job zu ihr heimkehren würde? Oh Gott, er musste unbedingt mit ihr reden!

„Ich muss gleich los“, sagte er und versuchte unauffällig Richtung Wohnzimmer zu blicken. Die Glassplitter und die Blumen waren bereits beseitigt. Hatte Lydia das noch getan, ehe Marcia mit Rachel zurückgekehrt war, oder hatte es Marcia getan, als sie Lydia und ihn oben hörte? Sie waren nicht gerade leise gewesen.

„Du musst in zwei Stunden los“, korrigierte ihn Lydia. War das eine Anspielung? Nicht jetzt!, dachte er. Er musste sich auf seinen Job konzentrieren. Doch sie machte Anzeichen, bereit zu sein. Das konnte er nicht zulassen. Er würde sie im richtigen Moment stoppen.

Sie griff an, und ehe sie sich versah, bekam er beide Handgelenke von ihr zu packen und drückte sie gegen die Wand. Das gefiel ihr! Sie sah seine Wunde an der Lippe, die sie ihm gestern mit dem Biss zugefügt hatte und die leichte Prellung unter seinem linken Auge durch ihren Faustschlag. Solche Verletzungen mochten gewisse Freier. Es spornte sie an, mehr an Kale auszuprobieren, als ihm recht wäre. Jede weitere Verletzung geilte sie auf. Nur die wenigsten mochten den gutaussehenden heilen Mann an ihrer Seite, den Dressman oder Edel-Callboy. Doch das wusste Kale nicht. Er fixierte Lydia kraftvoll und sagte: „Keinen Sex vor einem Job mit einem Kunden! Ist das klar?!“ Er musste diese Regel durchsetzen, weil es ihm sonst einfach zu viel geworden wäre.

„Aber eine Freundin besuchen und ihr Blumen mitbringen, dazu hast du Lust!“ Sie gab nicht auf und wollte mehr Aggressionen in ihm heraufbeschwören…

„Es war keine Freundin“, sagte er erbost, „es war eine *Kundin*! Du hast mir einen *Job* versaut!“ Das saß!

Die Antwort irritierte Lydia. Kale spürte, wie ihr Widerstand nachließ und er konnte sie loslassen. „Du kannst mir die Rechnung für die Reparatur der Fliese geben. Ich werde sie bezahlen!“ Er drehte sich um und ging nach oben. Lydia rief ihm hinterher: „Dann nenne deine Kundinnen nicht Freundinnen in meiner Gegenwart!“ Er gab keine Antwort. Sie hörte die Dusche und wusste nicht mehr, was sie ihm glauben sollte. Mittlerweile war ihr klar, das Kale noch für den Club arbeitete, aber wo und in welcher Weise tat er das? Um halb elf kam er runter. Er musste los. Kurz vor elf war er in einem Restaurant in der Stadt verabredet. Ein Mann mit einer Zeitung unter dem Arm wollte ihn dort treffen.

Der Deal

Kale Hatfield sah einen jungen Mann in seinem Alter mit einer Zeitung unter dem Arm das Restaurant betreten. Sein heutiger Kunde. Er war irritiert, denn der Mann sah keineswegs homosexuell aus. Dieser junge Mann, der lächelnd auf ihn zukam, wirkte vollkommen anders. Er sah selbst wie ein Dressman aus und stellte sich Kale höflich vor. „Ich bin David“, sagte er und reichte Kale die Hand.

Kale erhob sich und reichte ihm ebenfalls die Hand zum Gruß. „Kale.“

„Ich weiß, darf ich mich zu Ihnen setzen?“

Kale war über diese exquisite Form der Höflichkeit erstaunt, weil ihn in der Regel alle duzten. „Sicher.“

„Es ist mir alles furchtbar unangenehm“, begann David das Gespräch und legte die Zeitung beiseite. Kale sah ihn an. Ja, das war es! Aber es war ein Job.

„Kein Problem“, erwiderte Kale und wurde unruhig. Meistens verbargen sich hinter den schönsten Fassaden die grausamsten Geschichten. Er war auf der Hut.

„Ich habe Sie auf der Liste gefunden und Harry sagte, Sie wären ungefähr in meinem Alter und hätten studiert.“

Kale nickte.

„Darf ich mir die Frage erlauben, warum Sie das machen?“

Immer wieder die gleiche Frage und er antwortete: „Eine lange Geschichte."

David nickte. „Ich möchte Ihnen nicht zu nahe treten und Sie werden sicherlich Ihre Gründe haben."

Das besänftigte Kale und er nickte. Der Ober kam und beide bestellten sich einen Kaffee. Auch das war Kale sympathisch. Sein Kunde begann nicht damit, ihn wie üblicherweise mit Alkohol abzufüllen.

„Wissen Sie, ich bin nicht meinetwegen in diesem Club." Jetzt wurde Kale aufmerksam. War er ein Leidensgenosse und wollte sich einen Rat bei ihm holen? Kale wurde unruhig. „Sie werden meine Gründe vielleicht nicht verstehen, aber es war für mich der einzige Weg, wissen Sie?"

Der einzige Weg? „Ich verstehe nicht", sagte Kale. Suchte dieser junge Mann eine Art von Sex, den er sonst nirgends finden konnte?

„Es ist mir so unangenehm. Ich bin verheiratet."

Kale nickte. Viele Männer mit bisexuellen oder homosexuellen Neigungen waren verheiratet. Je höher das Ansehen in der Gesellschaft, desto eher fand man diese vorgetäuschten Ehen. Dann war so ein Club der einzige Weg, seine Bedürfnisse auszuleben.

„Es ist mir wichtig, dass ich einen gutaussehenden und intelligenten Mann finde."

Der Ober brachte den Kaffee und unterbrach damit die Konversation, die Kale sehr merkwürdig erschien.

„Ich würde mich gerne etwas intensiver mit Ihnen unterhalten, wenn Sie nichts dagegen haben."

Kale schüttelte den Kopf. Gegen Unterhaltungen hatte er nichts einzuwenden. Doch was verbarg sich dahinter? Dieser junge Mann war sicherlich nicht nur wegen Unterhaltungen im Club. Kales Neugier stieg.

„Darf ich Sie zum Essen einladen?"

„Sicher." Das war ihm angenehm, weil er bei Lydia kein Frühstück zu sich hatte nehmen können.

„Ich möchte Sie gerne näher kennenlernen und wissen, was

Sie essen, wie Sie leben und denken."

Das hörte sich noch merkwürdiger an! Befand sich dieser junge Mann auf der Suche nach einem neuen Lebenspartner? Dann war er bei ihm an der völlig falschen Adresse. Kale sagte: „Hören Sie, ich bin nicht auf der Suche…"

„Nicht das, was Sie denken", lenkte David ein. „Ich suche keinen Partner. Ich suche etwas anderes."

Wieder sprach er in Rätseln und Kale fragte: „Darf ich fragen, was Sie suchen?"

David sah zum Fenster hinaus. Schamröte stieg in sein Gesicht. Das ließ auf eine gewisse moralische Haltung schließen und es gefiel Kale. Diesen Mann könnte er sich gut als Freund vorstellen, aber Freundschaft wäre wohl kaum das, was sie in Zukunft verbinden würde…

*

Schwester Maria brachte Jennifer die ersten Unterlagen für eine Adoption. Das Krankenhaus war auf solche Fälle immer vorbereitet, weil immer wieder Kinder entbunden wurden, die sofort zur Adoption freigegeben wurden. Die Schwester hatte die entsprechende Beraterin benachrichtigt und brachte Mrs. Gordon zunächst eine Informationsbroschüre. Darin wurde sie über den Abtritt all ihrer Rechte und die raus resultierenden Folgen informiert. Auch, dass sie keinen Anspruch darauf hätte, die Namen der Eltern zu erfahren, es sei denn, die zukünftigen Eltern stimmten dem ausdrücklich zu. Sie würde nie wissen, wo und wie das Kind leben würde. Adoption hieß, das Kind aus seinem Gedächtnis zu streichen. Das war Jennifer Gordon gerade Recht. Damit würde sie auch Kale aus ihrem Leben streichen können.

Schwester Maria dachte an das hübsch eingerichtete Kinderzimmer, das diese Patientin bei ihrer Heimkehr vorfinden würde. All die kleinen Details, die dieser Kale Miller liebevoll für sie hergerichtet hatte. Sie würde bei diesem gutaussehenden Kerl sicherlich nicht so schnell aufgeben. Er würde heute

Abend ganz sicher kommen und alles würde sich klären. Jennifer sollte in zwei Tagen entlassen werden. Es würde alles gut werden.

Doch es wurde nicht gut, denn Kale Hatfield kam auch an diesem Abend nicht ins Krankenhaus und Schwester Maria wurde immer trauriger. Hatte sie sich so sehr in ihm getäuscht? Sie sah Stunde um Stunde auf dieses kleine verlassene und ungeliebte Wesen und es brach ihr fast das Herz. Es würde ein hübsches Mädchen werden, das konnte sie bereits sehen. Diese Mrs. Gordon schien sehr entschlossen zu sein. Sie bat am nächsten Morgen darum, die Adoptionsberaterin mit den entsprechenden Papieren vorbeizuschicken, damit sie die Sache über die Bühne bringen könnte. Sie musste sich auf die Entlassung vorbereiten und wollte jeden Ballast vorher abwerfen. Ja, so empfand Jennifer Gordon diese kleine Rachel – als Ballast! Schwester Maria ging das alles zu schnell! Sie hätte es verstanden, wenn Mrs. Gordon schon von vornherein eine Adoption angestrebt hätte, aber diese plötzliche Entscheidung erschien ihr so überstürzt und falsch!

„Mrs. Gordon, vielleicht lassen Sie das Kind einfach noch ein paar Wochen bei uns, bevor Sie sich entscheiden. Sie brechen alles so schnell übers Knie! Ich habe das Gefühl, dass Sie diese Entscheidung furchtbar bereuen werden. Auch Ihr Freund! Ich meine, er weiß nicht, was Sie hier gerade machen. Sie werden ihm das Herz brechen!“

Ja, das wollte Jennifer! Sie wollte Kale Hatfield das Herz brechen! Sie war es so Leid, immer wieder schlecht behandelt zu werden. Erst kamen diese Scheißkerls daher und bedienten sich an ihrem Körper, und wenn sie einen Schaden angerichtet hatten, verschwanden sie auf Nimmerwiedersehen. Es erschien ihr als ihr gutes Recht, es mit gleicher Münze heimzuzahlen! „Meine Entscheidung steht.“

*

Sie aßen und sprachen wenig. David beobachtete Kale unentwegt und studierte jede seiner Bewegungen. Er wertete die Wahl des Menüs und dessen Getränke aus und wurde sich immer sicherer, den richtigen Mann für seine Belange gefunden zu haben.

„Mögen Sie ein wenig von sich erzählen?“, fragte David plötzlich.

Kale sah auf. Nein, wollte er nicht! „Das ist nicht mein Job“, antwortete er kurz angebunden. Jede private Mitteilung über seine Person konnte ihm zum Verhängnis werden. Sollte er erzählen, wie verantwortungslos er durchs Leben ging und einen Menschen nach dem anderen enttäuschte? Dass er zarte Berührungen hasste. Dass er überhaupt die Menschen und die ganze Welt hasste?

„Leben Sie in einer Beziehung?“, fragte David.

Einer? Von welcher Beziehung würde dieser feine David gerne etwas erfahren? Von seiner wilden Sexbeziehung oder seine verpatzten Beziehung zur Mutter seiner Tochter?

„Nein“, sagte Kale kurzentschlossen.

„Haben Sie sich jemals in einer Beziehung befunden?“

Kale wurde unruhig. Was wollte dieser Kerl? Er war gebucht, um ihn zu begleiten und eventuelle Gelüste zu befriedigen, aber nicht um über sich selbst zu erzählen. Wer mochte das schon? „Hören Sie“, sagte Kale und sah sein Gegenüber abschätzig an, „ich weiß nicht, wie ich's sagen soll, aber ich rede nicht gerne über mich. Ich höre lieber zu.“ Das klang anständig und unaufdringlich. Das entsprach den Erwartungen an seinen Job und David honorierte die Antwort mit einem Lächeln. „Gut, reden wir über etwas anderes. Ist es Ihnen recht, wenn wir ein wenig spazieren gehen? Ich würde gerne mit Ihnen über einige Themen sprechen und Ihre Meinung hören.“

Dieser Kunde war so ganz anders als die, die Kale in der letzten Woche kennengelernt hatte. Im Grunde entsprach er dem, was er sich gewünscht hatte. Er wollte Menschen begleiten, ihnen zuhören und schlimmstenfalls … und viel Geld dabei verdienen. Und doch war nie abzusehen, welche Abgründe sich bei den Kunden auftaten, in die er stürzen konnte. Dieser Job war gefährlicher als alle anderen zuvor. Alles hat eben seinen Preis. Kale war auf der Hut. Er durfte nicht zu viel zulassen, aber auch nichts verderben. Er dachte unentwegt an die Liste, und dass dieses verdammte Dokument sein Leben bestimmte. Im Grunde war es nichts anderes als ein Arbeitsvertrag, den er unterschrieben hatte. Würde er sich nicht an die Regeln halten, würde man ihm den Vertrag kündigen. Diese merkwürdige Begegnung mit David sollte diese Regeln noch einmal sehr deutlich machen. Kale ließ sich auf den Spaziergang ein. Es war sein Job, das zu tun, was seine Kunden verlangten und doch erschien ihm alles zu einfach!

*

Lydia Hays konnte es zu Hause kaum aushalten! Sie hatte diesen Kale über den Club gefunden, doch was war daraus geworden? Sie hatte schon viele Begleiter gebucht, doch niemals zuvor hatte sich bei ihr ein Verlangen eingestellt, diesen Menschen mit niemand anderem teilen, sondern ganz für sich besitzen zu wollen. Sie konnte es kaum aushalten, dass er sich jetzt mit einer anderen Person vergnügte. Womöglich mit einer Frau, die noch besser war als sie! Woher hatte dieser verdammte Kerl nur seine Kunden? Lydia Hays konnte nicht anders, sie musste Harry anrufen und ihm auf den Zahn fühlen, doch Harry hielt sich bedeckt und lehnte jeden weiteren Kontakt ab. Er bat sie, sich auf die monatlichen Treffen zu beschränken und sich dort in der Liste bei geeigneten Kandidaten einzutragen. Harry beharrte weiterhin auf seiner Aussage, dass sich dieser Kale nicht wieder gemeldet habe und sah während des Telefonats auf die Liste, in der sich David heute für ihn eingetragen hatte. David hatte ihm vor einigen Monaten anvertraut, dass er sich auf der Suche nach einem ganz bestimmten Mann befände. Kale Miller war zweifellos dieser Mann. Mit ihm würden sich seine Wünsche erfüllen lassen …

Lydia fühlte sich belogen und abgewimmelt. Wäre sie Kale

doch nur gefolgt, dann hätte sie gesehen, wen er traf. Dann hätte sie auch feststellen können, ob es ein Clubmitglied war, und könnte diesen Harry jetzt zur Rede stellen. Da sie selbst Lug und Betrug in ihrem Leben gegen andere nutzte, war ihr klar, dass die anderen nicht minder ihre Vorhaben durchsetzten. Nur dieser Kale schien derzeit der einzige unverbrauchte Mensch in ihrem Umfeld zu sein. Lydia wusste, dass es nicht mehr lange dauern würde, bis auch er seine Reinheit verlieren würde. Das Geschäft war hart und ließ keine andere Wahl, als sich anzupassen, wenn man es weiter betreiben wollte. Für Kale gab es nur zwei Wege: er zerbrach daran oder er würde sie alle in die Tasche stecken!

*

Die Themen, die David ansprach, waren akzeptabel und interessant. Kale hatte immer wieder das Gefühl einer gewissen Verbundenheit. Er teilte in vielerlei Hinsicht Davids Ansichten über Politik und bestimmte gesellschaftliche Themen. Als David ihn auf sein technisches Knowhow ansprach, lief Kale zur Höchstform auf. Sie redeten über drei Stunden, als David ihm fünfhundert Dollar in die Hand drückte und sich bei Kale für das Gespräch bedankte. Kale blieb verunsichert zurück. Er konnte diese Begegnung nicht einsortieren. David hatte ihn für morgen zur gleichen Zeit wieder gebucht für genau drei Stunden.

Nun stand Harry auf dem Plan. Er hatte Kale für weitere drei Stunden an diesem Nachmittag gebucht. Damit wusste er, was auf ihn zukam, doch diesmal irrte er sich auch in diesem Fall. Was war hier los?

Harry ließ ihn an dem Restaurant abholen, in dem David sich mit ihm verabredet hatte. Es schien ein zentraler Treffpunkt für die Dressmen und Clubmitglieder zu sein – edel, feudal und anonym, eben passend.

Harry begrüßte Kale Hatfield sehr freundlich, nachdem er kurz zuvor mit David telefoniert hatte. Alles verlief nach Plan.

Dieser junge Mann war wirklich etwas ganz besonderes und Harry überlegte, ob er ihn in die dritte Liste eintragen sollte. Dieser Liste lag ein anderes System zugrunde. Machenschaften, ja ein Ring von dubiosen Geschäften, für die sich dieser Kale eignen würde. Dafür musste sich der junge Mann aber erst in den anderen Listen bewährt haben. David gehörte im Grunde zur dritten Liste, aber um sicher zu gehen, testete er die Männer aus der zweiten Liste aus, doch konnte sie ein gewisses soziales Defizit für die dritte Liste disqualifizieren. Dort kamen nur Männer mit guten ethischen und moralischen Ansichten hinein. Man suchte eine bestimmte Gattung von Mann…

So war Kale recht erstaunt, als auch Harry nur mit ihm reden wollte. Irgendetwas schien zu entgleisen. Der Club sammelte junge Männer ein, um sie für ihre sexuelle Befriedigung zu benutzen, aber was war nach einer Woche plötzlich aus dieser Vereinbarung geworden? Kale wusste, dass er auf einer Liste gelandet war, auf die Lydia keinen Zugriff hatte. Lydia war ein sexbesessenes Wesen. Sie wollte keine Gespräche führen, falsch, sie *konnte* keine führen! Jedenfalls nicht solche, wie Kale sie nun mit David und Harry führte. Es schien um sehr wichtige Themen zu gehen, die mit Prostitution nichts zu tun hatten. Weltliche Anschauung und Optik schienen hier gefragt. Ging es um politische Machenschaften? Suchte man eine Art Vorhut für miese Geschäfte, jemanden, der eine Welt nach außen verkaufen konnte, die eine unverkäufliche verdecken sollte?

Kale Hatfield war zutiefst irritiert, als auch Harry ihm fünfhundert Dollar zusteckte. Viel mehr als vereinbart. Er hatte heute tausend Dollar verdient und nichts weiter getan als geredet. Nichts Verfängliches, nichts Beunruhigendes und doch waren es Vorzeichen von großer Gefahr! Sollte er Lydia einweihen, damit er rechtzeitig die Notbremse ziehen konnte? Vielleicht wusste sie, worauf diese Geschäfte hinausliefen.

Als er gegen sechs am Abend zu Lydia fuhr, dachte er an Jenn und das Baby. Er musste heute unbedingt bei ihnen vorbeischauen. Jenn würde morgen oder übermorgen entlassen werden. Bis dahin musste er mit ihr gesprochen und die Dinge geklärt haben. Doch er wollte nicht wieder vorher Blumen kaufen. Er würde es auf dem Weg zum Krankenhaus erledigen. Was gestern passiert war, durfte sich nicht wiederholen. Außerdem hatte er heute Nacht noch einen Kunden für zwei Stunden. Jemanden, den er bereits von letzter Woche kannte und der ihm keinen großen Kummer bereiten würde.

Kale klingelte unangemeldet an Lydias Tür, denn sie hatte ihm noch keinen Schlüssel gegeben. Niemand öffnete. Aber ihr Wagen stand vor der Tür und er hörte Rachel im Haus herumschreien. Das beunruhigte ihn und er hämmerte mit der Faust gegen die Tür. Doch niemand schien ihn zu hören. Er hörte nun auch Lydia schreien. Beide schrien sich verbittert an. Gegenstände flogen! Kale drückte mehrmals auf die Klingel, doch die Schreierei im Haus brach nicht ab. Das machte ihn zornig und er lief zu seinem Wagen und drückte dort mehrmals auf die Hupe. Vielleicht würde das die Aufmerksamkeit der Beiden auf sich ziehen. Und tatsächlich, er sah, wie die Haustür plötzlich aufgerissen wurde und Lydia erschien. Sie sah mitgenommen und müde aus. „Was soll das?“, schrie sie.

„Ich habe geklingelt, aber du hast mich nicht gehört!“, rief er vom Wagen aus.

Als er das Haus betrat, schlug sie wütend die Tür hinter ihm zu. Kale sah sich um, ob er Rachel irgendwo sehen könne, doch sie schien oben in ihrem Zimmer zu sein. Auf dem Boden im Flur lag ein zerbrochenes Glas. Sollte er Lydia auf den Streit ansprechen? Es erschein ihm in einem gewissen Rahmen normal, wenn Mütter mit ihren heranwachsenden Töchtern stritten. Er sollte sich nicht einmischen.

„Und?“, fragte sie spitz, „war’s schön?“

Sie fragte allen Ernstes, ob es schön gewesen sei? Ging sie davon aus, dass es ihm Spaß machte, mit perversen Typen ins Bett zu steigen? Sie wusste sicherlich nichts von diesem außergewöhnlichen Tag, aber in der Regel war es alles andere als schön! Kale wollte sich nicht provozieren lassen, denn seit gestern hatte er einen Vorgeschmack auf das bekommen, was dann passierte. Rachel war im Haus. Ein Grund mehr, Ruhe zu bewahren. Er wollte nur ein wenig ausspannen, um dann ins Krankenhaus zu fahren. „Es war ein Job“, sagte er, „nichts weiter.“

„Ist es mit uns auch nichts weiter als ein Job?“ Sie legte es auf Streit an. Was sie bei Rachel soeben beendet hatte, führte sie bei ihm nun fort. Kale gab keine Antwort, sondern ging in die Küche und füllte Wasser für Tee in den Wasserkocher. Er wollte noch ein wenig über die Gespräche nachsinnen, zu denen er heute aufgefordert worden war. Was mochten dieser David und Harry damit über ihn herausfinden wollen? Er konnte sich nicht vorstellen, tausend Dollar für eine solche Leistung verdient zu haben. Das war vollkommen absurd. Eine unbestimmte Angst überfiel ihn, die er mit einem beruhigenden Tee in den Griff bekommen wollte. Kale wollte absolute Ruhe, um nachzudenken. Er musste die Falle unbedingt bemerken, bevor er in sie hineintappte. Es war unglaublich, da erledigte er sein Leben lang schwere Jobs, bei denen er so wenig verdient hatte, dass er kaum davon leben konnte. Keiner hatte ihn jedoch so beunruhigt, wie dieser leichte Job, bei dem er an einem Tag soviel verdiente, dass es für einen ganzen Monat ausreichte. „Wir müssen reden“, sagte er zu Lydia, die immer noch an der Haustür stand und ihn wütend ansah. Ja, das müssen wir, dachte auch sie.

Sie ging ins Wohnzimmer, goss zwei Martini ein und zeigte auf die Fliese. „Die wird morgen repariert.“ Daraufhin griff Kale in seine Hosentasche und holte dreihundert Dollar hervor, die er ihr reichte. „Das müsste reichen.“

Sie sah auf das Geld und dachte darüber nach, es ihm aus der Hand zu schlagen. So einfach würde er nicht davonkommen. Kale sah das Raubtier in ihr auf sich zukommen und wendete sich von ihr ab. Er ging zurück in die Küche und goss den Tee auf. Er würde jetzt keinen Alkohol mit ihr trinken. Schließlich musste er noch fahren und durfte auf keinen Fall erwischt werden. Er hatte zwar einen Führerschein, aber er wusste nicht, wo er sich befand.

„Der Herr verdient jetzt wohl gut!“, hörte er Lydia sagen. „Ist ja auch nicht schwer, wenn man kostenfrei wohnt."

Er drehte sich um. „Genau darüber wollte ich mit dir sprechen." Er war im Grunde froh, dass sie dieses Thema ansprach, denn er wollte ihr eine Miete zahlen, um genau diese Vorwürfe in Zukunft zu vermeiden. „Ich würde das Zimmer oben gerne anmieten und natürlich für alle Nebenkosten aufkommen, die ich verursache. Sag mir eine Summe und die Sache geht in Ordnung."

Das Angebot machte sie noch wütender. Damit konnte er die Schuld ausgleichen, in der er ihr gegenüber stand. Sie hätte kein Recht mehr, seine Dienste einzufordern. Das war nicht der Deal und das sagte sie ihm: „Das ist nicht der Deal, den wir abgemacht haben. Dann kannst du dir auch eine Wohnung oder ein Hotel anmieten."

„Nein, kann ich nicht."

Jetzt wurde sie neugierig. „Wo ist dein Problem, Kale?"

Hatten sie das nicht bereits geklärt?

Sie hielt ihren Martini in der Hand und nippte daran.

Er ließ sich nicht auf ihre Provokation ein. „Willst du eine Miete oder nicht?"

„Klar will ich eine Miete!"

Er verstand sehr wohl, was sie meinte. Sie ließ nicht locker. Er stellte den Tee auf den Küchentisch, ging an ihr vorbei durchs Wohnzimmer zur Terrassentür und öffnete sie. Er brauchte dringend frische Luft.

Sollte er Lydia in die Geschehnisse von heute einweihen? Vielleicht bewahrte sie ihn vor einem fatalen Fehler. Vielleicht schickte sie ihn aber auch geradewegs ins Verderben. Es gab keine Lösung, die sich für ihn richtig anfühlte. Er hörte, wie sie ihm nachlief und spürte, wie sich ihre Hand auf seine rechte Schulter legte. Das erschreckte ihn zutiefst und er wich ihr panisch aus. Ein ganz kurzer Erinnerungsblitz durchfuhr ihn und er dachte nur noch daran, seine Tochter im Krankenhaus besuchen zu müssen. In diesem Moment kam Rachel die Treppe hinunter und er sah eine Prellung in ihrem Gesicht. Lydia misshandelte ihre Tochter unter Alkohol! Das machte ihn zusätzlich wütend und er riss ihr den Martini aus der Hand, ergriff auch das für ihn eingeschenkte Glas und schmiss beide voller Wucht auf die Terrasse. Er kehrte zurück ins Wohnzimmer, ergriff vier weitere Alkoholflaschen und schmiss sie den Gläsern hinterher. Er fand drei weitere und verbannte sie ebenfalls aus diesem Haus. Dann packte er Lydia und schmiss sie auf das Sofa. Sie war betrunken und dachte, er würde es jetzt mit ihr treiben. Das zauberte ein Lächeln auf ihre Lippen. Sie vergaß, dass ihre Tochter im Türrahmen stand und alles mit ansah. Sie wartete, dass er begann, doch stattdessen hörte sie seine vorwurfsvollen Worte: „Du trinkst! Du schlägst deine Tochter! Du versuchst mein Leben zu kontrollieren! Ja, du würdest sogar Sex vor den Augen deiner Tochter mit mir haben, ohne mit der Wimper zu zucken! Du bist keine Mutter, du bist eine versoffene Schlampe, die nichts weiter im Kopf hat, als alle Menschen zu kontrollieren und herumzukommandieren! Du hast kein Verantwortungsgefühl und keinen Respekt! Alles was du hast, ist Geld! Geld, Geld, Geld! Ja, damit kriegst du sie alle! Das ist der wahre Grund, warum wir den Deal gemacht haben! Du wolltest mal etwas anderes als immer nur Geld! Du willst meine Seele, weil du die deines Mannes und deiner Tochter schon zerstört hast! Aber du bekommst sie nicht! Du bekommst nur das, was du verdient hast!“ Er rannte in die Küche und holte eine Karaffe voller Wasser, die er ihr ins Gesicht schüttete. Sie schnappte panisch nach Luft und wedelte unbeholfen mit ihren Armen herum.

„Werde endlich nüchtern!“, schrie er und ging in die Küche, um seinen Tee zu holen. Als er an Rachel vorbeirannte, sah er ihren dankbaren Blick, als wäre ein solches Gespräch mit ihrer Mutter dringend nötig gewesen. Als sie Kale die Treppe hinaufgehen sah, rannte sie ihm hinterher, doch er schlug seine Zimmertür hinter sich schneller zu, als sie hindurchschlupfen konnte. Dann hörte sie zwei unbekannte Stimmen, die miteinander stritten. Das erschreckte sie. Keine der Stimmen glich der von Kale und sie rief eingeschüchtert: „Kale?“ Das holte ihn wieder zurück. Es war nur ein kurzes Entgleiten, das er kontrolliert in seinem Zimmer zugelassen hatte. Er wollte jetzt seine Ruhe. Einfach nur seine Ruhe! Er würde ja mit Lydia schlafen, aber nicht so und nicht jetzt und schon gar nicht in Gegenwart ihrer Tochter! Er wollte auch nicht immer diese Gewaltszenen, bevor es zur Sache ging. Er wollte… er weinte! Er wollte doch nur Ordnung in seinem Leben! Er trank den Tee und hörte nicht mehr, wie Rachel an seine Tür klopfte und eintrat. Er sah nur ein verschwommenes Wesen um sich herumtanzen und fragte: „Wer bist du?"

„Rachel", antwortete sie ihm.

Rachel! Endlich…! Die Bilder klarten sich kurze Zeit auf… dann verschwanden sie wieder.

Rachel erschrak, als ihre Mutter plötzlich hinter ihr stand. „Sieh nur", sagte das Mädchen, „Kale geht es nicht gut."

„Ich weiß", sagte sie. „Er hatte heute einen langen schweren Tag in der Arbeit." Es war, als spräche sie von Rachels Vater und stellte damit wieder die Welt her, die sie aushielt. Es war so einfach. Nur zwei, drei K.O.-Tropfen in den Tee und Kale würde sanft wie ein Lämmchen werden. Sie ahnte nicht, dass sie Tristan damit weckte…

*

Kale erwachte wieder in ihrem Bett und sah auf die Uhr. Wie ein Déjà-vu überkam es ihn. Der gleiche Morgen wie gestern. Was war passiert? Er verspürte wieder diese Kopfschmerzen, obwohl er sich an keinen Alkohol, den er gestern getrunken hätte, erinnern konnte. Er konnte sich nicht einmal daran erinnern, Jenn und das Baby besucht zu haben, dabei hatte er es so dringend vorgehabt. Er hatte auch zu einem Kunden gewollt, der auf ihn wartete. Auch daran konnte er sich nicht erinnern.

Er sah auf die Uhr. Es war bereits zehn und er musste um elf wieder im Restaurant sein, um David zu treffen. Runde zwei! Er nahm eine Dusche und rannte die Treppe hinunter, um direkt das Haus zu verlassen. Als er die Haustür öffnete, um zum Wagen zu gehen, hörte er Lydia in der Küche weinen. Das ließ ihn kurz innehalten. Er wollte jetzt kein Wort mit ihr reden und doch überkam ihn das Verlangen, kurz nachzusehen, weshalb sie weinte.

Lydia Hays sah arg mitgenommen aus, schlimmer als gestern. „Ich wusste nicht, dass du so bist!“, schrie sie ihn an. Er wich erschrocken zurück. Wie war er denn? Was war passiert?

„Ich will, dass du mein Haus verlässt!“

Er verstand nicht und versuchte, sich an gestern zu erinnern. Er kam nur bis zu dem Moment, als er mit einer Tasse Tee nach oben in sein Zimmer gegangen war. Er vermutete, dass er sich hingelegt hatte und später zu Lydia hinübergegangen war, ohne dabei richtig wach geworden zu sein.

Kale sah auf die Uhr. Er war spät dran. Das Treffen mit David konnte nicht warten und außerdem musste er mit Harry sprechen, weil er gestern den Kunden vergessen hatte. Das wollte er wieder gutmachen und seine Dienste einmal umsonst anbieten. Das erschien ihm fair.

„Ich komm um fünf wieder. Dann reden wir.“

„Du brauchst nicht wiederkommen! Verschwinde einfach!“ Sie schmiss mit einem Glas nach ihm, doch er ging in Deckung. Das Glas flog knapp an seinem Kopf vorbei und er schrie: „Bist du wahnsinnig?“

„Du bist wahnsinnig!“, schrie Lydia zurück.

Kale drehte sich um und lief zur Tür, bevor sie ein weiteres Glas nach ihm werfen konnte. Bevor er die Tür hinter sich zuzog rief er: „Ich werde wiederkommen und du wirst mir aufmachen! Wasch dich, du siehst ja furchtbar aus!“ Der Knall der Tür beendete ihr morgendliches Gespräch.

*

Als Kale im Restaurant ankam, saß David bereits an ihrem Tisch. Sie gaben sich wieder lächelnd die Hand zur Begrüßung und Kale nahm ihm gegenüber Platz.

„Einen Wunsch?“, fragte David.

Kale nickte. „Einen Kaffee bitte. Einen starken.“

David schnippte nach dem Ober und bestellte eine große und eine kleine Tasse Kaffee. Er betrachtete sein Gegenüber und musste feststellen, dass er arg mitgenommen aussah. Aber Harry hatte ihm mitgeteilt, dass Kale eine heftige Nacht bei dem guten alten Dan hatte aushalten müssen. Das konnte schon mal Spuren hinterlassen.

„Keine gute Kondition heute", stellte David fest.

Kale schüttelte den Kopf. Hoffentlich konnte er dem anstehenden Gespräch standhalten. Er war von dem morgendlichen Zusammentreffen mit Lydia ziemlich angeschlagen. „Das wird schon", kam es plötzlich mit einer Kinderstimme aus seinem Mund. David wurde aufmerksam. Was war das? Wollte Kale ihn veralbern?

Kale erschrak über sich selbst. „Ein kleiner Witz", sagte er und versuchte die Situation zu retten. David nahm es hin und lächelte verunsichert. Humor konnte nicht schaden. Kale war ihm gestern als ein sehr sympathischer Mann erschienen. Heute wollte er weitere Themen besprechen und hatte mit Harry einen besonderen Termin ausgemacht, von dem Kale noch nichts wusste. „Etwas zu essen?", fragte David weiter. Sein Interesse galt nicht dem Wohlergehen seines Auserwählten, sondern dessen Gesundheit. David Rudell wollte wissen, ob Kale an irgendeiner Allergie oder Stoffwechselstörung litt. „Darf ich Sie mal zu einem ganz besonderen Menü einladen?"

Warum nicht? Es würde ihn vielleicht zusätzlich munter machen.

„Darf ich heute mal das Gespräch auf das Thema Sport lenken?"

Kale sah auf. Dieser David war ein komischer Kauz. Auf welche Themen er zu sprechen kam. Gestern noch hatte er über wirtschaftliche Themen, die verschiedenen Geschmäcker für Wohnungseinrichtungen und über Kindererziehung und die Rolle eines Vaters in der Familie diskutiert. Seine Einstellung zur Frau in der Gesellschaft. Insgesamt sehr merkwürdige Themen. Heute sollte es um Ernährung und Sport gehen?

„Sie kennen Harry?", fragte David nach zwei Stunden.

Natürlich! Von ihm wurde er doch vermittelt.

„Normalerweise ist bei mir in einer Stunde Schluss und dann fahren Sie noch zu Harry."

Kale nickte und stutzte. Kannte jeder den Plan des anderen oder wurden die Listen so offen gehandelt, dass jeder Einblick hatte?

Es fühlte sich überhaupt nicht mehr gut an. Wenn Kale vor wenigen Minuten noch großen Respekt vor David verspürt hatte, so fühlte er sich ihm plötzlich ausgeliefert.

„Wir hätten heute eine kleine Planänderung. Natürlich nur, wenn es Ihnen recht ist."

„Das kommt darauf an", antwortete Kale und fühlte sich immer unwohler.

„Es wird für Sie vielleicht ein wenig turbulent werden, aber keine Angst, es wird nichts passieren, was Ihnen Angst machen oder Sie verletzten sollte. Im doppelten Sinne natürlich."

Im doppelten Sinne? Redete er von Körper und Geist? Das alles klang sehr merkwürdig und Kale überlegte ernsthaft, hier und jetzt alles abzublasen. Diese teuer bezahlte Freundlichkeit würde zweifellos ihren Preis haben. Was hatten diese Typen vor?

David Rudell bezahlte und bat Kale, in seinen Wagen zu steigen. Als sie auf das Grundstück von Harry Carlile fuhren, kam Harry ihnen schon an der Haustür entgegen.

Als Kale den Wagen verlassen wollte, hielt David ihn zurück. Er reichte ihm dreihundert Dollar und sagte: „Das ist Ihr Verdienst bis jetzt. Sie können jederzeit stoppen, wenn Sie wollen. Wir bezahlen Ihnen jedes einzelne Modul." Kales Angst wuchs. Modul? Waren diese Gespräche Module? Welches Modul mochte jetzt folgen? Er nahm das Geld entgegen und öffnete die Wagentür, um Harry zu begrüßen.

„Hallo Kale!" Harry war so freundlich wie immer und seine sympathischen Augen verwirrten Kale noch mehr. Er würde gleich, wenn sie im Haus zusammensaßen, die Dinge klären. So konnte es nicht weitergehen. Sie mussten ihm zumindest mitteilen, was das Ziel ihres Spiels war. Er wollte wissen, worauf er sich für so viel Geld einlassen müsste.

„Scotch?“, fragte Harry.

Kale schüttelte den Kopf. Nein, er musste einen klaren Verstand behalten. „Was habt Ihr vor?“, fragte er endlich.

„Die Sache ist die, Kale. Du hast sicherlich schon bemerkt, dass wir dich aus der Gruppe ganz gezielt herausgepickt haben.“

Ja, das hatte er!

„Es ist nicht, weil wir dich jetzt an ein Rad binden und foltern werden!“ Harry lachte. Auch David lachte. Es sollte lustig klingen, doch Kale fand es nicht lustig. Sicher nicht ein Rad, dachte er, aber dafür etwas anderes.

„Dir wird nichts passieren. Dafür werden wir sorgen. Und wir werden dafür sorgen, dass du gut entlohnt wirst.“

Kale Herz raste. Gut entlohnt? „Von welcher Summe sprechen wir?“

„Zwanzigtausend“, antwortete David. „Wenn es funktioniert.“

„Was soll funktionieren?“

In diesem Moment erklang die Haustürklingel. Ein Bediensteter von Harry öffnete und führte einen älteren Herrn ins Gesellschaftszimmer. Er trug einen kleinen schwarzen Koffer bei sich und stellte ihn auf einem Sideboard ab. Harry und David begrüßten ihn, als wären sie seit langem gute Bekannte. Das waren sie. Dr. Noah Simons war ein alter Bekannter des Clubs, besuchte diesen aber seit einigen Jahren nicht mehr. Erektionsstörungen hatten ihn dazu getrieben, das Leben in dieser Gesellschaft zu beenden. Aber er stand seinen Freunden jederzeit zur Verfügung. Vor allen Dingen, wenn es um so wichtige Entscheidungen ging wie diese!

Als Noah Simons Kale Hatfield die Hand reichte, überkam Kale die erste Panik. Sein Herz raste und seine Hand zitterte. Ein Arzt in diesem kleinen intimen Kreis war kein gutes Zeichen! In seinem mitgebrachten Koffer befanden sich bestimmt Dinge, die zu einem von diesen Modulen gehörten. Der Arzt umfasste Kales Hand mit beiden Händen, als er dessen Nervosität bemerkte und sagte: „Keine Angst, junger Mann. Es wird nicht wehtun."

Kales erster Gedanke war eine unfreiwillige Sterilisation. Dieser Arzt war vielleicht Urologe und wollte ihn für bestimmte Spiele zeugungsunfähig machen! Er sollte in Zukunft ungeschützten Sex mit Kundinnen haben können, die teuer dafür bezahlen würden. Jetzt lag alles ganz klar auf der Hand! Viele mochten keine Präservative. Sie nahmen ihnen das Gefühl von echtem Vergnügen, aber für Stricher und Callboys war es die einzige Möglichkeit, sich vor Krankheiten, die ihre Freier überall verteilten, zu schützen.

Er musste hier weg, und zwar dringend! Seine Stimme zitterte, als er sagte: „Ich möchte das Spiel gerne jetzt und hier beenden, Sir." Er bekam kaum Luft und wandte sich an David, der ihm diese Option eben noch zugesagt hatte, doch der reagierte nicht. „Ich will das Modul unterbrechen", ergänzte er. „Wollen Sie nicht erst mal hören, was der Arzt von Ihnen will?", fragte David und wies Kale den Platz in einem Sessel zu. Nein, er wollte nichts mehr hören, was ihm Angst machte. Er wollte nur noch raus!

David Rudell hielt seinen Arm fest, als Kale einen Stich spürte. Er hatte keine Chance. Das Medikament wirkte schneller, als er reagieren konnte. Er spürte, wie er zu taumeln begann und in die Arme von Harry Carlile fiel…

*

Kale Hatfield war auch am letzten Tag von Jennifers Krankenhausaufenthalt nicht erschienen. Wie hätte es auch anders kommen können? Schwester Marias Idee, Kale zu ihr zu schicken, sobald sie ihn erwischen würde, war ins Leere gelaufen. Er war vollkommen verschwunden. Es gab keine Möglichkeit, den Vater dieses putzigen Mädchens zu erreichen.

Die Adoptionsberaterin hatte ihr erstes Gespräch mit Mrs. Gordon geführt und sprach auch ihre Zweifel direkt an, ob eine Adoption die richtige Entscheidung wäre. Der Zeitpunkt erschien ihr ungünstig und ihre Erfahrung im Laufe der Zeit hatte sie gelehrt, dass man solche Fälle erst einmal für wenige Tage aufschob, wenn nicht gar für Wochen. Doch wenn Mrs. Gordon darauf bestand, den Vertrag umgehend zu unterschreiben, gab es kein Gesetz, das sie davon abhalten konnte. Es gab nur die Warnung an diese junge Mutter, dass nichts mehr rückgängig zu machen sei, sobald Eltern für das Kind gefunden seien. Und Frühchen waren auf dem Adoptionsmarkt ein wahres Fressen. Mrs. Leonie Carter kannte den Markt bereits seit zweiundzwanzig Jahren und wusste, dass, sobald die kleine Rachel im Programm der Adoptionsfreigabe erscheinen würde, es nur wenige Stunden dauern würde, bis sich jemand meldete. Sie saßen wie die Geier vor diesen Programmen, um ein besonders *frisches* Baby zu erwischen!

*

Während Kales Fleisch und Blut für die Adoption vorbereitet wurde, befand sich sein eigenes Blut auf dem Weg in ein Labor.

„Es ging nicht anders“, sagte Dr. Simons, als er fünf Kanülen voller Blut aus Kales Armbeuge entnommen hatte. „Er war derart nervös, dass er sowie gleich umgekippt wäre.“

„Vielleicht hätten wir ihm alles erklären sollen“, sagte David.

Harry sah das nüchterner. „Er bekommt eine Menge Geld dafür.“

Das stimmte! Es war nur ein ganz normaler Job, den er zu erledigen hatte, und doch würde er ein Jahreseinkommen dabei verdienen.

„Wie lange wird das Labor brauchen?“, fragte David den Arzt. Der sah nachdenklich aus dem Fenster und antwortete: „Für alle Ergebnisse zirka drei Stunden.“

Harry nickte. „Dann schaffen wir das vielleicht heute noch. Ich habe Kale auf jeden Fall für heute Nacht gebucht. Wir brauchen ihn ja nicht zwischendurch nach Hause schicken, sondern können ihn hier bei uns essen lassen und danach fahren wir alle zu David und starten den ersten Versuch. Was meinst du, David?"

David Rudell nickte. „Ich sollte Jean informieren. Sie rechnet sicherlich nicht damit, dass wir so schnell jemanden gefunden haben."

Harry nickte. „Ja, das ging wirklich schnell. Und wäre es denn derzeit bei Jean möglich, ich meine…" Er machte eine Geste ähnlich der, als würde er einen Segen vom Himmel empfangen.

David nickte. „Alles im grünen Bereich."

Kale hörte ein Gemurmel, bei dem mehrmals sein Name fiel. Er kam nur langsam zu sich und fand sich auf einem Sofa liegend wieder. Er war weder gefesselt noch stand er unter Beobachtung. Es schien keine Gefahr in Vollzug zu sein. Doch was hatten sie mit ihm gemacht, während er betäubt vor ihnen gelegen hatte?

David sah aus dem Nebenzimmer eine Bewegung. Kale war zu sich gekommen. Es war an der Zeit, ihm alles zu erklären und er würde sehen, dass hier nichts Schlimmes passierte. Nicht schlimmer, als sonst auch.

Kale sah, wie sie alle auf ihn zukamen. Das versetzte ihn gleich wieder in Panik. Sein Herz raste und er erhob sich hektisch. Tristan versuchte vorzupreschen. Dies war einer seiner Spezialmomente, doch Kale wusste, dass es übel enden würde, wenn Tristan durchkäme. Es würde Tote geben, die es nicht geben dürfte. Kale konnte unmöglich diese Gesellschaft gegen sich aufbringen. Sie würden ihn jagen und selbst Tristan würde ihnen nicht mehr entkommen. Er wollte auch nicht immer voller Angst flüchten.

All diese Gedanken trieben Kale dazu, Ruhe zu bewahren. Es war schwer, aber es war die einzige kluge Entscheidung.

„Wir sind dir eine Erklärung schuldig", sagte Harry und sah zu David hinüber.

„Setzen Sie sich. Bitte alle", sagte David und wartete, bis alle saßen. „So kann es nicht funktionieren."

Das sah Kale genauso.

„Mr. Miller…" Kale hätte David fast korrigiert. „Ich habe ein großes privates Problem. Ich liebe meine Frau Jean über alles…"

Die übliche Geschichte, dachte Kale. Ein Bisexueller. Aber wofür war dieser merkwürdige Aufwand?

David fuhr fort: „… aber ich kann keine Kinder zeugen."

Stille.

Kale sah zu Boden. Er versuchte das Geschehene mit dieser Aussage zu verbinden, aber er fand keinen Zusammenhang. Sicher, er könnte theoretisch mit dessen Frau schlafen und ihr ein Kind zeugen. Das war kein Problem. Oder doch? Kale sah auf. Er sollte mit einer fremden Frau ein Kind zeugen? Er begann die Tragweite der Aktion ganz langsam zu verstehen und hörte David weiterreden: „Meine Frau und ich möchten jedoch ganz sicher gehen, dass das Kind uns so ähnlich wie möglich wird. Damit meine ich, dass der Erzeuger in etwa die gleichen Interessen und Ansichten im Leben hat. Er soll mir ähnlich sehen und soviel Gemeinsamkeiten wie möglich dem Kind mitgeben. Wir möchten zum Schluss das Gefühl haben, dass es wirklich *unser* Kind ist. Es soll mir auch ähnlich sehen, damit wir in der Öffentlichkeit keine Probleme bekommen. Ich habe mich mit Ihnen gestern lange unterhalten und Sie beobachtet. Sie gefallen mir."

Kale konnte nicht leugnen, ebenso eine Verbindung gespürt zu haben.

„Es gefällt mir, was Sie essen, wie Sie sich bewegen, wie Sie denken, urteilen und handeln. Ihr Intelligenz gefällt mir und auch Ihr Verantwortungsbewusstsein."

Verantwortungsbewusstsein? Wo lag in seinem Handeln als Stricher die Verantwortung?

„Ich konnte leider nicht mehr länger warten und deswegen musste es rasch gehen, denn meine Frau ist in diesen Tagen laut Arzt empfängnisfähig. Deswegen dachte ich, ich vergeude keine weitere Zeit und …" Er stockte in seiner Erklärung.

Kale sah David Rudell an. Wie weit mochte ein Mann, der seine Frau liebte, gehen, um sie mit einem anderen Mann schlafen zu lassen? „Was habt Ihr eben mit mir gemacht? Habt Ihr euch meine Genitalien angeschaut, ob es auch passt?“

Harry schüttelte den Kopf. „Kale! Jetzt lass mal die Kirche im Dorf! Wir sind doch keine perversen Schweine!“

Nein?

„Was Dan mit dir getan hat, war ganz allein seine Sache.“

Dan? „Welcher Dan?“, fragte Kale irritiert. Er kannte keinen Dan.

„Von letzter Nacht“, antwortet Harry.

„Ich war letzte Nacht nicht weg. Ich wollte mich deswegen noch entschuldigen. Ich habe den Termin verpatzt.“

„Das hat Dan aber ganz anders in Erinnerung.“

Das Gespräch wich vom Thema ab. Kale sah zu Boden. Er konnte sich an letzte Nacht nicht erinnern. Hatte Tristan etwa ohne sein Wissen wieder das Kommando übernommen? Kale fragte: „Was hat Dan denn in Erinnerung?“

Harry sah verschämt zu Boden. „Dass du unser bestes Pferd im Stall bist.“

Alle schwiegen. Jeder wusste, was Harry damit meinte. Nur Kale kam immer mehr durcheinander. Das war zu viel auf einmal.

„Ich habe Ihnen eben nur Blut abgenommen, Mr. Miller“, mischte sich Dr. Simons ein. Das Thema mit Dan war ihm unangenehm. Er kannte diesen Dan und der Arzt wollte in seiner jetzigen Situation nichts mehr davon hören.

„Blut?“, fragte Kale und sah auf seine Armbeuge. Tatsächlich, sie hatten seinen Hemdsärmel hochgekrempelt und ein Pflaster auf die Einstichstelle geklebt.

„Bevor Sie mit meiner Frau schlafen, wollte ich sicher gehen, dass Sie ganz gesund sind.“

Dr. Simons nickte. „Die Ergebnisse werden gleich ankommen. Sie kommen per Email. Harry…“

Harry erhob sich und ging zu einer Ecke des Zimmers, wo er einen mittelgroßen Schrank öffnete. Darin war eine komplette Computeranlage eingebaut, die der ältere Herr nun einschaltete. „Kale“, begann David von neuem, „ich möchte, dass Sie das nicht falsch verstehen. Ich möchte Sie nicht ausnutzen. Ich werde Sie gut dafür bezahlen."

Ja, das Geld! Wie immer ging es nur ums Geld.

„Ich muss darüber nachdenken", sagte Kale und warf David einen vorwurfsvollen Blick zu. Ein Kind wissentlich zu zeugen war eine große Entscheidung. Es würde unter der Obhut von diesem David und seiner Frau Jean stehen. Das Kind würde es sicherlich gut haben, aber was war mit der moralischen Seite? Hatten sie nicht gestern noch darüber gesprochen? Dieses Vorgehen war von beiden Seiten verwerflich! Aus Kales Sicht war es wider die Natur. Er wollte mit keiner weiteren Frau ein Kind zeugen, auch nicht mit einer fremden. Er hatte es bereits einmal getan und war in Teufels Küche damit gekommen. Kale stockte! Er sah auf und zu Harry hinüber. Wusste er von seiner privaten Situation mit Jenn? Jetzt wurde ihm vieles klar! Sicher, Harry wusste, dass er vor kurzem Vater geworden war. In diesen Club kam niemand, der nicht vorher abgecheckt wurde. Jeder in diesem Raum wusste über ihn Bescheid.

„David?", fragte Harry. David sah zu Harry hinüber. „Das Ergebnis ist da."

Noah Simons erhob sich und begab sich zur Computeranlage. Er holte aus seiner Jackettasche eine Lesebrille hervor und las die Laborergebnisse durch. „Alles soweit in Ordnung. Keine Erkrankungen, kein Aids und keine Mängel. Du hast einen gesunden Burschen erwischt, David! Harry, gute Arbeit!"

Kale Hatfield hörte diese Worte und konnte nicht glauben, was um ihn herum passierte. Er war nichts weiter als ein Objekt, das man austestete, benutzte und verschacherte. Harry war der Drahtzieher. Er hatte ihn an David vermittelt. Das war also der Grund für diese verdammte zweite Liste! War er in die Liste eines Menschenhändlers geraten? War dies etwa nur der Anfang einer langen Reise, die Harry mit ihm plante? Jetzt erschien ihm Lydia keineswegs mehr als so gefährlich oder pervers. Sie wirkte als die Normalste von allen! Sie ging mit ihrer Neigung offen um und holte sich unverblümt das, was sie von ihm wollte. Sie machte kein Geheimnis daraus, so, wie diese Herren.

Kale war in einen Ring von kriminellen Machenschaften geraten, von dem er noch nie gehört hatte. Harry Carlile war der Anführer. Er war ein Macher. Er kannte sie alle, die Menschen mit derben Gelüsten. Er hatte ein Geschäft daraus gemacht und bewegte sich in der Öffentlichkeit unter dem Namen Jason Morell. Niemandem, außer einigen Eingeweihten, war dieser Bankmanger bekannt, weil er sich kaum in der Öffentlichkeit zeigte. Er machte seine Geschäfte von diesem Schrank aus und bewegte sich in der Öffentlichkeit auch äußerlich entstellt. Dazu gehörten künstliches Haar, eine braune Hornbrille und sogar ein Figurenanzug, wie ihn Schauspieler tragen, wenn sie Rollen von übergewichtigen Menschen spielen, selbst aber nicht übergewichtig sind. Harry Carlile hatte eine Nische entdeckt. Er bot lebende Erzeuger an! Und Kale war seiner Meinung nach einer seiner besten!

Kale saß im Kreise der drei Herren und betrachtete jeden einzeln. Von jedem ging eine große Gefahr aus. Aber auch von ihm selbst ging nun eine große Gefahr aus. Er war ein Eingeweihter. Auf was hatte er sich nur eingelassen? Ihm kamen in diesem Moment ganz banale Gedanken. Er dachte an Jenn, wie gerne er jetzt mit ihr bei Rachel, ihrer Tochter, sitzen würde. Er dachte, wie wunderbar einfach ihr Leben doch gewesen war, bevor diese Geldnot in sein Leben getreten war. Ab jetzt wäre nichts mehr so wie früher. Nichts mehr! Er würde sich wohl kaum ohne Probleme aus diesem Kreis herausziehen können. Er konnte aber auch nicht zulassen, noch tiefer in den Kreis einzusteigen. Sobald er die erste Frau geschwängert und Geld dafür bekommen hätte, wäre er Harry mehr denn je ausgeliefert.

„Ich muss einen Moment allein sein", sagte Kale und erhob sich.

„Sicher", sagte Harry und verließ mit den anderen Herren das Zimmer. „Ich werde derweil das Essen herrichten lassen. Du bist unser Gast, Kale. Das bin ich dir schuldig."

Kale lächelte gequält. Es machte keinen Sinn, einfach davonzulaufen. Sie würden ihn finden, wo immer er auch sein mochte. Wahrscheinlich hatten sie sein ganzes Privatleben inzwischen ausspioniert und würden sogar Jenn unter Druck setzen. Er hatte mit seiner Idee, das schnelle Geld zu verdienen, alle in Gefahr gebracht. Kale Hatfield dachte an Flucht und dann an den Tod. Seine Multiplen würden ihn diesmal nicht retten können. Egal was er tat, es wurde immer schlimmer. Es gab kein Glück in seiner Welt, auch wenn er seit Tagen mit Hunderten von Dollar in der Hosentasche herumlief wie andere mit Lutschbonbons. Doch hatte es ihn je glücklich gemacht? Keine Spur! Wie konnte er diesen Machenschaften entkommen, ohne dabei zu Schaden zu kommen?

David hörte, wie Kale nach ihm rief. Er entschuldigte sich bei Harry und Dr. Simons und betrat das Gesellschaftszimmer, in dem Kale am Fenster stand und hinaussah. David stellte sich neben ihn und sah ebenfalls hinaus.

„David, darf ich du sagen?", fragte Kale und David nickte.

„Du bist ein guter Kerl, David. Ich mag dich."

David nickte andeutungsweise.

„Du und deine Frau Jean, Ihr bewegt euch hier in einer ganz gefährlichen Welt. Weißt du das?"

David sah zu Boden.

„Es ist die Not, die dich dorthin getrieben hat, nicht wahr?"
David nickte.

„Willst du, das ich dir die Not nehme?"

Wieder nickte David.

„Dann sage Harry, dass du es dir anders überlegt hast und auf meine Dienste verzichtest. Wenn du das tust, dann komme ich privat zu dir und Jean und zeuge dir und deiner Frau kostenlos ein Kind. Und lass die Finger von diesen Herren."

Stille.

Würde David mitspielen? Dann würde Kale sich aus der Liste austragen lassen und keine Kunden mehr über Harry bekommen. Es war nur eine Chance, eine ganz kleine. Vielleicht ließ Harry ihn ziehen.

„Ich muss an Harry eine Gebühr für das alles bezahlen", sagte David leise.

„Wie viel?“

„Auch zwanzigtausend.“

Kale nickte. „Dann zahl sie ihm und spare dir meine Gebühr.“

„Geht nicht.“

„Warum?“

„Es hängt noch eine Bedingung dran.“

Kale sah David von der Seite an. „Und die wäre?“

„Sie alle wollen dabei zusehen.“

*

Jennifer Gordon erschrak, als es an ihrer Tür klopfte. Sie packte gerade ihre Sachen zusammen und wollte Kale nicht mehr begegnen. Sie wollte auch dieses Kind endlich loswerden. Gleich würde sie den Adoptionsvertrag unterschreiben und dann die Klinik verlassen. Die Bedenkzeit, die man ihr empfohlen hatte, lehnte sie ab. Nein, sie wollte das Problem nicht mit in ihre neue Wohnung nehmen. Sie hatte Angst, diese Wohnung zu betreten und das Kinderzimmer zu sehen, das Kale für ihre Zukunft hergerichtet hatte. Es gab keine gemeinsame Zukunft!

Die Tür öffnete sich zu langsam für eine Schwester. Sie kamen immer laut und forsch in ihr Zimmer und erledigten hektisch ihren Job. Jennifer sah, wie eine fremde Frau in der Tür stand, sie anlächelte und fragte: „Darf ich?“

„Wer sind Sie?“, fragte Jennifer und dachte an die Adoptionsvermittlung. Vielleicht eine letzte Gutachterin, bevor der Vertrag zum Abschluss kam.

„Ich heiße Lydia Hays. Sie kennen mich nicht.“

Stimmt! Sie hatte diese Lydia noch nie gesehen.

„Was wollen Sie?“, fragte Jennifer Gordon angespannt und packte weiter ihre Sachen ein.

Lydia hatte sich alles ganz genau überlegt. Sie wollte es Kale heimzahlen. Jetzt sollten es alle wissen. Er hatte ihr Leben zerstört, also besaß sie auch das Recht, seins zu zerstören. „Ich würde Ihnen gerne etwas sagen."

Jetzt schickten die Schwestern schon fremde Leute zu ihr, um sie von dem abzuhalten, was sie längst beschlossen hatte. Wahrscheinlich war diese Frau eine Mutter, die ihr Kind einmal zu Adoption freigegeben und es furchtbar bereut hatte.

„Ich will aber nichts hören", sagte Jennifer eilig. „Gehen Sie weg."

Doch Lydia Hays ging nicht weg. Sie trat in das Zimmer und schloss die Tür hinter sich.

„Ich sagte, Sie sollen verschwinden!"

„Ich kenne Kale Miller", sagte Lydia und bekam damit sofort Jennifers Aufmerksamkeit.

Sie hatte es gewusst! Die ganze Welt um sie herum war mobil, um ihre Entscheidung zu stoppen. Warum kam Kale nicht selbst? War er zu feige? „Verschwinden Sie und nehmen sie Kale gleich mit!" Jennifer schubste sie beiseite, als sie mit der Tasche an ihr vorbeirauschte und das Zimmer verließ. Ihre Wut war immens! Sie hatte zehn Tage in diesem verdammten Krankenhaus gelegen und darauf gewartet, dass er vorbeikäme. Sie vergaß immer wieder, dass sie selbst es gewesen war, die ihn weggeschickt hatte. Doch wenn er es wirklich ernst mir ihr meinte, dann wäre er trotzdem vorbeigekommen. Stattdessen hatte er sich heimlich zur Säuglingsstation geschlichen und nur seine Tochter besucht. Und selbst das tat er seit Tagen nicht mehr.

„Sie sollten sich anhören, was ich zu sagen habe", rief Lydia ihr hinterher. Jennifer wollte nicht reagieren, aber plötzlich überkam sie Angst, dass Kale etwas Schlimmes passiert sei. Sie blieb stehen und sah sich nach dieser fremden Frau um. Diese Lydia sah mitgenommen aus. Ja, Kale konnte Menschen in die Verzweiflung treiben. Was konnte diese Frau ihr schon sagen, was sie nicht längst wusste?

„Er wollte Sie nicht besuchen", sagte Lydia und das ließ Jennifer Gordon die Tasche abstellen. „Warum?", fragte sie nun.

„Weil er sich auf etwas Gefährliches eingelassen hat."

Aha, gefährlich! Das war sie von ihm bereits gewöhnt! War er blutend an Lydias Haustür erschienen? Hatte er sie anschließend auch vergewaltigt? Kales Geschichten waren endlos. Er fand immer einen Grund, um etwas nicht zu tun.

„Er lebt bei mir." Sie behauptete es, obwohl Kale sich seit dem gestrigen Vorfall nicht mehr bei ihr gemeldet hatte. Doch sie wusste, dass er es nicht lange ohne sie aushalten würde. Es war nur noch eine Frage der Zeit, wann er sich wieder blicken lassen würde. Lydia wollte bis dahin die Beziehung zwischen ihm und dieser Jennifer beendet haben. Es war Zeit, diese Konkurrentin auszuschalten. Da kam ihr die Wahrheit gerade recht!

Lebt bei Ihr? Behauptete diese fremde Frau gerade, dass Kale mit ihr zusammenleben würde? Alles, was Jennifer dazu einfiel, war: „Na, dann passen Sie gut auf ihn auf! Er wird es Ihnen danken!" Ja, wenn Kale etwas konnte, dann war es, sich von anderen versorgen zu lassen. Er sprang von einem Bett ins nächste. Sie hatte wegen ihm alles geopfert. Ihr Geld, ihre Wohnung, ihren Körper, ihr Kind und ihre Zukunft. Mehr konnte sie Kale nicht geben, um ihm zu zeigen, wie wichtig er für sie war. Doch was bekam sie zurück? Lüge und Betrug, Enttäuschung, Einsamkeit und Verbitterung. Diesen Kale Miller, Hatfield oder wie auch immer er heißen mochte, brauchte kein Mensch. „Lassen Sie mich in Ruhe!", sagte Jennifer und griff wieder nach ihrer Tasche.

„Sie sollten mir zuhören", sagte Lydia und lief Jennifer Gordon hinterher. „Sie wissen nicht, was passiert ist."

„Was ich weiß, reicht mir! Gehen Sie weg!" Jennifer lief zum Schwesternzimmer und erkundigte sich nach dem Zimmer der Adoptionsbeauftragen.

„Ach, haben Sie Ihre Nichte gefunden?", fragte Schwester Maria und sah an Jennifer vorbei zu dieser fremden Frau.

Nichte? Jennifer sah sich um. „Welche Nichte?", fragte sie und sah diese Frau an. Lydia lächelte gequält und antwortete: „Deswegen will ich ja mit Ihnen sprechen. Es ist eine lange und komplizierte Geschichte."

Die Schwester war irritiert. Warum siezten sich die beiden als

Verwandte? Hier war irgendetwas faul! „Mrs. Gordon, benötigen Sie Hilfe?“, fragte Schwester Maria. Jennifer nickte. „Ja, halten Sie mir diese Frau von Hals!“

Die Situation wurde brenzlig. Es kam ein Pfleger dazu, der die Unterhaltung mitbekommen hatte und stellte sich schützend vor die Patientin. Lydia Hays wich zurück.

„Ich schlage vor, wir gehen mal in einen ruhigen Raum“, sagte Schwester Maria und wies auf ein kleines leeres Besucherzimmer.

Der Pfleger nickte Jennifer Gordon zu. Was hatte diese merkwürdige Frau zu berichten?

*

Der Tag war verfahren genug für Kale Hatfield, doch als er Davids Worte hörte, wurde ihm erneut schwindelig. Dieses perverse Pack! Er sollte eine Frau in Gegenwart von Zuschauern schwängern? Sollte es eine Werbeveranstaltung werden? Womöglich noch gefilmt, um weitere Kunden zu gewinnen? Kale konnte sich vor Fassungslosigkeit und Entsetzen kaum beherrschen und sah David vorwurfsvoll an. Er hielt es nicht für möglich, dass dieser Mann, der ihm soeben noch als der Vernünftigste von allen erschienen war, einem solchen Plan zugestimmt hatte. Gestern noch hatte er Ethik und Moral gepredigt. „Und das willst du zulassen?“, fragte Kale leise. David überkam tiefe Scham. Es war seine einzige Chance. Er hatte mit seiner Frau in den letzten Jahren so viel ausprobiert und nichts hatte funktioniert. Diese Methode erschien ihm als der letzte gangbare Weg. Seine Not hatte seine Moral und die seiner Frau ausgeschaltet. Harry hatte ihm versprochen, dass dieser Kale solange mit seiner Frau Kontakt haben würde, bis sie schwanger wäre. Es klang wie ein Lustspiel, aber es war keins. Dass dieser Kale zeugungsfähig war, hatte Harry bewiesen, indem er ihm von dessen Vaterschaft erzählt hatte. Ja, sie wussten alles! Sie waren gut durchorganisiert und gingen niemals ein Risiko ein.

Kale holte tief Luft und rieb sich das Gesicht. Er schüttelte den Kopf und ging zurück zum Sessel, wo er sich niedersetzte. Harry und Noah Gordon sahen, dass die Aussprache zwischen David und Kale zu einem Abschluss gekommen war. Sie traten hinzu und Harry fragte: „Alles geregelt?"

Ob alles okay sei? Kale durchströmten wilde Gedanken. Er würde Jenn sofort aus dem Krankenhaus holen und mit ihr untertauchen, wenn er hier rauskäme. Doch was würde aus der kleinen Rachel werden? Die konnte er unmöglich mitnehmen. Würden sie ihr etwas antun, wenn er sie vorerst zurückließe? Kales Angst wuchs. Und es war die Angst um David und seine Frau, die er nicht einmal kannte. Kale hatte immer noch große Schwierigkeiten, mit einer Frau zu schlafen, sofern sie nicht wie Lydia war. Wollte diese Jean überhaupt diese Art von Sex? Was, wenn sie Zärtlichkeit und Sinnlichkeit bevorzugte? Und er müsste sich dem beugen und wäre zudem noch den vielen fremden Blicken ausgeliefert. Er würde Tristan nicht mehr zurückhalten können. Dafür war er noch zu ungeübt im Umgang mit ihm, zumal er sich letzte Nacht wohl wieder von ihm abgespalten und verselbstständigt hatte. Kale hatte nicht die geringste Erinnerung an das, was gestern vorgefallen war. Und das machte ihm am meisten Angst!

„Okay", sagte er, „machen wir das." Er musste sie beruhigen. „Wann?", fragte er.

„Heute Nacht", antwortete Harry.

Wie klug! Kale erinnerte sich, dass Harry ihn bereits gebucht hatte! Alles lief nach Plan und Kale nickte. „Gut, dann komme ich heute Nacht. Wo werde ich abgeholt?" Er sah eine Chance. Er würde ein paar freie Stunden dazwischen haben…, aber auch in diesem Fall irrte er sich. Sie wollten ihn nicht gehen lassen. Die Gefahr, dass er flüchten würde, war einfach zu groß. Nein, sie wollten ihn viele Tage nicht mehr gehen lassen. Solange, bis er diese Jean geschwängert hätte. Sie hatten längst eine Unterkunft für ihn eingerichtet.

Kale sah sich um und wusste plötzlich, dass dieses Haus sein

Gefängnis für die nächsten Wochen sein sollte!

Die Wahrheit

„Er macht was?", fragte Jennifer Gordon und konnte vor Fassungslosigkeit kaum atmen. Auch Schwester Maria sah betroffen zu Boden. Sie hätte niemals vermutet, dass die Not dieses Vaters so groß sei.

„Er kann nicht einmal die kleinste Berührung von mir aushalten und hurt in der Gegend rum?"

Jetzt fand Schwester Maria, dass sie zu weit ging. Dieser Kale Miller würde sicherlich nicht im üblichen Sinne herumhuren, sondern sah nur noch diesen Ausweg. Er musste bestimmt viele Dinge aushalten, an die keiner hier im Raum auch nur zu denken wagte. Doch sie irrte sich. Jennifer Gordon kannte die Welt der Prostitution nur allzu gut. Sie sah ihn mit Frauen und Männern herummachen und fühlte sich mehr denn je gedemütigt. Kale hatte sie in einem Maße betrogen, das sie erschütterte. Sie hatte mit allem gerechnet, aber nicht mit ihm als Callboy. Er hatte sicherlich nicht vor, es ihr zu sagen, nein, er wäre jeden Tag unter dem Vorwand, als Lagerarbeiter und Lieferfahrer tätig zu sein, zur Arbeit gegangen. Wenn seine Termine nicht mit seiner üblichen Arbeitszeit übereinstimmten, verschwand er im Bett von dieser Lydia Hays. So zumindest hatte sie es dargestellt. Wie praktisch! Seine Welt erschien Jennifer Gordon plötzlich wie ein riesiges Schauspiel! Er wollte eine Familie und eine Geliebte zugleich, dabei hatte sie ihn so anders eingeschätzt. Es löste in ihr noch tiefere Bitterkeit aus, als sie zuvor bereits verspürt hatte.

„Er hat es sicherlich getan, um Sie und das Kind zu schützen und zu versorgen, Mrs. Gordon", bemerkte Schwester Maria.

Jennifer lachte verächtlich. „Zu schützen! Beschützt man seine Familie, indem man sich auf kriminelle Machenschaften und eine Geliebte einlässt?"

Lydia Hays räusperte. Alles lief nach Plan und sagte: „Ich wollte nur, dass Sie das wissen. Ich kann in einer Welt voller

Lügen nicht leben und finde, Ihnen steht die Wahrheit zu. Sie haben so viel mitgemacht.“ Es klang mitfühlend, aber Schwester Maria wurde das schlechte Gefühl dieser Frau gegenüber nicht los. Irgendetwas stimmte nicht und sie fragte: „Wohnt er nur bei Ihnen oder hat er mit Ihnen auch ein Verhältnis?“ Sie wollte die Dinge richtig klären, denn es war Kale nicht zu verdenken, wenn er sich bei ihr vielleicht nur vorübergehend ein Zimmer angemietet hätte. Nichts weiter. Und dieser Frau gefiel der neue Mieter vielleicht auch…

Das war Lydias Chance. „Wir haben nicht nur ein Verhältnis, wir haben inzwischen so vieles mehr...“

Das reichte! Jennifer Gordon erhob sich, ergriff ihre Tasche und verließ wütend den Besucherraum. Lydia Hays war zufrieden. Schwester Maria hingegen zweifelte an der Geschichte und fragte: „Warum haben Sie das Kind besucht?“

„Weil ich Kale Miller liebe. Und ich finde, dass sein Kind auch zu ihm gehört.“

Die Schwester sah diese Frau an und erschrak, als sie an die Adoptionsfreigabe dachte…

*

Sie ließen ihn natürlich nicht gehen und Harry versuchte seine Pläne zu kaschieren, indem er sagte, das Essen sei angerichtet.

„Ich hab keinen Hunger und würde gerne kurz heim und mich frisch machen“, sagte Kale, obwohl er wusste, dass sie ihn nicht gehen lassen würden. Sie waren nicht dumm. Im Grunde konnte er sich alle weiteren Fragen und Gespräche sparen. Er sah am Tisch immer wieder hilfesuchend zu David hinüber, doch der wich seinem Blick tunlichst aus. Die Stimmung war gespannt und jeder spürte nun, dass die Sache nicht so einfach über die Bühne gehen würde wie geplant. Noah Simons verabschiedete sich und Kale bemerkte, dass die Haustür keineswegs verriegelt war. Was hielt ihn davon ab, einfach das Haus zu verlassen? Es war das Wissen um das, was dann folgen würde. Harry hatte sicherlich überall Wachposten platziert, die er nicht gesehen hatte. Menschen, die eine solche Lobby betreiben, waren nie ohne Schutz. Er sah Harry und David nach dem Abendessen in einer Ecke tuscheln, woraufhin David das Haus verließ.

„Jetzt vielleicht einen Scotch?", fragte Harry, als er zu ihm zurück in das Gesellschaftszimmer kam. Ja, jetzt wäre Alkohol nicht schlecht. Und zwar viel Alkohol! So viel, dass er nichts mehr mitbekommen würde. Und doch lehnte Kale ab. Er wusste nicht, wie weit sie dieses Spiel mit ihm wirklich treiben würden, aber wenn es zu einem Zeugungsakt zwischen ihm und Jean kommen würde, dann wussten doch alle, dass es nicht unter starkem Alkoholeinfluss stattfinden durfte.

„Nein danke", sagte Kale, „aber ich wäre froh, wenn ich mich irgendwo zurückziehen und allein sein könnte. Wäre das möglich?"

„Aber natürlich!", antwortete Harry. „Ich habe oben ein Gästezimmer für dich herrichten lassen. Dorthin kannst du dich immer zurückziehen. Komm, ich zeig es dir."

Er folgte diesem alten Herren die herrschaftliche Treppe hinauf in den ersten Stock, einen Weg, den er schon einmal vor gut einer Woche mit ihm gegangen war und der direkt zur Aufnahme in den Club geführt hatte. Er erkannte Harrys Schlafgemach und wurde direkt in das daneben liegende Zimmer geführt. Es war groß, ja geradezu herrschaftlich, wie dieses ganze Haus. Es ähnelte demjenigen, das Lydia ihm angeboten hatte. Es war ein kleines Apartment mit eigenem Bad. Die Reichen verfügten über eine Dimension von Räumlichkeiten, die Kale immer wieder sprachlos machte. So ein Überfluss! Jenn besaß nicht einmal ein Viertel von dem und musste es sich mit ihm und demnächst mit einem Kind teilen.

„Fühl' dich wohl, Kale. Ich möchte, dass es dir an nichts mangelt. Ich möchte nicht, dass du denkst, wir wären Unmenschen!" Harry lachte und ließ ihn allein.

Welch' eine Farce! Nein, sie waren keine Unmenschen, sie waren Tiere, die sich ihre Beute so rissen, wie es ihnen gerade passte. Erst trieben sie ihn im Rudel in die Enge und dann zerfleischten sie ihn. Ja, der wahre Genuss würde gleich der Akt sein, den er mit Jean anzubieten hatte. Arme Jean!

Natürlich war das Fenster verriegelt und nur mit einem Schlüssel zu öffnen. Aber selbst wenn, machte es für ihn keinen Sinn, weil sich ein Gitter davor befand. Kale sah sich im Zimmer um und fand Verpflegung und sogar Kleidung vor. Genau wie bei Lydia. Sie alle waren auf Gäste eingerichtet, die sie formen und kleiden wollten. Und tatsächlich, auch in diesem Kleiderschrank befanden sich Kleidungsstücke in verschiedenen Größen. Das Bad war komplett ausgestattet, so dass Kale erst einmal eine Dusche nahm. Er fühlte sich so dreckig, obwohl noch gar nichts geschehen war.

Das Zimmer erschien ihm wie ein Raum, in dem er noch einmal kurz über sein Leben nachdenken durfte, bevor es zur Exekution ging. Ihm blieb nichts anderes übrig als mitzuspielen. Vielleicht bekam er die Chance, danach aus diesen Machenschaften auszusteigen. Die letzte Woche war sicherlich nicht schön gewesen, aber sie hatte ihn nicht in dieser moralischen Hinsicht gefordert. Er hatte bei dreckigen Typen dreckige Arbeit abgeliefert, so dass niemals eine Frage nach Moral oder Ethik aufgekommen war. Nicht einmal bei Lydia. Aber jetzt ging es um die Zeugung eines Wesens, das keine Chance hatte, sich dagegen zu wehren, wie es entstand. Es würde kein Kind der Liebe werde, dachte Kale, sondern ein Kind der Dunkelheit und des Hasses, denn nichts würde Kale bei diesem Akt spüren können. Er war sich nicht einmal sicher, ob er überhaupt fähig sein würde, unter diesen Umständen eine Erektion zu bekommen. Als er sich auf das Bett legte, schlief er vor Erschöpfung ein.

„Kale?", fragte sie leise.

„Rachel?", antwortete er ebenso leise. Er erhielt keine Antwort. Ein im Nebel eingerahmtes Gesicht zog in seinem inneren Geiste vorüber.

„Bist du Kale?", fragte die Stimme erneut und eine Berührung an seiner Hand ließ ihn hochfahren. Eine fremde junge Frau sah ihn an und wich einen Schritt zurück. Kale starrte sie an. Sie war wunderschön und wirkte schüchtern. Wer war sie? Er sah sich im Zimmer um. Sie waren ganz allein. Schickte man ihm eine Frau, um ihn auf die wahre Aufgabe einzustimmen? Er sank zurück in die Kissen und schloss müde die Augen. Eigentlich hatte er erwartet, dass Harry ihn rufen würde. Dass es soweit war und sie zu David fuhren, doch stattdessen stand diese wunderschöne Frau an seinem Bett.

Sie entfernte sich von ihm und suchte in einem Sessel Platz. Die Distanz war ihm angenehm.

„Ich bin Jean", hörte er sie sagen.

Er schüttelte langsam den Kopf. Es sollte also hier stattfinden und… es war soweit! Der erste Kontakt sollte zustande kommen. Er konnte es nicht tun. Nicht mit dieser Frau!

Sie hatte ihn eine ganze Weile angesehen, bevor sie ihn angesprochen hatte. Er so nett aus. Man hatte ihr einen Mann ausgesucht, bei dem sie sich nicht fürchten würde. Seine Gesichtszüge waren zart und angenehm, ja sogar gutaussehend. Er sah David etwas ähnlich und doch hatte er etwas an sich, das ihn ganz anders sein ließ, als ihr Ehemann. In seinem Gesicht war eine Art Traurigkeit zu erkennen, die es ihr schwer machen würde, sich bei ihm fallen zu lassen. Sie fühlte sich plötzlich schäbig bei dem Gedanken, ihn für ihre eigensüchtigen Pläne zu benutzen. Wie sehr mochten sie diesen jungen Mann unter Druck gesetzt haben? Wie sehr mochte er leiden, wenn er das tun musste, was sie alle von ihm verlangten?

Sie zögerte, als sie ihn ansprach. Jetzt saß sie in diesem Sessel, weil sie die Nähe zu diesem Kale nicht aushielt. Genau wie er. Er lag auf dem Bett, weil er sich ihr nicht nähern konnte. Sie sah, wie er den Kopf leicht schüttelte, als konnte er sein *nein* zu dieser Sache nicht in Worte packen. Es war seine Moral, die ihm verbot, das zu tun. Dabei wäre es so einfach. Jeder junge Mann würde sich nach einer solchen Frau sehnen, doch er lag nur da und konnte es nicht tun. „Ich kann es nicht", sagte er. Das hatte sie befürchtet. Das machte ihn ja gerade so sympathisch, doch ihr Mann hatte das Geschäft bereits abgeschlossen.

„Es hat nichts mit dir zu tun", erklärte er. „Es hat nur etwas mit mir zu tun."

Es berührte sie, dass er die Schuld auf sich nahm, dabei wusste sie gar nicht, was er meinte. Jean erhob sich und ging zu ihm hinüber. Sie sah ihn an. Seine Augen waren müde. „Warum machst du das?", fragte sie leise und setzte sich zu seinen Füßen auf das Bett.

Er sah sie müde an und schüttelte wieder den Kopf, als könnte er nicht fassen, in welche verfahrener Situation er steckte. „Ich weiß es nicht", antwortete er ehrlich. „Ich weiß es wirklich nicht. Wahrscheinlich wegen dem Geld."

Ja, dachte sie, alles geschieht wegen des Geldes.

Er sah sie an. „Liebst du ihn?" Er sah, wie ihr Tränen in die Augen stiegen.

Liebst du ihn?, hatte er gefragt. Liebst du mich?, eine Frage, die David ihr nie gestellt hatte. Wenn sie ihn wirklich lieben würde, würde er ihr auch ohne Kind reichen. Aber sie wünschte sich dieses Kind und fragte sich nun, ob es nicht deswegen war, damit sie endlich etwas lieben konnte. Nun sah sie auf diesen jungen Mann und verspürte diese tiefe Verbundenheit. Sie kannte ihn nicht einmal fünf Minuten und dachte, dass sie ihn lieben könnte. Aber sie könnte nicht jetzt schon einen Akt der Zeugung mit ihm vornehmen. Sie würde ihn so gerne näher kennenlernen, obwohl sie ihn bereits zu kennen glaubte. Es war dieser Respekt, den er ihr im ersten Moment entgegengebracht hatte. Der sprach für sein ganzes Wesen. Und doch war er nur hier, weil er seinen Körper verkauft hatte. Das passte nicht zusammen. Und da sich sein Gefühl und sein Körper zu diesem Akt vereinen müssten, würde es nicht funktionieren. Genau das stand ihm ins Gesicht geschrieben.

Jean antwortete ehrlich, weil sie es ihm schuldig war: „Nein, ich liebe ihn nicht."

„Warum dann ein Kind?"

„Damit ich etwas habe, das ich lieben kann."

Er sah sie an und erkannte auch in ihrem Gesicht diese tiefe Traurigkeit.

„Ich habe bereits ein Kind", sagte er.
„Ich weiß."
Er war nicht überrascht, gab dieser Frau aber auch keine Schuld.
„Es liegt in einem Inkubator, weil es zu früh zur Welt gekommen ist."
„Das tut mir leid."
„Mir tut es noch viel mehr leid, weil es das Kind eigentlich gar nicht geben dürfte."
Jean sah ihn fragend an.
„Jetzt muss ich genug Geld verdienen, um es am Leben zu halten. Ist das nicht kurios?"
Sie nickte. „Du wirst von uns genug Geld erhalten, Kale. Dafür werde ich sorgen."
Ja, das Geld. Kale drehte sich um und von ihr weg, weil er sie nicht mehr ansehen wollte. Das Reden fiel ihm schwer.
„Was ist es?", fragte sie. „Was ist es, das dir so zu schaffen macht?"
Sie sah, wie er wieder den Kopf leicht schüttelte, als würde er keine Worte finden, es ihr mitzuteilen. „Sie haben dir nichts gesagt", gab er ihr zur Antwort.
„Was?" Sie stutzte.
„Sie haben mich einfach überrannt und hier eingesperrt. Sie haben mir einen Arzt geschickt, der mein Blut untersuchte, um festzustellen, ob ich auch gesund bin. Das hätte ich ihnen auch sagen können. Doch sie haben mich nicht gefragt, ob ich es überhaupt kann. Sie haben mir eine große Summe Geld geboten und damit ihr Geschäft einfach besiegelt."
Sie hörte zu.
„David hat mich zuvor ausgehorcht, ob ich denn auch seine Lebenseinstellung teile. Ja, wir haben uns sogar sehr gut unterhalten und David ist mir auch sympathisch. Doch sie haben mich ausgehorcht, ohne mich einzuweihen. Wenn doch nur einer etwas gesagt hätte, dann hätte ich erklären können, warum ich es nicht kann."
Jean versuchte zu verstehen, wovon er sprach. War er homo-

sexuell und bekam bei einer Frau keine Erektion? Sie hörte Kale weiterreden: „Die Jobs, die Harry mir gegeben hat, waren kein Problem. Doch wenn Harry auch nur für einen Augenblick mal nachgedacht hätte, wäre ihm aufgefallen, dass ich immer nur mit einer bestimmten Art von Kunden verkehre. Doch Harry dachte, wenn ich das aushalten könnte, dann würde ich das hier mit Leichtigkeit aushalten. Ja, ich würde sogar das Hundertfache verdienen. Er hatte es sicher gut gemeint und ich bin ihm nicht einmal böse. Was mich wütend macht, ist, dass mich niemand eingeweiht hat. Sie haben das Geschäft untereinander einfach abgeschlossen und treiben mich jetzt in den Krieg."

Krieg? Jean fühlte sich verletzt. Sie sah sich nicht als seinen Feind und doch war sie es. „Wie meinst du das?", fragte sie. „Sehe ich so schlimm aus, dass es für dich eine Strafe ist, mich anzufassen?"

Ja, in Grunde war dies die Wahrheit! Sie anzufassen war für ihn die reinste Strafe. „Willst du wissen, wie meine kleine Tochter entstanden ist?"

Wollte sie das? Es fühlte sich befremdlich an, auf diese Weise in seine Privatsphäre einzudringen. Doch es schien ihm wichtig, dass sie es erfuhr, also sagte sie: „Ja, das will ich."

Er drehte sich zu ihr um, nur um die Reaktion in ihren Augen zu sehen, wenn er es aussprach. Vielleicht würde sie ihn verstehen und alles absagen. „Durch eine Vergewaltigung."

Sie reagierte. Ihre Augen weiteten sich und sie erhob sich erschüttert von seinem Bett. *Wenn sie mich nur eingeweiht hätten.* Jetzt wurde ihr klar, was er meinte. Sie hatte ihn nie gefragt, auf welche Weise er zum Höhepunkt kam.

„David weiß nichts davon?", fragte sie.

Kale schüttelte den Kopf.

„Warum hast du es ihnen nicht einfach gesagt, bevor sie dir das Blut abgenommen haben?"

Warum? „Weil sie mir ein Betäubungsmittel gespritzt haben, damit ich mich nicht wehren konnte."

Auch das erschütterte Jean. Sie ging zum Fenster und sah hinaus. Vergewaltigungen waren etwas Furchtbares! Sie hatte immer gehofft, dass ihr keine widerfahren würde. Jetzt hatte dieser Kale sie gerade vor einer bewahrt, obwohl er selbst der Täter hätte werden können.

Jean Rudell war verwirrt. Mit diesem Kale stimmte irgendetwas nicht. David hatte gesagt, er hätte über alles mit ihm gesprochen, doch jetzt wurde Jean bewusst, dass er das wichtigste Thema vergessen hatte, und das waren die Gefühle des Vaters ihres Kindes. Vergewaltigungen hatten eine Ursache. Es gab Kulturen auf dieser Welt, in denen sie an der Tagesordnung waren, aber Kale kam nicht aus einer solchen Kultur. Bei ihm musste es andere Ursachen haben. „Warum ist das so bei dir?", fragte sie.

Er gab lang keine Antwort. Warum war das so? „Weil ich zärtliche Berührungen nicht aushalten kann."

Sie nickte und sah weiterhin zum Fenster hinaus. Unten auf dem Hof trafen gerade zwei Limousinen ein. Das irritierte sie zusätzlich. Dies war ein überaus intimes und privates Treffen. Was hätten fremde Leute dabei zu suchen? Wollte David mit Harry eine Party zur Feier des Tages steigen lassen? In der Hoffnung, dass es auf Anhieb funktionierte? In diesem Moment erschien ihr David so fremd wie nie zuvor. Wie konnte er zulassen, dass Fremde hier erschienen? Es hatte sie bereits durcheinander gebracht, weil er den Ort für die Zeugung von ihrem Zuhause auf dieses Anwesen verlegt hatte. Daheim hätte sie sich wohler gefühlt. Sie hatte sich diese ganze Szene anders vorgestellt. Sie hatte gedacht, dass selbst David das Haus verlassen würde, während sie sich mit diesem Mann auf einen Zeugungsakt einließ. Doch jetzt schien sich eine völlig andere Sache anzubahnen. Jean überkam immer mehr das Gefühl, dass David sich einer Gesellschaft angeschlossen hatte, die andere Absichten verfolgte, als er vorzugeben versuchte. Ja, er hatte ihr diese Form der Zeugung in irgendeiner Weise plötzlich aufgedrängt. Was mochte ihn dazu bewogen haben. Jean fragte: „Was zahlen sie dir?"

Er zögerte. „Zwanzigtausend, wenn es funktioniert."

Sie war schockiert!

„Und zwanzigtausend zahlt David an Harry, hat er mir gesagt."

Sie sah ihn entsetzt an. Er lag immer noch auf dem Bett und starrte an die Zimmerdecke.

„Wenn es funktioniert?", fragte sie beunruhigt.

„Bis es funktioniert."

„Wie soll das gehen?"

„Sie sperren mich hier solange ein, bis ich dich geschwängert habe."

Jean war entsetzt. „Wie bitte?"

„Ja meinst du, die lassen mich nach dem heutigen Versuch gehen? Sie werden dir einen Dr. Noah Simons schicken, der dich nach zirka drei Wochen untersuchen wird. Sollte keine Schwangerschaft vorliegen, werde sie dich wieder hierher schicken. Womöglich von uns verlangen, es mehrmals zu tun."

„Mehrmals?" Sie dachte widerwillig an eine Vergewaltigung und drehte sich zu Kale um. Sie wusste, dass er es nicht zulassen würde.

„Warum werden sie dich festhalten?"

„Weil sie wissen, dass ich es nicht machen will. Sie wissen nur nicht warum. Sobald sie mich rauslassen, werde ich abhauen. Und das wissen sie."

Sie ging wieder zu ihm ans Bett. Sie hatte nicht erwartet, dass sich die Dinge so entwickeln würden.

Aus dem unteren Teil des Hauses erklangen plötzlich laute Stimmen. Die Party begann. David dachte sicherlich, dass es gleich vorbei wäre und sie würde runterkommen und sagen, dass alles gut funktioniert habe. Da kam ihr eine Idee! „Wir sagen einfach, dass wir es getan haben und dann schaust du, ob dir in den nächsten drei Wochen die Flucht gelingt." Das war die Lösung! Und wenn ihm nicht die Flucht gelänge, dann würde sie es erneut mit ihm durchstehen. Sie würde sich mit ihm hier unterhalten und David sagen, dass sie es erneut versucht haben. Sogar mehrmals, um sicher zu gehen. Und dann würden auf Dauer alle erkennen, dass die Zeugung mit Kale nicht funktionierte. Ihr Plan erschien ihr perfekt. Alles was es brauchte, war die Geduld von diesem Mann. Er schützte sie vor einer Vergewaltigung und sie schützte ihn umgekehrt vor diesem Akt. Und das sagte sie ihm froh und sah, wie er den Kopf schüttelte.

„Nein? Warum?“, fragte sie erstaunt. Der Plan klang doch so gut und logisch.

Kale sah ihr in die Augen und sagte: „Weil sie uns dabei zusehen wollen!“

Jean Rudell war fassungslos! Sie konnte sich nicht vorstellen, dass ihr Mann so etwas zulassen würde. Es sei denn… er hätte selbst eine Neigung in dieser Richtung. Das wäre die Spitze des Eisberges! Sie hatte sich schon widerwillig zu dieser Aktion überreden lassen, aber was sie jetzt ahnte, übertraf alles! Sie hatte immer geglaubt, ihren Mann zu kennen, doch in diesem Augenblick wurde ihr bewusst, wie oft er sie von unterwegs anrief, weil er länger arbeiten musste. Wie oft er abends alleine wegging und sich mit *Freunden* traf. Waren dies etwa seine Freunde? Die, die in diesem Moment unten eintrafen und die Gläser klirren ließen? Sollte sie sich so sehr in ihrem Mann getäuscht haben? Jetzt wurde ihr bewusst, wie oft David seine Angelegenheiten mit Geld regelte. Sie würde nie wieder mit ihm schlafen können! Es war aus! Sie würde auch niemals mit diesem Kale schlafen, aber er war wenigstens so fair gewesen, sie zu warnen.

Jean Rudell bekam Angst. Sie lief nervös zum Fenster und sah hinaus. Inzwischen waren zwei weitere Wagen eingetroffen. „Wie werden sie es machen, ich meine, wo werden *wir* es machen?“

Kale erhob sich und trat zu ihr ans Fenster. „Vielleicht schauen sie uns schon eine Weile zu. Vielleicht haben sie auch alles mit angehört.“

Ja, dachte sie, sie haben hier überall Kameras installiert und unten einen großen Bildschirm eingeschaltet. Wie simpel! Sie und Kale würden niemals merken, dass sie beobachtet wurden. Sie sollten denken, unten fände schlichtweg eine Gesellschaft statt. Die Zeugung sollte ganz nebenbei stattfinden. Dabei war sie der Mittelpunkt des ganzen Geschehens. Entertainment! Jean liefen die Tränen übers Gesicht. Kale kannte diesen Schmerz nur allzu gut. Er hätte sie so gern in den Arm genommen, aber er fürchtete, dass es Aggressionen in ihm auslösen würde.

„Rachel", hörte er sie sagen. „Wer ist Rachel?" Er hatte diesen Namen im Schlaf ausgesprochen. Jean drehte sich zu ihm und nahm ihn sanft in den Arm, dabei wollte sie nur von ihm gehalten werden. Das hätte sie nicht tun sollen. Kale Hatfield spürte, wie sich sein Gefühl veränderte und er sie wegdrückte. Sie war irritiert. Was war passiert?

„Ist Rachel deine Freundin?" Kale drehte sich von ihr weg und wusste nicht, was mit ihm geschah. Hitze und Kälte überkamen ihn gleichzeitig. Jean vermutete, ihm mit dieser Frage eine schmerzhafte Erinnerung entlockt zu haben. Sie griff zum Trost nach seiner rechten Schulter, was ihn sich erschrocken umdrehen ließ. Als sie ihre Hand auf seine Wange legte, hatte er sich nicht mehr unter Kontrolle! Die Berührung war so zart, dass er alles um sich vergaß…

Alle unten im Haus kannten seine Art zu lieben sehr wohl und sahen voller Vergnügen bei dem zu, was dort oben im Gästezimmer geschah!

Die Adoption

Ein Pfleger im Schwesternzimmer sah die Patientin Mrs. Gordon durch den Flur rennen. Ihr Gesicht war rot vor Zorn, als sie ihre Tasche plötzlich auf den Boden knallte und schrie: „Wo ist das Zimmer für die Adoption?" Ihre Stimme klang laut und hart, so dass Lydia Hays diese Worte nicht entgingen. Niemandem entging, wie zornig Jennifer Gordon war. Dabei war es nur ihre Ohnmacht, die in ihr brodelte. Eine Stunde später war der Adoptionsvertrag unterschrieben und Jennifer Gordon saß in einem Taxi auf dem Weg zu ihrer neuen Wohnung. Sie hatte der Mitarbeiterin der Vermittlung gesagt, dass die zukünftigen Eltern ihren Kinderwagen und auch die Kinderzimmermöbel direkt mitnehmen könnten. Sie wollte nichts behalten. Nichts! Sie schloss voller Wut die Wohnung auf und schleuderte ihre Tasche gegen einen Wandspiegel, der sofort zerbrach. Dann sackte sie heulend in die Knie. Endlich! Endlich konnte sie ihrer Traurigkeit und Wut freien Lauf lassen. Sie war am Ende ihrer Kräfte und sah nicht, wie schön Kale die Wohnung eingerichtet hatte. Sie ließ sich erschöpft auf das Sofa sinken, weil sie nicht im Schlafzimmer schlafen wollte. Sie hatte mit Kale ein neues Bett ausgesucht und gekauft, in dem er mit ihr üben sollte, sich ihr anzunähern. Alles war so verflucht gut durchgeplant gewesen! Es hätte sogar funktioniert, wenn sie nicht vorzeitig die Abmachung gebrochen hätte. Jetzt hatte sie ihr Kind verschenkt und Kale an eine andere Frau verloren, der er sich tatsächlich körperlich annähern konnte. Was hatte diese Frau, was sie nicht hatte? Jennifer Gordon weinte die ganze Nacht hindurch. Gleich morgen würde sie sich bei ihrem alten Chef melden, dass sie ab nächster Woche wieder arbeiten käme. Und die Möbel, die Kale gekauft hatte, würde sie rausschmeißen. In dieser Wohnung würde sie keine Woche bleiben!

*

Er litt! Er litt die ganze Zeit, aber er konnte nicht zu Tristan durchdringen! Er sah und hörte alles und konnte sich selbst nicht stoppen. Er sah, wie Jean unter seiner Brutalität litt. Sein soeben noch vorhandenes Vertrauen war in der Minute verschwunden, als Jean zärtlich seine Wange berührt hatte, ohne ihn zu warnen. Hätte sie ihn geschlagen, wäre die Qual für sie geringer gewesen, denn dann hätte er sie nur etwas härter angefasst, weil er bei sich selbst geblieben wäre. Aber Tristan kannte kein Tabu. Er drang schonungslos und brutal in sie ein und tat, wovor Kale sie noch vor weniger als fünf Minuten gewarnt hatte. Womit allerdings niemand gerechnet hatte, war die Brutalität, mit der Tristan die Geschichte beendete. Er ließ sie einfach liegen und rannte die Treppe hinunter, wo sich eine Gesellschaft von zehn Männern versammelt hatte, die nun erschrocken aufsah, als er den Raum betrat. Er schlug Harry das Glas aus der Hand und trat vor David. „Wo ist das Geld?“, fragte er in einem Ton, der David verwirrte. Vor ihm stand ein völlig anderer Mann, als der, den er eben noch zu kennen glaubte. Er griff nervös in seine Hosentasche und holte einen Umschlag hervor, den er diesem Kale Miller reichte. Der sah ziemlich böse aus und zerstörte damit das Bild, das auch Harry bis eben noch von ihm gehabt hatte. Er wollte doch nur ein wenig Spaß mit seinen Freunden haben und gleichzeitig das Problem der Vaterschaft lösen. Er dachte, Kale würde sie etwas härter rannehmen, was ihr vielleicht sogar Spaß machen würde, aber dass er sie regelrecht vergewaltigen würde, hatte auch ihn beim Zusehen sprachlos gemacht. Er hatte die anderen angesehen, die sich an der Vergewaltigung aufgegeilt hatten, und in diesem Moment erkannt, welchen Fehler er begangen hatte. Ja, alles war ein riesengroßer Fehler gewesen!

Tristan nahm den Umschlag entgegen und tat etwas, was alle zutiefst schockierte: Er packte David am Kragen und knallte seinen Kopf auf den schweren Tisch aus Granit! Alle hörten, wie beim Aufprall der Schädel zerbarst. David Rudell war auf der Stelle tot und Tristan blickte herausfordernd in der Runde dieser alten perversen Herren, wer sich als nächster traute, sich ihm entgegenzustellen. Doch es traute sich niemand. Alle blieben wie erstarrt auf ihren Plätzen und hatten Panik, als nächste dran zu sein!

Niemand hielt ihn zurück, als er das Grundstück verließ. Er hatte seinen Job erledigt und zwanzigtausend Dollar in der Hand! So macht man das, dachte Tristan und trieb Kale zum Krankenhaus…

*

Lydia war nicht unbedingt stolz auf ihre Leistung im Krankenhaus, aber sie musste diesem Kale einen Denkzettel verpassen. Sie ließ sich nicht einfach von ihm herumschubsen und wartete darauf, dass er endlich erscheinen und die Dinge mit ihm klären würde. Doch er kam nicht. Er kam heute nicht, auch nicht morgen und auch nicht in den nächsten Wochen. Ihre Wut ließ sie einen teuflischen Plan entwickeln...

*

Kale Hatfield fand sich in der Hölle wieder, aus der er seit Jahren zu entkommen versuchte. Tristan übernahm immer wieder die Kontrolle, doch Kale musste nach dem letzten Vorfall zugeben, dass er ihn wirklich gerettet hatte, anstatt ihm zu schaden. Wenn er nicht eingesprungen wäre, säße er immer noch bei Harry Carlile fest und würde der Belustigung der Gesellschaft dienen. Stattdessen war er jetzt auf dem Weg zum Krankenhaus. Er musste Jenn dringend dort herausholen und mit ihr untertauchen. Geld hatte er nun genug.

Als Kale Hatfield das Krankenhaus betrat, wurde er vor der Station, auf der Jenn bisher gelegen hatte, festgehalten. Ein junger Pfleger verstellte ihm den Weg und bat ihn darum, das Krankenhaus zu verlassen. Kale verstand nicht. Er wollte doch nur das Baby und seine Freundin besuchen. Der Pfleger schüttelte den Kopf, das ginge nicht.

„Warum? Dies ist ein öffentlicher Ort! Besteht gegen mich eine einstweilige Verfügung, von der ich nichts weiß?" Er wurde wütend, auch weil ihn die Zeit drängte. Er wusste nicht, ob sie ihn verfolgten, und versuchte sich an dem Pfleger vorbeizudrücken. Doch der hielt ihn zurück und rief nach Verstärkung. Schwester Maria kam gerannt. „Kale? Kale Miller?"

Dass sie seinen Namen rief, war ihr Glück. Tristan war noch ziemlich gegenwärtig, verschwand aber, als der Name Kale erklang.

Kale nickte. Er kannte die Schwester. Sie schickte den Pfleger zurück zur Station und bat Kale, ihr in eine ruhige Ecke des Flurs zu folgen. „Es tut mir so leid!", sagte sie und Kale sah sie entsetzt an.

„Was?", fragte er völlig irritiert.

„Das mit dem Kind."
„Dem Kind? Rachel?"
Sie nickte. Er wusste es noch nicht und es fiel ihr so unendlich schwer, ihm die Wahrheit zu sagen.
Kale blickte an ihr vorbei zur Intensivstation. „Ich will sie sehen!"
„Das geht nicht."
Sein Blick sprach Bände. Schwester Maria konnte hinter dem Entsetzen die Angst erkennen. Es würde ihm das Herz brechen!
Er sagte erneut: „Ich will sie sehen!"
„Sie ist nicht mehr da."
Nicht mehr da? Was sollte das heißen? War ihr etwas zugestoßen?
„Ich darf es Ihnen eigentlich nicht sagen, weil Sie offiziell nicht der Vater sind."
Sie sah, wie ihn die Panik ergriff, wie sein Gesicht rot anlief und er sich an ihr vorbeidrängen wollte. Sie konnte nicht anders und sagte: „Es tut mir so leid! Ihre Freundin hat Rachel zur Adoption freigegeben. Das Kind wurde soeben in eine andere Klinik verlegt."
Kale erstarrte! Es war, als hätte man soeben sein ganzes Leben gelöscht. Der letzte Lebenspfeiler, der ihn noch stützte, war weggebrochen. Er befand sich von einer Sekunde auf die nächste in einem Nichts. Keine seiner Multiplen meldete sich, als wären sie genauso entsetzt wie er. Stille. Vollkommene Stille. Für dieses Gefühl gab es niemanden in Kale Hatfields Innerem, der es übernehmen konnte. Er verspürte keinen Zorn, keinen Drang zur Ordnung und hatte nicht einmal ein Bedürfnis nach Trost. Er wollte einfach nicht mehr da sein.
Schwester Maria kannte diese Reaktion. Sie hatte sie häufig bei Eltern beobachtet, wenn Säuglinge verstarben. Im Grunde war dies auch der Tod der Tochter im Leben von Kale Miller. Jennifer Gordon hätte diese Entscheidung nicht ohne ihn treffen dürfen. Das hatte Schwester Maria gewusst und doch war sie nicht in der Lage gewesen, es zu verhindern. Diese Mrs.

Gordon hatte voller Bitterkeit den Vertrag unterschrieben, der nicht mehr rückgängig zu machen war. Diese verdammte Lydia Hays hatte sich sofort im Büro der Vermittlung gemeldet. Schwester Maria hatte ein ganz schlechtes Gefühl dabei gehabt und eine vorläufige Verlegung des Kindes veranlasst. Um das Kind bis zum endgültigen Entscheid zu schützen, hatte man es in eine andere Klinik gebracht, von der niemand etwas wusste. Schwester Maria hätte ihm so gerne gesagt, wo er sein kleines Mädchen finden würde, doch sie durfte es nicht. Adoptionen unterlagen strengen Regeln.

Sie blieb bei ihm stehen, falls er Hilfe bräuchte. Sie sah, wie die Leere in seine Augen trat und griff nach seiner Hand, um ihm Trost zu spenden. Die Berührung ließ ihn jaulend in die Knie. Es war immer das Gleiche auf dieser Station, wenn grausame Nachrichten durch die Flure wanderten. Der stumme Schrei der Eltern verteilte sich über die ganze Station. Es war, als hielten eine jede Schwester und ein jeder Pfleger für einen Moment die Luft an, weil es keine mehr zum Atmen gab. Die Zeit flog vorüber, bis die ersten Säuglinge nach Aufmerksamkeit schrien und alle wieder in Bewegung kamen. Sie alle hatten hier wichtige Aufgaben zu erledigen, um wenigstens das nächste Kind zu retten. Die kleine Rachel war etwas ganz Besonderes gewesen, wenn sie mit ihren dunklen traurigen Augen durch die Glasscheibe in die Welt geblinzelt hatte, als spürte sie bereits die Einsamkeit, die ihr bevorstand. Dabei war ihr Vater bereit, sie zu lieben und zu versorgen, auch wenn seine Art dies zu tun, nicht die beste war, doch sie sprach für eine besondere Verbindung, die nicht so einfach aus Verbitterung hätte abgeschnitten werden dürfen. Doch wo war er in den letzten Tagen gewesen? War es nicht auch seine Schuld, dass es zu dieser Entscheidung gekommen war? Er hätte nachdrücklicher zeigen müssen, wie wichtig ihm dieses Kind war. Jennifer Gordon befand sich in einem labilen psychischen Zustand und die Vermittlerin der Adoption hätte die Entscheidung nicht annehmen dürfen. Doch die Adoption war auch ein Geschäft. Man sah hin und wieder über die Gemütszustände der Mütter hinweg.

Schwester Maria hasste es, wenn die Vermittlerin erhaben durch diese Station wanderte, als wäre sie auf Seelenfang. Alles fand unter dem humanen Siegel *Zum Schutze des Kindes* statt, aber in Wahrheit fand es auf dem Papier und dem Konto statt. Ja, jedes vermittelte Kind brachte Geld ein. Es gab sicherlich Situationen, in denen es angebracht war, eine Mutter von ihrem Kind zu trennen, aber bei dieser Mrs. Gordon war es falsch gewesen. Es hätten nur die Dinge in ihrem Leben zurechtgerückt werden müssen. Der Vater hockte nun mit gebrochenem Herzen vor ihr auf dem Flur und hatte soeben auch sein Leben verloren. Hätte er sich nur als Vater eintragen lassen! Dann hätte man ihm vorerst die Vormundschaft zugesprochen. Dann hätte alles seine Richtigkeit gehabt. Was, zur Hölle, hatte diesen jungen Mann nur dazu bewogen, sich vor dieser Verantwortung zu drücken, vor der er sich gar nicht drücken wollte? Jetzt war alles vorbei und jeder musste mit dem Ergebnis leben.

Schwester Maria ging in die Knie und sagte: „Lassen Sie sich als Vater eintragen und legen Sie gegen die Adoption Einspruch ein."

Sie sprach ins Leere, denn Kale reagierte nicht. „Ist Mrs. Gordon noch da?", fragte er plötzlich. Er wollte wenigstens so aufrichtig sein und sich von ihr verabschieden.

„Nein, Mr. Miller, Mrs. Gordon ist heute Mittag nach Hause gefahren."

Er sah auf. Seine Reaktion war schwach und er nickte kraftlos. Jenn war jetzt in der Wohnung, in der er mit ihr und dem Kind hatte leben wollen. Wie mochte sie auf das Kinderzimmer reagieren? Auf alles, was er so mühevoll für sie und das Kind hergerichtet hatte? Er hatte es ihr so angenehm wie möglich machen wollen, um in einem Gespräch wieder zu ihr zu finden. Sie hatten doch dieses gemeinsame Bett dafür gekauft… Alle Vorbereitungen, die Kale Hatfield so sorgsam getroffen hatte, waren umsonst gewesen. Er verstand das Leben einfach nicht. Jenn würde sicherlich in ein paar Tagen wieder arbeiten gehen und genau wie er alles vergessen wollen. Geld war momentan kein Problem mehr. Wie absurd! Jetzt wo er Geld hatte, fühlte er sich ärmer denn je. War dies das wahre Gefühl der Reichen, das sie auf diese abnormen Ideen brachte? Kale war auf die Welt der Reichen reingefallen und in seiner größten Armut gelandet.

„Sie sollten nicht so schnell aufgeben", hörte er die Schwester sagen.

Sie hatte ja keine Ahnung! Sie war auch nur ein Werkzeug bei der ganzen Sache gewesen. Zudem hatte er nicht *schnell* aufgegeben. Er hatte alles getan, um genau das zu verhindern, was nun passiert war.

„Gehen Sie zu ihr, Mr. Miller. Rücken Sie die Dinge wieder zurecht. Ich habe die Wohnung von Mrs. Gordon gesehen, wie hübsch Sie alles hergerichtet haben. Das wird sie Ihnen sicherlich hoch anrechnen. Es ist noch nicht zu spät."

Kale sah die ältere Frau vor sich an. Nicht zu spät? Es war schon viel zu spät!

Schwester Maria erhob sich wieder, griff in ihre Kitteltasche und holte ein Foto hervor. „Hier", sagte sie und reichte es ihm. „Das hat Mrs. Gordon in ihrer Nachtischschublade liegen lassen. Ich denke, Sie sollten es haben. Bringen Sie es ihr."

Kale erhob sich und sah auf das Foto. Es zeigte die kleine Rachel schlafend in ihrem Inkubator. Eine Schwester der Station hatte es vor zwei Tagen aufgenommen. Sie sorgte immer dafür, dass Eltern auch an diese Zeit eine kleine Erinnerung bekamen. Kale nahm das Foto entgegen und nickte. Das Wesen darauf erschien ihm plötzlich so fremd. Er steckte das Bild in seine Hosentasche und sah zum Ausgang der Etage. Er musste Jenn noch den Wagen bringen, denn schließlich gehörte er ihr. Schwester Maria dachte, dass sie ihn und seine Freundin nie wieder sehen würde, doch sie irrte sich…

*

„Wir können ihn unmöglich davonkommen lassen", sagte Harry Carlile. Was hatte er nur angerichtet? Oben lag die vergewaltigte Jean Rudell und hier unten der ermordete Ehemann.

Harry hatte nicht vermutet, dass dieser Kale zu so etwas fähig sein würde. Verdammt! Er hätte ihn besser ausspionieren und länger beobachten müssen, bevor er ihn an David vermittelte. Bisher hatte er immer einen guten Instinkt besessen und seine Geschäfte hatten funktioniert. Kale kam ihm so naiv vor, doch die Gespräche zwischen David und Kale hätten ihn aufhorchen lassen müssen. Dieser Stricher war eindeutig intelligent. Aber er war auch gewalttätig, litt unter Kontrollverlust und Mordlust. Die Nacht zuvor mit Dan hätte ihn zusätzlich warnen müssen. Wer Dan standhielt, war zu mehr fähig…

Nun sah Harry Carlile auf den toten Mann in seinem Haus und hatte noch ein anderes Problem zu lösen. Oben lag eine schwer traumatisierte Frau, die seine Machenschaften an die Öffentlichkeit bringen würde. Das wussten alle Herren, die immer noch erstarrt um ihn herumstanden. Plötzlich fühlte sich keiner für dieses Desaster verantwortlich. Es war ganz allein Harrys Idee gewesen. Wie konnte man nur so ein verwerfliches Vorhaben planen? Jeder sah weg. Wer traute sich schon nach oben zu dieser missbrauchten Frau zu gehen? Und Harry machte sich Gedanken darüber, ob er diesen gefährlichen Kale Miller nicht davonkommen lassen könnte? Wie grotesk!

„Lass ihn laufen, Harry. Der wird sich nicht wieder hier sehen lassen. Der wird nichts sagen. Hat ja selbst Dreck am stecken", sagte Jack Beaty. Er hatte Angst, dass auch seine Machenschaften aufflögen. Die anderen Herren nickten zustimmend. Das Problem mit David und Jean war viel größer. Sie konnten nämlich *Jean* unmöglich laufen lassen. Sie würde aller Voraussicht nach den Ring sprengen! Sie würde alle ins Unglück stürzen und ihre Familien dazu.

„Wer macht es?", fragte Harry kurzentschlossen.

Das war doch nicht sein Ernst! Er wollte wissen, ob jemand in dieser Runde bereit wäre, diese Jean jetzt und hier umzubringen? Alle sahen weg. Sie wollten sicherlich keinen Ärger, aber sie wollten auch nichts dafür tun, um diesen Ärger zu vermeiden. Im Grunde waren sie ein Haufen perverser Feiglinge.

„Wir sollten es auslosen", schlug Jack vor. Das fand man fair und sie losten aus.

Das Los fiel auf Harry. Er selbst musste es tun. Das fanden alle erst recht fair. Er hatte diese Katastrophe heraufbeschworen und musste sie nun auch beseitigen. Sie fanden, dass Harry langsam alt wurde. Seine Partys wurden gefährlich. Sie sahen ihn nach oben gehen und horchten auf das, was er mit Jean tun würde. Wie pervers mochte er sein? Würde er sich vor ihrem Tod noch an ihr vergehen? Harry war mittlerweile alles zuzutrauen.

Sie hörten nichts und fünf Minuten später kam Harry wieder die Treppe hinunter. Er hatte sie mit einem Kissen erstickt. Das Leben von Jean Rudell war durch ein kleines Nicken ausgelöscht worden. Nun standen andere Dinge an, die geregelt werden mussten... und dazu benötigte Harry Carlile alle Verbindungen, die der Club zu bieten hatte. Zu seinem Glück reichten sie hinauf bis in die höchste Instanz.

*

Die neuen Nachbarn mochten sie nicht. Diese neue Mieterin machte in ihrer Wohnung nur Krawall. Kaum war sie eingezogen, hörten sie Geschrei, Gegenstände flogen herum und Möbel wurden gegen die Wände geschlagen. Seit Tagen! Noch ein Tag und sie würden die Polizei holen.

Jennifer Gordon erschrak, als es an ihrer Tür klingelte. War es soweit? Würde sich dieser Scheißkerl endlich bei ihr sehen lassen? Dieses Arschloch hatte noch ihren Wagen. Jennifer griff nach einem Messer, bevor sie zur Tür ging. Sie wusste nicht, in welchem Zustand er erscheinen würde. Mittlerweile war sie einiges von ihm gewöhnt. Als sie voller Wut die Tür aufriss, stand vor ihr eine kleine untersetzte ältere Dame. Das Jugendamt? Wurde sie noch einmal wegen der Adoption kontrolliert? Dann war es gerade recht, denn nun konnte diese Person sehen, dass sie sich für die Erziehung eines Kindes nicht eignete. Ihre gesamte Wohnungseinrichtung war zerstört. Sie wollte nichts von dem, was Kale gekauft hatte, behalten.

„Mrs. Gordon?“, fragte die kleine Dame leise. Es war ihr unangenehm, hier gesehen zu werden. Sie trieb sich niemals in solchen Gegenden herum. „Ich heiße Anna Bradford. Sie kennen mich nicht.“

Nein, dachte Jennifer, sie hatte diese Dame niemals zuvor gesehen.

„Ob ich wohl reinkommen dürfte?“ Sie sah sich um, ob sich irgendwo eine andere Wohnungstür öffnete.

„Was wollen Sie?“, fragte Jennifer genervt und versuchte das Messer hinter ihrem Rücken zu verbergen.

„Kenne Sie einen Kale Miller?“

Jetzt wurde Jennifer aufmerksam. Schickte er feigerweise wieder eine seiner Geliebten vorbei? War er mittlerweile derart heruntergekommen, dass er sich auf alte Weiber einließ? Diese Dame schien gut betucht und freute sich sicher über einen jungen dynamischen Körper im Bett.

„Was wollen Sie?“, fragte Jennifer erneut.

„Ich fand Ihren Namen bei meinem Mann in seinen Unterlagen. Eine lange Geschichte… Darf ich?“

Dass Kale es auch mit Männern trieb, war ihr klar. Vielleicht wollte sich diese Dame nur Luft machen. Dann war sie eine Leidensgenossin. Jennifer ließ sie unbekümmert hinein.

Nein, Anna Bradford war keine Leidensgenossin. Sie hieß in Wahrheit Hannah und war die Ehefrau und Vorhut von Jack Beaty, der wissen wollte, ob sich Kale nach diesem Vorfall irgendwo hatte sehen lassen. Schließlich hatte Kale ihn im Kreise der Gesellschaft gesehen und fürchtete nun um seinen Ruf. Er wollte Harry Carlile nicht über seine privaten Ermittlungen informieren und schickte erst einmal seine Frau Hannah vor. Er ahnte nicht, dass sie ganz andere Ziele verfolgte. Hannah Beaty liebte das Geld ihres Mannes und tat so einiges dafür. Sie waren ein Paar, das sich gut mit seinen Bedürfnissen arrangiert hatte. Und sie halfen sich gegenseitig, um ihren Dünkel in der Gesellschaft aufrecht zu erhalten.

Als Hannah Beaty die zerstörte Wohnungseinrichtung sah,

sagte sie entsetzt: „Oh, Mrs. Gordon, ist er auch bei Ihnen gewesen?"

*

Kale Hatfield tauchte in einem Hostel in Yankton unter, um sich erst einmal zu beruhigen. Er konnte sich an die ersten Tage in diesem Zimmer nicht erinnern. Er hatte es betreten und war zusammengebrochen. Nun fand er sich auf dem Bett liegend wieder und hörte von draußen einen Krankenwagen mit heulender Sirene vorbeifahren. Er verspürte eine große Leere in sich und sah auf dem Tisch das viele Geld liegen, das er in seiner Hosentasche gefunden hatte. Er konnte sich nicht erinnern, es entgegengenommen zu haben, aber er konnte sich an Jean Rudell erinnern. Das Gespräch mit ihr war ihm gegenwärtig. Dem Geld zufolge musste er den Zeugungsakt durchgezogen haben. Scheinbar waren die Herren zufrieden gewesen und hatten ihn bezahlt und gehen lassen. Die Leere, die seinen Körper nun mit Antriebslosigkeit füllte, war schwer auszuhalten. Wofür sollte er noch kämpfen? Wofür? Nun hatte er Geld und wusste nicht, wohin damit. Es würde ihm keine gute Wohnung bescheren, weil er keinen Ausweis vorlegen könnte. Er würde niemals einer regulären Arbeit nachkommen können und wäre weiterhin auf ein Hostel und einen illegalen Job angewiesen. In das letzte Gewerbe wollte er nie wieder zurück. Sein Arm schmerzte. Seit langer Zeit verspürte er wieder den Schmerz der Brandwunde. Er hatte die Wunde seit einigen Tagen nicht mehr eingefettet. Die Haut war trocken geworden und spannte. Er sollte Jenn den Wagen bringen, damit er auch das abhaken könne. Er würde ihr das Geld schenken, um wenigstens auf diese Art und Weise eine Entschädigung für alles zu bieten, was er angerichtet hatte. Es war Zeit zu gehen…

*

Einige Stunden nach Hannah Beatys Besuch klopfte es erneut an Jennifer Gordons Wohnungstür.

Es hatte Kale viel Überwindung gekostet, diesen Schritt zu wagen. Er horchte, ob hinter der Tür Bewegungen zu hören wären, doch alles blieb still. Er klingelte erneut. Nichts. Jennifer war nicht zuhause. Vielleicht hatte sie wieder ihren Job bei Ray aufgenommen und putzte dort die Büros und Toilettenräume. Kale Hatfield schob den Umschlag mit dem Geld durch den Türritz und warf den Autoschlüssel in ihren Briefkasten. Als er das Mietshaus verlassen wollte, kam rechts von ihm ein älterer Herr aus seiner Wohnung. Er sah den jungen Mann kurz an und sagte: „Sie sind doch der junge Herr, der in der Wohnung der jungen Dame wohnte." Er zeigte die Treppe hinauf.

Kale nickte. Ja, er hatte tatsächlich wenige Tage darin gewohnt, um sie einzurichten.

„Hören Sie, da stimmt was nicht. Kennen Sie Ihre Nachmieterin?"

Kale nickte zögernd. „Ein wenig."

„Ich will ja nichts sagen, aber sie hat in den letzten Tagen einen riesigen Krach in der Wohnung veranstaltet und seit heute Morgen hören wir keinen Mucks mehr. Nicht mal die Toilette. Nicht, dass uns das was anginge, aber..." Er war ein aufmerksamer Mieter, der nur allzu gerne anderen hinterher spionierte.

„Da war eine ältere Dame heute Morgen zu Besuch gewesen und seitdem ist schlagartig Ruhe."

Kale wurde misstrauisch. Ältere Dame? Etwa Lydia Hays? „Wie sah die Dame aus?"

Der ältere Herr lächelte. „Oh, die hätte mir schon gefallen! Etwa so klein", dabei nahm er Maß an seiner Schulter, „und zirka fünfundsechzig bis siebzig Jahre alt."

Das war nicht Lydia Hays. Sie war größer und um vieles jünger.

„Wir sollten mal bei der jungen Frau oben klingeln."

„Das habe ich gerade, aber sie ist nicht daheim."

Der ältere Herr stutzte und schüttelte den Kopf. „Das kann

nicht sein.“ Jetzt outete er sich. „Ich bekomme immer mit, wenn jemand das Haus verlässt. Sie hat die Wohnung nicht verlassen.“

Das machte Kale misstrauisch. War ihr etwas zugestoßen? Hatte jemand vom Club Jenn besucht, weil man ihn suchte?

„Hat jemand einen Ersatzschlüssel von dieser Wohnung?“, fragte Kale nun sichtlich beunruhigt. Der ältere Herr nickte. „Ja, Mr. Jones, dritte Etage rechts. Er ist der Verwalter für dieses Haus und hat zu jeder Wohnung einen Schlüssel.“

Kale ließ den Herrn stehen und rannte in die dritte Etage hinauf. Er klingelte und klopfte solange an die Tür des Verwalters, bis dieser erbost die Tür aufriss und ihn anschrie. Ob er noch bei Trost sei, so ein Theater zu machen. Oh ja, Kale war bei Trost!

Als sie die Wohnung betraten, fanden sie Jennifer Gordon stark blutend im Badezimmer liegen. Jemand hatte ihr ein Messer in den Leib gestoßen, aber sie lebte noch!

Die Polizei hielt ihn in der Wohnung fest und stellte ihm Fragen. Er sei der Untermieter von Mrs. Gordon und Mr. Jones nickte. Er sei aber einige Tage beruflich unterwegs gewesen und diesmal nickte der neugierige Mieter unter ihm. Man legte den Fokus auf die ältere Dame, die heute Morgen zu Besuch war. Ob jemand eine Erklärung habe. Nein, natürlich nicht. Man bat Kale, morgen ins Police-Department zu kommen, um weitere Fragen zu beantworten, und nun für wenige Stunden der Spurensicherung die Wohnung zu überlassen. Er habe sicherlich Verständnis dafür. Gegen Abend dürfte er wieder zurück in seine Wohnung. Kale nickte und verschwand für wenige Stunden. Zum Glück hatte er noch schnell den Briefumschlag, den er durch den Türritz geschoben hatte, aufgehoben, bevor die Polizei erschienen war.

*

Der Notarzt hatte ihm versichert, dass Jenn wieder in Ordnung käme und Kale geraten, nicht mit ins Krankenhaus zu kommen. Nun stand er inmitten dieser Trümmer. Alles war zu Bruch gegangen. Was hatte Jenn nur aus seiner gemütlichen Einrichtung gemacht? Oder war es der Club gewesen? Sein neugieriger Nachbar stand wieder in der Tür und schüttelte den Kopf. „Was ist denn hier vorgefallen?"

Kale sah auf. „Das würde ich auch gerne wissen. Sie sagten, dass diese Frau heute bei ihr war und seitdem Ruhe war. Hatte Mrs. Gordon die Tage davor auch Besuch gehabt?"

Der Herr schüttelte den Kopf. Nicht, dass er wüsste. Kale glaubte ihm ohne Zweifel. Demnach muss Jenn diesen Schaden selbst angerichtet haben. Das sah der Nachbar auch so.

Der Verwalter kam wieder dazu und sah ziemlich verärgert aus. „So'ne Scheiße!", schrie er. Kale nahm diese Reaktion zum Anlass, die Wohnung zu kündigen und den Schaden umgehend zu beseitigen. Jenn würde in dieser Wohnung nicht mehr sicher sein. Der Verwalter stimmte der Entscheidung direkt zu. Er war froh, wenn er dieses Pack wieder los wäre und verzichtete auf jeglichen Rechtsweg. Kurze Zeit später begann Kale die ersten Trümmer zusammenzuräumen. Er wollte morgen einen großen Wagen besorgen, um alles zur Müllhalde zu fahren. Immerhin hatte sie die Matratze nicht angerührt, so dass er beschloss, in der Wohnung zu übernachten.

Am nächsten Tag suchte er eine heruntergekommene Mietwagenstation auf und bekam für wenig Geld einen Kleintransporter. Für ein paar weitere Scheine verzichte man auf die Vorlage des Führerscheins. Am späten Nachmittag suchte er in Zeitungen nach einer neuen Wohnung und fand drei interessante Angebote, die er abtelefonierte. Ein Vermieter sagte ihm eine Besichtigung gleich am nächsten Tag zu. Dem erzählte er, sie wären ein Ehepaar und hätten gerade ihr erstes Baby verloren. Seine Frau läge noch im Krankenhaus. Er wollte einen zweiten Versuch mit Jenn wagen! Der 82-jährige Herr brachte für die Situation sofort Mitgefühl auf. Er würde sich freuen, sie in seinem Haus in der ersten Etage aufzunehmen. Seit seine Frau letztes Jahr verstorben war, fühlte er sich sehr einsam und würde sich über zwei freundliche junge Menschen sehr freuen. Wieder einmal beschäftigten Kale die pragmatischen Dinge mehr als Jenns Zustand. Das war seine Art, ihr zu helfen. Erst gegen Abend rief er im Krankenhaus an und erkundigte sich nach ihrem Zustand. Sie baten ihn erst morgen vorbeizukommen, da Mrs. Gordon schliefe. Ihr Zustand sei aber stabil.

*

Schwester Maria erfuhr durch Zufall von Jennifer Gordons Einlieferung in die Chirurgie, die eine Etage tiefer lag. Ein Pfleger hatte nach Mrs. Gordons Unterlagen gefragt, die noch auf der Gynäkologie lagen und nun benötigt wurden. Sie war schockiert! Hatte Kale Miller ihr das angetan? Die Schwester wollte die Unterlagen selbst hinunterbringen und direkt mit dem zuständigen Arzt sprechen.

„Der Polizeibericht kommt noch“, sagte der Arzt und schrieb einen Vermerk in die Unterlagen, dass man Kale Miller vorerst nicht zu Mrs. Gordon ließe. Die Umstände müssten erst zum Schutze der Patientin geklärt werden.

Als Kale am nächsten Morgen die chirurgische Abteilung betrat, waren alle informiert und riefen Schwester Maria.

Kale war irritiert, als man ihn im Dienstzimmer der Schwestern festhielt. Es war schon schwer genug für ihn gewesen, dieses Krankenhaus wieder zu betreten. Bereits beim Durchqueren der großen Eingangshalle hatte ihn direkt diese große Trauer um seine kleine Rachel überkommen. Er trug das Bild von ihr in seiner Hosentasche und holte es im Aufzug hervor. Er durfte sie niemals vergessen und zu der Adoption war auch noch nicht das letzte Wort gesprochen. Es gab Zeiten wie diese, in denen er sich fragte, wie er dies alles nur aushielt? Man sah in ihm den Täter, der Mrs. Gordon dies angetan haben könnte. Wie sollte er den Ärzten klarmachen, dass er es nicht gewesen war? Oder vielleicht doch – indirekt?

Er hatte für Jenn viele gute Neuigkeiten, die sie vielleicht erfreuen würden. Er wollte gleich nach der Wohnungsbesichtigung nach neuen Möbeln und all den anderen Dingen schauen, die zu Bruch gegangen waren. Er führte seinen Kampf um Jenn unermüdlich fort. Als er Schwester Maria auf sich zukommen sah, fühlte er sich erleichtert. Sie würde ihn verstehen. Sie würde ihm auch helfen, Jenn zu besuchen, denn sie hatte ein gutes Herz. Doch er irrte sich. Die Schwester hatte einiges erlebt, aber dieser Fall ging ihr eindeutig zu weit. Sie musste dem einen Riegel vorschieben, um Ordnung in die Sache zu bringen.

Er sah schon von weitem ihr gereiztes Gesicht und fühlte, wie sein Adrenalin anstieg.

Schwester Maria wollte es nicht auf die weiche Tour erledigen. Sie war genervt und irritiert und sagte: „Mr. Miller, bitte verlassen Sie das Krankenhaus! Mrs. Gordon kann noch nicht besucht werden. Außerdem ist noch nicht geklärt, wer ihr dies angetan hat. Erst wenn wir mit ihr geredet haben, werden wir eine Entscheidung treffen, ob Sie zu ihr dürfen." Sie sah ihn mit strengem Blick an und traf ihn mitten ins Herz. Er wollte Tristan keinen Raum geben, aber er spürte ihn anmarschieren. Um Schlimmeres zu verhindern, verließ er sofort das Krankenhaus.

Es durfte nicht sein! Er durfte sie kein zweites Mal verlieren! Er musste den ganzen Stress wegschalten und sich einfach um die Dinge kümmern, die jetzt wichtig waren. Die Erschöpfung, die in seinen Knochen steckte, war enorm. Er besorgte sich auf dem Heimweg zur Wohnung eine Brandsalbe und ein starkes Schlafmedikament. Er hatte noch drei Stunden bis zur Besichtigung der neuen Wohnung. Als er sich auf die bloße Matratze legte, fiel sein Blick auf die Tabletten, die neben ihm auf dem Boden lagen. Es befanden sich fünfzig Stück in der Schachtel, genug, um für immer einzuschlafen. Warum nicht? Das war seine Chance. Er war es gewöhnt, davonzulaufen. Warum nicht für immer?

*

„Die Wohnung ist leer", sagte Jack Beaty zu Harry Carlile am Telefon. „Ich hab es selbst gesehen. Sie haben sich davongemacht", und er sah dabei lächelnd zu seiner Frau hinüber, die in einem Sessel am Fenster saß und stickte. So ein liebes Weibsbild! Sie hatte brav ihre Arbeit getan und bekam dafür eine Reise in die Südsee von ihm geschenkt. Gleich am Wochenende sollte es losgehen. So etwas durfte nie wieder passieren! Er würde zu Harry nach diesem Telefonat den Kontakt abbrechen.

*

Kale Hatfield hatte es nicht übers Herz gebracht, dabei wäre es so einfach gewesen, doch er konnte Jenn nicht wieder im Stich lassen. Wahrscheinlich war er für diesen Überfall verantwortlich. Er musste sie in Sicherheit bringen! Als er die neue Wohnung besichtigen fuhr, wurde er wieder zuversichtlicher. Der alte Herr, Fredrik Gilbert, begrüßte ihn sehr freundlich und bat ihn in sein Haus. Kale war überrascht, dass es ein freistehendes Haus mit großem Garten in einem kleinen Vorort von Yankton war, das nicht nur gepflegt, sondern auch gemütlich aussah. Genau wie der Herr, der ihm eine Tasse Kaffee anbot und zunächst das Gespräch suchte. Es war ihm wichtig, den neuen Mieter näher kennenzulernen, denn schließlich würden er mit seiner Frau in Zukunft auf kleinstem Raum mit ihm zusammenwohnen.

„Wie geht es Ihrer Frau?", fragte er Kale, als sie zusammensaßen und er sich den jungen Mann näher betrachtete.

„Noch nicht so gut." Kale holte das Foto mit Rachel hervor und reichte es Fredrik Gilbert. „Unsere Tochter. Vor wenigen Tagen. Sie war ein Frühchen. Die Lunge hat nicht mitgemacht." Kale kamen ungewollt die Tränen. Der Verlust schmerzte ihn zutiefst und untermalte seine Geschichte, die er Mr. Gilbert auftischte.

„Was machen Sie beruflich?"

„Ich bin Ingenieur." Er wollte es probieren. „Maschinenbau." Der Herr nickte erfreut. Und Ihre Frau?"

„Bürokraft, aber derzeit krankgeschrieben."
„Das versteht sich." Der Alte nickte.
„Ich möchte auch nicht, dass sie in nächster Zeit arbeiten geht."
„Auch das verstehe ich, obwohl, manchmal tut es ganz gut, wenn man abgelenkt wird."
„Schon, aber ich möchte, dass sie sich erst mal schont. Es war doch alles sehr viel für sie. Ich kann die Miete auch im Voraus zahlen, falls das ein Problem sein sollte. Wir haben Erspartes." Der Alte lächelte. Das gefiel ihm, aber er schüttelte den Kopf. „Nein, ist schon recht. Kaution und erste Miete sollten mir reichen. Sollen wir mal die Wohnung besichtigen?"
Kale nickte und folgte dem alten Herrn in den ersten Stock. Er zog sich mühselig am Geländer der Treppe hoch und Kale verstand, weshalb er dieses Stockwerk vermieten musste. „Ich komme einfach nicht mehr hoch", sagte der Herr.
Die Wohnung entsprach direkt Kales Vorstellungen und sie würde auch Jenn gefallen. Sie hatte eine neue geräumige Küche, ein modernes Bad und drei große Räume, so dass zur Not auch zwei getrennte Schlafzimmer eingerichtet werden könnten. Oder ein Kinderzimmer… Hier sah die Welt für eine kleine Familie so perfekt aus. Und tatsächlich, der alte Mann berichtete von seinen drei Kindern, die hier groß geworden waren. „Ich will Ihnen nicht zu nahe treten, Mr. Gordon, aber vielleicht kommen Sie bald über den Schmerz hinweg und freuen sich über ein weiteres Kind, das gesund und munter zur Welt kommt."
Kale lächelte. Vielleicht…
„Können wir direkt den Mietvertrag machen?", fragte Kale und der Alte nickte. Das gefiel ihm. Der junge Mann machte Nägel mit Köpfen.
Da Fredrik Gilbert noch vom alten Schlag war und für ihn ein Handschlag mehr bedeutete als ein stummes Papier, fragte er nach keinerlei Legitimation. Als Kale ihm die gewünschte Summe auf den Tisch legte, hegte er keinerlei Zweifel mehr. Bei ihm würden in wenigen Tagen Jennifer und Kale Gordon einziehen,

ein sicherlich bezauberndes junges Ehepaar. Der Alte freute sich, auf seine alten Tage noch solch ein Glück zu haben!

Bevor Kale am nächsten Tag die ersten Möbel kaufen wollte, war es ihm ein starkes Bedürfnis, endlich Jenn zu sehen. Er musste unbedingt mit ihr reden. So konnte es nicht weitergehen und er wollte heute einen ersten Besuch durchsetzen.

*

Als Jennifer Gordon nach dem Vorfall im Krankenhaus zu sich kam, standen viele fremde Menschen um sie herum. Soeben war sie noch von dieser kleinen älteren Dame überrascht worden und jetzt lag sie hier in diesem Zimmer und wurde von vielen fremden Gesichtern angestarrt.

„Was ist passiert?", fragte sie. „Wo bin ich?"

Das waren ganz typische Worte für eine traumatisierte Patientin.

„Ich bin Dr. Williamson, der Chefarzt der Chirurgie. Sie wurden gestern mit einer Stichverletzung im Bauchbereich hier eingeliefert."

Wie sollte sie reagieren? Jennifer schloss die Augen und versuchte sich erinnern. Sie erinnerte sich an ihre Wut, mit der sie die Möbel kleingeschlagen hatte. Und dann hatte es an ihrer Wohnungstür geklingelt und diese Dame war erschienen. Sie war sehr freundlich gewesen.

„Können Sie sich an den Vorfall, wie es zu dieser Verletzung kam, erinnern?"

Ganz langsam kam ihr das Bild in Erinnerung, was diesen Schmerz im Unterleib verursacht hatte und sie nickte. Diese ältere Dame hatte zunächst ganz freundlich mit ihr gesprochen und gute Dinge über Kale erzählt. Dass ihr Mann ihn zufällig kennengelernt und viele interessante Gespräche mit ihm geführt hätte. Dass er ihn für einen intelligenten und unterschätzten Menschen hielte. Das ließ Jennifer Gordon vertrauensselig werden und das Messer zurück in die Küche bringen. Hannah Bea-

ty hatte es genau gesehen. Als Jennifer sich kurz für die Toilette entschuldigte, griff Mrs. Beaty in ihre Tasche, holte ein Paar Lederhandschuhe hervor, die sie stets dabei hatte, zog sie über und holte das Messer aus der Küche. Das erschien ihr eine bessere Lösung zu sein, als ihre kleine Pistole, die sie stets mit sich führte. Zudem würde der Schuss vielleicht Nachbarn neugierig machen. Als Jennifer das Bad wieder verließ, lief sie geradewegs in ihr eigenes Fleischmesser! Sie sah noch kurz das ernste Gesicht von Anna Bradford und dann entschwand ihr das Bewusstsein.
Mrs. Beaty verspürte Genugtuung. Das würde diesem Kale Miller eine Warnung sein…

Kale traf keinerlei Schuld und die Polizei verzichtete auf eine weitere Befragung seiner Person.

Als Kale die Station betrat, hielt ihn niemand mehr auf und er gewann den Eindruck, dass sich die Dinge geklärt hatten. Als er den Gang zu Jenns Zimmer entlangging, schlug ihm das Herz bis zum Hals. Wie würde sie reagieren? Er klopfte leise an und wartete, ob sie antworten würde, doch er hörte nichts. Er öffnete ein wenig die Tür und sah vorsichtig in das Zimmer hinein. Da lag sie und schlief. Sie sah so abgemagert und erschöpft aus wie zu den Zeiten, als er sie kennengelernt hatte. Er erinnerte sich an den Moment ihrer ersten Begegnung. Sie hatte ihm so selbstlos ihre Hilfe angeboten und nichts zurückverlangt. Er war ihr so viel schuldig!

„Jenn?“, hörte sie ganz leise seine Stimme sagen, als käme sie aus einer anderen Welt, und sie öffnete langsam ihre Augen. Kale stand in ihrem Zimmer und hielt Distanz zu ihr. Er wollte sie nicht erschrecken und holte erleichtert Luft, als sie ihn ansatzweise anlächelte. „Hallo Kale“, erwiderte sie leise und wollte es nicht wieder verderben. Ihre Wut über sich selbst hatte sie erschreckt. Ob er wohl wusste, was sie aus der Wohnung gemacht hatte? Sie schämte sich, als sie ihn jetzt sah. Wer mochte sich zuerst entschuldigen?

Kale unternahm den ersten Versuch: „Es tut mir alles so leid, Jenn."

Sie nickte. Sie hatte sich um vieles mehr zu entschuldigen… Welche Mutter tat so etwas?

Zwischen ihnen herrschte Schweigen, denn keiner konnte das ausdrücken, was er fühlte. Sie sah seine Tränen über das Gesicht laufen und bat ihn ans Bett, doch er schüttelte den Kopf. Nein, er wollte ihr nicht gleich wieder so nahe sein. Dafür war zu viel vorgefallen. Sollte er ihr von der neuen Wohnung erzählen? Stattdessen fragte er: „Was wünschst du dir von mir?" Sie sah ihn an. Was wünschte sie sich von ihm? Dass er bei ihr blieb, verflucht noch mal! Sollte sie es sagen? Alles war so kompliziert. Sie schämte sich und sagte: „Ich habe alles zerstört."
Er nickte. „Ich auch." Kale ging zum Fenster und sah hinaus. „Hast du noch Schmerzen?"

Warum fragte er nicht nach dem Überfall, der ihr vorgestern widerfahren war? „Nein", sagte sie und besann sich. „Wir sollten aufhören." Sie begann schon wieder damit, es kompliziert zu machen. Kale sah sich erschrocken um. Er hatte soeben eine neue Wohnung für sie besorgt und ein neues Leben mit ihr geplant! Und sie sprach von aufhören? „Warum?", fragte er.

„Weil es nicht passt."

Er verstand nicht und sah sie erschrocken an.

„Du hast uns im Stich gelassen. Mich und das Kind."

Er sah zu Boden und nickte. Ja, er war so sehr damit beschäftigt gewesen, Geld zu verdienen, dass er sie ganz vergessen hatte.

„Ich hasse das Kind", sagte sie, erschrocken über ihre eigenen Worte, aber jetzt war es raus!

Diese Worte schmerzten Kale so sehr, dass er sich von ihr wegdrehte. Dabei hatte er mit ihr besprechen wollen, die Adoption rückgängig zu machen. „Warum?", fragte er. Er verstand sie nicht.

„Weil wir nur streiten, wenn wir uns einander nähern, Kale. Nichts stimmt, nichts passt, nichts funktioniert. Wie lange sollen wir noch zuschauen? Diese alte Dame, die bei mir war…"

Er drehte sich um.

„Sie hatte mich gefragt, ob ich dich kenne."

Kale wurde aufmerksam.

„Aber ich habe der Polizei nichts gesagt. Ich habe gesagt, dass sie vermutlich mein Geld wollte. Dass es ein Überfall war und dass sie mich mit dem Messer bedrohte und zustach, als ich ihr mein Geld nicht geben wollte. Ich habe eine glaubhafte Geschichte daraus gemacht, damit sie dich in Ruhe lassen."

Das klang ziemlich unwahrscheinlich.

„Ich habe gesagt, dass sie verwahrlost und verwirrt gewesen sei, aber das war sie nicht. Sie war eine feine Dame und sagte, sie habe deinen Namen in den Unterlagen ihres Mannes gefunden. Dass er sehr gute Gespräche mit dir geführt hätte, aber auch in welche Machenschaften du verwickelt bist", sagte sie und weinte.

„Es ist vorbei."

Also stimmte es! Er war in kriminellen Kreisen tätig.

„Du hast mich in große Gefahr gebracht! Zum Glück war das Kind nicht dabei! Dann wäre es jetzt tot!"

Kale erstarrte. Jenn brachte es auf den Punkt. Er hatte sie alle in Gefahr gebracht! „Aber es ist doch alles gutgegangen", flehte er.

„Ja, zum Glück!", sagte sie. „Dafür hast du uns ja eine Menge Geld gegeben. Wahrscheinlich hast du noch viel mehr Geld."

Er sah zu Boden. „Zwanzigtausend", gab er ehrlich zu.

Sie lachte verächtlich. „Zwanzigtausend? Oh mein Gott, Kale, was hast du nur getan? Ich traue mich nicht mal mehr nach Hause! Ich kann niemanden mehr die Tür öffnen, ohne Angst zu haben, einer weiteren Messerattacke zu begegnen. Du hurst mit fremden Frauen herum und verkaufst deinen Körper…"

Woher wusste sie das?

Sie sah die Frage in seinem Blick und sagte: „Lydia Hays hat mich im Krankenhaus besucht. Sie hat mir alles erzählt."

Lydia Hays! Wie hatte er sich nur auf diese Frau einlassen können? Er nickte, denn was sollte er noch vertuschen, was sie sowieso schon wusste? Ja, er hatte sich verkauft, aber sie hatte sich auch verkauft, um zu überleben! „Ich habe meine Jobs verloren und wusste nicht, wo ich das Geld für uns herbekommen sollte."

„Und anstatt mit mir zu reden, gehst du als Callboy los! Erzählst mir, dass ich dir nicht näher kommen soll und dich nicht anfassen darf! Und dann lässt du dich von unzähligen anderen anfassen!"

Ja, das stimmte. Er ließ sich anfassen, aber bei diesen Personen verspürte er keine Gefühle. Oder Tristan übernahm das Gefühl.

„Jenn, ich bin krank."

Sie lachte. „Ja, das bist du! Aber ich kann dich nicht heilen."

„Ich kann bei dir keine Gefühle aushalten, aber bei Fremden kann ich es. Ich weiß nicht, warum das so ist."

„Du brauchst Hilfe."

Er nickte. „Von dir."

„Nein, Kale, nicht von mir! Von einem Arzt. Ich kann dir nicht helfen. Ich habe es versucht, doch du hast mich vergewaltigt, geschlagen und geschubst. Da wusste ich, dass es nie funktionieren würde. Ich kann nicht einmal dein Kind lieben. Und ich weiß nicht, ob du es kannst. Ich habe es deswegen weggegeben, weil ich es vor uns schützen wollte. Wir wären keine guten Eltern, Kale. Entweder haben wir uns nichts zu sagen oder wir schlagen uns."

Sie hatte Recht und er nickte. „Ja", gab er zu. Das war die Wahrheit.

Im Grunde wollte sie es nicht hören, nein, sie wollte hören, dass alles gut und er sich ändern würde. Dass er wieder bei ihr einziehen und sich einen neuen Job suchen würde.

Das Schweigen und die unausgesprochenen Wünsche waren ihr größtes Problem. Er fragte noch einmal: „Was wünschst du dir von mir?"

Jennifer sah zur Decke. Was sollte sie ihm antworten? „Kale, es gibt zwei Wünsche in mir. Der eine ist die Realität und der andere ist der Traum. Welchen willst du hören?"

Er sah sie verbittert an. „Das Leben lässt sich wohl kaum mit einem Traum leben."

„Aber es ist ein schöner Gedanke."

„Ich kenne die Realität. Ich habe deine Wohnung gesehen."

Ja, das Schlachtfeld ihrer Gefühle. Jetzt wusste er, wo sie emotional stand. „Ich habe alles aufgeräumt und Kaputtes entsorgt", sagte er.

Sie nickte. „Danke."

„Ich habe die Wohnung wieder gekündigt."

Jetzt erschrak sie. „Warum?"

„Weil du dort nicht länger leben kannst. Es ist ein schlechtes Haus und ich möchte nicht, dass du dort in Angst lebst, die Tür zu öffnen."

Der Gedanke berührte sie. Er machte sich Sorgen.

„Ich habe eine neue Wohnung für dich gefunden. In einem kleinen Haus. Ein alter Mann wohnt dort und vermietet eine Wohnung unter dem Dach. Sie hat mir gefallen und ich habe sie für dich und…", er zögerte, „…mich angemietet. Vielleicht probieren wir es noch einmal."

Jennifer schwieg. Er hatte genau das getan, was sie sich wünschte und doch konnte sie ihre Zweifel nicht loswerden. Sie sagte: „Einfach so!"

„Einfach so."

Er machte Anstalten zu gehen und sah auf die Uhr. „Ich muss gleich die alte Wohnung übergeben und vorher noch die restlichen Sachen rausholen. Ich komme heute Abend wieder. Dann reden wir weiter." Er gab ihr geschwind einen Kuss und ließ sie völlig verwirrt zurück.

*

Während Kale Hatfield das Krankenhaus durch den Ausgang verließ, ging Lydia Hays auf der anderen Seite durch den Eingang hinein, getrieben von einem Vorhaben, mit dem niemand rechnete. Sie betrat das Zimmer der Adoptionsvermittlung. Schon beim ersten Gespräch war deutlich geworden, dass ihre

Voraussetzungen für eine Adoption gut waren, obwohl sie partnerlos war. Aber sie stellte sich als fürsorgliche Mutter einer Tochter dar, die eine private, sehr anerkannte Schule besuchte und die Unterstützung von Hausangestellten hatte. Ein großes Zimmer stünde für das Kind bereit und genügend Geld für eine langjährige Absicherung wäre auch vorhanden. Natürlich wäre eine Partnerschaft von Vorteil, aber als Lydia Hays auch berichtete, dass sie gerade eine wunderbare Beziehung zu einem intelligenten, gut situierten Mann aufbaute, lächelte die Dame der Vermittlung. Sie hatte bereits zwei junge Familien als Bewerber für das kleine Mädchen, aber diese Familien waren finanziell keineswegs so gut abgesichert, wie diese Dame.

Mrs. Leonie Carter befürwortete dann natürlich nach einigen Gesprächen und Prüfungen diese Adoption. Es fiel ihr nicht schwer, denn Lydia Hays bot noch einmal eine kleine zusätzliche Summe an, als Spende versteht sich, um an das Kind zu kommen. Einzige Bedingung allerdings wäre, dass sie das Kind nicht Rachel nennen könne, weil ihre eigene Tochter bereits diesen Namen habe. Sie würde das kleine Mädchen gerne Celine nennen. Diesen Wunsch äußerte auch ihre leibliche Tochter, die keine Ahnung hatte, wer in nächster Zeit in das große Haus der Hays einziehen würde. Rachel freute sich über diesen Familienzuwachs, denn sie hatte sich immer eine Schwester gewünscht und könnte auf diesem Wege vielleicht etwas Liebe erfahren.

*

Kale Hatfield hatte es geahnt! Diese Vermieter waren allesamt Betrüger. Der Hausmeister, der die Wohnung abnahm, weigerte sich, die Kaution zurückzuerstatten. Im Zuge der Verwüstung, die Jennifer Gordon während ihrer Anwesenheit angerichtet hatte, waren kleine Schäden an den Wänden entstanden, so dass die gesamte Wohnung neue renoviert werden müsste. Das war natürlich gelogen, denn der Hausmeister würde die Wohnung in genau diesem Zustand weitervermieten. Kale wollte keinen

Ärger und zog wütend davon. Auf dem Weg zur neuen Wohnung besorgte er sich eine billige Kamera, damit er nicht ein drittes Mal um seine Kaution geprellt würde. In nächster Zeit würde das Geld wieder knapp werden und er musste Vorkehrungen treffen, damit Jenn abgesichert wäre. Er konnte nicht versprechen, dass sein Versuch, mit ihr zusammenzuziehen, auch funktionieren würde. Außerdem wollte er mit Jenns Einverständnis möglichst schnell die Adoption rückgängig machen. Er würde es nicht auf Dauer aushalten, zu wissen, dass seine Tochter in einer fremden Familie aufwuchs.

Kale Hatfield hatte zum ersten Mal das Gefühl, dass sein Leben eine normale Grundlage hätte. Und die Sache mit den Gefühlen zu Jenn würde er auch noch hinbekommen. Es musste ihm doch möglich sein, ein ganz normales Leben zu führen, wenn da nicht die Sache mit dem Ausweis wäre. Er konnte nicht ein Leben lang ohne Papiere und Krankenversicherung leben. Aber vielleicht noch ein, zwei Jahre. Vielleicht könnte er es dann vorsichtig wagen, seine Namen Hatfield wieder anzunehmen.

Ein neuer Anfang

Jennifer sah auf die Fotos, die Kale ihr gegen Abend mitbrachte und zeigte. Er hatte bereits einige Dinge in der Wohnung richten können und mit der neuen Kamera die Zimmer, die Umgebung und den Vermieter abgelichtet. Sie war gerührt von so viel Besorgnis und kam ins Grübeln, dass Kale vielleicht Recht hätte, doch ihre Scham, das Kind ohne seine Einwilligung weggegeben zu haben, war groß. Jetzt erkannte sie den fatalen Fehler, den sie begangen hatte.

Kale sah sie erwartungsvoll an, als sie sagte: „Ich schäme mich so, Kale!"

Er nickte. Ja, das sollte sie sich. Das wäre Grund genug gewesen, sie zu verlassen, aber die Fehler, die er begangen hatte, waren nicht weniger schlimm gewesen.

„Du hast Recht", sagte sie, „wir sollten es versuchen. Was

kann uns schon Schlimmeres passieren, als das, was wir hinter uns haben."

Es dachte an das Kind, dass es schlimm wäre, wenn er seine Tochter nicht zurückbekommen könnte.

Beide schwebten in Sehnsüchten. Leider lauert die Realität in solchen Fällen nur allzu gerne, bis sie wieder zuschlagen kann. Und das passierte schon am nächsten Morgen.

Kale Hatfield steuerte entschlossen auf das Adoptionsbüro von Mrs. Carter zu. Er wollte Jenn nicht über diesen Schritt informieren, um sie nicht zu beunruhigen, sondern nur herausfinden, ob sie überhaupt eine Chance hätte, die Adoption rückgängig zu machen.

„Sie sind also der leibliche Vater", sagte Mrs. Carter.

Er nickte.

„Und Sie haben sich nicht als solcher eintragen lassen?"

Wieder nickte er. „Warum, wenn ich fragen darf?"

„Weil ich momentan keine feste Arbeit habe und keine finanzielle Unterstützung bekomme."

„Warum, wenn ich auch das fragen darf?" Ihre Worte klangen spitz. Diese miesen Kerle waren doch allesamt gleich! Erst schwängerten sie ihre Mädchen und dann ließen sie sie mit der ganzen Verantwortung alleine. Kein Wunder, wenn diese jungen Mütter verzweifelt nach Auswegen suchten. Leonie Carter brachte nicht die geringste Sympathie für diesen Scheißkerl auf. Weshalb sollte sie die Adoption rückgängig machen?

„Weil ich meinen Ausweis verloren habe", gab er zur Antwort.

Sie lächelte ihn mitleidig an und wusste nicht, worauf er hinauswollte. Es war doch eine ziemlich dumme Antwort.

Kale fühlte sich gedemütigt. Es hatte ihn so viel Mut gekostet, diese Wahrheit vor ihr auszusprechen und gleichzeitig alles zu riskieren. Er wurde unruhig und fragte: „Hat Jennifer Gordon die Möglichkeit, die Adoption rückgängig zu machen? Ich meine, es ist doch alles recht überstürzt geschehen."

Sie sah ihn abschätzig an. Es ging gar nicht um die Mutter,

sondern um ihn. „Mrs. Gordon wäre sicherlich selbst gekommen, wenn sie es ernst meinte“, gab Leonie Carter erneut spitz zurück.

„Wenn ich einen Ausweis beantrage und die Vaterschaft eintragen lasse, wäre es dann möglich, dass Mrs. Gordon und ich die Adoption gemeinsam rückgängig machen können?“

Mrs. Carters Blick blieb von Sarkasmus erfüllt. In diese konfusen Verhältnisse konnte sie das Kind unmöglich zurückgeben. „Haben Sie eine Wohnung?“

Er nickte.

„Einen Mietvertrag?“

Er nickte. „Und ein Kinderzimmer.“ Er wusste, dass es nicht gutgehen konnte, wenn sie den Vertrag sehen wollte und Mr. und Mrs. Gordon darin las. Als nächstes würde sie nach der Heiratsurkunde fragen und sich überhaupt die Frage stelle, weshalb er sich die ganze Zeit Kale Miller nannte und was das alles sollte. „Würde die Adoption rückgängig gemacht werden, wenn ich alle Papiere vorlegen könnte?“ Er wollte es wissen. Ihm würde schon etwas einfallen. Im Grunde war es egal, welchen Nachnamen er angeben würde, solange er eine plausible Geschichte auftischen könnte.

„Nein“, sagte sie hart.

Kale sah zu Boden. Er versuchte, sich zu beherrschen. „Sie haben Mrs. Gordon keine Gelegenheit gegeben, sich von der Depression zu erholen, in der sie nach der Geburt steckte.“ Mrs. Carter schwieg. Das Gleiche hatte ihr diese blöde Schwester Maria auch gesagt. Wer hatte schon einen Ahnung von dem harten Geschäft der Adoption?

„Sie haben meiner Meinung nach dem Kind und der Mutter gegenüber unverantwortlich gehandelt, als Sie Mrs. Gordon die Papiere so schnell unterschreiben ließen“, bemerkte Kale nun sichtlich aufgebracht.

„Ich habe sie mehrmals darauf hingewiesen, wie endgültig diese Entscheidung wäre. Außerdem kam Mrs Gordon zu *mir* und wollte den Vertrag unterschreiben. Es gibt kein Gesetz, das sie davon abhalten kann.“

Sie wussten beide, dass sie log. Es lag ganz allein an der Vermittlungsagentur, wann es zu einer Unterschrift kam. Doch die kleine Rachel war als Frühchen ein regelrechter Leckerbissen auf dem Markt gewesen.

Leonie Carter ergänzte: „Mrs. Gordon erschien mir sehr entschlossen, ja sie war sogar aufdringlich, so dass es mir vorkam, als ob das Kind eine große Last für sie wäre. Und mein Job ist es, genau solchen Menschen die Last zu nehmen."

„Das Kind war keine Last, das wissen Sie genauso gut wie ich!"

Ja, dachte sie, aber wer würde ihm schon glauben, einem Mann, der nicht einmal zu seiner Vaterschaft hatte stehen können. „Was wollen Sie?", fragte sie provokativ. „Mich gerichtlich angehen und die Adoption auf diesem Wege rückgängig machen?" Sie wusste, dass er es nicht tun würde. Er besaß ja nicht einmal einen Ausweis! Es besaß gar nichts, kein Recht, kein Rückgrat und keine Chance, jemals mit seiner Forderung durchzukommen. „Wären Sie bitte so nett und würden mein Büro jetzt verlassen. Ich muss heute auch noch arbeiten, Mr. Miller!"

Kale spürte die starke innere Unruhe. Lydia und Sybille meldeten sich und fühlten sich genauso aufgebracht wie er. „Das ist nicht in Ordnung!", sagte Sybille mit einem harten Unterton und Mrs. Carter erhob sich erbost. „Mr. Miller, würden Sie bitte diesen Unsinn lassen! Bitte verlassen Sie sofort mein Büro, sonst muss ich einen Sicherheitsdienst kommen lassen, der Sie hinausbegleitet." Sie sah sein verändertes Gesicht und wurde unruhig. Als sie zum Telefon griff, erhob sich der junge Mann und verließ ihr Büro.

Kale stürmte wütend davon und würde es morgen noch einmal versuchen…

*

„Harry? Ich bin es, Kale."

Harry Carlile erschrak vor dieser Stimme. Irgendwie hatte er gehofft, dass sich dieser Kerl nie mehr melden würde. Er hatte ihn in große Schwierigkeiten gebracht. Harrys Machenschaften waren nie von Loyalität geprägt gewesen, aber er war auch nie zuvor in die Bedrängnis gekommen, einen Toten zu beseitigen oder gar einen Mord zu begehen. Und das alles nur wegen diesem Kale Miller. Er musste wohl eine andere Sprache mit ihm sprechen, um endlich klare Linien zu bekommen. „Was willst du noch, Kale?"

Kale Hatfield hatte lange darüber nachgedacht, ob er diesen Anruf wagen sollte, doch der Besuch im Adoptionsbüro hatte ihn mehr als wütend gemacht. Durch diesen Harry hatte er sein Kind verloren.

„Hat dein Versuch geklappt?", fragte Kale.

Harry war irritiert. Welcher Versuch?

„Na, das Experiment mit mir. Hat dein beschissener Dr. Noah Simons eine Schwangerschaft bei Jean bestätigt oder braucht David einen zweiten Versuch?"

David? Wusste Kale denn nicht, dass er David ermordet hatte? Was war hier los? „Hör zu Kale, du bringst da etwas durcheinander…"

„*Ich* bringe etwas durcheinander? Ich habe eher das Gefühl, dass du viel durcheinander gebracht hast."

„Kale, wir sollten uns treffen und alles besprechen."

„Ja, das sollten wir, aber wir sollten lieber vor dem Treffen die Dinge klären, Harry."

„Welche Dinge? Ich weiß nicht, ob du es schon weißt, aber Jean ist vor drei Tagen tödlich mit dem Wagen verunglückt." Harry Carlile wollte es versuchen. „Es wird vermutet, dass es Selbstmord war."

Damit hatte Kale nicht gerechnet. Selbstmord? Wenn doch alles nach Plan gelaufen war, weswegen sollte Jean sich dann umbringen wollen? Was war an diesem Abend wirklich passiert? Kale konnte sich an nichts weiter erinnern, als dass er mit ihr in aller Ruhe gesprochen hatte und am nächsten Tag mit zwanzigtausend Dollar in Jenn Wohnung erwacht war. Demzufolge musste irgendetwas funktioniert haben. Doch was Harry sagte, verwirrte ihn und brachte seine Pläne erneut durcheinander. Dieser miese Club sollte bluten und für jede Stunde büßen, die er seinen Körper hatte verkaufen müssen. „Fünfzigtausend“, sagte Kale kurzentschlossen, „fünfzigtausend, und du hörst nie wieder was von mir.“

Harry schwieg. Diese Spiele kannte er bereits. „Wie soll ich dir glauben, dass du es ernst meinst? Du hast alles bekommen, was wir vereinbart haben und stellst trotzdem weitere Forderungen?“

„Glaub es einfach. Es wird dir nichts anderes übrig bleiben.“

„Vielleicht doch.“

„Und das wäre?“

„Ich könnte dich finden und die Dinge anders regeln.“

„Das kannst du gerne tun. Bei meinem Anwalt liegt ein versiegelter Brief, der im Falle meines Todes oder meines Verschwindens geöffnet wird. Da steht eine Menge drin.“

Dieser Kale Miller war ein gerissener Ganove! Harry Carlile hatte sich mächtig in ihm getäuscht. Er war auf einen Kriminellen gestoßen und sagte: „Gib mir Zeit zum Nachdenken.“

Kale spürte Unruhe aufkommen. Tristan meldete sich, weil das, was gerade vor sich ging, genau sein Ding war. Doch Kale durfte jetzt nicht wegsinken. Wenn er in den Besitz einer noch größeren Summe käme, könnte er versuchen, seine Tochter von der Vermittlungsagentur freizukaufen. Er wollte nichts unversucht lassen und es musste schnell gehen. Er sagte: „Heute Nachmittag. Oder ich lasse den Brief vom Anwalt öffnen. Egal, ob Ihr mich kriegt oder nicht.“

Das ließ Harry Carlile keine andere Möglichkeit, als erst einmal zuzusagen. „Wo?“

„Im Café in der Queensroad 213. Um vier. Mein Anwalt wird informiert sein. Sollte er nichts mehr von mir hören, wird dein Club auffliegen und ich kann mir vorstellen, dass so einige Leute in große Schwierigkeiten kommen. Ihr hättet Jenn da nicht mit reinziehen sollen. Das hättet Ihr nicht tun dürfen!“ Jenn? „Welche Jenn?“, fragte Harry.

„Ich weiß Harry, du weißt von nichts. Aber Ihr habt damit

angefangen.“

„Ich habe nichts angefangen, Kale. Ich weiß nichts von einer Jenn. Wer ist das?“

Kale hing den Hörer des öffentlichen Fernsprechers ein und rieb sich das Kinn. Aus seiner Sicht gab es nichts mehr zu besprechen. Würde der Deal funktionieren?

*

Kale Hatfield war nervös und bestellte bereits seinen dritten Kaffee. Es war zehn Minuten nach vier und kein Harry weit und breit zu sehen. Um halb fünf erschien er endlich und trug ein Buch unter dem Arm. Als er Kale sah, setzte er ein künstliches Lächeln auf und begrüßte ihn überfreundlich. Er gab der Bedienung ein Zeichen, dass sie ihm auch einen Kaffee bringen möge. Kale Hatfield spürte nichts als Kälte und Verachtung, als er diesen alten Mann sah.

„Warum Kale?“, fragte Harry. „Wir sind doch im Guten auseinander gegangen. Warum jetzt dieser Ärger?“

Kale sah ihn abschätzig an. „Das könnte ich dich auch fragen. Bei jedem weiteren Versuch, dich in mein Leben einzumischen, werde ich reagieren. Es liegt also an dir, wann Schluss ist.“

Harry Carlile nickte, auch wenn er nicht verstand, worum es ging. Es musste etwas vorgefallen sein, von dem er nichts wusste. Er würde sich morgen darum kümmern. So fair wollte er sein. Sollte dieser Kale ihn jedoch angelogen haben, würde er ihn jagen lassen. Und Harrys Jägern war noch nie jemand entkommen.

„Das Geld befindet sich in diesem Buch.“ Er reichte Kale das Buch, der einen kurzen Blick hineinwarf. Es war präpariert und in der Mitte der Seiten lagen in einem kleinen Hohlraum Dollarscheine in kleinen Noten. „Ich gehe davon aus, dass die Summe stimmt und die Scheine echt sind.“

Harry nickte.

Kale legte zwanzig Dollar auf den Tisch und sagte: „Du bist

eingeladen, Harry." Dann stand er auf und verließ das Café.

*

Jenns Gesundheitszustand stabilisierte sich von Tag zu Tag mehr. Beide sprachen kein Wort mehr über die Adoption, sondern unterhielten sich nur über die neue Wohnung. Kale erzählte Jenn, wie sehr sich Fredrik Gilbert auf sie freue. Er würde ihr sogar einen Kuchen zu Begrüßung backen und wäre sich sicher, dass sie sich gut verstehen würden. Diese Freundlichkeit schien Jenn fremd. Sie war misstrauisch, doch Kale versicherte ihr, dass alles echt sei. Dieser Mr. Gilbert wäre sehr einsam und würde für beide vielleicht eine neue Lebensqualität schaffen.

Dann kam der Moment, als Kale sich von Jenn verabschiedete, um eine Etage höher das Adoptionsbüro aufzusuchen. Sein Herz raste, als er an die Bürotür von Mrs. Carter klopfte. Er hörte keine Aufforderung einzutreten und stellte fest, dass die Tür verschlossen war, obwohl die Öffnungszeit nicht überschritten war. Er sprach eine Schwester der Station an, die ihm ein Lächeln schenkte. „Mrs. Carter ist in Urlaub. Ihre Vertretung finden Sie in Zimmer 208a."

Er klopfte und wurde um Eintritt gebeten. Eine kleine, ältere, magere Frau schaute ihn durch ihre dicken Brillengläser an.

„Kale Miller", sagte er leise. Vielleicht kannte sie ihn bereits und würde ihn direkt zum Teufel schicken, aber die Dame reagierte sehr freundlich. „Oh, kommen Sie doch herein, Mr. Miller. Was kann ich für Sie tun?"

Kale trat ein und sagte: „Ich wollte eigentlich zu Mrs. Carter, aber sie ist in Urlaub."

Die Dame nickte. „Vielleicht kann ich Ihnen helfen. Ich bin Mrs. Worthly. Worum geht es?"

„Um die Adoption von Rachel Gordon."

Die Dame lächelte gütlich und nickte. „So ein süßes Ding. Ich habe sie gestern besucht. Sie entwickelt sich prächtig."

Kale verspürte einen Stich in seinem Herzen und nickte.

„Was kann ich in dieser Hinsicht für Sie tun?“ Sie rechnete damit, dass er ein potenzieller Bewerber sei und blickte recht erstaunt drein, als sie hörte: „Ich bin der Vater des Babys und möchte es gerne zurück.“ Er griff in seine Hosentasche und legte der Dame das Geld auf den Tisch. Mrs. Worthly schluckte und sah ihn entsetzt an. „Ich verstehe nicht.“

„Das hat Mrs. Carter gestern auch nicht. Aber ich hatte den Eindruck gewonnen, dass eine gewisse Gebühr für die Rückgabe nötig wäre. Reicht es?“

Mrs. Worthly konnte nicht fassen, was sie da erlebte. „Welche Gebühr? Ich verstehe nicht. Soweit ich weiß, hat sich bei Rachel Gordon kein Vater eingetragen und die Mutter war sehr stabil bei ihrer Entscheidung geblieben. So erzählte es mir Mrs. Carter. Sie hat das Kind gestern zur Adoption freigegeben. Es wird in zirka zwei Wochen von der neuen Familie abgeholt. Die Papiere sind bereits unterschrieben und ich darf Ihnen weder Auskunft darüber geben, wo sich das Kind befindet, noch wer es adoptiert hat. Das darf selbst die leibliche Mutter nicht erfahren. Das dürfen nur die Adoptionseltern entscheiden. Und die müssen sich erst an uns wenden, so dass wir es weiterleiten. Tut mir leid, Mr. Miller. Sie haben keine Befugnis, irgendetwas zu erfahren. Das ist zum Schutze des Kindes.“

Kale musste sich setzen. Er hörte die Dame weiterreden, aber er verstand sie nicht mehr. Er verstand nur, dass er seine Tochter nie wiedersehen würde. Nie wieder!

„Mr. Miller, Ihr Geld!“, rief ihm Mrs. Worthly hinterher, als er das Büro verließ. Wer hatte diesem jungen Mann nur gesagt, dass man hier Kinder wie in einem Supermarkt einkaufen könnte?

Lydia Hays hatte eine große Summe Geldes für Rachel Gordon bezahlt, doch davon wusste Mrs. Worthly nichts. Ihre Kollegin wickelte schon seit einigen Jahren illegale Geschäfte mit gewissen Kunden ab. Ja, sie erkannte diese Kunden sofort und diese Mrs. Hays war eine von ihnen gewesen. Bei ihr ging es nur ums Geld. Das stellte Leonie Carter schon fest, als sie die Lebensumstände von Lydia Hays prüfte. Sie war ein gutes Geschäft. Und wen interessierte es schon, wohin dieses kleine Balg kam? Es war ein Kind, das unter einem schlechten Stern geboren war. Da waren Mitleid und Gefühle aus ihrer Sicht unangebracht. Dieses Kind hatte es nicht besser verdient, als bei dieser Frau zu landen. Sie hatte Lydia Hays sofort durchschaut. Es ging ihr nicht um das Wohl des Kindes, nein, da war etwas anderes im Spiel. Aber wen interessierte es? Leonie Carter sah ihren wohlverdienten Urlaub nahen und machte als letzte Handlung die Papiere für die Übergabe fertig. In wenigen Stunden würde diese besitzergreifende Mrs. Hays alle Rechte an dem Kind besitzen. Dann konnte sie es besuchen gehen, wann immer sie wollte, und mit der Klinikleitung besprechen, wann sie es heimholen könnte. Wahrscheinlich wartete ein wunderschönes großes Zimmer auf dieses kleine Wesen, ein Zimmer, wie Leonie Carter es sich immer gewünscht hatte. Aber wer bekam schon das, das man sich wünschte? Sie hatte sich Eltern gewünscht, die sie liebten, aber auch die hatte sie nicht bekommen. Sie hatte Eltern, die im Drogenrausch ihre Partys gefeiert und sie dabei vergessen hatten. Leonie Carter hatte sich selbst erziehen müssen und schon früh entdeckt, dass es wenig Sinn machte, Gefühle in andere Menschen zu investieren. Das hatte ihr diesen Job eingebracht, mit dem sie seit einigen Jahren ihre privaten Belange befriedigen konnte.

Lydia Hays nannte die kleine Rachel Celine und nahm sie als allgegenwärtiges personifiziertes Dasein von Kale Miller wahr. Wer würde jetzt noch nach einer Rachel Gordon suchen, wenn sie Celine Hays hieß? Kale würde sie nie wieder sehen. Das geschah ihm recht! Er hatte es nicht besser verdient. Kale hatte sie um ihre Liebe betrogen, also betrog sie ihn um seine.

Lydia liebte den täglichen Blick in Kales Augen und begann ihre eigene Tochter immer mehr zu vernachlässigen. Dabei hatte sich Rachel so sehr auf ihre kleine Schwester gefreut. Nach wenigen Monaten entstand eine nahezu unerträgliche Situation für die 12-jährige Rachel. Sie beobachtete, wie ihre Mutter dieses kleine Mädchen regelrecht vergötterte und sie selbst immer mehr ignorierte. Dadurch fielen Rachels Leistungen in der Schule ab und Spannungen entstanden. Mit dreizehn Jahren fand sie zum ersten Mal den Weg zum Alkohol, der ihr ein gutes Gefühl gab. Ja, sie fühlte sich nach ein paar Schlucken nahezu beschwingt. Er linderte ihre Not und bestärkte sie in ihrer Gleichgültigkeit der Mutter und der Schwester gegenüber. Als Rachels Lehrerin zum ersten Mal einen Verdacht der Mutter gegenüber äußerte, beschloss Lydia Hays die Stadt zu verlassen, bevor das Gerede ihren Ruf ruinierte. Da das Haus ihrem Mann gehörte, sah sie sich gezwungen, wieder arbeiten zu gehen. Sie fand eine Stelle als Psychologin in einer Klinik in Madison. In genau der Klinik, in der Kale Hatfield ein ganzes Jahr lang gelebt hatte. Sie hatte vorher wohl von dieser außergewöhnlichen Liebesgeschichte dieses Kale Hatfields gehört, die dort immer wieder erzählt wurde, aber sie hatte sich nicht näher dafür interessiert. Dieser Mann aus den Erzählungen war ihrem Kale Miller nicht im Entferntesten ähnlich, auch wenn sie im Namen ihrer Tochter eine merkwürdige Verbindung zu dieser Liebesgeschichte sah. Zufall, dachte sie. Reiner Zufall. Sie sah keinen Zusammenhang. Dann fand Lydia Hays dieses wunderschöne Haus in Monona, direkt neben einem kleinen Fluss mit Holzbrücke. Dort baute sie sich die Welt auf, in der sich Rachel Finley zwei Jahre später einfinden sollte…

*

Jenn wartete am nächsten Abend vergeblich auf Kale. Fing das Spiel schon wieder an? Er meldete sich auch nicht telefonisch auf der Station, dass er verhindert wäre. Sie wusste nicht, dass er viele Stunden lang auf einer Brücke gestanden und überlegt hatte, ob er hinunterspringen oder sich daheim das Leben mit Tabletten nehmen sollte. Seine Multiple Lydia hatte mehrmals versuchte ihn zu trösten, so wie sie es früher oft getan hatte, wenn er sich als Kind hatte umbringen wollen, aber er hatte sie nicht gehört. Lydia, die Lebensretterin, kämpfte erneut um Kales Seele und seine Hoffnung, die ihm vollkommen abhanden gekommen war. Würde dieses Leid denn nie enden? Als er abends heimfuhr, hatte er mit dem Leben abgeschlossen und dachte an die vielen Tabletten im Bad. Doch das Leben richtete es so ein, dass ihm Mr. Gilbert entgegenkam und ihn zu einer Tasse Kaffee in seine Wohnung einlud. Mr. Gilbert ging es auch nicht gut. Er beklagte den dritten Todestag seiner Frau und benötige unbedingt Gesellschaft, bevor er etwas Dummes anstellte. Kale lächelte ihn mitleidig an und Lydia war froh, Hilfe von außen zu bekommen. So saßen die beiden Herren zusammen und beklagten ihr Leid. Mr. Gilbert nahm den jungen Mann in den Arm und Kale spürte wieder eine kleine Hoffnung in sich aufkeimen, als er die Worte seines Vermieters hörte: „Meine Frau verlor unser erstes Kind im siebten Monat. Früher gab es noch nicht diesen Fortschritt, der unser Kind vielleicht gerettet hätte, aber eins können Sie mir glauben, Kale: Gott weiß immer, was er tut. Wenn er die kleine Rachel zu sich genommen hat, dann hat er sie geschützt. Der liebe Gott holt die besten Engel immer zuerst. Ihr Mädchen ist eins von ihnen und schaut jetzt auf Sie nieder und beobachtet Sie. Enttäuschen Sie sie nicht, sondern holen Sie Ihre Frau aus dem Krankenhaus und beginnen Sie hier ein neues Leben. Gott wird ihnen einen neuen Engel schicken, wenn Sie sich gut benehmen. Glauben Sie mir! Mir hat er gleich drei Engel in fünf Jahren geschickt."

Es waren die Worte dieses weisen alten Mannes, die Kale Hatfield und Jennifer Gordon zur Ruhe kommen ließen. Sie zogen tatsächlich in dieses Haus von Fredrik Gilbert ein und begegneten sich als Paar in einer ganz neuen Art und Weise. Das Leben hatte jeden auf seine Weise geprägt und dem Gefühl der Zweisamkeit eine neue Bedeutung geschenkt, nicht zuletzt durch Mr. Gilberts Erinnerungen an seine Frau.

Kale gab sich große Mühe, bei Jenn im Bett zu schlafen. Er lernte schätzen, wie wichtig es ihr war und wollte sich und ihr die Chance geben, zärtliche Berührungen auszuhalten und zu erwidern. Auch wenn zwischendurch immer wieder die Erinnerung an die sexuellen Begegnungen mit Lydia Hays in ihm hochkamen. Er sehnte sich nach dieser Form der Befriedigung, doch er wusste auch, dass er nicht beides haben konnte. Er war nun einunddreißig Jahre alt und hatte einen neuen Job gefunden, der ihm das Gefühl gab, dass sein Leben wieder eine Struktur hätte. Mr. Gilbert erzählte er natürlich, dass er als Ingenieur arbeite und Jenn fand einen neuen Job als Kassiererin in einem großen Supermarkt in Vermillion. Sie wusste genau wie Kale, dass man lügen musste, um in einem solchen Haus zu wohnen. Ja, sie fanden tatsächlich zur Ruhe.

Kale erzählte Jenn nie von seinen Versuchen, die kleine Rachel zurückzuholen. Beide versuchten das Thema zu meiden und sich auf ihr gegenwärtiges Leben zu konzentrieren. Sie nahmen es eben hin und Kale wollte ihr keinen Vorwurf daraus machen. Er erzählte ebenso wenig von seinen Geldrücklagen und sorgte ständig dafür, dass es ihr an nichts mangelte. Es passte auch in das Bild, das sie nach außen abgaben für Mr. Gilbert. Es tat ihm gut, für jemanden zu sorgen. Das gab seinem Leben einen Sinn.

Während sie ihn wirklich liebte, hielt er das Gefühl ihrer Nähe nur aus. Aber es war allemal besser, als auf der Straße zu leben. Kale Hatfield war sich sicher, dass er nie etwas Besseres verdient hatte, als das, was er bekommen hatte. Und Jenn war eine gute Frau. Allerdings wollte sie vorerst kein Kind mit ihm bekommen, denn er lebte weiterhin illegal und war nicht versichert. Ein Kind würde wieder eine Vaterschaft von ihm verlangen, die er nicht eintragen lassen konnte. Nein, diese Probleme wollte sie nie wieder haben.

So lagen sie Nacht für Nacht nebeneinander im Bett und waren froh, einander zu haben. Hin und wieder kam es zu zögerlichen körperlichen Begegnungen, aber meistens lebten sie wie Geschwister zusammen. Für Kale schlich sich allerdings plötzlich eine unerklärliche Unruhe in die Nächte. Wilde Träume begannen ihn zu quälen und er erzählte Jenn, dass irgendetwas mit ihm passierte. Dabei war doch alles in Ordnung. Es kam ihm vor, als vermisste er etwas ganz Wichtiges in seinem

Leben. Es kam ganz plötzlich und sehr intensiv…

*

„Raaachel!" schrie er. „Raaachel!"

Zwei Jahre später erinnerte er sich endlich an ihren Namen. Sie hieß Rachel. Rachel Irgendwie. Er sah ihr Gesicht. Es war nicht das Gesicht seiner Tochter. Es war das Gesicht einer anderen Frau, das er bereits seit vielen Jahren kannte.

Neben ihm lag Jennifer, eine Frau, mit der er seit zwei Jahren zusammenlebte und die ihm plötzlich so unerklärlich fremd vorkam!

Auf der Suche nach Rachel Finley

Jenn dachte, er träume von seiner Tochter, deren Adoption er nicht verwunden hätte und die ihm von Zeit zu Zeit immer wieder zu schaffen machte. Aber es war nicht die kleine Rachel, die in den Träumen von Kale Hatfield erschien. Er sah eine Frau, eine junge Frau mit zerzaustem Haar, die ihn glücklich anlächelte. Sie war ihm ganz plötzlich in seinen Träumen erschienen. Eine neue und doch so alte Welt hatte sich von einer zur anderen Nacht geöffnet und entführte ihn in die Vergangenheit. Schwarz-Weiß-Bilder erschienen. Gesichter, die er kannte, die aber namenlos an ihm vorüberzogen. Der Geruch einer Bäckerei, ein Tisch am Fenster, eine Tasse mit einem Gesicht. Alles flog durcheinander. Ein großes Gebäude, Bücher, ein Banner mit der Aufschrift *10-jähriges Jubiläum*. Menschen, die lachten, feierten, dann wieder diese Frau in einem bunten Blumenkleid. Ihr Haar war ganz kurz geschnitten, damit es nicht verfilzte. Er sah eine Hand, die sich ihm entgegenstreckte, hörte ihre Stimme, wie sie *trau dich* sagte. Dazwischen erschien immer wieder ein weißes Zimmer, in dem er erwachte. Er malte und schrieb, schrieb und malte, stundenlang. Immer das gleiche Gesicht, immer wieder Worte an sie, die er nicht aussprechen konnte.

Dann kam der schlimmste Albtraum, den er je erlebt hatte!

Jennifer dachte, sie müsse einen Notarzt rufen, weil sie es nicht schaffte, Kale aus diesem Traum herauszuholen. Er schrie, fasste sich an den Hals und würgte. Er erstickte, obwohl ihm niemand die Luft abdrückte. Jenn rannte in die Küche und holte ein Glas kaltes Wasser, das sie ihm ins Gesicht schüttete. Fredrik Gilbert kam die Treppe hinaufgekrochen, um zu sehen, was passiert sei. Kale fand nicht in die Realität zurück. Er drückte sich selbst die Kehle zu und drohte zu ersticken, als Mr. Gilbert ihn voller Wucht ins Gesicht schlug. Das ließ Kale Hatfield erwachen. Er war vollkommen verstört und spürte sein Herz rasen. Er erkannte in den beiden Menschen an seinem Bett Schwester und Pfleger der Klinik und schrie erneut nach ihr! Raaacheeel!

***

Rachel

Ich konnte ihn nicht wirklich hören und doch hörte ich ihn rufen. Ja, ich hörte ihn ganz deutlich in meinem Traum, dass er mich von irgendwo her rief. Ich wusste, dass er noch lebte. Und ich spürte, dass er nicht alleine lebte. Immer wieder sah ich eine Frau an seiner Seite, aber auch ein kleines Mädchen mit seinen Augen. Wie war das möglich? War ich inzwischen derart von ihm besessen, dass ich im Traum seine Stimme hörte? Dabei hatte ich sie kaum in Erinnerung, denn er hatte in meiner Gegenwart nur wenig gesprochen.

Inzwischen waren einige Jahre vergangen und wir beide hatten uns verändert. Ich durch den langen Klinikaufenthalt und er durch ein Leben in Freiheit. War das nicht absurd? Wir hatten die Rollen für vier Jahre getauscht, als wolle Gott uns lehren, wie der andere sich in seiner Welt fühlte. Ich für meinen Teil kann sagen, dass es die schlechteste Zeit in meinem Leben war. Jetzt, im Haus von Dr. Lydia Hays, fühlte ich mich nicht besser als in der Klinik, denn in diesem Haus fühlte sich die Welt immer falsch an. Doch ich kam nicht dahinter, was es war. Ich hatte im Gegensatz zu Lydia keine Ahnung, wo und bei wem ich gelandet war. Wie musste sie sich gefühlt haben, als sie zum ersten Mal das Bild von Kale in der Akte gesehen hatte? Dass er allgegenwärtiger Gesprächsstoff in der Klinik gewesen war, in der sie arbeitete, und sie nicht die geringste Ahnung gehabt hatte. Wir beide liebten den gleichen Mann! Sie konnte mich nicht gehen lassen! Sie durfte nicht zulassen, dass ich ihn finden und für mich gewinnen würde, während sie von ihm verachtet wurde. Mir fiel auf, wie sehr Lydia Genugtuung empfand, wenn ich von meinen Schuldgefühlen Kale gegenüber berichtete. Welches Leid ich ihm angetan hätte. Das machte ihr Leid kleiner und schenkte ihr die Sicherheit, dass, wenn sie auch in Kales Leben nicht an erster Stelle stand, ich auf jeden Fall an letzter Stelle stünde. Sie befand sich im Vorteil. Aber sie konnte mit den Zeichnungen und Gedichten, die Kale mir gewidmet hatte, nicht umgehen. Sie lösten in ihr Wut, ja sogar Hass, aus, als ich sie überall in meinem Zimmer aufhing. Bei und in mir lebte Kale Hatfield weiter. Ich hatte ja keine Ahnung, wer sie war! Dr. Lydia Hays besaß so viele Gesichter. Einige davon hatte ich zu Anfang kennengelernt. Es verwirrte mich, wie konträr sie reagieren konnte. Ihre anfängliche Hilfsbereitschaft hatte in mir ein großes Vertrauen ausgelöst. Dann die erste Zeit in ihrem Haus, die mir Angst gemacht hatte. Eine angebliche leibliche Tochter, die nicht mehr da war. Kartons voller verschimmelter Nahrungsmittel! Rosen, die niemand mehr haben wollte. Ein Haus, das niemand mehr lieben konnte, und eine Vergangenheit, die ihr niemand mehr nehmen konnte.

Lydia Hays war kranker, als ich es je gewesen war! Dabei versprach sie mir, mich mit einer Therapie gesund zu machen. Sie hatte die Außenwelt einfach von mir abgeschnitten und mich als ihre neue Tochter angenommen. Wieder eine Tochter namens Rachel! Es klingt wie ein Fluch, nicht wahr? Aber ich kam mir tatsächlich verflucht vor. Ich zerstörte Menschen, so zumindest hatte ich es bis zu diesem Moment gedacht. Doch als ich las, dass Kale noch lebte, wurde mir bewusst, dass ich vielleicht einen Teil seines Lebens zerstört hatte, aber nicht den ganzen Menschen. Es kam mir zwischenzeitlich sogar vor, als könne Kale in sich ruhen, bis zu dieser besagten Nacht, in der ich ihn in meinem Traum meinen Namen rufen hörte. Danach veränderte sich alles, in seinem und in meinem Leben. Der Traum erschien mir so real. Er verwirrte mich. Ich wollte Lydia nichts davon erzählen, denn sie wurde mir gefährlich, wenn ich von Kale erzählte. Sie ließ nichts unversucht, um mich von ihm zu entfernen. Ihre Therapiestunden waren Stunden der Tötung. Sie hatte begonnen, Kale Hatfield systematisch in mir abzutöten. Sie verabreichte mir neue Medikamente und machte immer weiter. Ich spielte mit, denn ich hatte keine andere Chance. Im Grunde lebte ich wie Kale. Er durfte sich sein Leben auch nicht mehr aussuchen, denn auch er hatte keine andere Chance, als das zu sein, was ihm noch möglich war. Wir waren beide an Orte gefesselt, die eine große Qual in uns auslösten. Ich begann in meinen Träumen auch ihn zu rufen. Vielleicht würde er mich hören und mich suchen gehen. Mittlerweile glaubte ich an die unmöglichsten Dinge. Doch wie mochte Kale mir begegnen? Wären unsere ersten Blicke von Hass oder von Liebe erfüllt?

***

„Was ist nur los mit dir?“, fragte Jenn, als die Albträume nicht nachließen. Kale schwieg. Mr. Gilbert wurde unruhig, weil er fast jede Nacht diese Schreie in seinem Haus hörte. „Jennifer, Sie sollten ihn zu einem Arzt bringen.“ Sie lächelte und bedankte sich. Ja, sie würde es tun, sagte sie ihm, obwohl sie wusste, dass sie es nicht konnte. Wer würde einen Kale Miller-Gordon oder irgendwen schon behandeln? Man konnte nicht einmal eine Akte über ihn anlegen.

Mr. Gilbert hatte nicht damit gerechnet, dass der Tod seiner Tochter diesem Kale so nahe gehen würde. „Kale, Sie müssen es irgendwann annehmen.“ Kale nickte, doch er wusste nicht, was er annehmen sollte. Er hatte die Vermutung, dass seine Tochter vielleicht große Not litte und ihn bräuchte. Vielleicht gehörten die vielen Gesichter in seinen Träumen ihrer neuen Familie, die sie schlecht behandelten. Kale Hatfield spielte sämtliche Szenarien durch und besprach sie mit Jenn, aber er kam nicht zur Ruhe. Wer zum Teufel hatte seine Tochter adoptiert! Manchmal vererbt man das Verderben gleich mit. Er und auch Jenn besaßen in dieser Richtung mehr als genügend Erbgut.

Dann kam der Tag, an dem Kale zu Jenn sagte: „Ich muss mal für ein paar Tage verschwinden.“ Jenn sah ihn an. „Wohin?“, fragte sie.

„Weiß ich noch nicht, aber ich muss mal ganz für mich allein sein. Habe bei Jake schon Urlaub beantragt, damit er mich nicht gleich rausschmeißt. Er gibt mir fünf Tage. Irgendwas stimmt nicht mit mir. Ich wäre gerne mal ganz allein.“

Jennifer Gordon bekam Angst. Sie fühlte, dass sich mit diesen fünf Tagen etwas ganz Gewaltiges verändern würde. Und sie sollte Recht behalten...

***

Rachel

Ich spürte, dass sich irgendetwas veränderte, ich meine nicht in meinem Leben mit Lydia. Wir hatten einen strukturierten Tagesablauf erarbeitet und jede hatte bestimmte Aufgaben in Haus und Garten übernommen, wobei mir immer die Hausarbeiten und ihr die Gartenarbeiten zufielen. Sie wollte nicht, dass ich ihren Garten ruinierte, sagte sie. Er hätte eine ganz besondere Bedeutung für sie und sie hätte konkrete Vorstellungen davon, die ich nicht erfüllen könnte. Ich ließ sie machen und übernahm Arbeiten, die mir leicht von der Hand gingen. Doch es erfüllte mich nicht mit Freude. Ich empfand die Tage als vergeudet und wartete. Ich wusste nicht, worauf. Ich wartete eben. Lydia sagte, dass diese Zeit eine ganz wichtige Zeit für mich wäre. Sich in Ruhe und Geduld zu üben wäre eine der wichtigsten Aufgaben, um mich für ein späteres Leben in Unabhängigkeit vorzubereiten. Ich hatte in den letzten vier Jahren nichts anderes getan. Meinen Wunsch, mir wieder eine Arbeit zu suchen, lehnte sie grundsätzlich ab. Dabei war ich mittlerweile dreißig! Eins hatte ich in den letzten zwei Monaten gelernt: Ich redete nicht mehr über Kale Hatfield, sondern behielt meine Gefühle und Ahnungen für mich.

Eine Ahnung ist ein nicht zu beschreibendes Gefühl von Sicherheit und Unsicherheit zugleich, weil man nie weiß, ob sie eintrifft. Wenn sie nicht eintrifft, war es keine Ahnung. Doch in mir schlummerte dieses ganz feste Gefühl, dass in den nächsten Wochen etwas Gewaltiges passieren würde. Ich begann davon zu träumen, dass Kale sich auf die Suche nach mir begeben hatte. In meinen Träumen erzählte ich ihm von diesem Haus im Wald, an einem Fluss mit Holzbrücke. Ich war eine Gefangene in diesem Haus. Lydia hatte offenbar begonnen, mir starke Beruhigungsmittel oder Schlafmittel in Getränke und unter das Essen zu mischen, wenn sie das Haus verlassen musste. Ich kann mich erinnern, dass ich während ihrer Abwesenheit immer ziemlich ermattet war. Das Telefon war dann immer außer Betrieb. Ich fragte nicht, denn die Antwort wäre sowieso gelogen gewesen. Aber mit jedem weiteren Tag wurde ich zuversichtlicher, dass Rettung nahte.

***

„Wie willst du es bezahlen?“, fragte ihn Jennifer. Er verdiente nicht viel, genau wie sie. Sie konnten gerade ihre Miete und ihr Essen davon bestreiten, aber sie dachte an die zwanzigtausend Dollar, die er irgendwo versteckt haben musste. Kale hatte ihr erzählt, dass das meiste Geld für die neue Einrichtung weggegangen wäre. Zudem wäre bald ein neuer Wagen nötig.

„Ich werde es schon irgendwie schaffen“, gab Kale ihr zur Antwort.

Jennifer Gordon sah ein, dass Kales Rückzug notwendig wäre. Er litt. Und er musste dieses Leid in den Griff bekommen. Sie wusste im Grunde viel zu wenig von ihm. Was mochte er in seinem Leben erlebt haben, das ihn immer wieder zusammenbrechen ließ?

Als er seine Sachen packte, stand sie hinter ihm. Sie fürchtete sich vor dem, was kommen würde. Seine Bewegungen waren hektisch und kalt. Das ließ sie aufmerksam werden.

„Du wirst mich verlassen“, sagte sie leise. Er hatte das gleiche Gefühl und dennoch konnte er nicht sagen, warum. Seit einigen Wochen fühlte sich das Leben bei Jenn nicht mehr wie das Leben an, das er führen wollte. Sie wusste nicht, dass er seinen Job bereits gekündigt und Fredrik für ein Jahr die Miete im Voraus bezahlt hatte. Der alte Mann wollte sich in diese Entscheidung nicht einmischen, aber er ahnte, worauf es hinauslaufen würde. Dieser junge Mann wurde von irgendetwas getrieben. „Was ist es?“, hatte er ihn gefragt und Kale hatte mit den Schultern gezuckt. „Ich weiß es selbst nicht.“

„Lieben Sie Jennifer denn nicht?“

Kale sah den alten Mann an, der eine tiefe Traurigkeit in seinen Augen widerspiegelte. Er schüttelte den Kopf. Er konnte es nicht erklären, denn der alten Mann hatte sein Leben mit seiner geliebten Frau und drei Kindern in diesem Haus verbracht und konnte sich sicherlich nicht vorstellen, wie es ist, sich immer getrieben und nirgends wirklich zu Hause zu fühlen. Kale hatte nie ein Heimatgefühl entwickeln können. Die Welt erschien ihm wie ein großer, leerer Ort voller Einsamkeit und Sehnsucht. Selbst bei Jennifer Gordon, die so liebevoll und zärtlich sein Leben einrichtete, damit er sich wohlfühlte, konnte er keine Ruhe finden. Dabei hatte sein Leben endlich eine Struktur bekommen, auf die er hätte aufbauen können. Ja, jetzt könnte er Kinder zeugen und eine Familie gründen. Er könnte Jenn heiraten, wenn er die Sache mit dem Ausweis hinbekäme. Er war dort angekommen, worum er sein Leben lang gekämpft hatte und dennoch stellte sich das Gefühl nicht ein, das dazu gehörte. Kale Hatfield fühlte sich in dieser Welt so fremd wie nie zuvor. Die Frau, die jeden Morgen neben ihm im Bett lag, war nicht die Frau, die er liebte. Das Haus, in dem er wohnte, war nicht das Haus, in dem er bleiben wollte und der alte Mann, der unter ihnen wohnte, stellte Fragen, die er nicht beantworten wollte. Alle waren um sein Wohlergehen bemüht, doch Kale konnte es nicht annehmen. In seinem Inneren war eine Sperre, die er nicht durchbrechen konnte. Ein anderes Leben rief nach ihm.

Eine andere Person und ein fremder Ort forderten ihn auf, sie suchen zu gehen. Inwieweit alles einen Zusammenhang finden würde, wusste Kale nicht. Er wusste nur, dass er etwas tun musste, damit diese Träume aufhörten. Sie hatten nichts mit seiner Tochter zu tun und doch gab es einen Zusammenhang. Das Leben machte ihm Angst. Immer wieder. Warum konnte er nicht wie jeder normale Mann endlich stehen bleiben und das Leben genießen? Stattdessen fragte er Jenn: „Kommst du ohne Wagen aus?“ Sie arbeitete nur wenige Straßen entfernt und brachte den Einkauf von dort stets mit. Er legte ihr fünfhundert Dollar auf den Tisch. „Falls du mal ein Taxi brauchst.“

Nein, sie schüttelte den Kopf. Sie wollte das alles nicht. Nicht so, wie es sich jetzt abspielte. Blieb denn nichts von ihrer Mühe für ihn übrig? Sie hatte ihn in ihrem Leben willkommen geheißen und ihm endlich einen Ort zum Ruhen gegeben. Aber dieser Mann wollte nicht ruhen. Er war rastlos und getrieben. „Wenn ich Rachel behalten hätte, wärst du dann geblieben?“ Sie hatte Angst vor der Wahrheit, doch er schüttelte den Kopf.

„Mach ich denn gar nichts richtig?“, fragte sie unter Tränen. Auch ihr machte das Leben Angst. Jennifer sah, wie er beim Packen den Kopf schüttelte. „Es hat nichts mit dir zu tun.“

„Eine andere Frau?“ Sie dachte an Lydia Hays und wünschte sich so sehr, dass er wieder den Kopf schütteln würde, aber er tat es nicht. Stattdessen sagte er: „Du hast keine Schuld.“

„Kann ich irgendetwas tun, damit du wiederkommst?“

Jetzt drehte er sich um und sah sie an. „Lass mich gehen. Ich muss herausfinden, was es ist. Ich weiß es selbst nicht.“ Er nahm sie in den Arm, eine Geste, die er von ihr erst hatte lernen müssen. Er wusste, dass es ihr ein wenig Trost spendete und hielt sie solange, bis sie sich beruhigt hatte. Er wollte nicht, dass sie litt, aber er wusste nicht, wie er anders handeln könnte. Solange diese Träume nicht aufhörten, konnte er keinen erholsamen Schlaf finden. Seit fast vier Wochen quälte er sich jeden Tag von Müdigkeit geplagt zur Arbeit und sah den Rausschmiss nahen. Er wollte diese Demütigung nicht mehr ertragen, hatte einen Entschluss gefasst und gekündigt.

„Wirst du wiederkommen?“, fragte sie.

„Ich weiß es nicht. Ich weiß nicht, was in den nächsten Tagen mit mir passiert. Ich werde alles tun, um es dich wissen zu lassen.“

Sie nickte und wand sich aus seinen Armen, die sie als stark und schützend empfand. Es war wohl das Beste, ihn gehen zu lassen. Es war der einzige Weg, ihn vielleicht zurückzugewinnen. Er würde sich eines Tages an sie erinnern und neue Entscheidungen treffen.

Das Leben ist eine Baustelle, die Stück für Stück gepflastert werden muss. Vielleicht pflasterte er eines Tages den Weg zu ihr zurück. Wer wusste das schon? Jetzt sehnte sich Jennifer Gordon zum ersten Mal nach ihrer Tochter. Sie wäre jetzt zwei Jahre alt und würde ihrem Leben einen Sinn geben, doch es war nichts mehr rückgängig zu machen.

Fredrik Gilbert stand am Fenster, als Kale mit dem dunkelblauen Ford davonfuhr. Wie schade, er hatte ihn wie einen Sohn geliebt. Die letzten zwei Jahre waren eine schöne Zeit gewesen. Er hatte es nie bereut, diese zwei jungen Menschen in sein Haus aufgenommen zu haben. Gott hatte es gut gemeint. Aber Gott kann nicht das Leben aller Menschen richten. Das müssen sie schon selbst. So auch das Leben dieses jungen Mannes. Kale hatte ihn gebeten, sich ein wenig um Jennifer zu kümmern. Aber er hatte auch Jenn gebeten, sich ein wenig um Fredrik zu kümmern. So hielt er die beiden für gut versorgt. Es würde ihnen guttun, sich um das Wohlergehen des anderen zu kümmern. Das würde ihnen eine Aufgabe geben. Sie würden wie Vater und Tochter leben und das beruhigte Kale. Das ließ ihn sich nicht so schuldig fühlen.

Damit verschwand Kale Hatfield für immer aus dem Leben von Jennifer Gordon. Sie wusste es, als sie ihn davonfahren sah und doch konnte sie es verstehen. Keine Frau dieser Welt würde diesen Mann auf Dauer halten können. Er war ein Einzelgänger und ein ewig Flüchtender.

Als Jennifer Gordon auf den Küchentisch sah, fand sie einen Briefumschlag. Darin befanden sich fünftausend Dollar. Ein kleiner Zettel lag dabei, auf dem geschrieben stand: *Bitte kaufe dir einen neunen Wagen. Ich habe bei Fredrik bereits für lange Zeit die Miete bezahlt, so dass du die Versicherung des Wagens finanzieren kannst. Ich habe dich geliebt, aber eben nur auf meine Weise, die dir nie ausreichen würde. Kale*

*

Er wusste nicht, wohin er fuhr. Er fuhr eben. Er verließ Nebraska und stoppte bei einem Hotel in Iowa, in Mason City, um ein Zimmer für ein paar Tage zu buchen. Er wollte zur Ruhe kommen und darüber nachdenken, was gerade mit ihm passierte. Bei der Frage nach seinem Ausweis legte er zwanzig Dollar auf die Theke und erklärte, er habe ihn verloren und bereits einen neuen beantragt. Der Hotelbetreiber lächelte ihn verständnislos an und schüttelte den Kopf. So würde man hier nicht verfahren. Er konnte nie wissen, wann er einen unangemessenen Gast hier aufnehmen würde.

„Was meinen Sie mit unangemessen?", fragte Kale.

„Wenn ein Gast zum Beispiel stiehlt oder das Zimmer beschädigt. Dann habe ich keine Chance, diesen Gast für den Schaden haftbar zu machen."

„Und wenn ich eine Kaution hinterlege?"

Jetzt wurde der Hotelbesitzer erst recht misstrauisch. „Und wenn der Schaden, den Sie anrichten, höher ist? Tut mir Leid, Mister, so verfahren wir hier nicht. Ohne Ausweis kein Zimmer."

Kale war erschöpft und fuhr weiter. Auch die zwei nächsten Hotelbetreiber bestanden auf einem Ausweis. Also fuhr er ein kleines Inn in Decorah an und buchte sich dort ohne Legitimation ein Zimmer mit Bad. Er fühlte sich nicht wohl dabei, immerhin führte er knapp neunundzwanzigtausend Dollar mit sich und Inns waren nicht gerade für ihre Sicherheit bekannt. Aber immerhin besser als ein Hostel, wo noch öfter gestohlen und betrogen wurde.

Er sah schon beim ersten Anblick des Zimmers, dass sich

auch hier viel verwahrlostes Volk herumtrieb. Das Bett war dreckig, genau wie das Bad, doch Kale hatte schon in weit schlimmeren Unterkünften gelebt.

Er fuhr sich resigniert durchs Haar und es überkamen ihn die ersten Zweifel, ob er das Richtige getan hatte. Er hatte ein sauberes und strukturiertes Leben verlassen, um wieder in der Ungewissheit zu landen. Er war zwar nicht mittellos, aber er war auch nicht sicher. Er war nach wie vor ein Mann ohne Arbeit auf der Flucht.

Kale setzte sich aufs Bett und stellte fest, dass dies vielleicht das Leben wäre, was Gott für ihn vorgesehen hatte. Jennifer war eine gute Frau, auch Fredrik war ein guter Mann, aber beide weckten in ihm nicht das Verlangen, bei ihnen zu bleiben. Er fühlte sich dort schwerelos, als könnte er sich nicht platzieren. Aber wo fand Kale Hatfield schon einen Platz in einem Leben, in dem er gerne bleiben würde? Er dachte an den Traum mit dem Tisch am Fenster. Er hatte einmal an einem Tisch am Fenster gesessen und nach unten auf die Straße gesehen. Das hatte ihm gefallen, aber er konnte sich beim besten Willen nicht daran erinnern, wo es gewesen war. Er hatte sich sicher und wohl gefühlt und doch war es keine Wohnung gewesen, in der er gelebt hatte. Diesen Ort würde er gerne wiederfinden. Die Nächte der letzten Wochen hatten ihm immer wieder Bruchstücke aus seiner Vergangenheit geschickt. Vor ihm lag ein Puzzle aus unzähligen Teilen, die er zusammenfügen musste. Dazu brauchte er Zeit und Ruhe. Es waren schöne und furchtbare Träume gewesen. Am schlimmsten waren die Träume, wenn er glaubte zu ersticken. Irgendjemand legte ihm immer wieder ein Seil um seinen Hals und zog zu. Er wollte sich daraus befreien, aber er schaffte es nicht. Der Kampf um sein Leben schickte ihn immer wieder in die Dunkelheit. Wenn er anschließend morgens neben Jenn aufwachte, erzählte sie ihm jedes Mal, dass er wieder fast erstickt wäre.

Kale Hatfield hatte die Befürchtung, dass diese Träume nicht auf seine Vergangenheit sondern auf seine Zukunft hindeuteten, und er wollte herausfinden, ob sie aufhörten, wenn er das

Leben mit Jenn verließ. Vielleicht bestand ein Zusammenhang. Er konnte manchmal Ahnung und Realität nicht unterscheiden, so wie er immer wieder die Kontrolle über sein Ich verlor. Er lag jetzt auf dem Bett und starrte an die Zimmerdecke. Sie war voller Spinnweben und er beobachtete, wie eine Spinne ihre Beute einwebte, um sie später zu verzehren. Er schloss die Augen und schlief sich in seinen schlimmsten Albtraum…

Er sah einen gesichtslosen männlichen Körper in einem Wald umherirren und schreien. Seine Kleidung war mit Blut besudelt und er rannte in immer dichteres Gehölz, bis es ihn zu Fall brachte. Er verhedderte sich in dünnen Ästen und hörte von weitem, wie sich ihm viele Menschen näherten. Sie riefen nach ihm. Es waren Frauen und Männer, junge und alte. Als sie ihn fanden, lag er bewegungslos vor ihnen und sie grinsten ihn lustvoll und verstohlen an. Er sah ihre Hände, wie sie nach ihm griffen und seinen Körper unsittlich berührten. Jeder tat das, wozu er gerade Lust hatte und er konnte sich nicht wehren. Sie misshandelten und missbrauchten ihn stundenlang, bis seine Seele aufgab und er nur noch stillhielt. Von weitem hörte er eine Kinderstimme singen, die ihn beruhigte. Wie schön sie klang.

***

Rachel

Ich erinnere mich, dass ich als Kind sehr gerne gesungen habe. Seit ich bei Lydia Hays in Gefangenschaft lebte, hatte sich mein Bewusstsein verändert. Ich suchte Momente in meinem Leben, die mich glücklich machten, und ich stieß immer wieder auf diese Kinderlieder. Sie waren mir als einziges geblieben, an das ich mich sorgenfrei erinnern konnte. Meine Eltern lebten noch und ich befand mich in einem Netz von Liebe, Fürsorge und Sicherheit. Eine schöne Zeit. Was nach dem Tod meiner Eltern durch den Hausbrand passiert war, löste keine gute Erinnerung in mir aus, ich meine keine vollkommen gute Erinnerung. Sicherlich gab es viele schöne Momente, aber sie wurden ständig von schrecklichen Momenten überdeckt, so dass sie früher oder später nichts mehr von ihrer Schönheit besaßen. Ich erinnerte mich an die schöne Zeit in der Bibliothek mit Mrs. Wetherby. Ich glaube, es war die schönste Zeit meines Lebens, die ich dort verbracht hatte. Bis Kale Hatfield wieder in mein Leben trat. Auch das war schön, ja sogar wunderschön, aber die Geschichte suchte sich wieder dieses schreckliche Ende, so dass ich sie nicht als gut in Erinnerung behalten kann. Ich glaube, diese Denkweise war das Ergebnis von Lydias Therapie. Sie hat alles in mir zerstört, was einmal schön gewesen war. Sie sagte, man müsse die Erinnerungen als Ganzes sehen, also auch das schreckliche Ende. Nur so könne man das Böse vom Guten filtern. Alles, was böse ausging, war keine Erinnerung wert. Auf diese Weise entfernte sie Stück für Stück Kales Zeichnungen und Gedichte aus meinem Zimmer. Er sollte mir nicht mehr gegenwärtig sein, dabei sehnte ich mich nach niemand anderem als ihm. Alles, was mit ihm zusammenhing, sollte ich vergessen und mich nun auf das Schöne im Leben konzentrieren. Kale Hatfield verkörperte das Schöne in meinem Leben. Lydia sagte, sie würde mir das Schöne zeigen, dabei durfte ich nicht einmal in ihren Garten, ohne dass sie dabei war. Ich durfte das Haus nicht ohne ihre Begleitung verlassen und niemals in die Stadt, um dort soziale Kontakte zu knüpfen. Sie sagte, das Schöne sei immer um mich herum und ich bräuchte nicht das Verderben außerhalb des Hauses. Dieses Verderben würde nur wieder zu schrecklichen Erinnerungen führen. Es kam der Tag, an dem ich ihr Kales letztes Eigentum übergab, weil sie darin eine wichtige Handlung des Loslassens sah. Dabei wollte sie nur in den Besitz all seiner Sachen kommen, um sich selbst damit gut zu fühlen. Lydia sagte, ich sei krank, dabei war sie es, die krank war. Ich kannte fast nichts von ihrem Leben. Ich wusste nur, dass sie als Psychologin in dieser Klinik in Madison gearbeitet und ihre Tochter durch einen Selbstmord verloren hatte. Ich hatte von ihr das Bild einer bemitleidenswerten Frau. Ihre Therapien hinterließen eine große Leere in mir. Seit sie mir Kale weggenommen hatte, fühlte ich mich nur noch depressiv. Ich putzte ihr Haus und saß brav mit ihr am Esstisch. Wir nahmen jeden Tag zur gleichen Zeit unsere Mahlzeiten ein, um Sicherheit und Struktur zu erhalten, dabei hätte ich so gerne zwischendurch genascht, ein Buch dabei gelesen oder mich in den Wäldern, die ihr Haus umgaben, verloren. Nüchtern betrachtet lebte ich in einem Paradies, wenn es nur nicht von dieser Hexe bewacht würde!

Meine Einsamkeit führte zu Gleichgültigkeit. Dann kam die Neugier. Ich wurde plötzlich neugierig, wer sich wirklich hinter dieser Dr. Lydia Hays verbarg. Der Tod ihrer Tochter musste Gründe haben. Das Zimmer, in dem ich lebte, war einst ihres gewesen. Das Zimmer daneben war Lydias, doch es gab noch ein weiteres, das stets verschlossen war. Bis zu diesem Tag im Mai hatte ich nicht einmal daran gedacht, es zu erkunden. Doch wenn man jeden Morgen von Langeweile und Einsamkeit geplagt erwacht, kommen einen irgendwann die kuriosesten Ideen. Ich wollte sehen, was sich hinter dieser verschlossenen Tür verbarg. Lydia hatte ein Spezialschloss angebracht, das sich nicht öffnen ließ, doch das Zimmer musste ein Fenster haben. Leider durfte ich den Teil des Gartens, auf dessen Seite sich das Fenster befand, nicht betreten. Sie hatte es mit einem Zaun abgegrenzt und auch dort ein Schloss angebracht. Den Zaun konnte ich überwinden, aber ich brauchte auch eine Leiter, um an dieses Fenster im ersten Stock zu kommen. Eine solche Leiter befand sich in einem Schuppen, den ich ebenfalls nicht betreten durfte. Auch der war abgeschlossen. Warum verheimlichte sie so viele Dinge vor mir, wo sie doch zum Alltag gehörten? Sie wollte, dass ich ein Teil ihres Lebens werden sollte und doch sperrte sie mich aus. Hatte sie es mit ihrer Tochter genauso gemacht und sie damit in den Selbstmord getrieben?

An diesem besagten Tag im Mai veränderte ich meine Einstellung zu den Dingen, die hier passierten. Ich musste dringend etwas ändern, um herauszufinden, was hier passierte. Die andere Möglichkeit wäre, von hier zu verschwinden. Da ich von vielen Medikamenten abhängig war, sah ich in der zweiten Möglichkeit keine Chance auf Erfolg. Ich wollte die Wurzel allen Übels erfassen und das hieß, Lydia Hays' Verhalten auf die Schliche kommen. Mein erster Gedanke galt der Nahrung. Ich war mir sicher, dass sie meine Nahrung und auch meine Getränke mit Medikamenten versetzte, denn ich bekam nur eine Pille pro Tag, die mir sicherlich die Schwermut nehmen sollte. Die wollte ich als erstes langsam abbauen und musste eine Möglichkeit finden, sie unbemerkt verschwinden zu lassen. Immerhin sollte ich diese Pille in ihrer Gegenwart einnehmen und sie kontrollierte sogar meinen Mund. Sie sagte, sie sei es so gewöhnt, weil viele Patienten ihre Medikamente gerne verschwinden ließen. Ich musste mir also etwas einfallen lassen, um sie zu täuschen, und begab mich auf die Suche nach etwas Geeignetem im Zimmer ihrer Tochter. Und ich wurde fündig. Ich fand Papier und Malstifte. Meine Pille war hellgrün und so malte ich ein Blatt komplett hellgrün an und riss es in viele kleine Schnipsel. Die zerknüllte ich und ließ sie im Wasser aufweichen, um sie in eine pillenähnliche Form zu kneten. Das Ergebnis sah nicht schlecht aus. Ich stellte auf diese Weise fünfzig kleine Papierpillen her und hoffte, dass sie meiner Gesundheit nicht zu sehr schaden würden.

Als nächstes brachte ich mir einen kleinen Trick bei, der darin bestand, die echte Pille geschwind in meiner Hosentasche verschwinden zu lassen und die unechte in meinem Fingern zu halten. Das war nicht allzu schwer, denn Lydia behielt mich nicht ständig im Auge, während wir den Frühstückstisch deckten. So wollte ich den Entzug meines ersten Medikaments wagen. Während dieser Zeit überlegte ich, wie ich die Nahrungsmittel unter Kontrolle bekommen könnte. Ich sollte mich mehr fürs Kochen interessieren, um ihr diesen Job abzunehmen. Während sie heimlich meine Nahrung mit Medikamenten versetzte, würde ich lernen, heimlich die Teller zu vertauschen. Wenn sie meine Getränke mit Medikamenten versah, würde ich auch dafür eine Lösung finden. Da ich stets Wasser trank und Lydia täglich ihre Blumen im Haus goss, freundete ich mich mit der Idee an, demnächst mein Wasser den Blumen zu geben und das Wasser der Blumen zu meinem zu machen. Meine Pläne standen und es konnte losgehen…

***

Bereits in der ersten Nacht weckte Kale Hatfield die Aufmerksamkeit der anderen Mieter. Sie fühlten sich durch sein Lärmen in der Nacht gestört und beschwerten sich beim Betreiber des Inns. Der hatte natürlich nichts mitbekommen, weil er im Gebäude nebenan schlief, doch als ihn mehrere Mieter zugleich am nächsten Morgen deswegen ansprachen, war ihm klar, dass er den Kerl so schnell wie möglich wieder loswerden müsste. Dieser Kale Miller, oder wie auch immer er heißen mochte, war kein guter Geselle für dieses Inn. Er würde ihm das Geld für die nächsten fünf Nächte zurückgeben und ihn höflich vor die Türe setzten.

Kale fuhr erschrocken hoch, als es an seiner Tür klopfte. „Miller?", hörte er von draußen. „Miller, sind Sie wach?" Natürlich war er jetzt wach, dabei hatte er erst vor wenigen Stunden in einen erholsamen Schlaf gefunden.

„Hören Sie, packen Sie sich! Sie sind zu laut! Ich will, dass Sie verschwinden. Sie können sich das vorausgezahlte Geld bei mir wieder abholen."

Kale hörte, wie der Mann wieder die Treppen hinunterlief und unten weiter vor sich hinschimpfte. Er warf nicht gerne seine Kunden raus, denn immerhin lebte er von deren Geld, aber es gab Ausnahmen… Dieser Miller war so eine. Dabei sah er nicht einmal heruntergekommen aus.

Kale wusste, was diese Aufforderung bedeutete und im Grunde war er froh darüber. Er hatte nicht gerne hier übernachtet. Selbst die Dusche benutzte er nur widerwillig. Als er an die Rezeption kam, hielt ihm der Betreiber bereits das Geld entgegen. Zwei heruntergekommene Herren standen unweit der Theke und machten sich über ihn lustig. „Na, haste dir die ganze Nacht einen runtergeholt?" Sie lachten über ihren eigenen Witz und unterstrichen ihn mit einer vulgären Geste. Ein guter Moment für Tristan, aber Kale ließ ihn nicht gewähren. Er dachte an das viele Geld, das er bei sich trug. Tristan wütete oft kopflos, so dass sie ihn womöglich zum Schluss noch bestehlen würden. Er nahm sein Geld entgegen und verließ das Inn. Die Reise ging weiter.

Kale stoppte an einem kleinen Frühstücksimbiss in Richland Center, Wisconsin, und nahm eine Mahlzeit zu sich. Mehr als dieser Albtraum der vielen Hände hatte ihm die letzte Nacht nicht offenbart. Er wusste, dass sein Leben in dieser Hinsicht mehr als schiefgelaufen war. Als er erstmals als Kind das Gefühl von Ekel seinem eigenen Körper gegenüber verspürt hatte, hatte seine Seele den Kontakt dazu verloren. Er hatte sich nie als Einheit wahrgenommen. In ihm kämpften von Kindheit an Feinde gegeneinander und er wusste nicht einmal, wie viele es waren, abgesehen von seinen Multiplen. Jedes Körperteil fühlte sich fremd und kalt an. Seine Zärtlichkeit mit Jenn war fremdgesteuert gewesen und hatte nicht die geringste Emotion in ihm ausgelöst. Er konnte nicht einmal richtig mit ihr schlafen. Die Demütigung war groß, doch er hatte sich nichts anmerken lassen. Die Zeit mit Jenn und Fredrik hatte ihn nur zur Ruhe kommen lassen, aber den Krieg in ihm nicht beendet. Er war in eine Warteschleife gelangt und spürte nun, wie das Schlachtfeld ihn wieder rief. Was würde als Nächstes schlimmes passieren? Ein Leben ohne Plan war wie die Hölle auf Erden. Er verließ den Imbiss und fuhr weiter. Beim nächsten Inn würde er für eine Nacht buchen und dann direkt wieder verschwinden. Er wollte keinen Ärger.

***

Rachel

Ich spürte, wie er näher kam. Ja, ich sah Kale in einem dunklen Wagen auf dem Highway. Aber ich sah auch dunkle Geister um ihn herum. Sie griffen nach seiner Seele und versuchten, ihn von seiner Reise zu mir abzuhalten.

Meine ersten Versuche mit der hellgrünen Pille hatten funktioniert. Seit einer Woche nahm ich hellgrüne Papierkügelchen zu mir und zerdrückte in meinem Zimmer die echten Pillen zu Pulver. Dieses sammelte ich, um es Lydia ins Essen zu mischen. Ich war ganz neugierig, wie das Medikament auf sie wirken würde. Ja, ich wurde nahezu euphorisch, mit ihr mehr Zeit verbringen zu wollen. Ich wollte sie beobachten und studieren. Allem Anschein nach war sie sehr glücklich darüber. Sie sagte mir, dass ich in den letzten Tagen gelöster wirke und sie sich viel besser mit mir fühle. Sie gab ihrer Therapie die Schuld und lobte sich in hohen Tönen. „Zeit", sagte sie, „Zeit und Geduld sind die wichtigsten Bestandteile bei einer Therapie, Rachel. Nicht jeder bringt so viel Geduld für sich auf wie du."

Ich lächelte sie an und nickte dabei. Ja, meine Pläne brauchten Zeit. Ich sagte ihr, dass ich Interesse hätte, ihr beim Kochen behilflich zu sein. Auch das nahm sie erfreut auf und schlug vor, mich demnächst zum Einkaufen mitzunehmen. Der Vorschlag kam überraschend und ich freute mich, aber zugleich war ich irritiert, weil ich doch während ihrer Abwesenheit die Leiter aus dem Schuppen holen wollte. Andererseits würde sie mir keine Beruhigungsmedikamente in meine Getränke mischen. Ich sollte den Versuch wagen und mit ihr das Haus verlassen. Sie wirkte freundlicher und offener. Ob meine Medikamente das verursachten? Vertauschten sich gerade unsere Rollen?

Wie saßen abends zusammen und ich fragte sie zum ersten Mal konkret nach ihrer Tochter. „Was ist mit Celine passiert?"

Lydia schaute mich irritiert an. Celine? Sie schien verwirrt. Ich sah, wie sie sich konzentrierte, um nichts falsch zu machen. „Sie hatte ihn gemocht", sagte sie plötzlich.

„Wen?", fragte ich.

Lydia schien in Träumen gefangen. „Den jungen Mann." Warum auch nicht, dachte ich. Ich wusste, wie es sich anfühlt, mit 15 Jahren einen Jungen zu lieben. Ich liebte meinen noch heute.

„Was ist passiert?", fragte ich und Lydia erhob sich und ging zur Terrassentür, die offen stand. Es war der erste laue Frühlingsabend in diesem Jahr.

„Hat er sie verlassen?"

Sie nickte. „Sie hat es nicht ausgehalten."

„So schlimm?", fragte ich. Sie nickte, dabei sprach sie gar nicht von ihrer Tochter.

„Ja, sie kam einfach nicht mehr klar. Ich habe versucht, ihr zu helfen und dieses Haus hier gekauft. Ich habe tatsächlich gedacht, dass die Entfernung zu ihm und die Natur ihr darüber hinweghelfen würden, aber es half nicht. Sie wurde immer schwermütiger."

Ich dachte an die Isolation, die Celine hatte aushalten müssen. Die Einsamkeit ist kein guter Partner bei einer Depression.

„Du hast dein Bestes gegeben", versuchte ich ihr gut zuzureden. Ich wollte sie geschmeidig halten und trat zu ihr ans Fenster. „Manchmal ist man nicht in der Lage, die Dinge zu steuern, Lydia."

Sie nickte. „Wir haben ihn verloren."

Wir? Ich fragte: „Du hast den jungen Mann auch gemocht?"

„Oh ja! Er war ein Wildfang und er ließ sich nicht bändigen."

Ich musste unweigerlich an Kale denken. Ich sah, wie ihr die Tränen kamen und sie verschämt ihre Hände vors Gesicht hielt.

„Ich kenne das Gefühl, Lydia", sagte ich und sah, wie verbittert sie mich plötzlich ansah, als wäre ich von einen auf den nächsten Moment zu ihrer Rivalin geworden. Jetzt spürte ich, wie sehr ich Kales Gedichte und Zeichnungen vermisste, wie falsch es gewesen war, ihr dies alles zu geben. Ich wusste nicht einmal ob sie es aufgehoben oder vernichtet hatte. Der Entzug meiner Medikamente ließ wieder meine wahren Gefühle an die Oberfläche kommen. Es ist eine Folter, im Schlamm von Psychopillen zu schwimmen! Sie nehmen dir alles, was dir wichtig ist und lassen dich blind für die Dinge werden, die du brauchst. Sie schalten dein wahres Gefühl aus und schicken dich in eine Art Matrix, aus der du nicht mehr hinausfindest. Du kannst am Ende nicht einmal mehr sagen, was die wahre und was die falsche Welt ist. Der Kopf trennt das Gefühl zum Körper…

***

In genau diesem Gefühl war auch Kale Hatfield während seiner Reise gefangen, obwohl er keine Medikamente zu sich nahm. Aber er erinnerte sich an Zeiten, als er diese Schizo-Pillen hatte schlucken müssen, die ihm Teile seiner Wahrnehmung genommen hatten. Jetzt wünschte er sich diese Pillen zurück, denn seine Wahrnehmung verursachte seit Tagen ein grausames Chaos in seinem Kopf. Es begann damit, dass er gegen Abend ein kleines Restaurant anfuhr, um etwas zu Essen. Auf dem Tisch war die Tageszeitung des letzten Gastes liegengeblieben. Schon allein die Schlagzeile EHEPAAR ENTDECKT GRAUSIGEN FUND IN EINEM WAGEN IM WALD! ließ ihn aufmerksam werden. In seiner Erinnerung schwirrte ein solcher Fund umher. Ein Fund, den er vor über vier Jahren einmal selbst gemacht hatte. War es tatsächlich schon so lange her? Was war damals passiert?

Die nächste Nacht schickte ihm die Offenbarung. Über seine Träume brach wieder ein Teil seiner Vergangenheit aus ihm heraus! Er hatte den Kofferraum eines Wagens geöffnet, weil er einen Verbandkasten suchte. Er hatte eine Brandwunde am Arm, die er versorgen musste. Dann sah er die furchtbar zugerichtete Leiche, das Seil um seinen eigenen Hals, Ian Morgans Versuch ihn zu töten, der Polizist, der ihn gerettet hatte und die Flucht. Alles kam durcheinander. Es war die schlimmste Nacht, die Kale Hatfield je erlebt hatte. Der Albtraum ließ ihn schweißgebadet hochschrecken und im Zimmer umherlaufen. Er bekam den Kopf nicht ruhig! In ihm brannte ein Feuer von Informationen, die er nicht sortieren konnte. Kale griff zu der Zeitung, die er mit auf sein Zimmer genommen hatte und las den Artikel noch einmal durch:

Älteres Ehepaar findet grausigen Fund in Death Timber/Nebraska in einem Wagen aus Wisconsin.

John und Lisa Hellstone ahnten nichts Böses, als sie ihren sonntäglichen Spaziergang im Erholungsgebiet von Death Timber machten. Die Sonne schien und die ersten Frühlingsboten veranlassten das Paar, sich ein wenig vom Weg zu entfernen, als sie etwas Goldfarbenes zwischen den Ästen entdeckten. Zunächst dachten sie, es wäre vielleicht eine Plastiktüte, die sich im Geäst verfangen hätte, doch als sie näher traten, entdeckten sie einen Wagen, der fast bis zur Unkenntlichkeit im Unterholz von Moos bedeckt war. Er musste bereits einige Jahre dort stehen, was das Ehepaar neugierig werden ließ. Sie schauten durch die Fenster, entdeckten aber niemanden darin. Als John Hellstone das Nummernschild des Wagens mit der Hand reinigte, um sich das Kennzeichen zu notieren, irritierte ihn ein entsetzlicher Gestank, der aus dem Kofferraum drang. Als er ihn langsam öffnete, entdeckte er eine verweste Leiche darin. Das Ehepaar holte sofort die Polizei zu Hilfe. Die Leichenreste liegen jetzt in der Pathologie. Dort wird ermittelt, ob es sich um eine vermisste Person handelt, die seit langer Zeit gesucht wird. Demnächst mehr.

Es waren genau diese Worte, die Kale Hatfield wieder alles erleben ließen. Er hatte selbst diesen Wagen ins Unterholz von Death Timber gefahren, die Leiche entdeckt und alles dort stehen lassen. Hatte er auch diese Person darin getötet? Kale schrie! Er konnte es nicht aushalten! Das Chaos war wieder da und jemand klopfte an seine Zimmertür. „Alles okay?“

„Verschwinde!“, schrie Carl zurück. Nichts war in Ordnung! Kurze Zeit später klopfte es wieder an seine Tür. „Sir, benötigen Sie Hilfe?“

„Nein!“, schrie Carl erneut und überließ Kale alles weitere. Er wollte keine Hilfe. Er wollte alles alleine schaffen. Er wollte wissen, was in seinem Leben vorgefallen war und weshalb er nicht zur Ruhe kam. Kale Hatfield packte seine Sachen und verließ wortlos das Inn, um sich weiter auf die Suche zu machen. Es waren noch so viele Fragen offen.

***

Rachel

Ich beschloss, mit Lynda zum Einkaufen zu fahren. Sie hatte mich gefragt und ich sah einen guten Weg darin, ihre Sympathie für mich noch zu erweitern. Ich sagte ihr, dass mir das Leben mit ihr mittlerweile richtig Spaß machte und ich gerne bei ihr lebte. Sie begann, meine Leine länger zu lassen. Ich durfte einige Besorgungen im Supermarkt machen und stand minutenweise nicht einmal unter Beobachtung. Jeder vernünftige Mensch wäre jetzt geflohen, doch ich wollte gar nicht flüchten. Irgendetwas trieb mich an, weiter zu machen. Ich kam dem Tod ihrer Tochter nicht wirklich auf die Spur. Lydia sprach nie klar aus, was wirklich passiert war. Hatte sich ihre Tochter erhängt, von einer Brücke gestürzt, die Pulsadern aufgeschnitten oder eine Überdosis Medikamente genommen? Mir schwante etwas, das mich zugleich ängstlich und neugierig werden ließ. War Lydia eine Mörderin oder eine zutiefst verzweifelte Mutter? Ihr Haus war wunderschön, aber darin verborgen lag eine grausige Puppenstube. Ich musste unbedingt wissen, was sich in diesem anderen Zimmer befand.

„Rachel?“, hörte ich sie durch den Supermarkt rufen. Ich schrak aus meinen Gedanken hoch. Was sollte ich doch gleich hier besorgen? Ach ja, Salatsauce und ein Flasche Öl. Ich griff nach beiden und rief zurück: „Ich komme!“

Auf dem Gang zur Kasse passierte ich den Zeitungsstand. Die Schlagzeile einer Tageszeitung fiel mir direkt ins Auge! TOTER IM WAGEN IDENTIFIZIERT! DIE SUCHE NACH DEM MÖRDER HÄLT GANZ WISCONSIN IN ATEM!

Das alleine hatte nicht meine Aufmerksamkeit geweckt, sondern es war die Kurzfassung des Artikels in ebenfalls fetten Buchstaben.

Wenn man sich ein Leben lang mit dem Namen Kale Hatfield beschäftigt, dann sticht dieser Name aus jedem noch so langen Text sofort hervor. Ich filterte ihn regelrecht aus dem Artikel heraus und spürte eine große Hitze in mir aufsteigen. Man suchte Kale als Mörder? Hatte Lydia diese Schlagzeile auch entdeckt? Ich zögerte, sie darum zu bitten, mir diese Zeitung mitzunehmen. Sie würde mich sicherlich erstaunt ansehen und aufmerksam werden. Es wäre ihr wahrscheinlich lieber, wenn ich nach Frauenzeitschriften Ausschau hielte. Damit kam mir eine Idee. Ich lief zu ihr und fragte: „Darf ich mir ein paar Zeitschriften mitnehmen?“ Sie sah mich an und nickte. Ich griff nach zwei Frauenzeitschriften und versteckte unauffällig die Tageszeitung dazwischen. Dann sagte ich, ich hätte noch etwas vergessen und lief mit den Zeitschriften in den hinteren Teil des Supermarkts. Als ich mich unbeobachtet fühlte, trennte ich die Seite mit der Schlagzeile und eine Seite mit dem ausführlichen Text aus der Zeitung heraus, faltete sie auf die Größe der Frauenzeitschriften und legte jeweils ein Blatt in jede Zeitschrift hinein. So konnte selbst die Kassiererin nicht auf Anhieb erkennen, dass ich diesen Artikel mitgenommen hatte. Den Rest der Tageszeitung ließ ich zwischen den Suppendosen liegen und rannte wieder nach vorne zur Kasse. Lydia schien beharrlich auf mich gewartet zu haben. „Was hast du gesucht?“, fragte sie, als sie mich zurückkommen sah.

„Salatkräuter. Aber ich konnte keine passenden finden“, gab ich rasch zur Antwort.

„Wir nehmen frische“, sagte sie und ging zurück zum Gemüsestand, unweit der Kasse.

„Ich lege schon mal auf“, sagte ich und legte die Zeitungen zuerst auf das Band.

***

Er fühlte sich wie ein gejagtes Tier! Man suchte ihn überall! Gestern hatte die *Daily Cardinal* bekannt gegeben, dass es sich bei dem Toten um Ian Morgan handelte und heute suchte man überall den mutmaßlichen Mörder Kale Hatfield. Morgen würde ein Bild von ihm in allen Zeitungen erscheinen! Sollte er sich stellen und die Sache aufklären? Immerhin musste in einer Klinik ein Bericht über seine Amnesien existieren. Es nahm ihm jedoch nicht die Schuld an der Tat. Aber was war mit Notwehr? Und was war mit dem anderen Toten, dem verbrannten Deputy Malloy, den man nun mit diesem Vorfall in Verbindung brachte? Man hatte in der verbrannten Leiche eine Kugel gefunden, die zu der Waffe gehörte, die man in diesem Wagen gefunden hatte. Der Artikel sprach von einer grausamen Hinrichtung und einem vermutlich unberechenbaren, höchst gefährlichen Mörder namens Kale Hatfield, der nun überall gesucht wurde.

Kale hatte sich wieder in einem Inn außerhalb der Stadt niedergelassen und überlegte, ob er Wisconsin so schnell wie möglich verlassen sollte. Doch irgendetwas hielt ihn davon ab. Jede Nacht fand er neue Puzzleteile, die er bereits in ein kleines Büchlein notierte. Er wollte seine Geschichte nicht wieder verlieren und sie war noch nicht vollständig. Wer hatte ihm Ian Morgan auf den Hals gejagt und ihn damit zu einem grausamen Mörder werden lassen? Diese Person wollte Kale Hatfield finden. Mit dieser Person musste er abrechnen. Ansonsten würde er nicht zur Ruhe kommen. Er befand sich bereits seit drei Wochen auf Reisen und spürte, dass er sich ganz in der Nähe dieser Person befand. Aber er befand sich auch auf dem Weg zu seiner alten Klinik in Madison…

***

Rachel

Ich las den Artikel fassungslos durch! Er bestätigte, dass Kale tatsächlich noch leben musste, aber irgendwo untergetaucht war. Es wurde im Grunde darüber berichtet, was ich bereits im Abschlussbericht der Klinik gelesen hatte. Es war also nichts Neues für mich. Durch diesen Leichenfund von Ian Morgan wurde Kale Hatfield wieder direkt in mein Leben hineingeschleudert. Sollte ich zur Polizei gehen und erzählen, wie alles wirklich verlaufen war? Dass ich an allem Schuld war und Kale zu dieser Tat gezwungen hatte? Ich wunderte mich, dass man über mich gar nicht berichtet hatte. Wollte man mich weiterhin schützen, so wie sie mich in diese Klinik gesperrt hatten, um mich vor mir selbst zu schützen?

Seit dem Tag, als ich diesen Artikel gelesen hatte, war ich wieder mittendrin in der Geschichte, die ich hinter mir geglaubt hatte. In mir wuchs plötzlich die Angst, dass meine Träume von

Kales Suche nach mir wahr wurden, Träume, die sich gestern noch so gut anfühlten. Heute fühlten sie sich lähmend und beunruhigend an.

Ich litt manchmal an beängstigenden Ahnungen, die mir das Leben zur Hölle machten. Jetzt wünschte ich mir meine Medikamente zurück, um das alles verdrängen zu können, doch eine innere Stimme riet mir, wachsam zu sein. Ich durfte auf keinen Fall unaufmerksam werden und überlegte, ob ich diesen Ort besser verlassen sollte, dabei standen die Chancen gut für mich. Lydia vertraute mir immer mehr und ich fühlte mich von Tag zu Tag klarer. Aber ich spürte auch die Realität mit all ihren Ängsten wieder stärker. Ich glaube, es gibt keinen Weg auf dieser Welt, der einen nur das Gute fühlen lässt.

Ich setzte mich an das Fenster meines Zimmers und überlegte, ob ich Kale Hatfield wirklich noch liebte oder ihn inzwischen hasste. Es war nicht von der Hand zu weisen, dass mir durch ihn seit fast fünf Jahren mein Leben entglitt. Hatte das noch etwas mit Liebe zu tun? Irgendwann wird der Hass stärker als die Liebe und dann bleibt nichts als ein Schlachtfeld der Gefühle. Das Feld ist übersät mit Leichen und Blut und nur eine Person hebt ermüdet vom Kampf die Hand und ruft leise: „Überlebt." Doch was bringt dieses Überleben mit sich? Ist man im Grunde nicht toter als alle Toten um einen herum? Hatte Lydia schlussendlich doch Recht, als sie mir dazu hatte verhelfen wollen, Kale zu vergessen? Wäre das nicht die einzige Lösung, die uns beide retten würde? Wie würde Kale mir begegnen, wenn ich ihm plötzlich gegenüberstünde?

***

Die Träume waren zum Feld seiner Erinnerung geworden, über das er jeden Tag spazierte. Manchmal rannte er, manchmal ließ er sich darauf niederfallen. Manchmal war er in einem Wald, in dem er sich versteckte und manchmal konnte er sich in der Sonne wärmen. Er fiel in Pfützen und sprang über Steine. Er stürzte und verletzte sich, um danach wieder aufzustehen und weiter zu rennen. Und ganz plötzlich sah er sie in weiter Entfernung stehen: Rachel Finley!

Kale schrak hoch, mitten in der Nacht! Rachel Finley! Er verließ das Motel und fuhr weiter. Er wusste nicht, wohin er fuhr. Er fuhr eben.

Eine alte Dame rannte ihm plötzlich vor den Wagen und Kale Hatfield trat erschrocken auf die Bremse. Sie beschimpfte ihn und schlug mit ihrem Gehstock auf seine Haube, so dass der Schlag eine Beule hinterließ. Das erschien der alten Dame nur gerecht. Hatte er denn nicht das Zeichen für den Zebrastreifen gesehen? Diese Straßenmarkierung war trotz der Schließung der Klinik im letzten Jahr nicht entfernt worden. Sie hatte die Patienten schützen sollen, die Freigang hatten, und Autofahrer darauf hinweisen, in diesem Gebiet besonders vorsichtig zu fahren. Hier liefen schon mal unberechenbare Gestalten herum.

Kale versuchte sich für seine Unachtsamkeit zu entschuldigen, aber die alte Dame ließ ihn nicht zu Wort kommen. Sie schleuderte ihm eine Salve von Schimpfwörtern entgegen und warnte ihn, sie wegen der Beule im Wagen zu belangen. Dann würde sie ihn hinter Gitter bringen, denn sie hätte viele Blessuren an ihrem Bein, die sie ihm zuschieben könnte.

Kale ließ sie wettern und weiterziehen. Er parkte am Straßenrand, um sich zu beruhigen. Dieser Vorfall hätte nicht passieren dürfen. Er war um Haaresbreite einem Konflikt mit dem Gesetz entkommen. Sein Leben war wieder zu einer Gratwanderung geworden. Er ließ den Kopf auf das Lenkrad sinken und atmete tief durch. Im Kofferraum hatte er eine Flasche Wasser und etwas zu Essen verstaut. Er sollte eine Pause einlegen und sich erfrischen. Als er den Wagen verließ, nahm er das große Gebäude auf der anderen Straßenseite nur unterschwellig war. Es war nur ein Gebäude, das er aus dieser Perspektive noch nie gesehen hatte. Als er sich auf den Rand seines Kofferraums setzte und das Gebäude näher betrachtete, wurde ihm komisch. Wo hatte er diese Fenster schon einmal gesehen? Davor war ein Parkplatz, den er aus der Vogelperspektive kannte, ihn also von oben schon einmal gesehen haben musste. Wie oft hatte er vor einem dieser Fenster gesessen und auf genau diesen Parkplatz herabgeschaut? Er hatte auf etwas gewartet. Einen Wagen. Einen ganz besonderen Wagen. Kale wurde aufmerksam und überquerte die Straße. Das Gebäude war überhaupt nicht beschildert und es schien leer zu stehen. Es war sicher einmal ein ganz besonderes Gebäude gewesen. Dies schien ihm ein Ort, an dem er große Sicherheit verspürt hatte, ein Ort, den er irgendwoher kannte. Er trat näher an das große verschlossene Tor des Geländes heran und schätzte, dass das Gebäude einst als Krankenhaus gedient hatte. Die vielen Fenster und Räume waren sicherlich Patientenzimmer gewesen. Vielleicht ein Vorkriegsgebäude und es hatte einst dazu gedient, Soldaten aus dem Krieg zu behandeln. Kale suchte nach Hinweisschildern, aber er konnte nichts entdecken. Als er in einiger Entfernung ein junges Paar kommen sah, sprach er sie an und fragte nach der Bedeutung des Gebäudes.

„Eine alte Klapse", antwortete der junge Mann und zog lachend mit seinem Mädchen weiter.

Eine Psychiatrie. Kale ging zurück zu seinem Wagen und setzte sich wieder auf den Rand des Kofferraums. Er sah erneut zu dem Gebäude hinüber und spürte, wie ihm plötzlich heiß wurde. Dann wurde ihm schwindelig und zum Schluss übel. Sein Kreislauf sackte weg und er kroch auf die Rückbank seines Wagens. Dort konnte er sich ein wenig ausruhen. Die letzten Tage und Wochen waren sehr anstrengend gewesen. Erschöpfung holte ihn ein und ließ ihn in unmittelbarer Nähe seines früheren Zimmers in dieser Klinik einschlafen.

***

Rachel

„Rachel!" Lydia schüttelte mich und unterbrach meinen Traum, in dem ich Kale vor seiner Klinik stehen sah. Seit ich diesen Artikel gelesen hatte, durchströmten mich die merkwürdigsten Bilder in meinen Träumen. Soeben hatte ich ein Bild gesehen, das mir wirklich Angst machte. „Du träumst wieder, Rachel“, sagte sie.

Ich sah sie mit großen Augen an und fragte: „Wie weit ist eigentlich die Klinik entfernt, in der du gearbeitet hattest?“ In mir tobte das Gefühl, dass sich Kale ganz in meiner Nähe aufhielt.

„Ungefähr fünf Meilen. Weshalb fragst du?“

„Ich habe gerade davon geträumt. Die ist doch geschlossen, nicht wahr?“

„Ja, absolut. Da spuken nichts anderes als verlassene Geister herum. Kein Blatt Papier, kein Stuhl und nicht ein Fitzelchen Wärme.“

Das beruhigte mich. Kale würde dort also nichts erfahren, was auf Lydia oder mich hinweisen könnte. Plötzlich erschrak ich bei dem Gedanken, dass er vielleicht meine frühere Arbeitsstätte, die Bibliothek in Dodgeville, aufsuchen und sich dort nach mir erkundigen würde. Oh mein Gott, in mir setzten sich Gedanken in Gang, die mich stark beunruhigten! Kale würde dort ohne Umschweife erfahren, dass ich vier Jahre lang in einer Klinik in Milwaukee verbracht habe. Und dort würde er erfahren, dass ich nach Madison gereist war und nun bei einer Dr. Lydia Hays lebte. Auch diese Adresse würde er finden! Er würde mich finden!

Ist es nicht komisch? Da träume ich jahrelang davon, dass Kale Hatfield noch lebt und mich suchen kommt und jetzt hegte ich keinen größeren Wunsch, als dass er mich nie finden würde. Es sind die Medikamente, dachte ich. Mit den Pillen konnte ich Kale lieben, ohne Pillen hatte ich Angst vor ihm. Es gab keinen Platz auf dieser Welt für mich, an dem ich mich jetzt noch sicher fühlen konnte. Ich dachte an Lydias Worte, dass man mir einst die Wahrheit über Kale verschwiegen hatte, damit ich ihn nicht suchen ginge. Niemand konnte garantieren, wie er auf mich reagieren würde.

Dieser blöder Zeitungsartikel hatte paranoide Gedankengänge in mir ausgelöst. Ich sah Kale plötzlich mit einem Messer auf mich zugehen, dann mit einer Waffe auf mich zielen. Ja, ich sah sogar, wie er mich vergewaltigte, obwohl er körperliche Nähe nie ausgehalten hatte. Ich sah ihn mich schlagen, nach mir treten, mich würgen, gegen die Wand schubsen und wieder vergewaltigen. Ich sah, wie er mir alles heimzahlte und jede Sekunde seines Schmerzes in mich hineinprügelte, um seine Pein zu lindern. Und er hatte so Recht! Ich war es ihm schuldig, all dies auszuhalten. Ich würde ihn anflehen, mich zum Schluss zu töten, so wie er alle tötete, die sich ihm in den Weg stellten. Ich befand mich plötzlich in dem Zustand, in dem ich vor über vier Jahren in die Psychiatrie in Milwaukee eingeliefert worden war. Hätte ich doch diesen Artikel bloß nicht gelesen!

***

Hass! Er spürte nichts weiter als Hass!

Er befand sich wieder auf dem Schlachtfeld seiner Träume und näherte sich der Person, die ihn unentwegt ansah. Je näher er dieser Frau kam, desto mehr veränderte sich sein Gefühl. Er verband mit dieser Rachel ein Lebensgefühl, das sich nicht beschreiben ließ. Sein Schlachtfeld veränderte sich plötzlich zu einer Blumenwiese, die er einmal auf einem Kleid dieser Frau gesehen hatte. Dann sah er sie plötzlich an diesem besagten Fenster mit ihm sitzen. Ja, *sie* hatte ihm dieses gute Gefühl gegeben! Es war ihre Wohnung gewesen, in der er sich so angenehm wohl gefühlt hatte. Aber er hatte auch Ängste dort verspürt. Sie hatte sich ihm nähern wollen, was er nicht aushielt, und doch war sie in seinen Armen eingeschlafen. Es war so wunderschön gewesen. Es war ein Gefühl gewesen, das Kale Hatfield nie wieder hergeben wollte.

Die Frühlingswiese verblühte plötzlich und Sturm zog auf. Der trieb seine Gefühle wieder in die Kälte. Blitze fuhren nieder und versuchten, ihn zu treffen. Lauter Donnerschlag grollte in seinem Ohr. Es zertrümmerte seine Welt der Ruhe und Entspannung und vor ihm stand Rachel Finley und lockte ihn zu diesem Seil, das sich um seinen Hals legte und plötzlich zuzog.

Rachel sah dabei zu, während die dunkle Stimme eines Mannes hinter ihm lachte und er an diesem Seil zog.

Seine Welt war voller Peiniger. Es gab keinen ruhigen Ort für ihn. Schöne Momente sind nichts anderes als Täuschung. Diese Rachel war einmal so schön für ihn gewesen. Jetzt wirkte sie wie eine hässliche unansehnliche Kreatur und er wusste nicht, was er je an ihr gemocht hatte. Es schien ihm, als wäre ihm nie ein widerwärtigerer Mensch als diese Rachel Finley über den Weg gelaufen!

„Rachel Finley!", rief er und schrak hoch. Ein Herr, der gerade an seinem Wagen vorüberging, erschrak und sah kurz hinein. Da lag ein junger Mann auf der Rückbank und rieb sich das Gesicht. „Alles in Ordnung?", rief der Herr und klopfte vorsichtig an die Scheibe. Kale erschrak und winkte ab. „Ja, alles in Ordnung."

Nichts war in Ordnung! Rachel Finley was das Verbindungsstück, nach dem er so lange gesucht hatte! Sie hatte sein Glück in Leid verwandelt und er fragte sich, warum. Was hatte er dieser Frau getan, dass sie ihm seinen ehemaligen Peiniger auf den Hals gejagt hatte? War es seine Unfähigkeit, Liebe zu zeigen oder sie gar mir ihr zu praktizieren? Kale hätte ihr so gerne seine Zeichnungen und Gedichte gezeigt, aber es war nie dazu gekommen. Diese Rachel war einfach zu schnell vorgeprescht. Er hatte dem Leben nicht so schnell folgen können, denn er musste es erst kennenlernen. Ein einziger Tag ist keine lange Zeit, um ein Leben kennenzulernen. Es war nicht fair, dabei hatte er sich so unaufdringlich wie möglich verhalten. Er hatte doch nur drei Tage bei ihr sein und dann wieder zurück in die Klinik gehen wollen, in das Gebäude, vor dem er jetzt stand und das ihm einst Schutz und Ruhe geboten hatte, um darin zu überlegen, wie er sein Glück mit Rachel weiter ausbauen konnte. Ja, er hatte wirklich eine Vision vom Glück gehabt. Nun war es nur noch eine Illusion. Es gab kein Glück auf dieser Welt für ihn. Er wollte wissen warum. Warum, hatte Rachel Finley ihn an Ian Morgan verraten? Welche Gründe hatte sie, ihn von diesem Mann töten zu lassen?

Getrieben von diesem Gedanken machte sich Kale Hatfield auf den Weg nach Dodgeville, wo Rachel Finley zuletzt gelebt hatte. Er konnte sich jetzt sehr gut an ihre Wohnung erinnern. Sollte sie nicht daheim sein, würde er zur Bibliothek fahren und sie zur Rede stellen. Was dann geschehen würde, konnte er nicht abschätzen. Er würde sich wahrscheinlich zurückziehen und Tristan den Vortritt lassen, denn er wollte nicht mit ansehen, was sein wahrer Gerechtigkeitssinn mit ihr anstellte. Danach würde er sich der Polizei stellen. Es machte keinen Unterschied, wie viele Menschen er getötet hatte. Er wäre sogar mit der Todesstrafe einverstanden. Nur schnell müsste es gehen…

***

Rachels

Mein Verfolgungswahn wuchs mit jedem weiteren Tag. Ich spürte Kale näherkommen. Ich spürte, wie er in den Spuren meines Lebens lief und nach einer Erklärung suchte. Gleichzeitig quälte mich die Neugier, was mit dieser Lydia los war. Jeder weitere Tag suggerierte mir, dass es irgendeinen Zusammenhang geben musste. Zentral in meinem Fokus stand dieses eine Zimmer, das etwas vor mir verbarg, das ich hätte wissen sollen. Das Leben verstrickte mich immer tiefer in Geheimnisse, die ich lösen musste, bevor Kale hier erscheinen würde. Ich überlegte kurz, ob ich Lydia von dem Zeitungsartikel erzählen sollte, doch sie erschien mir so ruhig und ausgeglichen. Weshalb sollte ich sie beunruhigen? Ich war so kurz vor dem Ziel. Ich kochte mit ihr und schaffte es tatsächlich, die Teller zu vertauschen, doch Lydia kam mir nicht müder oder irgendwie anders vor als sonst. Sie ließ mich zeitweise sogar im Garten mitarbeiten. Ich versuchte, mich heimlich umzusehen, um meinen Plan mit der Leiter bei der nächsten Möglichkeit umzusetzen. Ich beobachtete, wo sie welche Schlüssel mit sich führte und wann sie sie ablegte. Und in der Tat, der Schlüssel für den Schuppen und das Gewächshaus verschwanden in einer Dose im Wandschrank des Flur. Alle anderen trug sie an einem Schlüsselbund mit sich herum.

Ich begann Blumenwasser zu trinken, statt des Wassers aus der Wasserflasche und kratzte mir die Haut an vielen Stellen meines Körpers auf. Die Nervosität wurde so groß, das ich zeitweise zu zittern begann, Schweißausbrüche bekam und zwischendurch immer wieder Übelkeit verspürte. Jedes Geräusch und jede Bewegung versetzten mich in Panik. Ich beobachtete die Bäume vom Fenster aus, um Veränderungen festzustellen. Tauchte irgendwo ein Gesicht zwischen den Ästen auf oder hörte ich, wie sich ein fremder Wagen näherte? Geräusche des Windes veränderten sich zu Motorengeräusche. Der Gesang der Vögel veränderte sich zu einem fremden Lachen oder Stimmen, die ich nicht kannte. Ich überlegte, ob Lydia neue Kameras im Haus installiert hatte, um mich zu beobachten. Also riss ich mich zusammen. Ich zeigte meine Angst nicht, denn ich wollte endlich an diese verdammte Leiter kommen.

Als Lydia wieder einmal in die Stadt zum Einkaufen fuhr und mich fragte, ob ich mitkommen wollte, sagte ich zum ersten Mal nein. Wie würde sie reagieren?

***

Margret Thomson sah auf, als sich die große Tür der Bibliothek öffnete. Die Sonne blendete sie und sie konnte nur sehen, wie eine große schlanke Gestalt im Türrahmen stehenblieb und sich nicht in die Halle hineinbewegte.

Kales Herz schlug bis zum Hals, denn er wusste nicht, ob er hier direkt auf Rachel stoßen würde. Immerhin hatte diese kleine flinke Dame hier das Regime geführt. Er würde es kurz machen und dann sehen, was passiert.

Es war ein komisches Gefühl gewesen, diesen kleinen Ort mit dem Wagen zu durchqueren. Er war an Reverend Diekons Pfarrhaus vorbeigefahren, wo er einige Monate gelebt hatte. Dann hatte er direkt vor Rachels Mietswohnung über der Bäckerei gehalten und die Fassade hinauf direkt zu ihrem Küchenfenster gesehen. Rachel hatte die Gardinen gewechselt. Sie hatte wohl alle Gardinen gewechselt, denn ihre Wohnung sah plötzlich anders aus. Kale war ausgestiegen und hatte vor der Tür gestanden. Dort war keine Klingel mehr mit dem Namen Rachel Finley zu finden, obwohl er sich erinnern konnte, dass er ihren Namen dort gelesen hatte. Er hatte daraufhin die Bäckerei betreten und nachgefragt.

„Rachel? Wissen Sie denn nicht, was mit ihr passiert ist?" Er sah die kleine schlanke Verkäuferin an, doch sie schüttelte den Kopf.

„Fragen Sie mal in der Bibliothek nach. Die wissen mehr über sie. Fragen Sie nach einer Mrs. Bottom. Die weiß alles."

Kale verließ die Bäckerei und sah noch einmal die Hausfassade hinauf. Ja, hier wäre er mit Rachel wahrscheinlich glücklich geworden. Er hätte wahrscheinlich sogar wieder in der Buchhandlung von Mr. Edwards angefangen, denn im Grunde hatte ihm diese Arbeit Spaß gemacht. Er hatte einen Ausweis besessen, war nicht offiziell straffällig gewesen und hätte einen ordentlichen Arbeitsvertrag erhalten. Er wäre bei Rachel eingezogen und sie wären im Sommer am Abend spazieren gegangen. Plötzlich fühlte sich die Welt so schön an. Warum hatte er damals nicht reagieren können? Diese Rachel hatte ihm das Paradies vor seine Füße gelegt und er hatte nichts getan, als sie zurückzuweisen. Doch was sie daraufhin getan hatte, war um nichts in der Welt wieder gutzumachen. Er wollte wissen, warum, und fuhr zur Bibliothek.

Margret Thomson erhob sich und sagte: „Kommen Sie doch bitte näher."

Er hätte sich gerne vorgestellt, aber er wusste nicht, ob sie seinen Namen bereits in der Zeitung gelesen hatte. Ein altes Foto von ihm würde nicht unbedingt mit seinem jetzigen Aussehen übereinstimmen. Kale trat näher.

Die Dame lächelte ihn an. „Was kann ich für Sie tun?" Sie hatte ihn noch nie hier gesehen und wusste auch nichts von einem neuen Gemeindemitglied. Seit Reverend Diekon tot war, hatte sich vieles verändert. Er hatte seine Schäfchen zusammengehalten und sich immer nach deren Wohlbefinden erkundigt. Doch seit er nicht mehr da war und dieser junge Preston sein Amt übernommen hatte, erfuhr niemand mehr etwas. Der Ort hatte sich verändert, seit dieser Vorfall vor fast fünf Jahren die Bürger von Dodgeville erschüttert hatte. Mrs. Wetherby, die Mutter der Gemeinde, war nach dem Tod von Mr. Edwards zurück in ihre Heimat nach Exeter geflogen und hatte nichts als Ratlosigkeit hinterlassen. Seitdem lief die Bibliothek nicht mehr. Dieser junge Mann, der gerade auf sie zutrat, war der erste Besucher seit Montag und es war bereits Mittwoch. Es würde nicht mehr lange dauern und sie müssten auch diesen einst so beliebten Ort schließen.

Kale überkam eine Flut von Gefühlen, als er diese Halle betrat. Er sah und hörte plötzlich die Jubiläumsfeier, bei der Rachel zur Bibliotheksleitung ernannt worden war. Sie hatte dieses wunderschöne Sommerkleid getragen und den ganzen Abend über gelacht. Sie war verwirrt und erfreut zugleich gewesen. Sie hatte ihn, nachdem die Feier vorbei gewesen war, so herzlich empfangen und ihm die Hand gereicht.

„Alles in Ordnung?“, fragte Mrs. Thomson und holte Kale in die Gegenwart zurück. Er nickte und sagte leise: „Ich suche Rachel Finley.“ Er sah, wie Mrs. Thomson ihre rechte Hand vor den Mund führte und ihn erschrocken ansah, als wäre er ein Geist. Ob sie ihn erkannte? „Rachel?“, fragte sie leise? Er nickte ansatzweise. Was war hier so Schreckliches passiert? „Unsere Rachel Finley?“

Er nickte erneut. „Ja.“

„Wissen Sie denn nicht, was passiert ist?“

Jetzt wurde Kale Hatfield mulmig und er fragte: „Was ist denn passiert?“

Margret Thomson schüttelte ungläubig den Kopf. Wie sollte sie all die schrecklichen Ereignisse, die damals vorgefallen waren, diesem jungen Herren nur erklären? „Darf ich Ihnen einen Tee anbieten?“

Er nickte.

„Haben Sie etwas Zeit?“ Nun wurde er vorsichtig. Er wollte sich nicht zu lange an einem Ort aufhalten, doch diese Dame schien eine wichtige Information für ihn zu haben. Er sagte, während sie den Tee eingoss: „Ich soll nach einer Mrs. Bottom fragen."

„Oh ja, Mrs. Bottom. Sie ist heute in Madison, ihren kranken Vater besuchen. Sie wird erst gegen Abend zurück sein. Vielleicht kann ich Ihnen helfen, wenn Sie Rachel suchen."

Sein Groll verflog und er hatte plötzlich das Gefühl, dass eine weit größere Geschichte auf ihn wartete, als er es für möglich hielt.

„Darf ich fragen, wer Sie sind?", fragte Mrs. Thomson zur Sicherheit. Seit dieser gefährliche Frank Ulstein alias Ian Morgan hier aufgekreuzt war und diese Katastrophe über Rachel hatte hereinbrechen lassen, war man bei Fremden besonders vorsichtig.

„Ich heiße Ralph Miller", sagte Kale. „Ich bin ein alter Jugendfreund von Rachel und hörte vor einiger Zeit, dass sie hier arbeitet. Wir sind zusammen in Rockford zur Schule gegangen. Ich wollte nur kurz Hallo sagen. Ich bin auf der Durchreise."

Margret Thomson lächelte. Dem Alter nach konnte es hinkommen. Rachel hatte hin und wieder von ihrer Schulzeit in Illinois erzählt. Davon, dass sie sich dort in einen Jungen verliebt hatte, den sie viele Jahre später wiedergetroffen hatte. Und dann war dieser Kerl ein drittes Mal hier in Dodgeville in Rachels Leben aufgekreuzt, so dass alle dachten, dass es die Liebesgeschichte des Jahrhunderts wäre. Sollte sie ihm das alles erzählen? Mein Gott, Margret vermisste den Klatsch in diesem Ort so sehr, doch sie wollte vorsichtig sein. Sie alle schworen sich Vorsicht, damit nicht wieder ein Unglück passiere.

„Sie wollen nur wissen, wo Rachel jetzt ist?", fragte sie vorsichtshalber.

Er nickte.

„Oder wollen Sie wissen, was hier damals passiert ist?" Beides, dachte er, doch er antwortete: „Wo kann ich sie finden? Ich wollte nur kurz Hallo sagen." Er wollte die Geschichte lieber von ihr erfahren und nicht von diesem klatschsüchtigen Volk. Er konnte nicht abschätzen, welche Details sie weglassen und welche sie dazuspinnen würde.

„Man hat sie, nachdem sie versucht hat sich umzubringen, in eine geschlossene Anstalt gebracht. Sie wollte aber nicht nach Madison, weil dort ihr Freund gewesen war. Man hat sie nach Milwaukee gebracht. Aber das ist schon fast fünf Jahre her. Ich weiß nicht mehr, ob sie noch dort ist oder wie es ihr geht. Sie hat sich nie wieder gemeldet."

Kale wusste nicht, wie er reagieren sollte. Seine Gefühle fuhren Achterbahn und er suchte sich einen Stuhl, auf dem er sich niederlassen könnte. Mrs. Thomson brachte ihm den Tee, den er entgegennahm und schweigend trank. Sie setzte sich zu ihm und beobachtet ihn. Er war sichtlich erschüttert und sie hätte ihm so gerne alles erzählt, doch sie wollte warten, bis er sich gefangen hätte.

Kale Hatfield fing sich nicht. Seine Welt kam noch mehr durcheinander. Als er fragte: „Was ist passiert?", konnte Margret nicht mehr an sich halten. Die Geschichte schoss nur so aus ihr heraus und sie beobachtete, wie der junge Mann unter Tränen zu Boden schaute. Sie erzählte umso gerührter weiter und konnte zum Schluss selbst ihre Tränen nicht zurückhalten. „Dieser Kale Hatfield war ein ganz besonderer Mensch für sie gewesen. Sie wollte für ihn sterben, weil sie etwas getan hatte, was sie sich nie verzeihen könnte. Ich weiß, dass man sie einige Jahre unter starke Medikamente gestellt hat, damit sie sich nichts antut, aber was aus ihr geworden ist, weiß ich nicht. Das weiß niemand, weil alle, die den persönlichen Kontakt zu ihr pflegten, verstorben oder weggezogen sind. Wissen Sie, Rachel hat sonst niemanden auf dieser Welt gehabt. Ihre Eltern starben, als sie noch jung war, und sie hat auch keine Verwandten, von denen wir wüssten. Sie war ganz allein. Wir hätten uns ja um sie gekümmert, aber die Klinik, in der sie lebte, ist so weit weg. Wissen Sie, wir haben auch unsere Aufgaben und Probleme. Niemand fand Zeit für sie."

Sollte er sagen, wer er war? Kale Hatfield sah auf. Wenn nicht jetzt, wann dann?

***

Rachel

Ich fand den Schlüssel für den Schuppen, als Lydia zum Einkaufen fuhr. Ihr Vertrauen zu mir war so groß geworden, dass sie mich allein zurückließ. Sie hatte sogar die Terrassentür unverschlossen gelassen. Das war meine Chance.

Ich lief quer durch den Garten zum Schuppen, schloss ihn auf und trug eine Ausziehleiter zur rechten Giebelseite des Hauses. Das Fenster, das ich erreichen wollte, war durch einen Zaun blockiert, und ich konnte zum ersten Mal in Ruhe über diesen Zaun und die davor stehende Hecke blicken und erschrak! Lydia hatte eine Art Gedenkstätte in diesem kleinen Garten errichtet. Überall standen Schutzengel-Skulpturen in verschiedenen Größen herum, dazwischen lustige Figuren von kleinen Mädchen und Tieren. Als sei dies ein kleines Garten-Museum für Kinder. Am Schlüsselbund fand ich einen Schlüssel, der zu diesem Tor gehörte, und schloss das letzte Hindernis auf. Ich versuchte nicht allzu hektisch zu sein, um nichts zu beschädigen, doch ich konnte eine gewisse Unachtsamkeit nicht vermeiden. So stieß ich eine kleine Skulptur um und richtete sie wieder auf. Als ich sie an ihren Platz zurückstellte, fiel mir unweit eine andere Figur auf, die ein Foto vorne auf ihrem aufgemalten Pulli trug. Ich griff nach dieser Figur und betrachtete das Bild. Es zeigte einen kleinen Säugling, der schlafend in einem Himmelbett lag. Vielleicht war es ihre Tochter im Säuglingsalter. Sie musste ihr Mädchen sehr vermissen, das waren meine Gedanken, und ich fühlte mich plötzlich so schäbig, dass ich ungefragt in ihre Privatsphäre eindrang. Ich legte die Leiter an das Giebelfenster im ersten Stock an und stieg die Sprossen hinauf. Es hingen seitlich geschwungene, mit Rüschen versehene Gardinen vor dem Fenster, so dass ich durch die Mitte in den Raum blicken konnte. Was ich sah, ließ mich fast von der Leiter fallen! In dem Raum stand ein Himmelbett für Babys mit allem erdenklichem Zubehör. Ich sah eine Wickelkommode, ein buntes Mobile über dem Bettchen und putzige Bilder auf die Tapeten gemalt. Das Zimmer glich einer Puppenstube, genau wie meins und Lydias Zimmer. Das war ganz sicherlich nicht Celines Zimmer, denn Lydia erzählte mir, dass sie erst vor zwei Jahren hierher gezogen sei. Zu dieser Zeit musste ihre Tochter bereits dreizehn gewesen sein!

Ich stieg die Leiter wieder hinab und musste das Gesehene erst einmal verdauen. Ich schloss das Tor ordentlich hinter mir, brachte die Leiter zurück, schloss den Schuppen ab, dann die Terrassentür und begab mich auf meine Zimmer, wo ich nachdenken musste. Nur zwei Türen von mir entfernt befand sich ein Kinderzimmer für ein Baby! Wessen Baby mochte darin gelebt haben? War Celine etwa von diesem Jungen geschwängert worden? Das erschien mir trotz des unangenehmen Gedankens zu einfach. Sicher, das könnte der Grund für Celines Suizid gewesen sein. Lydia hatte bereits das Zimmer eingerichtet, aber war das Baby überhaupt zur Welt gekommen? War es gestorben und hatte sich Celine deswegen umgebracht? Oder … und jetzt erschrak ich über meine eigenen Gedanken – war es Lydias Baby gewesen? Hatte sie etwa mit dem Freund ihrer Tochter ein Verhältnis gehabt, das zum Selbstmord ihrer Tochter geführt hatte? Wo war dann das Baby?

Ich sah mich einer weiteren Aufgabe gegenüber: Ich musste in diesem Haus nach Unterlagen suchen. Irgendwo musste es Unterlagen über alles, was hier geschehen war, geben.

Weshalb wohnte Lydia wirklich so weit weg von der Gesellschaft? Und was hatte sie mit mir vor?

***

Kale verließ wortlos die Bibliothek, obwohl Margret sich so gerne mit ihm über diesen Vorfall unterhalten hätte. Vielleicht hätte sie einige Neuigkeiten aus ihm herauspressen können. Kale stieg in seinen Wagen und verließ Dodgeville. Was Mrs. Thomson erzählt hatte, warf ein komplett anderes Licht auf die Geschichte. Ian Morgan hatte ihn belogen, als er mit Rachel telefoniert und ihm erzählt hatte, er würde gemeinsame Sache mit ihr machen. Er hatte ihre Gutgläubigkeit missbraucht und sie in eine Sache hineingezogen, die nicht besser war als die, in der Kale sich bereits befand. Ian Morgan war ein menschenverachtendes Wesen, das keine Skrupel hatte, das Leben unschuldiger Menschen zu zerstören. Er benutzte jeden, nur um seinen Kopf zu retten. Im Grunde hatte Kale mit dem Mord an Morgan der Menschheit einen Dienst erwiesen, wenn da nicht die Sache mit Deputy Malloy gewesen wäre. Doch welche Justiz würde schon bezweifeln, dass Morgan selbst diesen Deputy angezündet hätte? Im Grunde konnte Kale Hatfield sich der Polizei stellen und er beschloss in diesem Moment, genau das zu tun. Er fand ein Motel, in dem er wieder übernachten konnte und rief von dort Jennifer Gordon an.

*

Jennifer saß in Fredriks Garten und weinte, als das Telefon läutete.

„Ich bin's, Kale."

Sie hatte nicht damit gerechnet und musste den Hörer erst einmal zur Seite legen.

Kale hörte sie weinen und sich ihre Nase schnäuzen. Wurde sie mit der Trennung nicht fertig? Wenn sie ihn wegdrückte, sollte er sich nicht mehr melden. Doch nach kurzer Zeit hörte er sie sagen: „Hallo." Sie wollte fragen, wie es ihm ergangen sei, doch es würde sie vielleicht zu sehr schmerzen. Also überließ sie ihm das Wort.

„Ich bin in Wisconsin", sagte Kale.

Sie schluchzte wieder. „Fredrik ist tot, Kale."

Stille. Damit hatte er nicht gerechnet. „Was ist passiert?"

„Sein Herz, Kale. Er hat vor ein paar Tagen seine Rollos nicht hochgezogen. Da bin ich nachschauen gegangen und fand ihn tot im Bett."

„Das tut mir leid, Jenn. Sind seine Kinder da?"

„Ja, zwei. Seine Tochter ist schon wieder heim. Fredrik wurde heute beigesetzt. Seine Söhne bleiben noch für ein paar Tage hier im Haus und wollen die Sachen von ihm durchsehen. Ich darf vorerst hier wohnen bleiben. Sie wollen das Haus nicht verkaufen, sondern neue Mieter unten reinnehmen."

„Das ist gut Jenn. Kommst du klar?"

Er fragte, ob sie klarkam? Eigentlich sollte sie diesen Kerl zum Teufel jagen, aber sie konnte es nicht und sagte: „Sicher. Kommst du klar?"

„Ich werde in den nächsten Tagen zur Polizei gehen und mich stellen."

Das erschreckte sie. „Was ist passiert, Kale?"

„Ich muss die Dinge klären. Ich muss meinen Ausweis wiederbekommen." Einen kurzen Moment keimte Hoffnung in ihr auf. Brachte Kale endlich sein Leben in Ordnung? Dann könnte er eine offizielle Arbeit annehmen und rechtmäßig einen Mietvertrag abschließen. „Das wäre gut, Kale. Hast du etwas angestellt?"

„Eigentlich nicht. Und doch könnte es sein. Ich weiß es nicht."

„Was weißt du nicht?"

„Wer ich wirklich bin. Was ich tue, wenn ich nicht bei Sinnen bin. Ich habe ein großes Problem, Jenn."

Sie nickte, sagte nichts.

„Ich kann nicht mehr zu dir zurück. Ich muss dich schützen. Ich muss Rachel schützen und mir Hilfe holen."

„Rachel?", fragte sie.

„Rachel Finley."

„Wer ist Rachel Finley?" Er hatte also doch ein Verhältnis mit einer anderen Frau. Wer weiß, wie viele Verhältnisse er noch am Laufen hatte. Würde er die anderen Frauen auch so im Stich lassen wie sie?

„Rachel ist eine Frau, die ich mal kannte und die wegen mir in einer Klinik sitzt. Sie hat versucht, sich umzubringen."

Jennifer Gordon nickte. Ja, wenn Kale etwas konnte, dann war es das Leben von Frauen zerstören.

„Eine lange Geschichte", sagte er.

„Ja, Kale. Deswegen der Name Rachel für unsere Tochter."

Jetzt war sie froh, das Kind weggegeben zu haben. Er hätte ständig diese andere Frau darin gesehen und nicht sie. „Deswegen auch diese Träume, in denen du nach ihr gerufen hast.“ Sie verstand nun so vieles. Diese Rachel Finley musste eine ganz besondere Frau sein, wenn sie tatsächlich Kales Herz gewonnen hatte. Wer schaffte das schon?

„Gibt es noch andere Frauen, die zwischen uns stehen? Zum Beispiel Lydia Hays?“

Kale starrte verdutzt auf den Hörer. Woher kannte Jennifer Lydia Hays? Im Grunde war es auch egal. Das war längst vorbei. Lydia hatte nie sein Herz besessen. Er sagte: „Nein, es gibt keine anderen Frauen. Lydia Hays war eine Kundin.“ Gott, wie sich das anhörte!

„Was wirst du tun, wenn du bei der Polizei warst?“

„Ich werde erst einmal Rachel besuchen und viele Dinge klären, dann werde ich zur Polizei gehen und die werden mich wahrscheinlich wieder in eine Psychiatrie einweisen. Jenn, du weißt nicht, was in mir vorgeht.“

„Oh Gott, Kale, in eine Psychiatrie?“

„Es ist ein Ort, an dem ich sicher bin.“ Er drückte die Verbindung einfach weg, weil ihm die Worte fehlten. Er hatte soeben die Wahrheit ausgesprochen und wollte nur noch einmal Rachel sehen, um ihr mitzuteilen, dass er ihr verzeihen würde. Das wäre das Mindeste, das er tun konnte. Er würde keine Beziehung mehr mit ihr eingehen wollen, denn er konnte andere Menschen einfach nicht glücklich machen. Er musste alle schützen, vor allen Dingen sich selbst.

***

Rachel

Ich hörte, wie Lydia das Haus betrat und nach mir rief. Ich antwortete so unauffällig wie möglich und nahm ihr die Einkäufe ab, um sie in die Küche zu tragen. Es hatte zu regnen begonnen und sie war vollkommen nass und warf ihre durchnässten Kleider auf einen Haufen. Ich sah ihr heimlich von der

Küche aus zu und dachte, wie normal diese Frau doch wirkte. Man sah ihr die Störung, unter der sie litt, nicht an und würde niemals vermuten, dass sie vielleicht sogar töten konnte. Und genau das machte mir Angst. Es ist das Unsichtbare, das man nicht kommen sieht, das Unerwartete und Unvorstellbare. Ich sah sie die Treppe hinaufgehen und begann die Einkäufe in den Vorratsschrank und den Kühlschrank zu räumen. Sie hatte ziemlich viel eingekauft und mir fiel auf, dass viele Konserven dabei waren. Sie sorgte für irgendetwas vor. Wäre es Winter gewesen, hätte ich es verstanden, aber wir hatten Mitte Juni. Mir fiel auf, dass sie die Haustüre nicht abgeschlossen hatte. Wartete sie darauf, dass ich flüchten würde, oder vertraute sie mir mittlerweile so sehr, dass ich mir Freigang verdient hatte? Je natürlicher ich die Situation darstellen wollte, desto künstlicher kam sie mir vor. Sollte ich sie wegen der vielen lange haltbaren Lebensmittel ansprechen? Ich hatte Angst vor der Antwort. Vielleicht würde sie mich in Pläne einweihen, von denen ich nichts wissen wollte. Ich konnte nicht einmal abschätzen, ob sie eine Waffe hatte und nur darauf wartete, mich bei einem Fluchtversuch abzuknallen. Dann würde ich vielleicht in ihrem Erinnerungsgarten landen. In genau diesem Moment erschrak ich zu Tode. Erinnerungsgarten! War dies etwa ein Friedhof? Hatte sie dort ihre Tochter und das Baby verscharrt?

„Rachel", hörte ich sie sagen. Sie riss mich aus meinen Gedanken und verunsicherte mich damit. „Was denkst du gerade?", fragte sie.

Lydia stand in einem bequemen Jogginganzug vor mir und hatte ihr langes blondes Haar zu einem Zopf zusammengebunden. Jetzt sah sie wieder wie die Frau aus, die ich als Dr. Lydia Hays kennengelernt hatte. Ich war ihr so vertrauensselig begegnet, eine meiner größten Schwächen. Ja, ich vertraute jedem solange, bis ich ihm überhaupt nicht mehr vertraute. Dieser Fall war jetzt eingetreten und ich bezweifelte, dass ich meine Unsicherheit vor ihr verbergen konnte. Sie war eine Psychologin und durchschaute ihre Patienten schneller als sie sich selbst. Das verstärkte meine Unsicherheit noch mehr. Ich überlegte, ob ich nicht einfach die Wahrheit ansprechen und dann sehen sollte, was passiert. Ich glaubte nicht, dass ich dieses Spiel noch lange würde spielen können. Vielleicht machte es ihr Spaß, weil sie Psychospiele liebte. Wahrscheinlich war dieser Einkauf der Beginn einer neuen Studie, die soeben begonnen hatte. Sie vermisste ihre Arbeit, also verlegte sie ihre Arbeitsstelle auf daheim. Gestern war es noch Celine, heute würde ich es sein und morgen würde sie sich die nächste hilfsbedürftige Person suchen. Was mochte in ihrer Kindheit vorgefallen sein, dass sie so geworden war? Nun wurde ich neugierig und stellte fest, dass wir beide ziemlich krank waren. In diesem Haus brach soeben die Paranoia aus. Wer verfolgt wen und wer glaubt von wem verfolgt zu werden? Ich sah für mich keine große Zukunft mehr. Mein Leben war mit dreißig Jahren vorbei. Nur noch fünf Jahre, und ich würde zu den Risikofrauen in Sachen Schwangerschaft gehören. Verklebte Eierstöcke, erhöhtes Risiko eines kranken Säuglings. Keine schöne Aussicht. Ich hatte nur kurze Zeit meine biologische Uhr ticken gehört. Es war die Zeit, in der Kale seinen ersten Freigang gehabt hatte und mich in Dodgeville besuchen gekommen war. Ja, zu dieser Zeit hatte ich zum ersten Mal an die Gründung einer Familie mit Kale Hatfield gedacht. Meine Wünsche waren im Herz steckengeblieben, wo sie heute noch ruhten.

***

Kale Hatfield suchte die Klinik in Milwaukee auf, um mit Rachel zu sprechen. Sollte er sich erneut als Ralph Miller vorstellen? Was würde passieren, wenn sie ihm plötzlich gegenüberstand? Wusste sie überhaupt, dass er noch lebte?

Kale Hatfield verspürte eine Angst, die ihn an seinem Vorhaben zweifeln ließ. Diese Klinik sollte auch für ihn die Endstation sein. Unmittelbar nach dem Gespräch würde er die Polizei benachrichtigen. Er hatte nichts zu verlieren und wollte es hinter sich bringen.

An der Pforte der Klinik meldete er sich als Ralph Miller,

einem Besucher für Rachel Finley, an. Der Pförtner schaute in seine Unterlagen und verwies auf die Wohngruppenleiterin Sophie, die Rachel vor knapp einem Jahr in einer ihrer Wohngruppen aufgenommen habe. Sie wäre aber nicht mehr dort, aber Sophie wüsste vielleicht, wo Mrs. Finley jetzt wohne. Die Nachricht freute Kale zunächst. Rachel hatte wieder den Sprung ins normale Leben geschafft. Das war mehr, als er gehofft hatte und es würde die Situation leichter machen. Sie wäre sicherlich stabil genug für ein Gespräch und würde ihn verstehen.

Sophie Wetherridge war eine dominante, laute, aber auch konsequente Person, die ihre Wohngruppen im Griff hatte. Sie gab vor, über psychologische Fähigkeiten zu verfügen, aber davon spürten die ehemaligen Patienten nichts. Sie wurden von ihr knallhart auf das Leben in Freiheit vorbereitet.

Ein junger Mann wolle sie wegen Rachel Finley sprechen. Er hieße Ralph Miller. Sophie Wetherridge schaute sofort im Computer nach und suchte in der Akte von Rachel nach diesem Namen. Sie wollte wissen, mit wem sie sich unterhielt, doch sie konnte den Namen nicht finden. Sie fragte, in welcher Beziehung dieser Mann zu Rachel stände. Ein ehemaliger Schulkamerad, sagte man ihr. Nun, Sophie wusste aus Gesprächen nur von einem jungen Mann während Rachels Schulzeit. Es war der Mann, weswegen sie in diese Klinik eingewiesen wurde – Kale Hatfield. Sie holte sich das Bild des jungen Mannes in den Computer und bat den Mann herein, der so dringend wissen wollte, wo Mrs. Finley nun lebte.

Kale sah direkt in ihrem Gesichtsausdruck, dass sie im Bilde über seine Person war. Das ließ ihn verstummen.

„Aha, Ralph Miller“, sagte sie. Er nickte nicht. Wozu dieses Versteckspiel, wenn sie doch alles wusste? Würde sie die Polizei rufen? Er fragte sie: „Rufen Sie jetzt die Polizei?“

„Wozu?“, fragte sie. Er wollte lieber nicht antworten.

„Haben Sie was ausgefressen?“ Sie sprach es aus.

„Ich habe mit Mrs. Finley etwas zu klären."

„Ja, das haben Sie, in der Tat. Aber ich würde Ihnen davon abraten."

Er sah sie an. „Warum?"

„Weil sie glaubt, dass Sie zu Tode gekommen sind. Und wir sollten sie besser in diesem Glauben lassen."

Kale war erschüttert! Rachel glaubte, dass er tot sei? Hatte man ihr denn nicht mitgeteilt, dass man ihn momentan überall suchte? Dass man Ian Morgan gefunden hatte und ihn als Mörder suchte? Kale zog sich in sich zurück. Er wollte keine schlafenden Hunde wecken und fragte: „Ist sie denn in einer guten Kondition? Ich meine, geht es ihr gut?"

„Ich denke mal. Sie wird gut betreut."

„Betreut?"

„Ja, sie lebt mit jemandem zusammen. Dort ist sie gut untergebracht. Ich habe bis jetzt keine Beschwerden bekommen oder von Problemen gehört. Sie hat es wohl geschafft. Sie sollten sie in Ruhe lassen."

Er hatte nicht damit gerechnet, dass sich Rachel auf eine Beziehung einlassen würde. Es schmerzte ihn, aber er versuchte, sich auch für sie zu freuen. Er wünschte ihr nichts sehnlicher, als mit einem Partner glücklich zu werden. Vielleicht würde sie bald Kinder bekommen und in ein schönes Haus ziehen. Vielleicht wohnte sie bereits in einem schönen Haus. Sie würde geliebt werden und jemand bekäme all ihre Güte zu spüren, die ihn so fasziniert hatte. Kale dachte an all die vielen Stunden, die sie in der Klinik mit ihm verbracht oder bei Dr. Temerowski gesessen und etwas über multiple Persönlichkeiten gelernt hatte. Wie aufopferungsvoll sie seine Multiplen studiert hatte, um ihm zu helfen, wenn er in Schwierigkeiten geriete. Damals hatte er es als Belastung empfunden, jetzt erkannte er es als das großartigste Engagement, das ihm je eine Person entgegengebracht hatte. Sie hatte sich vollkommen auf ihn eingelassen. Er hatte diese Frau einfach nicht in ihrer Ganzheit wahrgenommen. Jetzt war sie vergeben.

Kale nickte und wollte sich zum Abschied gerade erheben, als eine Bewohnerin zur Tür hineinstürmte und von einem Tumult in Haus drei berichtete. Sophie Wetherridge wies Kale an, kurz zu warten, sie wäre gleich zurück und wolle ihm noch einige Dinge sagen, bevor er ginge. Er nickte und nahm erneut Platz. Als sie das Büro verlassen hatte, wagte Kale einen Blick in den Computer. Er wollte wenigstens wissen, wer der Glückliche an Rachels Seite sei und las von einem Dr. L. Hays, der in Monona lebte. Der Name irritierte ihn kurz, doch seine Vermutung konnte nicht zutreffen. Nein, es konnte nicht möglich sein. Lydia lebte in Nebraska. Wahrscheinlich stand das L. für Leonard. Sie lebte also mit einem Doktor zusammen. Dann würde sie alle materiellen Dinge genießen, die sie mit ihm nie genießen könnte. So hatte alles seine Richtigkeit. Kale wusste nicht, was er sonst noch von Sophie erfahren sollte und verließ, ohne sich zu verabschieden, das Büro und fuhr davon.

***

Rachel

Meine Angst wurde immer größer oder war es meine Paranoia? Psychische Erkrankungen sind schwer auszuhalten. Sie geben dir ständig das Gefühl, dass die Welt nicht in Ordnung ist und dass du sterben musst. Also war es mir egal, ob ich durch meine Angst oder durch Lydia starb. Ich würde heute in die Offensive gehen, um endlich die Dinge zu klären. Ich wollte die Studie von Dr. Hays eher beenden, als sie sie beginnen würde.

Im Wohnzimmer saß ich vor meinem Glas Blumenwasser und sah seitlich von mir die Pflanze, die täglich mein präpariertes Mineralwasser bekam. Sie sah irgendwie schlecht aus – müde, welk, zu Grunde gehend. Ja, genau das machen diese Medikamente aus dir. Ich nickte der Blume zu und sagte: „Willkommen im Club."

„Was?", rief Lydia aus der Küche, die gerade einen kleinen Snack für uns vorbereitete.

„Ich sagte, willkommen im Club."

„Was meinst du damit?“

Es begann…

Ich sagte: „Ich sprach mit der Blume.“

„Der Blume“, wiederholte sie und stellte mir einen Obstsalat hin.

Ich ergriff ihn und fragte: „Darf ich?“

Sie sah mich irritiert an und verfolgte, wie ich meinen Obstsalat mit ihrem tauschte. „Aha“, sagte sie. „Was wird das?“ Sie griff nach dem Obst und begann es zu essen.

„Nur zur Sicherheit“, antwortete ich und lächelte sie an.

„Zur Sicherheit“, wiederholte sie. Sie war eben eine Therapeutin.

„Ist jetzt auch nicht schlimm“, sagte ich, „es ist eh abends.“

Lydia verstand wohl nicht, also erklärte ich es ihr: „Du brauchst mir keine Medikamente mehr ins Essen zu tun. Ich nehme sie schon lange nicht mehr.“

Lydias Blick wurde immer verwirrter.

„Ich tausche schon lange unser Essen. Du futterst also deine eigenen Pillen.“

„Welche Pillen?“, fragte sie.

„Na, damit ich brav bleibe und keinen Unsinn mache.“

„Rachel“, hörte ich sie sagen, doch ich lachte sie aus. Ich hörte, wie sie mir zu erklären versuchte, dass sie mir niemals Medikamente unter das Essen gemischt hätte.

„Und in das Getränk“, sagte ich und zeigte mein Wasserglas. „Ich habe es mit dem Wasser für die Blumen vertauscht.

Ich sah, wie Lydia sich erhob, und hörte, wie sie „Rachel!“ schrie. „Das Blumenwasser enthält ein Düngemittel! Du hast doch nicht etwa das Wasser getrunken?“

Ich nickte. Hin und wieder hatte ich an dem Glas genippt. „Und es geht mir gut! Dafür sieht deine Blume etwas welk aus.“

„Es ist ein spezielles Düngemittel für diese Pflanze, Rachel! Wir müssen sofort zum Arzt! Du musst feststellen lassen, ob du eine Vergiftung hast!“

Ich lachte. Ein tolles Schauspiel! „Ja“, sagte ich, „das sollte ich wohl. Ich futtere seit vielen Wochen bunt gemaltes Papier.

Wäre ganz gut, wenn ich mein Blut mal untersuchen lasse."

„Buntes Papier?", wiederholte sie wieder. „Warum das?"

„Weil ich dir die Pillen gegeben habe."

„Welche Pillen?"

„Die hellgrünen, die du mir jeden Morgen gibst."

Sie schüttelte den Kopf, denn sie hatte wohl nicht mit meiner Vorsicht gerechnet.

„Das sind Pillen für deine Schilddrüse. Du leidest an einer Überfunktion, Rachel, und musst jeden Morgen eine Tablette einnehmen, damit deine Werte wieder normal werden."

Ich lachte sie aus und sah, wie sie in die Küche ging und mit einer Medikamentenschachtel zurückkam. Etwas Dümmeres hätte sie sich wohl nicht einfallen lassen können. Ich schlug ihr die Schachtel aus der Hand, als sie sie mir reichte. „Ich will deine Psychopillen nicht!", sagte ich mit rauer Stimme.

„Ich gebe dir keine Psychopillen!"

„Ach nein, und warum hast du immer alles abgeschlossen, wenn du das Haus verlassen hast und ich wurde immer sehr müde danach?"

„Ich habe abgeschlossen, weil du unter dem Entzug von den Medikamenten littest, die du in der Klinik erhalten hattest. Bei diesem Entzug kann es zu Kurzschlusshandlungen kommen. Du hättest weglaufen und dir etwas antun können. Aber es kommt auch zu starken Müdigkeitszuständen."

Ich lachte wieder. Als wenn ich mir im Haus nichts antun könnte! Ihre Erklärungen amüsierten mich. Sie musste mich für ziemlich dumm halten.

„Rachel, du bist paranoid!"

„Ja, das dachte ich auch, bis ich diese ganzen Pillen abgesetzt hatte. Erst danach wurde mir klar, was hier vor sich ging."

Lydia Hays hatte von der Klinik die Bedenken mitgeteilt bekommen, dass ich seit diesem Vorfall mit Kale Hatfield unter Paranoia litt und dafür spezielle Medikamente erhielt. Sie war davon überzeugt, dass ich in einer ruhigen und natürlichen Umgebung mit enger Betreuung diese Medikamente nicht mehr benötigen würde. Die Paranoia würde sich dann geben. Das war ihre Ansicht. Sie hatte sich schriftlich dazu bereit erklärt, jeden Monat einen Bericht über meinen Gesundheitszustand an die Klinik zu schicken. Das hatte sie getan. Und sie hatte geschrieben, dass ich mich bester Gesundheit erfreute. Natürlich! Ich hatte alles getan, um sie in diesem Glauben zu lassen.

Lydia war außer sich, stellte ihren Obstsalat auf den Tisch und forderte mich auf, mich anzuziehen. Sie wolle direkt in ein Labor mit mir zur Blutabnahme. Es könnte gefährlich für mich sein. Ich erhob mich und wich vor ihr zurück. Wer weiß, wohin sie mich bringen würde. „Was ist mit dem Baby?", rief ich und zeigte nach oben. Ich sah, wie Lydia in ihrer Bewegung verharrte. Sie sah mich an und erblasste. Ich hatte einen wunden Punkt bei ihr erwischt.

„Ja", sagte ich triumphierend, „erzähl mir von dem Baby und deinem Friedhof neben dem Haus!" Ich sah, wie Lydia taumelte und sich in einen Sessel fallen ließ. Jetzt war es raus! Sie konnte mir nicht mehr entkommen. Ich wusste alles und wurde in dieser Sekunde ihre größte Feindin. Ich fragte sie: „Was wirst du jetzt tun? Mich abstechen und auch auf diesem Friedhof verscharren? Wie viele Mädchen liegen dort schon? Zwei, drei, fünf oder acht?" Mir wurde wieder etwas übel und schwindelig. Ich hatte vor einigen Minuten wieder einen Schluck Wasser aus dem Glas zu mir genommen, doch ich weigerte mich, dies als Grund für meine Beschwerden zu sehen. „Dr. Lydia Hays, wer bist du wirklich?"

Ich trat vor sie und schüttete ihr das restliche Wasser ins Gesicht. Sie wehrte sich nicht. Ich sah, wie sie ihre Augen schloss und drehte mich um. Ich trat zur Terrassentür und überlegte, mir aus dem Schuppen einen Spaten zu holen, um ihren Friedhof umzugraben. Ich wollte wissen, wie viele tote Mädchen sich dort befanden. Aus meiner Sicht war ich einer Kindermörderin in die Hände gefallen.

Ich sah, wie sich Lydia das Gesicht rieb, sich erhob und sagte: „Komm, ich zeig dir das Zimmer und ich werde dir alles erklären." Sie ging voran, die Treppen hinauf, griff nach ihrem Schlüsselbund, den sie stets bei sich trug, und öffnete das Kinderzimmer. Es roch nicht einmal muffig. Überall lagen Rosenblätter herum, die dem Raum einen süßlichen Duft schenkten. Sie öffnete das Fenster und ließ den warmen Sonnenschein herein. Dann öffnete sie alle Schränke und ich sah, dass die mit einer kompletten Babyausstattung gefüllt waren. Traumwelt oder Realität, fragte ich mich. War all diese Kleidung je von einem Baby getragen worden oder sollte es nur den Anschein erwecken, getragen zu sein? Ich sah auf die Pflegemittel und öffnete eine Cremedose, die wohl einmal benutzt wurde, denn es fehlte gut die Hälfte der Creme darin. Mein fragender Blick ließ Lydia zu Boden schauen. „Meine fünfzehnjährige Tochter hieß nicht Celine. Sie hieß Rachel."

Ich erschrak. Sie trug meinen Namen? Lydia redete weiter: „Ich habe vor drei Jahren ein Frühchen adoptiert, ein Mädchen, das ich Celine nannte. Weißt du, warum ich sie Celine nannte?" Sie sah mich an und ich schüttelte natürlich den Kopf.

„Weil der Vater sie auch Rachel genannt hatte und ich keine zwei Mädchen mit diesem Namen haben konnte. Also nannte ich sie Celine. Sie hieß ursprünglich Rachel Gordon. Nach der Adoption hieß sie Celine Hays."

Ich wurde immer aufmerksamer. Ich hieß ebenfalls Rachel. Dieser Zufall konnte kein Zufall sein. Es steckte ein System dahinter. Diese Geschichte enthielt so viel mehr, als diese Frau zuzugeben bereit war. Warum sprach sie stets in der Vergangenheit, wenn sie von Celine sprach?

„Was ist mit Celine passiert? Und warum hast du mir nicht gesagt, dass deine leibliche Tochter Rachel hieß? Was ist mit Rachel passiert?"

Ich sah, wie sich Lydia in einem Schaukelstuhl niederließ und zitterte. Ich wusste nicht, ob dies zu ihrer Schauspielerei gehörte und eine dramatische Szene vor mir werden sollte. Sie war einfach undurchschaubar. Ihre ständigen Erklärungen und Begründungen machten mich wahnsinnig.

„Ich wollte nicht, dass du annimmst, ich würde dich als meine Tochter ansehen..."

Mitten in ihrer Erklärung hörte ich plötzlich, wie sich von

weitem ein Wagen näherte. Auch Lydia hörte es und wir erschraken, weil sich in der ganzen Zeit, in der ich hier lebte, nicht ein einziges Mal ein Gast in unsere Nähe gewagt hatte. Nicht einmal Wanderer oder Spaziergänger. Lydia Hays lebte vollkommen abgeschnitten von der Welt und konnte nur hier die Ruhe finden vor dem, was passiert war.

***

Wie gut, dass die Adresse unter Dr. Hays Namen gestanden hatte. Kale Hatfield fand den Weg zu diesem Haus ziemlich befremdlich. Er konnte sich kaum vorstellen, dass Rachel diese Abgeschiedenheit mochte. Sie war gerne unter Menschen gewesen und war ihnen stets freundlich und lustig begegnet. Die Arbeit in der Bibliothek hatte ihr viel Freude bereitet und sie hatte ihre kleine Wohnung über der Bäckerei gemocht. Diese Umgebung hier passte überhaupt nicht zu ihr.

Kale hatte lange darüber nachgedacht, ob er diesen kurzen Besuch wagen sollte. Immerhin musste Rachel mit dieser Sache abschließen, aber er wollte ihr auch offiziell seine Vergebung aussprechen. Er wollte alles tun, damit Rachel endlich glücklich werden könnte. Oftmals waren es die kleinen Dinge, die einem vollkommenen Glück noch im Wege standen. Vielleicht war Rachel bereits schwanger und er würde eine werdende Mutter vor sich sehen.

Kale lenkte den Wagen über unebene Wege und fand schließlich zu einem Parkplatz, auf dem bereits ein metallicblauer BMW stand. Dr. Hays schien zu Hause zu sein oder war es Rachels Wagen? Sie schienen materiell gut situiert zu sein. Kale konnte durch die Bäume einen Fluss erkennen, über den eine Holzbrücke führte, und dahinter befand sich ein etwas größeres Anwesen. Er verließ den Wagen und suchte den Weg zur Holzbrücke. Unter ihm schoss das Wasser von einem kleinen Wasserfall angetrieben das Tal hinunter. Eine wunderschöne Idylle. Die würde ihm gut gefallen. Hier könnte er sich vor allen Menschen zurückziehen und nachdenken.

Kale sah auf ein stattliches Haus, das drei Giebel hatte und umgeben von einem wunderschönen Garten in der Abendsonne erstrahlte. Er hörte die Vögel zwitschern und das leise Rauschen des Windes in den Bäumen.

Rachel

„Hallo?", hörten wir zur gleichen Zeit jemanden von draußen rufen. Wir hörten diese Stimme und erstarrten. „Hallo, ist jemand daheim?"

Ich schüttelte den Kopf und wollte meinen Schreck damit verscheuchen, aber ich sah auch Lydias Gesicht erröten. Wir brachen unser Gespräch ab und Lydia lief zum Fenster. Dann ging alles sehr schnell! „Du bleibst hier", sagte sie, schloss das Fenster und anschließend meine Tür. Sie schloss sogar ab, damit ich nicht das Zimmer verlassen konnte. Oder damit niemand hereinkam? Hatte sie Angst um mich? Befand sich ein Fremder auf dem Weg zum Haus, der mir einen Schaden zufügen könnte? Ich riss das Fenster wieder auf, als ich sie die Treppe hinunterlaufen hörte, und versuchte den Fremden zu erblicken, aber er hatte sich bereits der Haustür genähert und befand sich nicht mehr in meinem Blickfeld. Ich sah in der Entfernung einen dunkelblauen Wagen neben Lydias stehen und konnte mich nicht entsinnen, ihn schon einmal irgendwo gesehen zu haben. Sollte ich rufen oder abwarten, was passieren würde? Ich versuchte an der Tür zu lauschen, ob ich von dem Gespräch unten etwas mitbekäme, doch ich hörte nichts. Merkwürdig. Ob sie überhaupt die Tür geöffnet hatte? Ich hörte niemanden rufen oder klingeln, auch nicht das Haus betreten. Da wurde mir klar, dass sie eine neue Machenschaft plante, von der ich nichts wissen sollte. Dieser Mann gehörte sicherlich dazu und sie flüsterte nun mit ihm an der Haustür, damit ich nichts hören konnte. Sollte ich mich bemerkbar machen?

*

Kale Hatfield wollte gerade auf die Klingel drücken, als sich die Tür öffnete. Was sich in diesem Moment in seinen Gefühlen abspielte, lässt sich nicht in Worte fassen. Es war, als würde er den Kontakt zur gesamten Welt verlieren. Keine seiner Multiplen wollte diese Emotion übernehmen, weil es keine dafür gab. Er stand nur da und sah Lydia Hays an. Ihr Haar war blond, obwohl sie es damals brünett getragen hatte. Es war feucht und sie wirkte erschöpft, stand schlecht gekleidet vor ihm. Das verdrehte das gesamte Bild von dem, was Kale erwartet hatte. Er hatte einen großgewachsenen Mann im Anzug oder in teurer Sportkleidung erwartet oder schlimmstenfalls Rachel selbst, lachend und sprudelnd wie das blühende Leben und glücklich, ihn lebend wieder zu sehen. Jetzt begriff er auch den wahren Namen von Dr. L. Hays. Sie hatte ihm damals gesagt, dass sie Ärztin sei, als sie seine verletzte Hand verband. Eine Kopfärztin!

Lydia stand ebenfalls erstarrt vor ihm und konnte sich nicht erklären, wie er sie gefunden hatte. Befand er sich auf der Suche nach seiner Tochter und war illegal an ihre Adresse gekommen? Diese Situation war verzwickt – für alle! Jeder trug Geheimnisse mit sich herum, die er nicht preisgeben wollte und doch war jetzt der Zeitpunkt gekommen, es tun zu müssen.

Lydia fragte sich, ob er wusste, dass Rachel hier lebte? Sie versuchte ihn anzulächeln und fragte vorsichtig und leise: „Was willst du hier?"

Er konnte nicht antworten, denn das ganze Bild, das er in sich sah, passte nicht. Er suchte Rachel, aber das konnte er ihr unmöglich sagen. Er versuchte, einen klaren Kopf zu bekommen und zu begreifen, was Rachel hier bei Lydia machte. War es ein Vergeltungsschlag gegen ihn oder hatten sich die beiden gegen ihn verschworen? Präparierte Lydia Rachel, damit sie ihn nie wiedersehen wollte? Was ging hier vor? Nicht ein Detail passte! Nichts passte!

Kale konnte die Situation nicht einsortieren. Sie fragte, was er hier wolle? Ja, was wollte er doch gleich hier? Er wollte sich entschuldigen, doch vor ihm stand die falsche Frau. Er wollte ihr vergeben, aber auch dafür stand die falsche Frau vor ihm. Die Frau, die vor ihm stand, war anderen Fragen zugeordnet und er fragte leise: „Was macht Rachel bei dir?"

Welche Rachel meinte er? Sie war verwirrt und wich ihm aus. „Sie ist meine Tochter, was soll sie hier schon machen?"

Er hatte nicht nach ihrer Tochter gefragt. „Ich meine Rachel Finley."

Lydia sah zu Boden. Er wusste es also. „Sie ist zu mir gekommen, Kale. Sie ist zur Klinik in Madison gefahren, um Informationen über dich zu bekommen. Ich habe dort gearbeitet und wir haben die Klinik gerade geräumt, weil sie schließen musste."

Nun verlor Kale den kompletten Zusammenhang. „Was hast du in dieser Klinik gemacht?"

„Ich habe zwei Jahre dort gearbeitet."

Sie stellte ihm nach! Dann wusste sie auch, was mit ihm los war. Sie war eine Stalkerin! Eine gefährliche! „Und was macht Rachel jetzt bei dir?"

„Sie wollte sich hier ein wenig erholen und wird demnächst wieder zurück in ihre Wohngruppe ziehen. Das ist mit der Klinik in Milwaukee abgesprochen. Hier passiert nichts Illegales, Kale. Alles ist zu ihrem Besten. Es geht ihr gut. Ich habe sie nicht gesucht oder gerufen. Wie gesagt, sie ist mir gefolgt."

„Weiß sie von uns?"

„Nein."

„Wirst du es ihr sagen?"

„Nein."

Kale sah zurück zu seinem Wagen. Konnte er Lydia vertrauen und sollte er die Dinge jetzt ruhen lassen? „Kann ich dir glauben?"

„Ja, Kale, du kannst mir glauben."

„Ich will sie kurz sehen." Er wollte sicher sein, bevor er ging.

„Sie ist nicht da. Sie ist in der Stadt einige Besorgungen machen."

„Dann werde ich hier auf sie warten."

„Hast du vor, dich ihr wieder zu nähern?"

Er dachte nach. Natürlich! „Nein", sagte er.

„Weshalb möchtest du sie dann wiedersehen? Sie ist so gut zur Ruhe gekommen. Nimm sie ihr nicht wieder weg."

„Ich will ihr sagen, dass ich ihr vergebe. Nichts weiter. Weiß sie, dass ich noch lebe."

Lydia sah zu Boden. Eine Vergebung würde in Rachel wieder ihre alte Liebe zu ihm entflammen lassen. Das durfte sie nicht zulassen. Das würde sie niemals aushalten!

„Ja, Kale, sie weiß dass du noch lebst, aber sie hat kein Interesse mehr an dir. Was damals passiert ist, war einfach zu viel für sie. Es ist jetzt fünf Jahre her und sie hat mit der Vergangenheit abgeschlossen. Auch mit dir. Du solltest sie ihn Ruhe lassen, wenn du sie liebst."

Kale sah Lydia an. Er sollte sie in Ruhe lassen, wenn er sie liebte. Er dachte darüber nach, wie sehr er diese Rachel Finley eigentlich liebte und er fand keine Worte dafür. Es war einfach nur immer das Gefühl, dass sie zu ihm gehörte, egal wann, wo und wie. Sie ergänzte ihn in einer Weise, wie es keine andere Frau tat. Doch Liebe hieß auch Verzicht. Es war die schwerste Variante der Liebe. Er sollte es nicht wieder verderben und nickte Lydia zu. „Ich sollte gehen. Wirst du ihr sagen, dass ich nach ihr gefragt habe?"

„Nein, Kale. Das wäre nicht gut. Es ist das Beste, wenn du jetzt gehst. Lass sie in Ruhe. Sie hat genug gelitten."

Gelitten, dachte er und konnte die Vorstellung kaum aushalten. Als er sich umdrehte, sagte sie: „Ich habe noch was für dich, Kale. Warte hier."

Er blieb stehen und sah sie im Haus verschwinden. Ihm war heiß. Er hatte mit Vielem gerechnet, aber nicht mit dieser Entwicklung.

Kale Hatfield fühlte sich leer und sah ermüdet die Hausfassade hinauf. Vielleicht war Rachel gar nicht fort und sie stand irgendwo am Fenster und sah ihn jetzt an. Sie wollte ihm wirklich nicht mehr begegnen. Er konnte das Gefühl kaum aushalten. Sie war immer noch zu haben und er stand an dieser verdammten Tür und konnte sich nicht mitteilen. Er wählte wieder die Flucht, anstatt zu kämpfen. Warum konnte er nicht einfach warten, bis sie wiederkam? Seine Angst war einfach zu groß, wieder einen Fehler zu machen. Stattdessen hörte er Lydia die Treppe hinunterlaufen und sah, wie sie ihm einen kleinen Karton entgegenhielt. Kale sah sie fragend an. „Es sind deine Sachen, die du in der Klinik gelassen hast. Als wir alles schlossen, habe ich deine persönlichen Sachen gerettet. Hier.“ Sie reichte ihm den Karton und Kale nahm ihn zögernd an. Als er ihn öffnete, sah er seinen Ausweis und seine Armbanduhr. Er hatte seinen Ausweis zurück! Darunter lag ein dicker Umschlag, in den er hineinsah. Es befanden sich seine Zeichnungen und Niederschriften darin, die er Lydia reichte. „Die sind für Rachel. Bitte gib sie ihr. Sie haben für mich keinen Wert mehr.“

Lydia lehnte ab und schüttelte den Kopf. „Nein, Kale, das wäre nicht gut. Nimm alles mit und bau dir irgendwo ein neues Leben auf. Bitte schneide nicht immer wieder alte Wunden auf. Lass die Menschen ziehen, die du verletzt hast, damit sie endlich heilen können. Bring dein Leben in Ordnung und lass dich hier nie wieder sehen.“ Damit schloss sie die Tür.

Er konnte sich nicht bewegen und diesen Platz vor dem Haus verlassen. Lydia stand hinter der verschlossenen Haustür und hoffte, dass er gehen würde. Dass er nie wieder käme und sie mit Rachel weiter arbeiten könnte. Vielleicht war es das Beste, sie tatsächlich zurück zur Wohngruppe zu schicken. Es wurde ihr alles zu viel. Wie sollte sie Rachel die Sache mit Celine erklären? Wollte sie es überhaupt erklären? Nein, sie wollte nur noch in Ruhe gelassen werden. Diese Rachel Finley erschien ihr mit ihrer Paranoia von Tag zu Tag gefährlicher. Vielleicht sollte sie ihr wieder die alten Medikamente geben, die die Klinik empfohlen hatte. Nein, Lydia Hays konnte nicht jeden retten, auch wenn sie es immer wieder versuchte. Dabei hatte sie es so gut gemeint.

*

Rachel

Ich hörte, wie er meinen Namen rief und mir war nicht klar, ob es eine Halluzination war. Ich hörte und sah ihn in den letzten Wochen ständig in meinem Träumen und wollte nicht wahrhaben, dass seine Suche nach mir real war. Als er ein zweites Mal rief, rannte ich zum Fenster und sah hinaus. Er stand auf der Holzbrücke und hielt einen kleinen Karton unter dem Arm, den ich direkt erkannte. Lydia hatte ihm meinen Karton gegeben! Meine Zeichnungen und meine Gedichte! Ich sah, wie er zu mir hinaufsah und weinte. War dieser Anblick real? Sollte ich zurückrufen? Ich sah und hörte in letzter Zeit so viel, was nicht echt war, dass ich nicht an diesen Anblick auf der Brücke glaubte. Sicherlich war es ein fremder Mann, der Kale nur ähnlich sah und etwas abgeholt hatte. Wie sollte er mich auch gefunden haben? Außerdem suchte man ihn. Ich sah, wie er winkte, sich dann umdrehte und zu seinem Wagen ging. Ich ließ ihn ziehen, denn es konnte nicht Kale sein. Er wäre bei meinem Anblick zurückgekommen und hätte mich hier rausgeholt…

*

Kale sah, wie sie bei seinem zweiten Ruf das Fenster öffnete. Sie gab keinerlei Zeichen, die ihn ermutigt hätten, zum Haus zurückzukehren. Sie sah mager aus und irgendwie krank, aber Lydia hatte gesagt, dass er ihr gutginge. Die Zeit in der Psychiatrie hatte sicherlich auch ihre Spuren bei ihr hinterlassen. Wie oft hatte er zum Fürchten ausgesehen, während er in den Kliniken zu überleben versucht hatte. Rachel hatte hier eine wunderbare Umgebung, um sich zu erholen. Lydia hatte Recht. Außerdem war ihre Tochter auch noch da, mit der sich Rachel gut verstehen würde. Sie war ein gutes Mädchen. Sicherlich hatten beide an der Namensgleichheit viel Freude. Wenn Lydia Hays auch keinen guten Eindruck bei ihm hinterlassen hatte, so hatte er hier doch das Gefühl, dass sie zur Ruhe gekommen war. Dieser Club war nicht Lydias Welt gewesen. Sie war im Grunde auf der Suche nach Liebe und Aufmerksamkeit gewesen. Ihre sexuellen Spiele konnten auch Zeichen von Sehnsucht gewesen sein. Nun hatte sie eine gute Aufgabe und konnte sich um das Leben ihrer Tochter und das einer Freundin kümmern.

Kale sah noch einmal zu Rachel hinüber. Sie lächelte nicht, als er ihr zuwinkte. Sie gab kein Zeichen, das ihn umkehren ließ. Er drehte sich um und ging zu seinem Wagen. Wenn sie es verhindern wollte, hätte sie gerufen oder gewunken. Als er im Wagen saß, sah er noch einmal kurz zu ihr hin.

Anstatt ihm nachzusehen, drehte sich Rachel vom Fenster weg. Lydia schloss die Tür auf und holte sie vom Fenster weg. Kale blieb noch eine Weile im Wagen sitzen und sah zum Haus hinüber, wo sich gerade das Fenster schloss. Was mochte in diesem Haus jetzt vor sich gehen?

*

Rachel

Ich hasste mich für meine Unfähigkeit zu reagieren. Ich ließ ihn ziehen, ohne zu wissen, ob er wirklich Kale Hatfield gewesen war. Er sah ihm so unglaublich ähnlich. Als er im Wagen saß, hörte ich Lydia ins Zimmer stürmen. Sie riss mich vom Fenster weg und schloss es mit einem lauten Knall.

„Wer war das?“, fragte ich. Sie sah mich erstaunt an und antwortete: „Mr. Miller aus Nebraska.“ Damit log sie nicht.

„Nebraska?“, fragte ich.

Sie nickte. „Ich habe früher in Nebraska gelebt und lernte dort diesen Miller kennen. Er wohnte ganz kurz bei mir und hatte ein paar persönliche Dinge vergessen. Die hat er gerade abgeholt.

„Aber es war der gleiche Karton…“, sagte ich.

„Oh, der Karton!“, reagierte sie schlagfertig. „Die hatten wir zu Hauf in der Klinik liegen. Habe ein paar davon mitgenommen und in einen seine Sachen reingetan. Er hatte mir eine SMS gesendet, dass er sie heute abholen wollte. Komm, lass uns runtergehen und etwas zu Mittag machen.“

Meine Verwirrung war groß. Weshalb hatte dieser Mann meinen Namen gerufen? Oder hatte ich mir das nur eingebildet? Warum hatte er zu meinem Fenster hinaufgesehen und mir zugewunken? Hier stimmte etwas nicht. Während Lydia in die Küche ging, schlich ich mich zur Haustür. Wenn dieser Fremde noch auf dem Parkplatz auf der anderen Seite des Flusses stand, würde ich schnell zu ihm hinüberlaufen und ihm kurz *Hallo* sagen. Nur, um sicher zu sein, dass es nicht Kale gewesen war. Ich wagte die ersten Schritte hinaus, als ich den Wagen wenden sah. Das veranlasste mich zu rennen. Der Wagen fuhr ganz langsam, weil der Weg voller Löcher und Pfützen war und suchte den Weg zur Straße. Ich lief! Ich rief! Ich rief seinen Namen, doch er hörte mich nicht. Das Rauschen des Flusses verschluckte meine Stimme und ich rannte verzweifelt zum Parkplatz, um den Wagen noch zu erreichen. Er sah nicht einmal in meine Richtung. Nun erkannte ich ihn! Es war Kale Hatfield! Sein Wagen hatte die Straße erreicht, als ich hinter ihm her rannte. Ich winkte, schrie und rannte noch schneller. Der Wagen fuhr. Er fuhr und fuhr. Dann bremste er! Ich blieb stehen und sah, wie sich die Fahrertür öffnete…

*

Was sollte er sich um die Belange in diesem Haus kümmern? Was bedeutete es schon, wenn Lydia das Fenster schloss? Er hatte Rachel gesehen, wenn auch nur kurz. Sie hätte ihm ein Zeichen gegeben, wenn sie gewollt hätte. Er sollte die Dinge endlich ruhen lassen. Also startete er den Motor und ließ den Wagen langsam rückwärts rollen. Der Parkplatz wies viele tückische Löcher auf und er wollte sich nicht noch einen platten Reifen holen. Als er die Straße erreichte, gab er Gas. Zufällig sah er in den Rückspiegel und nahm irgendeine Bewegung wahr. Nichts Besonderes, nur ein Schatten, der sich weit hinter ihm bewegte. Er sah noch einmal hin und erkannte nun eine Person, die ihm winkend hinterherlief. Es war nicht Lydia und er trat auf die Bremse!

*

Rachel

So traf ich Kale Hatfield zum vierten Mal in meinem Leben wieder. Mrs. Wetherby würde sagen: „Wenn das kein Zeichen ist, dann weiß ich auch nicht!“

Wenn ich daran denke, wie viele Zeichen wir zwei übersehen haben, grenzt das schon an Blindheit, doch wir waren noch nie gut im Erkennen von Zeichen der Liebe gewesen. Wir warteten beide stets darauf, dass unser Gegenüber klare Zeichen geben würde. So war es auch diesmal wieder gewesen. Wir fanden keine Verständigung, die uns klar genug erschien, um richtig zu reagieren. Auch jetzt überforderte uns wieder die Situation. Er stand an seinem Wagen und ich in einer Pfütze. Mein Haar war zerzaust und meine Kleidung voller Schlamm. Wie konnte es auch anders sein? Wir waren eben dem Leben ausgeliefert, das zu uns passte. Ich sah ihn lächeln und hörte ihn rufen: „Sie sind zu spät!“

Diesmal konnte ich reagieren: „Das stimmt nicht, Mr. Hatfield, Sie sind zu spät gekommen! Schieben Sie nicht Ihr Problem anderen in die Schuhe! Ich habe auf Sie gewartet und habe andere Dinge erledigt. Sie müssen sich mehr Pünktlichkeit aneignen. Dann könnten wir ins Geschäft kommen!“

Er lachte, doch er rührte sich nicht. Wieder einmal wusste er nicht, was er tun sollte, also bewegte ich mich auf ihn zu. Meine Angst war groß, denn ich konnte nicht abschätzen, wie zornig er wirklich auf mich war wegen der Sache mit Ian Morgan. Egal. Ich trat von einer Pfütze in die nächste und es machte mir nichts aus. Ich sah, wie er beharrlich auf mich wartete und sagte ihm: „Ein Schritt auf mich zu wäre nicht schlecht.“ Ich sah ihn grinsen und hörte ihn sagen: „Ich bin Tausende von Meilen gefahren. Das dürfte reichen.“ Damit wusste ich, dass sein Zorn verfolgen war. Es passierte etwas, das ich nie für möglich gehalten hatte: Kale Hatfield nahm mich in seine Arme. Ja, er umarmte mich so fest, dass ich wünschte, dieser Moment in meinem Leben würde nie vergehen. Doch ich wusste, dass dies nur ein kleiner Glücksmoment in unserem Leben sein würde. Wir waren nicht für das große Glück geboren, aber es war ein Anfang. Ein Anfang, der sich gut anfühlte. Einfach nur gut.

Lydia sah uns von weitem zu. Sie hatte dieses Wiedersehen nicht verhindern können. Nun sah sie, was uns beide wirklich verband. Sie sah von weitem, wie Kale seine Augen schloss, als er mich im Arm hielt, und sich ganz in diese Umarmung fallen ließ. Lydia hatte keine Chance gegen mich. Das wurde ihr bei diesem Anblick bewusst.

*

Ich wünschte, die Geschichte wäre hier zu Ende, denn es wäre ein so schönes Ende gewesen. Wir standen vor Lydias Haus, das so wundervoll anzusehen war und hörten das Rauschen des kleinen Flusses und das Zwitschern der Vögel. Eine nahezu perfekte Idylle. Doch gerade diese Idyllen täuschen uns nur allzu oft. Ich hätte Kale in diesem Moment auch so sehr endlich Frieden in seinem Leben gewünscht, aber ich konnte es nicht. Denn als ich Lydias Blick sah, wusste ich, dass noch zu viele Geheimnisse zwischen uns standen, die das Glück von Kale Hatfield verhindern würden…

Danksagung

Eine Danksagung zu schreiben ist für mich immer ein überwältigender Moment zum Schluss eines Buches!
Mittlerweile unterstützen mich so viele Menschen bei meiner Arbeit, dass ich nicht weiß, wo ich anfangen soll! Doch zunächst etwas zu der Entstehung des Buches „Lydias Haus“:

Als ich die Geschichte von Kale Hatfield begann, geschah etwas Merkwürdiges. Noch nie hatte ich innerhalb so kurzer Zeit ein Buch geschrieben. Ich schrieb es in nur vier Wochen. Es muss daran gelegen haben, dass mir diese Geschichte ganz besonders am Herzen lag. So war es nicht überraschend, als ich am Ende das Gefühl hatte, dass die Geschichte irgendwie weitergehen muss. Die Kraft und Lust zum Weiterschreiben gaben mir die vielen Leser, die das Buch „Es blieb nur dieser Blick“ gelesen und mir großartige Rückmeldungen gegeben haben. Also ließ ich das Leben von Kale Hatfield und Rachel Finley weitergehen.

Mein größter Dank gehört also meinen Leser, die meinen Motor zum Schreiben am Laufen halten. Fühlt euch alle gedrückt! Ihr seid der wichtigste Teil bei meiner Arbeit.

Es erfüllt mich mit Stolz, dass ich zu vielen Lesern Kontakt über Facebook, Google+ und Email halten kann. Lob und konstruktive Kritik sind bei mir immer herzlich willkommen, denn ich weiß, dass jeder Leser, der mit mir ins Gespräch kommt, meine Arbeit besser macht!

Mein Mann Michael hat wieder einmal alle technischen Arbeiten übernommen, während ich mich um Texte, Kontakte und Werbung kümmern konnte. Das ist als Selfpublisher unerlässlich. Hätte Michael mir nicht den Rücken für diese Arbeiten frei gehalten, würde sich niemals dieser Erfolg bei meinen Büchern einstellen. An dieser Stelle meinen allergrößten Dank an ihn für die vielen Stunden, die er meinetwegen vor dem Computer gesessen hat! Du bist einfach klasse!

Meine Lektorin Dr. Suzan Hahnemann hat wieder einmal dafür gesorgt, dass mein Schreibstil zu der Qualität fand, die dem Leser gefällt, ohne mich „zu verbiegen". Ihre respektvolle und einfühlsame Art, mit meinen Texten umzugehen, schätze ich sehr. Ohne sie wäre meine Arbeit gar nicht mehr denkbar. Ich lerne durch sie täglich dazu. Vielen vielen Dank, liebe Suzan!

Da ich seit 2013 meine Bücher auf der Westermill Farm in Exford im Nationalpark Exmoor/GB schreibe, ist auch dieses Buch wieder dort entstanden. Ich danke Jill und Oliver Edwards für die großartige Unterstützung in dieser Zeit. Ihr schenkt mir Ruhe und ein großartiges Gefühl beim Schreiben!

Weitere Bücher von Marion Schreiner

Die Scheune

Teil 1 der Gelton-Trilogie

Düster und brutal ist das Leben von Dane Gelton aus Kansas. Bereits als Vierjähriger ist er dem Missbrauch und der Gewalt auf der Farm seiner Eltern hilflos ausgesetzt. Unter großer Not erträgt er über viele Jahre seinen Peiniger, der sich nicht unter Kontrolle bekommt. Sein einziger Halt ist seine Mutter, die hilflos wegsieht. Dane verliert den Kontakt zu seinen Gefühlen und seiner Seele. Als junger Mann flieht er an die Küste Kaliforniens, um dort ein neues Leben zu beginnen. Als er viele Jahre später dort plötzlich auf seinen Peiniger trifft, tun sich Abgründe auf. Der Tag der Abrechnung ist gekommen…

Wenn das Opfer zum Täter wird

"Die Scheune" wurde als eBook-Bestseller ausgezeichnet und für den „Indie-Author-Award 2014" auf der Leipziger Buchmesse nominiert!

Das blaue Haus

Teil 2 der Gelton-Trilogie

Dane Gelton landet nach einem Amoklauf in einer Psychiatrie und verstirbt dort unter eigenartigen Umständen. Niemand ahnt, dass sein Tod nur eine Täuschung ist, um der Klinik zu entkommen. Auf der Flucht begegnet ihm der 86-jährige Ragee mit seiner Pflegetochter Julie. Beide nehmen ihn wohlwollend bei sich auf. Doch während der alte Mann Dane eine vielversprechende Hilfe anbietet, hat Julie ganz andere Pläne mit ihm. Sie will die Frau an seiner Seite werden und kopiert unverhohlen seine Ehefrau Sarah, zu der sie heimlich Kontakt hat. Als Dane seinen Ehering bei Julie im Bad findet, dreht er durch…

Ein altes Haus wird Zeuge menschlicher Zerstörung

„Das blaue Haus" wurde als eBook-Bestseller ausgezeichnet!

Vielleicht gab es keine Schuld

Teil 3 der Gelton-Trilogie

Nach dem Tod seines Vaters wächst Christopher Gelton bei seiner psychisch kranken und tablettensüchtigen Mutter auf. Ungewünscht, unbeachtet, zurückgewiesen, ausgestoßen aus ihrem Leben und mit jeglichem fehlenden Gemeinschaftsgefühl. Von dem neuen Lebensgefährten der Mutter wird Chris zusätzlich körperlich misshandelt. Als der Junge elf Jahre alt ist und nicht mehr in der Schule erscheint, wird das Jugendamt aufmerksam und findet ihn schwer verletzt unter seinem Bett kauernd vor. Chris hat schwere Verletzungen am Kopf, im Gesicht und am gesamten Körper. Doch den größten Schaden hat seine Psyche genommen. Er wird in einem Heim für schwererziehbare Jungen untergebracht und lernt dort den Jugendpsychologen Bob Koman kennen. Beide entwickeln eine große Sympathie zueinander. Chris findet in Bob den Vater, den er so schmerzlich in seinem Leben vermisst. Um den Jungen in seiner ganzen emotionalen Störung zu erfassen, bittet der Arzt ihn, seine Lebensgeschichte aufzuschreiben. Als der Psychologe das liest, wird er in den Sog einer unglaublichen und zugleich gefährlichen Geschichte gezogen ...

„Vielleicht gab es keine Schuld" wurde das eBook-Bestseller ausgezeichnet!

Stumme laute Schreie

Daryl ist zehn Jahre alt, als er seinen Vater an einem Strick hängend auf dem Dachboden findet. Seine Mutter ist bemüht, ihm und seinem Bruder Joe nach diesem schrecklichen Vorfall mit allen Mitteln wieder zu einem normalen Leben zu verhelfen. Doch Daryl ahnt, dass sich viele grausame Dinge mit dem Tod seines Vaters in Gang setzen werden. Und er behält Recht. Ein Jahr später verliert er seine Mutter unter nicht minder schrecklichen Umständen. Sie wird schwer verletzt im angrenzenden Wald gefunden und verstirbt zwei Tage später an den Folgen der Gewalt, die der Täter ihr angetan hat. Daryl bekommt eine Ahnung, wer seine Mutter auf dem Gewissen hat und begibt sich auf die Suche nach einem Mann, der Frauen hasst…

Wenn Mutterliebe krankhaft wird

„Stumme laute Schreie" wurde als eBook-Bestseller ausgezeichnet!

Es blieb nur dieser Blick

Teil 1 der Kale-Hatfield-Story

Kale Hatfield ist 28 Jahre alt, gutaussehend und schüchtern. Ein junger Mann, wie ihn sich fast jede junge Frau wünscht. Doch mit Kale stimmt etwas nicht … Rachel ist 27 Jahre alt, fröhlich, liebenswert und hin und wieder zerstreut. Beide entwickeln eine merkwürdige Zuneigung zueinander. Rachel ahnt nicht, auf wen oder was sie sich einlässt, denn Kale Hatfield hat durch Missbrauch und Misshandlungen in seiner Kindheit eine multiple Persönlichkeit entwickelt. Und eine seiner Persönlichkeiten tötet…
"Wenn eine Multiple von großer Gewalt getragen ist, wird es gefährlich, mit diesem Menschen eine Beziehung einzugehen", warnte Dr. Blendheim, doch Rachel wollte es wagen und setzte damit schreckliche Ereignisse in Gang...

Packender Thriller über eine multiple Persönlichkeit

"Es blieb nur dieser Blick" wurde als eBook-Bestseller ausgezeichnet

53965775R00237

Made in the USA
Charleston, SC
22 March 2016